벨칸토

BEL CANTO
by Ann Patchett

이 도서의 국립중앙도서관 출판예정도서목록(CIP)은
서지정보유통지원시스템 홈페이지(http://seoji.nl.go.kr)와
국가자료공동목록시스템(http://www.nl.go.kr/kolisnet)에서 이용하실 수 있습니다.
(CIP제어번호: CIP2018039831)

Bel Canto

벨칸토

앤 패칫 장편소설
김근희 옮김

문학동네

일러두기

1. 주석은 모두 옮긴이주다.

2. 본문 중 고딕체는 원서에서 이탤릭체나 대문자로 강조한 부분이다.

칼 반디벤더에게

차례

언덕과 샘을 달라 신들에게 빌었네.
마침내 신들이 내 소원을 들어주셨나니.
나 만족하며 살리라.
결코 저 샘에서 더 나아가려 하지 않을 것이고
저 산을 넘으려 하지 않을 것이다.

—빈첸초 벨리니, 〈말린코니아, 상냥한 요정이여〉 중에서

대변자: 낯선 자여, 우리에게서 무엇을 찾고 무엇을 구하려 하는가?
타미노: 우정과 사랑이오.
대변자: 그대의 목숨이라도 내놓을 각오가 되어 있는가?
타미노: 그렇소.

—볼프강 아마데우스 모차르트, 〈마술피리〉 중에서

1

조명이 꺼지자 반주자는 그녀에게 입을 맞추었다. 어쩌면 불이 완전히 꺼지기 전에 그녀 쪽으로 고개를 돌렸는지도 모르고, 어쩌면 두 손을 들어올렸는지도 모른다. 어쨌든 뭔가 특정한 움직임이 있었던 것만은 분명하다. 그날 거실에 있던 사람들 모두가 훗날 그 입맞춤을 기억해냈으니 말이다. 물론 입을 맞추는 모습을 본 건 아니었다. 그건 불가능했을 것이다. 그들을 덮친 어둠은 갑작스러웠고 칠흑 같았다. 그러나 사람들은 그가 그녀에게 입을 맞췄다는 걸 확신했고, 그 입맞춤이 어떠했는지도 알 수 있었다고 했다. 강렬하고 열정적이며 기습적인 입맞춤이었다고. 조명이 꺼졌을 때 사람들은 모두 그녀에게 시선을 집중하고 있었다. 그들은 남녀 할 것 없이 기립하여 팔까지 들고는 끊임없이 최대한 힘차게 박수를 치면서 절찬을 보내는 중이었다. 어느 누구도 지친 기색은 없었다. 이탈리아인과 프랑스인은 "브라바! 브라바!"를 외쳤고 일본인은 그들로부터 시선을 돌렸다. 실내에 불이 켜져 있었어도 그가 그렇게 입을 맞췄을까? 어둠이 덮이는 그 짧은 순간 그녀를 향한 충동을 참을 수 없어서 그토록 재빠른 동작으로 그녀에게 손을 뻗었을까? 어쩌면 남녀 불문하고 실내에 있던 사람들 모두가 그녀를 원했기에 똑같은 상상을 했을지도 모른다. 그들은 그녀의 아름다운 목소리에 사로잡혀 자신의 입술로 그 입술을 덮쳐 소리를 빨아들이고 싶은 충동을 느꼈다. 음악은 옮겨가고, 가로채고, 소유할 수 있는 것인지도 모른다. 저런 소리를 내는 입술에 입맞춘다는 건 어떤 의미일까?

그 자리에는 꽤 오랜 팬들도 있었다. 이들은 그녀가 낸 음반을 모조리 사 모았다. 공책을 갖고 다니면서 공연 장소를 기록하고 곡의 제목과 배역, 지휘자의 이름을 적었다. 그런가 하면 그녀의 이름조차 들어본 적 없을 뿐 아니라 오페라란 고양이 악쓰는 소리를 모아놓은 쓸데없는 것이라고, 오페라 따위를 듣느니 차라리 치과에서 세 시간을 보내겠다고 생각한 이들도 있었다. 그런 사람들이 이제는 완전히 생각을 바꿔 흐르는 눈물을 감추려 들지도 않았다.

실내가 깜깜해졌다고 두려워하는 이는 아무도 없었다. 사람들은 어두워진 줄도 몰랐다. 그저 계속해서 박수를 칠 뿐이었다. 외국인들은 이 나라에선 이런 일이 늘 있겠거니 생각했다. 불이란 켜질 때가 있으면 꺼질 때도 있는 법이라고. 이 나라 사람들 역시 같은 생각이었다. 게다가 정전이 된 시점이 공연이 끝난 시점과 극적으로 맞아떨어져서, 마치 빛이 눈은 필요 없어, 자 귀를 기울여봐, 라고 말하는 듯했다. 그러나 전깃불이 나감과 동시에 혹은 그 직전에 테이블을 장식한 촛불까지 꺼진 이유가 무엇인가 하는 생각은 아무도 하지 못했다. 막 꺼진 촛불 냄새, 달콤하고 편안한 연기가 기분좋게 실내를 채웠다. 늦은 밤, 잠자리에 들 시간임을 알리는 냄새였다.

사람들은 박수를 멈추지 않았다. 그들은 두 사람의 입맞춤이 계속되고 있다고 생각했다.

호소카와 씨가 이 나라에 온 건 오직 소프라노 록산 코스 때문이었다. 다른 모든 사람들이 파티에 참석한 건 호소카와 씨 때문이었고. 이곳은 사람들이 기꺼이 방문할 만한 장소가 못 되었다. 이 외국인의 생일 파티에 이 나라(가난한 나라)가 사실상 뇌물에 가까울 정도로 많은 돈을 쏟아부은 이유는 바로 그가 일본 최대 전자회사인 난세이 사社의 창립자이자 회장이기 때문이었다. 어떻게든 호소카와 씨의 호의를 사서 그들이 필요로 하는 갖가지 도움을 받는 것이 이 나라의 간절한 소망이었다. 그 도움이란 직업훈련과 무역이었다. 이 지역은 노동력이 싸서 이윤이 많이 남으니 공장(입 밖에 내기도 황송할 정도로 소중한 꿈이다)을 지어도 좋을 것이다. 공업 시설이 생기면 코카 잎과 양귀비 재배가 줄 테고, 그러면 국가 경제의 기반이 코카인과 헤로인 매매에서 그쪽으로 옮겨갔다는 착각을 심어줘서, 해외 원조도 증가하고 마약 밀매도 좀더 은밀하게 할 수 있으리라는 계산이 있었다. 그러나 이러한 계획은 이전까지 성공을 거두지 못했다. 일본인은 천성적으로 매사에 신중했기 때문이다. 그들은 상존하는 위험과 이곳처럼 위험한 국가에 관한 소문을 믿었다. 부회장도 아니고 정치인도 아닌 호소카와 씨 같은 사람이 초청에 응한다면 이 나라가 좋은 투자처임을 증명할 수 있을 것이다. 어쩌면 투자자들을 살살 달래고 애걸도 해야 할 것이다. 돈도 적잖이 들지 모른다. 하지만 최고급 만찬과 세계적인 오페라 가수까지 동원된 생일 파티에, 내일은 몇 건의 회의와 공장터 답사까지 계획돼 있는 이번 방문은 그 어느 때보다 희망적이었고, 파티장의 분위기는 달콤한 기대감으로 충만했다. 여남은 국가를 대표하는 이들이 호소카와 씨의 속마음도 모르고 이 파티에 참석했다. 이런 나라에 한푼이라도 투자하라고 자기네 정부에 말할 리 만무하지만 난세이 사가 투자하는 곳이라면 돈을 댈 것이 분명한 투자자와 대사들은 검정 넥타이에 정장을 차려입고 실내를 돌아다니며 건배를 하고 웃어댔다.

호소카와 씨로 말할 것 같으면, 그가 이곳을 방문한 것은 훗날 알려진 바와 달리 사업이나 외교, 대통령과의 친분 때문이 아니었다. 호소카와 씨는 여행을 싫어했고 이 나라 대통령도 알지 못했다. 그는 자신의 의도를, 혹은 의도 없음을 처음부터 분명히 했다. 공장을 지을 생각은 없다. 낯선 나라에 가서 알지도 못하는 사람들과 생일을 축하할 마음도 없다. 평소 알고 지내는 사람들과 생일을 축하하는 일도 별로 없는데, 하물며 별 의미도 없는 쉰세번째 생일 파티에 흥미가 있을 리 없었다. 그는 파티를 열겠다는 이 나라의 끈질긴 초대를 대여섯 번이나 거절했지만 록산 코스가 온다는 말을 듣자 마음이 바뀌고 말았다.

록산 코스가 참석한다는데 누가 거절하겠는가? 얼마나 먼 곳이든, 어떤 부적절한 자리든, 남들이 뭐라고 오해하든, 어느 누가 마다하겠는가?

하지만 먼저 그의 열한번째 생일, 호소카와 가쓰미가 난생처음 오페라를 접했던 그날로 돌아가보기로 하자. 오페라는 베르디의 〈리골레토〉였다. 그의 아버지는 기차를 타고 그를 도쿄에 데려갔고 줄기차게 쏟아지는 비를 맞으며 함께 극장까지 걸어갔다. 때는 10월 22일이어서, 가을비는 차가웠고 젖은 단풍잎이 종잇장처럼 얇게 깔린 거리는 미끄러웠다. 두 사람이 도쿄 메트로폴리탄 페스티벌 홀에 도착했을 때는 이미 코트와 스웨터는 물론 안에 입은 셔츠까지 젖어 있었다. 호소카와 가쓰미의 아버지가 지갑 속에 넣어 가지고 온 입장권도 젖어서 변색돼 있었다. 특별히 좋은 좌석은 아니었지만 무대는 가리는 것 없이 잘 보였다. 1954년, 돈이 귀하던 시절이었다. 기차표와 오페라 입장권이란 상상도 못할 것이었다. 다른 시절 같았으면 이런 작품은 그 또래 아이에게 너무 어려웠겠지만, 전쟁이 끝난 지 몇 년 안 되었던 그 시기의 아이들은 요즘 아이들과는 비교가 되지 않을 만큼 이해의 폭이 넓었다. 두 사람은 아래를 보지 않으려고 애쓰면서 아찔하니 높은 계단을 걸어올라갔다. 일어나서 길을 내주는 사람들에게 일일이 허리를 굽혀 양해를 구하며 그들의 좌석에 이르렀고, 그러고 나서 의자를 펴고 자리에 앉았다. 이른 시각이었지만 그들보다 먼저 온 사람도 많았다. 이 아름다운 자리에 조용히 앉아 기다리는 일 또한 값비싼 입장권으로 누릴 수 있는 호사의 일부였던 까닭이다. 부자는 말없이 기다렸다. 이윽고 어둠이 내리고 저멀리 아래쪽에서 첫 선율이 터져나왔다. 벌레처럼 작아 보이는 사람들이 막 뒤에서 나와 입을 벌리자, 열망과 비탄, 서로를 파멸로 이끌 한없고 무모한 사랑을 노래하는 그들의 목소리가 벽을 따라 미끄러졌다.

〈리골레토〉 공연을 보는 사이 오페라가 호소카와 가쓰미의 가슴속 깊이 새겨져, 잠을 잘 때조차 분홍색 눈꺼풀 안쪽으로 어떤 메시지가 지나가는 듯했다. 세월이 흘러 사업만을 일상으로 삼고 근면을 최고의 가치로 여기며 누구보다 열심히 일하게 되었을 때에도 삶이란, 진정한 삶이란 결국 음악에 있다고 그는 굳게 믿었다. 우리가 바깥세상으로 나가 숱한 의무를 짊어지는 동안에도 진정한 삶은 차이콥스키의 〈예브게니 오네긴〉 노랫말 속에 고이 담겨 있는 것이다. 오페라는 모든 이를 위한 것이 아니라, 거기서 뭔가를 찾으려는 사람들을 위한 것임을 그는 분명히 알았다(완전히 이해하지는 못했지만). 소장한 음반과 공연을 감상할 수 있는 드문 기회를 통해 그는 자신도 뭔가에 애정을 쏟을 줄 안다는 것을 확인하곤 했다. 아내도 자식도 일도 아닌 음악을 통해서. 오페라 때문에 일상생활이 희생되고 있다고는 생각하지 않았다. 오히려 오페라가 없었다면 그의 이런 삶은 아예 사장되어버렸으리라고 생각했다. 2막 첫 부분, 리골레토와 질다가 함께 노래하는 대목에서 두 가수의 목소리가 한데 얽혀 도약하기 시작했다. 그는 손을 내밀어 아버지의 손을 잡았다. 대사를 알아들을 수도 없었고 그들이 아버지와 딸을 연기하고 있다는 사실도 몰랐지만, 어쩐지 뭔가를 붙잡고 매달려야 할 것 같았다. 강한 흡인력에 이끌려 높은 객석에서 저멀리 앞으로 떨어지는 느낌이 들었다.

그러한 사랑은 충성심을 낳는다. 호소카와 씨는 충성스러운 사람이었다. 그는 베르디가 자신의 인생에서 얼마나 중요한지 결코 잊지 않았다. 여느 사람들처럼 특정 오페라 가수의 팬이 되기도 했다. 슈바르츠코프와 서덜랜드의 음반을 특히 많이 사 모았고, 마리아 칼라스야말로 누구보다 위대한 천재성을 지녔다고 생각했다.

젊은 시절 그에겐 늘 시간이, 취미에 온전히 투자할 시간이 부족했다. 고객과 만찬을 들거나 서류 검토를 끝내고 나면, 그는 늘 삼십 분씩 음악을 듣고 오페라 대본을 읽다가 잠들곤 했다. 일요일에도 공연장에 가서 오페라를 처음부터 끝까지 세 시간씩 볼 여유는 한 해에 다섯 번 정도로 극히 드물었다. 사십대 후반이던 시절, 한번은 상한 굴을 먹고 지독한 식중독에 걸려 사흘간 칩거해야 했던 적이 있었다. 이때가 그의 기억엔 어떤 휴가보다 행복했던 기간으로 남아 있다. 잠을 자는 동안에도 줄곧 헨델의 〈알치나〉를 틀어놓을 수 있었기 때문이다.

그에게 처음으로 록산 코스의 음반을 사준 사람은 큰딸 기요미였다. 생일 선물이었다. 아버지는 선물에 무척 까다로운 사람이어서 생소한 이름이 적힌 음반을 보는 순간 그녀는 한번 구입해보자고 생각했다. 하지만 그녀의 관심을 끈 것은 낯선 이름이 아니라 여자 성악가의 얼굴이었다. 기요미는 소프라노 가수의 사진을 보면 짜증이 났다. 언제나 팬들을 내려다보거나 고운 베일을 쓰고 멀거니 앞을 바라보는 모습이었기 때문이다. 하지만 록산 코스는 이쪽을 똑바로 쳐다보고 있었다. 심지어 턱을 빳빳이 든 채 두 눈을 크게 뜨고서. 음반을 집어들고 나서야 기요미는 그것이 〈람메르모르의 루치아〉임을 알아차렸다. 아버지한테 〈람메르모르의 루치아〉 음반이 몇 장이나 있더라? 아무렴 어때. 그녀는 계산대의 점원에게 돈을 지불했다.

시디를 플레이어에 넣고 의자에 앉아 음반을 듣기 시작한 호소카와 씨는 그날 밤 일손을 놓아버렸다. 도쿄에서 크고 따뜻한 아버지의 손을 잡고 높은 객석에 앉아 있던 소년 시절로 되돌아간 기분이었다. 그는 그녀의 목소리가 나오지 않는 부분은 초조하게 건너뛰면서 몇 번이고 음반을 되풀이해 들었다. 고조되면서도 푸근하고, 심오하면서도 대담한 음색이었다. 어떻게 이토록 절제되었으면서도 거침없을 수 있을까? 그가 기요미의 이름을 부르자 그녀가 서재 문 앞에 와서 섰다. 그녀는 대답을 하려고—예? 또는 무슨 일이세요? 또는 아버지?—입을 채 열기도 전에 그 목소리, 그녀를 똑바로 쳐다보던 사진 속 여인의 목소리를 들었다. 아버지는 말없이 한 손을 펼치고 스피커를 가리켰다. 그녀는 선물을 제대로 골랐다는 사실에 엄청난 희열을 느꼈다. 음악이 그녀를 칭찬하는 것 같았다. 호소카와 씨는 눈을 감았다. 그리고 꿈속을 부유했다.

그후로 오 년 동안 그는 록산 코스의 공연을 열여덟 번 관람했다. 처음엔 운좋게도 시간과 장소가 맞아떨어져서 보게 되었으나, 그뒤로는 일부러 그녀가 공연하는 도시에 일을 만들어 출장을 가곤 했다. 〈몽유병의 여인〉은 사흘 저녁을 내리 보았다. 그녀를 개인적으로 찾아가거나 다른 관객들 사이에서 특별히 두드러지는 행동을 하진 않았다. 남들도 자기만큼 그녀의 재능에 감탄할 것이라 여겼기 때문이다. 바보가 아니라면 누구나 자신과 같은 감동을 느낄 수 있으리라 믿었다. 가만히 앉아서 듣는 특권 이상의 것은 바라지도 않았다.

아무 경제 전문지에서나 호소카와 가쓰미의 프로필을 찾아 읽어보라. 그는 정열에 관해 말하지 않는데, 정열이란 개인적인 문제이기 때문이다. 하지만 그는 언제나 오페라를 이야기했고, 이러한 인간적 면모 때문에 어쩐지 가까이하기 쉬울 듯한 인상을 주었다. 다른 최고 경영자들의 경우 스코틀랜드의 하천에서 제물낚시를 하거나 개인용 경비행기를 직접 조종해 헬싱키까지 가는 사진 등이 실렸다. 그러나 호소카와 씨는 집에 있는 난세이 EX-12 스테레오 시스템을 배경으로 가죽의자에 앉아 음악을 감상하는 사진이 실렸다. 당연히 기자는 가장 좋아하는 것을 물었다. 대답은 정해져 있었다.

이번 공연의 대가로 록산 코스에게 주어진 돈은 오늘 저녁 파티 비용(음식값, 서비스료, 교통비, 꽃값, 보안 비용)을 다 합친 액수를 훌쩍 넘어섰다. 그나마도 라스칼라에서 공연이 끝나고 아르헨티나 콜론극장에서 공연이 시작되기 전이어서 설득이 가능했다. 만찬에는 참석하지 않고(그녀는 공연 전에는 식사를 하지 않았다) 식사가 끝날 무렵에 등장해서 반주자와 함께 아리아 여섯 곡을 부르기로 했다. 호소카와 씨에게 온 편지에는, 그가 초대에 응함과 동시에 노래를 한 곡 신청할 수 있으며 주최측이 장담할 수는 없지만 록산 코스가 선곡을 하면서 그의 신청곡도 고려할 것이라고 적혀 있었다. 조명이 꺼지기 직전 그녀가 부른 〈루살카〉가 바로 호소카와 씨의 신청곡이었다. 프로그램의 맨 마지막 순서로 예정된 곡이었지만, 불이 꺼지지 않았다면 그녀가 앙코르곡을 한두 곡 정도 더 불렀을지 누가 알겠는가?

호소카와 씨가 〈루살카〉를 택한 것은 록산 코스를 존중하는 차원에서였다. 이 곡은 그녀의 레퍼토리에서 가장 중요한 곡이어서 연습이 특별히 필요하지 않았고, 설령 그가 청하지 않았더라도 반드시 프로그램에 들어갔을 곡이었다. 오페라 애호가임을 드러내려고 일부러 〈파르테노페〉의 아리아처럼 너무 난해한 곡을 택할 생각은 없었다. 그저 같은 공간에서, 가까운 곳에서 그녀가 부르는 〈루살카〉를 듣고 싶었다. 혹여 그의 영혼이 나의 꿈을 꾼다면, 잠에서 깬 뒤에도 날 기억하기를! 수년 전 체코에서 그의 통역사가 적어준 가사였다.

불은 다시 들어오지 않았다. 박수갈채가 조금씩 수그러지기 시작했다. 사람들은 눈을 깜박이며 그녀의 모습을 다시 보려고 애썼다. 일 분이 지나고 이 분이 지나도 사람들은 크게 동요하지 않았다. 그러던 중 프랑스 대사 시몽 티보가 주방 문 밑으로는 아직도 불빛이 새어나오고 있음을 알아차렸다. 그는 원래 이곳보다 훨씬 나은 스페인의 보직에 발령을 받았다가 이 나라로 오게 되었다(티보가 가족과 함께 짐을 꾸리는 사이, 그 자리는 복잡한 정치적 청탁의 대가로 부당하게도 다른 사람에게 돌아갔다). 그는 처음으로 상황을 인식한 사람이었다. 술과 돼지고기와 드보르자크의 음악에 취해 있다가 깊은 잠에서 깨어난 듯한 느낌이 들었다. 그는 어둠 속에서 아직도 박수를 치고 있는 아내의 손을 더듬어 잡고, 형체가 잘 보이지 않는 사람들 틈으로 비집고 들어갔다. 불빛으로 방향을 가늠해보려고 목을 길게 빼고, 거실 저쪽 끝에 있었던 것으로 기억하는 유리문 쪽으로 걸어갔다. 하나둘씩 나타나는 여러 갈래의 가느다란 손전등 불빛을 보는 순간 그는 심장이 쿵 내려앉는 듯했다. 슬픔이라고밖에 형언할 수 없는 감정이었다.

"여보?" 그의 아내가 속삭였다.

일은 이미 벌어져서 그가 보지 못하는 사이에 누군가가 거미줄을 치듯 건물 전체를 장악한 뒤였다. 처음에는 운을 믿고 어떻게든 밀고 나가야겠다는 충동이, 본능적인 충동이 고개를 들었으나 이성적인 판단이 그를 붙잡았다. 사람들의 이목을 끌지 않는 편이 좋다. 괜한 본보기가 될 필요는 없는 것이다. 실내 앞쪽 어딘가에서는 반주자가 가수에게 입을 맞추고 있었고, 티보는 아내 에디트를 품에 안았다.

"캄캄해도 노래할 수 있으니, 누가 촛불 좀 갖다주세요." 록산 코스가 외쳤다.

이 말에 좌중은 멈칫했고, 박수 소리가 멎으면서 실내엔 정적이 감돌았다. 촛불까지 꺼졌다는 사실을 그제야 깨달은 것이다. 밤이 깊어가는 시각이었다. 지금쯤이면 각자의 경호원은 포식한 대형견처럼 리무진 안에서 잠들어 있을 것이다. 실내에 있던 남자들은 주머니에 손을 넣어보지만 깔끔하게 접힌 손수건과 지폐 외엔 아무것도 나오지 않았다. 사람들의 목소리가 높아지고, 구둣발소리가 들리는가 싶더니, 다음 순간 마법처럼 주위가 다시 환해졌다.

누구의 기억에도 남지 않겠지만 파티 자체는 근사했다. 네덜란드소스를 얹은 흰 아스파라거스, 아삭거리는 달콤한 양파를 곁들인 가자미 요리, 서너 입이면 다 먹을 크기로 작게 자른 뒤 크랜베리소스를 뿌린 고기 요리. 중요한 외국 기업 회장을 특별히 접대하려 애쓰는 국가는 대개 러시아산 캐비어와 프랑스산 샴페인을 내놓았다. 러시아산과 프랑스산, 프랑스산과 러시아산, 마치 그렇게 해야만 국가의 위신이 선다고 여기는 듯했다. 테이블마다 장식된 황색 난초는 이 지역에서 재배되는 꽃으로 꽃송이 크기가 엄지손가락 정도밖에 안 되었는데, 사람들이 숨을 내쉴 때마다 모빌처럼 흔들리며 균형을 잡았다. 오늘 저녁을 위해 쏟은 노력, 꽃꽂이에 들어간 정성, 멋지게 휘갈겨 쓴 좌석표, 이 모든 것이 누군가 알아주기도 전에 물거품이 되고 말았다. 벽에 걸린 그림은 국립박물관에서 빌려온 것이었다. 벽난로 선반 위엔 세상사에 달관한 듯 기묘하게 어른스러운 표정을 한 아기 예수를 손끝으로 어루만지는 검은 눈의 성모마리아가 있었다. 차에서 내려 현관까지 걸어가는 짧은 시간 동안 혹은 아직 밖이 환할 때 우연히 창밖으로 시선을 돌렸을 때에야 보였을 정원에는 극락조화와 단단히 잎을 닫은 칸나, 무성한 램스이어, 양치식물이 어우러져 말끔히 손질되어 있었다. 밀림에서 멀지 않은 곳이라, 잘 정돈된 정원에서도 꽃들은 단조롭게 뻗어나가는 버뮤다그래스를 제치고 자태를 뽐내려고 안간힘을 써야 했다. 이른아침부터 한 무리의 청년이 젖은 천으로 흙이 묻은 거친 잎을 닦아 윤을 내고 울타리 밑에 떨어져 썩은 부겐빌레아 꽃잎을 주웠다. 사흘 전에는 잔디에 도료가 떨어지지 않게 조심하면서, 부통령 관저를 에워싼 높은 담장에 백색 도료를 칠하기도 했다. 모든 것이 세심하게 계획되었다. 크리스털 소금 그릇, 레몬무스, 아메리칸 버번위스키. 댄스나 밴드는 없었다. 식사 후 록산 코스와 반주자가 선보일 공연이 유일한 음악이었다. 스웨덴 아니면 노르웨이 사람인 반주자는 섬세한 금발에 아름답고 가느다란 손가락을 지닌 삼십대 남자였다.

호소카와 씨의 생일 파티가 시작되기 두 시간 전, 이 나라 출생인 일본계 마스다 대통령은 유감스럽게도 중요한 일정이 생겨 불가피하게 저녁 행사에 참석할 수 없겠다는 메모를 보내왔다.

이날 저녁 불미스러운 일이 벌어진 뒤 사람들은 그의 결정을 놓고 저마다 분분한 의견을 내놓았다. 대통령은 운이 좋았던 것일까? 하느님의 뜻이었나? 어디선가 비밀 정보를 입수했나, 아니면 음모? 애석하게도 진실은 그렇게 복잡하지 않았다. 파티는 여덟시에 시작해서 자정 넘어까지 계속될 예정이었다. 대통령이 즐겨 보는 연속극은 아홉시에 시작했다. 월요일부터 금요일 오후 두시부터 세시, 화요일 저녁 아홉시부터 열시까지는 어떠한 국정도 이뤄질 수 없다는 사실은 내각 구성원과 보좌관 사이에 공공연한 비밀이었다. 호소카와 씨의 생일은 화요일이었다. 어찌할 방법이 없었다. 그렇다고 파티를 밤 열시에 시작한다거나, 대통령의 귀가 시간을 감안해 여덟시 삼십분에 끝낸다는 것은 있을 수 없는 일이었다. 연속극을 비디오테이프로 녹화하자는 의견도 나왔지만, 대통령은 녹화라면 치를 떨었다. 안 그래도 외국에 나갔다 올 때마다 비디오테이프가 쌓이는 판이었다. 그는 매주 정해진 시간만큼은 자기 마음대로 쓸 수 있기를 원했다. 하필이면 화요일인 호소카와 씨의 생일 파티 문제는 며칠을 두고 논의되었다. 협의에 협의를 거듭한 끝에 대통령은 고집을 꺾고 파티에 참석하겠노라고 했다. 그러나 파티 시작을 몇 시간 남겨두고 그는 단호하게 최종적으로 마음을 바꾸고 말았다. 말은 하지 않았지만 뻔한 이유로 말이다.

마스다 대통령이 연속극에 사족을 못 쓴다는 사실은 측근에겐 익히 알려지고 용인된 일이었지만, 언론이나 국민에겐 용케도 새어나가지 않았다. 원래 연속극이 폭발적인 인기를 끄는 나라이긴 했지만, 그럼에도 일국의 대통령이 텔레비전에 집요하게 매달린다는 사실은 너무도 창피스러운 일이라 내각 구성원들은 그 사실을 밝히느니 차라리 대통령에게 애인이 있다고 말했을 것이다. 드라마 한 편 정도는 즐겨 보는 정부 관료들도, 일국의 수뇌가 텔레비전에 그토록 고집스럽게 집착하는 모습은 봐주기 힘들었다. 오늘 파티에 참석한 정부의 주요 인사들에게 대통령의 불참은 실망스럽되 놀랄 일은 아니었다. 하지만 영문을 모르는 사람들은 의아해했다. 비상사태가 발생했나? 마스다 대통령의 건강에 이상이라도 있나?

"이스라엘 문제 때문이랍니다." 누군가가 자신만만하게 말했다.

"이스라엘." 사람들은 수군거렸다. 대통령이 이스라엘 문제로 고민하리라고는 생각도 해보지 않았던 이들은 깊은 인상을 받았다.

이백 명 가까이 되는 오늘의 참석자는 두 무리로 확연히 나뉘었다. 대통령의 소재를 아는 사람과 모르는 사람. 그러나 결국에는 모두가 대통령에 대해서는 싹 잊었다. 호소카와 씨는 대통령이 불참한 줄도 몰랐다. 대통령과 면담하는 일에는 관심이 없었다. 오늘 저녁에 록산 코스를 볼 수 있는데 대통령이 대수인가?

대통령 대신 나서서 파티를 주최한 사람은 부통령인 루벤 이글레시아스였다. 놀랄 일은 아니었다. 만찬 장소가 바로 그의 집이었기 때문이다. 칵테일과 전채, 정식 저녁식사, 부드러운 노래가 이어지는 중에도 그의 머릿속은 대통령 생각이 떠나지 않았다. 대통령궁의 어두컴컴한 침실에서 양복 상의를 의자 팔걸이에 걸어두고 한데 모은 두 손을 무릎 사이에 끼운 채 침대 끝에 걸터앉아 있는, 이미 수백 번은 본 그의 러닝메이트 모습이 눈앞에 그려졌다. 대통령이 서랍장 위에 놓인 작은 텔레비전을 보는 동안, 영부인은 아래층 개인 서재에서 대형 스크린으로 똑같은 프로그램을 시청하고 있을 것이다. 의자에 꽁꽁 묶인 미녀의 모습이 그의 안경에 반사된다. 여자가 몇 번이고 손목을 비틀며 용을 쓰자, 마침내 밧줄이 느슨해지면서 한쪽 손이 풀린다. 마리아가 풀려났다! 마스다 대통령은 몸을 뒤로 젖히면서 작게 손뼉을 친다. 몇 주간 고대해온 이 순간을 놓쳤으면 어쩔 뻔했나! 여자는 재빨리 창고 안을 둘러보고 허리를 굽혀 발목을 옭아맨 굵은 밧줄을 마저 푼다.

별안간 마리아의 모습이 사라지고 거실에 다시금 불이 들어오자 이글레시아스는 고개를 들었다. 사이드 테이블 스탠드의 전구가 나갔다는 것을 알아챈 순간, 사방의 창문과 벽에서 괴한들이 떼지어 뛰어들었다. 부통령의 시선이 향하는 곳마다 사람들이 고함을 치며 밀고 들어왔다. 요란한 발소리와 개머리판 소리가 통풍구를 울리며 폭풍처럼 모든 문으로 쏟아져들어왔다. 사람들은 동물적인 공포에 어쩔 줄 몰라하며 한자리에 모였다가 얼른 흩어졌다. 부통령 관저는 집채만한 파도에 휩쓸려 전복되는 선박 같았다. 은식기가 사방으로 날아다니고, 포크 끝이 칼날에 부딪혀 휘고, 꽃병이 벽에 내던져졌다. 사람들은 미끄러지고 넘어지면서 이리저리 뛰었으나 그것도 잠시뿐이었다. 갑자기 밝아진 실내에 눈이 익숙해지면서, 아무리 애써봐야 소용 없다는 것을 알아차렸기 때문이다.

지위가 높은 자들을 알아내기는 어렵지 않았다—나이가 있고 명령을 내리는 자들이리라. 그들이 자기소개를 하지는 않았기 때문에 한동안은 이름이 아니라 눈에 띄는 특징으로 이들을 구분해야 했다. 벤하민, 대상포진이 심함. 알프레도, 콧수염을 기르고 왼손 엄지와 검지가 없음. 엑토르, 한쪽 다리가 부러진 금테안경을 착용. 장군 셋과 함께 열네 살에서 스무 살 사이의 병사 열다섯 명이 들어왔다. 이제 파티장에는 열여덟 명의 인원이 늘어난 것이었지만, 당시에는 수를 헤아리기가 어려웠다. 그들은 이곳저곳으로 흩어져 움직였다. 실내를 이리저리 돌아다니고 커튼 뒤에서 나타나는가 하면 2층에서 내려오기도 하고 주방으로 사라지기도 해서 수가 두 배, 세 배는 되어 보였다. 그들은 어디에나 있는 것 같았고 전부 똑같아 보여서 그 수를 세기란 얼굴 주위로 모여든 벌떼의 수를 헤아리는 것만큼이나 불가능한 일이었다. 다들 색이 바랜 어두운색 옷을 입었는데, 대부분은 얕은 진흙탕을 연상케 하는 진초록색 군복 차림이었고 일부는 데님이나 검은색 옷을 입었다. 옷 위에는 총탄이 주렁주렁 매달린 견대를 메고 뒷주머니에는 번쩍이는 칼을 찼으며 온갖 종류의 총을 지니고 있었다. 작은 총은 총집에 넣어서 허벅지에 두르거나 허리띠에 찔러 찼고, 큰 총은 어린애처럼 품에 안거나 막대기처럼 휘두르고 다녔다. 챙이 얼굴을 다 가리도록 모자를 푹 눌러쓰고 있었지만 그들의 눈에는 아무도 관심이 없었다. 그들의 총에만, 상어 이빨처럼 날카로운 칼에만 온통 신경이 쏠려 있었다. 총을 세 자루 지닌 사람은 무의식적으로 세 사람으로 계산했다. 병사들에겐 공통적인 특징이 있었다. 못 먹어서 그런지, 한창 자랄 시기라 그런지 하나같이 비쩍 말라서 어깨와 무릎이 옷을 뚫고 나올 기세였다. 게다가 눈에 띄게 지저분했다. 경황없는 가운데서도 병사들의 얼굴과 팔다리가 얼룩덜룩하고 땟국물이 흐르는 것이 눈에 들어와, 이들이 정원에 땅굴을 뚫거나 건물 바닥 밑을 파고 파티장에 들어왔나 하는 생각이 들 정도였다.

그들이 실내를 점령하는 데는 채 일 분도 걸리지 않았지만, 손님들에겐 이 시간이 네 코스짜리 정식 만찬보다 더 길게 느껴졌다. 제각기 머릿속으로 대책을 세우고 철저히 검토했다가 포기하기에 충분한 시간이었다. 남편들은 거실 저쪽까지 떠밀려간 아내를 찾고, 같은 나라 사람끼리 모여 빠른 속도로 얘기를 나눴다. 이 집을 점령한 세력은 라 파밀리아 데 마르틴 수아레스(시위 공고 전단을 나눠주다가 정부군에게 총살당한 열 살짜리 소년의 이름을 딴 단체)가 아니라, 훨씬 악명 높은 테러 집단 라 디렉시온 아우텐티카 같다는 것이 중론이었다. 라 디렉시온 아우텐티카는 오 년 전부터 줄곧 학살과 광범위한 잔혹 행위를 자행해온 악명 높은 혁명 단체였다. 이 조직과 이 나라를 잘 아는 사람들은 비록 입 밖으로 말을 내지는 않았지만 속으론 이제 죽은목숨이라고 생각했다. 그러나 기실 이 고난에서 살아남지 못할 자들은 이 테러리스트들이었다. 그때 두 손가락이 없고 구겨진 녹색 바지에 어울리지 않는 재킷을 입은 사내가 45구경 자동소총을 들더니 천장을 겨누고 두 발을 발사했다. 석회가 사방으로 튀면서 몇 사람이 얼른 자리를 옮기고 몇몇은 먼지를 뒤집어썼다. 총소리 때문인지, 별안간 맨어깨 위로 뭔가가 쏟아져내려서인지 여자들이 비명을 질렀다.

"주목!" 총을 쏜 사내가 스페인어로 말했다. "지금부터 이곳은 우리가 접수한다. 여러분의 절대적인 협조와 주의를 바란다."

손님 중 3분의 2가량은 공포에 질렸으나 나머지는 두려우면서도 어리둥절한 표정이었다. 이들은 총을 든 사내에게서 물러나기는커녕 그쪽으로 상체를 기울였다. 스페인어를 할 줄 모르는 사람들이었다. 그들은 옆 사람에게 재빨리 뭔가를 속삭였다. '아텐시온'*이라는 단어가 몇 개 언어로 번역되었다. 상황을 인식하기에 충분히 명료한 단어였다.

---

* '주목'이라는 뜻의 스페인어.

알프레도 장군은 자신의 말이 끝나면 좌중이 바짝 긴장해서 조용해질 거라고 생각했지만 사람들은 좀처럼 입을 다물지 않았다. 속삭임이 그치지 않자 그는 다시 한번 천장을 향해 총을 발사했다. 이번에는 아무렇게나 쏜 바람에 천장에 매달린 전등이 총을 맞고 터져버렸다. 실내가 어두워지면서 길게 쪼개진 은색 유리 조각이 셔츠 깃과 머리 위로 쏟아졌다. 그가 다시 소리쳤다. "아레스토, 데텡가세!"*

얼핏 생각하면 이토록 많은 사람이 이 나라 말을 할 줄 모른다는 점이 놀라워 보이지만, 이 자리가 외국의 관심을 불러모으기 위해 마련되었고, 두 사람의 주빈 또한 스페인어를 채 열 단어도 모른다는 사실을 생각하면 그럴 만도 했다. 그래도 록산 코스는 '아레스토'라는 스페인어를 이해했지만 호소카와 씨는 전혀 알아듣지 못했다. 두 사람은 마치 그러면 더 잘 이해할 수 있기라도 한 듯 상체를 앞으로 내밀었다. 하지만 코스는 몸을 많이 내밀지 못했는데, 반주자가 바짝 긴장해서 방어벽처럼 록산 코스를 감싸안은 채, 총알 하나라도 날아들면 언제고 몸을 날려 그녀를 보호할 태세를 취했기 때문이다.

호소카와 씨의 통역사인 와타나베 겐이 고개를 기울여 회장에게 단어의 뜻을 일본어로 알려주었다.

이런 상황에서는 하등 도움될 것 없는 일이지만, 호소카와 씨는 비행기 안에서 테이프를 들으며 이탈리아어를 배워보려 한 적이

* '체포한다, 억류한다'라는 뜻.

있었다. 사업을 생각하면 영어 공부를 하는 편이 나았겠지만 그는 오페라를 좀더 잘 이해하고 싶었다. "일 빌리에타이오 미 페체 일 빌리에토."* 테이프에서 소리가 나왔다. "일 빌리에타이오 미 페체 일 빌리에토." 호소카와 씨는 다른 승객을 방해하지 않으려고 속으로 따라 했다. 그러나 아무리 노력해도 충분한 시간을 할애하기가 힘들어 통 진도가 나가지 않았다. 이탈리아어 문장을 들을수록 이탈리아어 노랫소리가 더 그리워져 그는 이내 어학 테이프를 치우고 오페라 〈나비 부인〉 시디를 듣기 시작했다.

호소카와 씨는 젊어서부터 외국어의 중요성을 실감했다. 나이가 들면서 외국어를 좀더 열심히 익혀두지 못한 것이 못내 아쉬웠다. 통역사들이란! 그는 늘 통역사를 바꿨는데, 그들 중엔 괜찮은 사람도 있고 학생처럼 어설픈 사람도 있는가 하면 구제불능의 멍청이도 있었다. 일부는 모국어인 일본어조차 제대로 할 줄 몰라, 하던 말을 멈추고 사전을 뒤적이기도 했다. 상당히 뛰어난 통역사도 있었지만 함께 데리고 다닐 만한 사람은 못 되었다. 회의가 끝나는 마지막 순간에 통역사가 자리를 떠서, 협상을 더 진행해야 하는데도 어쩔 줄 모르고 꿀 먹은 벙어리가 되었던 적도 있었다. 때로는 통역사가 혼자 있질 못해서 식사 시간마다 그와 함께하려 하고, 산책할 때도 따라와 빛바랜 어린 시절 이야기나 하며 귀찮게 구는 경우도 있었다. 고작 불어 몇 구절, 영어 몇 문장 때문에 겪었던 일이다. 그러나 겐을 만나면서부터 사정이 달라졌다.

와타나베 겐은 그리스에서 열린 세계물류유통회의 때 고용한 통

* '매표소 직원이 표를 끊어주었다'라는 뜻.

역사였다. 호소카와 씨는 어떤 돌발 행동을 할지 모르는 현지 통역사를 좀처럼 쓰지 않았지만, 시간이 워낙 촉박해서 일본에서 그리스어 통역사를 구할 수가 없었다. 부사장 두 명과 판매 관리 담당자 세 명을 데리고 아테네로 가면서 호소카와 씨는 아무 말도 하지 않았다. 다만 난세이 헤드폰을 쓰고 마리아 칼라스가 부른 그리스 노래들을 들으며, 만약 회의 내용을 알아듣지 못하면 칼라스의 고향이나 다름없는 나라를 구경하러 온 셈 치자고 생각했다. 줄을 서서 여권에 도장을 받고 짐을 찾은 뒤 호소카와 씨는 깔끔한 필체로 호소카와라는 글자를 써서 들고 있는 청년을 발견했다. 그가 일본계인 것을 보고 호소카와 씨는 안심했다. 일본어를 잘 모르는 그리스인을 상대하는 것보다는 그리스어를 잘 모르는 일본인을 상대하는 쪽이 편했다. 청년은 일본인치고는 키가 컸다. 앞머리가 상당히 길어서 아무리 옆으로 쓸어넘겨도 작고 둥근 안경알 위로 자꾸만 머리가 흘러내렸다. 그는 꽤 젊어 보였다. 머리 모양 때문이리라. 머리 모양 때문에 호소카와 씨는 청년에게 신중함이 부족해 보인다는 인상을 받았지만, 어쩌면 청년이 도쿄가 아닌 아테네에 살아서 덜 신중해 보였는지도 모른다. 호소카와 씨는 청년에게 다가가서 당신이 찾는 사람이 나요, 라고 말하듯 목과 어깨 위쪽만 살짝 움직여 인사했다.

청년은 손을 내밀어 호소카와 씨의 서류가방을 받아들고, 허리를 굽혀 정중히 인사했다. 부사장 두 명과 판매 관리 담당자 세 명에게도 신중하게, 그러나 허리를 조금 덜 굽혀 인사했다. 그는 통역사라고 자신을 소개하면서 오는 길이 편안했는지 묻고, 호텔까지 걸릴 예상 시간과 첫 회의가 열리는 시각을 알려주었다. 콧수염과 우지 기관단총을 뽐내는 사람들이 북적대고 가방들이 정신없이 부닥치고 외치는 소리와 안내 방송이 시끄럽게 울려대는 아테네공항 한복판에서, 호소카와 씨는 이 젊은이의 목소리에서 뭔가 친숙하고 편안한 느낌을 받았다. 음악적이지 않은데도 어쩐지 음악처럼 느껴지는 목소리였다. 자꾸만 듣고 싶어지는 목소리였다.

"어디 출신인가?" 호소카와 씨가 물었다.

"나고야입니다."

"아름다운 도시지. 올림픽 개최지였고……"

겐은 고개를 끄덕였지만 올림픽에 대한 말은 하지 않았다.

호소카와 씨는 다른 화제를 떠올려보려 고심했다. 너무 오랫동안 비행기를 타고 오느라 대화 나누는 법을 잊은 것 같았다. 대화를 주도하는 것은 겐이 해야 할 일 아닌가 하는 생각이 들었다. "그럼 가족은 다들 거기 있나?"

와타나베 겐은 기억을 더듬기라도 하듯 잠시 뜸을 들였다. 오스트레일리아 청소년 한 무리가 배낭을 메고 그들 곁을 지나갔다. 그들의 고함과 웃음소리가 복도를 채웠다. "웜뱃!"* 한 소녀가 외치자 다른 아이들도 응수했다. "웜뱃! 웜뱃! 웜뱃!" 그들은 깔깔 웃어대며 서로의 팔에 매달려 비틀거리며 사라졌다. "모두 거기 삽니다." 십대들의 뒷모습을 의심스러운 눈으로 신중하게 바라보며 겐이 대답했다. "부모님과 두 누이가 있습니다."

"누이들은 다 결혼했고?" 호소카와 씨는 겐의 누이들에겐 관심이 없었지만 그의 목소리에서 기시감을 느꼈다. 어느 오페라의 1막

---

* 오스트레일리아에 서식하는 동물로, 오소리와 비슷하며 캥거루처럼 주머니가 있다.

시작 부분 같다고 할까?

겐은 그를 똑바로 쳐다보았다. "예, 했습니다."

갑자기 별생각 없이 던진 질문이 적절치 못했다는 느낌이 들었다. 호소카와 씨가 시선을 피하자 겐은 그의 짐을 받아들고 유리문을 빠져나가 작열하듯 뜨거운 그리스 정오의 열기 속으로 일행을 안내했다. 냉방이 완비된 리무진이 공회전을 하며 대기하고 있었고 일행은 차에 올라탔다.

이어지는 이틀 동안 겐은 무슨 일이든 매끄럽게 처리했다. 그는 호소카와 씨가 자필로 쓴 문서를 타이핑하고 스케줄을 관리하고 육 주간 매진이던 〈오르페우스와 에우리디케〉 공연의 입장권을 구해주었다. 회의장에서는 호소카와 씨 일행을 위해 그리스어와 일본어를 빠르게, 재치 있게, 그리고 전문적으로 통역했다. 그러나 호소카와 씨의 마음을 끈 것은 겐의 존재감이 아니라 그가 자신의 존재를 특별히 드러내지 않는다는 점이었다. 겐은 보이지 않는 또 하나의 호소카와라도 된 듯 필요한 것을 알아서 챙겨주었다. 그가 잊어버린 것까지 대신 다 기억하는 것 같았다. 어느 오후, 운송 사안에 관한 비공식 회의에서 호소카와 씨는 자신의 말을 그리스어로 옮기는 겐의 목소리를 듣다가 마침내 깨달았다. 왠지 귀에 익다고 생각했던 목소리. 그것은 호소카와 자신의 목소리였다.

"그리스엔 올 일이 별로 없어." 그날 밤 호소카와 씨는 아테네 힐튼호텔의 바에 앉아 술을 마시면서 겐에게 말했다. 바는 호텔의 최상층에 있어서 아크로폴리스 전체가 한눈에 내려다보였다. 저 아래 작고 하얗게 보이는 아크로폴리스는 마치 술 마시는 손님들의 눈을 즐겁게 해주기 위해, 단지 그 이유로 건설된 듯한 착각을 불러일으켰다. "자네가 할 줄 아는 언어가 또 있는지 알고 싶네." 호소카와 씨는 겐이 영어로 통화하는 것을 들은 적이 있었다.

겐은 빠진 것이 없는지 가끔씩 확인하면서 목록을 작성했다. '매우 유창함, 꽤 유창함, 유창함, 무난함, 읽을 줄 앎'으로 카테고리를 나누었다. 그가 아는 언어는 테이블에 놓인 칵테일 메뉴의 수보다 많았다. 두 사람은 아레오파고스라는 칵테일을 주문했다. 그리고 건배했다.

겐은 스페인어를 매우 유창하게 했다.

지구 반대편, 그리스보다 갑절은 더 낯선 이곳에서 호소카와 씨는 아테네공항을 생각했다. 총으로 무장한 병사들의 모습에서 콧수염을 기르고 우지 기관단총을 뽐내던 사람들이 떠올랐기 때문이다. 사 년 전, 겐을 처음 만난 날이었지, 오 년 전이던가? 그후 겐은 정규직으로 채용되어 도쿄로 왔다. 통역이 필요 없을 때면 그는 다른 사람들이 생각지도 못한 일까지 알아서 척척 챙겼다. 그의 통역이 어찌나 정확한지 호소카와 씨는 가끔 자신이 외국어를 모른다는 사실을, 외국인이 듣는 목소리가 자신의 것이 아니라는 사실을 잊을 때가 있었다. 총을 든 사내가 하는 말을 알아들을 순 없었지만 상황은 분명했다. 최악의 경우 죽을 수도 있다. 일이 잘 풀려도 앞으로 오랜 시간 시달릴 것이다. 호소카와 씨는 오지 말아야 할 곳에 왔고, 낯선 사람들에게 잘못된 환상을 심어주었다. 오직 한 여자의 노래를 듣기 위해서. 그는 록산 코스를 건너다보았지만 잘 보이지 않았다. 그녀의 몸이 반주자와 피아노 사이에 끼어 있다시피 했기 때문이다.

"마스다 대통령." 콧수염을 기르고 총을 든 사내가 입을 열었다.

정장을 차려입은 손님들이 불안해하며 동요했다. 누구도 자진해서 입을 열고 싶지 않았던 것이다.

"마스다 대통령, 앞으로 나오시오."

사람들이 허공을 응시하며 가만히 있자 사내는 총구를 내려 사람들을 겨눴다. 그 끝이 스위스 은행가인 금발의 오십대 여성 엘리스를 향했다. 그녀는 눈을 몇 번 깜박이다가 두 손을 쫙 펴 심장 부근에 포개 얹었다. 거기에 총을 맞으리라 예상하는 듯이. 그리고 그럴 경우 두 손이 아주 미약하나마 보호막 역할을 해준다면 기꺼이 손을 내줄 생각이었다. 이 광경을 보고 몇 사람이 숨을 들이켰지만 그뿐이었다. 아무도 영웅이나 용감한 기사 역을 자청하지 않는 가운데 불안한 기다림의 시간이 흘렀고, 마침내 부통령이 반 발짝 앞으로 나오면서 자신을 소개했다.

"나는 부통령 루벤 이글레시아스요." 그가 총을 든 남자에게 말했다. 부통령의 얼굴은 피로에 지쳐 있었다. 그는 키도 몸집도 왜소한 사내로, 그가 부통령이 될 수 있었던 데는 정치적 신념 외에 작은 체구도 한몫했다. 이 나라 정치권에는 대통령이 부통령보다 키가 작으면 나약하고 만만해 보인다는 생각이 퍼져 있었기 때문이다. "마스다 대통령은 오늘 이 자리에 참석하지 못했소. 여기에 없소." 부통령의 목소리는 침울했다. 지금 이 상황이 그에겐 너무나 큰 부담이었다.

"거짓말." 총을 든 사내가 말했다.

루벤 이글레시아스는 침통하게 고개를 저었다. 마스다 대통령이 침대에 누워 오늘의 연속극을 즐겁게 되새기는 대신 지금 이 자리에 있어주기를 바라는 마음은 부통령이 그 누구보다 간절했다. 알프레도 장군은 재빠른 동작으로 총을 회전시켜 총구 쪽을 쥐었다. 그리고 다시 총을 쳐들어 부통령의 오른쪽 눈 옆 광대뼈를 갈겼다. 거친 동작에 비해 부드럽게 느껴지는 퍽 소리와 함께 개머리판이 뼈를 덮고 있는 살갗을 때렸고, 왜소한 사내는 바닥으로 쓰러졌다. 머리카락과의 경계 부근에 생긴 3센티미터 길이의 상처에서 이내 피가 흘러나왔다. 피는 귓속으로 흘러들어갔다가 뒤통수 쪽으로 향했다. 그런데도 부통령(그가 반쯤 의식을 잃고 쓰러져 있는 거실 바닥은 불과 열 시간 전만 해도 세 살짜리 아들과 장난치며 뒹굴던 곳이었다)을 비롯한 모든 사람은 그가 총에 맞지 않았다는 사실에 안도하며 놀라움을 느꼈다.

총을 든 사내는 쓰러진 부통령을 내려다보더니 그 모습이 보기가 좋았는지 나머지 사람들에게도 누우라고 명령했다. 스페인어를 모르는 사람도 이 말은 분명히 이해한 듯 다들 무릎을 꿇었다가 바닥에 몸을 눕혔다.

"엎드리지 말고 누워." 그가 덧붙였다.

엎드렸던 몇몇 사람이 몸을 돌려 누웠다. 독일인 두 명과 아르헨티나 사람 한 명이 끝까지 눕지 않자 병사들이 와서 장총으로 무릎 뒤를 콱 찍어 쓰러뜨렸다. 누우려다보니 서 있을 때보다 공간이 훨씬 많이 필요해서 어떤 이들은 로비로, 또 어떤 이들은 식당으로 가야 했다. 손님 백구십일 명이 누웠고, 웨이터 스무 명이 누웠고, 주방 보조와 요리사 일곱 명이 누웠다. 2층 침실에 있던 부통령의 세 아이와 아이들의 유모도 끌려내려왔다. 늦은 시각이었지만 계단 위에서 록산 코스의 공연을 보느라 아직 잠자리에 들지 않았던 이 네 사람 역시 바닥에 누웠다. 작은 러그처럼 바닥 여기저기에 누운 이들 중에는 중요 인사와 최상급 중요 인사 몇 명, 대사와 외교관, 각료, 은행장, 기업 회장, 몬시뇰* 그리고 누워 있으니 훨씬 작아 보이는 오페라 가수 한 명이 있었다. 반주자는 조금씩 그녀 위로 몸을 움직여 넓은 등으로 그녀를 가리려고 했다. 록산 코스가 약간 몸을 꿈틀거렸다. 조금 있으면 상황이 종료되고 새벽 두시에는 집으로 돌아가 잠자리에 들 수 있으리라 생각하는 여자들은 폭 넓은 치마가 최대한 구겨지지 않도록 조심스레 옷을 잡아당겼다. 결국은 총탄에 맞아 죽으리라 생각하는 여자들은 실크 천이 둘둘 말리고 구겨져도 내버려두었다. 모두가 바닥에 눕자 주위는 쥐죽은듯 조용해졌다.

이제 실내의 사람들은 선 자와 누운 자 두 무리로 나뉘었다. 명령이 떨어지자 누운 자들은 입도 뻥긋 않은 채 가만히 있었고, 선 자들은 누운 자들이 무기를 소지했는지, 혹시 이중에 대통령이 숨어 있지 않은지 확인했다.

바닥에 누워 있으면 무력감과 두려움이 더하리라고 생각하기 쉽다. 누가 와서 밟을지도 모르고 걷어찰지도 모른다. 도망갈 기회조차 없이 총에 맞을 수도 있다. 하지만 누운 사람들은 훨씬 큰 안도감을 느꼈다. 이젠 테러리스트들을 제압하려고 모의를 한다거나 출입구 쪽으로 도망가볼 생각은 할 수가 없었다. 하지도 않은 일 때문에 오해를 살 가능성이 현저히 줄어든 것이다. 그들은 싸움을 피하기 위해 날 잡아잡숴 하고 상대의 날카로운 이빨 앞에 목과 배

* 가톨릭 고위 성직자에 대한 경칭.

를 내맡긴 강아지와 흡사했다. 바로 조금 전까지 탈출을 모의하던 러시아인도 체념이 주는 안도감을 느꼈다. 많은 수의 손님이 아예 눈을 감고 있었다. 늦은 시각이었다. 와인과 가자미 요리, 훌륭한 고기 요리를 포식한 뒤인데다, 무섭기도 했지만 그만큼 피로하기도 했다. 테러리스트의 군화는 낡고 진흙투성이였는데 주위를 왔다갔다할 때마다 우아한 무늬가 들어간 사보느리* 카펫(다행히 밑에 푹신한 패드가 깔려 있는) 위에 진흙이 우수수 떨어졌다. 어떤 군화는 구멍이 뚫려서 발가락 끝이 보일 지경이었고, 그 발가락들이 이제는 바로 눈앞에서 움직였다. 개중에는 밑창이 완전히 떨어져서 은박 테이프로 둘둘 감은 것도 있었는데, 그 테이프마저도 더럽고 가장자리가 말려올라가 있었다. 젊은 병사들은 고개를 숙이고 손님들을 내려다보았다. 미소 띤 얼굴은 아니었지만 그렇다고 무시무시한 표정도 아니었다. 손님들이 눕지 않고 그대로 서 있었다면, 칼을 지닌 체구 작은 어린애가 값비싼 턱시도 차림의 키 큰 연장자에게 어떤 식으로 권위를 보여주었을지 상상하기란 어렵지 않았다. 소년병들은 빠른 동작으로 손을 주머니에 넣어보기도 하고 손가락을 펴서 바짓자락을 문질러보기도 했다. 여자들의 경우 치맛자락만 툭툭 쳐보았다. 상체를 굽히고 이들을 내려다보다가 그냥 가버리는 병사도 있었다. 만찬 파티인 만큼 관심을 끌 만한 물건은 거의 나오지 않았다.

말수가 적은 엑토르 장군이 공책에 적은 물품 목록은 다음과 같았다. 바지 주머니에서 나온 펜나이프 여섯 개와 시곗줄에 달린 시

* 17세기 프랑스에서 최고급 카펫을 제작하던 공방.

가커터 네 개, 핸드백에서 나온 머리빗 크기의 진주 손잡이 권총 한 정. 이들은 처음에 이 총을 라이터라고 생각하고 불을 켜보려다 갑자기 총이 발사되어 거실 테이블에 작은 흠집이 나는 소동이 벌어졌다. 책상에 있던 칠보 손잡이가 달린 편지칼 한 개, 주방에서 나온 각종 나이프와 포크, 벽난로 옆에 있던 부지깽이와 부삽 각각 한 자루, 부통령의 침대 옆 테이블에서 나온 총신이 짧은 38구경 스미스앤드웨슨 리볼버 권총 한 정. 부통령은 이것이 평소 자신이 소지하던 물건이라고 시인했다. 병사들은 이 모든 물품을 압수해 2층 벽장에 집어넣고 자물쇠를 채웠다. 시계와 지갑, 보석류는 그대로 놔두었다. 한 어린 병사는 어떤 여자의 새틴 핸드백에서 박하사탕 하나를 발견하고 가져도 괜찮으냐는 듯 보여주었다. 여자가 고개를 4분의 1인치 정도 살짝 끄덕이자 병사는 미소를 지으며 포장을 벗겼다.

한 병사가 겐과 호소카와 씨를 뚫어져라 내려다보더니 그들의 얼굴을 보고 또 보았다. 호소카와 씨를 빤히 살펴보던 그가 뒤로 물러서다 한 웨이터의 손을 밟자 웨이터가 얼굴을 찡그리며 재빨리 손을 치웠다. "장군님." 소년병의 목소리가 조용한 실내에서 유난히 크게 들렸다. 겐이 둘은 한 묶음이라 결코 떨어질 수 없다는 듯 회장 옆에 바싹 붙었다.

벤하민 장군이 앞으로 나와 따뜻하게 살아 숨쉬는 내빈들을 내려다보았다. 장군을 처음 보면 얼굴에 불행하게도 포트와인 빛깔의 커다란 반점이 있다고 생각할 수도 있겠지만, 다시 살펴보면 그것은 반점이 아니라 살아서 맹위를 떨치는 생명체였다. 붉은 대상포진이 무리를 지어 검은 머리카락 밑에서부터 왼쪽 관자놀이를 지나 눈 바로 옆까지 이어져 있었다. 보는 이에게 가슴 아픈 동정심을 불러일으키는 얼굴이었다. 벤하민 장군은 병사가 가리키는 곳으로 와서 호소카와 씨를 빤히 내려다보았다. "아냐." 그는 이렇게 말하고 되돌아서 가려다 걸음을 멈추고 일상적인 얘기를 나누듯 호소카와 씨에게 말했다. "이 친구가 당신을 대통령으로 착각했소."

"회장님을 대통령으로 착각했답니다." 겐의 작은 목소리에 호소카와 씨는 고개를 끄덕였다. 안경을 쓴 오십대의 일본인은 그 말고도 대여섯 사람쯤 더 있었다.

벤하민 장군이 장총을 내려 지팡이를 짚듯 겐의 가슴을 찔렀다. 와이셔츠 단추 크기밖에 안 되는 작고 둥근 총구가 살을 아프게 짓눌렀다. "말하지 마."

겐이 트라둑토르*라는 단어를 내뱉자 장군은 잠시 생각에 잠겼다. 호소카와 씨가 귀머거리나 장님이라는 말이라도 들은 듯했다. 그는 이내 총을 들고 저쪽으로 걸어가버렸다. 저 사람에게 도움이 될 약이 분명히 있을 텐데, 하고 겐은 생각했다. 숨을 들이쉬자 총구가 닿았던 부분에 날카로운 통증이 느껴졌다.

멀지 않은 곳의 피아노 옆에서는 소년병 두 명이 반주자를 총 끝으로 쿡쿡 찔러서 록산 코스의 옆으로 떼어내고 있었다. 우아하게 꼬아올려 뒤통수에 고정시킨 머리 때문에 그녀는 제대로 누울 수가 없었다. 할 수 없이 핀을 모두 빼서 배 위에 쌓아놓았는데, 그들

* '통역, 통역사'라는 뜻.

이 마음만 먹으면 무기라는 명목으로 압수할 수도 있을 것 같았다. 길고 구불구불한 머리카락이 바닥에 흩어져 있어서 어린 테러리스트들이 모두 구경하러 왔다. 배짱 좋게 머리칼을 만져보는 병사도 있었는데, 차마 쓰다듬지는 못하고 곱슬곱슬한 머리카락 끝만 손가락 하나로 슬쩍 건드려보았다. 허리를 굽히면 그들이 살피고 다닌 어느 여자와도 다른 그녀만의 향수 냄새를 맡을 수 있었다. 그것은 그들이 통풍구로 들어가기 위해 정원을 지나올 때 맡았던 작고 흰 꽃의 향기와 비슷했다. 어쩌면 죽을 수도 있고 어쩌면 해방을 이룰 수도 있는 이런 중차대한 상황에서도 병사들은 벽토로 치장된 높은 담벼락 옆에서 본 종 모양의 작은 꽃 향기를 기억했다. 그리고 이 아름다운 여인의 머리카락에서 그 향기를 또다시 맡자 그것이 행운의 징조처럼 느껴졌다. 그들은 냉방 통풍구 안에 웅크리고 있는 동안 그녀의 노랫소리를 들었다. 그들 각자에게는 세세하고 구체적인 임무가 주어졌다. 여섯번째 곡이 끝나면 조명을 꺼야 했다. 그들은 앙코르라는 개념 자체를 몰랐다. 오페라가 무엇인지, 그것이 집에서 나뭇단을 나르거나 물을 길을 때 아무렇게나 흥얼거리는 노래와 무엇이 다른지도 알지 못했다. 아무도 알려준 적이 없었다. 어느 정도 교육을 받고 수도에도 가본 적 있는 장군들조차 숨을 죽이고 그녀의 노래에 귀를 기울였다. 냉방 통풍구를 통해 들어온 어린 테러리스트들은 단순한 자들이라 터무니없는 것도 잘 믿었다. 그들이 살던 마을의 노파들은 목청 고운 처녀를 보면 새를 잡아먹었다고 말하곤 했는데, 연녹색 시폰 드레스 위에 수북이 쌓인 머리핀을 본 병사들은 그 이유로 저 여자는 새를 잡아먹은 거야 하고 혼잣말을 했던 것이다. 하지만 그것이 사실이 아님은 그들도 알고 있었다. 아무리 무식하고 순박한 사람이어도 그런 새 따윈 없다는 것쯤은 알았다.

계속해서 다가오는 병사들 가운데 하나가 곁에 웅크리고 앉더니 그녀의 손을 쥐었다. 가볍게 잡고 손바닥을 갖다대보는 정도여서 록산 코스는 마음만 먹으면 당장 손을 뺄 수도 있었지만 그러지 않았다. 손을 오래 내맡길수록 쉽게 그의 마음을 살 수 있을 테고, 그러면 이 병사가 다른 병사들로부터, 그리고 그 자신으로부터 그녀를 보호하고 지켜주려 할지도 모른다는 것을 알았기 때문이다. 이 병사는 무척이나 어리고 모자챙 아래로 보이는 얼굴선이 고와서 숱 많은 부드럽고 검은 속눈썹이 눈꺼풀에 비해 너무 무거워 보일 정도였다. 좁은 가슴에는 탄띠를 둘렀는데 그 무게를 이기지 못해 몸이 구부정했다. 한쪽 군화 위에는 나무 칼자루가 달린 부엌칼이 고정돼 있고, 한쪽 주머니엔 권총 한 자루가 떨어질 듯 말 듯 매달려 있었다. 록산 코스는 시카고와 10월 말의 싸늘한 밤을 생각했다. 만일 이 어린 병사가 다른 나라에서 아주 다른 삶을 누리고 있다면 다음주쯤에는 나이가 좀 많기는 해도 핼러윈 사탕을 받으러 돌아다닐지도 모른다. 테러리스트로 분장하고 정원 창고에서 꺼내온 낡은 군화를 신고 몸에는 마분지로 만든 탄띠를 두르고 그 안에는 탄약 대신 엄마의 립스틱 케이스를 채워넣고. 병사는 그녀의 얼굴에는 관심 없이 오로지 손만 바라보았다. 그녀와는 전혀 상관없는 물체를 보는 표정이었다. 그녀는 다른 때 같았으면 벌써 손을 치웠겠지만, 상황이 상황이니만큼 병사가 손을 잘 살펴볼 수 있도록 그냥 가만히 누워 있었다.

반주자가 고개를 들고 병사를 노려보자 그는 록산 코스의 손을 드레스 위에 내려놓고 저쪽으로 걸어가버렸다.

두 가지는 확실했다. 손님 중 누구도 무기를 소지하지 않았다는 점, 그리고 마스다 대통령이 이 자리에 없다는 점. 혼란을 틈타 대통령이 몸을 숨긴 건 아닌지 확인하려고 총 든 소년병들을 집 이곳저곳으로 보내 지하실과 다락방, 높은 담장 모서리 주변을 일일이 살펴보게 했다. 하지만 아무도 없다는 보고뿐이었다. 열린 창문으로 앵앵거리는 벌레 소리가 들렸다. 부통령의 저택 거실은 쥐죽은듯 고요했다. 벤하민 장군은 부통령 옆에 쭈그리고 앉았다. 옆에 누운 부통령 부인이 남편의 머리 상처를 누르고 있는 식사용 냅킨 위로 피가 제법 배어나왔다. 음험한 보랏빛 자국이 이제 그의 눈 주위로 번지고 있었다. 그러나 그것은 벤하민 장군 자신의 얼굴에 난 염증만큼 아파 보이지는 않았다. "마스다 대통령은 어디 있나?" 이제야 대통령의 부재를 알았다는 듯 장군이 물었다.

"관저에 있소." 부통령은 피에 젖은 냅킨을 받아들고 아내에게 물러나 있으라고 손짓했다.

"대통령은 왜 오지 않았지?"

장군이 질문을 던진 이유는 혹시 자신의 조직에 첩자가 있는 건 아닌지, 대통령이 미리 이 기습에 대한 정보를 얻은 건 아닌지 알기 위해서였다. 하지만 부통령은 머리를 얻어맞아 정신이 몽롱한 데다 비통한 심정이었고 비통함은 쉽게 진실을 털어놓도록 만들었다. "연속극을 보느라고." 모두가 고분고분 숨을 죽인 방안에서 루벤 이글레시아스의 목소리는 모든 이의 귀에 가닿았다. "마리아가 오늘밤에 풀려나는지 봐야 한다고 했소."

"이 자리에 참석한다고 들었는데?"

부통령은 망설임도 후회도 없이 대답했다. "오기로 했다가 나중에 마음을 바꿨소." 바닥에 누운 사람들이 불안하게 동요했다. 사정을 알았던 사람이나 몰랐던 사람이나 똑같이 경악을 금치 못했다. 그 순간 루벤 이글레시아스의 정치 생명은 끝장이 났다. 애초에 그와 마스다 사이에 큰 애정이 있었던 건 아니었지만 이제 대통령이 그의 신세를 망쳐버렸다. 부통령이 지금껏 열심히 일했던 것은 재산이 상속되듯 언젠가 권력이 자신에게 오리라는 믿음 때문이었다. 중요한 장례식이며 지진이 난 현장을 방문하는 등의 궂은 일도 입술을 깨물며 도맡아 했다. 대통령의 지루한 연설에도 내내 고개를 끄덕였다. 하지만 이 순간 그는 대통령이 되겠다는 소망을 접었다. 오늘밤 그는 손님들과 함께 총에 맞아 죽을 테고, 어쩌면 아이들도 다 죽게 될지 모른다. 어차피 죽을 거라면, 에두아르도 마스다, 자신보다 1센터미터나 클까 말까 한 그 대통령은 지금 집에서 텔레비전을 보고 있다는 사실이나 속시원히 까발려버리고 싶었다.

학살을 자행했던 스페인 선교사의 후손인 가톨릭 사제들은 진리가 그대를 자유케 하리라는 구절을 즐겨 인용하곤 했는데 이 경우엔 그들의 말이 옳았다. 부통령을 본보기로 쏴버리려고 격철을 당기던 벤하민 장군은 연속극이라는 말에 동작을 멈췄다. 대통령을 납치해서 현정권을 전복시키려던 오 개월간의 계획이 허사가 되고 앞에 누운 인질 이백이십이 명까지 짊어져야 할 상황에 처했다는 사실을 뼈저리게 느끼고 있었음에도 그는 부통령의 말이 사실이라는 것을 믿었다. 도저히 지어낼 수 없는 얘기였다. 지어냈다고 하기에는 너무도 시시하고 좀스러운 얘기였다. 벤하민 장군은 사람을 죽이는 데 어떠한 가책도 느끼지 않는 인물이었다. 자신의 경험으로 볼 때 인생은 고통의 연속일 뿐이라고 생각했다. 만일 대통령이 감기에 걸렸다고 했다면 그는 부통령을 쏴버렸을 것이다. 국가안보상 긴급한 일이 생겨 소집되었다고 했다면 부통령을 쏴버렸을 것이다. 모든 것이 계략이었고 대통령은 처음부터 파티에 참석하지 않을 계획이었다고 말했어도, 빵. 그러나 마리아라면. 텔레비전도 거의 없고 전기도 잘 들어오지 않고 전파 수신조차 되지 않는 밀림 지대에서도 마리아를 모르는 사람은 없었다. 핍박받는 자들의 해방 외에는 어떠한 것에도 관심을 두지 않는 벤하민조차 마리아에 대해서는 조금 알았다. 그녀가 나오는 연속극은 월요일부터 금요일 오후에 방송되고, 낮시간에 일하느라 방송을 보지 못하는 사람들을 위해 화요일 밤에 특별히 한 주 분량의 줄거리가 요약 방영되었다. 마리아가 풀려난다면 당연히 화요일 밤이어야 했다.

당초 계획에 따르면 그들은 대통령을 납치해 칠 분 이내에 사라질 예정이었다. 지금쯤은 이미 이 도시를 벗어나 밀림으로 가는 위험한 길을 질주하고 있어야 했다.

창밖 담 너머에서 환한 적색 불빛이 번쩍이며 날카롭게 왱왱대는 소리가 들려왔다. 귀에 거슬리는 소리, 누군가를 비난하는 듯한 소리였다. 그것은 노래와는 거리가 멀었다.

2

바깥세상에서는 밤새 시끄러운 소리가 울려퍼졌다. 자동차들이 속력을 내어 질주했다. 사이렌소리가 오고가며 꺼졌다가 켜지기를 반복했다. 목재 바리케이드가 설치되고, 그 뒤쪽으로 사람들이 모여들었다. 바닥에 누워 있으니 놀라울 정도로 많은 소리가 들려왔다. 그 소리에 정신을 집중할 여유가 있었다—발을 끌며 걸어다니는 소리, 손바닥에 방망이를 툭툭 치는 소리까지 빠짐없이 귀에 들어왔다. 거실 천장의 형상은 이제 머릿속에 다 새겨졌으므로(천박한 느낌마저 들 만큼 화려한 크라운몰딩을 두른 하늘색 천장은 소용돌이와 나선형 장식이 되어 있고 구석구석 빠짐없이 금박이 입혀져 있었으며, 총탄에 맞아 떨어져나간 자국이 세 군데 있었다) 손님들은 눈을 감고 들려오는 소리에 귀를 기울였다. 휴대용 확성기를 통해 묘하게 뭉개져서 들리는 커다란 목소리가 거리를 향해 뭔가를 지시하고 저택을 향해 뭔가를 요구했다. 즉각적인 무조건

항복만이 협상 조건이라는 내용이었다.

"총기는 모두 문밖에 내놔라." 으르렁대는 목소리가 흡사 바다 밑바닥에서 들려오는 소리처럼 부글대며 울려퍼졌다. "문을 열고 두 손을 머리 뒤에 대고 밖으로 나와라. 그런 다음 인질들을 앞문으로 내보내라. 안전을 위해 인질도 두 손을 머리에 얹으라고 전해라."

말이 끝나자 확성기는 다른 사람의 손으로 넘어갔고, 넘겨받은 사람은 협박 내용을 미묘하게 변주하여 앞의 요구를 되풀이했다. 딸깍거리는 소리가 요란하게 몇 번 들리더니 별안간 청백색 불빛이 차가운 우유처럼 거실 창문으로 쏟아져들어오는 통에 사람들은 모두 눈을 찡그렸다. 언제 이 사건이 외부에 알려졌을까? 저들은 누가 불렀으며 어떻게 저 많은 사람이 이 짧은 시간에 한자리에 모일 수 있었을까? 혹 경찰서 지하실에 모여서 이런 날이 오기만을 기다렸던 것일까? 확성기를 들고 점점 목소리를 높여가며 허공을 향해 소리칠 말을 미리 연습해둔 것일까. 저쪽이 시킨다고 해서 순순히 무기를 내려놓고 밖으로 나갈 사람은 아무도 없음을 손님들조차 알고 있었다. 저쪽에서 저런 요구를 거듭할수록 이쪽에서 호의적인 응답을 할 가능성은 줄어들 것이 뻔했다. 입장을 바꿔 자신에게 숨겨둔 총이 있다 해도 절대로 문밖에 내던지진 않을 거라고 손님들은 생각했다. 얼마간의 시간이 지나자 그들은 너무도 지친 나머지, 이런 일이 벌어지지 않았다면 혹은 이 파티에 오지 않았더라면 얼마나 좋았을까 하는 생각조차 잊어버렸다. 이들의 바람은 오로지 하나, 밖에 있는 자들이 확성기를 끄고 모두가 바닥에 누운 채 밤잠을 잘 수 있도록 돌아가주었으면 하는 것뿐이었다. 이따금 확성기 소리가 끊길 때도 있었지만, 그런 잠시간의 고요조차 청개

구리 소리라든가 매미 소리, 총알을 장전하고 격철을 당기는 소리에 방해를 받곤 했다.

나중에 호소카와 씨는 밤새 한숨도 자지 않았다고 우겼지만, 새벽 네시가 지난 어느 시점에 겐은 그가 코고는 소리를 분명히 들었다. 조용히 휘파람을 부는 듯한 코골이 소리는 문설주 밑으로 바람이 새어들어오는 소리 같았고, 그 소리에 겐은 마음이 편안해졌다. 사람들이 십 분이나 이십 분씩 눈을 붙이기 시작하면서 코고는 소리가 더 많이 들렸지만, 잠든 와중에도 그들은 얌전히 바닥에 등을 대고 누워 있었다. 반주자는 전혀 움직이지 않는 것처럼 보일 만큼 느린 동작으로 재킷을 벗고는 베개처럼 돌돌 말아서 록산 코스의 머리 밑에 받쳐주었다. 진흙투성이의 군홧발들이 밤새 그들 위를, 그들 옆을 왔다갔다했다.

지난밤 바닥에 누워 있는 동안에는 워낙 많은 일이 벌어지는 바람에 오히려 불안함을 덜 느꼈지만, 날이 밝아오면서 사람들은 저마다 공포를 느끼기 시작했다. 잠도 못 자고 대책을 생각해봤지만 뾰족한 수가 없었다. 밤사이 남자들의 얼굴엔 거친 턱수염이 삐죽삐죽 돋아나고 여자들의 눈화장은 눈물로 얼룩졌다. 정장 재킷과 드레스는 구깃구깃해지고 신발은 발을 죄었다. 딱딱한 바닥 때문에 등과 엉덩이가 쑤시고 목이 뻣뻣해져 고개도 돌리기 힘들었다. 무엇보다 바닥에 누운 사람들은 하나같이 화장실에 가고 싶었다.

다른 사람들이 겪는 그 모든 괴로움에 더해 호소카와 씨는 엄청난 자책감에 시달렸다. 모두가 그의 생일 때문에 온 사람들이었다. 스스로도 거짓임을 잘 아는 명분을 내세워 생일 파티를 여는 데 동의함으로써 그는 이곳에 있는 모든 이의 목숨을 위태롭게 만든 셈이었다. 프로젝트 개발부장 야마모토 아키라와 부사장 가토 데쓰야 등 난세이 사의 임직원 몇이 그와 동행했고, 스미토모은행 부행장 오가와 사토시와 일본은행 부행장 아오이 요시키 역시 호소카와 씨의 거듭된 만류에도 불구하고 이곳에 왔다. 주최국은 생일 파티의 주인공이 이 두 은행의 가장 귀중한 고객이라는 이유로 이들을 초대했고, 당연히 그들은 파티에 참석했다. 일본 대사도 와 있었다. 그는 지금 출입구 앞 신발 흙털개 위에 누워 있었다.

하지만 호소카와 씨의 마음을 가장 아프게 한 인질은(사람의 목숨을 놓고 어느 쪽이 더 귀한지 판단하는 것은 잘못된 일임을 알지만) 록산 코스였다. 그녀는 그를 위해 노래를 부르러 이 음침한 밀림 지대에 온 것이었다. 이런 선물을 받으려 한 것은 얼마나 큰 허영이었나. 그녀의 음반을 듣는 것만으로 충분했다. 코번트가든과 메트로폴리탄극장에서 그녀를 직접 본 것만도 과분한 일이었다. 어째서 그녀의 향수 냄새를 맡을 만큼 가까운 곳에 앉으면 더 좋을 거라 생각했을까? 알고 보면 그렇지도 않은데. 솔직히 말해서 거실의 음향 장치는 그녀의 목소리를 잘 살려주지 못했다. 강하게 떨며 움직이는 입과 그 입이 크게 더 크게 벌어질 때마다 뚜렷이 보이는 촉촉한 분홍색 혀는 그의 마음을 불안하게 했다. 아랫니의 치열도 고르지 않았다. 이런 자리는 영광이긴 하나 그녀와 이 모든 사람이 처한 위험을 감수할 만큼의 가치가 있지는 않았다. 그는 그녀를 보려고 고개를 아주 약간 쳐들었다. 그녀는 매우 가까이에 있었다. 그녀가 노래할 때 그가 가장 앞에 서 있었기 때문이다. 눈을 감고 있었지만 잠이 든 것 같지는 않았다. 거실 바닥에 누운 그녀를 객관적으로 평가하자면 아주 대단한 미인은 아니었다. 얼굴에 비해 이목구비가 너무 컸다. 코는 너무 길고 입은 너무 컸다. 눈도 평균보다 더 크고 둥글었지만 그 눈을 보고 뭐라 할 사람은 없을 것이다. 그녀의 눈동자는 나가노 호수 근방에 흐드러진 푸른색 과남풀 꽃을 연상시켰다. 그런 생각을 하니 절로 미소가 번지고, 고개를 돌려 겐에게도 말해주고 싶었다. 그래도 그는 계속해서 록산 코스를 바라보았다. 프로그램 해설서와 시디 삽입 표지에서 보고 또 보았지만 지겹지 않은 얼굴이었다. 어깨는 처졌다. 목은 좀더 길었어도 좋았을 것이다. 목이 길었으면 좋겠다니? 그는 자신을 욕했다. 무슨 생각을 하는 거야? 그런 게 뭐 중요하다고. 어차피 누구도 그녀를 객관적으로 볼 수는 없다. 입을 벌려 노래하는 그녀의 모습을 본 적이 없는 사람도 그녀를 처음 보면 눈부시다는 느낌을 받을 것이다. 그녀의 재능은 목소리에만 머물지 않고 흘러넘쳐 광선처럼 피부를 뚫고 밖으로 뿜어져나오는 듯했다. 다음으로 눈에 띄는 것이라면 윤기 흐르고 풍성한 머리카락과 엷은 분홍색 뺨, 그리고 아름다운 두 손일 터였다. 순간 반주자와 눈이 마주치는 바람에 호소카와 씨는 재빨리 고개를 바닥으로 숙였다. 테러리스트들은 이제 손님들을 툭툭 치면서 일어나 따라오라는 신호를 하고 있었다. 그 덕분에 호소카와 씨는 그쪽을 보려고 고개를 든 것인 양 가장할 수 있었다.

오전 열시경부터 사람들은 서로 속닥거리기 시작했다. 창밖에서 들려오는 소음과 복도로 이끌려나가는 손님들의 발소리에 기대어 재빨리 한두 마디씩 내뱉기는 어렵지 않았다. 사람들이 속삭이며 동요하기 시작한 것도 그래서였다. 처음에는 저택 뒤 정원 같은 곳으로 몇 사람씩 끌려가 총살당한다고 생각했다. 빅토르 표도로프는 상의 안주머니에 남은 담배를 세어보면서 총에 맞아 쓰러지기 전에 잠시 담배 피울 시간을 허락받을 수 있을까 생각했다. 뒤통수 아래로 흘러내리는 땀줄기가 느껴졌다. 지금 담배 한 개비를 피울 수 있다면 총에 맞아도 여한이 없을 듯했다. 결과를 기다리는 동안 실내에는 고통스러운 정적이 흘렀으나, 자리를 떴던 이들이 미소 띤 얼굴로 고개를 끄덕이며 돌아오자 사람들은 제각기 옆 사람에게 속삭였다. "화장실, 욕실, 변소." 이 단어들이 실내에 퍼져나갔다.

안내되어 나가는 사람에게는 저마다 감시자가 한 명씩 따라붙었다. 때투성이의 어린 테러리스트들이 몇 가지 무기를 들고 한 사람 한 사람과 동행했다. 그냥 손님 옆에서 나란히 걷는 병사도 있고 제각기 정도는 다르지만 공격적인 태도로 팔을 붙잡는 병사도 있었다. 록산 코스를 감시하는 병사는 그녀의 팔이 아니라 손을 잡았는데 인적 드문 해변을 찾는 연인 같은 태도였다. 전날 그녀의 손을 잡았던 병사와는 다른 분위기였다.

개중에는 결국 죽임을 당하리라 믿고 밤에 밖으로 끌려나가 뒤통수에 총을 맞는 자신의 모습을 자꾸만 눈앞에 그려보는 사람도 있었지만, 록산 코스는 그런 생각을 하지 않았다. 혹 다른 사람들에게는 안 좋은 일이 생길지 모르나 그 누구도 소프라노를 죽이진 않을 것이다. 그녀는 당분간 너그러운 태도를 보이고 손도 잡아주다가 때가 되면 이곳을 벗어날 셈이었다. 그때가 분명히 올 것이다. 그녀는 화장실 문을 열어주는 병사를 향해 미소를 지어 보였다. 어쩌면 병사가 뒤따라 들어올지도 모른다는 생각이 들었다. 그가 들어오지 않자 그녀는 문을 잠그고 변기에 앉아 솟구치는 흐느낌을 삼키며 울었다. 그녀는 머리카락에 두 손을 묻은 채 눈을 가렸다. 빌어먹을 매니저, 이 정도 출연료면 가볼 만하다더니! 목이 뻣뻣하고 오한이 났다. 바닥에서 자고도 감기에 걸리지 않을 사람이 누가 있담. 나는 토스카*가 아니던가? 밤마다 산탄젤로성에서 몸을 던지지 않았던가? 토스카는 이 정도로 나약하지 않아. 이제부터는 이탈리아와 영국, 미국에서만 공연할 거야. 이탈리아, 영국, 미국. 이 세 단어를 몇 번이고 반복해 중얼거리며 숨을 고르자 비로소 울음을 그칠 수 있었다.

복도에서 총을 들고 기다리던 병사 세사르는 다른 사람에게 했던 것과는 달리 문을 두드려 그녀를 재촉하지 않았다. 그냥 바깥벽에 기대선 채, 금빛 수도꼭지 앞에서 허리를 굽히고 입안을 헹구는 그녀의 모습을 상상했다. 작은 조가비 모양의 비누로 얼굴과 손을 씻는 광경도 머릿속에 그려보았다. 그녀가 부르던 노랫소리가 아직도 귓가를 맴도는 듯해서, 그는 시간을 때우기 위해 기억나는 부분을 나직이 흥얼거렸다. '비시 다르테, 비시 다모레, 논 페치 마이 말레 아드 아니마 비바!'** 어떻게 가사가 이토록 또렷이 떠오르는지 신기했다. 화장실에서 시간을 많이 끌고는 있지만 저런 여성에게 무엇을 요구할 수 있단 말인가? 그녀는 걸작품과도 같았다. 서두를 일이라곤 아무것도 없었다. 마침내 밖으로 나왔을 때 그녀의 손엔 아직 물기가 남아서 손을 잡자 짜릿할 정도로 서늘했다. 그는 비시 다르테, 라고 말해주고 싶었지만 그 말의 뜻을 몰랐다. 피아노 옆 그녀의 자리로 돌아와보니 반주자는 자리에 없었다. 이내 반

---

* 푸치니의 오페라 〈라 토스카〉의 비극적 여주인공.

** '노래에 살고, 사랑에 살고, 난 남에게 해로움 끼친 적 없네'라는 뜻의 이탈리아어.

주자가 돌아왔다. 그는 남들보다 안색이 상당히 나빠 보였다. 얼굴은 달처럼 하얗게 핏기가 가셔서 불길하게 느껴질 정도였고 눈가는 피처럼 붉었다. 병사 중 덩치가 큰 힐베르트와 프란시스코가 양옆에서 그를 부축하고 있었다. 두 병사는 양손으로 그를 끌어당겼다. 언뜻 보면 창문이나 출입구 쪽으로 도망가려다 잡힌 사람 같았지만, 자리로 돌아온 반주자는 공책 종이 두 장에 몸 전체를 얹어놓은 듯 이내 다리가 꺾이면서 주저앉아버렸다. 그는 구겨지듯 바닥에 쓰러져 정신을 잃었다. 테러리스트들이 스페인어로 록산 코스에게 뭐라고 조언하며 정보를 주었지만 그녀는 스페인어를 알아듣지 못했다.

그녀는 일어나 앉아도 되는지 몰라서 상체만 약간 일으키고는 그의 두 다리를 잡아당겨 쭉 폈다. 그는 몸집이 육중하진 않지만 키가 큰 사람이어서 부자연스럽게 늘어진 팔다리를 억지로 움직이려니 무척 힘이 들었다. 처음에 그녀는 그가 정신을 잃은 척하는 줄 알았다. 간혹 석방되려고 맹인인 척하는 인질이 있다는 얘기를 들은 적이 있었기 때문이다. 하지만 피부색까지 거짓으로 꾸밀 순 없는 일이었다. 몸을 흔들자 그의 머리가 힘없이 이리저리 늘어졌다. 가까운 곳에 있던 한 웨이터가 허리를 굽혀서 상체에 깔린 반주자의 팔을 옆구리 쪽으로 빼주었다.

"어떻게 된 거예요?" 그녀가 속삭여 물었다. 진흙 묻은 군화가 곁을 지나갔다. 그녀는 반주자 옆에 엎드려 손가락으로 그의 손목을 잡았다.

마침내 반주자가 몸을 움직이며 한숨을 쉬더니 깊고 곤한 잠에서 깨어나려는 사람처럼 눈을 깜박이며 그녀를 바라보았다. "당신에겐 아무 일 없을 겁니다." 그는 시퍼런 입술을 록산 코스의 머리에 갖다대며 말했지만 기운이 하나도 없는 그 목소리는 멀리서 들려오는 듯했다.

"몸값을 요구할 거야." 호소카와 씨가 겐에게 말했다. 두 사람은 록산과 반주자를 지켜보는 중이었다. 반주자는 혹시 죽었나 싶을 때마다 몸을 뒤척이거나 한숨을 내쉬었다. "어떤 경우에도 몸값을 지불하는 것이 난세이 사의 방침이네. 회사가 우리 둘 몫을 모두 지불할 거야." 그는 소리를 있는 대로 죽여가며 말했다. 속삭임이라고 하기에도 너무 작은 목소리였지만 겐은 그의 말을 완벽하게 알아들었다. "록산 씨의 몸값도 지불하게 하겠네. 그래야 합당하지. 록산 씨는 나 때문에 여기 온 것이니까." 그리고 반주자도. 더군다나 몸 상태도 좋지 않기 때문에 계속 여기 두어서는 안 된다. 호소카와 씨는 한숨을 쉬었다. 사실 어떻게 생각하면 여기 있는 사람 모두가 호소카와 씨 때문에 오게 된 것이었다. 그는 이들의 몸값을 모두 합하면 과연 얼마나 될까 생각했다. "나 때문에 일이 이 지경이 된 것 같아."

"회장님이 총을 드신 건 아니잖습니까." 겐이 말했다. 바로 옆에서도 들리지 않을 만큼 나지막한 일본어로 나누는 대화는 두 사람에게 위안이 되었다. "어젯밤에 저들이 노린 사람은 대통령이었습니다."

"대통령이 여기 있었으면 좋았을걸." 호소카와 씨가 말했다.

거실 저쪽, 금빛 양단 소파 옆 바닥에 시몽과 에디트 티보가 서로의 손을 잡고 누워 있었다. 두 사람은 다른 프랑스인들과 한참 떨어진 곳에 자리를 잡았다. 누가 봐도 한 쌍인 그들은 둘 다 머리가 짙은 색에 직모이고 눈이 파래서 오누이 같은 느낌을 주었다. 바닥에 누운 이들의 모습이 어찌나 품위 있고 편안해 보이는지, 총부리를 들이대 억지로 눕힌 것 같지 않고 그냥 서 있기가 힘들어서 자리에 누운 것 같았다. 남들은 모두 뻣뻣이 굳어서 몸을 떨고 있었지만 유독 티보 부부만은 아내가 남편의 어깨를 베고, 남편은 아내의 머리에 뺨을 갖다댄 채 서로를 의지하며 누워 있었다. 시몽은 테러리스트들에 대해 생각하기보다는 아내의 머리에서 라일락 향기가 난다는 놀라운 사실에 대해 생각했다.

파리에서 지내던 때, 시몽 티보는 아내를 사랑했지만 늘 그녀에게만 충실하거나 관심을 두지는 않았다. 두 사람이 결혼한 지 스물다섯 해가 지났다. 두 자녀가 있고 해마다 여름이면 각계각층의 친구, 그들의 다양한 애완견과 함께 바다에서 휴가를 즐겼으며, 크리스마스 때는 나이 지긋한 친척들을 비롯해 온 가족이 모여 큰 파티를 열곤 했다. 에디트 티보는 우아한 여성들이 넘쳐나는 도시에서 또 한 사람의 우아한 여성에 불과했고, 그래서 요 몇 년 사이 시몽은 아내를 잊고 살아왔다. 한 번도 아내를 떠올리지 않고 지나가는 날도 많았다. 그녀가 무엇을 하고 있을까, 그녀는 행복할까 하는 생각도 해보지 않았다. 한 사람으로서가 아니라 아내로서의 에디트에 대해서조차.

그러다가 정부에서 약속한 곳으로 발령을 냈다가 다시 철회하면서, 부부가 늘 스 페이 모디, '이 저주받은 나라'라고 부르던 이곳으로 오게 되었다. 두 사람은 반쯤은 두렵고 또 반쯤은 냉정하게 발령을 받아들였지만, 이 국가에 온 지 불과 며칠 만에 놀라운 일이 일어났다. 잃어버린 줄도 몰랐던 무언가를 되찾듯, 젊은 시절 외웠다가 잊었던 노래를 도로 기억해내듯 시몽은 에디트의 존재를 되찾았다. 어느 순간 분명히 그는 스무 살의 그녀를 바라보던 식으로 그녀를 볼 수 있게 되었다. 물론 그녀가 육체적으로 스무 살이라는 뜻은 아니었다. 어느 모로 보나 그에겐 지금의 그녀가 훨씬 아름다웠기 때문이다. 다만 그는 먼 옛날처럼 가슴이 뛰고 건잡을 수 없이 밀려드는 욕망을 느낄 수 있었다. 집안 선반을 장식하기 위해 종이를 자르거나 침대에 엎드려 파리에서 대학을 다니는 딸에게 편지를 쓰는 그녀를 볼 때면 숨이 막힐 지경이었다. 그녀의 모습엔 변함이 없는데 그가 지금껏 몰랐던 것일까? 아니면 알았으면서도 무심히 잊고 살았던 것일까? 비포장도로와 누런 쌀로 뒤덮인 이 나라에서 그는 아내를 사랑하며 그녀와 일심동체라는 사실을 깨달았다. 스페인 대사로 발령받아 갔더라면 그렇게 느끼지 못했을 것이다. 이 특수한 상황, 바로 이 끔찍한 장소가 아니었더라면 그는 자기 인생의 진정한 사랑이 다름 아닌 아내였음을 결코 깨닫지 못했을 것이다.

“금방 누굴 죽이진 않을 것 같아.” 에디트 티보가 남편의 귀에 입술을 갖다대고 속삭였다.

시몽 티보의 눈앞에 보이는 것은 그저 새하얀 모래와 밝게 빛나는 푸른 바다뿐이었다. 수영을 하러 바다로 들어가던 에디트가 돌아서서 그를 바라보는 동안 바닷물이 그녀의 허벅지에 밀려와 부딪힌다. ‘물고기 잡아줄까?’ 그녀는 이렇게 외치고 나서 파도 속으로 뛰어들어 사라진다.

"저들은 우리를 떼어놓을 거야." 시몽이 말했다.

그녀는 한쪽 팔로 그의 팔을 단단히 감고 다시 그의 손을 잡았다. "해볼 테면 해보라지."

지난해 스위스에서 외교관이 타국에서 포로로 억류될 경우의 대응 원칙에 관한 세미나가 열린 적이 있었다. 엉망이 된 이번 디너파티에도 아마 그 원칙이 적용될 거라고 시몽은 생각했다. 먼저 여자들을 밖으로 내보내고, 그다음에는…… 그는 멈칫했다. 그다음이 뭐였는지 정말 기억이 나지 않았다. 만일 저들이 아내를 내보내준다면, 아내가 몸에 지닌 물건 하나쯤은 그가 지녀도 좋지 않을까? 이를테면 귀걸이라든가. 사람은 최악의 상황에도 얼마나 쉽게 적응하는지! 시몽 티보는 생각했다.

처음엔 조심조심 속삭이던 사람들이 화장실에 다녀오고 나서는 낮은 소리로 중얼거리기 시작했다. 자리에서 일어나 사지를 쭉 뻗자 바닥에 누워 있던 때만큼 고분고분한 마음이 들지 않았다. 조용하게, 사람들은 머뭇머뭇 이야기를 시작했다. 처음엔 웅얼거리던 소리가 점차 대화로 변했고 나중에는 다들 바닥에 엎드려 칵테일파티라도 하는 것 같았다. 마침내 알프레도 장군이 천장에 총구멍을 또하나 내고 나서야 사람들은 다시 입을 다물었다. 몇몇이 비명을 질렀지만 이내 정적이 흘렀다. 총이 발사된 지 채 일 분도 되지 않아 현관문 두드리는 소리가 들렸다.

모두 고개를 돌려 문 쪽을 바라보았다. 확성기로 외치는 소리, 사람들이 발을 끄는 소리, 개 짖는 소리, 지붕 위를 나는 헬리콥터 소리가 요란한 가운데서도 지금껏 누가 문을 두드린 적은 없었다.

실내에 있던 모든 사람이 바짝 긴장했다. 마치 집에서의 편안한 휴식 시간을 방해받고 싶지 않은 사람들 같았다. 어린 테러리스트들은 불안하게 서로를 쳐다보고 숨을 깊이 들이쉬며, 지금 당장이라도 사람을 죽일 수 있다는 듯 둥근 고리 모양의 방아쇠울에 손가락을 넣었다. 세 장군은 잠깐 서로 의견을 교환하고는 병사들을 출입구 양옆에 일렬로 세웠다. 그런 다음 벤하민 장군이 총을 뽑아들고, 둥근 군화 끝으로 부통령의 어깨를 툭툭 차서 일으켜세운 뒤 문을 열게 했다.

문밖에 서 있는 자가 총을 쏘며 안으로 들어올 가능성은 얼마든지 있었고, 그럴 경우 루벤 이글레시아스를 희생양으로 세우는 것이 합당하다고 생각되었기 때문이다. 그는 아내 그리고 세 자녀—눈동자가 반짝이는 두 딸과 땀범벅에 상기된 얼굴로 곤히 잠들어 있는 작은 사내아이 하나—와 함께 불 없는 벽난로 옆에 만들어두었던 둥지에서 몸을 일으켰다. 유모인 에스메랄다가 그들과 함께 있었다. 북부 출신인 그녀는 노골적으로 테러리스트들을 노려보았다. 부통령은 계속 천장을 올려다보면서 혹시 마지막으로 쏜 총탄 때문에 배관이 상하지는 않았는지 염려하고 있었다. 만일 지금 같은 때 파이프에 금이라도 간다면 골치 아플 것이다. 시시각각 부풀어오르는 그의 오른쪽 얼굴은 이제 진한 황적색을 띠었고, 오른쪽 눈은 완전히 감겼다. 상처에서는 여전히 피가 흘렀다. 얼굴에 대놓은 식사용 냅킨을 두 번이나 갈아야 했다. 소년 시절, 루벤 이글레시아스는 성당 바닥에 무릎을 꿇고 앉아 키가 크는 은총을 내려달라고 오랜 시간 기도하곤 했다. 먼 친척까지 다 따져봐도 그의 집안엔 키 큰 사람이 아무도 없었다. "네게 무엇을 줄 것인지는 하느님이 판단하신다." 신부들은 무관심하게 말했고 또 그 말이 옳았다. 작은 키 덕에 그는 이 정부에서 두번째로 영향력 있는 자리에 올랐고 지금은 심각한 부상을 피할 수 있었다. 보통 사람 같으면 취약한 턱관절을 가격당했을 텐데, 그는 키가 작아 단단하고 평평한 두개골 옆을 얻어맞았던 것이다. 그의 얼굴은 전날 밤 심상치 않은 일이 벌어졌음을 알려주는 표시였고, 밖에 있는 사람들에게 그 사실을 알릴 또하나의 괜찮은 메시지였다. 부통령이 뻣뻣하고 욱신거리는 몸을 일으키자, 벤하민 장군은 가늘고 길쭉한 총신 끝으로 그의 견갑골 사이를 쿡쿡 찔러 앞으로 떠밀었다. 장군의 상태는 늘 그렇듯 스트레스로 더욱 악화되어 이제 얼굴의 신경세포 하나하나에서 생겨난 농포가 곪아터지기 시작했고, 그는 뜨거운 습포가 혁명만큼이나 절실했다. 문밖에서 또다시 문을 두드렸다.

"지금 나갑니다." 루벤 이글레시아스는 문밖이 아닌 등뒤의 무장한 사내를 향해 말했다. "내 집 현관 위치쯤은 알고 있소." 목숨은 여기까지라고 생각하자 무모하고도 유용한 용기가 솟아올랐다.

"천천히." 벤하민 장군이 지시했다.

"천천히, 천천히, 그래. 하나하나 다 일러주시지. 난 문도 한 번 안 열어본 사람이니까." 부통령은 나직이 중얼거리고 나서 느리지도 빠르지도 않게 자기 속도대로 문을 열었다.

포치에 서 있는 남자는 살갗이 아주 희고 백색에 가까운 노란 머리를 깔끔하게 갈라서 빗어넘긴 모습이었다. 흰 셔츠와 검은 넥타이, 검은 바지 차림이 꼭 미국의 무슨 종교 단체 대표 같았다. 더워서 그랬는지, 팔에 찬 적십자 완장을 보여주려고 그랬는지 양복 상의는 벗어버린 상태였다. 루벤 이글레시아스는 땡볕에서 그를 끌어내 집안으로 들이고 싶다는 생각을 했다. 사내의 이마와 광대뼈는 이미 빨갛게 익어가고 있었다. 부통령은 그의 어깨 너머로 자신의 집 앞마당, 아니 그가 지금껏 자신의 집 앞마당이라고 여겨온 곳에 난 길을 내다보았다. 이 저택도, 잔디밭도, 일하는 사람도, 푹신한 침대도, 보송보송한 수건도 사실 그의 것이 아니었다. 이 모든 것은 부통령이라는 직위에 주어진 것으로, 그가 물러남과 동시에 돌려주어야 하는 것이었다. 그들의 본래 소유품은 창고에 보관돼 있었고, 장차 가족과 함께 대통령 관저로 옮겨가게 될 그날까지 창고에 잘 있어주리라 생각하던 때도 있었다. 약간 열린 저택 정문 틈으로 성난 경찰관과 군인, 기자 무리가 보였다. 나무 쪽에서 번쩍하고 카메라 플래시가 터졌다.

"요아힘 메스너입니다." 사내가 손을 내밀었다. "국제적십자에서 나왔습니다." 그는 프랑스어로 말했다가 부통령이 눈을 찡그리고 쳐다보자 그리 유창하지 않은 스페인어로 같은 말을 반복했다.

메스너의 태도는 이 혼란스러운 상황을 전혀 느끼지 못하는 듯 너무 차분해서 꼭 일요일 아침에 모금이라도 하러 온 사람 같았다. 지진이나 홍수 피해자를 돕는 자리에는 언제나 적십자가 있었고, 이글레시아스 부통령 역시 그런 곳을 찾아다니며 위로를 전하고 현장을 살피곤 했다. 루벤 이글레시아스는 남자와 악수한 다음 잠시 기다리라는 뜻으로 한 손가락을 들었다. "적십자요." 루벤은 총을 들고 등뒤에 늘어선 병사들에게 말했다.

세 장군은 또다시 의견을 교환한 끝에 이 정도는 괜찮다는 결론을 내렸다. "들어와도 괜찮겠소?" 부통령은 영어로 조용히 물었다. 그의 영어는 메스너가 하는 스페인어만큼이나 서툴렀다. "저들이 도로 보내준다고는 장담 못하오."

"내보내줄 겁니다." 메스너가 안으로 들어서면서 말했다. "문제는 인질의 수가 너무 많다는 점입니다. 인질이 늘어나는 건 저들도 원치 않을 겁니다." 그는 테러리스트들을 한번 둘러보고 다시 부통령을 쳐다보았다. "얼굴이 좋지 않으시군요."

루벤 이글레시아스는 별일을 다 당해서 이젠 달관했다는 뜻으로 어깨를 으쓱해 보였지만, 그 몸짓을 메스너는 자기 말을 알아듣지 못했다는 의미로 받아들였다.

"저는 영어, 프랑스어, 독일어, 이탈리아어를 할 줄 압니다." 그는 영어로 말했다. "스위스 사람이고요. 스페인어도 약간은 합니다." 그는 자신의 스페인어 실력이 이 정도 수준이라는 듯 손가락 두 개를 약간 벌려 보였다. "여긴 제 근무지가 아닙니다. 지금은 휴가중이죠. 이해되십니까? 전 이 나라 유적지를 보고 반했답니다. 관광하러 와 있던 차에 갑자기 불려온 겁니다." 요아힘 메스너는 과하다 싶게 격의 없는 태도를 보였다. 계란 몇 알 빌리려고 들렀다가 한없이 수다를 떨고 서 있는 이웃 같았다. "스페인어를 써야 한다면 통역을 데려오죠. 밖에 한 명 있거든요."

부통령은 고개를 끄덕였지만 솔직히 메스너가 하는 말을 절반도 알아듣지 못했다. 그는 영어를 좀 할 줄 알았지만 그나마도 한 단어씩 또박또박 말해줘야 이해하는 수준이었고, 더욱이 지금은 머리를 얻어맞은 탓에 정신이 없었다. 그래도 통역 어쩌고 하는 단어는 알아들은 것 같았다. 설령 그 단어가 나오지 않았더라도 통역은 있어야겠다고 생각했다. "트라둑토르." 그는 장군에게 말했다.

"트라둑토르." 벤하민 장군은 중얼거리고는 바닥에 누운 사람들을 훑어보며 어렴풋한 간밤의 기억을 더듬었다. "트라둑토르?"

겐은 남을 돕는 것을 좋아했지만 천성적으로 나서기를 싫어하는 성격이라, 가슴을 누르던 뾰족한 총구의 느낌을 떠올리며 잠시 가만히 누워 있었다. 겐이 아무 말 않더라도 그가 통역이라는 사실은 곧 드러날 것이었다. "제가 가봐도 괜찮겠습니까?" 그는 호소카와 씨에게 속삭였다.

"가보게." 호소카와 씨는 대답하고 겐의 어깨를 가볍게 쳤다.

잠시 정적이 흘렀고, 마침내 와타나베 겐이 머뭇거리며 한 손을 들었다.

알프레도 장군은 일어서라는 뜻으로 손을 까닥였다. 겐은 다른 사람들처럼 구두를 벗고 있었으므로 신발을 주워 신으려고 허리를 굽혔지만, 장군은 마음이 급했는지 날카로운 목소리로 그를 재촉했다. 겐은 당황해서 양말만 신은 채 사람들을 피해 돌아갔다. 남의 몸을 넘어다니는 것은 무례하다는 생각에서였다. 그는 걸어가면서 나직이 사과했다. 페르돈, 페르도나레, 파든 미.*

"요아힘 메스너입니다." 적십자 직원이 겐에게 악수를 청하면서 영어로 말했다. "영어와 프랑스어 중 선호하는 언어가 있습니까?"

겐은 고개를 저었다.

"상관없다면 프랑스어로 하겠습니다. 괜찮겠습니까?" 메스너가 프랑스어로 물었다. 그의 얼굴에는 갖가지 색깔이 한데 어우러져 있었다. 눈은 새파랗고, 피부는 희디희었으며, 뺨과 입술은 볕에 그을려 새빨갛고, 머리카락은 겐이 미국에서 본 옥수수처럼 흰색

---

* 차례로 스페인어, 이탈리아어, 영어.

에 가까운 노란색이었다. 원색 집합소라고 겐은 생각했다. 이런 얼굴의 소유자라면 어떻게 나올지 알 수 없었다.

"저희는 잘 있습니다."

"학대당하진 않았나요?"

"스페인어로 얘기해." 알프레도 장군이 말했다.

겐은 스페인어로 그에게 상황을 설명해준 다음 부통령을 흘끗 쳐다보고는 다시 한번 우리는 잘 있노라고 말했다. 부통령은 전혀 잘 있는 사람 같아 보이지 않았지만.

"제가 중간에서 연락책이 되겠노라고 하십시오." 메스너는 잠시 생각하다가 자신의 말을 꽤 유창한 스페인어로 되풀이했다. 그러고 나서 겐에게 미소를 지어 보이며 프랑스어로 말했다. "실은 제가 스페인어를 쓰지 않는 편이 나아요. 제가 한 가지라도 잘못하면 우리 모두가 큰일나니까요."

"스페인어로." 알프레도 장군이 말했다.

"스페인어로 말하기가 어렵다고 합니다."

알프레도가 고개를 끄덕였다.

"우리 쪽이 원하는 바는 물론 모든 인질이 조건 없이 무사히 석방되는 것입니다. 그 외의 사항은 의논해서 결정하려 합니다." 메스너는 바닥을 둘러보았다. 정장을 차려입은 손님들과 흰 재킷 차림의 웨이터들이 고개를 빼고 그를 쳐다보고 있었다. 부자연스럽기 이를 데 없는 광경이었다. "인질 수가 너무 많아요. 지금쯤 식량이 떨어졌을 거고, 아니라 해도 오늘밤이면 그렇게 될 겁니다. 이렇게 많이 잡아둘 필요가 없어요. 여자와 이 집에서 일하는 사람, 환자, 그 밖에 없어도 되는 사람은 석방하십시오. 거기서부터 시작하죠."

"대가는?" 장군이 물었다.

"충분한 음식과 베개, 담요, 담배를 지급하겠습니다. 그 밖에 무엇이 필요하십니까?"

"요구 사항이 있다."

메스너는 고개를 끄덕였다. 그의 태도는 진지했지만 좀 따분해 보였다. 마치 매일 아침식사 전에 이런 대화를 열 번은 한다는 듯한, 마치 생일 파티 중 절반은 꼭 이런 문제가 터진다는 듯한 얼굴이었다. "그러시겠죠. 저쪽도 요구 사항을 들으려 할 겁니다. 제가 드리고 싶은 말씀은 지금 이건"—그는 바닥에 누운 사람들에 관한 얘기임을 분명히 하려고 한쪽 팔을 뻗었다—"누구에게도 도움이 안 된다는 겁니다. 불필요한 사람은 석방하세요. 그러면 호의적인 제스처로 간주될 겁니다. 여러분이 합리적인 사람임을 보여주십시오."

"우리가 합리적이라고 누가 그러던가?" 벤하민 장군이 겐에게 말했고, 겐은 벤하민 장군의 말을 전달했다.

"이 집을 점거한 지 벌써 열두 시간이 지났는데 사망자가 아무도 없지 않습니까. 죽은 사람, 전혀 없죠?" 메스너가 겐에게 물었다. 겐은 고개를 젓고는 첫 문장만 스페인어로 옮겼다. "그 정도면 저는 합리적인 분들이라고 봅니다."

"마스다 대통령을 이쪽으로 보내라고 전해. 우린 대통령을 노리고 온 거다. 대통령만 넘겨주면 모두 석방하겠다." 그는 팔을 휘둘러 실내를 가리켰다. "이 사람들 좀 봐! 난 지금 여기 몇 명이 있는지도 몰라. 이백 명? 아니, 더 되나? 한 사람과 이백 명을 맞바꾸는

데, 설마 합리적인 교환 조건이 아니라고 하진 않겠지."

"저들이 대통령을 넘겨주진 않을 겁니다." 메스너가 말했다.

"우리가 원하는 건 대통령이야."

메스너는 한숨을 쉬고 심각하게 고개를 끄덕였다. "전 휴가를 즐기려고 온 사람입니다. 여기서 원하는 걸 얻어 가는 사람은 아무도 없겠군요."

그러는 동안 루벤 이글레시아스는 겐 옆에 선 채, 결론이 어떻게 나든 관심 없다는 얼굴로 가만히 대화를 듣고 있었다. 그는 이 자리에서 최고의 지위에 있는 정치인이었지만 누구도 그를 지도자나 가치 있는 존재로, 대통령에 준하는 인질 교환 대상으로 보지 않았다. 매스컴이라는 것을 접하지 못하고 사는 이 아름다운 나라의 평균적인 국민에게 부통령이 누군지 아느냐고 묻는다면 그들은 아마도 어깨를 으쓱하며 돌아서버리리라. 부통령이란 원하는 것 대신에 내미는 선불 카드이자 수단에 불과했다. 갈아치울 수도 있고 교환할 수도 있는 존재였다. 부통령이 부추긴다고 해서 싸움을 하거나 사기가 진작될 사람은 아무도 없었고, 이러한 사실은 누구보다 이 나라의 부통령 자신이 똑똑히 알고 있었다.

"사람들을 내보내시오." 루벤은 장군들에게 조용히 말했다. "이 사람 말이 옳아요. 마스다는 결코 이곳에 오지 않을 거요." 우스운 일이지만 지금 이 순간 그는 대통령이 이곳, 그러니까 이 집, 내 집에는 오지 않을 거라는 생각이 들었다. 마스다는 언제나 루벤을 열외로 쳤다. 루벤의 아이들이 누구인지도 몰랐고 공식 만찬 석상에서 루벤의 아내에게 춤을 청하지도 않았다. 공천 후보를 선택하는 것과 그를 만찬 테이블에 초대하는 것은 전혀 별개의 일이었다.

"난 이런 일을 푸는 법을 알고 있소. 여자와 불필요한 인원을 내보내시오. 그렇게 하면 이쪽이 협상 가능한 상대임을 알릴 수 있소." 이 년 전 제일연방은행을 점거했을 때 테러리스트들은 손님 한 사람, 창구 직원 한 사람도 밖으로 내보내지 않았다. 그들은 은행 정문 앞에서 지점장을 목매달아 죽이고 언론에 촬영을 허락했다. 그 사건의 결말은 익히 알려져 있다. 테러리스트들은 대리석 벽 앞에서 남김없이 총살되었다. 사실 루벤은 이런 일을 벌여서 성공한 사례가 없다는 말을 하고 싶었다. 요구 사항이 받아들여진 적은, 정말로 받아들여진 적은 한 번도 없었다. 돈을 챙기는 데 성공한 사람도 없고, 경비가 삼엄한 교도소에서 테러리스트의 동료가 석방된 일도 없었다. 문제는 테러리스트를 진압하는 데 얼마만큼의 시간이 소요되며 그 과정에서 얼마나 많은 사람이 희생되느냐 하는 것뿐이었다.

벤하민 장군은 부통령이 얼굴에 갖다대고 있는 피투성이 냅킨을 손가락으로 쿡쿡 찔렀다. 루벤은 그 고통을 잘 참아냈다. "누가 당신한테 물어봤나?"

"여긴 내 집이오." 루벤은 밀려드는 통증 때문에 약간의 욕지기를 느꼈다.

"바닥으로 돌아가."

루벤은 얼른 눕고 싶어서 말없이 돌아섰다. 메스너가 팔을 잡고 그를 멈춰 세웠을 때는 슬픈 마음까지 들 정도였다.

"그 상처 꿰매야겠는데요." 메스너가 말했다. "의료진을 불러오겠습니다."

"의료진도 안 되고 꿰매는 것도 안 돼." 알프레도 장군이 말했다. "어차피 원래부터 잘생긴 얼굴은 아니었어."

"저런 출혈을 그냥 방치하면 안 됩니다."

장군은 어깨를 으쓱했다. "돼."

부통령은 가만히 듣고만 있었다. 자신의 일에 스스로 나서서 항변할 순 없었다. 그리고 사실, 이렇게 큰 상처에 바늘까지 대야 한다는 두려움과 극심한 두통, 눈 뒤를 쑤시는 듯한 통증 때문에 테러리스트가 언쟁에서 이기는 게 그가 바라지 않는 일인지도 확신할 수 없었다.

"이 사람이 피를 흘리다 죽는다면 어떤 협상도 없을 것입니다." 메스너는 빈말이 아님을 알리기 위해 더욱 침착하게 말했다.

죽는다니? 부통령은 생각했다.

지금까지 좀처럼 나서지 않던 엑토르 장군이 유모에게 2층으로 가서 반짇고리를 찾아오라고 말했다. 학생들에게 주목하라고 외치는 교사처럼 그가 두 번 손뼉을 치자 그녀는 벌떡 일어나다 왼발이 저려 휘청거렸다. 그녀가 사라지자 이제 겨우 네 살밖에 되지 않은 루벤의 아들 마르코가 울음보를 터뜨렸다. 아이는 이 유모를 엄마로 생각하고 있었기 때문이다. "어떻게든 해봐." 엑토르 장군이 엄숙하게 말했다.

루벤 이글레시아스는 부풀어오른 얼굴로 요아힘 메스너를 쳐다보았다. 반짇고리를 쓴다는 생각은 꿈에도 해보지 않았다. 그는 떨어진 단추도 아니고 줄여야 하는 옷단도 아니다. 이곳이 무슨 원시밀림도 아니고 그 또한 원시인이 아니다. 그는 살면서 딱 두 차례 상처를 꿰매봤지만, 그때는 평평한 은색 쟁반에 살균된 기구들이 놓인 병원에서 깔끔하게 치료를 받았다.

"여기 의사 있습니까?" 메스너가 겐에게 물었다.

겐은 잘 알지 못해서 실내를 향해 여러 나라 말로 질문했다.

"초대된 손님 중에 분명히 의사가 한 사람은 있을 텐데." 루벤 이글레시아스는 말했지만 터질 듯한 두통 때문에 도무지 생각이 나지 않았다.

이때 유모 에스메랄다가 정사각형 모양의 고리버들 상자를 팔에 끼고 아래층으로 내려왔다. 이런 상황이 아니었다면 그녀는 파티 드레스를 차려입은 여자들 틈에서 전혀 눈에 띄지 않았을 것이다. 시골 출신인 그녀는 유니폼—검정 치마에 옷깃과 소맷부리가 흰색인 블라우스—을 입었는데, 한 걸음 한 걸음 옮길 때마다 한 가닥으로 길게 땋아내린, 어린아이 주먹만큼 굵은 까만 머리가 등뒤에서 흔들렸다. 이제 실내의 모든 사람이 그녀에게 시선을 집중한 채, 그 자연스러운 움직임과 편안해 보이는 표정을 지켜보고 있었다. 그녀는 오늘도 평소와 다름없는 하루를 맞아 미처 끝내지 못한 바느질이라도 마무리하려는 사람 같았다. 두 눈은 영민하게 빛났고 치켜든 턱은 당당했다. 그녀의 그런 모습은 갑자기 아름다워 보였고, 그녀에게서 뿜어나오는 광채로 인해 계단까지 환히 빛나는 듯한 느낌이었다. 겐이 계속해서 의사를 찾는 사이 부통령은 감동하여 그녀의 이름을 불렀다. "에스메랄다."

바닥에 누운 사람들은 아무도 손을 들지 않았다. 그래서 결국 의사는 없다는 결론이 났다. 하지만 사실은 그렇지 않았다. 식당 쪽 바닥에 의사인 고메스 씨가 누워 있었고, 그의 아내가 붉은 매니큐어를 칠한 손톱 끝으로 남편의 옆구리를 쿡쿡 찔렀다. 그는 몇 년 전부터 진료를 그만두고 병원 관리를 맡아오고 있었다. 환자의 상처를 꿰매본 게 몇 년 전이었던가? 진료를 그만두기 전 그는 호흡기내과 전문의였다. 레지던트 시절 이후로는 사람의 살에 바늘 한 번 찔러본 적이 없었다. 꿰매는 일이라면 언제나 자수용 수틀을 갖고 다니는 그의 아내가 더 잘할지도 모른다. 굳이 직접 꿰매지 않아도 앞으로의 경과는 불을 보듯 뻔했다. 분명히 상처 부위에 염증이 생길 테고, 필요한 항생제는 얻을 수 없을 것이다. 결국은 상처 부위를 다시 열어서 고름을 빼고 다시 꿰매야 할 것이다. 다른 사람도 아닌 부통령의 얼굴을 말이다. 생각만 해도 몸이 떨렸다. 일이 잘될 리가 없었다. 사람들은 그를 욕할 것이다. 나중엔 세상이 다 그를 손가락질하리라. 그의 탓이라고 할 수는 없다 해도, 병원을 운영하는 의사가 사람을 죽였다고 말이다. 손이 벌벌 떨렸다. 가만히 누워 있는데도 가슴에 얹어놓은 손이 떨렸다. 이 손으로 남의 얼굴을 꿰매어 흉터를 남기고 그로 인해 부통령과 함께 세상에 알려지다니 될 말이냐. 고민하던 그에게 반짇고리를 들고 층계를 내려오는 유모의 모습은 희망의 화신과도 같았다. 저 여자는 천사다! 병원에서 근무하는 여자 중에 저렇게 똑똑해 보이고, 저렇게 예쁘고 깨끗한 옷차림을 한 여자는 본 적이 없었다.

"일어나요!" 그의 아내가 낮은 목소리로 말했다. "안 일어나면 내가 대신 당신 손을 들 거예요."

의사는 눈을 감고 남의 눈에 띄지 않게 슬며시 고개를 가로저었다. 그가 나서봤자 달라지는 것은 없다. 상처를 꿰맨다고 해서 특별히 목숨을 잃거나 건지는 것도 아니다. 이미 주사위는 던져졌고 그는 가만히 결과만 지켜보면 된다.

에스메랄다는 요아힘 메스너에게 상자를 건넨 뒤에도 뒤로 물러서지 않았다. 물러서기는커녕 두툼한 장미무늬 천을 덧댄 뚜껑을 열고, 토마토 모양의 바늘꽂이에서 바늘 하나를 뽑아든 뒤 검은색 실을 꺼내 바늘귀에 꿰었다. 섬세한 동작으로 실을 물어뜯고 그 끝에 깔끔하게 매듭을 지었다. 거실에 누운 모든 사람은 물론 장군들조차, 그들은 실과 바늘로 절대 할 수 없는 일을 그녀가 기적처럼 해내고 있기라도 한 양 그 광경을 멍하니 바라보았다. 그런 다음 그녀는 치마 주머니에서 소독용 알코올이 든 병을 꺼내 바늘을 몇 번 담갔다 꺼냈다. 소독하는 것이었다. 시골 출신에 불과한 그녀가. 이렇게나 생각이 깊다니. 그녀는 매듭 끝만 살짝 잡아서 바늘을 요아힘 메스너에게 건네주었다.

"아." 메스너는 엄지와 검지로 그 매듭을 받았다.

잠시 의견이 오갔다. 처음에는 두 사람 모두 서서 꿰매는 것이 좋겠다고 했다가, 부통령만 의자에 앉혀서 치료하자고 했다가, 조명이 가장 환한 테이블 스탠드 옆 바닥에 눕히는 편이 낫겠다고 했다. 이런 와중에 두 사람만이 두려움을 이기지 못하고 자리에 못 박힌 듯 서 있었다. 메스너는 손을 세 번 알코올에 씻었다. 루벤은 차라리 한번 더 개머리판에 얻어맞는 편이 낫겠다고 생각했다. 그가 아내와 아이들로부터 멀리 떨어진 곳에 가서 눕자, 메스너는 그의 몸 위로 허리를 굽혔다가 자기 그림자 때문에 빛이 가려지자 도로 허리를 펴고 부통령의 머리를 이쪽저쪽으로 돌렸다. 부통령은 무언가 기분좋은 일을 생각하려고 에스메랄다를 떠올렸다. 그녀의 일처리는 정말 훌륭했다. 어쩌면 아내가 그녀를 그렇게 가르쳤는지도 모른다. 병균의 개념이라든가, 물건을 청결하게 다룰 필요성이라든가. 저런 하녀에게 아이들을 맡길 수 있다는 것은 얼마나 행운인가. 피는 이제 울컥울컥 솟진 않았지만 계속해서 스며나왔기에 메스너는 먼저 냅킨으로 피를 닦아내야 했다. 창밖에서 웅웅거리며 들려오는 확성기 소리, 이어졌다 끊겼다 하는 사이렌, 바닥에 누운 인질, 총칼을 든 채 졸고 있는 테러리스트. 언뜻 생각하면 이런 상황에서 루벤 이글레시아스의 얼굴이 어떻게 되든 아무도 신경쓰지 않을 것 같지만, 사람들은 자라처럼 목을 길게 빼고 바라보며 다음 순간을, 바늘의 첫 땀을 기다렸다.

"시간은 오 분 주겠다." 알프레도 장군이 말했다.

요아힘 메스너는 왼손으로 살갗을 살짝 집고 오른손으로 바늘을 꽂았다. 재빠르게 꿰매는 편이 고통을 덜 주리라는 생각에 그는 피부 두께를 잘못 판단했고, 그래서 바늘 끝으로 뼈를 찌르고 말았다. 두 사람의 입에서 비명에 가까운 낮고 짧은 외마디소리가 튀어나왔다. 메스너는 약간 힘을 주어 바늘을 빼냈다. 수술은 원점으로 돌아갔다. 처음과 다른 점이라면 바늘에 찔린 자리에서도 피 한 방울이 배어나오고 있다는 점이었다.

아무도 부탁하지 않았는데 에스메랄다가 손을 씻기 시작했다. 그녀는 부통령의 아이들에게 자주 짓던 표정을 하고 있었다. 아이들이 뭔가를 시도하다가 실패하면 그녀는 그냥 내버려두었다가 맨 마지막 순간에 나서곤 했다. 그녀는 요아힘 메스너에게서 바늘과 실을 받아들고 다시 한번 알코올에 담갔다. 메스너는 밀려드는 안도감에 옆으로 비켜났다. 그녀가 무슨 생각을 하는지, 자격이 되는지는 상관하지 않고 그저 조명 옆에 쪼그려앉는 그녀를 바라보았다.

루벤 이글레시아스는 그녀의 얼굴이 웃음기는 없어도 성자처럼 복되고 상냥하다고 생각했다. 바로 눈앞에 다가와 있는 그녀의 진지한 갈색 눈동자에 감사했다. 눈을 감고 싶은 마음이 굴뚝같았지만 그는 꾹 참았다. 이 고난을 견디고 백 살까지 산다 해도 그를 향해 이토록 강한 집중과 연민을 보여주는 얼굴은 다시 볼 수 없으리라는 것을 그는 알았다. 바늘 끝이 다가오자 그는 꼼짝도 하지 않고 그녀의 머리카락에서 풍기는 풀냄새를 들이마셨다. 떨어진 단추, 혹은 저녁마다 그녀가 따뜻한 무릎에 펼쳐놓고 꿰매는 아이들 바지가 된 기분이었다. 나쁘지 않았다. 에스메랄다에게 그는 그저 찢어져서 꿰매야 하는 것, 고쳐야 하는 물건이나 다름없었다. 바늘은 작지만 아팠다. 눈앞에서 오가는 바늘을 보고 싶지 않았다. 한 땀 한 땀 꿰맬 때마다 잡아당겨지는 듯한 느낌도 싫었다. 낚싯바늘에 걸린 송어가 된 듯했기 때문이다. 그래도 날마다 보는 이 하녀와 이렇게 가까이 있을 수 있게 된 것을 감사히 여겼다. 아이들과 함께 잔디밭 나무 밑에 천을 깔고 앉아 이 빠진 컵에 차를 따라주던 그녀의 모습이 선히 떠올랐다. 마르코는 그녀의 무릎에 앉아 있고, 두 딸 로사와 이멜다는 인형을 안고 있었다. 밤이면 아이들을 침실로 들여보내며 그녀는 말하곤 했다. 잘 자렴, 잘 자. 물은 그만 마시고, 어서 자야지, 눈감고, 안녕. 그녀는 지금 정신을 집중하느라 아무 말이 없었지만, 그녀의 목소리만 떠올려도 그의 마음은 한층 편안해졌다. 아프기는 하지만 치료가 끝나고 그녀의 엉덩이가 그의 허리 곁을 떠나면 아쉬운 마음마저 들리라는 것을 그는 알았다. 상처를 다 꿰매고 나자 그녀는 다시 한번 매듭을 지어 마무리했다. 그리고 키스하듯 허리를 굽혀 실 끝을 물어뜯었다. 그녀의 입술이 방금 손수 꿰맨 자리를 스칠 수밖에 없었다. 이 부딪는 소리, 실 끊어지는 소리가 그의 귀에 들리는가 싶더니 그녀가 다시 허리를 펴고 앉았다. 그리고 한 손으로 그의 머리를 쓰다듬었다. 고통을 잘 견딘 대가로 주는 선물이었다. 귀여운 에스메랄다.

"아주 씩씩해요." 그녀가 말했다.

가까이에서 지켜보던 사람들은 미소를 지으며 한숨을 내쉬었다. 그녀는 훌륭한 솜씨로, 기찻길처럼 고르고 깔끔한 검은색 바늘땀을 옆얼굴에 남겨놓았다. 어려서부터 갈고닦은 바느질 솜씨였다. 에스메랄다가 아이들 있는 곳으로 돌아가자 마르코가 다시 그녀의 품으로 기어올랐다. 아이는 그녀의 가슴에 얼굴을 묻고 체취를 들이마셨다. 부통령은 꼼짝도 하지 않았다. 상처를 꿰매는 동안 느꼈던 통증과 즐거움이 한꺼번에 충돌하면서 온몸의 맥이 풀렸다. 그는 마취제를 투여받은 사람처럼 눈을 감았다.

"두 사람 모두 저쪽에 누워. 얘기해보자고." 장군은 메스너와 겐에게 말하면서 총으로 조금 떨어진 곳의 바닥을 가리켰다.

메스너는 굳이 협상을 재개하려 하지 않았다. "난 눕지 않겠습니다." 하지만 그의 목소리는 눕고 싶은 사람처럼 피로하게 들렸다. "밖에 나가 있겠습니다. 한 시간 뒤에 다시 오죠." 그는 겐을 향해 정중히 고개를 한 번 끄덕여 보인 뒤 망설임 없이 문을 열고 밖으로 나갔다. 내가 저 사람이라면 과연 이런 상황에서 똑같이 할 수 있을까, 밖에 나가 있겠노라고 말할 수 있을까, 하고 겐은 생각했다. 하지만 겐은 자신이 메스너가 아니라는 걸 알았다. 느낌일 뿐이었지만 메스너 같은 사람은 총으로 쏜대도 별 소득이 없을 듯했다. 그는 매일매일 총에 맞으며 사는 사람 같아 보였고 총격에는 이골이 난 모습이었다. 하지만 겐은 상처를 꿰맨 바늘땀이 아직도 머릿속에서 어른거려 거의 초죽음 상태였다. 그는 초죽음이 되어도 회장 곁에 있어야겠다는 생각에 호소카와 씨 옆자리로 돌아갔다.

"뭐라고 하던가?" 호소카와 씨가 속삭였다.

"여자들은 내보낼 것 같습니다. 아직 결정나진 않았지만 저자들도 그러고 싶어하는 눈치입니다. 인질이 너무 많다고 했어요." 사방 6센티미터 내외의 간격을 두고 사람들이 빽빽이 누워 있었다. 마치 아침 여덟시에 야마노테센 순환 열차를 타고 도쿄역으로 들어가는 듯한 기분이었다. 그는 손을 올려 넥타이 매듭을 느슨히 했다.

호소카와 씨는 눈을 감으며, 부드러운 담요처럼 자신을 감싸오는 평온함을 느꼈다. "잘됐군." 록산 코스는 석방될 테고, 별일 없이 때맞춰 아르헨티나로 가서 공연할 수 있을 것이다. 두려운 기억은 며칠 내로 씻겨나가리라. 그녀는 안전한 곳에서 신문을 통해 그들의 운명을 지켜볼 것이다. 그녀는 칵테일 파티에서 어제오늘 있었던 일을 얘기할 테고, 그러면 사람들은 놀라워하겠지. 사람들은 무슨 일에든 잘 놀라니까. 부에노스아이레스 공연 첫 주에 그녀는 질다 역을 맡아 노래하게 돼 있다. 너무나도 기막힌 우연이 아닌가. 다음 순간 그녀는 질다 역을 맡아 노래하고, 그는 아버지와 함께 도쿄를 찾은 소년으로 돌아가 있다. 그는 멀리 떨어진 높은 관객석에서 그녀를 지켜보지만, 그녀의 목소리는 손닿도록 가까운 곳에서 들을 때와 다름없이 또렷하고 섬세하다. 대담한 제스처와 무대 메이크업은 멀리서 보기에도 완벽하다. 그녀는 아버지인 리골레토와 함께 노래를 부른다. 그녀가 아버지를 사랑한다고 말할 때 어린 호소카와 가쓰미는 높은 관객석에서 아버지의 손을 잡는다. 오페라는 벽에 걸린 태피스트리 뒤에서 흘러나와 거실의 반쯤 빈 피스코사워* 잔을 울리고, 누군가의 생일 파티나 공장 건설 계획 따위에서 저멀리 떠나간다. 노랫소리는 허공으로 올라가 이 나라 하늘을 떠돌다가 마침내 무대 위로 사뿐히 내려앉아 거리감 있고 아름다운 본래의 모습을 되찾는다. 이제는 오케스트라 전체가 그녀와 조화를 이뤄 사람의 마음을 뒤흔들고 그녀의 목소리를 드높인다. 록산 코스의 아름다운 목소리가 어린 호소카와 가쓰미에게 질다의 노래를 들려준다. 그녀의 목소리는 그의 귓속 작은 뼈를 진동시킨다. 그녀의 목소리는 그의 몸안에 머물며 그와 하나가 된다. 그녀는 노래를 통해 그에게, 다른 수천 명의 사람에게 자신의 일부를 전해준다. 그는 남들과 똑같이 그녀의 사랑을 받는, 이름 없는 한 명의 관객이다.

거실 반대편 끝에는 로마가톨릭교회 신부 두 사람이 누워 있었다. 몬시뇰 롤란드는 티보 부부 뒤에 놓인 소파를 앞에 두고 누워 있었다. 총격이 있을지도 모르니 창가에서 멀리 떨어져 있는 편이 좋겠다는 생각에서였다. 신자들의 지도자로서 그에겐 스스로를 보호할 의무가 있었다. 신문만 보더라도 가톨릭 사제는 정치적 폭동의 목표물이 되는 일이 많았다. 그의 제의는 땀으로 흠뻑 젖어 있었다. 죽음은 신성한 불가사의다. 사람이 죽는 때는 하느님만이 결정하신다. 하지만 그에겐 꼭 살아야 하는 이유가 있었다. 현 주교인 로메로가 사망하여 종신 임기를 마치면 다음 주교직은 몬시뇰 롤란드가 이어받을 것이 거의 확실했기 때문이다. 그렇지 않아도 롤란드는 앞장서서 대외 행사에 참석하고, 교회의 길을 넓히기 위

* 페루의 전통 칵테일.

한 각종 거래를 중개하고 있었다. 이 세상에 백 퍼센트 확실한 것은 없다. 가난에 찌든 이 밀림 국가의 가톨릭교회도 마찬가지다. 돈과 선교사를 무기로 이 땅을 잠식해 들어오는 모르몬교의 물결을 보라. 가톨릭 국가에 선교사를 보내는 저 뻔뻔함이라니! 이 나라 사람들이 언제든 개종시킬 수 있는 야만인이라도 된단 말인가! 몬시뇰 롤란드는 소파에서 슬쩍 집어든 작은 쿠션을 베개 삼아 누워 있는데도 엉덩이가 쑤셨다. 이번 일이 지나가면 뜨거운 물로 한참 목욕한 뒤 최소한 사흘간은 푹신한 침대에 누워 있어야겠다고 그는 생각했다. 테러리스트들이 미쳐 날뛰지 않고 그를 비롯한 일부 인질을 먼저 석방해준다면, 이번 인질극은 오히려 롤란드의 앞날에 도움이 되리라는 긍정적인 측면도 물론 있었다. 인질로 잡혀 있었다는 사실이 알려지면 털끝 하나 다치지 않고도 성스러운 순교자의 이미지를 얻을 수 있으니 말이다.

현관 앞 복도의 차가운 대리석 바닥에 누워 있는 젊은 신부만 아니었다면 일은 그렇게 되었을 것이다. 몬시뇰 롤란드가 아르게다스 신부를 처음 만난 것은 이 년 전 서품식에서였지만 롤란드는 그때를 전혀 기억하지 못했다. 이 나라에는 사제가 되고 싶어하는 젊은이가 줄을 서 있었다. 사제들은 똑같이 짧고 검은 머리에 빳빳하고 검은 셔츠를 입어서 첫영성체에 참석한 흰옷 차림의 어린애처럼 누가 누군지 구분하기가 어려웠다. 사실 그날 저녁 롤란드는 아르게다스 신부에게 한 번도 눈길을 주지 않았기에, 그가 그 자리에 있었는지조차 몰랐다. 그렇다면 이 젊은 신부는 어떻게 부통령 관저에서 열리는 파티에 초대받아 왔을까?

스물여섯 살인 아르게다스 신부는 이 나라 수도의 반대편 제3군

교구의 신부로서 촛불을 켜고, 성체성사를 집전하고, 신실한 복사가 하는 정도의 교회 일을 맡아보았다. 기도로써 하느님을 경외하고 실천으로 신자들을 섬기는 그는 짬날 때마다 대학 도서관을 찾아가 오페라를 듣곤 했다. 지하실에 있는 개인 열람실의 안락한 나무 칸막이 좌석에 앉아, 머리를 아프도록 죄어오는 커다란 검정 헤드폰을 뒤집어쓰고 음반을 들었다. 대학은 재정 형편이 좋지 않아 오페라에까지 돈을 쓸 여력이 없었기에 비치된 음반은 시디가 아닌 엘피판이었다. 특별히 마음에 드는 작품도 있었지만, 아르게다스 신부는 〈마술피리〉부터 〈타히티섬의 소동〉에 이르기까지 모든 작품을 골고루 들었다. 그는 눈을 감고 알아들을 수 없는 단어들을 소리 없이 웅얼거리며 따라 했다. 처음에는 그보다 앞서 음반을 들었던 사람들을 욕하는 일이 많았다. 레코드판에 손자국 또는 흠집을 남기거나, 심하면 아예 음반 한 장을 가져가버려서 〈룰루〉 같은 경우에는 3막이 없었기 때문이다. 그러다가도 그는 사제라는 자신의 신분을 떠올리며 도서관 지하의 시멘트 바닥에 무릎을 꿇고 반성하곤 했다.

음악 감상을 하는 동안 그는 일종의 환희 같은 감정이 자신의 영혼을 채우는 것을 자주 느꼈다. 뭐랄까, 마음을 뒤흔드는 어떤 느낌이랄까—갈망? 사랑? 신학교에서 공부할 때 그는 다른 젊은이들이 여자를 포기하듯 오페라를 포기하기로 마음먹은 바 있었다. 특히 사제에게 그런 정열은 암흑과 같다고 생각했기 때문이다. 어느 수요일 오후, 딱히 고해할 만한 진짜 죄가 떠오르지 않자 그는 오페라라는 상상의 죄를 예수께 고백하고 속죄하기로 했다.

"베르디, 아니면 바그너?" 칸막이 저편의 목소리가 물었다.

"둘 다입니다." 아르게다스 신부는 뜻하지 않은 질문에 놀라서 대답했다가 고쳐 말했다. "베르디요."

"자네는 아직 젊어." 목소리가 대답했다. "이십 년 후에 다시 와서 얘기하게. 그때까지 내가 여기 있는 걸 신께서 허락하신다면 말일세."

젊은 아르게다스는 그 목소리의 주인공을 알아차렸다. 그는 산페드로 성당에 있는 신부를 모두 알았다. "그렇다면 이건 죄가 아닌가요?"

"예술은 죄가 아닐세. 꼭 좋다고만 할 순 없지만, 어쨌든 죄는 아니야." 상대방이 잠시 말을 멈춘 사이, 아르게다스 신부는 따뜻한 실내 공기를 옷 속에 담아보려고 목에 두른 검정 칼라를 손가락으로 매만졌다. "그리고 노랫말 중에는…… 아니, 음악에 정신을 집중하게. 음악이야말로 오페라의 본질이니까."

아르게다스 신부는 형식적으로 짧게 보속하며 기쁜 마음으로 각 기도문을 세 번씩 올렸다. 그의 애정을 포기하지 않아도 되는 것이다. 그뒤로 그는 완전히 마음을 바꾸어 이러한 아름다움 역시 하느님과 일치되어야 한다는 결론을 내렸다. 음악이 하느님을 찬양하는 도구임은 확신하고 있었지만, 그 가사가 지나치게 인간의 죄악에 집중되어 있다면 어찌할 것인가, 예수께서는 이 주제를 파헤쳐 보신 적이 없는가? 이러한 의문으로 마음이 불편해질 때마다 그는 가사를 읽지 않는 것으로 문제를 해결했다. 신학교에서 라틴어를 배운 바 있지만, 그것과 연결시켜 이탈리아어를 해석하지는 않으려고 애썼다. 차이콥스키의 곡이 그런 면에서 특히 큰 도움이 되었다. 러시아어에 대해서는 전혀 아는 바가 없었기 때문이다. 슬프게도 가사가 아닌 음악 때문에 생긴 욕망으로 고민하는 경우도 있었다. 프랑스어를 모른다고 해서 〈카르멘〉을 듣고도 감흥이 없는 것은 아니었다. 〈카르멘〉은 그에게 몽상을 안겨주었다. 하지만 대부분의 경우, 그는 오페라의 남녀 가수들이 그토록 우아하고 훌륭하게 노래할 수 있는 까닭은 오로지 하느님을 향한 진정한 사랑을 노래하기 때문이라는 가상의 신념을 유지할 수 있었다.

고해 신부 덕분에 자유를 얻은 뒤로, 아르게다스 신부는 음악에 대한 애정을 숨기려 하지 않았다. 일상의 책무를 게을리하지만 않으면 그의 취미에 아무도 관여하지 않았다. 이 나라나 종교는 딱히 현대적이라고 할 수 없으나 시대만큼은 분명히 현대였다. 교구 사람들은 이 젊은 신부를 좋아했다. 신도석을 반질반질하게 닦아놓는 그의 지칠 줄 모르는 활기와 아침 첫 미사가 시작되기 한 시간 전부터 촛불 앞에 무릎을 꿇고 앉아 있는 태도가 그들의 호감을 샀다. 그의 성실함을 인정하는 사람 중에 부통령의 아내와 가장 친한 사촌인 아나 로야라는 여자가 있었다. 그녀 또한 음악에 관심이 많았으므로 아르게다스 신부에게 자신의 음반을 아낌없이 빌려주곤 했다. 이번 생일 파티에 록산 코스가 온다는 소문을 들은 아나는 사촌에게 전화를 걸어 젊은 신부 한 사람도 참석할 수 있는지 물어보았다. 물론 만찬까지 함께하겠다는 얘기는 아니며 식사 시간에는 주방에서 기다릴 것이다. 록산 코스의 노래 역시 주방에서 들을 의향이 있다. 하지만 집안에, 아니 정원에라도 들어가서 들을 수 있게 해주면 정말 고맙겠다고 그녀는 말했다. 아르게다스 신부는 어느 날 지극히 평범한 성당 성가대 리허설이 끝난 뒤 자신이 오페라 공연을 직접 본 적이 한 번도 없다고 아나에게 털어놓았다. 하느님 다음으로 그가 가장 사랑하는 음악은 검은색 레코드판 속에만 존재했다. 아나는 이십 년도 더 된 옛날에 아들 하나를 잃었다. 아이가 세 살 때 관개용 수로에 빠져 익사한 것이다. 다른 자녀도 많았으므로, 그녀는 잃은 자식은 입에 올리지 않고 남은 아이들에게 사랑을 쏟았다. 실은 아르게다스 신부를 만나고서야 처음으로 죽은 아이 생각을 했다. 그녀는 전화를 붙잡고 사촌에게 다시 한번 물었다. "그 소프라노 가수의 공연, 아르게다스 신부님도 볼 수 있을까?"

그녀의 목소리는 다른 가수들과 상상할 수 없을 만큼 달랐다. 목소리가 눈에 보이는 듯했다. 그가 서 있는 거실 끝에서도 확연히 느낄 수 있었다. 그 목소리는 구겨진 신부복 안을 울리고 그의 두 뺨을 스쳤다. 저토록 하느님과 가까이 서서 하느님의 목소리를 쏟아내는 여성이 있으리라고는 생각조차 못했다. 저런 목소리를 내기 위해서 얼마만큼이나 자기 자신을 파헤쳐야 했을까. 그것은 마치 목소리가 지구 중심부로부터 그녀의 피땀어린 노력에 힘입어 흙과 암반을 뚫고 올라와 이 집 바닥의 널빤지를 지나고 그녀의 발을 지나 몸을 통과하면서 더욱 뜨겁게 고양되어, 흰 백합 같은 저 목구멍 밖으로 튀어나오자마자 천상의 주님께 곧바로 전달되는 듯한 느낌을 주었다. 그것은 기적이었다. 그 기적을 지켜보게 해주신 은혜에 감사하며 그는 눈물을 흘렸다.

입구 쪽 대리석 바닥에 누운 지 열두 시간 남짓 지나 냉기가 골수까지 스며올라오는 지금도, 그의 머릿속에선 록산 코스의 목소리가 커다란 원을 그리며 그를 붙잡고 놓아주지 않았다. 강제로 바닥에 눕혀지지 않았다면 그는 스스로 양해를 얻어 어딘가에 눕고 말았으리라. 그에겐 휴식의 시간이 필요했고 마침 대리석 바닥이라서 더 좋았다. 딱딱한 바닥에 누워 있으니 계속 하느님을 생각할 수 있었다. 만일 부드러운 러그 위에 누웠다면 그는 자기 자신을 모조리 잊고 말았을지도 모른다. 귀가 멍멍하도록 시끄러운 확성기와 사이렌 소리 속에서 밤을 보낸 덕분에 잠들지 않고 생각에 잠길 수 있어서 다행이었고, 아침 미사와 영성체를 빼먹고(이에 대해 그는 용서를 빌었다) 이곳에 더 오래 머무를 수 있어서 다행이었다. 오래 머무를수록 그 순간은 더 오래 지속되어 벽지 바른 벽에 그녀의 목소리가 계속 메아리치는 환상을 느낄 수 있었다. 그리고 무엇보다도 그녀가 보이지는 않지만 그리 멀리 떨어지지 않은 어딘가에 누운 채 여전히 이곳에 있다. 그는 그녀가 편안한 밤을 보냈기를, 누군가가 그녀에게 소파를 권했기를 기도했다.

아르게다스 신부는 록산 코스뿐 아니라 이 젊은 테러리스트들도 걱정이 되었다. 많은 병사가 두 다리를 벌리고 목발에 기대듯 장총에 몸을 의지한 채 벽에 기대서 있었다. 그들은 어느 순간 머리가 뒤로 넘어가면서 십 초간 잠들었다가 무릎이 꺾이면서 총 위로 무너지듯 푹 쓰러졌다. 아르게다스 신부는 자살자의 시신을 수습하러 경찰서에 가는 일이 잦았는데, 죽은 자를 보면 꼭 저런 자세에서 발가락으로 방아쇠를 당긴 경우가 많았다.

“형제님.” 그는 출입구 앞에서 사람들을 지키고 선 소년병 중 하나를 속삭여 불렀다. 딱딱한 출입구 쪽 바닥에 누운 사람들은 대부분 웨이터와 요리사 등 지위가 낮은 이들이었다. 흔히 아버지와 자녀로 묘사되는 사제와 교구 신도 간의 관계를 불편하게 여기는 젊은 아르게다스 신부지만, 이 병사는 꼭 아들 같았다. 어쩌면 사촌 같기도 했다. 그는 성체성사가 끝나면 다 녹지도 않은 희고 둥근 성체를 혀끝에 붙인 채 얼른 성당 밖으로 뛰어나가는 어린 소년처럼 보였다. "이리 와보세요."

병사는 잠결에 무슨 소리를 들은 사람처럼 천장을 슬쩍 올려다보았다. 그리고 신부를 못 본 척했다. "형제님," 아르게다스 신부가 다시 불렀다. "이리 와보세요."

소년은 바닥을 내려다보았다. 당혹감이 그의 얼굴을 스쳤다. 어떻게 신부의 말에 대답하지 않을 수 있나? 부름을 받고도 가지 않는다는 것이 가당키나 한가? "예, 신부님?" 그는 속삭여 대답했다.

"이리 와요." 신부는 소리 없이 입만 달싹거리면서 손가락을 가만히 움직여 옆쪽 바닥을 톡톡 쳤다. 대리석 바닥엔 그리 많은 사람이 누워 있지 않았다. 카펫이 깔린 거실과는 달리 여기엔 사지를 마음대로 뻗을 공간이 많았다. 총 한 자루에 몸을 의지한 채 꼬박 밤을 새운 병사에게 넓은 대리석 바닥은 깃털 침대만큼이나 유혹적이었다.

병사는 장군들이 의견을 나누고 있는 거실 쪽을 불안하게 힐끔거렸다. "그럴 수 없습니다." 그는 입 모양으로만 대답했다. 병사는 인디오였다. 그는 아르게다스 신부의 외할머니가 자신의 어머니와 이모들에게 쓰던 북부 지방의 언어를 쓰고 있었다.

"괜찮으니 오세요." 신부의 목소리에는 권위보다 동정이 담겨 있었다.

병사는 잠시 망설이더니 고개를 돌려 천장 가장자리를 에워싼 복잡한 무늬의 크라운몰딩을 올려다보는 척했다. 그러면서 솟아오르는 눈물을 참으려고 눈을 마구 깜박였다. 너무 오랫동안 잠을 자지 못한 나머지 차가운 총신을 붙잡은 손끝이 마구 떨렸다. 어디까지가 자신의 손가락이고 어디서부터가 청록색 금속 총기인지 느껴지지 않을 정도였다.

아르게다스 신부는 한숨을 내쉬며 일단은 여기서 그치기로 했다. 그리고 나중에 다시 기회가 오면 안식을 찾고 죄 사함을 받을 수 있는 곳이 있음을 알려줘야겠다고 생각했다.

바닥에 누운 사람들에겐 저마다 필요한 것이 있었다. 일부는 또 화장실이 급했다. 약을 먹어야 하고 어쩌고 하면서 중얼거리는 소리도 들렸다. 사람들은 일어나서 음식을 먹고 물로 입가심을 하고 싶어했다. 불안정한 상황이 오히려 그들을 대담하게 만들기도 했지만 또하나의 사실도 간과할 수 없었다. 근 열여덟 시간이 지나도록 아무도 죽지 않았다는 점이었다. 인질들은 이제 죽임을 당하지는 않겠다는 믿음을 갖기 시작했다. 목숨을 부지해야 하는 상황에서는 궁한 것이 있어도 입을 다물기 마련이다. 그러나 일단 목숨이 안전하다고 생각되면 멋대로 불평을 늘어놓게 된다.

모스크바에서 온 빅토르 표도로프는 마침내 참지 못하고 담배에 불을 붙였다. 라이터와 성냥은 테러리스트의 압수 대상이었는데도 말이다. 그는 천장을 향해 똑바로 담배 연기를 뿜어올렸다. 마흔일곱 살인 그는 열두 살 때부터 꾸준히 담배를 피워왔다. 돈이 없을 때에도, 빵과 담배 중 하나를 선택해야 할 때에도 그는 담배를 포기하지 않았다.

벤하민 장군이 손가락으로 탁 소리를 내자 심복 한 사람이 앞으로 달려나와 표도로프의 담배를 빼앗으려 했다. 하지만 표도로프는 담배 연기를 깊숙이 들이마실 뿐이었다. 그는 체구가 건장한 사내였다. 담배 외에 어떤 무기도 들지 않고 무방비로 누워만 있는데도 위협적이었다. 지금 당장 싸움이 나도 이길 듯 보였다. "뺏기만 해봐." 그는 러시아어로 병사에게 말했다.

병사는 그의 말을 알아듣지 못해 어찌할 바를 몰랐다. 그는 떨리는 손을 진정시키려 애쓰면서, 내키지 않는 태도로 권총을 뽑아 들고 표도로프의 배를 겨눴다.

"잘한다!" 표도로프의 친구이자 러시아인인 예고르 레드베드가 외쳤다. "담배 좀 피운다고 사람을 쏴죽여!"

담배는 사람을 황홀하게 한다. 게다가 하루종일 한 대도 피우지 못했던 담배를 피워 물었으니 얼마나 즐겁겠는가. 그 풍미하며 푸른빛 도는 연기는 또 어떤가. 심신의 긴장이 풀리면서 소년기부터 즐겨온 몽롱한 기분을 만끽할 수 있었다. 오랜만에 담배를 다시 피울 때의 즐거움을 느끼기 위해서라면 담배를 잠시 끊는 괴로움도 감수할 수 있을 정도였다. 표도로프는 손가락이 닿아 있는 필터 끝까지 담배를 피웠다. 아쉬워라. 그가 일어나 앉자 총 든 병사는 육중한 배에 깜짝 놀랐다. 그는 구두 밑창에 담뱃불을 비벼 껐다.

표도로프가 꽁초를 턱시도 주머니에 집어넣자 병사는 어색한 표정으로 허리춤에 권총을 찔러넣으며 슬그머니 뒤로 물러났다. 이 광경을 본 부통령은 속이 다 시원해지는 기분이었다.

"더는 못 참아!" 악쓰는 여자의 목소리가 들렸다. 사람들은 주위를 둘러보았지만 누구의 목소리인지 알 수 없었다.

요아힘 메스너가 떠난 지 두 시간이 지나자, 벤하민 장군은 부통령을 일으켜세워 현관문을 열고 메스너를 도로 불러들이게 했다.

메스너가 정말 그 긴 시간 동안 줄곧 밖에서 기다리고 있었을까? 그의 섬세한 뺨은 아까보다 훨씬 더 많이 볕에 그을려 있었다.

"별일 없습니까?" 메스너는 두 시간 동안 땡볕에 서서 외국어 공부라도 한 사람처럼 부통령에게 스페인어로 물었다.

"별로 달라진 것은 없소." 부통령은 그를 배려해서 영어로 말했다. 자신은 손님을 대접하는 이 집의 주인이라는 생각이 아직 남아 있었기 때문이다.

"얼굴 말입니다. 나빠 보이진 않는군요. 아주 잘"—그는 적당한 단어를 찾느라 잠시 멈추었다가 마침내 말을 이었다—"꿰맸습니다."

부통령이 뺨에 손가락을 갖다대려고 하자 메스너가 그의 손을 잡아 내렸다. "만지지 마세요." 그는 방안을 둘러보았다. "그 일본인은 아직 있습니까?"

"그럼 어디 갔겠소?" 루벤이 말했다.

메스너는 바닥에 누운 사람들을 내려다보았다. 모두 살아서 숨쉬고 있었다. 그래도 이 정도면 괜찮은 편이었다.

"통역사를 부르겠소." 부통령은 메스너가 온 것을 눈치채지 못한 듯 고개를 돌리고 있는 장군들에게 말했다. 마침내 장군 중 한 사람이 루벤 이글레시아스를 향해 고개를 들고 눈썹을 약간 치켜세워 짧은 신호를 보냈고, 루벤 이글레시아스는 그렇게 하라는 뜻으로 받아들였다.

그는 겐을 부르지 않고 실내를 빙 둘러 직접 데리러 갔다. 다리 운동도 하고 집에 온 손님들도 살펴보기 위해서였다. 손님 대부분이 그를 보고 찡그림 같기도 하고 미소 같기도 한 표정을 지었다. 얼음을 대지 않아서 그의 옆얼굴은 흉측하게 부풀어올랐다. 터져 나갈 듯한 피부를 붙잡고 있느라 바늘땀이 벌써 팽팽해졌다. 얼음. 그가 찾는 것은 페니실린 같은 약품이 아니다. 그의 집에는 얼음이 잔뜩 있었다. 냉동고가 주방 냉장고 옆에 두 대, 지하실에 저장용으로 한 대가 있었다. 주방에는 하루종일 플라스틱 저장통 안에 얼음을 쏟아내는 기계도 따로 있었다. 하지만 그는 자신이 장군들의 호의를 사지 못했음을 알고 있었다. 얼음 한 조각 부탁했다가 멀쩡한 눈까지 얻어맞게 될지도 몰랐다. 흰 금속 냉동고 문에 한쪽 볼을 살짝 갖다댈 수만 있어도 얼마나 좋을까. 얼음까지는 바라지도 않고 그 정도만 되어도 좋겠다. "몬시뇰." 그는 바닥에 누운 몬시뇰 롤란드 옆을 지나며 말했다. "죄송합니다. 불편한 데는 없으십니까? 괜찮으시다고요? 다행입니다."

저택은 아름다웠고 손님들이 빈틈없이 누워 있는 러그 역시 아름다웠다. 냉동고 두 대에 얼음 기계까지 딸린 이런 집에서 그가 살 날이 오리라고 누가 생각이나 했을까? 이것은 엄청난 행운이었다. 그의 아버지는 처음에는 기차역에서, 나중에는 공항에서 커다란 평상형 수레로 짐을 실어나르는 일을 했다. 어머니는 야채 행상과 삯바느질로 여덟 아이를 키웠다. 얼마나 많이 우려먹은 사연인가? 루벤 이글레시아스의 입지전. 집안 최초로 고등학교를 졸업하다! 아파트 관리인으로 일하면서 대학을 마치다. 관리인 일도 하고 법정 서기 일도 하면서 법학대학원에 진학하다. 졸업 후에 변호사로 성공 가도를 달리며, 불안정한 정계의 사다리를 실수 하나 없이 밟아나가다. 그가 부통령 후보로 점수를 딸 수 있었던 데는 작은 키 외에 이러한 성공담 또한 큰 역할을 했다. 하지만 그의 성공기에 그가 크리스마스 파티 때 법률사무소 사장의 딸을 임신시키는 바람에 분에 넘치게 장가를 잘 가게 되었다는 이야기, 아내와 장인의 야망이 그를 출셋길로 이끌었다는 이야기는 한 번도 등장하지 않았다. 그런 이야기는 확실히 흥미가 덜하기 때문이다.

태피스트리를 씌운 안락의자 근처에 누워 있던 남자가 독일어로 추정되는 말로 루벤에게 뭔가를 물어왔다. 부통령은 모르겠다고 대답했다.

통역사인 겐은 호소카와 씨 바로 옆에 누워 있었다. 그가 호소카와 씨의 귀에 대고 뭐라고 속삭이자 회장은 눈을 감은 채 눈에 띄지 않을 만큼 고개를 까닥였다. 루벤은 호소카와 씨에 대해 까맣게 잊고 있었다. 생신을 축하드립니다, 하고 그는 속으로 생각했다. 아마도 올해에는 어떠한 공장도 세워지지 않을 것이다. 멀지 않은 곳에 록산 코스와 반주자가 있었다. 희한하게도 그녀는 전날 밤보다 안색이 좋아 보였다. 머리는 풀어헤친 채였고 피부는 이런 휴식을 기다려오기라도 한 듯 환하게 빛났다. "좀 어떠세요?" 그녀는 영어로 물으며 다친 곳이 걱정된다는 뜻으로 자신의 뺨을 만졌다. 사실 그는 지금껏 아무것도 먹지 못한데다 지쳐서인지, 피를 많이 흘려서인지, 아니면 상처가 곪기 시작해서인지 지금 당장 기절할 것만 같았다. 그녀는 바닥에서 일어날 수 없었으므로 그의 얼굴이 아닌 자신의 얼굴을 쓰다듬은 것이었지만, 그는 그녀가 일어나 자신의 뺨을 만져주는 모습을 얼마든지 상상할 수 있었다. 다음 순간 그는 무너지듯 바닥에 주저앉아, 두 손을 앞쪽에 짚고 발가락 끝으로 몸의 균형을 잡으면서 고개를 앞으로 떨군 채 현기증이 가시기를 기다렸다. 그런 다음 천천히 고개를 들고 공포에 질린 그녀의 눈동자를 바라보았다. "난 괜찮아요." 그가 속삭였다. 그때 반주자의 모습이 그의 눈에 띄었다. 상태가 몹시 나빠 보였다. 록산 코스가 부통령에게 연민을 느낄 시간이 있으면 바로 옆에 누운 반주자부터 봐야 할 것 같았다. 핏기 없는 얼굴은 이제 완전히 잿빛이었다. 가슴이 숨가쁘게 오르내리고 눈은 뜨고 있지만 움직임이 전혀 없는 그를 보고 부통령은 뭔가 불길한 예감이 들었다. "저 사람은?" 그는 부드럽게 물으며 반주자를 가리켰다.

록산 코스는 옆에 있는 줄도 몰랐던 사람을 보듯 그를 쳐다보았다. "독감에 걸렸대요. 많이 불안해하는 것 같아요."

그녀의 말을 다 알아들을 수는 없었지만, 한껏 소리를 죽여 말하는 그녀의 속삭임에는 왠지 소름 끼치는 데가 있었다.

"통역!" 알프레도 장군이 외쳤다.

루벤은 몸을 일으켜 겐에게 손을 뻗으려 했지만, 젊은 겐이 재빨리 먼저 일어나 부통령을 부축했다. 겐은 부통령이 갑자기 눈이 멀기라도 한 것처럼 루벤의 팔을 잡고 앞으로 걸어갔다. 이런 상황에서 사람은 얼마나 짧은 시간에 친근함을 느끼며, 또 얼마나 대담한 결론을 내리게 되는가. 록산 코스는 오랜 시간 사랑해온 연인 같았고, 와타나베 겐은 자신의 아들 같았다. 이 저택은 이제 그의 집이 아니며, 그가 알던 그의 인생, 그의 정치 인생은 끝장이 났다. 전 세계 어디서든 인질이 되면 누구나 이런 느낌을 갖게 될까, 하고 루벤 이글레시아스는 생각했다.

"겐 씨." 메스너는 상갓집에 문상 온 사람처럼 우울한 표정으로 악수를 청했다. "부통령님께 약품이 필요할 것 같은데요." 그가 프랑스어로 말하자 겐이 그것을 스페인어로 옮겼다.

"멍청한 사람 한 명한테 필요한 것 때문에 시간을 너무 많이 낭비하고 있어." 벤하민 장군이 말했다.

"얼음도 안 되겠소?" 루벤이 물었다. 얼음이 주는 즐거움, 안데스 산꼭대기에 쌓인 눈, 텔레비전에서 본 멋진 올림픽 스케이트 선수, 인형처럼 가는 허리에 투명한 천을 두른 소녀의 모습이 불현듯 그의 머릿속을 가득 채웠다. 불덩이 같은 그의 몸에 스케이트 선수의 은빛 날이 아치형 궤적을 그리며 청백색 얼음조각을 쏘아올렸다. 얼음 속에 온몸을 파묻고 싶었다.

"이스마엘," 장군이 더 못 참고 한 병사에게 말했다. "주방에 가서 수건하고 얼음 좀 갖다줘."

이스마엘은 벽에 기대선 병사 가운데 가장 너덜거리는 신을 신은 체구가 작은 소년이었는데, 대단히 기분좋은 표정을 지었다. 일을 맡게 된 것이 자랑스러워서일 수도 있고, 부통령을 돕고 싶어서 아니면 크래커와 녹은 카나페가 남아 있는 주방에 가면 뭘 좀 집어먹을 수 있다는 생각에서일 수도 있었다. "내 부하들에게 얼음이 필요할 때는 아무도 갖다주지 않는데." 알프레도 장군이 비통하게 말했다.

"그렇습니다." 메스너가 겐의 통역을 듣는 둥 마는 둥 하면서 말했다. "그동안 협의된 사항이 있습니까?"

"여자는 내보내주겠다." 알프레도 장군이 말했다. "여자를 해치는 데는 취미가 없으니까. 이 집에서 일하는 사람과 성직자, 환자도 석방한다. 그런 다음 남은 사람들의 명단을 다시 살펴보고 더 내보낼 사람이 있으면 내보내겠다. 그 대가로 물품을 조달받고 싶다.” 그는 상의 주머니에서 깔끔하게 접은 종이 한 장을 꺼내 왼손에 남아 있는 세 손가락으로 잡았다. “필요한 물품의 목록이다. 또 다른 종이에는 언론에 공개할 내용을 적어두었다. 우리 쪽의 요구사항이다.” 사실 알프레도는 이보다 일이 훨씬 잘 풀릴 줄 알았다. 이 집의 냉방 시스템 설치 공사를 하고 설계도를 빼돌린 사람이 바로 그의 사촌이었기 때문이다.

메스너는 종이를 받아들고 쓱 훑어본 다음 겐에게 읽어달라고 건네주었다. 겐은 자신의 손이 떨리고 있음을 알고 놀랐다. 자신의 통역 내용이 스스로의 운명과 관계되었던 경우는 그의 기억에 없었다. “라 파밀리아 데 마르틴 수아레스는 국민을 대신하여 인질들을……”

메스너가 겐을 향해 잠깐 멈추라는 뜻으로 한 손을 들었다. “라 파밀리아 데 마르틴 수아레스요?”

장군들이 고개를 끄덕였다.

“라 디렉시온 아우텐티카가 아니란 말입니까?” 메스너가 조용히 물었다.

“당신, 우리더러 합리적이라고 했지.” 알프레도 장군이 입을 열었다. 그의 목소리에 모욕감이 묻어났다. “어떨 것 같아? 라 디렉시온 아우텐티카라면 대화가 통하기나 했을 것 같아? 여자들을 석방시킬 성싶은가? 난 그치들을 알아. 라 디렉시온 아우텐티카는 필요 없는 자는 다 쏴죽인다. 우리가 한 사람이라도 죽인 적이 있나? 우린 국민을 위해서 애쓰고 있어, 알겠나?” 그는 메스너 앞으로 한 걸음 나아갔다. 메스너는 그 의미를 잘 알았다. 그때 겐이 조용히 움직여 그의 앞을 막아섰다.

"우린 국민을 위해서 애쓰고 있습니다." 겐은 의식적으로 침착하고 느린 어조를 유지하며 통역했다. 다음 문장인 "알겠나?"는 불필요하다고 생각해서 빼버렸다.

메스너는 잘못 판단한 것을 사과했다. 착오였을 뿐, 다른 뜻은 없었다고 해명했다. 라 디렉시온 아우텐티카가 아니라니. 그는 비어져나오는 미소를 참느라 애썼다. "그럼 첫 석방은 언제쯤이 되겠습니까?"

알프레도 장군은 아무 말도 할 수 없었다. 이만 부드득 갈았다. 별로 말이 없던 엑토르 장군조차 사보느리 카펫 위에 침을 뱉었다. 이스마엘이 행주 두 장에 네모난 얼음을 가득 채워서 갖고 왔다. 주방에 얼음이 남아돈다는 사실을 알려주는 증거물이었다. 벤하민 장군은 이스마엘이 들고 있던 행주 중 하나를 탁 쳤다. 투명한 다이아몬드 같은 얼음이 카펫 위로 춤을 추며 흩어졌다. 가까이 있던 사람들이 얼음을 집어들어 입에 넣었다. 놀란 이스마엘은 재빨리 남은 행주를 부통령에게 건네면서 살짝 고개를 끄덕였다. 루벤도 고개를 끄덕여 응하면서, 이제부터는 필요 이상의 관심은 끌지 않는 편이 좋겠다고 생각했다. 그래봐야 성한 쪽 얼굴까지 얻어맞는 결과만 초래할 테니. 그는 얼음을 얼굴에 갖다대면서 차가움이 주는 깊은 만족감과 통증 때문에 얼굴을 찡그렸다.

벤하민 장군이 헛기침을 하더니 마음을 가라앉히고 입을 열었다. "지금 인질을 분류하겠다." 그는 먼저 병사들에게 지시했다. "대기. 경계." 벽에 기대서 있던 병사들이 다리를 펴고 총을 가슴까지 들어올렸다. "모두 일어서." 벤하민 장군이 명령했다.

"여러분, 주목하시고 일어서주시기 바랍니다." 겐이 일본어로 말했다. 테러리스트들은 인질이 입 여는 것을 싫어했지만 겐은 예외였다. 그는 생각나는 모든 언어로 문장을 되풀이했다. 심지어 필요 없다는 걸 알면서도 세르보크로아티아어와 광둥어로까지. 말을 하면 마음이 한결 편안해지는데다 그를 제지하는 사람도 없었기 때문이다. 애당초 일어서라는 말을 통역할 필요는 없었다. 사람들은 어떤 메시지에 대해서는 특히 눈치가 빠르다. 몇몇이 일어서기 시작하면 나머지 사람들도 모두 일어나기 마련이다.

사람들은 하나같이 뻣뻣하고 어색한 자세였다. 일부는 다시 신발을 신으려 했고 일부는 미처 신을 생각도 하지 못했다. 어떤 사람들은 발의 감각을 찾으려고 몇 번 발을 굴러보기도 했다. 그들은 두려움을 느꼈다. 그렇게 일어나고 싶어했건만, 막상 일어서니 불안한 마음이 들었다. 일어서 있으면 총에 맞을 가능성이 커진다는 생각 때문인지, 변한 상황이 반갑지만은 않았다.

"여자들은 방 오른쪽 끝으로 가고, 남자들은 왼쪽 끝으로 가서 서."

겐은 여러 나라 언어로 이 말을 옮기면서도, 자신이 몇 개 국어를 써야 하는지, 통역이 필요한 사람이 누구인지 정확히 알지 못했다. 그의 어조는 기차역이나 공항의 안내 방송처럼 차분하고 단조로웠다.

하지만 남자들과 여자들은 곧장 떨어져 서지 않았다. 그들은 목에 팔을 두르고 서로의 품에 매달렸다. 몇 년째 이런 애정 표현을 하지 않았거나, 사람들 앞에서 한 번도 포옹해본 적 없는 부부도 서로를 꼭 껴안았다. 너무나 오랜 시간 계속된 파티였다. 음악도 춤도 없었지만 사람들은 각자의 배우자를 부여안고 마냥 그렇게

서 있었다. 어색해 보이는 커플은 록산 코스와 반주자뿐이었다. 반주자의 품에 안긴 그녀는 어린아이처럼 작아 보였다. 언뜻 보면 그에게 안겨 있기 싫은 것 같지만, 자세히 보면 그녀가 온몸으로 그의 체중을 떠받치고 있음을 알 수 있었다. 그는 그녀의 몸에 기댄 채 축 늘어져 있었고, 그녀의 찡그린 얼굴은 과중한 무게를 떠안고 있는 여자의 표정이었다. 힘들어하는 그녀를 지켜보던 호소카와 씨가(그의 아내는 도쿄에서 안전하게 지내고 있었으므로 안을 사람이 없었던 그는 그들을 쭉 지켜보고 있었다) 대신 반주자를 넘겨받았다. 자신보다 체구가 큰 남자를 부축한 그의 모습은 마치 더운 날씨에 코트를 껴입고 있는 사람 같았다. 호소카와 씨는 약간 비틀거렸지만, 그녀의 얼굴에 넘치는 안도감을 생각하면 이 정도는 아무것도 아니었다.

"고맙습니다." 그녀가 말했다.

"제가 고맙습니다." 호소카와 씨가 말했다.

"저 대신 좀 보살펴주시겠어요?" 이때 반주자가 고개를 들더니 자기 발로 서려고 애를 썼다.

"고맙습니다." 호소카와 씨가 부드럽게 되풀이했다.

부부 동반으로 오지 않은 다른 남자들이(주로 웨이터였다) 그녀의 어깨에서 죽어가는 그링고*를 떼어내주지 못한 것을 후회하며 서로 호소카와 씨를 돕겠다고 달려들더니, 시큼한 냄새를 풍기는 이 사내를 함께 들어서 방 왼쪽으로 옮겨놓았다. 목이 부러진 사람처럼 그의 금빛 머리가 이리저리 흔들렸다. 호소카와 씨는 돌아서

* 라틴아메리카 국가에서 외국인, 특히 미국인을 부르는 말.

서 록산 코스를 바라보았다. 혼자 남게 될 그녀를 생각하니 가슴이 아팠다. 그는 그녀가 자기를 보는 줄 알았지만, 사실 그녀는 호소카와 씨의 품에서 축 늘어진 반주자를 보고 있었다. 그녀에게서 떼어놓고 보니 반주자의 낯빛이 얼마나 좋지 못한지 분명히 알 수 있었다.

애타는 작별인사가 오가는 가운데, 호소카와 씨는 자신이 아내를 이곳에 데려올 생각조차 해본 적이 없음을 비로소 알아차렸다. 심지어 아내에게 함께 초대받았다는 말조차 하지 않았다. 사업상 모임이 있다고만 했지 그의 생일 축하 파티가 있다고는 말하지 않았던 것이다. 호소카와 부인은 늘 딸들과 함께 집에 있는 존재로 암묵적으로 굳어져 있었다. 두 사람은 함께 여행하는 일도 없었다. 지금 생각하니 현명한 결정 같았다. 그 덕분에 아내는 불편함이나 위해를 당하지 않아도 되니까. 그는 그녀를 보호한 것이다. 하지만 지금과 같은 순간에 둘이 함께 있다면 과연 어땠을까 하는 생각이 드는 것은 어쩔 수 없었다. 그들도 떨어질 때 저 사람들처럼 큰 슬픔을 느꼈을까?

기나긴 시간처럼 느껴지는 몇 분 동안 에디트와 시몽 티보는 서로에게 아무 말도 하지 않았다. 마침내 그녀가 그에게 입을 맞추자 그가 입을 열었다. "당신이 밖으로 나가리라 생각하니 기쁘군." 그가 무슨 말을 해도 달라질 것은 없었다. 그는 결혼하고 보낸 첫 이십 년을 생각했다. 그녀를 사랑했지만 진정으로 이해하지는 못했던 세월이었다. 지금 이것은 의미 없이 흘려보낸 그 시간에 대한 형벌인지도 모른다. 사랑하는 에디트. 그녀는 두르고 있던 가벼운 실크 숄을 벗었다. 그가 미처 달라는 말을 못했던 물건이었다. 숄은 근사한 청색으로, 국왕의 만찬 접시라든가 이 저주받은 밀림에 사는 새들의 가슴팍에서나 볼 수 있는 그런 색깔이었다. 그녀는 숄을 아주 작은 공 모양으로 뭉쳐서 그의 손에 쥐여주었다.

"어리석은 짓은 하지 마." 그녀가 말했다. 그녀의 마지막 부탁이었으므로 그는 그러마고 약속했다.

다른 인질 역시 별 소란 없이 작별을 고했다. 총을 들고 협박해야 하는 상황은 전혀 없었다. 시간이 임박했음을 깨닫자 모든 남녀는 조용히 손을 놓았다. 마치 댄스 파트너가 바뀌어서 잠시 떨어지지만 곧 다시 파트너가 바뀌어 배우자의 품으로 돌아갈 거라는 듯이.

메스너는 지갑에서 명함 뭉치를 꺼내 장군들과 겐에게 한 장씩 나눠주고, 사려 깊은 태도로 부통령에게도 한 장 건네준 다음, 나머지를 커피테이블 위 접시에 쌓아놓았다. "여기 내 핸드폰 번호가 있습니다. 나만 쓰는 번호니까 통화할 일이 있으면 이 번호로 전화하십시오. 현재 이 집의 전화선은 열어놓은 상태입니다."

모두들 당황해서 명함을 훑어보았다. 그는 함께 점심식사라도 하자는 듯이, 상황의 심각성을 전혀 모르는 사람처럼 행동했다.

"뭔가가 필요할 수도 있고, 밖에 있는 사람과 통화하고 싶을 수도 있으니까요." 메스너는 말했다.

겐은 살짝 고개를 숙였다. 마음 같아서는 이런 곳까지 와주고 그들의 생명을 위해 자기 목숨을 건 메스너에게 허리까지 굽혀 정중히 인사하고 싶었지만, 그래봤자 아무도 이해하지 못할 것이다. 그때 호소카와 씨가 앞으로 걸어나와 접시에 놓인 명함 한 장을 집어 들고 메스너와 악수를 나누더니 머리가 바닥에 닿도록 허리를 굽혔다.

다음으로 벤하민과 알프레도, 엑토르 장군이 모여선 남자들 앞으로 가서 일하는 사람과 웨이터, 요리사, 청소부를 골라내 여자들 쪽으로 보냈다. 혁명을 통해 노동자를 해방시키는 것이 그들의 궁극적인 목표였으므로 이런 사람들을 인질로 잡아둘 마음은 없었다. 그러고 나서 그들은 아픈 사람이 없느냐고 물었고 겐은 이 질문을 몇 번 되풀이했다. 다들 가벼운 현기증 정도는 있을 법도 한데, 사람들은 아무 말도 하지 않았다. 나이 많은 노인 몇이 앞으로 나왔고 잘생긴 이탈리아 남자 한 명도 환자 팔찌를 보여주고 아내의 품에 안겼다. 단 한 사람만이 거짓말을 했으나 아무도 눈치채지 못했다. 바로 의사 고메스였다. 그는 오래전부터 신장이 좋지 않아 혈액 투석을 받아야 하는데 시간이 너무 늦어지고 있다고 말했다. 그의 아내는 수치스러워 고개를 돌렸다. 이들 중 가장 상태가 나쁜 반주자는 정신이 혼미해 의사 표현조차 하지 못했으므로, 혹여 그를 잊는 일이 없도록 사람들이 옆에 놓인 의자에다 그를 앉혀놓았다. 성직자 역시 떠나도 좋다는 허락을 받았다. 몬시뇰 롤란드는 남은 사람들을 향해 우아한 태도로 성호를 그어 보이고 나서 자리를 떴지만, 아르게다스 신부는 이곳에 있어야 할 의무가 없음에도 남고 싶다며 허락을 구했다.

"남겠다고?" 알프레도 장군이 말했다.

"사제가 있어야 하지 않겠습니까." 신부가 말했다.

알프레도는 엷은 미소를 지었다. 그가 웃음을 지은 것은 이번이 처음이었다. "가는 편이 좋을 거요."

"여기서 주일을 보낸다면 미사를 집전할 사람이 있어야 하지 않습니까?"

"기도는 우리끼리 하겠소."

"죄송하지만 난 여기 남겠습니다." 신부는 눈을 내리깔며 말했다.

이 문제는 이렇게 매듭지어졌다. 몬시뇰 롤란드는 이 모든 과정을 무력하게 지켜볼 수밖에 없었다. 그는 이미 여자들 무리에 섞여 있었고, 그래서 수치심과 함께 살기어린 분노가 치밀어올랐다. 할 수만 있다면 저 젊은 신부의 목을 한 손으로 비틀어버리겠지만 이젠 너무 늦었다. 그는 이미 안전한 곳에 있었다.

부통령 역시 나가서 치료를 받아야 할 사람이었지만 그는 허락을 구해볼 생각조차 하지 않았다. 대신 그는—몸에서 열이 나고 얼굴에 댄 얼음주머니는 녹아 흘렀지만—밖으로 나가 육중한 정문까지 가서 기자들에게 인질 석방을 알리라는 지시를 받았다. 그는 아내와 작별인사조차 제대로 나누지 못했다. 아내는 그의 출세에 힘을 보태느라 평생을 바쳤건만, 이번 일로 그가 그 모든 노력을 모조리 내팽개치는 꼴을 보면서도 아무 말 하지 않은 착실한 여자였다. 그는 두 딸 이멜다와 로사와도 대화를 나누지 못했다. 너무나 착해서 하루종일 옆으로 누워 그가 잘 모르는 복잡한 손가락 장난을 하며 잘 놀던 아이들이었다. 그는 에스메랄다에게도 아무 말 하지 못했다. 뭐라고 감사의 말을 해야 할지 몰라서였다. 그는 그녀가 걱정되었다. 만일 그가 죽는다면 남은 식구들이 그녀를 계속 집에 둘까? 그래주면 좋겠는데. 그녀는 자세가 반듯했고 인내심 있게 아이들을 대했다. 작은 돌멩이에 동물 그림을 그려서 그것으로 정교한 세계를 만드는 법을 아이들에게 가르쳐주기도 했다. 2층에 그런 돌이 많았다. 조만간 거실을 벗어나면 그것을 찾으러 갈 수 있을 것이다. 그의 아내가 아들을 어찌나 꽉 붙잡았는지 아이가 아파서 울음을 터뜨렸다. 그녀는 테러리스트들이 혹시 아이를 이곳에 남는 남자들 무리로 분류할까봐 겁을 먹었다. 루벤은 그녀의 손가락을 쓰다듬으며 안심시켜주었다. "이애는 아무도 문제삼지 않을 거야." 그는 이렇게 말하고 마르코의 머리에 입을 맞췄다. 사내아이다운 냄새를 풍기는 아이의 보드라운 머리카락에. 그런 다음 문 앞으로 걸어갔다.

그는 이런 일에 마스다 대통령보다 적격이었다. 대통령은 미리 쓰인 원고 없이는 말을 못했다. 바보는 아니지만 자발성이 없었다. 게다가 성미는 급하고 쓸데없는 자존심만 있어서 문이나 열러 왔다갔다하라는 명령을 받으면 참지 못할 인물이었다. 마스다는 즉흥적으로 뭔가 말하다가 총에 맞을 테고, 결국에는 모두 죽게 될 것이다. 그는 처음으로 마스다가 집에서 연속극이나 보고 있길 잘했다는 생각이 들었다. 루벤은 심부름꾼이나 조연 역할을 잘해낼 수 있었고, 그럼으로써 아내와 자식, 예쁜 유모는 물론 저 유명한 록산 코스의 목숨까지 구할 수 있었으니 말이다. 지금 이 순간 그에게 주어진 책무는 대통령보다 부통령의 자질에 더 잘 맞는 것이었다. 메스너가 밖으로 나와서 그와 함께 현관 앞 계단에 섰다. 날은 흐렸지만 공기는 매우 상쾌했다. 통로 끝에 서 있던 병사들이 총구를 내리자 여자들이 걸어나왔다. 늦은 오후의 햇빛을 받아 여자들의 드레스가 반짝거렸다. 경찰과 사진기자만 없으면, 지나가던 사람이 이 광경을 보고 파티장에서 커플들이 한바탕 말다툼을 벌인 끝에 여자끼리만 일찍 자리를 뜨는 것이라 여길 수도 있었다. 여자들은 울고 있었고, 흘러내린 머리카락은 엉켜 있었다. 화장은 엉망이 되고 두 손은 치맛자락을 꽉 움켜쥐고 있었다. 대부분은 신을 손에 들거나 저택에 두고 나온 까닭에, 거칠고 평평한 현관 앞돌에 스타킹이 걸려서 다 찢어졌지만 아무도 알아차리지 못했다. 그들의 등뒤에 가라앉는 난파선이나 불타는 건물이 있다면 잘 어울렸을 것이다. 그들은 저택에서 멀어질수록 더 심하게 울었다. 남자 몇과 일하는 사람, 환자 들이 여자들 뒤를 따라나왔다. 그들은 자신의 탓이 아닌 비극 앞에서 한없이 무력해 보였다.

3

상황을 분명히 하자면 여자는 모두 석방되었다. 한 사람만 빼고.

그녀는 줄 중간쯤에 서 있었다. 다른 여자들처럼 그녀 또한 열린 문 밖이 아닌 거실을 돌아보며, 몇 년처럼 길게 느껴진 하룻밤을 보낸 바닥을 바라보았다. 밖으로 나오지 못하는 남자들도 바라보았다. 모두 모르는 사람이었다. 다만 생일 파티의 주인공이었던 일본 신사만은 예외였다. 물론 그 역시 모르는 사람이었지만 반주자를 부축해 그녀를 도와주었다. 그녀는 그를 찾아내 미소를 건넸다. 남자들은 거실 저쪽 끝에 모여 슬픈 눈으로 안절부절못하며 제자리에서 서성이고 있었다. 호소카와 씨는 점잖은 태도로 살짝 미소를 지으며 고개를 숙여 그녀의 미소에 답했다. 이런 때 록산 코스를 생각하는 사람은 호소카와 씨밖에 없었다. 그녀와, 아찔하도록 높이 올라가던 그녀의 아리아를 남자들은 까맣게 잊었다. 그들은 오후의 밝은 햇빛 속으로 걸어나가는 아내들의 모습을 눈으로 좇고 있었다. 어쩌면 두 번 다시 볼 수 없을지도 모른다. 가슴속에서 뜨거운 애정이 솟구쳐올라 목이 메었다. 에디트 티보와 부통령의 아내, 아름다운 에스메랄다도 차례차례 밖으로 나갔다.

대여섯 명의 여자가 앞서 나가고 록산 코스가 문 앞에 다다랐을 때, 엑토르 장군이 앞으로 나와서 그녀의 팔을 잡았다. 딱히 공격적인 태도는 아니었다. 어쩌면 그녀를 호위하려는 것인지도, 어쩌면 줄 맨 앞으로 데리고 가려는 것인지도 몰랐다. "에스페라." 그가 말하며 벽 쪽을 가리켰다. 접시에 담긴 배와 복숭아를 묘사한 마티스의 커다란 정물화 옆에 혼자 서 있으라는 얘기 같았다. 그 그림은 이 나라에 단 두 점밖에 없는 마티스의 작품 중 하나로, 이번 파티를 위해 미술관에서 빌려온 것이었다. 록산은 순간적으로 혼란에 빠져 통역사를 쳐다보았다.

"기다리세요." 겐은 영어로 부드럽게 말하며 그 한 단어가 가급적 상냥하게 들리도록 애썼다. 따지고 보면 기다리라는 말은 조금 있다 나가라는 뜻일 뿐이지, 아예 가지 말라는 뜻은 아니었다.

그녀는 잠시 동안 그 한 단어를 곰곰이 곱씹어보았다. 영어로 옮긴 말을 듣고도 정말 장군이 그런 의도로 말한 것인지 의심스러웠다. 어린 시절 그녀는 늘 기다렸다. 학교에서 오디션을 보던 때에도 줄을 서서 기다렸다. 하지만 몇 년 전부터는 누구에게서도 기다리라는 말을 들은 적이 없었다. 사람들이 그녀를 기다렸지, 그녀가 기다릴 일은 없었다. 그런데 여기선 이게 뭐람. 생일 파티, 우스꽝스러운 나라, 총, 위험, 기다림…… 모두가 그녀를 향한 비웃음 같았다. 그녀는 팔을 홱 잡아 뺐다. 갑작스러운 동작에 장군의 안경이 코에서 흘러내렸다. "이거 봐요," 그녀는 엑토르 장군의 손이 자기 살에 닿는 것을 더는 참을 수가 없어서 입을 열었다. “난 참을 만큼 참았어요.” 겐은 그녀의 말을 통역하려고 입을 열었다가 그만두었다. 게다가 그녀의 말은 거기서 끝나지 않았다. “난 여기 일을 하러 왔어요. 파티에 노래를 불러주러 왔다고요. 이제 내 일은 끝났어요. 당신들이 어떤 이유인가로 붙잡아두고 있는 이 사람들과 함께 바닥에서 자라고 해서 그렇게도 했어요. 하지만 이제 더는 못해요.” 그녀는 반주자가 몸을 구부리고 앉아 있는 의자를 가리켰다. “저 사람은 환자예요. 난 저 사람과 함께 있어야 해요.” 그녀는 이렇게 말했지만, 그러면서도 자신의 주장에 그다지 설득력이 없다는 생각이 들었다. 반주자는 몸을 앞으로 잔뜩 구부리고 앉아, 바람 한 점 없는 날에 내걸린 깃발처럼 두 손을 양옆으로 늘어뜨리고 있었다. 환자라기보다는 죽은 사람 같았다. 그녀가 말을 하는데도 그는 고개를 들지 않았다. 행렬이 잠시 움직임을 멈췄다. 밖으로 나가던 여자들까지도 걸음을 멈추고 그녀를 쳐다보았다. 그녀의 말을 전혀 알아듣지 못하는 사람들도 마찬가지였다. 이 모호한 순간, 그녀의 말이 통역되기 전 불가피하게 발생하는 짧은 정적의 순간에 록산 코스는 탈출의 기회를 포착했다. 그녀는 활짝 열려 있는 앞문을 향해 성큼성큼 나아갔다. 엑토르 장군은 그녀를 잡으려고 손을 내밀었지만 팔을 놓치고 대신 머리채를 움켜잡았다. 이런 머리 때문에 여성은 손쉬운 목표물이 되고 만다. 길고 부드러운 밧줄 몇 타래를 몸에 달고 다니는 셈이다.

다음 순간 세 가지 사건이 연속으로 일어났다. 하나, 소프라노 가수 록산 코스의 목이 뒤로 홱 젖혀지면서 그녀의 입에서 놀라움과 아픔이 뒤섞인 또렷한 고음의 비명이 터져나왔다. 둘, 파티에 초대된 손님 모두가(반주자를 제외하고) 지금이야말로 들고일어날 때라는 듯 일제히 앞으로 나섰다. 셋, 열네 살부터 마흔한 살에 이르는 테러리스트 모두가 들고 있던 총기의 공이치기를 뒤로 젖혔고, 철커덕 소리와 함께 하나의 프레임에 끼워진 한 장의 필름처럼 모든 사람이 움직임을 멈췄다. 실내엔 시간이 정지된 채 정적만이 흘렀고, 결국 록산 코스는 드레스를 매만지거나 머리를 쓸어넘길 생각도 못한 채 그냥 돌아서서 그림 옆에 가 섰다. 솔직히 그 그림은 대단치 않은 작품이었다.

이내 장군들은 낮은 목소리로 논쟁을 벌이기 시작했고, 나이 어린 병사들까지 상체를 쭉 빼고 대화 내용을 들으려 애썼다. 그들의 목소리는 마구 뒤섞여 알아듣기 힘들었다. 여자, 절대, 협의 등의 단어가 들리는가 싶더니, 장군 중 한 사람이 낮고 웅얼거리는 목소리로 "저 여잔 노래를 하잖아"라고 말했다. 그들이 머리를 맞대고 있어서 누가 한 말인지는 알 수 없었다. 어쩌면 그들 모두, 우리 모두의 입에서 나온 말인지도 모른다.

누군가를 인질로 잡아두는 데는 그보다 못한 이유도 있을 수 있다. 사람은 상대방이 가치를 지닌다고 생각할 때 그를 인질로 잡는다. 인질이란 돈이나 자유를 얻기 위한, 혹은 더 중요한 누군가와 교환하기 위한 것이다. 잡아둘 방법만 있다면 누구나 협상의 카드가 될 수 있다. 그러므로 누군가의 목소리가 인기를 끌 경우, 노래를 담보로 그 사람을 잡아두는 일 역시 마찬가지 아닐까? 애초에 노렸던 목표물을 얻지 못한 테러리스트들은 다른 대체물을 쓰기로 했다. 어둡고 비좁은 냉방 통풍구에 잔뜩 웅크린 채 엎드려 있기 전에는 자신들이 원한다는 생각조차 못했던 것, 바로 오페라였다.

호소카와 씨에게 삶의 의미인 것을 그들은 손에 넣기로 한 것이다.

록산은 밝은 빛깔의 과일이 굴러떨어지는 찰나를 묘사한 그림 옆에 혼자 서서 절망감으로 눈물을 흘렸다. 장군들의 목소리가 높아지기 시작하고 나머지 여자들과 일꾼들이 줄지어 밖으로 나갔다. 남자들은 눈을 부릅떴고 젊은 테러리스트들은 여전히 총을 겨누고 있었다. 의자에 앉은 채 잠시 잠들었던 반주자는 힘겹게 몸을 일으켜 주방 보조의 부축을 받아 밖으로 걸어나갔다. 그는 록산이 남아 있다는 사실을 알지 못했다.

"훨씬 나은걸." 벤하민 장군이 말하며 조금 전까지 인질들이 빽빽이 누워 있던 바닥을 쭉 돌아보았다. "이제야 숨통이 트이는군."

밖으로 나간 인질들이 박수갈채와 축하 인사를 받는 소리가 들렸다. 정원 담장 저편에서 카메라 플래시가 환하게 터졌다. 정신없는 와중에 반주자가 잠기지 않은 현관으로 도로 걸어들어왔다. 어찌나 문을 세게 밀어젖혔던지 현관문이 나무 벽에 부딪히면서 판자가 푹 패고 말았다. 아는 얼굴이 아니었다면 그는 총에 맞았을지도 몰랐다. "록산 코스가 바깥에 없던데." 그가 스웨덴어로 말했다. 악문 이 사이로 탁한 목소리가 새어나왔다. "바깥에 없다고!"

반주자의 발음이 워낙 분명치 않아서 겐조차 그 말이 스웨덴어임을 알아차리는 데 시간이 좀 걸렸다. 겐이 아는 스웨덴어는 베리만의 영화에서 들은 것뿐이었다. 그나마도 대학 시절 영화에서 나오는 대사와 자막을 맞춰보며 익힌 것이었다. 그래서 스웨덴어로는 아주 우울한 얘기밖에 할 줄 몰랐다. "여기 있습니다." 겐이 말했다.

노여움 때문에 반주자는 일시적으로 생기를 띤 듯 보였고 잿빛이던 뺨에도 잠시 핏기가 돌았다. "여자는 전부 석방하겠다면서!" 그는 옥수수밭의 까마귀를 쫓아내듯 두 손으로 공중을 휘저었다. 시퍼레진 입술에 흰 거품이 맺혔다. 겐은 그의 말을 스페인어로 옮겼다.

"크리스토프, 나 여기 있어요." 록산은 파티에서 잠시 떨어져 있다가 만난 사람에게 하듯 한 손을 살짝 흔들어 보였다.

"저 여자 대신 날 붙잡아둬." 반주자가 으르렁댔다. 그의 무릎이 금방이라도 꺾일 것처럼 조마조마하게 후들거렸다. 그의 제의는 귀여울 만큼 구시대적이었지만, 누구든 록산 코스를 원하지 그를 원하진 않는다는 사실을 실내에 있는 모두가 알고 있었다.

"저치를 내보내." 알프레도 장군이 말했다.

병사 둘이 앞으로 걸어나왔다. 그러나 이상하게도 급속히 건강이 나빠져 다시는 움직이지 못할 것 같던 반주자가 재빠른 동작으로 그들 앞을 지나 록산 코스 옆 맨바닥에 풀썩 주저앉았다. 두 병사 중 하나가 총 끝으로 그의 금발 정수리를 겨눴다.

"실수로 여자를 쏴서는 안 돼." 알프레도 장군이 말했다.

"뭐라고 하는 거예요?" 록산 코스가 울부짖었다.

겐은 머뭇거리며 장군의 말을 통역했다.

실수로. 사람들이 총에 맞게 되는 것은 대개 실수 때문이다. 정말 악의가 있어서가 아니라 그저 총탄이 몇 센티미터 빗나간 것일 뿐이다. 록산 코스는 숨을 죽이며 실내에 있는 사람 하나하나를 저주했다. 서투른 테러리스트가 겨냥을 잘못하는 바람에 세상을 하직하고 싶지는 않았다. 반주자의 호흡은 비정상적으로 빠르고 얕았다. 그는 눈을 감고 그녀의 다리에 머리를 기댔다. 마지막으로 터뜨린 열정이 과했던 모양이었다. 그는 금세 잠이 들었다.

"이런 맙소사," 벤하민 장군이 말했다. 그리고 실수로 점철된 이번 인질극에서 가장 큰 실수를 저질렀다. "그냥 거기 있게 놔둬."

그의 말이 떨어지자마자 반주자는 앞으로 쓰러져 연노란색 거품을 토해냈다. 록산이 그의 다리를 다시 펴주려고 했지만 이번에는 아무도 도와주지 않았다. "밖으로 끌어내기라도 해요. 이 사람 상태가 안 좋은 거 안 보여요?" 그녀는 악에 받친 목소리로 말했다. 반주자에게 심각한, 아주 심각한 이상이 있다는 사실은 누구라도 금방 알 수 있었다. 그의 피부는 차갑고 축축했으며 썩은 생선살 같은 빛깔이었다.

겐은 그녀의 요구를 통역했지만 묵살당했다. "대통령은 없고 달랑 오페라 가수 한 명뿐이라니," 벤하민 장군이 말했다. "썩 괜찮은 흥정은 못 돼."

"피아노 반주자도 같이 있으면 여자 몸값이 올라갈 거야." 알프레도 장군이 말했다.

"반주자 따위한테서는 단돈 1달러도 안 나와."

"저 여자는 데리고 있도록 하지." 엑토르 장군이 나직이 말했다. 오페라 가수에 대한 논쟁은 이걸로 일단락되었다. 엑토르는 말수가 가장 적었지만 병사들에겐 가장 두려운 대상이었다. 다른 두 장군조차 그에겐 함부로 하지 못했다.

겐을 포함한 인질들은 록산 코스와 반주자가 기대앉은 벽 맞은편에 서 있었다. 아르게다스 신부가 나직이 기도를 드린 다음 그녀를 도와주러 갔다. 벤하민 장군이 제자리로 돌아가라고 말하자 그는 미소를 지으며 고개를 끄덕였다. 장군의 말은 농담에 불과하며 농담은 죄가 아니라는 태도였다. 신부는 자신의 빨라지는 맥박과 두 다리를 잡아 흔들며 힘이 빠지게 만드는 공포감에 놀랐다. 총에 맞는 것이 두렵지는 않았다. 테러리스트들이 그를 쏘리라고는 생각지 않았고, 설령 쏜다 해도 맞으면 그만이었다. 그가 두려움을 느끼는 이유는 록산 코스의 밝은 노란색 머리카락과 그 머리를 장식한 종 모양의 백합 향기 때문이었다. 열네 살의 나이에 주께 온 마음을 바치고 모든 근심 걱정을 버린 이후, 이런 것 때문에 그의 마음이 흔들린 적은 한 번도 없었다. 그런데 어째서 이런 공포와 혼란의 와중에, 이 많은 사람의 목숨이 위험에 처한 상황에서, 그를 찾아온 행운의 걷잡을 수 없는 아찔함을 느꼈을까? 정말 상상도 못했던 행운이었다! 부통령 부인의 사촌인 아나 로야와 친해진 일, 그녀가 그를 위해 사촌에게 그런 엄청난 부탁을 한 일, 그 부탁이 너그러이 받아들여진 덕분에 거실 맨 뒤에 서서 난생처음으로 생동하는 진짜 오페라를 들을 수 있었던 일. 그것도 그냥 평범한 오페라가 아니라 어느 모로 보나 이 시대 가장 위대한 소프라노인 록산 코스의 오페라를 말이다. 그녀가 이런 나라에 와준 것부터가 충분히 영광스러운 일이었다. 단 하루지만 그녀와 같은 도시의 하늘 아래 있다는 사실을 영광으로 여기며 지하 숙소의 간이침대에 누워 있는 것만도 기적적인 은혜일 것이었다. 그런데 그녀의 공연을 직접 볼 수 있었을 뿐 아니라, 운명적으로(어쩌면 심각한 사건의 전조일 수도 있지만, 설령 그렇다 해도 모든 운명이 그렇듯 그 또한 하느님의 뜻, 신의 의도이리라) 이 순간 이 자리에서 그녀와 함께 반주자의 길쭉한 사지를 힘들여 펴주고, 가까이에서 그녀의 백합 향기를 맡고, 연녹색 드레스 아래로 사라지는 희고 매끄러운 피부를 지켜볼 수 있다니. 머리핀 몇 개가 아직도 그녀의 머리에 꽂혀서 앞머리가 눈을 찌르는 것을 막아주고 있는 것이 보였다. 얼마나 큰 은혜인가. 그는 다른 식으로는 생각할 수 없었다. 이런 목소리는 하느님이 내려주신 것이며, 지금 그의 옆에 있는 사람의 실체 역시 하느님의 사랑이라고 믿어 의심치 않았기 때문이다. 전율이 가슴을 뒤흔들고 손이 떨리는 것은 당연한 일이었다. 하느님 곁에 이토록 가까이 있는데 어떻게 가슴속에 사랑이 차오르지 않을 수 있단 말인가?

그녀가 그를 향해 미소를 지었다. 친절하지만 상황이 상황이니만큼 씁쓸한 미소였다. "저 사람들이 왜 저를 잡아두는지 혹시 아세요?" 그녀가 속삭여 물었다.

그녀의 목소리를 듣는 순간 신부는 처음으로 실망감을 느꼈다. 당연히 그녀가 아니라 스스로에 대한 실망감이었다. 영어. 영어 공부의 중요성은 누구나 알고 있다. 외국 관광객들이 뭐라고 하더라? '해브 어 나이스 웨이'던가? 하지만 그 말이 지금 상황에 걸맞지 않은 대답이면 어쩌지? 혹시 기분 나쁜 뜻이기라도 하면? 어쩌면 그것은 카메라 필름을 달라거나, 길을 알려달라거나, 혹은 돈을 달라는 말인지도 모른다. 그는 기도했다. 그러고는 결국 슬픈 어조로 자신이 확실히 알고 있는 단 하나의 단어를 내뱉었다. "잉글리시."

"아." 그녀는 이해한다는 듯 고개를 끄덕인 뒤 다시 반주자에게로 관심을 돌렸다.

마침내 반주자를 조금이나마 편안해 보이는 자세로 눕히고 난 뒤, 아르게다스 신부는 손수건을 꺼내 번들거리는 토사물을 닦아냈다. 의학 지식이 있는 양 행세하고 싶지는 않았지만, 환자를 방문하고 임종시 성사를 자주 행해온 그의 경험으로 볼 때 피아노를 그토록 아름답게 연주하던 이 남자는 그가 노자성체*를 해주었던 다른 병자들보다 더 죽음의 순간에 가까워진 것 같았다. "가톨릭?" 그는 반주자의 가슴에 손을 얹으며 록산 코스에게 물었다.

그녀는 자신을 위해 피아노를 연주한 이 남자가 하느님을 믿는지조차 알지 못했고, 어떤 교파의 신자인지는 더더욱 몰랐다. 그녀는 어깨를 으쓱했다. 그래도 이 신부와 그 정도의 의사소통은 할 수 있었다.

"카톨리카**?" 그는 궁금해서 이렇게 물어보며 정중하게 그녀를 가리켰다.

"저요?" 그녀는 드레스 앞자락을 매만지며 대답했다. "네." 그러고는 고개를 끄덕였다. "시, 카톨리카." 단순한 두 단어였지만, 그녀는 자신이 스페인어로 대답했다는 사실이 뿌듯했다.

신부는 그녀를 향해 웃어 보였다. 반주자에 대해 말하자면, 그가 지금 정말 죽어가고 있는가, 그리고 가톨릭 신자인가, 이 두 가지가 커다란 난제였다. 하지만 영혼의 영원한 안식이 달린 일이라면, 실수라고 해도 일단 저지르는 편이 나았다. 설령 유대인에게 병자성사를 행한 것이었고 이후 그가 회복된다 해도, 정치적 인질이 되어 의식을 잃고 있던 그의 시간을 조금 빼앗았다는 점 외에 무슨 해가 될까. 신부는 록산의 손을 토닥였다. 어린애의 손 같았다! 희고 부드럽고 손등이 도톰한. 한 손가락에 메추리알만한 진녹색 보

* 긴 여행을 위한 준비라는 뜻으로, 죽어가는 환자가 마지막으로 하는 영성체.

** '가톨릭'이라는 뜻의 스페인어.

석 주위로 휘황찬란한 다이아몬드가 장식된 반지를 끼고 있었다. 다른 여자가 그런 반지를 끼고 있었다면 그 돈으로 차라리 빈자를 위한 기부금을 내주길 바랐겠지만, 지금 그는 반지가 그녀의 손가락에서 미끄러지는 상상을 하며 즐거움을 느꼈다. 이런 생각이 적절치 못하다는 사실을 깨닫자 그의 이마에 불안한 땀방울이 맺혔다. 하지만 손수건이 없었다. 그는 잠시 물러나 장군들에게 말을 걸었다.

"저 사람," 아르게다스 신부가 목소리를 낮춰 말했다. "곧 죽을 것 같습니다."

"죽지 않소." 알프레도 장군이 말했다. "저 여자를 데리고 나가려고 연극하는 거요."

"그렇지 않습니다. 맥박이며 피부색을 좀 보십시오." 그는 어깨 너머로 돌아보았다. 그의 시선이 그랜드피아노와 이미 오래전에 끝나버린 파티를 위한 커다란 백합과 장미 꽃다발을 지나, 엎질러진 액체처럼 카펫 끝에 널브러진 반주자에게로 향했다. "저런 건 꾸밀 수 있는 게 아닙니다."

"여기 있겠다고 한 건 저자요. 우리가 내보냈는데도 스스로 돌아온 거지. 그런 걸 보면 죽을 사람은 아니오." 알프레도 장군은 고개를 돌리고 손을 비볐다. 손가락을 잃은 지 십 년이 지났는데도 아직 그 부위가 쑤셨다.

"자리로 돌아가서 기다리시오." 벤하민 장군이 신부에게 말했다. 인질 절반이 빠져나간 뒤로 그는 당면한 문제의 반이 해결된 듯한 헛된 안도감을 만끽하고 있었다. 자기기만이라는 것은 알지만, 잠시 조용히 이 기분을 즐기고 싶었다. 실내가 탁 트여 보였다.

"주방에서 기름을 좀 가져와서 병자성사를 행하고 싶은데요."

"주방은 안 돼." 벤하민 장군이 고개를 저으며 말했다. 그는 젊은 사제에게 무례하게 굴 요량으로 일부러 담배에 불을 붙였다. 이 신부나 반주자나 가라고 했을 때 갔더라면 얼마나 좋았겠는가. 인질로 남을지 말지를 선택하도록 해주어선 안 되는 것이었다. 그는 사제에게 무례하게 굴어본 적이 거의 없었기 때문에 담배를 소품으로 이용했다. 성냥을 흔들어 끄고 카펫 위로 떨어뜨렸다. 담배 연기를 앞으로 내뿜고 싶었지만 그렇게까지는 못했다.

"기름 없이도 할 수 있습니다." 아르게다스 신부가 말했다.

"병자성사는 안 돼." 알프레도 장군이 말했다. "저 사람은 죽지 않소."

"전 기름을 좀 얻고 싶을 뿐입니다." 신부는 정중하게 말했다. "병자성사를 해도 좋은가는 묻지 않았습니다."

장군들은 그의 입을 막고 싶었다. 그를 때리고, 병사를 시켜 그의 등에 총구를 들이댄 다음 다른 인질들과 함께 세워두고 싶었다. 하지만 차마 그럴 수가 없었다. 어쩌면 교회의 힘 때문인지도 모르고, 아니면 연인으로 추정되는 남자 위로 몸을 수그리고 있는 저 오페라 가수 때문인지도 모른다. 아르게다스 신부는 록산 코스와 반주자에게 돌아갔다. 그녀는 반주자의 상의 단추를 풀고 맥박소리를 듣고 있었다. 그녀의 머리카락이 그의 목과 어깨를 덮고 있었다. 반주자에게 의식이 있었다면 대단히 흥분을 느낄 일이었지만 그는 깨어나지 않았다. 신부가 깨워봐도 눈을 뜨지 않았다. 아르게다스 신부는 그의 곁에 무릎을 꿇고 앉아 병자성사 기도를 드리기 시작했다. 제의와 예복을 입고 예식에 필요한 기름과 아름다운 촛불도 있다면 좀더 위엄을 갖출 수 있었겠지만, 단출한 기도가 어떤 면에서는 하느님에게 더 가까운 느낌이었다. 그는 반주자가 가톨릭 신자이기를 바랐다. 그의 영혼이 활짝 벌려진 주님의 품안으로 날아들기를 바랐다.

"자비로우신 천주 성부께서는 성자의 죽으심과 부활하심을 통하여 이 세상과 화해하시고, 우리에게 성령을 보내사 죄 사함을 주셨으니, 교회를 통하여 이 병자에게 용서와 평화를 주소서." 아르게다스 신부는 이 남자에게 물밀듯 밀려오는 연민과 거의 목이 메일 듯한 사랑의 유대감을 느꼈다. 이 남자는 록산 코스를 위해 피아노를 연주했다. 날마다 그녀의 목소리를 듣고, 거기에 자신을 맞춰나갔다. 그는 백묵처럼 흰 반주자의 귀에 대고 온 마음을 담아 속삭였다. "성부와 성자와 성령의 이름으로 그대의 죄를 사하노라." 이 말과 함께 그는 이 반주자가 지금까지 저질렀을지 모를 모든 잘못을 진심으로 용서했다.

"병자성사인가요?" 록산 코스가 물으며, 자신을 위해 지칠 줄 모르고 음악을 연주했던 차갑고 축축한 손을 잡았다. 스페인어는 몰랐지만, 이것이 어떤 종류의 가톨릭 예식인지는 분간할 수 있었다. 좋은 징조는 아니었다.

"전능하신 하느님, 구원의 성사를 통하여 이 병자로부터 현세와 내세의 모든 형벌을 면하소서. 그에게 천국의 문을 여시고 그를 영원한 기쁨으로 안내해주소서."

록산 코스는 멍한 표정이었다. 마치 최면술사가 눈앞에서 시계를 흔들지만 아직 손가락으로 딱 소리는 내지 않은 것처럼. "아주 뛰어난 피아니스트였어요." 그녀가 말했다. 함께 기도하고 싶었지만 기도문이 하나도 기억나지 않았다. 그녀는 다시 입을 열었다. "착실한 사람이었고요."

"주님께서 이 형제에게 자비로우신 사랑을 베푸사 기름 바르는 이 거룩한 예식으로 그에게 평안을 주소서." 아르게다스 신부는 엄지를 혀에 갖다댔다. 기름을 대신할 액체가 있어야 하는데 달리 마땅한 것이 없었기 때문이다. 그는 반주자의 이마에 침을 찍으며 다시 말했다. "주님께서는 주님의 자비로우신 사랑과 기름 바르는 이 거룩한 예식으로 성령의 은총을 베푸시어 이 형제를 도와주소서."

록산이 기도문을 생각해내려고 애쓰는 사이, 자신을 굽어보는 수녀들의 모습이 그녀의 눈앞에 보이는 듯했다. 조앤 수녀와 메리 조지프 수녀, 세리나 수녀가 허리에 매달고 다니던 짙은 색깔의 자단 묵주가 눈앞에 아른거리고, 그들의 숨결에 섞인 커피 향기와 의복에서 풍기던 옅은 땀냄새가 코끝을 스쳤다. 수녀들의 모습은 하나하나 기억나는데 기도문은 한 단어도 떠오르지 않았다. "우린 리허설을 마치고 샌드위치와 커피를 주문해 먹곤 했어요." 신부는 그녀의 말을 이해하지 못하고 반주자는 그녀의 목소리조차 듣지 못했지만 그녀는 계속 말했다. "그럴 때는 대화도 약간 나눴죠." 언젠가 반주자에게서 그의 유년 시절 이야기를 들은 적이 있었다. 그의 고향이 스웨덴이었나, 노르웨이였나? 고향의 겨울 날씨가 얼마나 추운가 하는 이야기, 하지만 그곳에서 자라는 동안에는 그 날씨가 추운 줄도 몰랐다는 이야기. 그의 어머니는 아들이 손을 다칠까 염려해 공놀이를 일절 금지했다. 아들의 피아노 레슨에 돈을 있는 대로 쏟아붓기 시작한 뒤부터.

아르게다스 신부는 반주자의 손에도 침을 발랐다. "또한 이 병자를 죄에서 해방시키시고 구원해주소서."

록산은 반주자의 가느다란 금빛 머리카락 사이로 손가락을 넣었다. 빈혈 환자의 머리카락 같았다. 이승에서의 시간이 얼마 남지 않은 사람의 머리카락 같았다. 사실 그녀는 반주자를 조금 미워했다. 처음 몇 달 동안 그들은 원만하게 잘 지냈다. 그는 자신의 음악을 잘 알고 있었다. 정열을 담아 연주했지만 결코 그녀보다 돋보이려 하지는 않았다. 그는 말이 없고 내성적인 사람이었고 그녀는 그런 점이 마음에 들었다. 그녀는 굳이 그에게 말을 시키려 들지 않았다. 호기심을 느낄 만큼 그에 대해 생각해본 적도 없었다. 그러던 차에 그와 함께 이번 공연을 하러 오게 된 것이었다. 비행기 바퀴가 활주로를 뜨자마자 반주자는 그녀의 손을 잡고 그동안 품어왔던 연정을 털어놓았다. 정말 몰랐느냐고. 내내 그녀 곁에 있고 그녀의 노래를 들었는데. 그는 옆자리에서 그녀 쪽으로 몸을 기울이고 그녀의 가슴에 귀를 갖다대려 했지만 그녀는 그를 밀어냈다. 열여덟 시간을 비행하는 동안 그 상황은 계속되었다. 호텔로 향하는 리무진 안에서도 마찬가지였다. 그는 애원하며 어린애처럼 울었다. 그녀가 리허설 때 입었던 의상 하나하나를 열거하기도 했다. 차창 밖으로 우거진 나뭇잎과 덩굴 식물이 이룬 견고한 벽이 빠르게 지나쳐 갔다. 어디로 가는 것일까? 그는 살금살금 손가락 하나를 뻗어 그녀의 치맛자락을 만지려 했지만 그녀는 손등으로 그 손가락을 탁 쳐냈다.

록산은 고개를 숙이고 눈을 감으며, 그의 머리카락을 손바닥 사이에 낀 채 두 손을 모았다. "기도는 근사한 거예요." 조앤 수녀는 말하곤 했다. 젊고 예쁜 조앤 수녀는 그녀가 가장 좋아한 수녀였다. 록산은 언제나 그녀의 책상에 초콜릿을 놔두었다. "원하는 것을 꼭 얻지 못하더라도 주어진 것에 감사드릴 수는 있으니까요." 조앤 수녀는 친교 전에 종종 록산에게 어린이들을 위해 〈오 마리아여 화관 바치오니〉를 불러달라고 부탁하곤 했다. 죽도록 추운 시카고의 겨울날에도.

"이 사람은 항상 시카고 이야기를 듣고 싶어했어요. 난 시카고에서 자랐거든요." 그녀가 속삭였다. "오페라하우스 근처에서 보낸 제 어린 시절이 궁금하다면서. 자기는 이제 이탈리아로 온 이상 절대 떠날 수 없을 거라고, 고향의 그 추운 날씨를 견딜 수가 없을 거라고 말했어요."

아르게다스 신부는 그녀를 쳐다보았다. 그녀가 무슨 말을 하는지 알고 싶었다. 고해, 아니면 기도?

"어쩌면 음식 탓인지도 몰라요." 그녀는 말했다. "음식 알레르기가 있을 수도 있잖아요. 아니면 여기 오기 전부터 아팠을지도 모르고." 확실한 건, 지금 그는 그녀가 알던 반주자가 아니라는 것이었다.

세 사람은 한동안 아무 말이 없었다. 반주자는 눈을 감고 있고, 오페라 가수와 신부는 그의 감은 눈을 내려다보고 있었다. 불현듯 어떤 생각이 록산 코스의 머릿속을 스쳤다. 그녀는 주저 없이 그의 주머니에 손을 넣어 지갑과 손수건, 민트껌을 꺼냈다. 먼저 지갑을 뒤져보았다. 그 안에 여권이 있었다. 스웨덴 여권이었다. 그녀는 바지 주머니 깊이 손을 넣어보았다. 아르게다스 신부도 기도를 멈추고 그녀를 바라보았다. 바지 주머니에서 이미 사용한 피하주삿바늘과 고무 뚜껑이 덮인 작은 유리병 하나가 나왔다. 바닥에 약물이 한두 방울 괴어 있을 뿐 유리병은 비어 있었다. 인슐린. 인슐린이 떨어진 것이다. 그들은 자정이면 호텔로 돌아갈 예정이었다. 그러니 주사 한 번 분량 이상의 약물을 가져올 이유가 없었다. 그녀는 증거물을 손바닥에 올려놓은 채 벌떡 일어섰다. 아르게다스 신부가 고개를 들고 장군들에게 달려가는 그녀를 바라보았다. "당뇨예요!" 그녀는 소리쳤다. 어떤 언어든 이 단어만큼은 서로 비슷할 것이다. 이 의학 용어는 라틴어에서 나온 것이고, 라틴어는 거의 모든 서양 언어의 뿌리니까 말이다. 그녀는 남자들이 모여서 있는 벽 쪽을 쳐다보았다. 모두들 평범한 어느 밤에 오페라를 관람하듯 그녀를 지켜보고 있었다. 오늘 공연은 반주자의 비극적 죽음을 다룬 것이었다. 〈침울한 피아노〉.

"당뇨라고요." 그녀가 겐에게 말했다.

신부가 기도를 마치기를 기다리고 있던 겐이 앞으로 나와 설명을 시작했다. 장군들은 통역을 듣기도 전에 이미 상황을 이해했다. 남자는 당뇨로 인해 혼수상태에 빠졌고, 따라서 만일 아직 죽지 않았다면 저 바깥 어딘가에 그를 살릴 수 있는 약물이 있을 것이다. 그들은 인슐린이 있는지 알아보러 갔다. 벤하민 장군은 피우던 담배를 대리석 벽난로 속으로 던졌다. 벽난로가 어찌나 큰지 아이 셋은 충분히 들어갈 것 같았다. 실제로 그 벽난로의 재를 다 비우고 말끔히 청소하고 난 뒤면 부통령의 세 아이가 거기에 함께 웅크리고 앉아 못된 마녀에게 구워 먹히는 놀이를 하곤 했다. 아르게다스 신부는 정식 기도를 마친 뒤 반주자 곁에 무릎을 꿇은 자세로 두 손을 모으고 고개를 숙인 채, 그가 하느님의 영원한 사랑 속에서 위안과 기쁨을 찾기를 조용히 기도했다. 남자가 숨을 거두었던 것이다.

눈을 뜬 순간 신부는 이제 자신과 반주자가 더이상 외따로 있지 않음을 알았다. 아르게다스 신부는 한데 모여 있는 사람들을 향해 부드러운 미소를 지어 보였다. "누가 우리를 예수님의 사랑에서 떼어놓을 수 있겠습니까?" 그는 이 말로 상황 설명을 대신했다.

바닥에 주저앉은 록산 코스의 모습은 아름다웠다. 연녹색 시폰 드레스 자락이 4월의 바람에 흔들리는 새봄의 나뭇잎처럼 물결쳤다. 그녀는 반주자의 어머니가 그토록 아끼던 손, 지치지도 않고 슈만의 가곡을 몇 시간씩 연주하던 손을 꼭 잡고 있었다. 그 손은 이미 차갑게 식었고, 몇 시간 전부터 안색이 좋지 않던 얼굴은 순식간에 더 나빠져 눈가는 누레지고 입술 주변에는 엷은 자주색이 감돌았다. 넥타이는 없어지고 셔츠 앞섶의 단추도 떨어져나갔지만, 그는 여전히 검은 연미복과 흰 조끼를 입은 채였다. 여전히 연주복 차림이었다. 록산 코스는 그가 나쁜 사람이라고는 단 한순간도 생각해본 적이 없었다. 또한 그는 탁월한 피아니스트였다. 다만 비행기라는 밀폐된 공간에 오르기 전에 자신의 감정을 그녀에게 털어놓았어야 옳았다. 그러나 이미 죽은 사람을 그런 일로 원망하지는 않을 것이다.

벽에 붙어 서 있던 남자들은 거실 반대편으로 자리를 옮겨 테러리스트들과 어깨를 맞대고 옹기종기 모여 섰다. 그들은 지금까지 반주자를 아니꼽게 여겼다. 이 행운아의 너무나도 훌륭한 연주 실력과 노골적으로 록산 코스를 보호하던 주제넘은 태도가 마음에 들지 않았다. 하지만 그의 죽음 앞에서 그들은 크나큰 비통함을 느꼈다. 어쨌든 그는 그녀를 위해 죽은 것이다. 비록 거실 저편에 있었고 오가는 언어도 알아듣지 못했지만, 그들은 모든 상황을 분명히 이해할 수 있었다. 그는 당뇨병 환자라는 말을 그녀에게 하지 않았다. 자신의 생명을 구할 인슐린을 마다하고 그녀 곁에 남는 편을 택했다. 가엾은 반주자, 그들의 친구. 그 역시 그들과 같은 사람이었다.

"사람이 죽었어!" 벤하민 장군이 두 손을 쳐들며 말했다. 사람이 죽었다는 생각에 갑자기 그 자신의 병이 심해지는 느낌이 들었고, 뜨거운 바늘이 얼굴의 말단 신경을 꿰매고 지나가는 듯한 통증을 느꼈다.

"사람 죽는 거 처음 봤나?" 알프레도 장군의 목소리는 냉랭했다. 그 역시 죽을 뻔한 적이 한두 번이 아니었다. 배에 총탄을 맞고 죽다 살아난 적도 있었다! 그런 지 반년 만에 손가락 두 개를 잃었고, 지난해에는 총알이 목 한쪽을 관통했다.

"우린 이 사람들을 죽이러 온 게 아냐. 대통령을 납치하려고 온 거지."

"대통령이 없지 않나." 알프레도 장군이 말했다.

사람을 믿지 않는 엑토르 장군은 가느다란 손가락으로 직접 죽은 자의 경정맥을 짚어보았다. "이자를 쏴서 시체를 밖에 내놓아야겠어. 우릴 만만하게 봐선 안 된다는 것을 알려주자고."

기도를 계속하던 아르게다스 신부가 고개를 들더니 매서운 눈초리로 장군들을 쏘아보았다. 지금 막 죽은 사람을 다시 총으로 쏜다는 말에 스페인어권 인질들은 진저리를 쳤다. 록산 코스가 스페인어를 할 줄 모른다는 사실을 이제는 모두 알 수 있었다. 장군들이 고인을 모욕하는데도 그녀는 두 손으로 얼굴을 가리고 치맛자락을 펼친 채 한결같은 자세로 앉아 있었기 때문이다.

그때 스페인어를 약간 할 줄 알아서 상황을 어느 정도 이해한 로타어 팔켄이라는 독일인이 겐의 옆으로 조심스레 다가오더니 자신의 말을 통역해달라고 했다.

"소용없을 거라고 말해주게. 상처에서 피가 나지 않을 거라고. 지금 반주자의 머리를 쏜다 해도 그가 총상으로 죽지 않았다는 사실이 곧 들통날 걸세." 로타어는 제약회사 획스트의 부회장으로 오래전 대학에서 생물학을 전공했다. 그는 반주자의 죽음을 누구보다 유감으로 여기고 있었다. 회사의 매출 중 상당 부분을 인슐린이 차지했기 때문이다. 사실 획스트는 독일에서 선두를 달리는 인슐린 제조업체였다. 사무실에 가면 사방에 인슐린이 널려 있었다. 갖가지 인슐린 무료 샘플이 여기저기 놓여 있고, 냉장고에도 투명한 유리병에 든 인슐린이 쌓여 있어서 언제든 가져다 쓸 수 있었다. 그가 이 파티에 참석한 이유는 난세이 사가 이 나라에 전자제품 공장 건설을 고려중이라면 그들도 이 지역에 제조 설비를 갖춰볼까 해서였다. 지금 눈앞에 있는 저 남자는 인슐린이 없어서 죽었다. 그의 목숨을 구하진 못했지만 최소한 두 번 죽임을 당하는 모욕만은 면하게 해주고 싶었다.

겐은 로타어의 말을 통역하면서 가급적이면 좀더 섬뜩한 느낌을 전달하는 단어들을 쓰려고 했다. 그 역시 가엾은 반주자가 총까지 맞는 것을 원치 않았기 때문이다.

엑토르 장군은 총을 뽑아 들고 생각에 잠긴 표정으로 시체를 내려다보았다. "말도 안 돼." 그가 말했다.

그 순간 록산 코스가 고개를 들었다. "누굴 쏘려는 거예요?" 그녀는 겐에게 물었다.

"아무도 안 쏠 겁니다." 겐이 그녀를 안심시켰다.

그녀는 손가락으로 눈 밑을 문질렀다. "총을 깨끗이 닦으려고 꺼낸 건 아닐 테죠. 지금부터 우릴 죽인대요?" 피로하고 사무적인 목소리였다. 마치 스케줄이 잡혀 있어서 중간 점검이라도 하려는 듯한 말투였다.

"사실대로 말해주게." 부통령이 스페인어로 겐에게 속삭였다. "이 일을 막을 수 있는 사람은 록산 코스뿐이야."

무엇이 그녀에게 최선인지, 무엇을 말하고 무엇을 숨겨야 하는지 결정하는 일은 겐의 몫이 아니었다. 그는 그녀를 알지 못했다. 그녀가 이런 일을 어떻게 받아들일지도 알지 못했다. 그때 그녀가 그의 발목을 꽉 잡았다. 서서 말싸움하는 사람이 도중에 상대의 손목을 잡는 것과 같은 태도였다. 그는 자신의 바짓자락을 붙잡는 이 유명한 여자의 손을 내려다보면서 잠시 당황했다.

"영어로 말해줘요!" 그녀가 말했다.

"반주자의 시체를 쏠까 생각중이랍니다." 겐은 솔직하게 말했다.

"이 사람은 이미 죽었어요." 그녀는 이 점을 테러리스트들에게 분명히 해두려고 했다. "죽었다는 말을 스페인어로 뭐라고 하죠? 죽었다."

"디푼토요." 겐이 말했다.

"디푼토!" 그녀의 목소리가 고음으로 치솟았다. 그녀는 자리에서 일어섰다. 언제인가부터 구두를 벗고 있었기 때문에, 안 그래도 작은 체구가 남자들 틈에서 더욱 작아 보였다. 부통령도 그녀보다는 몇 인치 더 컸다. 하지만 그녀는 얼마든지 더 커질 수 있다는 듯 어깨를 뒤로 젖히고 고개를 들었다. 객석에서 멀리 떨어진 무대에 오르는 다년간의 경험을 통해 목소리 외에도 자신의 모든 것을 남김없이 상대에게 전달하는 법을 익힌 것 같았다. 게다가 치솟는 분노가 그녀를 그들보다 훨씬 더 커 보이게 만들었다. "이것만은 알아둬요." 그녀는 장군들에게 말했다. "저 사람을 쏘려면 나부터 먼저 쏴야 할 거예요." 반주자를 생각하면 그녀는 마음이 찢어질 것 같았다. 오는 길에 승무원에게 다른 자리를 달라는 요청까지 했지만 비행기가 만석이었다. 결국 비행기 안에서 소란을 피우지 않으려고 그녀는 일부러 그에게 더 무자비하게 굴었다.

그녀가 손가락으로 겐을 가리키자 그는 마지못해 그녀의 말을 장군들에게 옮겼다.

구경꾼처럼 그들을 빙 둘러싼 사람들은 감동을 느꼈다. 이 얼마나 큰 사랑이냐! 남자는 여자를 위해 죽고, 여자는 남자를 위해 죽으려 하다니!

"당신들이 지금 억류하고 있는 나는 여자이고, 미국인이고, 세상에서 가장 유명한 목소리의 소유자예요. 날 죽일 생각이라면 절대 실수하지 말아야 해요. 각오는 돼 있겠죠?" 그녀가 통역사를 향해 말했다. "당신들과 당신 민족에게 하느님의 분노가 떨어질 거예요."

겐은 그녀의 말을 명확하고 단순하게 직역했지만, 모든 사람이 그녀가 이탈리아어로 부르는 푸치니의 노래를 이해하듯 그의 통역 없이도 충분히 그녀의 뜻을 이해할 수 있었다.

"이 사람을 내보내요. 여력이 안 된다면 현관 앞 계단에 끌어다

놔도 돼요. 하지만 밖에 있는 사람들이 이 사람의 시신을 고국으로 온전히 돌려보내도록 해야 합니다." 이마에 배어나온 엷은 땀방울 때문에 록산 코스의 모습은 화형대 앞에 선 잔 다르크처럼 환히 빛났다. 말을 마치자 그녀는 그 큰 폐가 다시 완전히 부풀어오를 때까지 숨을 한껏 들이켠 다음 자리에 도로 앉았다. 그리고 장군들 쪽으로 등을 돌린 채 허리를 굽혀 반주자의 가슴에 머리를 갖다댔다. 움직이지 않는 그 가슴에 머리를 댄 채 마음을 가라앉혔다. 그녀는 그의 시신이 자신의 마음을 편하게 해준다는 사실에 놀라, 그가 세상을 떠난 지금에 와서야 그를 좋아하게 되었나 생각했다. 자제력을 되찾은 그녀는 자신의 마음을 전하기 위해 그에게 입을 맞췄다. 딱딱한 치아 위로 힘없이 늘어진 그의 입술은 차가웠다.

사람들 사이에 서 있던 호소카와 씨는 앞으로 걸어나와 자신의 주머니에서 깨끗하게 다린 손수건을 꺼내 내밀었다. 사람이 이렇게 초라해지다니, 줄 것이 이렇게나 없을 수 있다니 참 묘하다고 그는 생각했다. 하지만 그녀는 세상에서 가장 귀한 물건이라도 되는 것처럼 그의 손수건을 받아들고 눈가를 닦았다.

"모두 제자리로 돌아가." 벤하민 장군이 말했다. 애처로운 장면이 연출되는 광경을 더이상 보고 싶지 않았기 때문이다. 그는 벽난로 앞에 놓인 커다란 안락의자에 앉아 담배에 불을 붙였다. 할일이 없었다. 그녀를 때려야 옳겠지만 그럴 수가 없었다. 남자들이 가만히 있지 않을 테고, 그녀를 지키려는 젊은 병사들이 총을 쏘지 않으리라고 확신할 수도 없었다. 이해할 수 없는 것은 그 역시 반주자의 죽음 앞에 괴로움을 느낀다는 점이었다. 알프레도의 말대로 사람 죽는 꼴을 오늘 처음 본 것도 아니었다. 그가 지금껏 알던 사람 중 죽은 사람이 절반은 될 것이다. 그들이 얼마나 참혹하게 살해되고 학살되었는지, 그는 지금도 밤잠을 제대로 이루지 못했다. 그런데 저 반주자는 그냥 깨끗이 죽지 않았나. 이 두 가지 죽음은 결코 같을 수가 없다. 그는 감옥에 있는 남동생을 생각했다. 쥐구멍처럼 어둡고 차가운 감방에 앉아 하루하루를 보내고 있을 동생은 이미 죽은 거나 다름없었다. 자신의 요구 사항이 관철되어 석방이 결정될 때까지 동생이 죽지 않고 하루이틀 정도 더 버텨줄 수 있을지 알 수 없었다. 반주자의 죽음을 보니 걱정이 되었다. 사람은 제때 손을 쓰지 않으면 그냥 죽는 것이다. 그는 담배에서 시선을 떼고 고개를 들었다. "모두들 저쪽으로 가." 그의 말이 떨어지자마자 모여 있던 사람들이 모두 뒤로 물러섰다. 록산 코스마저 일어나 순순히 시신 곁을 떠났다. 피로에 지친 얼굴이었다. 그는 병사들에게 자기 위치로 돌아가라는 지시를 내렸다. 손님들은 가만히 앉아서 기다렸다.

알프레도는 전화기 앞으로 걸어가 소용이 있을지 모르겠다는 표정으로 머뭇거리며 수화기를 집어들었다. 원래 전투중에는 휴대전화를 쓰지 말아야 한다. 상황의 심각성이 떨어지기 때문이다. 그는 녹색 군복 바지에 줄줄이 달린 주머니 중 하나에서 명함을 꺼내 메스너에게 전화를 걸었다. 그러고는 환자가 발생했다고, 아니 사망자가 발생했다고 말하고는 시신 인도에 관한 협상을 하자고 했다.

반주자의 죽음 이후로 모든 것이 달라졌다. 인질 백십칠 명이 빠져나간 뒤로 모든 것이 달라졌다, 혹은 테러리스트들이 사람을 죽이러 온 것은 아니라고 한 뒤로 모든 것이 달라졌다, 라고 해야 옳지 않겠느냐고 생각할 수도 있다. 하지만 그렇지 않았다. 사람들이 상실감을 느끼는 대상은 반주자였다. 조금 전 아내와 연인을 밖으로 내보내며 화려한 이브닝드레스 차림으로 걸어나가는 그들의 뒷모습을 지켜봐야 했던 남자들도 이젠 모두 죽은 남자를 생각하고 있었다. 그들은 반주자에 대해 아는 게 없었다. 많은 사람이 그를 미국인으로 생각했다. 그들의 체내에서 꾸준히 인슐린이 생성되고 있는 사이, 한 남자는 사랑하는 여인과 함께 남기 위해 인슐린을 포기하고 목숨을 버린 것이다. 남자들은 제각기 자신이라면 과연 그런 상황에서 같은 행동을 했을까 자문했고, 그렇지 않을 가능성이 높다는 결론을 내렸다. 반주자는 그들이 젊은 시절 이후 잃어버린 무모한 사랑의 표상이었다. 하지만 그들은 커다란 거위털 소파 한쪽 구석에 앉아 호소카와 씨의 손수건으로 얼굴을 가린 채 흐느끼고 있는 록산 코스가 단 한 번도 반주자를 사랑한 적이 없다는 사실을 알지 못했다. 그녀 역시 일에 관한 사항 외에는 그에 대해 아는 바가 없고, 그가 그녀에게 마음을 털어놓으려 했던 것은 비참한 실수였다는 사실도 그들은 알지 못했다. 그렇게 쉽게, 그렇게 무모하게 생명을 내던질 수 있는 사랑은 언제나 짝사랑인 법이다. 시몽 티보 같으면 에디트를 위해 그렇게 어리석은 죽음을 택하지는 않을 것이다. 오히려 갖가지 비겁한 수단을 써서라도 그녀와 함께 끝까지 살아남으려 할 것이다. 하지만 이런 사실을 전혀 모르는 사람들은 상황을 제대로 이해하지 못했고, 따라서 반주자가 누구보다 뛰어나고 용감한 남자였으며 자신들보다 훨씬 위대한 사랑을 했다고 생각할 수밖에 없었다.

모든 것이 축축 늘어지고 있었다. 실내 이곳저곳을 장식한 커다란 꽃다발은 이미 시들었고, 흰 장미 꽃잎 테두리는 갈색으로 변해 가기 시작했다. 테이블과 식기대에 놓인 잔에 반쯤 남은 샴페인은 김이 빠지고 미지근해졌다. 젊은 병사들은 피로에 지쳐 일부는 벽에 기댄 채 스르르 미끄러져 바닥에 앉아서 잠이 들었다. 손님들은 거실에서 속닥거리며 대화를 나누었지만 대체로 조용했다. 그들은 푹신한 의자에 웅크리고 누워 잠이 들었다. 이제는 병사들의 인내심을 시험해보지도 않았다. 소파에서 쿠션을 가져다가 바닥에 눕는 사람도 있었다. 어젯밤과 비슷해 보이지만 훨씬 편안한 자세였다. 그들은 거실에 계속 있어야 하고, 조용히 해야 하며, 눈에 띄게 움직여선 안 된다는 사실을 알고 있었다. 감시자 없이 혼자서 화장실에 갔지만 아무도 화장실 창을 통해 빠져나갈 생각은 하지 않았다. 남자들끼리 암묵적인 합의라도 본 것 같았다. 그들은 이제 영웅이 된 반주자, 그들의 반주자의 시신에 어떤 강요된 경의를 표했고, 이제부터는 그가 본보기로 세워놓은 삶의 기준에 자신들의 삶도 맞춰나가려 노력해야 했다.

메스너는 들어와서 제일 먼저 록산 코스를 보겠다고 했다. 그의 입술은 아까보다 더 얇고 단호해 보였고, 이제는 일방적으로 독일어만 썼다. 겐은 힘겹게 자리에서 일어나 장군들에게 메스너의 뜻을 알렸다. 장군들은 소파에 앉아 있는 록산 코스를 가리켰다. 그녀는 여전히 손수건으로 얼굴을 가리고 있었다.

"이제 저 여자를 내보내죠." 메스너가 말했다. 동의를 구하는 투가 아니었다.

"대통령은 오기로 했나?" 알프레도 장군이 물었다.

"시신과 함께 여자도 내보내야 합니다." 그전까지 메스너가 보였던 모습과는 사뭇 달랐다. 바닥에 강제로 눕혀진 인질이 가득한 실내, 참혹하게 얻어맞은 부통령, 무기를 들고 있는 어린 병사, 이 모든 광경이 그에게 피로를 안겨주었다면, 지금의 그는 노여움에 차 있었다. 실내에 가득한 총기로부터 자신을 지켜줄 것이라고는 팔에 두른 작은 적십자 완장뿐인 상황에서 화를 내고 있었다.

그의 분노가 장군들의 인내심을 놀라울 만큼 끌어올린 것 같았다. "죽은 자는 자기 옆에 누가 있는지 몰라." 엑토르가 설명했다.

"여자는 전부 내보낸다고 하지 않았습니까?"

"우린 냉방 통풍구로 여기까지 기어들어왔어." 벤하민 장군이 나섰다. 그는 잠시 말을 멈췄다가 한마디 덧붙였다. "두더지처럼 말이야."

"당신들을 신뢰해도 좋을지 모르겠군요." 메스너가 말했다. 메스너의 목소리에 실린 무게를 전달할 수 있다면, 부드러운 방망이로 북을 두드리듯 한 단어 한 단어 힘주어 내뱉는 그의 말투를 전달할 수 있다면 얼마나 좋을까 하고 겐은 생각했다. "당신들이 하는 말을 내가 믿을 수 있겠습니까?"

"우린 이 집에서 일하는 사람과 환자, 여자를 모두 석방했다. 딱 한 사람만 빼고. 당신이 문제삼는 건 바로 그 한 사람 같군. 우리가 붙잡아둔 사람이 다른 여자였다면 이렇게 나오진 않겠지."

"내가 당신을 어떻게 믿죠?"

벤하민 장군은 잠시 이 질문에 대해 생각했다. 다음 순간 그는 메스너의 빰을 때리려는 듯이 한 손을 들었다가 마음을 바꾸었다. "우린 같은 편이 아니로군."

"스위스 사람은 편을 들지 않습니다." 메스너가 말했다. "우린 스위스 편에 설 뿐입니다."

장군들은 메스너에게 더 할 말이 없었다. 메스너는 자신의 발치에 누워 있는 반주자가 정말로 죽었다는 사실을 굳이 확인해보지 않고도 알 수 있었다. 신부가 시신에 식탁보를 씌워놓았는데 그 식탁보에서 어떤 움직임도 느껴지지 않았기 때문이다. 메스너는 의례적인 인사 한마디 없이 밖으로 나갔다가 한 시간 뒤에 보조 한 사람을 데리고 돌아왔다. 두 사람은 구급차에서 사용하는 바퀴 달린 들것에 상자와 자루를 잔뜩 쌓아 갖고 들어왔다. 짐을 내려놓은 뒤 메스너와 보조는 들것의 높이를 낮추고 키 큰 반주자의 시신을 들어올리려고 했지만 만만치가 않아, 결국 젊은 병사 몇의 도움을 받아야 했다. 생명이 빠져나간 몸은 무거웠다. 마치 지금까지 치렀던 공연과 날마다 끝없이 이어지던 연습이 임종의 순간 그에게 돌아와 납덩이가 되어 가슴에 얹힌 것 같았다. 그들은 시신을 제대로 눕히고 끈으로 고정시킨 뒤, 식탁보 밑으로 섬세한 손을 늘어뜨린 반주자의 시신을 밖으로 싣고 나갔다. 록산 코스는 고개를 돌리고 소파 쿠션을 들여다보는 척했다. 브륀힐트*처럼, 그녀도 연인의 주검을 뒤따라 자신을 불속으로 데려가줄 말 한 필을 원하는 것은 아닐까 하고 호소카와 씨는 생각했다.

"음식을 저 들것에 싣고 들어오지 말았어야 했어요." 부통령은 옆에 앉은 낯선 사람에게 말했지만, 그래도 허기와 호기심 때문

---

* 북유럽 신화에 등장하는 여전사로, 이 신화를 바탕으로 만든 바그너의 오페라 〈니벨룽겐의 반지〉에 나오는 여왕이기도 하다.

에 자루 속의 내용물이 못내 궁금했다. "존중의 의미로 우선 시신을 내가고 그다음에 음식을 갖고 들어왔어도 될 텐데." 늦은 오후의 햇살이 거실의 길쭉한 유리창으로 비스듬히 쏟아져들어오면서 바닥에 금빛 무늬를 드리웠다. 참으로 아름다운 거실이며, 이곳에 앉아 있기에 딱 좋은 오후라고 루벤은 생각했다. 그는 늘 대통령을 대신해 이런저런 장소를 방문해야 했으므로 해가 지기 전에 퇴근해 들어오는 일이 거의 없었고, 집을 비우는 일도 빈번했다. 수건에 든 얼음이 이제 거의 다 녹아서 물이 계속 팔을 타고 흘러내려 풀을 빳빳이 먹인 와이셔츠 소매가 물에 흠뻑 젖었다. 그래도 부풀어오른 얼굴에 차가운 수건을 대고 있으니 꽤 버틸 만했다. 아내와 아이들은 오늘밤 어디서 잘지 궁금했다. 혹시 대통령 부부가 여론을 의식해 그의 식구를 집으로 부르지 않을까? 아니면 호텔에 투숙시키고 경비를 세워줄까? 그는 아내가 사촌인 아나의 집으로 가면 좋겠다고 생각했다. 아나는 아내의 마음을 달래주고, 아이들을 즐겁게 해주고, 그의 딸들이 떠들어대는 무용담을 들어줄 것이다. 밤에는 여분의 침대와 접는 소파까지 동원해 웅크리고 자야 할 테지만, 그래도 싸늘한 냉기가 도는 마스다의 손님용 침실보다는 훨씬 나을 것이다. 그러면 에스메랄다도 하인 방에서 자지 않아도 된다.

거실 저편의 대형 유리창 앞에 겐과 호소카와 씨가 다른 일본인들과 멀찌감치 떨어져 앉아 있었다. 다른 사람들 입장에선 특별히 오라는 말이 없는 한 그들에게 다가가지 않는 것이 예의였다. 이제껏 겪어본 적 없는 이런 상황에서도 위계질서는 엄격히 유지되었다. 호소카와 씨는 다른 사람들과 모여 앉아 있을 기분이 아니었다. "그는 훌륭한 반주자였어. 꽤나 많은 반주자의 연주를 들어봤거든." 호소카와 씨가 겐에게 말했다. 호소카와 씨는 이중에서 아직껏 정장 상의와 넥타이를 벗지 않은 유일한 사람이었다. 그의 정장은 용케도 여전히 구겨지지 않았다.

"제가 록산 코스 씨한테 가서 얘기할까요?"

"뭘?"

"반주자에 대해 말입니다." 겐이 말했다.

호소카와 씨는 록산 코스를 건너다보았다. 그녀는 여전히 고개를 돌린 채라 얼굴은 커튼처럼 드리워진 머리카락에 가려져 있었다. 그녀가 앉은 소파에는 다른 남자들도 있었지만 그녀는 분명 혼자였다. 신부가 그녀 옆에 있지만 함께 있다고는 할 수 없었다. 신부는 눈을 감은 채 입을 오므려 조용히 기도를 드리고 있었다. "아, 말하지 않아도 알 거야." 그러다가 호소카와 씨는 확신이 서지 않는지 다시 덧붙였다. "다들 한마디씩 했겠지."

겐은 굳이 자기 의견을 밀어붙이지 않았다. 그냥 기다렸다. 호소카와 씨에게 충고하는 것은 그가 할 일이 아니었다. 회장이 스스로 결정을 내릴 때까지 잠자코 기다리는 편이 옳았다.

"코스 씨에게 방해가 될 것 같지 않다면 가서 애도의 뜻을 전해 주게. 반주자가 대단히 용감하고 재능 있는 사람이었다는 말도." 호소카와 씨는 말을 마치고 겐을 똑바로 쳐다보았다. 흔하지 않은 일이었다.

"반주자가 죽은 게 나 때문이면 어쩌지?" 그가 물었다.

"어떻게 그런 생각을 하실 수 있습니까?"

"내 생일이었지 않나. 다들 나 때문에 여기 온 거고."

"저들은 일 때문에 온 겁니다." 겐이 말했다. "회장님하고는 일면식도 없는 사람들이에요."

어제 막 쉰세번째 생일을 넘긴 호소카와 씨는 갑자기 늙어 보였다. 그가 이런 생일 선물을 받아들인 것은 실수였고, 그 실수가 하루아침에 그의 수명을 몇 년은 깎아 먹은 것 같았다. "그래도 내가 특별히 애통해하고 있다고 말해주게."

겐은 고개를 끄덕이고 일어나 거실을 가로질렀다. 실내는 무척 넓었다. 한쪽 끝에 자리잡은 복도와 반대편 끝에 있는 식당 면적을 제외해도 거실 전체가 휑뎅그렁하게 컸다. 실내가 세 부분으로 나뉘고 또 거기에 각각 소파와 의자들이 놓여서 거실 안에 또다른 거실이 있는 느낌이었다. 오페라 공연을 위해 구석으로 치워두었던 가구들은 남은 인질들이 편히 앉아보려고 도로 끌어낸 탓에 아무렇게나 배치되어 있었다. 프런트만 있으면 대형 호텔 로비와 흡사했을 것이다. 피아노 반주자만 있으면, 하고 생각하다가 겐은 멈칫했다. 록산 코스는 혼자였지만 멀지 않은 곳에서 젊은 병사가 장총을 가슴 가까이 든 채 그녀 뒤에 서 있었다. 겐은 이 병사를 본 적이 있었다. 인질들이 처음 바닥에 누웠을 때 록산 코스의 손을 잡았던 병사였다. 다른 사람들의 얼굴은 기억에 없는데 어째서 이 병사만은 뚜렷이 기억나는 것일까? 어쩌면 섬세하면서 왠지 지적인 느낌을 주는 얼굴이라 다른 이들과 달라 보였는지도 모른다. 겐은 문득 이런 생각을 했다는 것 자체가 거북스럽게 느껴졌다. 그때 바닥을 내려다보던 어린 병사가 고개를 들면서 겐과 시선이 마주쳤다. 두 사람은 잠시 서로를 빤히 쳐다보다가 재빨리 고개를 돌렸다. 겐의 가슴속에서 묘한 감정이 일었다. 그 덕분에 록산 코스에게 말을 걸기가 한결 수월해졌다. 록산 코스는 저 병사처럼 사람을 불편하게 하지 않으니까 말이다.

"실례합니다." 그는 오페라 가수에게 말했다. 그리고 머릿속에서 병사의 생각을 떨쳐버렸다. 호소카와 씨가 아니라면 겐은 절대 이 여자에게 말을 걸지 않았을 것이다. 자신이 느끼는 동정과 연민을 타인에게 표현할 용기가 없었으니까. 호소카와 씨 역시, 설령 완벽한 영어 실력을 갖췄다 해도 그녀에게 말을 걸 용기를 내지 못했을 것이다. 하지만 두 사람이 힘을 합하면 일은 훨씬 쉬워진다. 두 사람의 반쪽짜리 용기가 한덩어리로 결합되어 더욱 커지기 때문이다.

"겐 씨." 그녀는 슬픈 미소를 지었다. 젖은 두 눈이 붉게 충혈되어 있었다. 그녀는 소파에 앉은 채 팔을 내밀어 그의 손을 잡았다. 실내에 있는 수많은 사람 중 그녀가 이름을 정확히 아는 사람은 겐뿐이었고, 그래서 그의 이름을 입 밖에 내어 부르니 마음이 편안해졌다. "겐 씨, 아까는 고마웠어요. 저 사람들을 말려줘서요."

"말린 사람은 제가 아닙니다." 그는 고개를 저었다. 그는 그녀가 자신의 이름을 부르는 것을 듣고 놀랐다. 그녀의 어조에도 놀랐고, 그녀의 손길에도 놀랐다.

"겐 씨가 통역해주지 않았다면 제 말은 아무 의미도 없었을 거예요. 그냥 또 어떤 여자가 소리를 지르는구나 했겠죠."

"아주 분명하게 말씀 잘하셨습니다."

"저 사람들이 반주자를 쏘려 한다고 생각하니까." 그녀는 그의 손을 놓았다.

"다행입니다." 겐은 하려던 말을 멈추고 과연 무엇이 다행인지 생각해보았다. "친구분이 안식을 찾으셨으니 말입니다. 고인은 곧 고향으로 돌아갈 겁니다."

"그래요." 그녀가 말했다.

겐과 록산은 고향으로 돌아가는 반주자의 모습을 각각 상상해보았다. 비행기 창가 자리에 앉아, 이 나라의 하늘에 떠가는 구름을 내다보는 그의 모습을.

"저희 회장님인 호소카와 씨가 애도를 표한다고 전해달라 하셨습니다. 대단히 재능 있는 반주자였다고 하시더군요. 그분의 연주를 들을 수 있었던 것을 영광으로 생각합니다."

그녀는 고개를 끄덕였다. "그분 말씀이 옳아요. 크리스토프는 훌륭했어요. 보통 사람들은 반주자에게 관심을 갖지 않는데. 그렇게 말씀해주시니 고맙네요. 겐 씨의 회장님 말이에요." 그녀가 한 손을 펴서 겐에게 내밀었다. "그분이 손수건을 주셨는데." 그녀의 손바닥에 마구 구겨진 희고 작은 천조각이 놓여 있었다. "죄송하게도 제가 엉망으로 만들었어요. 이젠 돌려받고 싶지 않으실 거예요."

"당연히 회장님은 코스 씨가 그냥 갖길 바라실 겁니다."

"그분 성함이 어떻게 된다고요?"

"호-소-카와 씨요."

"호소카와." 그녀는 고개를 끄덕이며 말했다. "맞아요. 그분 생신이었죠."

"예. 그 점을 매우 유감으로 여기고 계십니다. 막중한 책임감을 느끼고 계세요."

"그분 생신이었다는 것 때문에요?"

"코스 씨와 친구분이 회장님을 위해 공연을 하러 왔다는 것 때문에요. 회장님 때문에 코스 씨가 억류되었다고 생각하고 계십니다. 어쩌면 친구분도……" 겐은 다시 말을 멈추었다. 구체적으로 말할 필요는 없었다. 바로 앞에서 보니 그녀는 상당히 젊어 보였다. 맑은 눈동자와 긴 머리가 마치 소녀 같았다. 하지만 그녀는 삼십대 후반으로 자신보다 최소한 열 살은 많다는 사실을 겐은 알고 있었다.

"호소카와 씨께 전해주세요." 그녀가 말하고는 얼굴로 흘러내린 머리를 뒤로 넘겨 핀으로 고정했다. "맙소사. 지금 내가 무슨 바쁜 일이 있다고 직접 말씀도 못 드린담. 그분 영어 못하세요? 그럼 통역해주세요. 지금 이중에 할일이 있는 사람은 겐 씨뿐이네요. 혹시 못하는 언어도 있어요?"

겐은 자신이 할 줄 모르는 수많은 언어를 생각하며 슬쩍 웃었다. "한마디도 못하는 언어가 대부분이죠." 그가 일어서자 록산 코스는 금방이라도 쓰러질 사람처럼 그의 팔을 붙잡고 함께 걸음을 옮겼다. 정말 쓰러질 수도 있었다. 그녀에겐 너무나 힘겨운 하루였으니까. 실내의 모든 남자가 고개를 들더니 하던 이야기를 멈추고 그들을 쳐다보았다. 젊고 키 큰 일본인이 소프라노 가수를 한 팔로 부축하며 넓디넓은 거실을 가로지르고 있었다. 한 손으로 그의 어깨를 짚고, 핏기 없는 손가락으로 그의 손목을 부여잡다시피 한 그녀의 모습이 얼마나 기묘하고도 사랑스러운지 몰랐다.

일부러 다른 쪽을 쳐다보고 있던 호소카와 씨는 겐이 록산 코스를 데려오는 것을 알고는 셔츠 칼라 위쪽으로 짙은 홍조가 목을 타고 올라오는 것을 느끼며 일어나 그녀를 기다렸다.

"호소카와 씨." 록산이 그의 이름을 부르며 한 손을 내밀었다.

"코스 씨." 그는 고개 숙여 인사했다.

록산이 의자에 앉자 호소카와 씨도 다른 의자에 앉았다. 겐은 작은 의자 하나를 끌어다가 앉아서 기다렸다.

"겐 씨 말로는, 회장님이 자책감을 갖고 계시다고요." 그녀가 말했다.

호소카와 씨는 고개를 끄덕였다. 그는 평생을 알고 지내온 선량한 두 사람이 대화를 나눌 때처럼 진솔한 태도로 그녀를 대했다. 하지만 평생이란 과연 어디까지일까? 오늘 오후? 아니면 오늘 저녁? 테러리스트들이 시곗바늘을 돌려놓아서 더는 누구도 정확한 시간을 알지 못했다. 죄책감이 점차 목을 죄어오는 기분이었기 때문에, 이번 한 번만은 부적절하더라도 솔직한 대화를 나누는 편이 나을 것 같았다. 그는 이 나라에서 받았던 여러 번의 초청을 모두 거절했다가 그녀가 온다는 말을 듣고 초대에 응했노라고 말했다. 사실 이 나라에 원조를 할 생각은 전혀 없었다고 말했다. 자신이 그녀의 노래를 대단히 아낀다면서, 지금까지 어느 도시에서 그녀의 공연을 보았는지 말했다. 반주자가 세상을 떠난 데는 어느 정도 자신의 책임도 있다고 말했다.

"아뇨," 그녀가 말했다. "그렇지 않아요. 저는 수많은 장소에서 공연을 해요. 개인의 생일 파티에서 노래하는 일은 드물긴 하지요. 솔직히 말씀드리면 그 정도로 재력 있는 사람이 별로 없어서이지만, 어쨌든 이런 공연이 처음은 아니에요. 제가 온 것은 회장님의 생일 파티 때문이 아니에요. 실은 누구의 생일인지 기억도 못했는걸요. 게다가 제가 알기로 저들은 회장님이 아니라 대통령을 노리고 있었잖아요."

"하지만 결국 일이 벌어진 건 저 때문입니다." 호소카와 씨가 말했다.

"저 때문은 아닐까요? 실은 거절할까 생각도 했어요. 몇 번 거절했는데, 돈을 더 준다고 하더라고요." 그녀가 말하며 상체를 숙이자 겐과 호소카와 씨도 덩달아 고개를 숙였다. "오해는 마세요. 전 남 탓을 잘하거든요. 게다가 지금은 누굴 탓하려면 얼마든지 할 수 있는 상황이죠. 하지만 회장님 탓은 안 해요."

호소카와 씨는 테러리스트들이 모든 문을 활짝 열고 총을 내던지며 모두 밖으로 나가라고 외쳤다 해도, 록산 코스가 그를 원망하지 않음을 알게 된 이 순간 느낀 안도감보다 더 큰 안도감을 느끼진 못했을 것이다.

병사 몇이 메스너가 바퀴 달린 들것에 실어온 자루를 갖고 와 샌드위치와 소다 캔, 종이에 싸인 초콜릿 조각 케이크와 물병을 하나씩 나누어주었다. 최소한 양은 무척 많아 보였다. 그들이 샌드위치를 하나씩 받아들자 병사는 자루를 흔들며 원하면 더 가져가라는 손짓을 했다. 어쩌면 그들이 록산 코스와 함께 있기 때문에 더 먹으라고 하는 것인지도 몰랐다.

"여기서 저녁까지 먹어야겠네요." 그녀는 선물 포장이라도 벗기듯 흰 종이 포장을 벗겼다. 묵직한 빵조각 사이에 오렌지빛이 감도는 붉은 고깃조각이 끼워져 있고, 거기에 소스인지 후추인지 모를 양념이 뿌려져 있었다. 그녀가 무릎 위에 펼쳐놓은 종이 위로 고기즙이 뚝뚝 떨어졌다. 두 남자는 그녀가 먼저 먹기를 기다렸지만 그리 오래 기다릴 필요는 없었다. 그녀는 걸신들린 듯이 먹었다. "절 아는 사람들이 이 꼴을 보면 사진을 찍으려고 할 거예요." 그녀가 샌드위치를 들어 보이며 말했다. "전 원래 식성이 까다롭거든요."

"특수한 상황에서는 예외적인 선택을 하게 되죠." 호소카와 씨가 말했고 겐이 그 말을 통역했다. 호소카와 씨는 음식을 먹는 그녀를 보면서 기쁨을 느꼈다. 그녀가 슬픔을 이기지 못해 건강을 해치지는 않을 것 같아 다행이었다.

겐은 얼룩덜룩한 빵 사이에 든 지방질의 고깃조각(어떤 동물의 고기일까?)을 보고는 자신이 정말 배가 고픈지 잠시 생각해보았다. 배가 고픈 것은 분명했다. 그는 입가에 묻는 오렌지색 기름을 보이지 않으려고 록산 코스와 호소카와 씨에게서 고개를 돌렸다. 하지만 자기 몫의 샌드위치를 반도 채 먹기 전에, 녹색 야구 모자를 쓴 소년병 하나가 그에게 다가왔다. 이제 조금씩 병사들을 분간할 수 있을 것 같았다. 이 병사가 쓴 모자에는 체 게바라의 사진이 담긴 원형 배지가 달렸고, 또다른 병사는 가슴에 칼을 매달았고, 또다른 병사는 성심聖心이 새겨진 싸구려 성물을 끈에 묶어 목에 바짝 닿게 걸고 다녔다. 체구가 아주 큰 병사, 아주 왜소한 병사도 있고, 이제 막 턱수염이 돋기 시작한 병사도 있고, 여드름투성이의 병사도 있었다. 록산 코스의 손을 잡았던 병사는 성모마리아 같은 곱상한 얼굴이었다. 겐을 데리러 온 병사는 알아듣기 무척 힘든 스페인어로 장군들이 좀 보자고 한다고 말했다.

"잠시 다녀오겠습니다." 그는 영어와 일본어로 양해를 구하고, 자기가 돌아올 때까지 누가 치우지 않기를 바라는 마음으로 남은 음식을 종이에 싸서 의자 밑에 슬쩍 감춰두었다. 그는 특히 케이크가 먹고 싶었다.

엑토르 장군은 노란 메모지에 연필로 무언가를 끼적거렸다. 그는 글씨를 상당히 또박또박 쓰는 편이었다.

"이름은?" 알프레도 장군은 벽난로 앞의 길고 붉은 의자에 앉은 남자에게 물었다.

"오스카르 멘도사요." 남자는 주머니에서 손수건을 꺼내 입을 닦았다. 그는 지금 막 케이크를 다 먹은 뒤였다.

"신분증 있나?"

멘도사 씨는 지갑을 꺼내 그 속에 든 운전면허증과 신용카드, 다섯 딸의 사진을 끄집어냈다. 엑토르 장군은 그 정보를 베껴 적었다. 그의 주소도 적었다. 벤하민 장군은 사진을 집어들고 자세히 살펴보았다. "직업?" 그가 물었다.

"건축업자입니다." 멘도사 씨는 이들에게 자기 주소를 알려주고 싶지 않았다. 그의 집은 여기서 불과 8킬로미터 거리에 있었다. 그는 호소카와 씨가 이 나라 발전을 위하여 세운다는 공장 건축에 입찰해볼 생각으로 온 터였다. 그런데 입찰은커녕 바닥에서 잠을 자고 아내와 그리운 딸들과도 기약 없이 헤어지고 총에 맞아 죽을지도 모른다는 생각까지 하게 된 것이다.

"건강은?"

멘도사 씨는 어깨를 으쓱했다. "건강하겠죠. 여기 있는 걸 보면."

"그래도 혹시 무슨 증상은 없나?" 벤하민 장군은 몇 년 전 대상포진으로 도시의 병원을 찾아갔을 때 의사가 쓰던 말투를 생각해내려고 애쓰면서 물었다.

멘도사 씨는 손목시계의 내부 구조에 대한 질문이라도 받은 듯한 표정을 지었다. "글쎄요."

겐은 그들 뒤로 가서 몇 가지 질문과 놀랍도록 무익한 대답이 끝날 때까지 기다렸다. 테러리스트들은 인질을 좀더 내보내려 하고 있었다. 죽을 가능성이 있는 사람을 가려내려는 것이었다. 반주자가 사망하는 바람에 그들은 초조해졌다. 집밖에 모인 군중은 한동안 조용했다가 하얀 식탁보에 덮여 밖으로 실려나온 시신을 보고는 다시 고함을 지르고 있었다. "살인자! 살인자!" 사람들이 합창하듯 소리쳤다. 확성기에 대고 질러대는 소리와 갖가지 요구 사항이 거리로부터 총탄 퍼붓듯 쏟아져들어왔다. 협상을 하려는 쪽에서 계속 전화를 걸어 끊임없이 벨이 울려댔다. 얼마 있으면 테러리스트들도 잠을 자야만 할 것이었다. 장군들은 겐이 알아들을 수 없는 암호 같은 말을 써가며 서로 언쟁을 벌였다. 엑토르 장군이 권총을 꺼내 벽난로 위의 시계를 쏴서 언쟁을 중단시켰다. 인질을 절반이나 석방했지만 아직도 감시해야 할 사람이 너무 많았다. 그들은 사람들을 일일이 붙잡고 질문을 하고, 상대방의 이름과 답변을 적었다. 겐은 스페인어를 알아듣지 못하는 사람들에게 질문하는 일을 맡았다. 테러리스트들이 희망을 걸고 있는 쪽은 어쨌든 외국인들이었다. 외국 정부라면 기꺼이 자국민을 위해 몸값을 지불할 테니까. 장군들은 실패한 작전에 대해 다시 생각하기 시작했다. 대통령을 납치하진 못했지만 고생한 대가로 분명 뭔가 다른 것을 얻을 수 있을 것이다. 그들은 인질 한 사람 한 사람과 대화를 나누고, 판단하고, 등급을 매겨, 고지대의 감옥에 갇힌 동료들을 석방시키고 활동 자금을 마련하는 성과를 거두는 데 가장 도움이 될 사람을 가려내기로 했다. 하지만 이들의 조사에는 과학성이 없었다. 인질들은 주어진 질문에 대해 자신의 중요성을 실제보다 깎아내려서 대답했다.

“아니요, 정확히 따지면 회사를 운영한다고 할 수는 없소.”

“저는 흔하디흔한 위원회의 일원일 뿐입니다.”

“외교관이긴 하지만 알고 보면 대단치 않은 자리입니다. 실은 처남이 주선해준 자리죠.”

거짓말은 아닐지라도 사실을 가능한 한 축소시키려는 대답이었다. 답변이 모두 기록된다는 데서 불안을 느꼈기 때문이다.

“이 모든 정보는 밖에 있는 우리 동지들이 그 진위를 확인할 것이다.” 알프레도 장군이 거듭 이야기했다. 겐은 프랑스어와 독일어, 그리스어, 포르투갈어로 그의 말을 옮기면서 조심스레 ‘우리’라는 말을 ‘저들의’로 바꾸어 말했다. 통역사가 해서는 안 되는 일이었다.

벤하민 장군은 존재하지도 않는 난세이 사의 프로젝트를 후원하기 위해 파티에 참석했다는 덴마크 사람을 인터뷰하다 말고 고개를 돌려 겐을 쳐다보았다. 그의 얼굴 오른쪽 윗부분이 불꽃에 휩싸인 듯 새빨갰다. “자넨 어떻게 그리도 똑똑할 수 있나?” 책망에 가까운 어조였다. 이 집 어딘가에 지적 능력을 모아놓은 비밀 저장고가 있고 겐이 혼자서 그것을 독점하고 있다는 투였다.

겐은 피곤했다. 자신이 똑똑하다는 생각은 들지 않았다. 배도 고팠다. 잠이 마구 쏟아졌다. 먹다 두고 온 샌드위치가 간절했다. “예?” 겐은 물었다. 말없이 함께 앉아 있는 호소카와 씨와 록산 코스의 모습이 보였다. 통역해줄 사람이 테러리스트들의 일로 바쁜 탓에 그 두 사람은 아무 얘기도 나누지 못했다.

“그 많은 나라 말을 다 어디서 배웠나?”

겐은 자기 얘기를 하고 싶은 마음이 없었다. 먹던 샌드위치는 아직도 의자 밑에 있을까? 케이크는? 그는 과연 먹을 것이 석방되는 일만큼이나 중요한가 자문해보았다. 그렇지 않다는 뻔한 대답 앞에서 슬픈 체념이 밀려왔다. "대학에서요." 그는 짧게 대답하고는 인터뷰하던 사람에게로 다시 고개를 돌렸다.

남겨둘 사람과 석방할 사람의 명단을 작성하면 겐은 석방 쪽 목록 맨 위에 이름이 올라야 옳았을 것이다. 그는 몸값 나올 곳도 없고, 권력도 없는 사람이었다. 그저 피고용자이며 월급쟁이에 불과했다. 만찬에 쓸 양파를 채 썰던 주방 일꾼처럼. 하지만 명단이 다 작성됐을 때, 그의 이름은 어느 쪽에도 들어 있지 않았다. 테러리스트들이 그에 대해서는 아예 생각을 하지 못한 모양이었다. 어차피 그는 호소카와 씨와 함께가 아니면 나가지 않았을 것이다. 젊은 신부처럼 그 역시 자의로 남겠노라고 했을 것이다. 하지만 최소한 그의 의사는 물어봐야 옳지 않았을까. 인터뷰가 다 끝나고 최종 결정이 내려졌을 때는 이미 늦은 저녁이었다. 거실 곳곳의 실내등이 모두 켜졌다. 겐에게 명단의 사본을 만드는 일이 주어졌다. 어쩌다 보니 그는 이곳에서 총괄 비서 노릇을 하게 된 것이다.

결국 통역사까지 포함해서(겐이 자기 이름을 추가로 적어넣었다) 총 서른아홉 명의 인질을 억류한다는 결정이 내려졌다. 최종 인질 수는 마흔 명이었다. 아르게다스 신부가 이번에도 나가기를 거부했기 때문이다. 병사가 열다섯에 장군이 세 명이라는 점을 생각하면 감시자 한 명당 인질이 약 두 명이라는 계산이 나온다. 이 정도면 적당했다. 열여덟 명의 테러리스트가 대통령 한 명을 납치하기로 했던 본래의 계획을 고려하면, 이 정도가 그들이 감당할 수 있는 최대한의 숫자였다. 이들이 생각하기에 최선의 방법은 모든 인질을 일주일 정도 더 억류해두고 타협을 벌이면서, 요구 사항이 받아들여질 때마다 몇 사람씩 나누어 풀어주는 것이었다. 하지만 테러리스트들은 피곤했다. 인질들은 요구를 하고 불평을 했다. 시종 조용히 시키고 예뻐해주고 놀아주어야 하는 천방지축 어린아이 같았다. 마음 같아선 인질 모두를 내보내고 싶었다.

부통령은 가만히 앉아 있을 수가 없었다. 그는 유리잔을 수거해 가정부가 식당 찬장에 보관해둔 커다란 은쟁반에 올려놓았다. 병사 한 사람이 주방으로 들어가는 부통령을 뒤따라왔지만 그를 막아세우지는 않았으므로, 그는 잠시 냉동고 문에 얼굴을 갖다대고 있을 수 있었다. 그는 진한 녹색 비닐 쓰레기봉투를 들고 다시 거실로 돌아와 샌드위치를 쌌던 포장지를 주웠다. 종이에는 빵 부스러기 하나도 남아 있지 않았다. 주황색 기름 자국뿐이었다. 모두 무척 허기가 졌던 것이다. 그는 테이블과 카펫 위에 뒹구는 소다캔도 주웠다. 엄밀히 따지면 이 테이블과 카펫은 그의 것이 아니었지만 말이다. 그는 지금까지 이 집에서 행복하게 지내왔다. 퇴근해서 와보면 집안은 언제나 밝은 분위기였다. 아이들은 친구들과 함께 깔깔 웃으며 복도를 뛰어다니고, 예쁘장한 인디오 가정부들은 벽장에 있는 기계를 쓰지 않고 직접 무릎을 꿇고 엎드려서 바닥에 왁스로 윤을 내고, 아내는 향수 냄새를 풍기며 화장대 앞에 앉아 머리를 빗었다. 이것이 바로 그의 집이었다. 그는 상황을 좀더 쉽게 견디기 위해 자신에게 익숙한 본래의 집안 풍경을 되살려보려고 애썼다.

"다들 별일 없으십니까?" 그는 빵 부스러기를 손바닥에 쓸어 담으면서 손님들에게 물었다. "불편한 데는 없고요?" 마음 같아서는 사람들이 벗어놓은 신발을 소파 밑으로 밀어넣고 싶었다. 푸른 실크 의자도 거실 저쪽 원래 있던 자리에 갖다놓고 싶었지만 예의상 그럴 수가 없었다.

그는 행주를 가지러 다시 주방으로 갔다. 사보느리 카펫의 매듭에 묻은, 포도주스를 흘린 것으로 보이는 얼룩을 닦아내고 싶어서였다. 거실 끝에 어제 생일 파티의 주인공이었던 일본인과 오페라 가수가 함께 앉아 있는 모습이 보였다. 우스운 일이지만, 머리가 아파서인지 두 사람의 이름이 생각나지 않았다. 두 사람은 서로를 향해 몸을 숙이고 앉아 있었는데 이따금 그녀가 웃음을 터뜨리면 그는 행복하게 고개를 끄덕이곤 했다. 방금 전에 세상을 떠난 사람이 저 여자의 남편 아니었나? 일본인이 무슨 곡조를 흥얼거리면 그녀는 듣고 있다가 고개를 끄덕이고는 아주 작은 목소리로 그 곡을 노래로 바꾸어 불러주었다. 얼마나 달콤한 소리인지. 창밖에서 들려오는 소란스러운 목소리가 끊임없이 주위를 시끄럽게 해서 정확히 무슨 노래인지 알아듣기는 힘들었다. 그저 노랫가락과 공기를 울리는 목소리의 떨림만이 뚜렷이 전해져올 뿐이었다. 부통령이 어렸을 때, 언덕에 자리잡은 수녀원 옆을 달려가면서 듣곤 했던 수녀들의 노랫소리가 떠올랐다. 가만히 멈춰 서서 듣는 것보다 바람처럼 스쳐지나가면서 듣는 노래가 더 좋았다. 달리고 있노라면 음악은 그의 몸속으로 흘러들어 머리를 쓸어넘기는 바람이 되고, 인도를 울리는 발소리가 되었다. 카펫을 문질러 닦으면서 듣는 그녀의 부드러운 노랫소리도 마찬가지였다. 그것은 동료의 부름에 화답하는 새의 노래와도 같았다. 친구를 부르는 새의 구슬픈 소리는 들리지 않고, 대답하는 새의 소리만이 들리는 것이다.

메스너는 재호출을 받고 신속히 돌아왔다. 이젠 잡일 담당으로 전락한 부통령 루벤 이글레시아스가 문가에 나가 그를 맞이했다. 가엾게도 메스너는 시간이 갈수록 훨씬 더 피곤하고 훨씬 더 볕에 그을린 듯 보였다. 해는 왜 이렇게 길까? 반주자가 죽은 것이 바로 오늘 있었던 일 맞나? 말끔하게 차려입고 작은 고깃조각을 먹으면서 드보르자크의 아리아를 듣던 것이 불과 어젯밤의 일이었나? 아니, 저녁식사를 마치고 작은 잔에 부어 마신 술 이름이 드보르자크였나? 매혹적인 시폰 드레스와 보석 장신구, 보석 박힌 머리핀, 유행에 맞춰 모란꽃 모양으로 만든 작은 새틴 핸드백으로 치장한 여자들이 거실에 바글거렸던 것이 정말 최근의 일인가? 이 나라에 공장을 세울지도 모르는 호소카와 씨와 함께 대통령이 만찬을 들러 올 것이기 때문에 이 집을 청소한 것이, 창틀과 창턱을 비롯한 온 집안을 깨끗이 닦고, 얇은 커튼과 묵직하고 두꺼운 커튼을 깨끗이 세탁해 다시 걸고, 모든 것을 티 하나 없이 가지런히 정돈했던 것이 바로 하루 전의 일이란 말인가? 부통령은 처음으로 이런 생각을 해보았다. 어째서 마스다는 부통령의 집에서 파티를 열자고 했을까? 호소카와 씨의 생일이 그토록 중요하다면, 어째서 대통령궁에서 행사를 열지 않았나? 어째서? 그가 줄곧 의심해온 것처럼 처음부터 아예 오지 않을 생각이 아니었다면 말이다.

"상처가 곪는 것 같습니다." 메스너가 창백한 손끝을 루벤의 뜨거운 이마에 갖다대며 말했다. 그는 휴대전화를 열고 영어와 스페인어를 섞어가며 항생제를 갖다달라는 내용의 통화를 했다. "종류는 모르겠고, 얼굴을 심하게 얻어맞은 사람한테 쓰는 걸로 갖다줘요." 그는 전화기 아래쪽을 손으로 막고 루벤에게 말했다. "혹시……" 그러다가 겐을 향해 물었다. "알레르기가 스페인어로 뭐죠?"

"알레르히아."

루벤은 그의 연약한 머리를 끄덕였다. "땅콩 알레르기가 있소."

"무슨 전화를 하는 건가?" 벤하민 장군이 겐에게 물었다.

겐은 부통령이 쓸 약품 때문이라고 알려주었다.

"약은 안 돼. 난 어떤 약품도 허락한 적 없어." 알프레도 장군이 말했다. 상처가 감염된다는 것이 뭔지 부통령이 알기나 할까? 배에 총이라도 맞고서 감염 운운한다면 몰라도.

"인슐린도 안 된다고 했겠죠." 메스너가 휴대전화를 닫으면서 말했다.

알프레도는 그의 말을 못 들은 척했다. 그는 여러 장의 종이를 뒤적이고 있었다. "여기 명단이 있다. 이건 여기 남을 사람. 그리고 이건 석방될 사람." 그는 노란 메모지를 메스너 앞의 테이블에 올려놓았다. "이건 우리의 요구 사항이다. 전부 새로 작성한 거야. 요구 사항이 완전히 이행되기 전까지 더이상의 석방은 없다. 당신 말대로 우린 지금까지 합리적인 태도를 보여왔다. 이젠 정부가 합리적인 자세를 보여줄 차례다."

"그렇게 전하겠습니다." 메스너는 종이를 집어들고는 접어서 주머니에 넣었다.

"우린 건강 문제를 상당히 세심하게 고려했다." 알프레도가 말했다.

겐은 갑자기 피로를 느끼고 한 손을 들어 잠시 대화를 중단시킨 뒤, 영어로 세심이라는 단어가 무엇인지 기억해내려 애썼다. 다행히 단어가 생각났다.

"병원 치료를 요하는 사람은 모두 석방될 것이다."

"저분도 포함됩니까?" 메스너는 부통령 쪽으로 고개를 까닥이며 말했다. 부통령은 열 때문에 자신만의 세계에 갇혀 지금 오가는 대화에 집중할 수가 없었다.

"저자는 여기 남는다." 알프레도가 짤막하게 말했다. "대통령이 오질 않았으니 다른 사람이라도 있어야지."

요구 사항(돈, 죄수 석방, 비행기, 비행기까지 이동할 차량 등……) 외에 또다른 목록이 하나 있었다. 잡다하지만 시급히 필요한 물품 목록이었는데, 바로 이 때문에 일의 진행이 더뎌졌다. 별 흥미를 끌 만한 물건들은 아니었다. 풀어주기로 한 인질을 석방하기 전에 반입되어야 하는 것도 있었다. 베개(58개), 담요(58장), 칫솔(58개), 과일(망고, 바나나), 담배(필터 있는 것 20갑, 없는 것 20갑), 캔디류(감초를 제외한 모든 종류), 초콜릿 바, 막대형 버터, 신문, 전기방석, 목록은 끝이 없었다. 안에 있는 사람들은 밖에 있는 사람들이 한밤중에 필요한 물건을 찾아 이리 뛰고 저리 뛰는 모습을 상상했다. 그들은 상점 유리문을 두드리고 가게 주인을 깨워 억지로 전등을 켜게 할 것이다. 공연히 아침까지 기다렸다가 이쪽의 마음이 바뀌면 안 되니까 말이다.

그들이 억류될 사람의 명단과 석방될 사람의 명단을 공개하기 위해 남은 인질 모두를 식당으로 불러모으자 사람들은 흥분의 도가니에 빠졌다. 마치 빙빙 돌다가 음악이 멈추면 재빨리 의자를 붙잡고 앉는 게임과도 같았다. 의자 개수가 사람 수보다 적기 때문에 참가자들은 의지와 관계없이 우승하거나 탈락하게 된다. 사람들은 게임에 참여할 기회만이라도 얻고 싶어하는 법이고, 그래서 결코 석방될 수 없음을 잘 아는 호소카와 씨와 시몽 티보 같은 사람도 두근거리는 가슴을 안고 서서 자신이 호명되기를 기다렸다. 다들 이번에는 록산 코스가 석방되리라고 생각했다. 한 여자만 잡아두는 것은 성가시고도 수치스러운 일이기 때문이다. 그녀가 그리워지기는 하겠지만, 벌써 그녀가 그리운 것 같았지만, 그래도 석방되는 모습을 보고 싶었다.

테러리스트들은 이름을 죽 부르면서 왼쪽 혹은 오른쪽에 가서 서라고 지시했다. 어느 쪽이 석방되는 사람인지는 말하지 않아도 뻔했다. 턱시도의 재단 상태만 봐도 남을 사람과 그렇지 않을 사람을 구분할 수 있었다. 자신의 운명을 예감한 사람들은 담벼락 같은 어둠을 드리우며 뜻밖의 희소식에 들뜬 사람들 무리에서 떨어져나왔다. 덜 중요한 인물이라고 판단되어 아내 곁으로 돌아가게 된 남자들은 이제 자기집의 익숙한 침대에서 잠을 자고, 아이들과 애완견으로부터 한량없는 애정과 눈물 젖은 환영을 받을 것이다. 하지만 다른 한쪽에 서게 된 서른아홉 명의 남자와 한 명의 여자는 수렁에 빠지고 말았음을 깨닫기 시작했다. 이제 이 집에서 머물러야 함을, 테러리스트들의 손아귀에 남게 되었음을.

4

겐은 호소카와 씨에게 아르게다스 신부의 말을 통역해주었다. 그들이 몇 시간 동안 창문으로 내다보고 있는 것은 옅은 안개보다 습하고 보슬비보다는 물기를 적게 머금은 습기 덩어리로, 이곳 말로는 '가루아garúa'라 한다고 했다. 이 축축한 잿빛 비구름이 그들이 억류된 도시의 하늘에 솜털처럼 드리워져 있었다. 그렇다고 도시의 풍경이 보이는 것은 아니었다. 아무것도 보이지 않았다. 설령 이 도시가 런던이라 해도, 혹은 파리나 뉴욕, 도쿄라 해도 달라질 것은 없었으리라. 파릇파릇한 풀이 뒤덮인 들로 둘러싸였든, 차로 꽉 막힌 거리 한복판에 있든 그들에게는 다를 바가 없었다. 앞이 보이지 않았기 때문이다. 사람 사는 모습도, 지방색도 알 도리가 없었다. 그들이 있는 곳은 그저 한동안 우중충한 날씨가 계속되는 어떤 장소일 따름이었다. 이따금 담 저편에서 외치는 소리가 들려왔지만, 그마저도 이젠 그리 크게 느껴지지 않았다. 안개는 목소리조차 집어삼키는 모양이었다. 가루아는 4월부터 11월까지 간헐적으로 계속되는데, 10월도 거의 다 갔고 이제 다시 해가 날 때가 됐으니 기운 내라고 아르게다스 신부는 말했다. 젊은 신부는 그들을 보고 싱긋 웃었다. 그는 꽤나 준수한 용모였지만, 웃을 때 입이 너무 크게 벌어지는데다 치열이 이상한 각도로 비뚤어져 미소를 지으면 돌연 괴상한 얼굴이 되었다. 아르게다스 신부는 인질로 억류된 상황임에도 낙천적인 태도를 보였고 무슨 일에든 자주 웃었다. 인질이 아니라 그들의 기분을 달래주려고 고용된 사람 같았다. 그는 그런 일에 성의를 갖고 임했다. 그는 양팔을 벌려 한 손을 호소카와 씨의 어깨에, 다른 한 손을 겐의 어깨에 얹더니 약간 고개를 숙이고 눈을 감았다. 기도를 하는 것 같았지만 그는 다른 사람들을 억지로 기도에 동참시키는 법이 없었다. "기운 내십시오." 그는 다시 한번 말하고 나서 다른 사람들을 둘러보러 갔다.

"좋은 분이야." 호소카와 씨가 말하자 겐은 고개를 끄덕였다. 두 사람은 고개를 돌려 다시 창밖을 내다보았다. 신부는 두 사람이 날씨 때문에 우울해할까봐 염려했지만 그런 걱정은 할 필요가 없었다. 두 사람은 날씨엔 불만이 없었다. 가루아라는 말의 뜻은 알지만 지나치게 뿌연 시야는 이해가 가지 않았다. 아무리 밖을 내다봐도 정원과 거리를 구분하는 담벼락조차 잘 보이지 않았다. 나무의 형태도 알아보기 어렵고, 키 큰 나무와 관목도 구분할 수 없었다. 낮에는 어스름 깔린 저녁처럼 어두운 데 반해 담 건너편에 설치된 투광조명등 때문에 밤에는 대낮처럼 환했다. 저녁 시간에 불을 밝혀 가짜 낮, 인공적인 낮을 만드는 야구 경기장 같았다. 즉, 가루아의 계절에 밖을 내다보면 보이는 것은 오로지 가루아뿐 낮도 밤도 계절도 장소도 도무지 보이질 않는다. 낮시간은 이제 예전처럼 선형적으로 흐르지 않고 매시간 처음으로 되돌아가 모든 순간을 경험하고 또 경험하는 듯했다. 그들이 알던 시간의 흐름이 중단된 셈이었다.

이야기를 다시 시작하기 위해서는 호소카와 씨의 생일 파티가 열린 지 일주일이 지났을 때의 얘기부터 꺼내는 편이 좋겠다. 처음 한 주는 모든 행동에 세세한 지시가 따랐고, 낯선 생활을 몸에 익히는 지루한 시간이 이어졌다. 처음에는 모든 것이 엄격했다. 총구가 사람들을 겨누고, 명령이 떨어지면 누구나 복종하고, 거실 카펫에 줄지어 누워서 잠을 자고, 개인적인 용무가 있을 때에는 대부분 허락을 구했다. 그러다 아주 서서히 분위기가 느슨해지기 시작했다. 사람들은 단독으로 행동했다. 허락을 구하지 않고 이를 닦고, 병사의 간섭 없이 대화를 나누었다. 나중에는 배가 고프면 주방으로 가서 직접 샌드위치를 만들어 먹기도 했는데, 칼은 종류를 불문하고 모두 압수되었으므로 숟가락 뒤쪽으로 빵에 버터를 펴 발라야 했다. 장군들은 요아힘 메스너가 너무도 마음에 든 나머지(그에겐 그런 호감을 전혀 내색하지 않았지만) 그를 통해 협상을 하는 데서 그치지 않고 이 집에 필요한 물품을 공급받는 일도 그를 통해서만 하겠다고 우겼다. 그 혼자서 상자를 일일이 끌고 대문 안으로 들어와 한없는 보도를 걸어오라는 것이었다. 그래서 이 집에 빵과 버터를 갖고 들어오는 일은 이미 오래전에 휴가가 끝난 메스너의 몫이 되었다.

시간은 더디게 흘러갔다. 하지만 그사이, 한 주밖에 지나지 않았다고는 믿기 어려울 만큼 많은 변화가 일어났다. 총기류는 대부분

거둬들여졌다가 결국 벽장 속으로 직행했다. 다른 때 같으면 최소 일 년은 걸릴 일이지만, 테러리스트들은 인질들이 결코 소란을 피우지 않을 것이라 확신했고, 인질들 역시 테러리스트들의 총에 맞는 일은 없을 것으로 알거나 최소한 느끼고 있었다. 물론 감시병은 항시 존재했다. 병사 두 사람이 언제나 정원에서 순찰을 돌고, 실내에서는 병사 세 사람이 맹인이 지팡이를 짚듯 총 끝으로 바닥을 짚어가며 집안을 돌았다. 장군들의 지시는 계속되었다. 가끔 병사 중 하나가 인질을 하나 골라서 총구로 쿡쿡 찔러 거실 반대쪽으로 몰아붙이는 일도 있었는데, 인질이 움직이는 걸 보는 게 재미있어서 그러는 것뿐 다른 이유는 없었다. 밤에는 보초병이 있었지만 그들도 자정이면 으레 곯아떨어지곤 했다. 손에 들고 있던 총이 털커덕 소리를 내며 바닥에 떨어져도 그들은 눈을 뜨지 않았다.

호소카와 씨의 생일 파티에 참석했던 손님들은 대부분 이 창 저 창으로 자리를 옮기며 하루를 보냈다. 카드놀이를 하기도 하고 잡지를 읽기도 했다. 마치 이 세상이 거대한 기차역으로 변했는데, 모든 열차편이 지연되어 별도의 지시를 기다리는 듯한 모습이었다. 이러한 시간의 부재는 모든 사람을 혼란에 빠뜨렸다. 벤하민 장군은 부통령의 어린 아들 마르코가 쓰던 굵은 크레용을 찾아서 거실 벽에 파란 빗금을 매일 하나씩 그어나갔다. 여섯 개의 빗금을 세로로 긋고 하나를 가로로 그으면 한 주가 지났다는 의미였다. 그는 독방에 감금된 채 날짜 감각을 잃지 않으려고 손톱 끝으로 벽돌에 똑같은 빗금을 그어나가고 있을 동생 루이스를 생각했다. 물론 이 집에는 시간 개념을 유지시켜주는 다른 일반적인 수단이 많았다. 달력도 몇 개 있고, 주방 전화기 옆에는 날짜별 메모 수첩도 있을뿐더러 많은 사람이 날짜가 표시되는 손목시계를 차고 있었다. 그 외에도 라디오나 텔레비전을 켜기만 하면 날짜는 물론 그들에 관한 뉴스까지 확인할 수 있었다. 하지만 벤하민 장군은 옛날 방식이 최고라는 생각을 가진 사람이었다. 그는 칼로 크레용을 깎아가며 날마다 빗금 하나씩을 벽에 그어나갔다. 그 꼴을 볼 때마다 루벤 이글레시아스는 속이 뒤집혔다. 만약 자기 아이들이 그렇게 몰상식한 짓을 한다면 그는 아이들을 심하게 야단쳤을 것이다.

이들은 예외 없이, 시간이 남아돈다는 것에 도무지 익숙하지 않은 사람들이었다. 부유한 인질들은 저녁 늦게까지 사무실에 남아 일을 하던 사람들이었다. 기사가 운전하는 차를 타고 귀가하는 중에도 차 뒷좌석에 앉아 비서에게 편지를 받아쓰게 하던 그들이었다. 젊고 가난한 병사들 역시 일의 종류는 달라도 마찬가지로 부지런히 일하는 습관이 몸에 배어 있었다. 하루종일 나무를 베거나 밭에 나가 고구마를 캤다. 그러면서 총 다루는 법도 익히고 달리는 훈련과 몸을 숨기는 훈련도 했다. 몸에 익지 않은 한가함이 주어진 지금, 그들은 가만히 앉아서 서로를 빤히 바라보며 손끝으로 의자 팔걸이만 두드려댈 뿐이었다.

하지만 이렇게 무한정 넘쳐나는 시간 속에서도 호소카와 씨는 난세이 사 걱정은 전혀 하지 않는 듯했다. 뿌연 창밖을 내다보면서도 자신이 납치된 것이 주가에 영향을 주지 않을까 하는 염려는 전혀 하지 않았다. 누가 자신의 공석에 앉아 이런저런 결정을 내릴지 궁금해하지도 않았다. 그의 인생이자 자식이었던 회사는 동전이 땅에 떨어지듯 무심하게 그에게서 떨어져나갔다. 그는 턱시도 상의 주머니에서 스프링 달린 작은 공책을 한 권 꺼내, 겐에게 정확한 철자를 물어보고 나서 '가루아'를 단어 목록에 추가했다. 문제는 의욕이었다. 호소카와 씨는 일본에서 몇 번이나 이탈리아어 테이프를 들었지만 그 내용을 전혀 기억하지 못했다. '디모라' '파트로노' 같은 아름다운 단어도 한쪽 귀로 들어오는 동시에 다른 쪽 귀로 흘러나가버렸다. 그런데 스페인어는, 인질로 잡힌 지 겨우 일주일 만에 얼마나 많이 익혔는지 모른다. '아오라'는 '지금', '센타르세'는 '앉다', '포네르세 데 피에'는 '일어서다', '수에뇨'는 '자다', '레케테부에노'는 '아주 좋다'. 하지만 그는 너무 자신감 없이 좀 서툴게 말했기 때문에 듣는 사람에게 잘한다는 생각보다, 높은 기대치에 미치지 못하고 좀 맹하다는 인상을 주었다. 문제는 언어뿐만 아니라 사람들의 이름까지 외워야 한다는 점이었다. 인질의 이름은 물론이고 가끔은 테러리스트의 이름을 듣게 될 때도 있었다. 이 자리에 모인 사람들은 세계 각국에서 왔기 때문에 어울리기가 쉽지 않았고 서로 통하는 부분도 없었다. 이 집에는 그가 알지 못하는, 그러나 알아야만 하는 사람들이 가득했지만 그들은 모두 미소를 지으며 서로에게 고개를 끄덕일 뿐이었다. 호소카와 씨 역시 자신을 알리기 위해 더 많이 애써야 할 판이었다. 회사에서 그는 직원의 이름을 가능한 한 많이 알아두려 했다. 자신이 접대했던 사업가의 이름은 물론이고 한 번도 만나보지 못한 그 아내의 이름까지 그는 모두 기억했다.

호소카와 씨는 지금까지 정체되지 않은 인생을 살아왔다. 그는 회사를 세우면서 많은 것을 배웠다. 하지만 이번 경험은 전혀 다른 학습이었다. 어린애의 학습과도 같았다. 앉아도 될까요? 서도 될까요? 고맙습니다. 부탁합니다. 사과는 뭐라고 하죠? 빵은? 그는 상대편이 하는 말을 모두 암기했다. 이탈리아어 테이프와는 달리 지금은 암기만이 상책이었기 때문이다. 과거에 얼마나 겐에게 의존했고 지금도 의존하고 있는지 그는 비로소 알 수 있었다. 지금은 겐에게 묻고 싶은 것이 있어도 그가 장군들의 말을 다 통역할 때까지 기다려야 하는 일이 종종 있었다. 이틀 전, 고맙게도 부통령 이글레시아스가 호소카와 씨에게 주방 서랍에 있던 공책과 연필을 주었다. "자, 늦었지만 생일 선물이라고 생각하십시오." 부통령은 말했다. 호소카와 씨는 그 공책에 알파벳을 인쇄체로 쓰고 겐에게 숫자를 1부터 10까지 써달라고 하고 매일 스페인어 단어를 추가로 적어나갔다. 그는 아주 작은 글자로 단어를 몇 번씩 반복해 썼다. 지금은 종이가 충분하지만 언젠가 부족해질 때가 올지도 모르기 때문이었다. 글씨를 직접 써본 적이 언제였던가? 지금까지 그의 생각은 컴퓨터에 입력되고, 녹음되고, 전송되었다. 호소카와 씨는 반복해서 글씨를 쓰며 자신의 글씨체를 찾는 작업에서 위안을 얻었다. 그는 다시 한번 이탈리아어 생각을 하고는, 겐에게 매일 이탈리아어도 한두 단어씩 써달라고 하리라 마음먹었다. 인질 중에 이탈리아인이 두 명 있었는데, 그들이 이야기를 나눌 때마다 그는 그 말을 알아들어보려고 연결 상태가 안 좋은 전화를 받을 때처럼 바짝 긴장하곤 했다. 이탈리아어는 왠지 친근했다. 영어도 배워야지. 코스 씨와 즐겁게 대화하고 싶었다.

그는 앉아서 연필 끝으로 공책을 톡톡 쳤다. 욕심이 너무 컸나보다. 한꺼번에 너무 많이 배우려다보면 죽도 밥도 안 될 것이다. 정말 단어 하나하나를 다음날에도 기억할 수 있을 만큼 완전히 외워서 머리에 넣기 위해서는 하루에 스페인어 단어 열 개, 그러니까

명사 열 개에 동사 하나(동사 변화까지 포함해서) 정도가 최대 한계일 것 같았다.

가루아. 호소카와 씨는 종종 창가에 앉아 담 저편에 있는 사람들에 대해 생각해보곤 했다. 집밖을 둘러싼 경찰과 군인은 최근 확성기보다 전화기를 더 많이 이용했다. 저들은 계속 밖에 서서 안개비를 맞을까? 아니면 차 안에서 커피라도 마시고 있을까? 아마 장성급은 차에 앉아 있고, 총 든 보병들은 바깥에서 차려 자세로 목줄기에 흘러내리는 차가운 빗방울을 느끼고 있을 테지.

그들은 부통령 관저의 거실에서 왔다갔다하는 이 어린 병사들과 다르지 않을 것이다. 입대시에 최소한의 나이 제한이 있다는 점을 제외한다면. 이 병사들은 나이가 어떻게 될까? 가장 나이가 많아 보이는 병사도 밝은 불빛에서 자세히 보면 나이가 많은 것이 아니라 체구가 큰 것뿐임을 확연히 알 수 있었다. 그들은 갑자기 커버린 키에 익숙하지가 않아서 걷다가 여기저기 부딪히곤 했다. 그래도 이들 정도면 목에 결후도 있고 얼굴 전체에 성난 여드름과 수염이 듬성듬성 돋은 정도는 되었다. 가장 나이가 적은 병사는 소름이 끼칠 정도로 어렸다. 머리카락은 어린애처럼 가늘고 윤이 났다. 살결은 보드랍고 어깨도 아이처럼 좁았다. 이들은 작은 손으로 장총 개머리판을 잡고 무표정한 얼굴을 하려 애썼다. 인질들은 테러리스트들을 빤히 쳐다보았고, 보면 볼수록 그들은 더 어려 보였다. 이 아이들이 사냥에 나선 짐승처럼 파티장을 덮친 그 병사들 맞나? 소년들은 입을 벌리고 팔을 엇갈린 채 바닥에 축 늘어져서 잠들곤 했다. 전형적인 십대 소년의 모습이었다. 그들은 누가 업어가도 모를 정도로 곤히 잠을 잤다. 이 집에 있는 성인들에겐 벌써 수

십 년 전에 잊힌 단잠이었다. 그중 몇은 병사가 체질에 맞았다. 그들은 늘 총을 옆에 끼고 다녔다. 가끔씩 총부리로 쿡쿡 찌르고 인상을 쓰면서 어른들을 위협하기도 했다. 그럴 때면 무장한 성인보다 총 든 어린애가 더 무섭다는 말이 실감났다. 이들은 변덕스럽고 비이성적이고 늘 시빗거리를 찾아다녔다. 다른 병사들은 집안 구석구석을 구경하는 일로 하루를 보냈다. 침대 위에서 펄쩍펄쩍 뛰기도 하고 옷장 안의 옷을 꺼내 입어보기도 했다. 물이 콸콸 내려가는 것이 재미있어서 몇 번씩 변기 물을 내리기도 했다. 처음에는 인질과 대화를 나눠선 안 된다는 규칙이 있는 것 같았는데 시간이 지나자 일부 병사들은 그마저도 지키지 않기 시작했다. 특히 장군들이 회의를 하는 틈을 타서 인질에게 다가와 말을 걸었다. "어느 나라에서 왔어요?"가 주된 질문이었다. 대답을 해봤자 제대로 알지도 못했지만. 결국 루벤 이글레시아스가 모두에게 지도를 보여주기 위해 서재에서 커다란 지도책 한 권을 가져왔다. 그래도 잘 이해하지 못하자 그는 병사 하나를 시켜 아들의 방에서 파란색과 초록색으로 채색된 예쁜 회전 지구의를 가져오게 했다.

"프랑스, 파리." 시몽 티보가 자신의 고향을 가리키며 말했다.

로타어 팔켄은 독일을, 라스무스 닐손은 덴마크를 손가락으로 가리켰다. 이런 놀이에 관심이 없는 야마모토 아키라는 고개를 돌렸고, 그래서 겐이 병사들에게 일본을 가리켜 보여주었다. 록산 코스는 손바닥으로 미국 전체를 가려 보인 다음 점으로 표시된 시카고를 손톱 끝으로 톡톡 두드렸다. 어린 병사들은 또다른 인질에게 지구의를 넘겼다. 질문을 이해하지 못한 사람들도 이 게임의 법칙만은 알 수 있었다. "여기가 러시아." 그들이 말했다. "여긴 이탈리아.” “여긴 아르헨티나.” “그리스는 여기.”

“아저씨는 어디서 왔어요?” 이스마엘이라는 병사가 부통령에게 물었다. 그는 부통령을 자기 담당 인질로 생각하고 있었다. 부통령이 처음 부상을 입었을 때 주방에서 얼음을 갖다준 사람이 자신이었기 때문이다. 아무도 부탁하지 않았지만 그는 아직도 하루에 서너 차례씩 루벤에게 얼음을 갖다주고 있었다. 뺨이 곪아서 계속 부풀어오르는 와중에 부통령은 그나마 이것을 위안으로 삼았다.

“여기.” 부통령은 바닥을 가리켰다.

“보여줘요.” 이스마엘이 지구의를 쳐들었다.

“여기.” 루벤은 발로 카펫을 톡톡 쳤다. “이 집은 내 집이야. 난 이 도시에 살고 있어. 너와 같은 나라 출신이지.”

이스마엘은 부통령을 쳐다보았다. 차라리 러시아 사람한테 묻는 편이 낫겠다고 생각하면서. “보여달라니까요.”

그래서 루벤은 어린 병사와 함께 지구의를 들고 바닥에 앉아 자신들의 나라를 가리켰다. 분홍색으로 평평하게 표시된 국가였다. “우린 여기 산단다.” 이스마엘은 병사 중에 체구가 가장 작고 소년답게 치아도 희었다. 루벤은 이 소년을 자기 무릎에 앉히고 싶다는 생각을 했다.

“아저씨가 거기 살아요?”

“아니, 나뿐만이 아냐.” 루벤이 말했다. 그의 아이들은 지금 어디 있을까? 모두 잠을 자고 있을까? “우리 둘 다 여기에 산다.”

이스마엘은 부통령의 아둔함에 실망한 나머지 한숨을 쉬며 자리에서 일어섰다. “아저씨는 게임을 할 줄 모르네요.”

“그래, 난 할 줄 몰라.” 루벤은 보기 딱할 정도로 해진 소년의 군화를 보면서 말했다. 지금 당장이라도 오른쪽 밑창이 완전히 떨어져나갈 것 같았다. "자, 내 말 잘 들어. 2층 가장 큰 침실로 가서 문을 하나씩 열어보면 여자옷이 가득 걸린 옷장이 있을 거다. 그 옷장에 신발이 백 켤레쯤 있는데, 잘 찾아보면 너한테 맞는 테니스화가 있을 거야. 부츠도 좀 있을지 모르고."

"난 여자 신발은 못 신어요."

루벤은 고개를 저었다. "그 테니스화랑 부츠는 여자 것이 아냐. 그냥 내가 거기 넣어뒀을 뿐이지. 이상하게 들릴지 모르지만, 사실이다."

"이 꼴로 주저앉아 있다니 웃기는 일이오." 프란츠 폰슐러가 말했다. 겐은 시몽 티보와 자크 메트시에에게는 프랑스어로, 호소카와 씨에게는 일본어로 각각 그 말을 통역해주었다. 집안에는 그 외에도 독일인이 두 사람 더 있었다. 그들은 텅 빈 벽난로 앞에 서서 자몽주스를 마시는 중이었다. 자몽주스면 어마어마한 호사였다. 최고급 스카치위스키보다 나았다. 알싸한 맛이 혀에 머물면서 생기를 불러일으켰다. 자몽주스가 반입된 것은 오늘이 처음이었다. "저자들은 아마추어요. 안에 있는 자들이나 밖에 있는 자들이나 다를 게 없소."

"어쩌면 좋겠습니까?" 시몽 티보가 말했다. 티보는 아내가 준 커다란 푸른색 숄을 목에 감아 등뒤로 늘어뜨렸는데, 바로 이 스카프 때문에 심각한 얘기를 해도 사람들이 귀담아들으려 하지 않았다.

피에트로 제노베세가 다가와서는 지금 무슨 얘기가 오가는지 알려달라고 겐에게 부탁했다. 그는 프랑스어는 할 줄 알았지만 독일어는 전혀 몰랐다.

"우리가 모르는 곳에 총을 숨겨둔 것 같지는 않소." 독일어를 알아듣는 사람이 아무도 없는데도 폰슐러는 목소리를 낮췄다. 사람들이 겐의 통역을 기다렸다.

"그러니까 총알을 갈기면서 뛰쳐나가잔 얘기군요. 텔레비전 영화에서처럼 말이죠." 피에트로 제노베세가 말했다. "그거 자몽주스입니까?" 그는 지금 막 껴들었으면서도 벌써 이 대화에 싫증이 난 표정이었다. 그는 공항 건설업자였다. 도시의 산업 규모가 커지면 공항도 커지기 마련이다.

겐은 한 손을 들었다. "잠시만요." 그는 아직 독일어를 일본어로 통역하는 중이었다.

"이러다간 애송이 하나를 칼로 해치울까 말까 정하는 데도 통역열 사람에 유엔의 중재까지 필요할 판이군." 자크 메트시에가 혼잣말처럼 중얼거렸다. 그는 유엔 주재 프랑스 대사로 파견된 적이 있어서 그쪽 세계를 어느 정도 알고 있었다.

"의견을 같이해달라는 얘긴 아니오." 폰슐러가 말했다.

"혼자 감행하겠단 소립니까?" 티보가 말했다.

"여러분, 잠시만 기다려주세요." 겐은 이 모든 대화를 일본어로 통역하느라 애먹고 있었다. 그것이 그의 일차적 책무였다. 그는 모두의 편의를 위해 일하는 사람이 아닌데도 사람들은 그 점을 종종 잊곤 했다. 그는 호소카와 씨를 위해 일하는 것이었다.

둘 이상의 언어로 진행되는 대화는 마취제를 맞고 솜을 입에 문 채 얘기하는 것처럼 어색하고 신뢰가 가질 않았다. 자기 차례를 기다려서 의견을 말하는 사람은 아무도 없었다. 이들은 기다림이라든가 정확하게 말하는 데 익숙한 사람들이 아니었다. 장황하게 설명하고 필요할 때는 고함도 치는 것을 더 좋아했다. 피에트로 제노베세는 주스가 더 있나 보려고 주방으로 가버렸다. 시몽 티보는 손바닥으로 솔을 쓰다듬으면서, 자크 메트시에에게 카드놀이 한판 하겠느냐고 물었다. "내가 이런 음모에 연루된 걸 알면 아내가 날 죽이려고 할 겁니다." 티보가 프랑스어로 말했다.

세 사람의 독일인이 자기들끼리 빠른 말로 뭐라고 떠들어댔다. 겐은 굳이 들으려 하지 않았다.

"이 날씨는 지겹지가 않아." 호소카와 씨가 창가로 되돌아가며 겐에게 말했다. 두 사람은 잠시 나란히 서서 일본어 외의 다른 언어는 모두 머릿속에서 내몰아버렸다.

"뒤엎을까 하는 생각 해보셨습니까?" 겐이 물었다. 유리창에 두 사람의 모습이 비쳤다. 그들은 유리에 아주 가깝게 다가서 있었다. 안경을 쓴 두 일본인, 그중 한 사람은 다른 사람보다 키가 크고 스물다섯 살 더 적었다. 하지만 서로 공통점이라곤 찾기 힘든 이곳의 사람들 속에서 겐은 처음으로 둘이 얼마나 비슷해 보이는가를 깨달았다.

호소카와 씨는 유리에 비친 자신들의 모습에 시선을 고정하고 있었다. 아니, 어쩌면 가루아를 보고 있는지도 몰랐다. "결국 일이 터지긴 할 걸세. 우리로선 막을 방법이 없겠지." 그런 생각을 하자 그의 목소리가 침울해졌다.

병사들은 저택을 탐험하고, 식료품 저장실에서 찾아낸 피스타치오를 먹고, 욕실에 있는 라벤더 핸드로션 냄새를 맡기도 하면서 하루를 보냈다. 이 집은 끝도 없는 호기심을 불러일으켰다. 작은 집 한 채만한 크기의 옷장에 주인 없는 침실, 색색의 포장지와 리본만 가득한 찬장. 가장 근사한 것은 긴 복도 끝에 자리잡은 부통령의 서재였다. 묵직한 커튼으로 가려진 창문 아래엔 천을 씌운 긴 의자가 두 개 놓여 있었다. 의자에 걸터앉아 몇 시간이고 정원을 내다보고 싶어질 만한 장소였다. 서재엔 가죽소파와 가죽의자도 각각 두 개씩 놓여 있고 책도 전부 가죽으로 장정이 되어 있었다. 심지어 책상 위에 놓인 연필통과 압지대 둘레도 전부 가죽이었다. 서재는 편안한 분위기에, 뜨거운 햇볕 아래 서 있는 소에게서 풍기는 익숙한 냄새가 났다.

이 방에는 텔레비전이 있었다. 병사 중 몇몇은 사람의 얼굴이 기묘하게 비쳐 보이는 불룩한 유리 화면에 나무상자로 된 텔레비전을 본 적이 있었다. 그들에게 그것은 늘, 언제나 고장나 있는 물건이었다. 텔레비전이란 원래 그런 것이었다. 텔레비전으로 무엇을 할 수 있는가에 관한 얘기가 늘 떠돌았지만 실제로 본 적이 없기에 아무도 그런 얘기를 믿지 않았다. 세사르라는 소년병이 두 손가락을 입에 넣어 양옆으로 쫙 벌리고 텔레비전 앞에 얼굴을 들이댄 채 화면에 비친 자기 얼굴을 보고 있었다. 다른 병사들은 옆에서 지켜보고 있었다. 세사르는 눈동자를 굴리며 혀를 날름거렸다. 그는 입에 넣었던 손가락을 빼고 두 손을 가슴에 얹더니 이 저택에 들어오던 날 냉방 통풍구에서 들었던 록산 코스의 노래를 흉내내기 시작했다. 가사는 엉망이었지만 가락은 거의 맞아떨어졌고 음조도 정확했다. 그는 흉내내는 것이 아니라 실제로 노래를 부르고 있었다. 그것도 아주 잘하는 편이었다. 중간에 막히자 그는 노래를 딱 그치더니 허리를 굽혀 인사했다. 그러고는 돌아서서 다시금 텔레비전을 향해 갖가지 표정을 짓기 시작했다.

텔레비전을 켠 사람은 시몽 티보였다. 무슨 의도가 있었던 것은 아니었다. 그는 노랫소리를 듣고 방에 들어온 터였다. 누가 조금 특이하지만 아름다운, 오래된 음반을 틀었나보다고 생각했기 때문이다. 텔레비전 앞에서 장난치고 있는 익살꾸러기 병사를 본 그는 병사의 얼굴이 비치는 화면에 갑자기 영상이 나타나면 재미있겠다는 생각을 했다. 시몽은 편안해 보이는 가죽의자의 팔걸이에 놓인 리모컨을 집어들고 전원 버튼을 눌렀다.

병사들은 비명을 질렀다. 개떼처럼 울부짖었다. 그들은 악을 쓰며 동료들의 이름을 불렀다. "힐베르트! 프란시스코! 헤수스!" 흡사 불이 났거나, 살인이 났거나, 경찰이 오기라도 한 것 같았다. 총의 안전장치를 푸는 요란한 소리와 함께 다른 병사들과 세 장군이 들이닥쳐 시몽 티보를 벽에 밀어붙이는 통에 그의 입술이 찢어졌다.

"어리석은 짓은 하지 마." 에디트는 입술로 그의 귀를 가볍게 스치며 말했다. 하지만 어리석은 짓이란 무엇인가? 텔레비전을 켜는 것?

달려온 소년병 중에서 체구가 큰 힐베르트라는 병사가 티보의 목구멍 안에 총구를 쑤셔넣었다. 딸려들어간 푸른색 실크 숄이 기도 위쪽의 부드러운 살을 눌렀다. 그는 코르크 판에 핀으로 나비를 꽂듯 티보를 짓눌렀다.

"텔레비전." 티보는 힘겹게 목소리를 냈다.

서재에 모인 사람들의 관심이 시몽 티보에게서 멀어진 것은 물론이고, 당장이라도 잡아죽일 듯이 덤벼들던 병사들도 재빨리 총을 거웠다. 티보는 공포로 몸을 떨며 벽에 기댄 채 무너지듯 쓰러졌다. 이제 병사들의 시선은 일제히 텔레비전을 향했다. 검은 머리의 매력적인 여자가 두 손에 든 더러운 옷을 카메라 앞에 들이대며 역겹다는 얼굴로 고개를 젓고는 세탁기에 넣었다. 여자의 립스틱은 밝은 빨간색이고 배경이 되는 벽은 선명한 노란색이었다. "이렇게 때묻은 빨래, 정말 골치 아프죠." 여자가 스페인어로 말했다. 힐베르트는 발가락으로 균형을 잡고 쭈그려앉아 화면을 바라보았다.

시몽 티보는 기침을 하며 목을 문질렀다.

물론 장군들은 과거에 텔레비전을 본 적이 있었지만, 몇 년 전 밀림 지대로 돌아간 뒤로는 보지 못했다. 장군들도 서재에 와 있었다. 이 텔레비전은 28인치 컬러 화면을 갖춘 좋은 제품이었다. 알프레도 장군은 바닥에 떨어져 있는 리모컨을 집어들고 버튼을 눌러 채널을 돌려보았다. 축구 경기, 코트와 넥타이 차림으로 책상 앞에 앉아 책 읽는 남자, 은빛 바지를 입고 노래하는 소녀, 바구니에 든 강아지 열두 마리. 화면이 바뀔 때마다 병사들의 입에서 아 하는 흥분의 탄성이 터졌다.

시몽 티보는 아무도 보지 않는 사이 그 방을 나왔다. 세사르가 불렀던 노래 따위는 잊어버렸다.

인질들은 이 모든 상황이 빨리 종료되길 원했다. 고국이 그립고, 아내와 사적인 자유가 그리웠다. 그리고 솔직히 저 어린 병사들에게서, 그들의 나른함과 졸음, 술래잡기 놀이와 식욕에서 벗어나고 싶은 마음도 있었다. 몇 살이나 되었을까? 이런 질문을 하면 병사들은 스물다섯 살이라고 거짓말을 하거나 무슨 소린지 모르는 척 어깨를 으쓱해 보이곤 했다. 호소카와 씨는 아이들의 나이를 짐작하는 데 서툴렀다. 일본에서는 자동차 운전대를 잡은 젊은이를 보고 열 살 정도밖에 안 돼 보인다는 느낌을 받곤 했다. 심지어 자기 딸들의 나이조차도 헤아리기가 힘들었다. 딸아이들은 눈을 동그랗게 뜬 헬로 키티 그림이 뒤덮인 잠옷을 입고 집안을 돌아다니다가도, 저녁 일곱시에 남자친구와 데이트 약속이 있다는 얘기를 불쑥 꺼냈다. 그는 딸들이 데이트를 하기엔 아직 어리다고 생각했지만, 이 나라 기준으로는 충분히 테러리스트 조직의 일원이 될 수 있는 나이였다. 그는 플라스틱 꽃핀을 머리에 꽂고 목이 짧은 흰 양말을 신은 채 칼끝으로 문틀을 쑤시는 딸들의 모습을 상상해보려 했다.

호소카와 씨의 머리에는 엄마의 침대에 웅크리고 누워서 뉴스를 보며 그의 귀환을 눈물로 기다리는 딸들의 모습만 떠오를 뿐이었다. 놀랍게도 이곳의 어린 병사들 가운데는 여자아이도 둘 있었다. 그중 하나는 아주 간단하게 여자임이 드러났다. 십이일째 되던 날 모자를 벗어 머리를 긁다가 땋은 머리채가 아래로 늘어진 것이다. 그녀는 머리를 다 긁고 난 뒤에도 빠져나온 머리채를 굳이 도로 넣으려 하지 않았다. 자신이 여자라는 걸 숨길 필요가 없다고 생각하는 모양이었다. 소녀의 이름은 베아트리스였다. 그녀는 누가 물으면 주저 없이 자기 이름을 알려주었다. 얼굴이 곱상하지도, 행동이 조심스럽지도 않아서 영락없는 남자아이 같았다. 긴장할 필요가 없는 지금도 그녀는 다른 남자 병사처럼 누구든 쏴버릴 태세로 총을 들고 다녔고 여전히 무감각한 표정을 지었다. 하지만 지극히 평범해 보이는 그녀를 인질들은 설원을 날아다니는 나방을 보듯 신기한 별종으로 취급했다. 어떻게 저들 사이에 여자아이가 있을 수 있담? 어떻게 지금껏 아무도 몰랐을까? 나머지 한 명을 찾아내기란 그리 어렵지 않았다. 논리적으로 볼 때 여자가 단 한 사람은 아닐 터였다. 사람들의 시선은 어떤 질문에도 대답하지 않고 처음부터 여러 면에서 부자연스러웠으며, 지나치게 예쁘장하고 소심한 한 소년에게 쏠렸다. 앞머리를 뒤로 넘겨 얼굴이 완벽한 하트형으로 보이는 병사였다. 입은 둥글고 부드러워 보였다. 풍성한 속눈썹이 버겁다는 듯 눈꺼풀이 항상 반쯤 내려와 있었다. 다른 병사들과는 달리 달콤하고 따스한 체취가 풍겼고 목선도 길고 매끈했다. 그는 유난히 록산 코스를 좋아해서 밤이면 그녀의 방 앞 복도 바닥에서 잠을 자며 문과 바닥 사이로 들어오는 외풍을 몸으로 막아주곤 했다. 겐은 어쩐지 거북하게 느껴졌던 그를 쳐다보았다. 가슴속에 담아두었던 불안감이 길고 나지막한 파동을 일으키며 그를 흔들었다.

"베아트리스, 저기 있는 저애 말이다. 너와 자매지간이냐?" 시몽 티보가 물었다.

베아트리스는 코웃음을 치며 고개를 저었다. "카르멘요? 그 계집애가 저랑 자매냐고요? 미쳤어요?"

카르멘이 자신의 이름을 듣고 거실 저쪽에서 고개를 들었다. 베아트리스가 그녀의 이름을 말한 것이다. 세상에 비밀은 없는 법이다. 카르멘은 보고 있던 잡지를 내던졌다(영화배우와 왕족의 화려한 사진이 잔뜩 실린 이탈리아 잡지로, 틀림없이 그들의 사생활에 관한 중요한 기사가 실려 있겠지만 카르멘은 이탈리아어를 읽을 줄 몰랐다. 부통령 아내의 침대 옆 테이블 서랍에서 꺼낸 잡지였다). 카르멘은 권총을 들고 주방으로 들어가 문을 닫아버렸다. 잔뜩 화가 나고 총을 지닌 십대 소녀를 아무도 뒤쫓아가지 않았다.

어차피 갈 데도 없으니 결국은 제 발로 돌아올 것이다. 사람들은 그녀를 다시 보고 싶었다. 모자를 벗은 얼굴을 보고 그녀를 여자아이로 생각해볼 시간을 얻고 싶었다. 그러기 위해 기다릴 용의가 있었다. 한 테러리스트가 몇 시간 동안 스스로를 인질로 잡아두는 것이 오늘 오후의 드라마라면, 이 사건이 하염없이 빗방울이나 바라보는 것보다 훨씬 스릴 있었다.

"왜 진작 여자앤 줄 몰랐을까요." 루벤은 자기집에서 불과 몇 킬로미터 떨어진 곳에 사는 건축업자 오스카르 멘도사에게 말했다.

오스카르는 어깨를 으쓱했다. "전 딸을 다섯이나 두었는데도 이 방에 여자애가 있을 거라곤 생각도 못했답니다." 그는 하고픈 말을 되짚어보곤 부통령 쪽으로 고개를 기울였다. "제 눈에 보이는 여잔 딱 하나뿐이었거든요, 아시죠? 이 집에 여자는 한 사람밖에 없다는 걸." 그는 의미심장한 표정을 지으며 고갯짓으로 록산 코스가 앉아 있는 쪽을 가리켰다.

루벤은 고개를 끄덕이며 말했다. "그야 그렇죠, 맞아요."

"사랑을 고백하기엔 지금이 딱 좋은 기회 같습니다." 오스카르는 손으로 턱을 문질렀다. "꼭 지금 당장 하겠단 얘긴 아니고요. 오늘이 아니어도 되지만, 뭐 오늘이라도 좋죠. 남아도는 게 시간이니 저녁 먹을 때 정도가 좋겠어요. 정확히 언제가 될지는 봐야 알겠지만 말입니다. 닥치기 전에야 알 수 있나요." 그는 180센터미터가 넘는 키에 어깨가 떡 벌어진 거구의 사내였다. 건축업자지만 손수 널빤지를 옮기거나 석고보드를 들어올리는 등 적극적으로 나서서 현장 일을 마다하지 않는 덕에 건강을 유지하고 있었다. 그런 그의 모습은 인부들에게도 모범이 되었다. 오스카르 멘도사는 고개를 숙여 부통령의 귀에 대고 부드럽게 속삭였다. "하지만 여길 뜨기 전에 반드시 하고 말 겁니다. 두고 보십쇼."

루벤은 고개를 끄덕였다. 록산 코스는 며칠 전부터 파티 드레스를 벗어버리고 부통령 부인의 갈색 바지와 고운 새끼 알파카의 털로 짠 남색 카디건 스웨터를 입고 있었다. 이 카디건은 부통령 부인이 특별히 아끼는 옷으로, 루벤이 결혼 이 주년 되는 날 그녀에게 선물한 것이었다. 그는 한 병사에게 함께 가주기를 청한 뒤 2층에 가서, 직접 옷장을 열고 카디건을 꺼내 소프라노에게 갖다주었다. "춥지 않습니까?" 그는 이렇게 묻고 그녀의 어깨에 카디건을 둘러주었다. 아내가 그토록 아끼던 카디건을 망설임 없이 남에게 줘버리는 것이 배신행위는 아닐까? 옷 한 벌이 두 여인을 하나로 묶어준다는 사실이 그에게 특별한 기쁨을 안겨주었다. 너무나도 그리운 아내의 옷을 입은 이 아름다운 손님의 모습과, 아내의 향수 냄새가 어렴풋이 남은 옷을 건넬 때 그의 코를 스친 두 여자의 향취. 뿐만 아니라 록산이 신고 있는 슬리퍼는 유모 에스메랄다의 것이었다. 아내의 신발은 너무 작았기 때문이다. 꼼꼼하게 정리된 에스메랄다의 작은 옷장을 열어보는 기분이 얼마나 좋았는지!

"부통령께서도 사랑 고백을 하실 겁니까?" 건축업자가 물었다. "여긴 부통령 댁이잖아요. 생각 있으시면 저보다 먼저 얘기하게 해드리죠."

루벤은 이 손님의 사려 깊은 제안을 잘 생각해보았다. "그것도 괜찮겠군요." 그는 록산을 바라보지 않으려 했다. 점차 마음이 약해졌다. 그는 그녀의 손을 잡고, 저택의 뒤편을 둘러싼 넓은 석조 베란다로 나가 밤하늘의 별을 보여주는 장면을 상상해보았다. 밖으로 나가는 것이 허용된다면 말이다. 부통령이라는 지위로 그녀의 호의를 살 수 있을지도 모른다. 따지고 보면 그녀도 키가 큰 편은 아니었다. 그녀는 작은 요정형 미인이었다. 그에겐 고마운 일이었다. "지금 내 입장에선 적절하지 못한 행동 같지만."

"적절한 게 다 뭡니까?" 오스카르의 목소리는 활기 넘치고 태평스러웠다. "저들은 결국 우릴 죽일 겁니다. 안에 있는 놈이든, 밖에 있는 놈이든. 언젠간 총격전이 일어날 거예요. 그러다 엄청난 사고가 나겠죠. 두고 보십쇼. 저 밖에 있는 작자들은 우리가 멀쩡히 잘 지냈다는 걸 알리고 싶지 않을 겁니다. 결국은 우리가 죽어나가야 좋아하겠죠. 국민이나 대중이 엉뚱한 생각을 하면 안 되니까요. 부통령께선 내각 인사이시니 저보다 더 잘 아시겠지만 말입니다."

"하긴 그렇죠."

"그런 판에 사랑 고백쯤 하면 어떻습니까? 전 그래도 숨이 끊어지는 순간까지 최선을 다하고 싶습니다. 통역하는 저 일본인 청년한테 말하겠어요. 때가 되고, 할말이 준비되면 말이죠. 저런 여자한테는 너무 급하게 다가가면 안 되거든요."

루벤은 이 건축업자가 마음에 들었다. 초면이긴 하지만 한 도시에 살고 있다는 사실 때문에 그가 이웃 사람, 오랜 친구, 더 나아가 형제 같은 느낌이 들었다. "저런 여자에 대해 또 어떤 걸 알고 계시오?"

오스카르 멘도사는 싱글싱글 웃으면서 부통령의 어깨에 한 손을 얹었다. "부통령 각하, 전 너무도 많은 걸 알고 있답니다." 그의 말은 허풍에 지나지 않았지만, 이곳이야말로 허풍이 딱 어울리는 자리였다. 지금껏 익숙하게 누리던 일체의 자유를 잃었지만, 그의 가슴속에는 작고 새로운 또하나의 자유가 희미하게 움트기 시작했다. 그것은 집요하게 생각할 자유, 모든 기억을 자세히 떠올릴 권리였다. 아내와 다섯 딸이 곁에 없는 지금, 그의 말에 반박하거나 잘못을 지적할 사람은 아무도 없었고, 그 덕분에 그는 끊임없이 상상의 날개를 펼칠 수 있었다. 오스카르 멘도사는 평생을 좋은 아버지로 살아왔지만 이젠 청년으로 돌아가 자신의 인생을 다시 바라보게 되었다. 딸을 둔 아버지는 젊은 사내들과 싸움을 벌여야만 하고, 용감하게 싸우다가 결국은 패배하는 법이었다. 그는 결국 딸들을 하나씩 잃게 되리라는 것을 알고 있었다. 명예로운 결혼식에서든, 좀더 현실적으로 말하자면 캄캄한 밤에 바다를 향해 세워놓은 차 안에서든. 잘나가던 시절, 오스카르는 너무나 많은 여자를 상대로 솜털 같은 잔머리가 돋아난 목덜미를 깨물어 그들의 고상함과 몸에 익은 교양을 무너뜨리곤 했다. 이런 의미에서 여자란 새끼 고양이와 비슷했다. 목덜미만 정확히 찾아내 공략하면 쉽게 무너졌다. 그런 뒤 그는 여자의 귓가에 대고 자신의 안내로 단둘이 떠나는 황홀하고 은밀한 탐험을 살며시 제안하곤 했다. 그의 속삭임이 마약처럼 귓속 달팽이관으로 흘러들면 여자들은 모든 것을, 심지어 자신의 이름까지 잊어버리고는 마지팬처럼 달콤하고 부드러운 몸뚱이를 그에게 내맡기곤 했다.

오스카르는 그 생각에 부르르 떨었다. 젊은 시절을 재연해볼 마음을 먹은 순간, 아버지가 인질로 잡혀 있는 딸들의 괴로움을 달래준답시고 그의 집 앞에 줄지어 있을 사내놈들의 모습이 눈앞에 훤히 보이는 듯했다. 필라르, 얼마나 힘들겠니. 이사벨, 그렇다고 집에만 틀어박혀 있으면 안 돼. 테레사, 네가 이렇게 괴로워하는 건 아버님도 원치 않으실 거야. 봐, 꽃을 좀 가져왔어(꽃이든 새든, 털실 뭉치든 색연필이든, 그게 무엇인지는 전혀 중요하지 않았다). 아내는 현관문을 잠그기나 했을까? 젊은 사내들 때문에 가족에게 안 좋은 일이 생길 수 있다는 생각을 아둔한 그녀가 할 수 있을 리 없었다. 아버지가 암으로 죽어가는데도 오스카르의 사탕발림이나 믿고 앉아 있던 처녀 시절처럼, 그녀는 지금도 사내놈들의 거짓말에 속고 있을 것이다.

무슨 생각을 하던 중이었더라? 오페라 가수의 뒤꽁무니를 쫓아다닐 생각? 그건 그렇고 그 두 여자아이, 베아트리스와 카르멘은 어떤 애들일까? 그애들은 여기서 뭘 하는 것일까? 아버지는 어디에 있고? 어쩌면 지방에서 일어난 혁명 전투에서 죽었을지도 모르지. 자기들을 지켜줄 아버지도 없는데 어떻게 남자들한테서 스스로를 보호할까? 머리엔 기름이 흐르고 연방 손톱을 물어뜯고 여자 가슴이나 한번 만져보고 싶어 안달하는 사내놈이 득실거리는 이 집에서.

"안색이 안 좋으시군요." 부통령이 말했다. "사랑 같은 화제가 별로 맞지 않나봅니다."

"우린 언제 나가게 될까요?" 오스카르가 말했다. 그는 현기증이 나는지 소파에 앉아서 두 무릎 사이에 머리를 파묻었다.

"나가다뇨? 총에 맞아 죽을 거라 하지 않았소."

"마음이 바뀌었어요. 아무도 날 죽일 수 없어요. 내가 누굴 죽이면 모를까, 남의 손에 죽진 않을 겁니다."

루벤은 그의 옆에 앉아서 성한 쪽 뺨을 그의 넓은 어깨에 기댔다. "변덕스럽다는 비난은 않겠습니다. 어찌됐든 난 이런 얘기가 더 좋군요. 우리는 죽지 않을 거라고 생각합시다." 그는 다시 허리를 폈다. "자, 여기서 기다리시오. 주방에 가서 얼음을 좀 갖다드리리다. 얼음이 얼마나 기분을 좋게 하는지 아마 모를 거요."

"피아노 칠 줄 아세요?" 록산 코스가 겐에게 물었다.

그는 그녀의 인기척을 느끼지 못했다. 그는 거실을 등지고 서서 창문으로 가루아를 내다보고 있었다. 그는 눈의 긴장을 풀고 창밖을 보며 편안히 있는 법을 터득했다. 가루아 사이로 사물의 윤곽이 어렴풋이 분간되는 걸 느끼기 시작했다. 호소카와 씨는 그녀가 뭐라고 말했는지 궁금해 죽겠다는 얼굴로 겐의 통역을 기다렸다. 겐에게 하는 질문이었기에, 그는 대답을 먼저 해야 할지, 호소카와 씨에게 통역부터 해줘야 할지 잠시 갈피를 잡지 못했다. 결국 먼저 통역부터 하고 나서 유감이지만 칠 줄 모른다고 대답했다.

"치실 줄 알았어요, 하도 잘하시는 게 많아서." 그녀는 이렇게 말하고 호소카와 씨를 쳐다보았다. "호소카와 씨는요?"

호소카와 씨는 슬프게 고개를 저었다. 여기 갇히기 전까지 그는 제법 성공한 삶을 이루었다고 자부했다. 그런데 이제 보니 실패만을 거듭하며 살아온 인생 같았다. 그는 영어도, 이탈리아어도, 스페인어도 할 줄 몰랐다. 피아노도 칠 줄 몰랐다. 피아노를 배워보려고도 하지 않았다. 그와 겐은 피아노 레슨 한 번 받아본 적이 없었다.

록산 코스는 반주자를 찾기라도 하듯 실내를 둘러보았다. 하지만 그는 이미 세상 반대편에 가 있었다. 스웨덴의 이른 서리가 그의 무덤을 덮고 있으리라. "이 상황이 오래가지는 않을 거라고 계속 되뇌었어요. 잠시 일을 중단하고 휴식을 갖는 것이라고." 그녀는 겐을 쳐다보았다. "진짜 휴식이라고 생각하는 건 아네요."

"당연하죠."

"이 비참한 곳에 갇힌 지 벌써 두 주가 다 돼가요. 전 몸이 아플 때를 빼곤 한 주도 노래를 쉰 적이 없어요. 이젠 연습을 시작해야 해요." 그녀가 두 사람 쪽으로 몸을 기울이자 그들도 반사적으로 그녀를 향해 몸을 숙였다. "정말이지 여기선 노래하기 싫어요. 저 사람들을 즐겁게 해주고 싶지 않아요. 이틀 정도 기다리면 어떨까요? 그전에 나갈 수 있을 것 같으세요?" 그녀는 혹시 피아노를 연주할 수 있는 우아한 손의 소유자가 없을까 해서 다시 한번 실내를 둘러보았다.

"칠 줄 아는 사람이 있을 겁니다." 겐은 나중 질문에는 대답하고 싶지 않아서 이렇게만 말했다.

"저 피아노는 아주 좋은 거예요. 저도 어느 정도는 치지만 노래하면서 반주는 안 해요. 그렇다고 저 사람들이 피아노 반주자를 하나 더 납치해다주진 않을 테고." 그녀는 호소카와 씨를 향해 말을 이었다. "노래 말고는 뭘 해야 좋을지 모르겠어요. 아무 일 없이 시간을 보내는 데 익숙하질 않아서요."

"저도 그렇습니다. 오페라를 듣는 일 외엔 뭘 해야 좋을지……" 그는 말꼬리를 흐렸다.

이 말에 록산은 미소를 지었다. 얼마나 품위 있는 분인가. 다른 사람들의 얼굴엔 불안과 수시로 밀려드는 공포의 빛이 완연한데 말이다. 이런 상황에서 공포를 느끼는 것이 잘못은 아니다. 그녀 역시 거의 매일 밤 울다 잠들었다. 하지만 호소카와 씨는 흔들림이 없어 보였다. 혹은 그런 내색을 하지 않았다. 그의 곁에 있으면 어쩐지 그녀도 공포를 잊을 수 있었다. 그 이유를 설명할 순 없었지만. 그의 곁에선, 눈을 찌르는 빛에서 걸어나와 조용하고 어두운 곳으로 걸어들어가는 듯한, 누구의 눈에도 띄지 않는 곳에서 묵직한 벨벳 무대 커튼으로 몸을 감싸는 듯한 느낌이 들었다. "피아노 반주를 할 사람을 찾도록 도와주세요." 그녀가 그에게 말했다. "그럼 우리 둘의 고민이 풀릴 테니까요."

그녀의 얼굴 화장은 다 지워져 있었다. 처음 며칠 동안 그녀는 날마다 화장실에 가서 핸드백에 넣어 다니는 립스틱을 발랐다. 그러다 이젠 고무줄로 머리를 질끈 묶고 잘 맞지 않는 남의 옷을 입게 된 것이다. 호소카와 씨는 그녀의 모습이 나날이 사랑스러워진다고 생각했다. 몇 번이나 노래를 부탁하고 싶었지만, 그를 위해 노래하느라 이런 곤경에 처하게 되었다는 생각 때문에 그럴 수가 없었다. 함께 카드놀이를 하자는 말도, 가루아를 어떻게 생각하느냐는 질문도 하지 못했다. 그는 한 번도 그녀를 찾지 않았고, 그래서 겐도 그녀를 찾지 않았다. 이 두 사람은 모든 남자가(신부만은 예외였는데, 그녀는 어차피 그와 말이 통하지 않았다) 록산 코스와 얘기해보고 싶어하면서도 그녀에게 접근하지 못하는 것을 알아차렸다. 마치 그녀를 존중한다면 그래야 한다고 생각하는 듯했다. 그래서 그녀는 내내 혼자 앉아 있었다. 때로는 울기도 하고, 책을 뒤적이기도 하고, 소파에서 낮잠을 청하기도 했다. 잠자는 그녀를 지켜보는 것은 즐거운 일이었다. 록산은 인질 중에서 자기 방과 전담 보초를 둔 유일한 사람이었다. 이 보초병은 그녀의 방문 앞에서 밤잠을 잤는데, 그녀를 감시하기 위해서인지 아니면 다른 사람들로부터 보호하기 위해서인지는 알 수 없었다. 그 병사가 카르멘임을 알게 되자, 사람들은 카르멘이 자기 자신을 지키기 위해 일부러 중요한 인물 가까이에 머무르는 것은 아닌가 생각했다.

"어쩌면 부통령께서 피아노를 치실지도 모르죠." 호소카와 씨가 말했다. "좋은 피아노를 갖고 계시니."

겐은 부통령을 찾으러 갔다. 부통령은 성한 쪽 뺨을 어깨에 대고 의자에 앉아 자고 있었다. 붉은빛과 푸른빛이 뒤범벅된 다친 쪽 뺨에는 에스메랄다가 남긴 실땀이 아직도 선명했다. 실땀 주위의 살갗은 불룩 튀어나와 있었다. 실을 뽑아야 할 것 같았다. "부통령님?" 겐이 속삭여 불렀다.

"음?" 루벤이 눈을 뜨지 않고 대답했다.

"피아노 치십니까?"

"피아노?"

"거실에 있는 피아노 말입니다. 칠 줄 아십니까?"

"파티 때문에 갖다놓은 거라네." 루벤은 잠의 한 자락을 놓지 않으려고 애쓰며 대답했다. 그는 싱크대 앞에 서서 감자 껍질을 벗기는 에스메랄다의 꿈을 꾸고 있었다. "원래 그 자리에 있던 피아노는 시원찮다고 해서 치워버렸네. 물론 그것도 좋은 거였지. 딸아이가 그걸로 레슨을 받았으니까. 하지만 그 사람들 눈엔 별로였나봐." 그의 목소리에는 졸음이 가득했다. "저 피아노는 내 것이 아냐. 실은 두 대 모두 내 것이 아니라네."

"어쨌든 칠 줄 아십니까?"

"피아노 말인가?" 루벤은 마침내 눈을 뜨고 고개를 들었다.

"예."

"아니." 부통령은 미소를 지었다. "딱한 노릇이지?"

겐은 그렇다고 했다. "그 실밥 푸셔야 되겠는데요."

루벤은 얼굴을 만져보았다. "그래도 괜찮을까?"

"뽑을 때가 된 것 같습니다."

루벤은 상처가 아문 것이 무슨 커다란 업적이라도 되는 것처럼 싱긋 웃었다. 그는 2층 화장실에 있는 손톱 손질 세트를 갖다달라고 부탁할 요량으로 이스마엘을 찾았다. 다행히 손톱 손질용 가위는 압류 대상 무기가 아니었다.

겐은 다시금 피아노 칠 줄 아는 사람을 찾기 시작했다. 언어는 문제가 되지 않았다. 대다수의 언어에서 피아노는 그냥 피아노였기 때문이다. 몸짓만 조금 해도 꼭 필요한 말은 전달할 수 있을 텐데, 록산 코스는 그냥 멍하니 호소카와 씨와 함께 텅 빈 창밖만 내다보고 있었다.

"피아노 치십니까?" 겐은 러시아 사람들부터 붙잡고 물어보기 시작했다. 식당에서 담배를 피우고 있던 그들은 푸른 연기 사이로 겐을 곁눈질하고는 고개를 저었다. "맙소사," 빅토르 표도로프가 두 손을 가슴에 갖다대며 말했다. "그녀를 위해서라면 뭘 못할까! 적십자에 피아노 선생을 보내달라고 해주시오. 나 좀 배우게." 다른 두 러시아인은 웃음을 터뜨리며 들고 있던 카드를 내려놓았다. "피아노?" 겐은 다른 사람들에게 가서 물었다. 손님 사이를 비집고 다니며 모든 손님에게 물어보았다. 밀림 지대에서 피아노 레슨을 받을 수는 없을 거라는 생각에 테러리스트에게는 묻지 않았다. 겐은 도마뱀이 올라앉은 페달과 습기로 뒤틀린 건반, 그리고 묵직한 나무 다리를 악착같이 휘감고 올라가는 나무 덩굴을 상상했다. 스페인 사람 마누엘 플로레스와 프랑스 사람 에티엔 부아예, 아르헨티나 사람 알레한드로 리바스는 피아노를 조금 칠 줄 알지만 악보를 읽을 줄은 모른다고 말했다. 안드레아스 에픽테투스는 젊을 적엔 꽤 쳤지만 피아노에 손대지 않은 지 오래라고 했다. "우리 어머니가 매일 억지로 연습을 시키셨지. 집을 떠나던 날, 난 어머니가 지켜보는 앞에서 악보란 악보는 모조리 모아 집 뒷마당에 쌓아 놓고 불을 붙였다네. 그뒤론 피아노에 손도 안 대봤어." 다른 사람들은 칠 줄 모른다고 답했다. 사람들은 한두 번 레슨을 받아본 기억이나 아이들의 피아노 레슨에 관한 얘기를 늘어놓기 시작했다. 그들의 목소리가 겹치면서 실내 이곳저곳에서 피아노, 피아노 소리가 튀어나왔다. 겐이 보기엔 (그 자신도 포함해서) 세상에 다시없이 무식한 사람들만 인질로 잡힌 것 같았다. 지금까지 살면서 그 중요한 악기도 배우지 않고 뭘 했을까? 과거의 일이야 어쩔 수 없지만, 지금 이 순간만이라도 피아노를 칠 줄 알면 좋겠다고 그들은 생각했다. 록산 코스를 위해 연주할 수 있다면 얼마나 좋을까.

그때 겐과 몇 년이나 알고 지내온 난세이 사의 부사장 가토 데쓰야가 미소를 지으며 한마디 말도 없이 스타인웨이 피아노 앞으로 걸어나왔다. 그는 체구가 가냘프고 머리가 희끗희끗하며, 겐의 기억으론 말수가 적은 오십대 초반의 남자였다. 특히 수 개념이 좋기로 유명했다. 턱시도 셔츠 소매는 팔꿈치 위로 둘둘 말아올렸고 재킷은 오래전에 벗어던진 터였지만, 그는 한껏 격식을 갖춘 태도로 피아노 의자에 앉았다. 거실에 있던 사람들은 그가 피아노 뚜껑을 열고 살짝 손을 얹어 건반을 어루만지는 모습을 지켜보았다. 몇몇 사람들은 여전히 피아노 얘기를 계속했다. 식당에서 러시아인들의 목소리가 들려왔다. 그러던 중, 주목해달라는 부탁의 말도 없이 가토 데쓰야가 연주를 시작했다. 그는 쇼팽의 녹턴 E플랫장조 Op.9 No.2부터 시작했다. 이 나라에 온 이후로 그의 머릿속에 가장 많이 울려퍼졌던 곡으로, 남들이 보지 않을 때 식당 테이블 끝에 손가락을 올려놓고 조용히 연주하던 곡이었다. 집에서는 악보를 펼쳐놓고 보면서 페이지를 넘기곤 했다. 이젠 곡 전체가 생생히 기억났다. 그는 눈앞에 보이는 듯한 음표를 하나하나 정확하게 연주했다. 이토록 쇼팽과 가까워진 느낌을 받은 적은 없었다. 그는 쇼팽을 아버지처럼 사랑했다. 두 주나 피아노를 치지 않아서인지 손가락의 느낌이 이상했는데, 꼭 새로운 피부를 뒤집어쓴 듯한 기분이었다. 이 주는 너무 긴 시간이었는지 건반을 누를 때마다 부드럽게 달각거리는 손톱소리가 들렸다. 펠트 천을 씌운 해머가 살짝 현을 때리면, 음악이 이 곡을 난생처음 듣는 사람들에게도 추억처럼 다가왔다. 집안 곳곳에서 테러리스트와 인질 모두가 이쪽을 돌아보고 귀를 기울이며, 가슴을 적시는 편안함을 느꼈다. 섬세하게 움직이는 가토 데쓰야의 손은 이 건반 저 건반으로 옮아가며 휴식을 취하는 듯했다. 그러더니 별안간 그의 오른손이 흐르는 물과 같은 선율을 자아내기 시작했다. 그 소리가 어찌나 가볍고 높은지, 피아노 뚜껑을 열고 혹시 종이 들어 있지 않은지 보고 싶은 충동이 일 정도였다. 가토는 눈을 감고 집에서 자신의 피아노를 치고 있다고 상상했다. 아내는 자고 있다. 아직 미혼이라 함께 사는 두 아들도 자고 있다. 그들에게 가토의 피아노 연주는 너무나 익숙해서 의식할 수 없는 공기와도 같았다. 그랜드피아노를 연주하면서 가토는 잠든 가족의 모습을 상상했다. 아들들의 고른 숨소리와 한 손으로 베개를 꼭 붙잡은 아내의 모습을 녹턴에 담았다. 가족을 향한 애정을 건반에 실었다. 그는 가족을 깨우지 않으려는 것처럼 건반을 두드렸다. 그것은 모두가 느끼고 있지만 차마 입 밖에 내지 못하는 사랑과 외로움이었다. 죽은 반주자가 이만큼 연주를 잘했나? 그의 재능이란 자신의 존재를 지우고 소프라노 가수의 노래를 북돋우는 것이었기에 기억해내기 힘들었지만, 지금 이 순간 부통령 저택의 거실에 모인 사람들은 인생의 다른 무엇도 채워주지 못한 허기를 달래주는 가토의 음악에 귀를 기울이고 있었다.

이곳에 그를 아는 사람은 얼마 없었다. 바로 전까지 가토라는 사람이 있는지조차 몰랐던 사람이 대부분이었기에, 한편으론 그가 그들에게 피아노를 연주해주려고 바깥세상에서 온 사람처럼 느껴졌다. 그를 아는 사람들조차 그가 피아노를 친다는 사실과, 그가 계속 레슨을 받고 또한 통근 열차를 타러 나가기 전에 한 시간씩 연습한다는 사실을 미처 알지 못했다. 예전에는 이와 같은 또하나의 비밀 인생을 갖는 것이 가토에게 무척 중요했다. 하지만 이젠 그것을 비밀에 부칠 필요가 없다는 생각이 들었다.

모두가 피아노 앞에 모였다. 록산 코스와 호소카와 씨, 겐, 시몽 티보, 신부, 부통령, 오스카르 멘도사, 어린 이스마엘, 베아트리스, 그리고 카르멘도 주방에 총을 놓아두고 나와 다른 이들과 함께 서 있었다. 러시아인, 뒤집어엎자고 말하던 독일인, 울고 있던 이탈리아인, 나이 지긋한 그리스인. 소년병들도 마찬가지였다. 파코와 라나토, 움베르토, 베르나르도뿐만 아니라 덩치 크고 우락부락한 병사들까지도 선율이 흐를수록 점차 나긋나긋해져가는 것 같았다. 심지어 장군들도 와 있었다. 마지막 한 사람까지 합세해 거실에 쉰여덟 명 전부가 모였고, 가토 데쓰야가 연주를 끝내고 고개를 숙이자 모두 박수갈채를 보냈다. 지금껏 가토는 다른 인질들이 출입구를 바라보듯 피아노를 쳐다보았지만, 이날 오후 피아니스트를 찾는다는 말을 듣지 않았다면 끝까지 피아노를 치지 않았을 것이다. 그는 남 앞에 나서기를 꺼리는 성격이었기에 피아노를 연주하지 않았다면 이 이야기에 등장할 일도 없었을 것이다. 그가 앞에 나선 이유는 피아노를 치는 사람이 꼭 필요한 상황이었기 때문이다.

"좋아, 훌륭해." 벤하민 장군이 말했다. 죽은 반주자의 자리가 채워졌다는 생각에 그는 무척 흡족해했다.

"아주 잘했네." 호소카와 씨는 난세이 사의 임원이 이런 일을 해냈다는 사실이 못내 자랑스러웠다. 그는 가토를 스무 해도 넘게 알고 지냈다. 그의 아내도 알고 자식들 이름도 알았다. 그런데 어째서 그가 피아노를 연주하는 줄은 몰랐을까?

실내가 잠시 조용해지는가 싶더니, 최근에야 여자아이로 인식된 카르멘이 겐조차 분간하기 힘든 언어로 뭐라고 말했다.

"앙코르." 신부가 카르멘에게 말했다.

"앙코르." 카르멘이 말했다.

가토가 카르멘에게 고개 숙여 인사하자 그녀는 생긋 웃었다. 대체 어떻게 이 아이를 남자로 오인할 수 있었을까? 챙이 달린 모자로 반쯤 가려진 얼굴조차 너무나 사랑스러웠다. 그녀는 사람들의 시선이 자신을 향하고 있음을 알고 눈을 감았지만 이젠 주방으로 돌아갈 수가 없었다. 아늑한 피아노 곁을 떠날 수가 없었다. 가토가 피아노를 연주할 때 그녀는 한쪽 엉덩이를 피아노에 기댄 채 가늘게 떨리는 현의 진동을 느꼈다. 과거에는 아무도 그녀에게 고개를 숙인 적이 없었다. 그녀의 부탁을 들어준 사람도 없었다. 그뿐인가, 그녀 앞에서 음악을 연주해준 사람도 없었다.

가토의 연주가 한 곡, 또 한 곡 이어질수록 모든 사람은 자신이 이곳이 아닌 다른 곳에 있기를 사무치게 원한다는 사실을 잊었다. 마침내 연주가 끝나고 그의 두 손의 힘이 다 빠져 더는 앙코르를 받을 수 없게 되자 록산 코스는 그와 악수를 나누고 고개를 숙였다. 이로써 두 사람 사이에는 앞으로 그녀가 노래를, 그가 반주를 맡는다는 무언의 약속이 성립된 셈이었다.

5

겐은 몸이 열 개라도 모자랄 지경이었다. 호소카와 씨에겐 날마다 공책에 추가할 단어 열 개와 그것의 발음을 알려주어야 했다. 다른 인질들에게는 "그 신문 다 읽었습니까?" 같은 말을 그리스어나 독일어, 프랑스어로 어떻게 말하는지 알려주어야 했고, 그러고 나면 스페인어를 모르는 사람들에게 이 나라 신문을 읽어주어야 했다. 뿐만 아니라 메스너의 협상 통역사 노릇도 매일같이 해야 했다. 하지만 무엇보다 장군들이 시키는 일 때문에 가장 바빴다. 그들은 겐을 호소카와 씨의 통역사가 아닌 개인 비서로 생각하고 마음대로 부려먹었다. 비서를 둔다는 것이 마음에 든 모양이었다. 얼마 안 가 그들은 겐을 한밤중에 깨우더니, 연필과 종이를 갖고 책상에 앉아 정부에 대한 요구 사항을 받아 적으라고 지시했다. 겐이 보기에 그들의 요구 사항은 아직 제대로 확립되지 않은 상태였다. 현정권을 전복시키기 위해 대통령을 납치하려는 계획을 세웠던 사람들이니 그 이상은 굳이 생각해보지 않았을 것이다. 이제 그들은 빈민에게 부를 분배하라는 일반론적인 얘기를 했다. 그들은 형무소에 들어가 있는 지인의 이름을 모조리 나열했는데 겐이 지치도록 받아 적어도 모자랄 만큼 많은 수였다. 늦은 밤, 그들은 힘과 관용을 거머쥔 듯한 착각에 빠져 모든 이를 석방하라고 요구했다. 그 명단엔 정치범뿐만 아니라 어릴 때 알고 지내던 자동차 도둑과 좀도둑, 닭 도둑, 그리고 알고 보면 괜찮은 놈이라는 마약 밀매업자까지 포함되어 있었다. "그 친구 빼먹지 마." 알프레도가 말하며 겐의 어깨를 성가시게 쿡쿡 찔렀다. "그 친구가 얼마나 고생했는지 넌 몰라." 그들은 겐의 깔끔한 글씨체에 감탄했고, 부통령의 큰딸 방에서 타자기가 나왔을 때는 겐이 타자를 칠 줄 안다는 데 놀랐다. 겐이 서류를 작성하는 와중에 이따금 엑토르가 "영어!"를 외치고, 다음 순간 알프레도가 "포르투갈어!"를 외치곤 했다. 몇 개국어로 타자를 칠 수 있다니 얼마나 굉장한가! 이건 마치 엄청나게 신기한 장난감을 손에 넣은 것과도 같았다. 깊은 밤이면 겐은 가끔 심심풀이로 움라우트 기호 없이 이런저런 말을 스웨덴어로 쳐보기도 했지만 이젠 도무지 재미가 없었다. 겐이 아는 한 인질 중에 어마어마한 돈과 권세를 갖지 못한 사람은 단둘, 그 자신과 신부뿐이었고, 이들은 유일하게 일을 해야 하는 처지이기도 했다. 물론 부통령도 일을 했지만 그것은 누가 시켜서가 아니었다. 그는 아직도 손님들에게 안락을 제공할 책임이 있다고 생각하는 듯했다. 항상 샌드위치를 내오고 바닥에 놓인 컵을 주웠다. 설거지를 하고 바닥을 쓸었으며 하루에 두 번씩 화장실 바닥을 걸레질했다. 허리에 행주를 두르고 다니면서 고급 호텔의 친절한 관리인 역할을 했다. 차 좀 드시겠습니까? 죄송하지만 앉아 계신 의자 밑을 청소해도 괜찮을까요? 하고 묻는 식이었다. 모두가 루벤을 무척 좋아했다. 그가 이 나라의 부통령이라는 사실은 다들 깨끗이 잊었다.

하루는 장군들이 또 무슨 말을 하기로 결의할지 기다리고 있는 겐에게 루벤 이글레시아스가 와서 메시지를 전달했다. 피아노 앞으로 와달라는 것이었다. 록산 코스와 가토가 의논할 일이 아주 많은데, 잠시 겐을 데려가도 괜찮겠습니까? 장군들 모두 소프라노 가수의 기분을 북돋워주고 그녀의 노래를 다시 듣고 싶어했으므로 겐을 보내주었다. 겐은 수업을 듣다 불려나온 학생이 된 듯한 기분이었다. 그는 깔끔하게 정리된 필통과 깨끗한 공책, 이름의 히라가나 순서에 따라 운좋게 창가에 배정되었던 자신의 책상을 떠올렸다. 그는 모범생이었지만 매 순간 교실을 뛰쳐나가고 싶었던 그때의 심정이 떠올랐다. 루벤 이글레시아스가 그의 팔을 잡았다. "세계 평화는 좀 기다려야 오겠군." 그는 이렇게 속삭이고는 남의 귀에 들리지 않게 웃었다.

가토와 록산 옆에는 호소카와 씨도 있었다. 오페라에 관한 대화를 일본어로 통역해 듣고, 록산 코스가 하는 말을 일본어로 옮겨 듣는 일은 즐거웠다. 그녀가 그에게 하는 이야기를 듣는 것과, 다른 사람과 음악에 대해 나누는 이야기를 듣는 것은 달랐다. 옆에서 남이 하는 얘기를 듣는 일만으로도 많은 것을 배울 수가 있다. 우리가 아는 것 중 많은 부분은 생각 없이 오가다가 우연히 주워들은 내용이다. 인질로 억류된 이후 호소카와 씨는 흡사 귀머거리가 된 듯한 좌절감을 느꼈다. 아무리 열심히 스페인어를 공부해도 사람들이 하는 말 중에 알아들을 수 있는 부분은 한 단어가 될까 말까 했다. 그는 항상 마음껏 들을 수 있는 여유를 갈망하며 살아왔는데, 마침내 그런 여유가 생겼는데도 들을 만한 것이 없었다. 이해할 수 없는 재잘거리는 목소리와 담벼락 저편에서 들려오는 경찰의 날카로운 외침뿐. 부통령의 집에는 스테레오 기기가 있었지만 그는 이 나라 가요에만 취미가 있는 듯했다. 그가 가진 시디는 온통 째지는 듯한 관악기와 거친 드럼을 연주하는 그룹의 음악뿐이었다. 이런 음악을 들으면 호소카와 씨는 머리가 아팠다. 하지만 장군들은 제법 흥이 나는지 다른 음악 시디는 듣지 못하게 했다.

호소카와 씨는 피아노 앞에 바싹 다가앉아 귀를 기울였다. 다른 인질과 테러리스트도 혹시 가토가 피아노를 다시 연주하지 않을까, 운이 좋으면 록산 코스의 노래까지 들을 수 있지 않을까 하는 기대로 거실에 나와 앉아 있었다. 특히 카르멘이 열심히 록산을 지켜보고 있었다. 그녀는 록산의 경호원 노릇 하는 것을 자신의 책무로 여겼다. 지금도 한쪽 구석에 서서 시선 한 번 돌리지 않고 사람들을 보고 있었다. 베아트리스는 땋은 머리 끝을 질겅거리며 또래 소년들과 수다를 떨다가, 당장 음악이 나올 것 같지 않자 다른 병사들과 함께 슬그머니 자리를 떠 텔레비전을 보러 갔다.

성악가와 반주자는 호소카와 씨와 겐한테만 옆에 앉아달라고 청했다. "아침에는 음계 연습을 하고 싶어요. 아침식사 후에요. 벨리니와 토스티, 슈베르트를 몇 곡 연습하려고요. 쇼팽을 치실 수 있으니까 그 곡들도 연주하실 수 있을 거예요." 록산은 건반 위에 손을 얹고 슈베르트의 〈송어〉 첫 부분을 연주했다.

"악보를 구해야 하는데요." 가토가 말했다.

"밖에서 저녁식사를 들여보내주니까 악보도 가능할 거예요. 제

매니저더러 상자를 꾸려서 보내달라고 할게요. 누구든 가져와서 넣어줄 거예요. 바라는 곡이 있으면 말씀하세요." 록산이 주위를 둘러보며 종이를 찾자 호소카와 씨가 상의 안주머니에서 공책과 연필을 꺼냈다. 그리고 쓰지 않은 면을 펴서 그녀에게 건네주었다.

"아, 호소카와 씨. 호소카와 씨가 안 계셨으면 이런 상황을 못 견뎠을 거예요." 록산은 말했다.

"제가 없었다면 종이와 연필보다는 나은 선물을 받았겠죠." 호소카와 씨가 말했다.

"선물이 좋고 나쁘고는 주는 사람의 마음에 달린 거예요. 받는 사람에게 꼭 필요한 물건이면 더 좋죠. 호소카와 씨가 주신 손수건하고 공책, 연필은 모두 저한테 필요한 것이었답니다."

"지금 제게 있는 물건은 모두 코스 씨 것입니다." 그의 태도는 그녀의 가벼운 어조에 어울리지 않게 진지했다. "제 구두, 제 시계, 뭐든 가지셔도 됩니다."

"다음에 또 절 놀라게 해주시려면 몇 가지는 남겨두셔야 할 것 같은데요." 록산은 종이 한 장을 뜯어낸 다음 공책을 돌려주었다. "계속 공부하세요. 우리가 여기 더 오래 있게 된다면 더이상 겐이 없어도 되도록 말이에요."

겐은 그녀의 말을 일본어로 옮긴 뒤 덧붙였다. "그럼 전 할일이 없어지겠군요."

"당신은 저 사람들과 함께 밀림으로 가면 되죠." 록산이 장군들을 흘끗 돌아보며 말했다. 할일이 없어진 장군들은 그녀를 바라보고 있었다. "당신한테 일자리를 주고 싶어하는 것 같으니까요."

"난 이 친구를 포기 못합니다." 호소카와 씨가 말했다.

“일이란 가끔 뜻대로 안 될 때도 있답니다.” 록산은 호소카와 씨의 손목을 살짝 잡았다가 놓았다.

호소카와 씨는 그녀를 보고 웃었다. 그는 록산과 나누는 자연스러운 대화와 함께 있을 때의 편안한 느낌에 점차 빨려들었다. 만일 가토가 아닌 다른 사람이 피아노를 쳤다면 어땠을까! 그리스 사람이나 러시아 사람이었다면? 그랬다면 그는 다시 소외된 채, 영어와 그리스어로 번갈아 통역되는 대화만 듣고 있었을 것이다. 겐은 그의 통역사지만 문장 하나하나를 일본어로 옮겨줄 시간은 없을 테니 말이다. 괜찮다면 포레의 곡도 해보고 싶다고 가토가 말하자, 록산은 깔깔 웃으며 지금 같은 때 어려울 게 뭐가 있겠느냐고 했다. 가토, 대단하다! 가토는 록산을 쳐다보지도 않는 것 같았다. 그가 눈을 떼지 못하는 대상은 오로지 피아노뿐이었다. 직장에서 일벌레였던 그가 여기서는 영웅이 되었다. 돌아가면 연봉을 두둑이 올려줘야겠다.

메스너는 평소처럼 오전 열한시에 찾아왔다. 젊은 병사 둘이 문가에서 몸수색을 했다. 먼저 신을 벗게 하고 그 안을 들여다보았다. 소형 무기를 지녔을 수도 있기 때문이었다. 그의 다리를 툭툭 쳐보고 겨드랑이도 더듬어 확인했다. 이 우스꽝스러운 버릇이 생긴 이유는 그를 의심해서가 아니라 그냥 심심해서였다. 장군들은 병사들이 전시와 같은 긴장감을 유지하도록 하려고 무진 애를 썼다. 하지만 부통령의 집 가죽소파에 누워서 텔레비전을 보는 십대 병사의 수는 늘어만 갔다. 이들은 샤워를 오래하기도 하고 책상에 있던 우아한 은 가위로 서로의 머리를 다듬어주기도 했다. 그래서 장군들은 야간 및 주간 보초의 수를 배로 늘렸다. 병사들에게 두 사람씩 짝지어 저택 내부를 순찰하고 두 사람을 더 내보내 부슬부슬 내리는 비를 맞으며 정원 주변을 돌도록 지시했다. 밖으로 나간 병사들은 토끼라도 사냥하려는 듯 장전된 장총을 들어올린 채 순찰을 돌았다.

메스너는 지시 사항을 참을성 있게 따랐다. 서류가방을 열어 보이고 구두를 벗었다. 낯선 소년들의 손이 몸 이곳저곳을 훑어내릴 수 있도록 두 팔을 쫙 펴고 다리를 넓게 벌렸다. 어느 날 병사 하나가 갈비뼈 위를 간질이자 메스너는 재빨리 한쪽 팔을 내렸다. "바스타!"* 그는 말했다. 이런 아마추어 테러리스트는 처음이었다. 이런 자들이 어떻게 저택을 점령했는지 참으로 희한한 노릇이었다.

벤하민 장군은 메스너를 간질인 라나토를 찰싹 때리고 총을 빼앗았다. 장군은 제발이지 군 질서 비슷한 것이라도 좀 갖춰주었으면 하는 마음이 간절했다. "이런 명령은 하지 않았어." 그의 어조는 날카로웠다.

메스너는 의자에 앉아서 구두끈을 맸다. 이 무리 때문에 짜증이 났다. 계획대로라면 여행은 벌써 예전에 끝나서 사진을 현상하고, 사람들에게 보여주고, 앨범 정리까지 마쳤어야 했다. 지금쯤은 전망 좋고 값비싼 제네바의 아파트로 돌아가서 세심하게 수집한 현대식 덴마크 가구에 둘러싸여 생활하고, 아침이면 비서의 차가운 손에서 편지 다발을 받아들어야 옳았다. 그런데 이렇게 이들의 상황이나 확인하러 출근하다니. 모르는 단어도 묻고 자신의 몸도 보호할 목적으로 겐을 곁에 두고는 있지만, 그는 전부터 스페인어를 공

* '그만해'라는 뜻의 스페인어.

부해왔으므로 일상적인 대화는 통역 없이도 대부분 할 수 있었다.

"슬슬 지겨워지는데." 장군은 두 손으로 뒤통수를 쓸었다. "당신들이 어째서 해결책을 찾지 않는지 모르겠군. 인질이 죽기 시작해야 정신을 차리려나?"

"우선 그 당신들이란 말에서 저는 빼주십시오." 메스너는 구두끈을 잡아당겨 단단히 묶으며 말했다. "정신을 차려야 할 사람은 제가 아닙니다. 저 보라고 사람을 죽이진 마십시오. 전 정신 똑바로 차리고 있습니다. 전 지난주에 돌아갈 예정이었습니다."

"예정대로라면 우리도 지난주에 돌아가야 했어." 벤하민 장군이 한숨을 내쉬었다. "하지만 형제들을 반드시 석방시켜야겠다." 벤하민 장군에게 형제란 뜻을 같이하는 동지들과 친동생 루이스를 모두 일컫는 것이었다. 루이스는 정치 시위를 도모하는 유인물을 돌린 죄로 구속되어 고지대의 감방에서 생매장된 것과 다름없이 지내고 있었다. 동생이 체포되기 전까지 벤하민은 장군과는 거리가 먼 삶을 살았다. 그는 초등학교 교사로, 남부의 바닷가 근처에 살았다. 아무런 근심 걱정도 없이 느긋하던 시절이었다.

"지금 그 점에 대해 얘기중입니다." 메스너는 실내를 둘러보며 재빨리 머릿수를 세어보았다.

"어떻게 진행되고 있나?"

"오늘은 들은 바가 없군요." 그는 서류가방에서 종이 몇 장을 꺼냈다. "받으십시오. 저쪽의 요구 사항입니다. 뭐 더 필요한 물품이 있다면……"

"코스 씨 말이야." 벤하민 장군은 엄지손가락을 들어 그녀 쪽을 가리켰다. "필요한 게 있다더군."

"아, 예."

"코스 씨는 늘 요구 사항이 많아. 여자를 납치하는 것은 남자를 납치하는 것과 전혀 다르군. 전엔 생각도 안 해봤어. 우리가 원하는 건 자유인데, 저 여자가 원하는 건 뭔가 다른 것이야, 옷 같은 것 말이야."

"알아보겠습니다." 메스너는 살짝 고개를 기울였지만 자리를 바로 뜨지는 않았다. "혹시 장군님께 필요한 건 없습니까?" 꼭 집어 말하진 않았지만 그는 장군의 대상포진을 염려하고 있었다. 붉고 굵은 그물 같은 발진이 날마다 장군의 얼굴을 몇 밀리미터씩 더 잠식하는 듯했고 얼마 뒤면 차가운 물웅덩이 같은 왼쪽 눈까지 마수를 뻗칠 것 같았다.

"난 아무것도 필요 없네."

메스너는 고개를 끄덕이고 자리를 떴다. 그는 장군 중에 벤하민이 가장 마음에 들었다. 분별력이 있고 꽤 유식한 사람 같았다. 하지만 메스너는 그에게도, 테러리스트와 인질 누구에게도 호의를 갖지 않으려 무척 애썼다. 개인적인 감정은 일을 효율적으로 수행하는 데 장애가 된다. 게다가 메스너는 이런 종류의 이야기가 어떤 결말을 맺는지 잘 알았다. 인간적으로 얽히지 않는 편이 좋았다.

하지만 록산 코스에겐 어떠한 상식적인 원칙도 적용되지 않았다. 그녀는 거의 매일 뭔가를 부탁했고, 장군들 역시 다른 인질의 요구에는 신경쓰지 않으면서도 그녀의 말은 척척 들어주었다. 그녀가 뭔가를 부탁할 때마다 메스너는 심장박동이 조금 빨라지는 것을 느꼈다. 그녀가 보고 싶어하는 것이 그 자신이라도 되는 듯한 기분이었다. 그녀는 어떤 날은 치실을 달라, 어떤 날은 머플러를 달라, 그다음에는 약초로 만든 목캔디(스위스제임을 알고 메스너가 자랑스럽게 여긴)를 달라고 했다. 이제 다른 인질들은 필요한 물건이 있으면 록산 코스에게 대신 부탁하곤 했다. 남자 양말이나 항해 전문 잡지 따위를 부탁하면서도 그녀는 눈 하나 깜짝하지 않았다.

"좋은 소식이 있는데 들으셨어요?" 록산이 물었다.

"여기에 좋은 소식도 있습니까?" 메스너는 이성을 잃지 않으려고 애썼다. 그녀의 마력이 무엇인지 도무지 알 수가 없었다. 곁에 가면 그녀의 가르마가 다 내려다보였다. 이 여자 역시 다른 인질과 다를 게 없지 않나? 눈동자 색깔을 뺀다면.

"가토 씨가 피아노를 칠 줄 안답니다."

자신의 이름이 불리자 가토는 피아노에서 일어나 메스너에게 허리를 굽혔다. 두 사람이 인사를 나눈 것은 처음이었다. 인질들은 메스너를 숭배하다시피 했다. 그의 차분한 태도와 마음대로 현관을 드나들 수 있는 신묘한 능력 때문이었다.

"최소한 노래 연습은 다시 할 수 있게 됐어요." 록산이 말했다. "혹시라도 여기서 나가게 될지도 모르는데, 노래는 부를 수 있어야죠."

메스너는 그녀의 리허설을 언제 한번 듣고 싶다고 말했다. 부인할 수 없는 부러움이 일순 메스너의 가슴을 스치고 지나갔다. 인질들은 언제나 이곳에 있으니, 그녀가 연습을 아침에 하든 한밤중에 하든 그녀의 노래를 들을 수 있을 것이다. 그는 휴대용 시디플레이어와 그녀의 음반을 모조리 가지고 왔다. 밤이면 국제적십자에서 숙박비를 대주는 별 두 개짜리 호텔 방에 누워서 그녀가 부르는 〈노르마〉와 〈몽유병의 여인〉을 듣곤 했다. 이제 그가 불편한 침대에 홀로 누워 거미줄처럼 금이 간 천장을 올려다보는 동안 이들은 부통령 관저의 호화로운 거실에 모여 앉아 그녀가 부르는 〈정결한 여신〉을 들으리라.

그만하자, 하고 메스너는 생각했다.

"전 리허설을 남한테 공개한 적이 없어요." 록산이 말했다. "제가 실수하는 것을 들을 권리는 아무한테도 없다고 생각했죠. 그런데 구태여 여기에서까지 그럴 필요가 있을까 싶어요. 사람들을 전부 다락방으로 올려보낼 수도 없는 노릇이고."

"다락방에서도 들릴걸요."

"그럼 솜으로 귀를 틀어막으라고 하죠." 깔깔 웃는 록산의 모습에 메스너는 마음이 뭉클해졌다. 새로운 반주자가 나타난 뒤로 이 집에서는 만사가 한결 견딜 만해진 것 같았다.

"그래서 뭐가 필요하십니까?" 겐이 비서 노릇을 하고 있다면 메스너는 사환으로 전락한 셈이었다. 스위스에서 그는 엘리트로 구성된 중재팀의 일원이었다. 마흔두 살인 그는 적십자에서 꽤 성공적인 길을 걸어왔다. 배급 식량을 꾸리거나 수재 현장에 담요를 전달하는 일 따위는 근 이십 년간 해본 적이 없었다. 그런 그가 여기서 오렌지맛 초콜릿을 찾아 온 시내를 헤매는가 하면 파리에 있는 친구에게 전화를 걸어 작은 검정 튜브에 든 값비싼 아이크림을 보내달라는 부탁이나 하고 있는 것이다.

"악보가 필요해요." 그녀는 목록을 내밀었다. "제 매니저한테 특급우편으로 이걸 좀 보내달라고 해주세요. 안 될 것 같으면 직접 이리로 와달라고 해주세요. 내일까지 받아야 하거든요."

"현실적으로 내일까지는 무리입니다." 메스너가 말했다. "이탈리아는 벌써 저녁이에요."

메스너와 록산은 영어로 얘기했는데, 이들의 대화를 겐이 몰래 일본어로 통역했다. 아르게다스 신부가 피아노 옆으로 슬며시 다가왔다. 대화에 끼어들고 싶어서가 아니라 무슨 얘기를 나누는지 알고 싶어서였다.

"겐, 코스 씨가 뭐가 필요하답니까?" 그가 속삭여 물었다.

"악보요." 겐은 영어로 대답했다가 신부가 스페인어로 물었다는 사실을 생각해냈다. "파르티투라."

"누구한테 부탁하면 되는지 메스너 씨가 알고 있나요? 어디로 가면 되는지 안답니까?"

겐은 신부를 좋아했기에 짜증내지 않으려 했지만, 호소카와 씨와 가토에게 일본어 통역을 해주어야 하는데 영어로 이루어지는 대화를 자꾸 놓쳐 마음이 급했다. "이탈리아로 연락할 겁니다." 겐은 아르게다스 신부에게 등을 돌리고 하던 일을 계속했다.

신부가 겐의 옷소매를 잡았다. 겐은 잠시 기다리라는 뜻으로 한 손을 들었다.

"악보가 있는 곳을 알아요." 신부는 끈질기게 계속 말했다. "여기서 3킬로미터도 떨어지지 않은 곳이에요. 내가 아는 분이 있는데, 음악 교사이고 우리 교구의 부제副祭예요. 나한테 음반을 빌려주곤 하죠. 그분한테 악보가 다 있습니다." 그의 목소리가 점차 커졌다. 평생 선행을 실천해온 아르게다스 신부는 이곳에 와서부터 선한 일을 하지 못해 미칠 지경이었다. 그는 루벤을 거들어 함께 빨래를 하고 아침이면 담요를 개어 베개와 함께 깔끔하게 줄 맞춰

벽 앞에 정돈해놓았지만, 좀더 뜻깊은 도움을 주고 길잡이가 되고 싶은 마음이 간절했다. 자신은 그저 돕고 싶을 뿐이고 돕는 것만이 중요할 뿐인데, 사람들을 편안하게 하기보다는 귀찮게 하는 것 같다는 생각이 들곤 했다.

"신부님이 뭐라고 해요?" 록산이 물었다.

"뭐라고 하셨죠?" 겐은 신부에게 물었다.

"악보가 여기 있다고요. 전화만 하면 됩니다. 필요한 악보는 마누엘이 갖다줄 거예요. 그럴 리 없지만 혹시 없는 악보가 있다면 그분이 구해줄 겁니다. 코스 씨가 필요로 한다고 말하면 됩니다. 아니, 그런 말도 필요 없을지 몰라요. 하느님을 믿는 분이니까. 이유야 어떻든 필요하다고 하면 분명히 그분이 도와줄 겁니다." 그의 눈동자가 흔들리며 광채를 발했다. 그는 자신의 심장이라도 내어줄 듯 두 손을 가슴 앞으로 내밀었다.

"벨리니의 곡도 있을까요?" 록산이 통역된 말을 듣고 나서 물었다. "가사가 있는 곡이 필요해요. 로시니와 베르디, 모차르트의 오페라 총보가 다 있어야 해요." 그녀는 혹시 있을까 하는 마음에 신부 쪽으로 몸을 내밀며 말을 이었다. "오펜바흐 것도요."

"오펜바흐! 〈호프만의 이야기〉!" 신부의 프랑스어 발음은 별로 좋지 않았지만 분명히 알아들을 수는 있었다. 신부는 음반에 적힌 제목을 본 적이 있을 뿐이었다.

"그분이 갖고 있을까요?" 그녀는 겐에게 말했다.

겐이 질문을 스페인어로 반복하자 신부는 대답했다. "총보가 있는 걸 봤습니다. 전화해봐요, 그분 성함은 마누엘입니다. 제가 직접 전화할 수 있도록 허락해주시면 정말 고맙겠습니다."

벤하민 장군은 2층 방에서 문을 잠그고 아픈 얼굴에 온찜질을 하고 있었으므로, 메스너는 엑토르와 알프레도 장군에게 양해를 얻었다. 두 장군은 따분하고 무관심한 태도로 전화 통화를 허락했다.

"코스 씨를 위해섭니다." 메스너가 설명했다.

엑토르 장군은 고개를 끄덕이며 그를 쳐다보지도 않고 저리 가라는 손짓을 했다. 메스너가 방을 빠져나오려는데, 너무 빨리 허락한 나머지 권위를 잃었다고 생각한 알프레도 장군이 소리쳤다. "딱 한 통화뿐이야!" 두 사람은 서재에서 대통령이 좋아하는 연속극을 보는 중이었다. 여주인공 마리아가 연인에게 이젠 당신을 사랑하지 않는다고 말하고 있었다. 연인이 절망감을 이기지 못하고 마을을 떠나면, 마리아를 향한 애정 때문에 그를 죽이려는 그의 형으로부터 보호할 수 있지 않을까 해서였다. 메스너는 잠시 문가에 선 채 텔레비전 속 여인이 우는 장면을 지켜보았다. 그녀의 괴로운 심정이 고스란히 전달되어 발길을 돌리기가 힘들었다.

"마누엘 씨에게 전화하세요." 그는 거실에 돌아와서 말했다. 루벤이 주방에서 전화번호부를 가져오자 메스너는 신부에게 휴대전화를 건네주며 전화 거는 법을 알려주었다.

벨이 세 번 울리자 상대방이 전화를 받았다. "알로!"

"마누엘?" 신부가 입을 열었다. "여보세요, 마누엘?" 신부는 북받쳐오르는 감정에 목이 메었다. 바깥세상 사람! 마치 전생에서 온 귀신을 보는 듯한, 통로를 지나 제단으로 다가가는 은빛 그림자를 보는 듯한 기분이었다. 마누엘. 억류된 지 이제 이 주째지만 그의 목소리를 듣자 신부는 외부인에겐 자신이 죽은 거나 다름없겠다는 생각이 들었다.

"누구시죠?" 상대방이 미심쩍게 물었다.

"친구입니다, 아르게다스 신부요." 신부의 눈에 눈물이 고였다. 그는 사람들에게 한 손을 들어 양해를 구한 다음, 광택이 나는 커튼 주름 뒤로 몸을 숨겼다.

수화기 저쪽에서는 한동안 아무 말이 없었다. "장난하시오?"

"아니, 마누엘, 접니다."

"신부님?"

"전……" 그는 잠시 주춤했다가 다시 입을 열었다. "억류돼 있어요."

"다 알아요. 신부님, 괜찮으십니까? 그자들이 몹쓸 짓은 안 했나요? 통화할 수 있게 해줍니까?"

"잘 있습니다. 괜찮아요. 원래 전화는 안 되는데, 지금은 특별한 사정이 있어서요."

"매일 신부님을 위해 미사를 드리고 있습니다." 이젠 상대방의 목소리가 떨리고 있었다. "점심때만 빼고는 하루종일 성당에 가 있어요. 지금도 막 집에 들어온 참입니다. 오 분 전에만 전화하셨어도 제가 받지 못했을 거예요. 별 탈 없으세요? 끔찍한 얘기가 들리던데요."

"절 위해 미사를 드린다고요?" 아르게다스 신부는 두꺼운 커튼을 움켜잡고 그 부드러운 천에 얼굴을 갖다댔다. 그의 기억이 옳다면 그는 신부가 되기 전 주일 미사에서 다른 스물세 사람과 함께 호명을 받았을 뿐이고, 그것이 전부였다. 그런데 그의 기도 대상이었던 사람들이 이제는 그를 위해 기도하다니! 그 많은 사람이 부르는 그의 이름을 하느님이 들으시다니. "여기 있는 모든 사람을 위해 기도해주십시오. 인질과 테러리스트 모두를 위해서요."

"그러고 있습니다." 마누엘이 말했다. "하지만 미사는 신부님 이름으로 드리고 있어요."

"믿을 수가 없군요." 신부는 속삭였다.

"악보가 있대요?" 록산의 질문을 겐이 신부에게 전달했다.

아르게다스 신부는 정신을 차렸다. "마누엘." 그는 격해진 감정을 추스르려고 기침을 했다. "부탁이 있어서 전화를 드렸습니다."

"뭐든 말씀하세요. 그자들이 돈을 원합니까?"

여기 모인 부호들이 학교 음악 선생에게 돈을 보내달라고 부탁하는 상상을 하자 신부는 절로 웃음이 나왔다. "그런 게 아닙니다. 악보가 필요해요. 여기 성악가가 한 사람 있는데……"

"록산 코스 말씀이죠."

"다 알고 계시는군요." 신부는 자신을 생각하는 친구의 마음에서 위안을 얻으며 말했다. "연습할 악보가 있어야 한답니다."

"반주하던 사람이 죽었다는 얘기는 들었습니다. 테러리스트들이 죽였다면서요. 두 손이 잘렸다는 말을 들었어요."

아르게다스 신부는 충격을 받았다. 우리가 없는 사이 사람들이 또 무슨 말을 지어냈을까? "그렇지 않아요. 그 사람은 병으로 죽은 겁니다. 당뇨 환자였어요." 자신을 억류한 자들을 변호해야 하나? 물론이다. 그들이 피아니스트의 손을 잘랐다는 억울한 비난을 받아서는 안 되니까. "여기서 지내기도 그리 나쁘지 않습니다. 정말 괜찮아요. 반주할 사람도 새로 찾았습니다. 인질 중에 연주를 아주 잘하는 사람이 있어요." 그는 여기까지 말하다 목소리를 낮춰 속삭였다. "지난번 반주자보다 오히려 나을지도 몰라요. 코스 씨가 여러 가지 악보를 원한답니다. 오페라 총보, 벨리니의 곡, 반주자가 연습할 쇼팽 곡 등등요. 목록을 받아놨어요."

"코스 씨가 원하는 것은 다 있습니다." 마누엘이 자신 있게 말했다.

신부의 귀에 수화기 저편에서 종이와 펜을 찾는 소리가 들렸다.
"저도 그럴 거라고 했답니다."

"록산 코스한테 제 얘길 하셨단 말예요?"

"물론이죠. 그래서 전화한 것 아니겠어요?"

"제 이름도 말씀하셨어요?"

"당신 악보를 보면서 노래하고 싶답니다." 신부가 말했다.

"감금돼 계시면서도 계속 좋은 일을 하시는군요." 마누엘은 한숨을 쉬고 말을 이었다. "저야 영광이죠. 지금 갖고 가겠습니다. 점심은 그냥 걸러야겠네요."

아르게다스 신부는 목록을 불러준 뒤 겐과 함께 다시 확인했다. 용건을 마치자 신부는 친구에게 전화를 끊지 말아달라고 했다. 그리고 잠시 머뭇거리다가 록산에게 수화기를 내밀었다. "얘기 좀 하라고 해주세요." 그는 겐에게 말했다.

"무슨 얘기요?"

"아무거나 상관없습니다. 오페라 제목을 불러주라고 하세요. 괜찮겠죠?"

겐이 질문을 통역하자 록산 코스는 신부의 손에서 작은 수화기를 받아들어 귀에 갖다댔다. "여보세요?" 그녀가 말했다.

"여보세요." 마누엘이 그녀의 영어를 따라 했다.

그녀는 신부를 쳐다보고 웃었다. 그리고 그를 똑바로 쳐다보면서 수화기에 대고 오페라 제목을 읊었다. "〈라 보엠〉 〈코지 판 투테〉."

"오, 하느님." 마누엘이 중얼거렸다.

"〈라 조콘다〉 〈캐풀렛가와 몬터규가〉 〈나비 부인〉."

새하얀 빛이 신부의 가슴을 가득 채우는 듯했다. 뜨거운 광선을 본 것처럼 눈물이 돌고, 한밤에 필사적으로 교회 문을 두드리는 사람처럼 가슴이 심하게 방망이질쳤다. 만약 손을 들어 그녀를 만질 수 있었다면 그는 스스로를 제어하지 못했을지도 모른다. 하지만 그런 건 중요하지 않았다. 그녀의 목소리와 음악적인 어조, 입술에서 흘러나와 전화선을 타고 3킬로미터 밖 마누엘의 귀로 흘러드는 작품 제목의 리드미컬한 울림에 그는 그만 마비되어버렸다. 그 순간 신부는 살아서 이곳을 벗어나리라는 것을 확신했다. 악보가 여기저기 흩어진 마누엘의 작은 아파트 주방 테이블에 앉아 지금 이 순간의 희열을 부끄러움 없이 회상하게 될 날이 오리라. 벗과 함께 그 한 잔의 커피를 마시기 위해서라도 그는 살아서 나가야 했다. 함께 기억을 더듬어 그녀가 말한 곡의 순서를 짜맞출 두 사람 중 더 큰 행운아는 아르게다스 신부일 것이다. 통화하는 그녀의 시선을 받은 사람이 바로 그였기 때문이다.

"전화기 주십시오." 통화가 끝나자 시몽 티보가 메스너에게 말했다.

"장군이 한 통화만 하라고 했습니다."

"그자가 뭐랬든 상관없소. 그 빌어먹을 전화기 이리 줘요."

"티보 씨."

"그자들은 텔레비전을 보고 있소. 전화기 달라니까." 유선 전화기의 선은 테러리스트들이 모조리 뽑아버린 터였다.

메스너는 한숨을 내쉬며 전화기를 내주었다. "딱 일 분입니다."

"약속하지요." 시몽은 이미 번호를 누르고 있었다. 벨이 다섯 번 울리더니 자동응답기가 대신 전화를 받았다. 그 자신의 목소리였다. 먼저 스페인어로, 그다음엔 프랑스어로 외출중이니 돌아와서 전화드리겠다는 말이 나왔다. 어째서 난 에디트에게 녹음을 시키지 않았을까? 대체 무슨 생각으로? 그는 손으로 눈을 가리고 울기 시작했다. 자신의 목소리를 들으니 견딜 수가 없었다. 녹음된 인사말이 끝나자 길고 둔하게 삐 소리가 울렸다. "주 타도르," 그는 말했다. "주 템, 주 타도르."*

모였던 사람들이 흩어지기 시작했다. 그들은 자기 의자로 돌아가 낮잠을 청하거나 혼자서 카드놀이를 했다. 록산이 자리를 뜨고 가토가 아들들에게 쓰던 편지(이젠 할말이 얼마나 많은지 모른다!)로 되돌아간 뒤 겐은 카르멘이 줄곧 방 저쪽 자리를 지키고 있음을 알아차렸다. 그녀가 보고 있는 것은 성악가도 반주자도 아니었다. 바로 겐이었다. 그는 전에도 그녀의 이러한 시선에 지금 같은 갑갑함을 느낀 적이 있었다. 남자아이였다면 오히려 불리했을 만큼 예쁘장한 그 얼굴은 눈을 깜박이지도, 움직이지도, 심지어 숨을 쉬는 것 같지도 않았다. 모자도 쓰지 않았다. 카르멘의 크고 검은 눈동자는 겐의 얼굴에 꽂혀 있었다. 마치 시선을 돌리면, 계속해서 겐을 바라봤음을 인정하는 꼴이 된다는 태도였다.

* '사랑해, 정말 사랑해'라는 뜻의 프랑스어.

언어의 천재인 겐이지만, 자신의 생각을 표현할 때에는 뭐라 말해야 할지 몰라 당황하는 일이 종종 있었다. 호소카와 씨가 옆에 있었다면 겐에게 저 여자애가 뭘 원하는지 가서 물어보라고 했을지 모르고, 그러면 겐은 망설임 없이 그렇게 했을 것이다. 겐은 자신의 영혼이 누군가가 열쇠를 돌려주어야만 작동하는 기계 같다는 생각을 한 적이 있었다. 그는 일에 능숙했고 혼자 있는 것에 익숙했다. 책과 테이프를 벗삼아 아파트에 혼자 앉아서, 다른 남자들이 감언이설과 정열로 여자를 유혹하듯 언어를 익히곤 했다. 그는 바닥에 책을 흩어놓고 되는대로 몇 권을 골랐다. 체스와프 미워시의 작품은 폴란드어로, 플로베르의 작품은 프랑스어로, 체호프의 작품은 러시아어로, 나보코프의 작품은 영어로, 만의 작품은 독일어로 각각 읽은 뒤 언어를 바꿨다. 미워시를 프랑스어로, 플로베르는 러시아어로, 만은 영어로 바꿔 읽는 식이었다. 이는 그가 자신만을 위해 벌이는 현란한 재주나 게임 같은 것으로, 계속해서 언어를 바꿔가며 읽으면 정신을 집중할 수 있었다. 하지만 지금 거실 저편에서 그를 빤히 바라보는 사람에게 다가가는 일은 그것과 전혀 달랐다. 어쩌면 겐에 대한 장군들의 판단이 옳은지도 몰랐다.

카르멘은 가느다란 허리에 폭 넓은 가죽 허리띠를 둘렀고 오른쪽에는 권총 한 자루를 차고 있었다. 그녀의 녹색 군복은 다른 동료들의 옷만큼 더럽지 않았고 무릎의 구멍은 에스메랄다가 부통령의 얼굴을 꿰맬 때 썼던 바로 그 실과 바늘로 깔끔하게 꿰매어져 있었다. 에스메랄다는 상처를 다 꿰맨 뒤 실패에 바늘을 꽂아서 테이블에 놓아두었는데, 카르멘이 이것을 남이 보기 전에 얼른 자기 주머니에 집어넣었던 것이다. 겐이 어떤 일을 하는지 알게 된 뒤부터 그녀는 이 통역사와 얘기를 나눠보고 싶었지만, 자신이 여자라는 사실을 들키지 않고 그에게 말을 걸 방법을 찾지 못했다. 이제 베아트리스가 비밀을 만천하에 떠벌려서 망설일 필요가 없는데도, 어쩐지 몸이 벽에 딱 달라붙은 것 같았다. 그러다가 겐의 눈에 띈 것이었다. 그가 그녀를 바라보고 있었다. 상황의 진척은 여기까지인 것 같았다. 그녀는 다른 곳으로 가버리지도 그에게 다가가지도 못했다. 그 자리에 못박힌 채 억겁의 시간이 흐른 것 같았다. 그녀는 자신의 적극적인 성격과 장군들에게서 받은 훈련을 기억해내려고 했지만, 공공의 이익을 위해 해야 할 일을 하는 것과 자신을 위해 뭔가를 부탁하는 것은 전혀 다른 문제였다. 그녀는 부탁하는 것에 대해서는 아는 바가 없었다.

"겐 씨." 메스너가 겐의 어깨에 손을 얹으며 입을 열었다. "혼자 앉아 있는 건 처음 봅니다. 가끔 다들 하고 싶은 말은 있는데 어떻게 해야 할지 모르는 것 같다고 느끼실 때가 분명 있겠죠."

"가끔은요." 겐은 멍하니 중얼거렸다. 자신이 그녀 쪽으로 입김을 불면 그녀가 깃털처럼 떠올라 어디론가 날아가버릴 것 같은 기분이 들었다. "우린 시녀 팔자를 타고났나봅니다, 겐 씨와 저요." 메스너는 겐에게 프랑스어로 말했다. 고향인 스위스에서 쓰는 언어였다. "시중드는 사람을 남성형으로는 뭐라고 하죠?"

"에스클라브요."

"영어로는 노예slave로군요. 어감이 별로인데요. 그냥 시녀handmaiden라고 하는 편이 낫겠군요. 뭐, 상관없으니까." 메스너는 겐과 함께 피아노 의자에 앉아 겐의 시선이 향하는 곳을 바라보았다. "세상에. 저기, 여자애 아닙니까?" 그가 나직이 말했다.

겐은 그렇다고 답했다.

"어디서 왔죠? 여자애는 없었는데. 설마 테러리스트가 더 들어온 건 아니겠죠."

"처음부터 여기 있었습니다." 겐이 말했다. "두 명이에요. 우리가 몰랐을 뿐이죠. 저애는 카르멘입니다. 또다른 아이는 베아트리스라고, 지금 텔레비전을 보고 있어요."

"우리가 몰랐다고요?"

"그랬던 것 같습니다." 어쩌면 자신은 처음부터 알고 있었는지도 모른다고 겐은 생각했다.

"지금 막 서재에 갔다 왔는데요."

"그렇다면 베아트리스를 제대로 안 보신 겁니다."

"베아트리스. 그리고 저애는 카르멘이라 이거죠." 메스너는 자리에서 일어나며 말을 이었다. "좋습니다. 우리 모두 뭔가를 잘못 생각했군요. 통역 좀 부탁합니다. 저애와 얘길 해봐야겠어요."

"스페인어 잘하시던데요."

"아직 더듬거리고 동사 활용을 제대로 못합니다. 일어나시죠. 보세요, 겐 씨. 저애가 당신을 쳐다보고 있습니다." 과연 그랬다. 메스너가 다가오려는 것을 본 카르멘은 너무나 겁에 질린 나머지 눈도 깜박이지 못했다. 그저 초상화 속 인물처럼 앞을 쳐다보고 있을 뿐이었다. 그녀는 자신에게 드물디드문 기적이 일어나 그 자리에서 사라져버릴 수 있기를 리마의 성녀 로사에게 간절히 기도했다.
"겐 씨를 감시하지 않으면 죽는다는 지시를 받았거나, 뭔가 할말이 있거나 둘 중 하나인 것 같군요."

겐은 일어섰다. 그는 통역사다. 가서 메스너의 말을 옮기기만 하면 된다. 하지만 가슴은 여전히 묘하게 두근거렸고 갈비뼈 바로 밑에서 근질거리는 것과 크게 다르지 않은 느낌이 일었다.

“이렇게 큰일이 있는데 아무도 말을 않다뇨.” 메스너가 말했다.

“새 반주자를 찾았다는 데 정신이 팔려서요.” 한 걸음 한 걸음 옮길 때마다 겐의 다리가 후들거렸다. 넙다리뼈, 무릎뼈, 정강이뼈가 모조리 힘을 잃었다. “여자애들 일은 까맣게 잊고 있었습니다.”

“테러리스트는 무조건 남자라고 생각했으니 저도 성차별주의자였나봅니다. 요즘 세상에 말이죠. 여자도 얼마든지 자라서 테러리스트가 될 수 있는 것을.”

“상상이 안 되네요.” 겐이 말했다.

그들이 바로 앞까지 다가가자 카르멘은 간신히 힘을 내 오른손을 총에 갖다댔다. 이 모습을 본 두 사람은 걸음을 멈췄다.

“우릴 쏠 거니?” 메스너가 프랑스어로 말했다. 간단한 문장이지만 쏘다라는 단어를 몰라서 스페인어로 말하지 못했다. 꼭 그 단어를 배워야겠다고 그는 생각했다. 겐은 확신 없는 목소리로 그 말을 옮겼다. 카르멘은 눈을 크게 뜨고 진땀을 흘릴 뿐 아무 말도 하지 않았다.

“저애가 스페인어를 하는 건 확실합니까? 말을 하긴 하나요?” 메스너가 겐에게 물었다.

겐은 그녀에게 스페인어를 할 줄 아느냐고 물었다.

“포키토.”* 그녀는 속삭이듯 말했다

“쏘지 마.” 메스너가 부드럽게 말하며 총을 가리켰다.

---

* ‘약간’이라는 뜻의 스페인어.

카르멘은 손을 치우고 팔짱을 꼈다. "안 쏴요."

"몇 살이니?"

열일곱이라는 말에 두 사람은 그녀의 말이 사실이라고 생각했다.

"무슨 언어를 쓰지?" 메스너가 물었다.

겐은 카르멘에게 고향에서 쓰는 말이 뭐냐고 물었다.

"케추아어요." 그녀가 말했다. "우린 모두 케추아어를 쓰지만 스페인어도 할 줄 알아요." 그러고는 처음으로 자신이 원하는 것을 알려볼 생각에 덧붙였다. "전 스페인어를 더 배워야 해요." 기어들어가는 목쉰 소리였다.

"지금도 잘하는데." 겐이 말했다.

그의 칭찬에 그녀의 표정이 바뀌었다. 솔직히 미소를 지었다고는 할 수 없었지만 눈썹이 올라가고 얼굴도 햇빛을 따라가듯 아주 조금 그들을 향해 들렸다. "더 잘하려 노력하고 있어요."

"너 같은 여자애가 어떻게 이런 일을 하게 됐니?" 메스너가 말했다. 겐은 메스너의 질문이 지나치게 직설적이라고 생각했지만 메스너가 스페인어를 꽤 하기 때문에 만일 겐이 다른 질문을 던진다면 금방 알아차릴 것이 분명했다.

"사람들을 해방시키려고요." 그녀는 말했다.

메스너는 목덜미를 긁적거렸다. "'사람들을 해방시킨다', 항상 듣는 말이지. 그 대상이 남인지, 아니면 자기 자신인지 잘 모르겠지만. 문제는 '사람들을 해방시킨다'는 말이 너무나 모호하다는 거야. 차라리 은행 강도와 협상하는 편이 쉽지. 그자들이 원하는 건 돈뿐이니까. 돈만 갖고 튈 수 있으면 남이야 죽든 말든 상관없거든. 어떻게 보면 그편이 좀더 솔직하다고 생각하지 않나?"

"저한테 물으시는 겁니까, 저애한테 물으시는 겁니까?"

메스너는 카르멘을 보고 스페인어로 사과했다. "무례하게 말해서 미안하다." 그는 겐에게 말했다. "제가 스페인어를 너무 못하죠." 그러고는 다시 카르멘에게 말했다. "나도 더 잘하려고 노력중이란다."

"시."* 그녀가 대답했다. 사실 이렇게 얘기를 나누는 것은 금지되어 있었다. 장군들이 올지도 모른다. 누가 볼지도 모르고. 여긴 보는 눈이 너무 많았다.

"지내기는 괜찮니? 건강하고?"

"시." 이자가 왜 이런 질문을 하는지는 몰랐지만 그녀는 대답했다.

"아주 귀여운 애로군요." 메스너가 겐에게 프랑스어로 말했다. "눈에 띄는 얼굴입니다. 얼굴도 완벽한 하트형이고요. 하지만 이애한테는 말하지 마십시오. 그런 말을 들으면 부끄러워 죽을 성격 같으니까요." 그러고는 다시 카르멘을 바라보았다. "만약 필요한 게 있으면 우리한테 알려다오."

"시." 그녀는 간신히 목소리를 쥐어짜서 대답했다.

"부끄러움을 타는 테러리스트는 흔치 않지." 메스너가 프랑스어로 말했다. 그들은 길고 지루한 파티에서 괴로운 시간을 보내기라도 하듯 그렇게 서 있었다.

"음악이 마음에 들었던 모양이던데." 겐이 말했다.

"아주 아름다웠어요." 그녀가 속삭였다.

"쇼팽이야."

---

* '네'라는 뜻.

"가토 씨가 쇼팽을 쳤단 말입니까?" 메스너가 말했다. "녹턴을? 못 들어서 유감인데요."

"쇼팽이 연주했어요." 카르멘이 말했다.

"아니. 피아노를 친 사람은 가토 씨이고, 그분이 친 곡을 작곡한 사람이 쇼팽이란다." 겐이 말했다.

"아주 아름다웠어요." 그녀가 되풀이했다. 별안간 그녀의 눈에 눈물이 괴었고 숨이 막히는 바람에 입을 약간 벌렸다.

"왜 그러니?" 메스너가 물으며 그녀의 어깨에 손을 얹으려다 그러지 않는 편이 낫겠다고 판단했다. 힐베르트라는 덩치 큰 병사가 거실 저편에서 큰 소리로 그녀를 불렀다. 카르멘은 자신의 이름이 불린 순간 다시 몸을 움직일 힘을 얻은 것 같았다. 재빨리 눈을 비비더니 고개 한 번 끄덕이지 않고 두 남자에게서 물러났다. 그들은 그녀가 널찍한 거실을 지나 힐베르트와 함께 복도 저편으로 사라지는 모습을 지켜보았다.

"음악이 마음에 와닿은 모양이죠." 메스너가 말했다.

겐은 그녀가 있던 빈자리를 물끄러미 바라보며 서 있었다. "여자아이에게는 힘에 부칠 겁니다. 모든 게 다요." 그는 말했다.

메스너는 우리 모두에게 힘에 부치는 일이라고 말하려다 겐의 말뜻을 깨닫고 그에 동의했다.

메스너가 돌아가고 나면 저택 안에는 몇 시간씩 슬픔이 감돌았다. 집안은 조용했고 담 저편에서 경찰이 끊임없이 외쳐대는 지루한 메시지를 듣는 이는 아무도 없었다. 소용없다, 항복해라, 협상은 없다. 계속되는 확성기 소리는 점차 벌집을 짓는 성난 말벌떼의 단조로운 웅웅거림으로 인식되었다. 인질들은 면회 시간이 끝나고 할일 없이 감방에 앉아 밖이 어두워졌는지 궁금해하는 수감자 같은 심정이었다. 이들이 오후면 엄습하는 우울증에 빠져 평소 한 번도 찾아간 적 없는 친척 노인을 생각하고 있는데, 메스너가 다시 문을 두드렸다. 시몽 티보는 목에 두른 푸른색 숄에 얼굴을 파묻고 있다가 고개를 들었고 벤하민 장군은 부통령에게 문을 열라는 손짓을 했다. 루벤은 허리에 두른 행주를 풀었다. 총 든 사람들이 그에게 서두르라는 몸짓을 했다. 보나마나 메스너일 것이다. 문을 두드릴 사람은 오직 그뿐이었다.

"뜻밖의 선물이군요." 부통령이 말했다.

메스너는 무거운 상자를 힘겹게 들고 현관 계단에 서 있었다.

장군들은 예기치 못한 노크 소리가 돌파구를, 모든 것을 마무리 지을 기회를 의미한다고 생각했다. 그들은 그만큼 희망을 잃었고 그만큼 희망에 차 있었다. 평소처럼 물건을 가져왔을 뿐임을 알자 그들은 밀려드는 실망감을 느꼈다. 그들이 원한 건 이런 것이 아니었다. "올 시간이 아닌데," 알프레도 장군이 겐에게 말했다. "와도 좋은 시간이 몇시인지 저 친구도 알잖아." 알프레도 장군은 의자에 앉아 잠을 자던 중이었다. 그는 부통령 관저를 덮친 이후로 극심한 불면증에 시달리고 있어서 간신히 눈을 붙였을 때 깨우는 사람은 누구든 후회하게 만들어줄 태세였다. 그는 언제나 총탄이 양쪽 귀를 관통하는 꿈을 꾸었다. 잠에서 깨어나보면 셔츠는 흠뻑 젖고 가슴은 마구 뛰었으며 잠들기 전보다 더 지쳐 있곤 했다.

"특별한 상황인 것 같아서요." 메스너가 말했다. "악보가 왔습니다."

"우리는 군대 조직이야," 알프레도는 날카롭게 말했다. "음악학교가 아니라고. 내일 정해진 시간에 다시 와서 악보를 반입하는 문제를 논의하지."

록산 코스는 겐에게 자신이 요청한 악보가 왔느냐고 묻고는, 그렇다는 답을 듣자마자 자리에서 일어섰다. 신부도 문가로 갔다.

"마누엘한테서 온 겁니까?"

"그분은 담 저편에 계십니다." 메스너가 말했다. "이걸 다 신부님 앞으로 보냈더군요."

아르게다스 신부는 깍지 낀 두 손을 입에 가져다 댔다. 늘 권능 있으시고 자비로우신 하느님, 언제 어디서나 하느님께 감사와 찬양 드리나이다.

"둘 다 앉아." 알프레도 장군이 말했다.

"안에 들여놓겠습니다." 메스너가 말하며 허리를 굽혔다. 악보가 이렇게 무거울 수 있다니 뜻밖이었다.

"안 돼." 알프레도가 말했다. 그는 두통에 시달리고 있었다. 한 발 물러나는 일 따위는 미치도록 지긋지긋했다. 이런 일에는 질서가 있어야 한다. 권위가 존중되어야 한다는 얘기다. 나는 총을 든 사람이 아닌가? 어느 정도는 인정받아 마땅하지 않은가? 내가 저 상자는 반입할 수 없다고 하면 반입할 수 없는 것이다. 벤하민 장군이 알프레도의 귀에 대고 뭐라고 속삭였지만 알프레도는 자신의 입장을 고수했다. "안 돼."

록산이 겐의 팔을 잡아당겼다. "저건 제 것 아네요? 그렇게 얘기해주세요."

겐은 그 상자가 코스 씨의 것이 아니냐고 물었다.

"코스 씨의 것은 아무것도 없어! 록산 코스 또한 너희와 다를 바 없는 인질일 뿐이다. 여긴 저 여자의 집이 아냐. 저 여자한테만 해당되는 특별 우편 서비스 따윈 없단 말이다. 소포는 받을 수 없어." 알프레도의 심상치 않은 어조에 어린 병사들이 허리를 펴고 위협적인 자세를 취했다. 위협이란 그저 총에 손만 갖다대면 되는 일이었다.

메스너는 한숨을 쉬고 짐을 고쳐 들었다. "그럼 내일 다시 오죠." 그는 이제 영어로 록산에게 말했고, 겐이 장군들을 위해 통역했다.

메스너가 막 돌아서서 집밖으로 나가려는데 록산 코스가 눈을 감더니 입을 벌렸다. 나중에 생각해보면 무척 위험한 행동이었다. 알프레도 장군이 이런 행위를 반항으로 간주할지 모른다는 점에서도 그렇고, 목소리 관리라는 면에서도 그랬다. 그녀는 두 주 동안 노래는커녕 음계 연습 한 번 하지 않았다. 록산 코스는 이글레시아스 부인의 바지와 부통령의 흰 셔츠를 입은 채 널찍한 거실 한가운데에 서서 푸치니의 오페라 〈잔니 스키키〉 중 〈오 사랑하는 나의 아버지〉를 부르기 시작했다. 오케스트라 연주가 당연히 받쳐줘야 하는 노래였지만 아무도 그런 생각을 하지 못했다. 오케스트라가 있으면 그녀의 목소리가 더 돋보이겠다든가, 실내가 티끌 하나 없이 깨끗하고 촛불이 켜져 있으면 더 좋겠다든가 하는 생각은 아무도 하지 않았다. 사람들은 꽃이나 샴페인이 없다는 사실조차 의식하지 못했고, 오히려 꽃이나 샴페인은 불필요한 장식품에 불과하다는 것을 이제야 깨달았다. 록산 코스가 정말 한동안 노래를 하지 못했나? 그녀의 나긋나긋하고 훈훈한 목소리가 저토록 아름다웠던 적은 없었다. 사람들은 일일이 열거할 수 없는 수많은 이유로 눈앞이 흐려졌다. 그들은 음악의 아름다움뿐만 아니라 실패로 돌아간 계획 때문에 울었다. 가장 최근에 들었던 그녀의 노래를 생각하며 그때 곁에 있었던 여인들을 애타게 그리워했다. 사람이 몸에 담아둘 수 있는 모든 사랑과 갈망이, 이 분 삼십 초 정도에 지나지 않는 짧은 노래에 녹아들었다. 그녀가 가장 높은 음에 도달한 순간, 사람들은 자신이 평생 동안 받은 것과 잃은 것이 모조리 견디기 어려운 짐이 되어 짓누르는 듯한 느낌을 받았다. 그녀가 노래를 마치자 주위에 있던 사람들은 아무 말도 못하고 멍하니 떨며 서 있었다. 메스너는 한 대 맞은 사람처럼 벽에 기댔다. 그는 파티에 초대된 사람이 아니었다. 다른 사람들과 달리 오늘 처음으로 그녀의 노래를 들었던 것이다.

록산은 깊은숨을 들이쉬고 어깨를 흔들더니 겐에게 말했다. "이렇게 말해줘요. 지금 당장 저 상자를 주지 않으면, 이 실패한 사회적 실험이 끝날 때까지 내 노래나 저 피아노 소리를 두 번 다시 들을 수 없을 거라고."

"정말요?" 겐이 물었다.

"난 괜한 엄포는 놓지 않아요." 소프라노가 대답했다.

겐이 그녀의 말을 옮기자 모든 사람의 눈이 알프레도 장군을 향했다. 그는 콧날을 꼭 쥐어 두통을 없애려 했지만 효과가 없었다. 음악은 그를 극도의 혼란에 빠뜨려 무감각하게 만들었다. 굳었던 신념이 흔들리기 시작했다. 그는 어렸을 적 성홍열로 죽은 누이를 생각했다. 이 인질들은 자꾸만 더 달라고 보채는 철없는 어린애 같았다. 고생이 뭔지 모르는 사람들이었다. 그 순간 그는 집밖으로 걸어나가, 담 저편에서 자신을 기다리는 운명이 무엇이든 그것을 받아들이고 싶은 충동이 일었다. 감옥에서 종신형을 살든, 머리에 총알을 맞든 말이다. 하지만 잠이 너무 부족해서 아무 결정도 내릴 수가 없었다. 어떤 결론도 다 미친 짓 같았다. 알프레도는 돌아서서 거실을 나가 긴 복도 저편 부통령의 서재로 향했다. 잠시 후 텔레비전 뉴스 소리가 어렴풋이 들려오자, 벤하민 장군은 메스너에게 들어오라고 한 뒤 병사들에게 상자 안에 악보가 아닌 물건이 있는지 철저히 확인하라고 지시했다. 그는 자기 스스로 결정을 내렸고 자신에게 권위가 있는 양 행동하려 노력했지만 실은 이제 그렇지 않다는 사실을 그조차 알고 있었다.

병사들은 메스너에게 상자를 받아 바닥에 쏟았다. 낱장으로 된 총보와 제본된 악보, 수백 페이지에 달하는 가사지가 나왔다. 그들은 악보를 샅샅이 뒤져보고 한 움큼씩 손에 쥔 뒤 페이지 사이에 끼인 돈을 찾듯 탈탈 털었다.

"굉장하군요." 메스너가 말했다. "밖에서 경찰이 일일이 조사한 걸 안에서 또 조사하다니."

가토가 나와서 병사들 옆에 무릎을 꿇고 앉았다. 그는 병사들이 검사를 마친 악보를 받아들었다. 로시니와 베르디의 곡을 신중하게 분류하고, 쇼팽은 쇼팽끼리 따로 모았다. 가끔씩 하던 작업을 멈추고 박자에 맞춰 고개를 흔들며 고향에서 온 편지를 읽듯 악보를 읽기도 했다. 특별히 관심 가는 악보가 나오면 록산에게 가져가서 건네주며 허리를 굽히곤 했다. 그는 겐에게 통역을 부탁하지 않았다. 그녀에게 필요한 것은 거기 다 있었기 때문이다.

"마누엘이라는 분이 안부 전해달라더군요." 메스너가 아르게다스 신부에게 말했다. "더 필요한 게 있으면 구해드리겠답니다."

신부는 이런 생각이 오만의 죄라는 것을 알았지만 악보가 반입되기까지 자신도 한몫했다는 생각에 큰 기쁨을 느꼈다. 록산의 목소리에 아직도 아찔함이 일어서 자신의 감정을 제대로 표현하기가 어려웠다. 그는 창문이 열려 있지 않나 한 번 쳐다보았다. 길가에 서 있는 마누엘이 록산의 노래를 한 구절이라도, 한 음이라도 들었기를 바랐다. 감금됨으로써 그는 얼마나 큰 축복을 받았는가. 미사를 집전하거나 영성체를 받을 때, 심지어 서품식을 하던 날에도 그는 신비하신 예수의 사랑을 이토록 가까이 느껴보지 못했다. 그는 이제야 자신이 갈 길을 온전히 내다보기 시작했음을 깨달았다. 그것은 자신으로서는 결코 이해하지 못할 운명을 향해 맹목적으로 걸어가는 것이었다. 운명에는 보상이 있었다. 하느님께 마음을 바치는 일에는 이루 형언할 수 없는 장엄함이 있는 것이다. 모든 것을 잃었다고 생각할 때, 그대가 얻은 것에 눈을 돌려보라!

록산 코스는 이날 더는 노래하지 않았다. 이미 목을 충분히 썼기 때문이다. 창가의 작은 소파에 호소카와 씨와 함께 앉아 총보를 넘겨보는 것만으로 만족했다. 두 사람 중 한쪽이 할말이 있을 때에는 겐을 불렀지만 놀랍게도 겐이 거의 필요하지 않았다. 호소카와 씨는 그녀에게 위안이 되어주었다. 말없이도 그녀는 그가 자신과 똑같은 생각을 하고 있다고 믿었다. 그녀가 나직이 흥얼거려 지금 읽고 있는 악보가 무엇인지 그에게 알려주면 그도 함께 그 악보를 들여다보았다. 호소카와 씨는 악보를 볼 줄 모른다는 그 사실을 받아들였다. 가사에 사용된 언어도 몰랐고 성악가나 이 집의 주인과도 말로는 소통할 수 없었다. 그는 자신이 잃어버린 것과 알지 못하는 것에 대해 한결 마음의 여유를 느끼기 시작했다. 오히려 자신이 손에 넣은 것을 깨닫고는 놀랐다. 늦은 오후의 햇빛 속에서 이 여자 곁에 앉아 함께 악보를 볼 수 있는 기회를 얻은 것이다. 두 사람 사이에 놓인 악보를 넘길 때면 그녀의 손이 그의 손을 스쳤고, 악보를 읽어나갈 때는 그녀의 손이 그의 손 위에 머무르곤 했다.

시간이 어느 정도 지났을 때 가토가 다가왔다. 그는 록산에게 고개 숙여 인사한 뒤 호소카와 씨에게도 고개를 숙였다. "제가 연주해도 괜찮을까요?" 가토는 회장에게 물었다.

"괜찮을 것 같네." 호소카와 씨가 대답했다.

"악보를 읽는 데 방해가 되지 않겠습니까?"

록산은 피아노 치는 시늉을 하는 호소카와 씨를 보고 가토를 향해 고개를 끄덕였다.

"하세요." 그녀는 고개를 끄덕인 뒤 악보를 달라고 한 손을 내밀었다.

가토는 그녀에게 악보를 건네주었다. "사티." 그가 말했다.

"사티." 그녀는 미소 지으며 다시 고개를 끄덕였다. 가토는 피아노 앞으로 가서 연주를 시작했다. 인질 가운데 이런 재능을 지닌 사람이 있는 줄 아무도 몰랐다는 것이 믿어지지 않던 지난번의 연주와는 달랐다. 노래가 끝날 때까지 심장이 잠시 멎은 듯한 느낌이 들었던 록산의 노래와도 전혀 달랐다. 사티는 음악일 뿐이었다. 아름다움을 느낄 수는 있지만 그 때문에 마비되지는 않았다. 가토가 피아노를 연주하는 동안 사람들은 책을 읽거나 창밖을 내다볼 수 있었다. 록산은 악보를 넘겨보다가 이따금 동작을 멈추고 눈을 감았다. 이 음악의 중요성을 완전히 이해하는 사람은 호소카와 씨와 신부뿐이었다. 음 하나하나가 뚜렷이 느껴졌다. 그것은 그들에게서 멀어져버린 시간의 분량이었다. 그들이 살아가고 있는 바로 그 순간의 삶을 해석해주는 것이었다.

이 음악을 이해하는 사람이 한 사람 더 있었다. 하지만 그녀는 손님이 아니었다. 복도 입구 한쪽 모퉁이에 몸을 숨기고 서서 거실을 훔쳐보는 카르멘이었다. 이 느낌을 뭐라 말해야 할지는 몰라도 그녀는 모든 것을 완전히 이해했다. 지금은 그녀의 인생에서 가장 행복한 순간이고 그것은 바로 음악 때문이었다. 잠자리에 누워 꿈을 꾸는 어린애였을 때에도 이런 즐거움은 상상해본 적이 없었다. 산속에 남겨진 그녀의 가족은 추위와 더위를 막아주는 유리창이 달린 벽돌로 지어진 집이 있다는 사실을 이해하지 못할 것이다. 그녀 역시 이곳에 오지 않았더라면 들꽃 가득한 초원을 닮은 드넓은 자수 카펫이라든가 금을 입힌 천장, 벽난로 양옆에 선반을 이고 선 흰 대리석 여인상 따위가 세상에 존재한다는 것을 믿지 못했을 것이다. 이곳엔 음악과 그림, 그녀가 총을 들고 순찰하는 정원으로도 모자라, 매일 배 터지게 먹어도 다 먹지 못해 결국 버리고 마는 많은 음식이 있었다. 곡선형의 은 수도꼭지에서 뜨거운 물이 한없이 쏟아져나오는 순백색 욕조도 있고 부드럽고 하얀 수건과 베개, 가장자리를 새틴으로 마감한 담요도 쌓여 있었다. 그리고 너무나 넓어서 누굴 찾기도 쉽지 않은 공간까지. 장군들은 국민에게 더 나은 것을 주고 싶다고 했지만 우리도 국민 아닌가? 만약 아무 일도 일어나지 않고 우리 모두 이 여유로운 집에 함께 머물게 된다면, 그게 나쁜 일일까? 카르멘은 간절히 기도했다. 좀더 확실한 효과를 얻고 싶어서 신부가 옆에 있을 때 기도했다. 무언가 큰 것을 바라고 기도했던 것은 아니다. 그저 하느님께서 이 모든 것의 아름다움을 보시고 그것을 그대로 놓아두시기를 기도했을 뿐이다.

카르멘이 야간 보초를 서는 날이었다. 모두가 잠들 때까지는 한참을 기다려야 했다. 어떤 사람은 손전등을 비춰가며 책을 읽었고, 또 어떤 사람은 모두 함께 누워 있는 넓은 거실에서 뒤척이며 몸을 이리저리 뻗기도 했다. 물을 마시고 화장실에 가려고 왔다갔다 하다 잠자리에 드는 어린아이들 같았다. 모두가 조용해지자 그녀는 사람들 사이로 살며시 발걸음을 옮겨 겐이 있는 곳으로 향했다. 그는 언제나처럼 회장이 자는 소파 옆 바닥에 반듯이 누워 있었다. 겐은 잘 때면 안경을 벗어서 한 손에 살며시 쥐고 있었다. 학식의 경이로움을 품은 그의 얼굴은 호감형이었다. 매끄럽고 얇은 눈꺼풀 밑에서 눈동자가 빠르게 좌우로 움직이는 것이 보였다. 하지만 꿈을 꾸고 있는 거라기엔 그 밖의 다른 움직임이 없었다. 그의 호흡은 낮고 규칙적이었다. 카르멘은 그의 머릿속을 들여다보고 싶었다. 칸칸이 나뉘어 차곡차곡 쌓아올린 언어와 단어로 꽉 차 있을까? 반대로 내 머리는 아마 텅 빈 옷장 같을 거야. 이 사람이 거절하더라도 나는 손해 볼 것 없지. 어차피 잃을 것도 없는데. 난 부탁만 하면 돼. 말만 꺼내면 되는 거야. 하지만 생각만 해도 목이 꽉 막히는 것 같았다. 그녀가 피아노 음악과 성모의 그림을 접해본 적이 있나? 남에게 부탁을 해본 적이 있나? 카르멘은 숨을 죽이고 겐 옆에 납작 엎드렸다. 그러고는 나뭇잎에 머무는 햇빛처럼 아무 소리도 내지 않았다. 그녀는 옆으로 누워, 잠든 그의 귀에 입을 가까이 가져갔다. 무엇을 부탁하는 재주는 없었지만 소리를 내지 않는 데는 자신이 있었다. 숲에서 훈련을 받을 때에도 그녀는 잔가지 하나 부러뜨리지 않고 한참을 달릴 수 있었다. 소리 하나 없이 다른 사람의 등뒤로 다가가 어깨를 칠 수 있었다. 장군들의 지시로 제일 먼저 냉방 통풍구에 들어가 커버의 나사를 푼 사람도 바로 카르멘이었다. 아무도 그녀의 존재를 알아차리지 못하기 때문이었다. 누구도 아무 소리도 듣지 못할 터였다. 그녀는 리마의 성녀 로사에게 기도를 올렸다. 용기를 간구했다. 지금껏 소리가 나지 않게 해달라고 숱한 기도를 올렸던 그녀가 이제는 소리를 내게 해달라고 기도하는 것이었다.

"겐." 그녀가 속삭였다.

겐은 그리스의 해변에서 바다를 바라보는 꿈을 꾸고 있었다. 등뒤 모래언덕에서 누군가 그의 이름을 불렀다.

그녀의 심장이 걷잡을 수 없이 뛰었다. 피가 솟구쳐서 귓가에 천둥 같은 소리가 울렸다. 귀를 쫑긋 세우고 있는데 성녀의 음성이 들렸다. '지금이 아니면 못하리라.' 성녀 로사가 그녀에게 말했다. '오직 지금 이 순간에만 내가 너와 함께 있나니.'

"겐."

자신을 부르는 목소리가 멀어지자 겐은 그 소리를 따라가기 위해 해변을 떠나면서 잠에서 깨어났다. 부통령의 집에서 잠을 깨면 언제나 어리둥절했다. 여기가 어디 호텔이더라? 어째서 내가 바닥에서 자고 있지? 기억이 살아나자 그는 자신을 깨운 사람이 호소카와 씨라고 생각하며 눈을 떴다. 소파 쪽을 쳐다보는 순간 어깨에 얹힌 손이 느껴졌다. 고개를 돌리니 아름다운 소년의 얼굴이 보였다. 아니, 소년이 아니었다. 카르멘이었다. 그녀의 코가 그의 코에 닿을 듯 말 듯 했다. 그는 놀랐지만 겁이 나지는 않았다. 이 여자아이가 왜 바닥에 누워 있을까 생각했을 뿐이다.

최근 정부군이 오랫동안 밖을 환히 밝히던 투광조명등을 끈 덕분에 밤은 다시 밤다운 모습을 되찾았다. "카르멘?" 그가 말했다. 메스너가 달빛을 받은 그녀를 봤어야 하는데. 그녀의 얼굴이 완벽한 하트형이라던 그의 말은 옳았다.

"쉿." 그녀는 그의 귀에 대고 속삭였다. "저기 있잖아요." 하지만 무슨 말을 하려고 했더라? 바닥에 엎드려 있어서 정말 다행이었다. 심장이 견딜 수 없을 정도로 심하게 쿵쾅거렸다. 어둠 속이지만, 떨고 있는 그녀의 모습이 그에게 보이진 않을까? 가느다란 떨림이 나무 바닥을 통해 전해지진 않을까? 그녀의 살갗이 옷 속을 스치는 소리가 들리지는 않을까?

'눈을 감고 내게 기도하라.' 성녀 로사의 목소리가 들렸다.

카르멘은 별안간 허파에 공기가 꽉 차는 기분이 들었다. "나한테 글을 가르쳐줘요." 그녀는 재빨리 말했다. "스페인어로 글 쓰는 법을 가르쳐줘요."

겐은 그녀를 쳐다보았다. 그녀는 눈을 감고 있었다. 카르멘이 그의 곁에 와서 누운 게 아니라 겐이 카르멘을 찾아가 그 옆에 눕기라도 한 것 같았다. 그녀의 속눈썹은 검고 짙어서 붉게 달아오른 뺨과 대조적이었다. 그녀는 잠이 든 것일까? 자면서 말을 하는 것일까? 고개를 움직이지 않고도 그녀에게 입맞출 수 있겠다는 생각이 든 순간, 그는 얼른 그 생각을 떨쳐버렸다.

"스페인어를 배우고 싶다고." 겐은 그녀처럼 목소리를 낮춰 되풀이했다.

하느님, 그녀는 생각했다. 이 사람은 조용히 있는 법을 아는구나. 나처럼 소리 내지 않고 말할 줄 알아. 그녀는 숨을 한 번 들이쉬고 검은 눈을 떴다. "영어도요." 그녀는 속삭였다. 자기도 모르게 미소가 비어져나왔다. 드디어 바라던 것을 전부 부탁한 것이다.

수줍음이 많아 늘 무리 뒤에서 혼자 서성이는 카르멘이 미소를 지을 줄 안다고 누가 생각이나 했을까? 그녀의 미소를 보는 순간 그는 무엇이든 해주마고 약속하고픈 충동을 느꼈다. 아마도 잠이 덜 깼나보다. 아니 어쩌면 아직 자고 있는지도 모르겠다. 줄곧 그녀를 원했는데 몰랐던 것일까? 그녀를 너무나도 원해서, 지금 자기 곁에 누워 있는 꿈을 꾸는 것일까? 사람의 마음엔 자신도 모르는 것이 숨겨져 있다고 겐은 생각했다. 자기 자신에게조차 밝히고 싶지 않은 비밀 말이다. "그래," 그가 말했다. "영어도."

너무도 무모하게 용기를 내어 부탁한 것이기에 그녀는 한량없는 기쁨을 느꼈다. 그녀는 손을 들어올려 그의 눈에 얹었다. 그리고 그의 눈을 살짝 감겨주었다. 그녀의 손은 서늘하고 부드러웠으며 쇠붙이 냄새가 났다. "이제 다시 자요," 그녀는 말했다. "다시 자요."

6

인질극 현장에 있던 사람들은 오랜 시간이 흐른 후 그때를 두 시기로 나누어 회상했다. 상자가 반입되기 전의 시기와 상자가 반입된 후의 시기.

상자가 반입되기 전에는 테러리스트들이 부통령의 집을 지배했다. 인질들은 노골적인 협박이 없을 때에도 결국 닥쳐올 죽음을 생각했다. 운이 아주 좋아서였는지 자다가 총살되는 사람은 없었지만, 그들은 손에 쥔 패를 정확히 이해하고 있었다. 석방되기 전이든 후든, 한 사람도 빠짐없이 죽고 말리라고. 누구나 한 번은 죽는 법이지만, 이제는 밤이면 죽음이 찾아와 가슴을 짓누르며 차갑고 굶주린 눈으로 그들을 응시하곤 했다. 세상은 위험한 곳이었고, 개인의 안전이란 아이들이 이부자리에 누워서 듣는 옛 동화에나 나오는 개념이었다. 모퉁이 하나만 잘못 돌아도 만사가 끝장날 수 있었다. 그들은 예전 반주자의 어이없는 죽음을 생각했다. 그를 그리워하면서도, 또한 그 자리가 얼마나 쉽게, 얼마나 훌륭하게 채워졌는가를 생각했다. 딸과 아내가 보고 싶었다. 아직 목숨은 부지하고 있지만 이미 죽은 것과 뭐가 다르랴? 죽음이 이미 허파 깊숙이 자리잡고 앉아 내가 숨쉬는 공기를 빨아들이고 있는데. 그들은 무기력해지고 활기를 잃었다. 기업의 막강한 우두머리들이 창가 의자에 주저앉아 멍하니 밖을 내다보았고, 외교관들은 무슨 사진인지 자세히 보지도 않고 잡지를 획획 넘겼다. 어떤 날에는 책장 넘길 힘도 없었다.

하지만 메스너가 상자를 집안으로 갖고 들어온 후로 모든 것이 달라졌다. 테러리스트들이 여전히 총을 든 채 문을 지키고 있었지만 이젠 록산 코스가 이 집의 주인이었다. 그녀는 아침햇빛이 창문을 통해 들어오기 시작하는 오전 여섯시에 자리에서 일어나 하루를 시작했다. 잠을 깨면 일하고 싶어졌다. 목욕을 하고, 부통령이 그녀를 위해 고른 노란 나무 쟁반에다 카르멘이 갖다주는 토스트 두 조각과 차 한 잔을 들었다. 이젠 카르멘이 여자임을 알기 때문에 그녀를 침대 위 자기 옆에 앉히고 자신의 차를 나눠주기도 했다. 그러고는 기름 웅덩이처럼 반들거리고 새까만 카르멘의 머리를 즐겨 땋아주었다. 때로는 손가락 사이로 느껴지는 카르멘의 머리카락 무게만이 그녀가 납득할 수 있는 전부였다. 자신은 이 어린 아가씨의 머리를 땋아주기 위해 억류되었다고 상상하면 마음이 편해지곤 했다. 그녀는 모차르트의 수잔나*이고, 카르멘은 백작부인 로지나인 셈이었다. 카르멘의 머리카락은 여러 개의 두툼한 검은

* 오페라 〈피가로의 결혼〉의 등장인물로, 백작부인 로지나의 시녀.

리본으로 차분히 정리되었다. 둘은 아무 말도 나누지 못했다. 록산이 땋기를 마치면 카르멘은 뒤로 가서 록산의 머리를 윤이 날 때까지 빗은 다음 자신과 똑같이 땋아주었다. 함께 보내는 이 짧은 아침이면 두 사람은 자매요, 친구요, 일심동체였다. 단둘이 있을 때면 그들은 행복했다. 주방 식료품 저장실 앞에서 남자 병사들과 주사위놀이를 하는 베아트리스 생각은 하지도 않았다.

일곱시면 가토가 피아노 앞으로 와서 건반 위에 손을 얹고 연주하는 시늉을 하며 록산을 기다렸다. 록산은 '오하요고자이마스'라는 일본어 인사를, 가토는 '굿모닝' '땡큐' '바이바이' 등의 짧은 영어 문구를 알고 있었다. 할 줄 아는 말이 이 정도뿐이어서 그들은 휴식 시간이 되었을 때에도, 잠자리에 들기 전 복도에서 마주쳤을 때에도 아침 인사를 했다. 그러고는 악보를 주고받는 것으로 말을 대신했다. 두 사람의 관계는 결코 평등하다고 할 수 없었지만, 가토는 가끔 밤에 깔고 자는 코트 위에 누워 신부의 친구가 보내준 악보를 읽으며 자신이 듣고 싶은 작품이나 록산의 목소리에 맞을 것 같은 곡을 고르곤 했다. 그리고 그녀에게 곡을 권할 때면 좀 외람되다 싶은 참견도 했다. 하지만 그게 뭐 대수인가? 거대 기업의 부사장으로 숫자만 다루던 그가 별안간 반주자가 되었는데. 그는 예전의 그가 아니었다. 자신에게 이런 면이 있을 줄 그도 미처 몰랐다.

일곱시 십오분이면 음계 연습이 시작되었다. 첫날 아침에는 그 시각에 사람들이 여전히 자고 있었다. 피에트로 제노베세는 피아노 밑에서 자다가 현이 울리자 그것을 산피에트로대성당의 종소리로 착각했다. 하지만 그런 것은 중요하지 않았다. 연습할 시간이 된 것이다. 소파에서 흐느끼거나 창밖을 내다보는 일에 이미 너무 많은 시간을 허비해버렸다. 이젠 악보도 있고 반주자도 있다. 록산은 일전에 〈잔니 스키키〉를 시험삼아 불러보고 자신의 목소리가 아직 변치 않았음을 확인한 바 있었다. "우린 썩어가고 있어요." 첫 연습 전날, 그녀는 겐의 통역을 빌려 호소카와 씨에게 말했다. "우리 모두 다요. 이젠 더는 이렇게 못 있겠어요. 하다가 총에 맞아 죽는 한이 있어도 노래는 해야겠어요." 호소카와 씨는 그녀가 죽지 않으리라는 것을 알았다. 아무도 노래하는 그녀를 쏠 순 없을 테니까. 그렇게 생각하면 모든 사람이 무사할 것이다. 그래서 그들은 노래를 듣기 위해 피아노 앞에 모여 앉았다.

"물러들 나세요." 록산은 말하며 두 손으로 사람들을 몰아내는 시늉을 했다. "공기를 좀 마셔야겠어요."

첫날 그녀가 맨 처음으로 부른 곡은 〈루살카〉에 나오는 아리아였다. 그녀가 기억하기로 이 곡은 호소카와 씨의 생일 파티 신청곡이었다. 아직 그를 알지 못하고 아무것도 모르던 때였다. 그녀는 이 곡의 이야기를 얼마나 좋아했는지 모른다. 서늘한 파도가 아닌 진짜 사람의 팔로 연인을 안고 싶어 사람이 되기를 갈망한 물의 요정 이야기. 그녀는 공연할 때마다 거의 매번 이 아리아를 불렀지만, 오늘 아침처럼 절절한 연민과 이해를 담아 부른 적은 없었다. 호소카와 씨는 그녀의 목소리에서 변화를 느꼈다. 그의 눈에 눈물이 고였다.

"코스 씨는 체코 노래를 그 나라 사람처럼 잘해." 그는 겐에게 속삭였다.

겐은 고개를 끄덕였다. 그녀의 노래가 지닌 아름다움은 부인할 수 없었다. 푸근하고 청아한 그녀의 목소리는 물기 촉촉한 〈루살카〉와 너무도 잘 어울렸다. 하지만 그녀가 체코어를 전혀 모른다는 사실을 호소카와 씨에게 굳이 말할 필요는 없을 것이다. 그녀는 음절 하나하나에 열정을 담아 불렀지만 그 음절은 체코어의 실제 발음과 전혀 맞아떨어지지 않았다. 그녀가 작품을 소리 나는 대로 외웠다는 사실, 그녀가 번역된 줄거리와 드보르자크에 대해 애정을 갖고 노래한다는 사실은 분명했지만, 체코어는 그녀를 스쳐지나가는 이방인과 다름없었다. 물론 그것이 죄는 아니다. 겐 말고 누가 그걸 알기나 하겠는가? 그들 중에 체코 사람은 없었다.

록산 코스는 아침에 세 시간 동안 맹연습을 했고, 목소리가 괜찮은 날에는 저녁식사 전의 늦은 오후에 다시 한번 노래를 불렀다. 그녀가 노래하는 동안에는 아무도 죽음을 생각하지 않았다. 그녀의 노래와 음악, 고음을 노래할 때의 달콤한 광채만을 생각했다. 얼마 안 가 그들의 하루는 세 부분으로 나뉘었다. 그녀의 노래를 기다리는 시간, 그녀의 노래를 즐기는 시간, 그녀의 노래를 되새기는 시간.

힘의 중심이 바뀌었는데도 장군들은 신경쓰지 않는 듯했다. 계획이 완전히 실패로 돌아갔다는 사실도 이제는 전처럼 무거운 부담으로 느껴지지 않아서 밤잠도 잘 이루는 편이었다. 벤하민 장군은 식당 벽에 날짜 표시를 계속해나갔다. 협상에 신경쓸 시간도 많아졌다. 장군들은 노래가 계획의 일부라도 되는 것처럼 얘기를 나눴다. 노래는 인질들의 마음을 가라앉혀주었다. 병사들의 관심을 집중시켰다. 담 너머에서 들려오는 소음을 약화시키는 효과도 있었다. 창문을 열면 밖에 있는 사람들에게도 그녀의 노랫소리가 잘 들리는 모양이었다. 그녀가 입을 벌려 노래를 시작하면 계속 울려대던 확성기 소리가 곧바로 멈추곤 했기 때문이다. 며칠이 지나자 확성기 소리가 더이상 들려오지 않았다. 그들은 바깥 거리를 상상해보았다. 거리를 가득 메운 사람들이 감자칩을 먹거나 기침을 하던 동작을 일제히 멈추고, 음반이나 꿈속에서만 듣던 목소리를 듣기 위해 귀를 쫑긋 세우리라. 그것은 장군들이 날마다 준비하는 콘서트였다. 아니 그들은 그렇게 믿었다. 국민에게 주는 선물이자 정부군을 위한 오락이라고. 나름대로 이유가 있어서 그녀를 납치한 것이라고 말이다.

"노래를 더 시켜야겠어." 장군들이 사무실로 사용하는 1층의 손님 침실에서 엑토르 장군이 말했다. 그는 차양 달린 침대에 누운 채, 자수로 장식된 상앗빛 이불에 군화 신은 발을 올려놓고 있었다. 벤하민과 알프레도는 커다란 분홍색 작약 무늬로 뒤덮인 의자에 앉아 있었다. "매일 몇 시간쯤 더 노래해도 괜찮겠지. 연습 시간도 조정해서 아예 놈들의 경계심을 풀어버리세."

"곡도 우리가 정해주자고." 알프레도가 말했다. "스페인어로 노래하라고 하지. 지금은 전부 이탈리아 노래뿐이라 우리의 대의와 맞지 않아. 게다가 노래에 무슨 메시지라도 담아서 전달하는지 우리가 어떻게 아나."

하지만 벤하민 장군은, 가끔 이런저런 착각에 빠지긴 했지만, 그래도 록산 코스가 있음을 다행으로 여겨야 한다는 정도는 알았다. "그런 부탁은 안 하는 편이 좋겠어."

"부탁은 안 해." 엑토르가 말하며 베고 있는 베개를 높였다. "명령을 하지." 그의 목소리는 단조롭고 차가웠다.

벤하민 장군은 잠시 가만히 있었다. 지금 노래를 부르는 록산 코스의 목소리가 온몸을 적셔오는 것을 느끼며 머릿속으로 할말을 정리했다. 그는 동료들에게 말하고 싶었다. 그렇게도 모르느냐고, 저 소리가 들리지 않느냐고. "음악은 좀 달라. 난 그렇게 생각하네. 지금은 우리가 잘해나가고 있지만 만약 억지로 밀어붙이면……" 벤하민은 어깨를 으쓱했다. 그는 얼굴을 만지려고 한 손을 들었다가 그만두었다. "모든 걸 잃을 수도 있어."

"머리에다 총을 겨누면 하루종일이라도 노래하겠다고 할걸."

"그럼 먼저 새한테 시험해보지 그래." 벤하민은 알프레도에게 부드럽게 말했다. "새나 저 소프라노 가수나 권위가 뭔지 통 모르니까 말이야. 새는 머리가 모자라서 겁을 낼 줄도 모르고 괜히 총 든 사람만 미친놈 취급을 받거든."

록산이 노래를 마치자 호소카와 씨는 그녀에게 건넬 물을 가지러 갔다. 그녀는 얼음을 넣지 않은 차가운 물을 좋아했다. 얼마 전 루벤 이글레시아스가 주방 바닥을 물걸레질하고 손으로 직접 왁스를 문질러 칠했기 때문에 주방 전체가 햇살 비치는 잔잔한 호수처럼 반짝반짝 빛났다. 이 물 한 잔을 위해 아침에 미리 끓여 식혀 놓은 물주전자를 드는 지금 이 순간이 호소카와 씨의 인생에서 가장 행복한 순간은 아닐까? 천만의 말씀. 그는 알지도 못하는 나라에 강압적으로 억류되어 날마다 총 든 어린 병사들을 바라보고 있다. 빽빽한 고기 샌드위치와 탄산음료로 끼니를 때우고, 오십 명이 넘는 사람과 한방에서 잠을 자며, 가끔씩 세탁기를 쓸 수 있는 특권에도 불구하고 부통령에게서 속옷 한 벌을 더 얻어 입어볼 생각이나 하고 있다. 그런데 무엇 때문에 요즘 갑자기 마음이 가벼워지고 모든 이에게 애정이 샘솟는 것일까? 그는 개수대 위에 난 커다란 창문으로 뿌옇게 안개 낀 바깥을 내다보았다. 그는 가난하지는 않았어도 힘든 유년을 보냈다. 열 살에 어머니가 돌아가시고, 그뒤 엉망이 된 채 겨우 버티던 아버지는 호소카와 가쓰미가 열아홉 살 되던 해에 어머니 곁으로 갔다. 두 누이는 결혼하면서 남처럼 멀어져버렸다. 그래, 가족은 그의 인생에 큰 행복이 되어주지 못했다. 난세이 사를 창립하는 데 매진했던 젊은 시절은 그의 기억 속에서 허리케인과도 같았다. 그것은 좀 느슨하다 싶은 것은 모조리 삼켜버리는 거대하고 위압적인 바람이었다. 그는 거의 매일 밤 책상에 머리를 박은 채 잠들었고 휴일도, 생일도, 계절도 잊고 살았다. 죽어라 일만 계속한 덕분에 거대한 기업을 키우고 성공을 거머쥐었지만, 행복? 그것은 그에게 늘 난감한 주제였다. 너무나 의미가 분명한데도 그 중요성을 이해할 수 없는 단어였다.

다음으로 그의 아내와 두 딸, 바로 그들이 문제였다. 그들에게서 행복을 느끼지 못했다면 그것은 전적으로 그의 잘못이었다. 아내는 숙부 친구의 딸이었다. 중매로 결혼하는 시대는 지났지만 그는 연애할 시간이 없을 정도로 바빴기 때문에 소개로 만난 것이었다. 두 사람은 여자의 부모 집 거실에 앉아서 선을 보았는데 대화도 거의 없이 다과만 먹었다. 그때 그는 늘 일을 했기 때문에 몹시 피곤했고, 결혼한 뒤에도 가끔씩 아내가 있다는 사실을 잊곤 했다. 새벽 네시에 집에 들어왔다가 그의 베개 위로 검은 머리를 흐트러뜨리고 잠든 그녀를 보고는 깜짝 놀랐다. 그러다가 아, 이 여자가 내 아내구나 생각한 뒤 그 옆에서 잠이 드는 것이었다. 그런 상황이 계속 이어진 것은 아니다. 두 사람은 점차 서로에게 의지하게 되었다. 가족이 된 것이다. 그녀는 좋은 아내이자 좋은 엄마였고, 그는 나름대로 그녀를 사랑했다. 하지만 행복? 그것은 아내를 생각할 때 함께 떠오르는 단어는 아니었다. 술 한잔을 준비하고 우편물을 분류해놓고 그가 퇴근해 집에 오기를 기다리는 그녀의 모습에서 그는 두 사람 중 어느 한쪽의 행복보다는 그들의 인생을 순탄케 해주는 효율성을 느꼈다. 그녀는 지조 있는 여자이자 충실한 아내였다. 추리소설을 읽곤 했지만 책에 관한 얘기를 하는 법이 없었다. 아름다운 카드를 썼고 아이들의 마음을 다독여주었다. 불현듯 그는 자신이 과연 아내를 알기나 했던 것인지 의문이 들었다. 과연 그녀를 행복하게 해준 적이 있었는지. 그에게 행복이란 만찬 모임 후 귀가해 스테레오와 함께 보내는 시간에나 느끼는 별개의 무엇이었다. 행복이라는 단어에 관한 그의 생각이 옳다면, 그는 지금껏 오로지 음악에서만 행복을 느껴왔다. 지금도 음악에서 행복을 느끼고 있었다. 다른 점이 있다면 지금은 그 음악이 곧 사람이라는 점이었다. 록산 코스는 그와 함께 소파에 앉아 악보를 읽었다. 피아노 앞에 함께 앉아달라고 그에게 청하기도 했다. 가끔은 그의 손을 잡기도 했는데, 그럴 때면 그는 소스라치게 놀라고 황홀해진 나머지 숨이 탁 막혔다. 그녀는 이렇게 물었다, 이 작품이 마음에 드세요? 또 이렇게도 물었다, 제가 어떤 곡을 불렀으면 좋겠어요? 사람의 체온과 음악이 하나가 될 수 있다는 것. 그는 그 사실을 비로소 알게 되었다. 그녀의 목소리, 다른 무엇보다 그녀의 목소리에서 그것을 느꼈지만, 그녀의 고운 손과 어깨 위로 늘어진 밝은색 머리카락, 희고 부드러운 목덜미도 마찬가지였다. 그녀에겐 엄청난 힘이 있었다. 그는 어떤 사업가도 이만큼 존경해본 적이 없었다. 무엇보다 그녀가 어째서 그를 택해 곁에 앉는가 하는 점이 가장 의문스러웠다. 세상에 이런 행복이 줄곧 존재해왔는데 그는 그 사실을 까맣게 몰랐다는 것이 대체 가능한 일인가?

호소카와 씨는 정신을 추스르고 잔에 물을 따랐다. 돌아가보니 록산 코스가 겐과 함께 피아노 앞에 앉아 있었다. "너무 오래 기다리셨죠." 그가 말했다.

그녀는 유리잔을 받아들고 겐의 통역을 들었다. "물을 이렇게 완벽하게 준비해서 가져오셨으니 그렇죠." 그녀가 말했다. "뭐든 완벽하게 하는 데는 시간이 오래 걸리잖아요."

겐은 매끈한 대리석 창구에서 돈다발을 내주고 받는 은행원처럼 그들의 문장을 통역했다. 말의 내용은 한쪽 귀로 흘려버렸다. 그는 아직도 간밤의 일을 머릿속에서 떨치지 못하고 있었다. 그것은 꿈이 아니었다. 그는 그런 꿈은 꿔본 적이 없었다. 그가 지켜보았던 소녀, 카르멘이라는 소녀가 부탁을 해왔고 그는 거기에 답했는데, 그녀는 지금 어디 있을까? 아침나절에는 통 보이지 않았다. 그는 조심스럽게 복도를 내다보려고 했지만 총 든 병사들에게 떠밀려 거실로 돌아와야 했다. 그들은 어떤 날에는 인질들이 돌아다니도록 내버려두고 또 어떤 날에는 총으로 사람을 쿡쿡 찌르는 것이 인생 최대의 즐거움인 양 행동했다. 언제 어디서 그녀를 만나야 하나? 그는 어제 아무것도 묻지 않았다. 그녀는 다시 자라고 했지만 그녀가 떠난 뒤 그는 잠을 이루지 못했다. 어째서 그런 여자아이가 범죄자들과 함께 냉방 통풍구로 기어들어왔는지 못내 궁금했다. 하지만 그가 뭘 알겠는가? 어쩌면 그녀는 사람을 죽인 적이 있는지도 모른다. 은행을 털었는지도 모르고 대사관 창문으로 화염병을 던졌는지도 모른다. 메스너의 말처럼 시대가 바뀌었으니 말이다.

베아트리스가 와서 겐의 어깨를 두 번 세게 두드리는 바람에 호소카와 씨와 록산의 대화가 중단되고 겐도 정신이 들었다. "마리아할 시간 안 됐어요?" 그녀는 연속극을 놓치고 싶지 않아서 물었다. 그녀는 말을 마치자마자 땋은 머리 끝을 도로 입에 넣고 질겅질겅 씹기 시작했다. 겐은 그녀의 뱃속에서 땋은 머리가 종양처럼 자라는 모습을 상상했다.

"십오 분 남았다." 그는 시계를 보며 대답했다. 다른 일이 그렇듯, 연속극이 시작할 시간을 챙겨주는 일 또한 그의 책무가 되어버린 터였다.

"시간 되면 알려줘요."

"그애가 보는 드라마 얘기인가요?" 록산이 물었다.

겐은 고개를 끄덕이고 베아트리스에게 스페인어로 대답했다. "몇시에 하는지 알려주마."

"몇시 따윈 신경 안 써요." 베아트리스가 말했다.

"넌 나한테 매일 물어보잖니. 하루에 다섯 번씩."

"아저씨한테만 묻는 게 아녜요. 남들한테도 물어본다고요." 그녀가 신경질적으로 대답했다. 그리고 작은 눈을 더 가늘게 뜨면서 겐의 말이 모욕적인지 아닌지를 곰곰이 생각했다.

겐은 시계를 풀었다. "손목 이리 내보렴."

"그걸 그애한테 주려고?" 호소카와 씨가 물었다.

"왜요?" 베아트리스도 수상쩍은 듯 물었다.

겐이 일본어로 말했다. "제가 안 차고 있는 게 낫겠어요." 그런 다음 베아트리스에게 말했다. "너한테 선물을 주려고 그래."

그녀는 선물을 받아본 경험이 없었지만 선물이라는 것이 마음에 들었다. 텔레비전 드라마에서 마리아의 애인이 그녀에게 선물을 주었는데, 자기 사진이 든 하트 모양 로켓 목걸이였다. 그가 직접 목걸이를 걸어준 뒤 그녀는 그를 멀리 떠나보낸다. 그러나 그가 떠나자 그녀는 목걸이를 입술에 대고 울고 또 운다. 선물이란 근사한 것 같았다. 베아트리스가 손목을 내밀자 겐은 시계를 채워주었다.

"큰바늘을 봐." 그는 손톱 끝으로 시계 유리를 톡톡 쳤다. "큰바늘이 여기 맨 위에 있는 12에 오면 그때 하는 거야."

그녀는 시계를 자세히 들여다보았다. 정말 아름다운 시계였다. 둥근 유리판과 부드러운 갈색 가죽줄, 그리고 문자판 위를 느리게 움직이는, 머리카락처럼 가느다란 시곗바늘. 선물로 치자면 이게 로켓 목걸이보다 훨씬 좋다고 그녀는 생각했다. 시계는 쓸모가 있는 물건이니까. "이거요?" 그녀가 바늘 세 개 중 하나를 가리키며 물었다. 바늘이 세 개라니 얼마나 희한하냐.

"분침이 12에 오고, 시침, 이 작은 것, 이게 1에 오면 돼. 쉽지."

하지만 그리 쉽지만은 않아서 베아트리스는 혹시 잊어버릴까봐 걱정이 되었다. 시계를 잘못 보고 드라마를 놓칠까봐 걱정이 되었다. 잘 모르고 다시 물어보면 겐이 놀려댈 테니 걱정이 앞섰다. 그냥 시간이 되면 겐이 알려주는 편이 나았다. 그것이 그가 할일이었다. 그녀는 할일이 많지만 인질들은 놀고 있으니까. "이런 것 관심 없어요." 그녀는 시곗줄을 풀려고 했다.

"뭐가 문제인가? 마음에 안 든대?" 호소카와 씨가 물었다.

"너무 복잡하다고 여기나봅니다."

"말도 안 돼." 호소카와 씨는 베아트리스를 말리려고 그녀의 손목에 손을 얹었다. "여길 봐라. 아주 간단하단다." 그는 손목을 내밀어 자신의 시계를 보여주었다. 그것은 장밋빛이 도는 원형의 금시계로 겐의 것에 비하면 눈이 부실 정도였다. "바늘이 두 개지." 그는 그녀의 두 손을 잡았다. "네 손처럼 말이야. 아주 간단해." 겐은 그의 말을 통역했다.

"바늘이 셋이에요." 베아트리스는 눈에 띄는 속도로 움직이는 바늘을 가리켰다.

"그건 초침이야. 일 분은 육십 초이고, 초침은 일 분 동안 한 바퀴를 돌면서 분침을 한 눈금 앞으로 보낸단다." 호소카와 씨는 시간을 설명하면서 초와 분과 시를 알려주었다. 최근 시계를 본 것이 언제이고, 시간을 알고 싶었던 것이 언제인지 기억도 나지 않았다.

베아트리스는 고개를 끄덕였다. 그녀는 손가락으로 겐의 시계 문자판 위에 원을 그렸다. "거의 다 되었네요." 그녀가 말했다.

"칠 분 더 있어야 해." 겐이 말했다.

"가서 기다릴래요." 그녀는 그에게 고맙다고 할까 생각해보았지만 그것이 옳은 일인지 잘 알 수 없었다. 맘만 먹었다면 그에게서 시계를 빼앗을 수도 있지 않았나. 달라고 할 수도 있었고.

"카르멘도 드라마를 보니?" 겐이 물었다.

"가끔요. 그런데 보고 나서 잊어버려요. 그애는 나처럼 열심히 보질 않더라고요. 오늘은 밖에서 보초 서는 날이라 못 볼 거예요. 창밖에서 보면 모를까. 난 보초 서는 날은 창문 앞에 서서 보거든요."

겐은 정원으로 이어지는 길쭉한 프랑스식 문을 흘끗 쳐다보았다. 아무것도 없었다. 가루아와 너무 자라서 화단 밖으로 비어져나오기 시작한 꽃들만 보일 뿐이었다.

베아트리스는 그가 무엇을 찾는지 알아차리고 화가 났다. 그녀는 겐을 어느 정도 좋아했고, 자기에게 선물을 주었으니 그 역시 자신을 좋아해야 옳다고 생각했다 "순서가 올 때까지 기다려요." 그녀가 쏘아붙이듯이 말했다. "창문마다 남자애들이 기다리고 있으니까. 저애들도 다 카르멘을 찾고 있거든요. 가서 같이 기다려봐요." 물론 이 말은 사실이 아니었다. 병사 간에는 연애가 허용되지 않았고 이것은 절대 어겨서는 안 되는 원칙이었다.

"그애가 나한테 물어본 게 있어서." 겐은 말을 꺼냈지만 목소리가 영 부자연스럽게 느껴져서 그만두기로 했다. 베아트리스에게 꼭 설명을 해야 하는 것도 아니니까.

"아저씨가 시계를 줬다고 카르멘한테 얘기할래요." 그녀는 손목을 내려다보았다. "사 분 남았네요."

"빨리 가봐야겠다." 겐이 말했다. "그러지 않으면 소파에 자리를 잡지 못할 테니."

베아트리스는 자리를 떴지만 뛰어가지는 않았다. 시간이 얼마나 남았는지 정확히 아는 사람답게 걸음을 옮겼다.

"뭐라고 하나?" 호소카와 씨가 겐에게 물었다. "시계를 받아서 좋다고 해?"

겐은 이 질문을 록산에게 영어로 통역해준 뒤, 좋아하는지 어떤지 잘 모르겠다고 두 사람에게 말했다.

"시계를 준 건 잘한 일 같아요." 록산이 말했다. "그렇게 좋은 선물을 준 사람에게 총을 들이대지는 않겠죠."

하지만 총을 들이댈지 아닐지 어떻게 안단 말인가? "좀 가봐도 될까요?"

호소카와 씨는 그렇게 하라고 말했다. 전에는 혹시 할말이 생길까봐 하루종일 겐을 곁에 붙잡아두었지만, 요즘에는 침묵도 편안하게 느껴지기 시작했다. 록산은 피아노 건반에 손을 얹고 드뷔시의 〈달빛〉 첫 부분을 연주했다. 그러고는 호소카와 씨의 한 손을 건반 위에 올리더니 매우 느리고, 아름답고, 구슬프게 다시 한번 음을 두드렸다. 그는 혼자서도 잘할 수 있을 때까지 몇 번이고 그녀를 따라 연주했다.

겐은 창가로 가서 밖을 내다보았다. 뚝뚝 듣는 빗방울은 멈췄지만 하늘은 여전히 음산하고 어스름이 깔린 듯 잿빛이었다. 겐은 어두워지기엔 너무 이른 시각임을 알면서도 손목시계를 보려다가 시계가 없음을 알아차렸다. 어째서 그녀를 기다리는 것일까? 글자를 가르치고 싶어서? 그 일이 아니라도 그에겐 할일이 너무 많았다. 사람들은 모두 통역을 빌려 자기 생각을 말하고 싶어했다. 이렇게 혼자서 밖을 내다볼 짬이 난 것만도 다행이었다. 이런 판국에 또다른 일까지 할 필요는 없었다.

"몇 시간 동안이나 이 창으로 밖을 내다봤지만 아무것도 없더군. 내 장담하지." 한 남자가 러시아어로 말을 걸었다.

"가끔은 그냥 내다보기만 해도 좋을 때가 있습니다." 겐은 창문에서 시선을 떼지 않고 대답했다. 그는 지금껏 러시아어를 쓸 기회가 별로 없었다. 푸시킨과 투르게네프의 작품을 읽을 때에나 사용하던 언어였다. 발음이 분명한 자음을 그럭저럭 잘 처리하는 자신의 목소리가 괜찮게 들렸지만, 악센트 처리가 서툴다는 사실을 그는 알고 있었다. 연습을 해야 한다. 그렇게 생각하면 이토록 많은 나라의 원어민이 한방에 모인 지금이야말로 좋은 기회였다. 빅토르 표도로프는 커다란 손에 돌담 같은 가슴을 지닌 거구의 남자였다. 표도로프와 레드베드, 베레좁스키, 이 세 러시아인은 주로 자기들끼리만 어울리며 카드놀이를 하고, 어디서 들여왔는지 모르지만 무궁무진하게 공급되는 듯한 담배를 피워댔다. 프랑스인은 일부 스페인어 단어를 알아듣고, 이탈리아인은 학교에서 배운 프랑스어를 조금이나마 기억해냈지만, 러시아어는 일본어와 마찬가지로 섬 같은 언어였다. 아무리 간단한 구문에도 뜻 모를 표현이 들어 있었다.

"늘 바쁘던데." 표도로프가 말했다. "가끔은 자네가 부러워. 종일 왔다갔다하고 다들 자네를 찾아대니. 자네 눈엔 일 없이 빈둥거리는 우리가 좋아 보이겠지. 혼자만의 시간을 좀 갖고 싶을 테고, 그렇지? 이를테면 창밖을 내다볼 시간이라든가." 이 러시아인의 말은 안 그래도 바쁜 사람한테 자기까지 나서서 통역이 필요한 문장을 떠안기기는 미안하니, 중요한 일이 아니라면 부탁도 않을 것이라는 의미였다.

겐은 씩 웃었다. 표도로프는 이 주 전쯤부터 면도의 즐거움을 포기하고 아주 인상적인 턱수염을 기르고 있었다. 이 집에서 나가게 될 때쯤이면 흡사 톨스토이 같아 보일 것이다. "바쁠 때에도 시간은 많습니다. 아시다시피 살면서 이렇게 하루가 길었던 적은 없었으니까요. 보십시오, 전 시계도 남한테 줘버렸습니다. 모르고 사는 게 나을 것 같아서요."

"존경스럽군." 러시아인은 겐의 맨손목을 바라보다가 굵은 검지로 손목을 툭툭 두드렸다. "깊이 생각하고 내린 결정이겠지."

"그러니 제 시간을 빼앗을까봐 염려하진 마십시오."

표도로프는 연대감을 표하기 위해 자신의 시계를 풀어 주머니에 집어넣었다. 그리고 커다란 손을 빙빙 돌리며 새로 얻은 자유를 만끽했다. "이제 얘길 할 수 있겠는데. 시간을 없애버렸으니 말이야."

"그럼요." 겐이 대답하는 찰나, 정원 담 부근에서 총을 든 두 사람이 걸어가는 모습이 눈에 띄었다. 그들의 상의와 모자는 조금 전까지 내리던 보슬비로 축축해져 있었다. 겐이 생각하기에 보초를 선다면 마땅히 주위를 둘러보아야 할 텐데 그들은 고개를 푹 숙이고 있었다. 어느 쪽이 카르멘인지 알기 어려웠다. 이렇게 멀리 떨어져서 비에 젖은 그애를 보니 또 남자아이 같았다. 그는 그녀가 고개를 들고 그를 쳐다봐주기를, 그가 찾고 있을 것이라는 생각을 해주기를 바랐다. 바보 같은 생각인 줄은 알았지만 말이다. 하지만 쭉 그녀를 만나고 싶었으므로, 둘 중 한 사람은 성난 십대 소년이 아닌 카르멘이라고 생각하는 편이 더 나았다.

표도로프는 겐을 쳐다보고는 두 병사가 사라질 때까지 밖을 내다보았다. "녀석들을 지켜보고 있군." 그는 낮은 음성으로 말했다. "잘 생각했네. 난 요새 게을러져서. 처음엔 녀석들의 동정을 살펴보기도 했는데, 아주 사방에 깔려 있더군. 꼭 토끼 같아, 밤에 병사를 더 데려오는 모양이야."

겐은 손가락을 들어 저애가 카르멘이라고 말하고 싶었지만 뭐라고 설명을 해야 할지 알 수 없었다. 그래서 그냥 고개를 끄덕여 맞장구를 쳤다.

"저놈들 때문에 시간을 낭비하진 말자고. 시간을 쓰려면 더 좋은 방법이 있으니까. 담배 피우나?" 그는 물으며 작은 푸른색 갑에 든 프랑스 담배를 꺼냈다. "안 피워? 그럼 내가 피우는 건 괜찮겠나?"

그가 성냥을 긋는 순간 부통령이 재떨이를 들고 나타나더니 앞에 놓인 작은 테이블에 내려놓았다. "겐." 부통령은 예의바르게 고개를 끄덕였다. "빅토르." 그리고 새로 배운 일본식 인사법으로 허리를 굽혀 보인 뒤 저쪽으로 사라졌다. 알아듣지도 못하는 대화를 방해하고 싶지 않아서였다.

"참 좋은 사람이지, 루벤 이글레시아스 말이야. 내가 이 초라한 나라의 국민이 되어 저 사람을 대통령으로 뽑아주고 싶은 생각까지 든다니까." 표도로프는 담배 연기를 깊숙이 들이마셨다가 천천히 내뿜었다. 그는 부탁의 말을 어떻게 꺼내면 좋을지 열심히 생각하고 있었다. "저 말일세, 우리 요즘 오페라 생각을 꽤 많이 하지 않나."

"그렇죠." 겐이 말했다.

"인생사 이렇게 풀릴지 누가 알았겠나? 처음엔 지금쯤 꼼짝없이 죽었거나, 살았더라도 목숨만 살려달라고 빌게 될 줄 알았는데, 가만히 앉아서 오페라 생각을 하고 있다니."

"아무도 예상 못했겠죠." 겐은 카르멘이 완전히 시야에서 사라지기 전에 한 번이라도 더 보려고 무의식적으로 상체를 앞으로 내밀었지만 너무 늦어버렸다.

"난 늘 음악에 관심이 있었어. 러시아에서는 오페라가 아주 중요하거든. 자네도 알겠지만 신성시될 정도니까."

"상상이 갑니다." 그는 시계를 준 것을 후회했다. 시계가 있으면 그녀가 몇 분마다 창 앞을 지나는지 잴 수 있었을 것이다. 그녀의 움직임을 시간으로 계산할 수 있는 것이다. 표도로프에게 부탁할까 하는 생각도 했으나 표도로프는 다른 일에 정신이 팔려 있었다.

"오페라가 러시아에 들어온 지는 얼마 되지 않았어. 이탈리아어는 언어 자체가 오페라 같은 노래에 적합하지만 우리는 그걸 받아들이는 데 시간이 좀더 걸렸지. 알다시피 우리 말은 좀 복잡하지 않나. 현재 러시아의 성악가들은 매우 훌륭해. 우리 나라 성악가의 재능에는 불만이 없네. 하지만 진정한 천재는 한 사람뿐이야. 위대한 성악가와 뛰어난 목소리는 많아도 천재는 단 한 명이란 말일세. 내가 알기로 록산 코스는 러시아에 한 번도 온 적이 없어. 진정한 천재와 한집에 갇힐 확률은 아주 희박하지 않나?"

"옳은 말씀입니다." 겐이 말했다.

"그런 여자와 함께 있으면서 아무 말도 하지 못한다는 것은 뭐랄까, 불행한 일이야. 아니 솔직히 말하면 애가 타는 거지. 만약 우리가 내일 석방된다면? 물론 바라던 바지만, 나중에 가서 그때 그녀와 얘기나 한번 해볼걸 하고 평생 후회하지 않을까? 한 공간에 함께 있으면서 아무 말도 걸어보지 않다니? 평생 그런 후회를 하며 사는 인생이 어떻겠나? 그녀가 노래를 다시 시작하기 전에는 이런 고민을 하지 않았어. 내 일만 생각하고 코앞의 상황에만 신경을 썼지. 하지만 매일 음악을 듣게 되니 모든 것이 달라지더군. 그렇지 않나?"

겐은 맞장구를 칠 수밖에 없었다. 그런 관점에서 생각해본 적은 없었지만 표도로프의 말이 옳았다. 분명 달라진 점이 있었다.

"그리고 알지도 못하는 나라에서 내가 정말 동경하는 여자와 인질로 잡혔는데, 그곳에 자네처럼 맘 좋고 우리말과 그녀가 쓰는 언어를 다 할 줄 아는 사람이 있을 확률은 얼마나 되겠나? 그럴 확률이 얼마나 되겠느냐 말이야. 몇백만분의 1 아니겠어! 내가 자네한테 온 것은 바로 이런 이유 때문이네. 자네한테 통역을 좀 부탁하고 싶어서 말이야."

"그렇게 예의 갖추실 필요 없습니다." 겐이 말했다. "기쁜 마음으로 코스 씨께 얘기해드리죠. 지금이라도 좋습니다. 하고 싶은 말이 있으면 뭐든 하십시오."

이 말에 거구의 러시아인은 얼굴이 창백해지면서 초조한 듯 담배를 세 차례 연거푸 빨아들였다. 그의 폐활량이 어찌나 큰지 이 세 번에 작은 담배 한 대가 끝까지 타버렸다. "그렇게 서두를 건 없네."

"내일 우리가 석방될 수도 있잖습니까."

표도로프는 고개를 끄덕이며 빙긋 웃었다. "빠져나갈 틈을 안 주는군." 그는 다 타버린 담배로 겐을 가리켰다. "자넨 생각이 깊은 친구야. 내 마음을 밝힐 시간이라 이거지?"

겐은 자신이 밝히다라는 동사를 잘못 알고 있는지도 모른다고 생각했다. 어쩌면 그 말에 다른 뜻이 있는지도 모른다. 그는 러시아어를 할 줄은 알아도 뉘앙스까지 이해하지는 못했다. "제 말은, 코스 씨가 바로 저기 있으니 얘길 하고 싶으시면 지금도 괜찮다는 뜻입니다."

"내일이 어떨까? 내일 했으면 하는데"—그는 한 손을 겐의 어깨에 얹었다—"운이 좋다면 말이야. 아침 시간 어떤가?"

"아침에 이리로 오죠."

"노래가 끝난 뒤에." 그가 말하고는 다시 덧붙였다. "하지만 너무 억지로 밀어붙이진 마."

겐은 알았노라고 말했다.

"좋아, 좋아. 이제 할말을 정리할 시간이 생겼군. 오늘밤은 자지 말아야겠어. 자네 아주 훌륭한걸. 러시아어를 아주 잘해."

"고맙습니다." 겐은 그와 함께 잠시 푸시킨에 대해 이야기하고 싶었다. 『예브게니 오네긴』과 『스페이드의 여왕』에 관해 알고 싶은 것이 있었기 때문이다. 하지만 표도로프는 구석진 자기 자리로 돌아가 2라운드를 준비하는 권투 선수처럼 어슬렁거렸다. 다른 두 러시아인은 담배를 피우며 그를 기다렸다.

부통령은 주방에 서서 채소 상자를 들여다보고 있었다. 상자에는 굽은목 호박과 진자줏빛 가지, 토마토, 노란 양파가 들어 있었다. 이것은 좋지 않은 징조라고, 저택을 포위한 측이 인질 사건에 점차 지겨움을 느끼고 있다는 의미라고 그는 해석했다. 이런 사건이 보통 얼마나 지속되더라? 여섯 시간? 이틀? 그뒤엔 경찰이 최루탄을 던져넣고 범인들은 항복하기 마련이었다. 하지만 어째서인지 이 덜떨어진 테러리스트들을 상대로는 아무런 구출 작전도 행해지지 않았다. 어쩌면 인질 수가 너무 많기 때문인지도 모른다. 부통령 관저를 둘러싼 담 때문인지도 모르고, 잘못하면 록산 코스가 죽을 수도 있다는 걱정 때문인지도 모른다. 이유야 어쨌든 상황이 벌어진 지 벌써 두 주가 지나고 있었다. 이제 이들의 뉴스는 더 이상 신문 1면을 장식하지 않을 테고 저녁 뉴스 시간에도 두번째, 혹은 세번째 소식으로 보도되고 있으리라. 사람들은 일상으로 돌아갔을 것이다. 앞에 놓인 식료품에서 알 수 있듯이, 이제 상황은 좀더 현실적인 국면에 접어든 셈이었다. 부통령은 이 집에 갇힌 사람들이 북쪽의 본토로 돌아가는 마지막 구조 헬기를 무력하게 바라보는 난파선의 조난자 같다고 생각했다. 식료품이 그 증거였다. 처음에는 샌드위치나 닭고기 캐서롤, 쌀밥 등 완전히 조리된 식품이 반입되었다. 그러다가 조금 손을 봐야 하는 음식, 즉 포장지를 벗기지 않은 빵과 고기와 치즈가 각각의 쟁반에 놓여 들어오기 시작했다. 하지만 이번 경우는 전혀 달랐다. 배에서 기름이 흘러나오는 차가운 분홍색 생닭 열다섯 마리, 채소 몇 상자, 말린 콩 몇 자루, 그리고 깡통에 든 쇼트닝이 전부였다. 확실히 양은 충분했고 닭고기 역시 건강한 닭을 잡은 것 같았으나, 문제는 어떻게 요리하느냐였다. 이 재료로 어떻게 저녁식사를 만드나? 루벤은 자신에게 이 질문에 답해야 하는 책임이 있다고 생각했지만 그는 자기집 주방을 전혀 몰랐다. 체가 어디 있는지도 모르고 마저럼과 백리향을 구분할 줄도 몰랐다. 아내도 모르지 않을까 하고 그는 생각했다. 사실대로 말하자면 그들은 꽤 오랫동안 사람을 써왔다. 요 몇 주 사이 직접 바닥을 쓸고 이불을 개면서 깨달은 사실이었다. 사회에서는 유능한 인간이었을지 모르나 집안일에 관해서는 애완견만큼이나 무지했던 것이다. 그는 어렸을 때에도 집안일을 해본 적이 없었다. 식탁을 차리라거나 당근을 손질하라는 말을 들어본 적이 없었다. 그의 침대를 정리하거나 옷을 개는 일은 누이들이 해주었다. 그의 집 세탁기와 건조기를 돌리는 법조차 이번에 감금되고 나서야 비로소 익혔다. 날마다 할일이 끝없이 쏟아져나왔다. 아침에 눈뜰 때부터 밤에 지쳐 쓰러져 잠들 때까지 쉴새없이 일을 해도 그가 늘 봐오던 깔끔한 집을 유지할 수 없었다. 얼마 전까지만 해도 얼마나 즐거움 넘치던 집이었나! 수많은 하녀가 집안을 오가며 먼지를 떨고 닦고, 셔츠와 손수건을 다림질하고, 천장 구석구석 잘 보이지도 않는 거미줄을 모조리 걷어냈다. 현관문 아래의 긴 놋쇠 판을 반질반질하게 닦고, 식료품 저장실을 달콤한 케이크와 사탕무 피클로 가득 채웠다. 하녀들이 지나간 곳에는 희미한 파우더(부통령 부인이 해마다 생일을 맞은 하녀에게 선물하는 것으로, 큼직한 원형 통 속에 두툼한 분첩이 들어 있었다) 향기가 남아 방안 구석구석에서 분을 뿌린 히아신스 냄새가 풍겼다. 루벤은 이 저택의 그 무엇에도 신경쓸 필요가 없었고 나설 일도 없었다. 아이들도 예쁘장한 하녀의 손에 이끌려 목욕을 하고 머리를 빗고 잠자리에 들었다. 더할 나위 없이 완벽한 생활이었다.

그리고 손님들! 먹고 난 접시를 개수대에 갖다놓을 줄도 모르는 저들은 누구란 말인가? 테러리스트들이라면 이해가 간다. 대부분 어린애이고 밀림에서 자랐으니까. (어릴 적 그가 깜박 잊고 현관문을 열어놓고 다닐 때면 어머니는 말하곤 했다. "자꾸 그러면 문 같은 건 신경쓰지 않아도 되는 밀림으로 보내버릴 테다!") 인질들은 호텔 보이와 비서에게 익숙해져 있고, 요리사와 가정부를 두었지만 그들의 얼굴조차 본 적 없는 사람들이었다. 집안의 모든 일이 그들의 편의에 맞춰 돌아갈 뿐 아니라 잡음 하나 없이 효율적으로 이루어졌기 때문에 그들은 관심 가질 필요가 없었다.

물론 루벤 또한 방관해도 될 일이었다. 따지고 보면 그의 집도 아니니까. 쏟아진 탄산음료가 웅덩이를 이뤄 카펫이 상하고 쓰레기통 주위에 차고 넘친 쓰레기가 발에 밟혀도 그냥 보고만 있어도 될 일이다. 하지만 그는 무엇보다 손님을 초대한 입장이었다. 겉모습이나마 파티가 진행되고 있다는 인상을 주는 것이 그의 책임이라고 느꼈다. 하지만 곧 그는 자신이 진정으로 그 일을 즐기고 있음을 깨달았다. 즐기는 정도가 아니라 아주 솜씨 있게 해냈다. 무릎을 꿇고 엎드려 왁스를 칠하면 바닥은 그가 돌본 만큼 윤이 났다. 많은 일 중 가장 즐거운 것은 다림질이었다. 테러리스트들이 다리미를 빼앗지 않은 것은 그가 보기에 놀라운 일이었다. 다리미는 무겁고 엄청나게 뜨거워서 잘만 휘두르면 권총만큼이나 위협적인 무기가 될 수 있었다. 셔츠를 벗은 채 기다리고 서 있는 사람들의 셔츠를 다리면서 그는 자신이 가할 수 있는 위해를 생각했다. 다는 죽이지 못하더라도(다리미로 총알을 막을 수 있을까?) 총에 맞을 때까지 두세 명쯤은 거꾸러뜨릴 수 있으리라. 다리미를 들고 싸울 수 있다는 생각을 하면 루벤은 덜 수동적이고 좀더 남자다워진 기분이 들었다. 그는 다리미의 뾰족한 은빛 끝을 셔츠 주머니에 밀어넣었다가 소매 방향으로 미끄러뜨렸다. 구름 같은 김을 뿜어내다보면 땀투성이가 되었다. 칼라야말로 가장 중요한 부분임을 그는 곧 깨닫게 되었다.

하지만 다림질과 이 문제는 다르다. 다림질은 그가 해결할 수 있는 일이다. 하지만 요리는 통 감이 잡히질 않았다. 그는 앞에 놓인 재료를 서서 멍하니 바라보았다. 그러다가 닭고기를 냉장고에 넣기로 했다. 고기를 더운 곳에 두면 안 된다는 정도가 그가 아는 전부였다. 그는 도움을 요청하러 갔다.

"겐, 코스 씨와 얘기하고 싶네."

"부통령께서도요?" 겐이 물었다.

"그래." 부통령이 말했다. "왜, 줄이라도 서야 하나? 번호표를 받을까?"

겐은 고개를 저으며 부통령과 함께 록산에게 갔다. "겐." 록산 코스는 겐을 만난 지 며칠이나 지난 것처럼 두 손을 내밀며 말했다. "부통령님." 악보가 들어온 뒤로 그녀는 변했다. 어쩌면 이것이 원래 모습인지도 모른다. 지금의 그녀는 아리아 여섯 곡을 부르기 위해 어마어마한 돈을 받고 파티에 참석했던 유명한 소프라노로 되돌아가 있었다. 유명인사에게서만 볼 수 있는 광채 같은 것도 났다. 이렇게 그녀 가까이 서 있으면 루벤은 어쩐지 자신감을 잃곤 했다. 그녀는 그의 아내가 입던 스웨터를 입고, 오색찬란한 새가 그려진 아내의 검정 실크 스카프를 목에 두르고 있었다. (아내는 파리에서 가져온 이 스카프를 얼마나 좋아했던가! 일 년에 한두 번만 쓰고 평소에는 곱게 개어 본래 상자에 넣어두었다. 루벤은 이 보물을 일말의 주저함도 없이 록산에게 내주었다!) 별안간 그는 그녀에 대한 감정을 털어놓고 싶은 욕구에 사로잡혔다. 그녀의 음악이 자신에게 어떤 의미를 갖는지 말하고 싶었다. 그는 털 뽑은 닭고기를 떠올리면서 자신을 억제했다. "죄송합니다." 감정이 북받쳐 부통령의 목소리가 갈라졌다. "코스 씨는 우리를 위해 너무나 많은 일을 하고 계십니다. 당신의 노래 연습 시간은 하느님이 저희에게 주신 선물입니다. 연습이라기엔 너무 훌륭한 노래지만 그 말은 심지어 그보다도 더 잘 부르실 수 있다는 뜻이겠죠." 그는 손가락을 눈에 갖다대며 고개를 저었다. 피곤했다. "이런 말을 하려고 온 게 아닌데. 부탁 하나만 들어주시겠습니까?"

"저한테 부탁하고 싶은 곡이 있나요?" 록산은 스카프 끝을 쓰다듬었다.

"그런 생각은 해본 적도 없습니다. 코스 씨가 부르는 노래가 곧 제가 듣고 싶은 노래니까요."

"감동적입니다." 겐이 스페인어로 말했다.

루벤은 사적인 견해는 원치 않는다는 시선을 겐에게 던졌다. "주방 일로 조언을 좀 들었으면 합니다. 도와주십시오. 오해하지 마세요. 일을 하시라는 말이 아닙니다. 다만 저녁식사 준비를 아주 조금만 지도해주신다면 정말 감사하겠습니다."

록산은 겐을 쳐다보며 눈을 깜박였다. "잘못 들었겠죠?"

"아닐걸요."

"다시 말해주세요."

외국어에 능통한 사람에게 스페인어란, 트라이애슬론 선수에게 돌차기놀이와 같은 것이었다. 러시아어와 그리스어를 할 줄 안다면 스페인어 문장을 잘못 알아들을 리 없다. 게다가 음식 준비는 인간의 영혼과 관련된 철학적인 주제도 아니다. 어쨌든 스페인어는 겐이 요즘 하루종일 쓰는 언어 아닌가. 이 집에서는 공용어라 해도 좋을 언어였다. "죄송하지만 다시 한번 말씀해주시겠습니까?" 겐이 루벤에게 요청했다.

"저녁 준비를 좀 도와달라고 해주게."

"요리 말이에요?" 록산이 물었다.

루벤은 잠시 생각해보았다. 저녁식사를 내가거나 음식을 먹는 일을 도와달라고 하는 것은 아니니, 그렇다면 남은 것은 요리뿐이었다. "요리 말입니다."

"왜 저분은 내가 요리를 할 줄 안다고 생각하죠?" 그녀가 겐에게 물었다.

루벤은 영어를 썩 잘하진 못했지만 그렇다고 전혀 못하지도 않았으므로 이 말을 알아듣고 그녀가 여자라는 점을 강조했다. "저기 있는 여자아이 둘은 외국인이 좋아하지 않을 현지 음식 외엔 요리할 줄 모를 것 같아서요." 그는 겐을 통해 말했다.

"남미 사람들의 사고방식이군요, 그렇죠?" 그녀는 겐에게 말했다. "내가 기분 상해하면 안 되겠죠. 문화 차이를 염두에 두어야 하니까요." 그녀는 루벤을 향해 친절하지만 특별한 뜻은 담지 않은 미소를 지어 보였다.

"현명한 처사입니다." 겐은 록산에게 말하고 루벤을 향했다. "코스 씨는 요리를 하지 않는답니다."

"조금은 할 것 아닌가." 루벤이 말했다.

겐은 고개를 저었다. "전혀 할 줄 모르는 것 같아요."

"날 때부터 오페라를 부르지는 않았을 것 아닌가." 부통령은 말했다. "어린 시절도 있었을 텐데." 부유한 집안에서 고급품만 쓰며 응석받이로 성장한 그의 아내조차 요리는 배웠다.

"어린 시절이야 있었겠지만, 늘 누가 해주는 음식만 먹었나보죠."

록산은 금빛 실크 쿠션에 기대앉아 두 사람의 대화를 지켜보며 두 손을 들고 어깨를 으쓱해 보였다. 매력적인 동작이었다. 접시 한 장 씻어보지 않고, 콩깍지 한 번 벗겨본 적 없는 매끄러운 손이었다. "이제 흉터가 훨씬 나아졌다고 말해줘요." 그녀는 겐에게 말했다. "뭔가 좋은 말을 해주고 싶어요. 그 일이 터졌을 때 이 집 하녀가 마침 곁에 있었기에 망정이지, 그렇지 않았으면 저분은 얼굴 상처도 나한테 꿰매달라고 했겠어요."

"바느질도 할 줄 모른다고 전할까요?" 겐이 물었다.

"지금 말씀드리는 편이 낫겠어요." 소프라노는 다시 한번 미소를 짓고 부통령에게 가보라는 뜻으로 손을 흔들었다.

"자네는 음식 할 줄 아나?" 루벤이 겐에게 물었다.

겐은 이 질문을 못 들은 척했다. "시몽 티보 씨가 음식에 대해 불평을 많이 하더군요. 요리가 뭔지 좀 아는 것 같던데요. 어쨌거나 프랑스 사람 아닙니까. 프랑스인은 음식을 할 줄 알잖아요."

"이 분 전에는 내가 여자에 대해 같은 얘길 했는데." 루벤은 말했다.

하지만 시몽 티보의 반응은 훨씬 나았다. 생닭이라는 말에 그의 얼굴이 환해졌다. "채소도 있다고? 하느님, 감사합니다. 제대로 된 식재료가 아직 있다니."

"도와주실 분을 찾았군요." 겐은 말했다.

세 사람은 널찍한 거실을 어슬렁대는 인질과 병사의 미로를 뚫고 함께 주방으로 향했다. 티보는 채소부터 살폈다. 상자에서 가지를 하나 꺼내 두 손으로 굴려보았다. 반질거리는 껍질에 얼굴이 비치는 듯했다. 진한 자주색 가죽 같은 표면에 코를 갖다대보았다. 냄새가 많이 나진 않았지만 검은 흙 냄새가 옅게 풍겼다. 콱 깨물고 싶을 만큼 생기 넘치는 냄새였다. "훌륭한 주방이군요. 프라이팬을 좀 볼 수 있을까요?" 그는 말했다.

루벤이 서랍과 장식장을 전부 열어젖히자 시몽 티보가 차근차근 그 안을 살피기 시작했다. 철제 거품기와 믹싱볼, 레몬 압착기, 제빵용 종이, 이중 냄비 등이 있었다. 갖가지 종류와 크기의 냄비가 갖춰져 있었는데, 가장 큰 것은 냄비 무게만 15킬로그램이 넘고 체구가 작은 두 살배기 어린애가 들어갈 수 있을 정도였다. 오백 명분의 칵테일 뷔페에 익숙한 주방이자, 언제든 많은 사람을 먹일 준비가 되어 있는 주방이었다. "칼은 어디 있죠?" 티보가 물었다.

"칼은 저 불한당들의 허리띠에 있죠." 부통령이 대답했다. "저자들은 고기칼로 우릴 난도질해 죽이든가 빵칼로 썰어 죽일 작정인가봅니다."

티보는 금속 조리대를 손가락으로 두드렸다. 멋있어 보이는 조리대였지만 티보 부부의 파리 집에 있는 조리대는 대리석이었다. 대리석에 반죽을 쳐대서 만드는 파이 껍질은 얼마나 훌륭한가! "그거 괜찮은 생각인데요." 티보가 말했다. "좋습니다. 하지만 칼은 그냥 저들이 가지고 있는 편이 낫겠어요. 겐, 가서 장군들에게 음식을 해야 한다고 전하게. 그러지 않으면 생닭을 먹어야 한다고. 이 사람들이 생닭을 안 좋아할 거라는 뜻은 아냐. 우리는 칼을 만질 자격이 없다는 걸 아니까 썰고 다지는 일을 할 병사 두셋만 보내달라고 해. 여자 병사들하고, 왜 그 몸집 작은 아이 있지 않나."

"이스마엘 말이군요." 루벤이 말했다.

"자기 일에 책임을 질 줄 아는 아이더군요." 티보는 말했다.

보초병이 교대를 한 것인지, 모자 쓴 젊은 병사가 두 명 더 투입된 것인지 몰라도 카르멘은 보이지 않았다. 만일 그녀가 집안으로 들어왔다면 지금은 인질들이 들어갈 수 없는 집안 어딘가에 있을 것이다. 그는 조용히 접근이 허용된 곳을 모조리 찾아보았지만 그녀는 보이지 않았다. "벤하민 장군님." 그는 식당에서 가위를 들고 신문을 훑어보는 장군을 발견하고 말을 걸었다. 장군은 신문을 검열이라도 하듯 자신들과 관련된 기사를 오려내고 있었다. 텔레비전은 하루종일 켜져 있었지만 뉴스 시간이 되면 인질들은 자리를 옮겨야 했다. 그러면 그들은 복도에 선 채 밖으로 새어나오는 소리에 귀를 기울였다. "음식이 좀 바뀌었습니다." 티보가 외교관이기는 하지만, 그와는 좀 다르게 말해야 뜻하는 바를 얻겠다고 겐은 생각했다. 기질 차이 때문이었다. 프랑스인은 공손하게 행동하는 법을 모른다.

"어떻게 바뀌었지?" 장군은 쳐다보지도 않고 물었다.

"조리가 안 되어 있습니다. 채소 몇 상자와 닭뿐입니다." 그래도 닭털은 뽑혀 있고 산 닭도 아니니 다행이었다. 이제 저녁식사 전에 닭이 제 발로 문 안으로 걸어들어오고 우유가 따뜻하게 염소에 든 채 들어오는 것도 시간문제다.

"그럼 요리를 해." 그는 3면 가운뎃부분을 똑바로 잘랐다.

"부통령과 티보 대사가 요리를 하려고 하는데 칼이 있어야 한답니다."

"칼은 안 돼." 장군은 생각 없이 대답했다.

겐은 잠시 기다렸다. 벤하민 장군은 오려낸 기사를 구겨서 똘똘 뭉쳐놓은 종이 더미에 놓았다. "불행히도 그 점이 문제입니다. 저는 요리를 잘 모르지만 음식을 만드는 데 칼이 꼭 필요하다는 것은 압니다."

"칼은 안 돼."

"그럼 칼을 가진 사람이 오면 될 것 같은데요. 칼질을 할 병사 몇 사람을 불러주시면 저희가 칼을 쓰지 않아도 될 겁니다. 재료가 무척 많습니다. 어쨌든 쉰여덟 명을 먹여야 하니까요."

벤하민 장군은 한숨을 쉬었다. "몇 명이 있는지는 나도 알아. 너한테서까지 듣고 싶지는 않다." 그는 잘라내고 남은 신문을 잘 펴서 도로 접었다. "겐, 체스 둘 줄 아나?"

"체스 말입니까? 둘 줄은 압니다만 잘하는 편은 아닙니다."

장군은 두 손을 깍지 끼어 입술에 댔다. "주방 일을 돕도록 여자 병사들을 보내겠다." 대상포진은 이제 그의 눈가에까지 도달해 있었다. 아직 초기였지만 그 결과가 얼마나 비참할지는 명약관화했다.

"한 사람 더 있으면 좋겠는데요. 이스마엘이 어떨까 합니다. 아주 좋은 아이던데요."

"둘이면 충분해."

"체스는 호소카와 씨가 둘 줄 압니다." 겐이 말했다. 칼질할 병사 한 사람을 더 얻으려고 회장을 팔아서는 안 되지만, 호소카와 씨가 체스를 기막히게 잘 두는 것은 사실이었다. 그는 비행시간이 길어지면 겐에게 함께 체스를 두자고 했다가, 겐이 20수도 못 버티고 지면 늘 실망하곤 했다. 호소카와 씨라면 벤하민 장군만큼 체스를 즐길 것이라고 그는 생각했다.

벤하민 장군이 고개를 들었다. 붉게 부푼 얼굴에 언뜻 기쁜 빛이 스쳤다. "꼬마 방에서 체스 세트를 찾았다. 그런 어린애한테 체스 게임을 가르쳤다고 생각하니 흐뭇하더군. 인성 발달에 좋은 놀이라고 본다. 우리 애들한테도 전부 체스를 가르쳤지."

벤하민 장군에게 아이들이 있다는 것, 가정이 있고 아내가 있고 테러리스트 외의 활동 영역이 있다는 것은 겐이 미처 생각해보지 못한 부분이었다. 이들이 어디에 사는지 궁금히 여겨본 적은 없지만, 그럼 천막이나 밀림에 있는 커다란 나무 사이에 달아놓은 그물 침대에서 지내는 것이 아니었단 말인가? 그렇다면 혁명군도 일종의 정규 직업일까? 아침이면 가운 차림으로 식탁에 앉아 코카 차를 마시는 아내에게 키스를 하고 출근하는 것일까? 저녁이면 집에 돌아가 다리를 뻗고 담배를 피우며 체스를 두는 것일까? "제가 체스를 잘하지 못해 아쉽습니다."

"글쎄, 내가 가르쳐줄 수도 있지. 내가 자네한테 가르쳐줄 것이 있으리라곤 생각 못했지만." 벤하민 장군은 테러리스트 가운데서도 겐의 언어 능력을 가장 대단하게 평가하는 사람이었다. 러시아어와 영어, 프랑스어를 할 줄 안다면 다른 것도 뭐든 할 줄 알리라고 그들은 생각했다.

"감사합니다." 겐이 말했다.

벤하민은 고개를 끄덕였다. "호소카와 씨에게 가서 언제든 편할 때 오라고 전해. 통역은 필요 없다고. 체크와 체크메이트를 일본어로 뭐라고 하면 되는지 이 종이에 써주게. 게임을 하는 데 필요한 만큼은 배울 생각이 있으니까." 벤하민 장군은 구겨진 신문 조각을 하나 집어들어 도로 폈다. 겐은 그가 건네는 연필을 받아 헤드라인 위에 그 두 단어를 썼다. 헤드라인에는 '포코 에스페란사'라고 적혀 있었다. '희망은 없다.'

"저녁 준비를 도울 병사를 몇 보내겠다." 장군이 말했다. "직접 거기로 갈 거야."

겐은 고개를 숙였다. 필요 이상으로 정중하게 느껴질 수도 있겠지만, 그를 보는 사람은 아무도 없었다.

무장한 십대 소년들이 뚱하게 모든 문을 지키고 서 있는 저택에 갇힌 지금, 인질들은 일체의 선택권을 박탈당한 것 같아 보였다. 자유도, 신뢰도, 닭고기를 자를 칼을 주고받을 자유나 신뢰조차 없는 듯했다. 문을 열고 밖에 나갈 기본적 권리조차 이젠 허용되지 않으니까. 하지만 실은 그렇지 않았다. 겐은 호소카와 씨를 먼저 찾지 않았다. 체스 이야기를 하러 가지 않은 것이다. 이따가 밤에 말한다고 뭐가 달라질까? 호소카와 씨는 겐이 늦게 알려준 줄도 모를 것이다. 어차피 스페인어와 일본어를 다 할 줄 아는 사람은 겐뿐이다. 호소카와 씨는 거실 저쪽에서 록산 코스와 함께 자단 피아노 의자에 앉아 있었다. 그냥 내버려두자. 그는 그녀와 있어 행복하다. 그녀는 그의 손가락을 건반 위로 인도하며 뭔가를 가르치고 있었다. 꾸밈없고 반복적인 음률이 배경음악으로 깔렸다. 확신하기에는 이르지만 그는 스페인어보다 음악에 더 소질이 있어 보였다. 일단은 그냥 내버려두자. 이만큼 떨어진 곳에서도 겐은 록산 코스가 낮은 음을 누를 때 호소카와 씨에게 몸을 기대는 모습을 볼 수 있었다. 굳이 얼굴을 보지 않아도 겐은 호소카와 씨가 행복에 빠져 있음을 알 수 있었다. 회장이 지적이고 행동력 있고 이성적이라는 것은 전부터 알고 있었다. 회장이 불행해 보인다고는 생각지 않았지만 그렇다고 특별히 사는 것이 재미있어 보이지도 않았다. 그러니 그의 즐거움을 방해하지 않는 편이 좋지 않을까? 이렇게 판단한 겐은 호소카와 씨의 연습을 방해하지 않고 이글레시아스 부통령과 티보 대사가 소스에 대해 논의하고 있는 주방으로 돌아갔다.

주방 일을 돕도록 여자 병사들을 보내겠다, 라고 벤하민 장군은 말했다.

그 말이 드뷔시의 곡 〈달빛〉의 후렴구처럼 겐의 머릿속을 뱅뱅 돌았다. 그는 주방의 여닫이문을 밀고 들어서며, 힘 안 들이고 상대를 때려눕힌 프로 권투 선수처럼 두 손을 쳐들었다.

"저것 보십시오!" 부통령이 외쳤다. "천재 소년이 개선하는군요."

"저런 인재를 주방 일과 칼 따위에 쓰다니 너무 아깝습니다." 티보는 스페인 주재 프랑스 대사로 갈 줄 알고 익혀두었던 스페인어로 말했다. "이런 젊은이는 북아일랜드나 가자 지구로 보내야 해요."

"겐에게 메스너가 하는 일을 맡겨야 해요. 그러면 우린 여기서 나갈 수 있을 겁니다."

"칼 몇 자루일 뿐입니다." 겐이 겸손하게 말했다.

"벤하민을 만나서 얘기했나?" 루벤이 물었다.

"당연히 벤하민과 얘기했겠죠." 티보는 앞에 있는 책더미에서 요리책 한 권을 뽑아서 뒤적이고 있었다. 손가락으로 빠르게 글자를 훑는 모습이 속독으로 내용을 읽는 것 같았다. "해내지 않았습니까? 알프레도와 엑토르 같으면 그냥 생닭을 먹으라고 했을 겁니다. 그래야 사람이 강해진다는 둥 하면서 말이죠. 겐, 그 선량한 친구가 뭐라 하던가?"

"여자 병사들을 보낸답니다. 이스마엘은 안 된다고 했지만, 보낼 것 같기도 합니다." 겐은 상자에서 당근을 꺼내 개수대에서 씻었다.

"나는 총으로 얼굴을 치더니, 자네한테는 일손을 보내주는군." 부통령이 쾌활하게 말했다.

"간단하게 코코뱅* 어때요?" 티보가 제안했다.

"와인은 전부 압수당했소. 필요하다면 또 겐을 보내야 해요. 저 자들이 다 마셔버리지 않았다면 여기 어디에 넣어두었을 겁니다." 루벤이 말했다.

"와인이 없다니." 시몽 티보는 슬펐다. 칼처럼 위험한 물건도 아

---

* 레드와인에 닭고기를 푹 끓인 프랑스 요리.

닌 와인을 압수하다니. 있을 수 없는 일이다. 파리에서는 미처 신경을 못 써 와인이 다 떨어져도 상관없었다. 와인 한 상자든, 한 병이든, 한 잔이든 반 블록만 걸어나가면 원하는 대로 다 구할 수 있었다. 바의 놋쇠 난간에 노랗고 따스한 햇살이 반사되는 가을날 브라스리 리프의 안쪽 테이블에 앉아 마시는 부르고뉴 와인 한 잔. 남색 스웨터 차림의 에디트. 머리는 하나로 말아올리고 흰 손으로 와인잔을 감싼 그녀. 햇빛과 스웨터, 에디트의 손가락 사이로 보이는 진한 적색 와인이 눈앞에 보이는 듯했다. 이 나라의 수도로 이사오면서 그들은 스무 상자가 넘는 와인을 가지고 왔다. 가뭄에도 한 도시의 목을 적실 수 있을 만한 분량이었다. 티보는 축축한 흙바닥으로 된 지하실 공간을 애써 와인 저장실로 꾸몄다. 프랑스 와인은 프랑스 외교의 기본이었다. 그는 박하사탕 나눠주듯 포도주를 뿌렸다. 그들 부부의 파티에 온 손님들은 늦도록 자리를 뜨지 않았다. 집 대문으로 향하면서도 안녕히 계시라고 인사만 거듭할 뿐 떠나질 않았다. 결국 에디트가 집안에서 와인을 갖고 나와 사양하는 그들의 손에 하나씩 쥐여주면, 손님들은 술병을 들고 어둠 속에 주차된 자신의 차로 각자 흩어지곤 했다.

"이것은 내 피니," 손님들이 돌아가고 나면 티보는 아내를 향해 잔을 들며 말했다. "오로지 당신만을 위해 흘리리다." 그러고는 함께 거실을 오가며 구겨진 냅킨과 쌓인 접시를 치웠다. 가정부는 파티가 끝나기 전에 집으로 보냈다. 이는 친밀한 행위요 순수한 사랑의 표현이었다. 단둘만 남아서 집을 정리하는 것이다.

"와인이 필요 없는 닭 요리는 없습니까?" 루벤이 고개를 빼고 책을 들여다보았다. 집에 늘 있던 책들인데 한 번도 본 적이 없다니!

그는 이 책들의 주인이 자기인지 이 집인지 모르겠다고 생각했다.

티보는 에디트의 스카프를 어깨 뒤로 넘겼다. 그리고 고기 굽는 법에 대해 얘기하면서 책을 보려고 고개를 돌렸다. 그가 책장으로 눈길을 돌리자마자 문이 활짝 열리더니 세 사람이 들어왔다. 키가 큰 베아트리스와 예쁘장한 카르멘 그리고 이스마엘이었다. 그들은 각각 두세 자루의 칼을 들고 있었다.

"아저씨가 우릴 불러달라고 했죠?" 베아트리스가 겐에게 말했다. "전 지금 비번이에요. 텔레비전을 보려고 했는데."

겐은 벽에 걸린 시계를 쳐다보았다. "네가 좋아하는 프로그램 할 시간은 지났는데." 겐은 베아트리스에게 시선을 고정시키려 애썼다.

"다른 프로그램도 한단 말이에요." 그녀가 말했다. "볼 게 얼마나 많은데요. 뭐든 다 여자한테만 시킨다니까."

"여자만 온 건 아니잖아." 이스마엘이 자기변호에 나섰다.

"마찬가지지 뭐." 베아트리스가 말했다.

이스마엘은 얼굴이 빨개져서 나무로 만든 칼자루를 양 손바닥으로 비벼댔다.

"장군님이 와서 저녁 준비를 도우라고 하셨어요." 카르멘이 겐에게 눈도 돌리지 않고 부통령을 향해 말했다. 겐 역시 그녀를 쳐다보지 않았다. 그런데 어째서 둘이 서로 마주보고 있는 듯한 기분이 드는 걸까?

"정말 고맙다." 시몽 티보가 말했다. "우린 칼 쓰는 법을 전혀 몰라서, 칼처럼 위험한 물건이 주어지면 몇 분 안에 피바다를 만들거든. 사람을 죽인다는 뜻이 절대 아니다. 제 손가락을 베어서 피를 철철 흘리다 죽는다는 얘기지."

"그만하세요." 이스마엘이 킥킥 웃었다. 이스마엘은 얼마 전 아마추어의 손에 머리를 깎았다. 굵은 고수머리로 덮였던 자리가 이제 가위 지나간 길을 따라 들쑥날쑥했다. 어떤 곳은 머리카락이 풀처럼 곤두서 있고 어떤 곳은 단정하게 누워 있었다. 너무 바짝 깎아서 갓 태어난 쥐의 살갗처럼 두피가 분홍색으로 반들거리는 부분도 있었다. 나이가 들어 보일 거라고 해서 깎았는데 오히려 아픈 사람 같았다.

"너희 중에 요리할 줄 아는 사람 있니?" 루벤이 물었다.

"조금은요." 카르멘이 체스판 모양의 흑백 바닥을 딛고 선 자신의 발을 내려다보며 대답했다.

"당연히 할 줄 알죠." 베아트리스가 낚아채듯 말했다. "우리가 먹는 음식을 누가 할 것 같아요?"

"너희 부모님이 해줄 수도 있지 않니." 부통령이 말했다.

"우린 어른이에요. 우리 일은 우리가 챙긴다고요. 애들처럼 부모님한테 돌봐달라고는 안 해요." 베아트리스는 텔레비전을 보지 못해 신경질이 났다. 어쨌든 할일은 다 끝냈다. 저택 2층 순찰도 돌았고, 창문 앞에서 두 시간 동안 보초도 섰다. 장군들의 총과 자신의 총 소제도 마쳤다. 그런데 주방 일까지 해야 하다니 당치않다. 늦은 오후에 하는 텔레비전 프로그램이 얼마나 재미있는데. 별무늬 조끼와 긴 치마를 입은 여자가 나와서 카우보이 노래를 부르며 굽 높은 부츠를 딸각대면서 춤을 추는 프로그램 말이다.

이스마엘은 한숨을 쉬며 들고 온 칼 세 자루를 조리대에 내려놓았다. 그는 부모를 모두 여의었다. 아버지는 어느 날 밤 한 무리의 사내들에게 끌려간 뒤로 소식이 없었다. 어머니는 열한 달 전에 독감에 걸려 세상을 떠났다. 이스마엘은 꽉 찬 열네 살이었지만 그의 몸 어디를 봐도 그 정도 나이로는 보이지 않았다. 아이가 부모님이 해주는 밥을 먹는 존재라면 그는 확실히 아이가 아닌 셈이었다.

"그럼 양파도 알겠구나." 티보가 양파를 쳐들어 보였다.

"아저씨보다 잘 알죠." 베아트리스가 말했다.

"그럼 그 위험한 칼을 들고 양파를 잘게 썰어다오." 티보는 도마와 볼을 하나씩 나눠줬다. 어째서 저들은 도마를 무기로 생각하지 않을까? 묵직한 나무 널빤지 양쪽 끝을 단단히 잡으면 사람의 뒤통수를 내려치기에 딱 좋은 크기인데 말이다. 볼도 마찬가지 아닌가? 파스텔민트 색상의 묵직한 도기 볼은 바나나 따위를 담아놓으면 해로울 것 없어 보이지만 깨지면 칼과 뭐가 다른가? 깨진 도기 파편은 사람의 심장도 손쉽게 찌를 수 있지 않은가? 티보는 카르멘에게 마늘을 다지고 피망을 얇게 썰라고 지시했다. 이스마엘에게는 가지를 하나 주었다. "껍질을 벗기고 씨를 빼서 잘게 썰어라."

이스마엘의 칼은 길고 무거웠다. 과도는 누가 가져가서 호신용으로 쓰고 있지? 자몽 칼은 누가 갖고 있을까? 이스마엘은 가지 껍질을 벗기려다가 폭신하고 노란 속살을 7센티미터나 잘라내고 말았다. 티보는 한동안 지켜보다가 두 손을 내밀었다. "그렇게 하면 안 되지. 다 잘라내면 먹을 게 없잖니. 자, 이리 줘보렴."

이스마엘은 동작을 멈추고 잘린 껍질을 살펴본 뒤 가지와 칼을 내주었다. 그는 칼끝이 티보 쪽으로 가게끔 내밀었다. 주방 기구 다루는 법을 그가 알 리 없었다. 티보는 칼과 가지를 한 손에 하나씩 받아들었다. 그리고 솜씨 좋고 재빠른 동작으로 가지 껍질을 벗기기 시작했다.

"칼 내려놔!" 베아트리스가 큰 소리로 외치면서 칼을 떨어뜨렸다. 양파를 자른 칼날이 번들거렸고 다진 양파가 굵고 축축한 눈송이처럼 바닥 위로 흩어졌다. 그녀는 허리춤에서 권총을 뽑아 들고 프랑스 대사를 겨눴다.

"맙소사!" 루벤이 외쳤다.

티보는 자신이 무엇을 잘못했는지 얼른 깨닫지 못했다. 처음에는 자기가 이스마엘더러 껍질을 제대로 벗기라고 해서 베아트리스가 화가 났나보다고 생각했다. 그러다가 가지 때문에 저러나 하고 먼저 가지를, 다음으로 칼을 내려놓았다.

"목소리 낮춰." 카르멘이 베아트리스에게 케추아어로 말했다. "이러면 우리 모두가 곤란해져."

"저자가 칼을 들었어."

티보는 빈 두 손을 들어올리고 총을 향해 매끄러운 손바닥을 보였다.

"칼은 내가 줬어." 이스마엘이 나섰다. "내가 줬다고."

"저분은 껍질을 벗기려고 했을 뿐이야." 겐이 말했다. 그는 세 병사가 하는 말을 하나도 알아듣지 못했다.

"저 사람은 칼을 잡아서는 안 돼." 베아트리스가 스페인어로 말했다. "장군님이 그랬다고. 다들 못 들었어?" 그녀는 총 끝으로 티보를 겨눈 채 눈썹을 내리깔았다. 양파의 매운 냄새 때문에 눈물이 나기 시작해 금세 두 뺨 위로 흘러내렸다. 사람들은 그녀의 눈물을 잘못 해석했다.

"이러면 어떨까?" 티보가 두 손을 든 채 조용히 입을 열었다.

"다들 나한테서 멀리 떨어져 있고 내가 이스마엘한테 가지 껍질 벗기는 법을 보여주는 거야. 너는 총으로 날 겨누고 있다가 내가 수상한 짓을 하는 것 같으면 쏴라. 내가 나쁜 짓을 한다 싶으면 나 대신 겐을 쏴도 좋아."

카르멘이 칼을 내려놓았다.

"그건 아니……" 겐이 입을 열었지만 아무도 듣지 않았다. 그는 작고 차갑고 단단한 무언가가 가슴을 찌르는 것 같은 기분을 느꼈다. 버찌씨가 심장에 들어와 박힌 듯한 기분이었다. 그는 총에 맞고 싶지도 않았고 자기를 쏘라는 소리를 듣고 싶지도 않았다.

"당신을 쏴도 된다고요?" 베아트리스가 말했다. 저 사람은 지금 허락을 하고 말고 할 처지가 아니지 않나? 어쨌든 누굴 쏠 마음은 애초부터 없었다.

"하세요." 이스마엘이 자신의 총을 꺼내 대사를 겨누며 말했다. 그는 심각한 표정을 지으려 했지만 잘되지 않았다. "나도 쏠 일이 생기면 아저씰 쏠 거예요. 가지 껍질을 어떻게 벗기는지 보여줘요. 난 가지만도 못한 일 갖고도 사람을 쏜 적이 있어요." 베렌헤나, 가지를 뜻하는 스페인어다. 아름다운 단어다. 여성의 이름으로 쓴대도 손색이 없다.

티보는 칼을 집어들고 껍질을 벗기기 시작했다. 총 두 자루가 그를 겨누고 있는데도 그의 손은 떨림이 없이 침착했다. 카르멘은 동참하지 않았다. 그녀는 다시 마늘을 다지기 시작했다. 민첩하고 성난 칼질이었다. 티보는 검은 광택이 나는 자주색 껍질에 시선을 고정했다. "이렇게 큰 칼을 갖고는 어려워. 껍질 바로 밑으로 칼을 넣어 떼어내야 한다. 생선 비늘을 벗긴다고 생각해. 이것 봐라. 아주 매끈하지. 솜씨 있게 해야 해." 아름다운 가지 껍질이 한 가닥의 리본으로 변해 바닥에 떨어졌다.

그 깔끔한 광경을 보고 있자니 어쩐지 마음이 가라앉았다. "좋아요," 이스마엘이 말했다. "알았어요. 이제 줘보세요." 이스마엘은 총을 내려놓고 두 손을 내밀었다. 티보는 칼을 돌려 매끈한 나무 손잡이 쪽이 앞으로 가게 해서 다른 가지와 함께 내주었다. 가지나 텔레비전을 켜는 따위의 사소한 일로 총에 맞을 뻔했다고 하면 에디트가 뭐라고 할까? 기왕 죽을 거라면 조금은 명예로운 일로 죽고 싶었다.

루벤이 행주로 얼굴을 닦았다. "어휴, 별게 다 문제가 되는군."

베아트리스는 진녹색 소매로 눈물을 닦았다. "양파 때문이에요." 그녀는 새로 기름칠한 총을 다시 허리춤에 꽂으며 말했다.

"허락해준다면 내가 해주고 싶은데." 티보가 말하고 손을 씻으러 갔다.

겐은 개수대 옆에 서서, 어떤 식으로 질문하면 좋을지 생각해보았다. 어떤 표현을 써도 공손하게 들릴 것 같지 않았다. 그는 티보에게 프랑스어로 속삭였다. "왜 저를 쏴도 좋다고 하셨습니까?"

"자네라면 저애들이 쏘지 않을 테니까. 저애들은 자네를 아주 좋아하거든. 자넬 다치게 하려고 한 말은 아니네. 그냥, 그래야 날 믿을 것 같아서. 날 쏘라고 했다면 위험이 컸겠지. 저애들한테 자넨 대단한 사람이지만 난 아무것도 아니니까. 부통령을 쏘라고 말하는 것과는 달라. 부통령이라면 저 여자애가 쏘고 싶어할지도 모르니까."

"그래도요." 겐은 단호한 태도를 취하고 싶었지만 뜻대로 되지 않음을 느꼈다. 때로 그는 포로 중에 자신이 가장 약한 사람이 아닐까 생각했다.

"저애한테 자네 시계를 줬다면서?"

"누가 그러던가요?"

"모르는 사람이 없다네. 저애가 하도 자랑을 하고 다녀서. 설마 하니 자기한테 시계를 준 사람을 쏘겠나?"

"그건 알 수 없죠."

티보는 손을 닦고 태평스럽게 겐의 목에 팔을 둘렀다. "절대 저 애들이 자넬 쏘는 일은 없게 하겠네. 내 형제를 쏘지 못하게 하는 것과 마찬가지로 말이야. 내 약속하는데 이 일이 끝나면 자넬 파리로 초대하겠네. 여기서 나가는 대로 사표를 내고 에디트와 함께 파리로 돌아갈 생각이야. 맘 내킬 때 호소카와 씨와 록산 씨를 데리고 오게. 원한다면 내 딸 중 하나와 결혼해도 좋아. 그러면 내 형제가 아니라 사위가 되겠지만." 그는 허리를 굽혀 귓속말로 말을 이었다. "그땐 지금 이 일도 다 우습게 느껴질 거야."

겐은 티보의 숨결을 들이켰다. 그의 배짱과 태평스러움을 들이마시고 싶었다. 언젠가 파리에 있는 티보의 아파트에 다 함께 있는 모습을 생각하려 했지만 도무지 상상이 되질 않았다. 티보는 겐의 왼쪽 눈 옆에 입을 맞춘 뒤 팔을 풀고는 고기 굽는 팬을 찾으러 갔다.

"프랑스어로 얘기하다니, 너무 무례하군." 루벤이 겐에게 말했다.

"프랑스어가 왜 무례합니까?"

"여기 있는 사람 모두 스페인어를 쓰니까. 모두 똑같은 말을 쓰는 공간에 마지막으로 있었던 게 언제인지 기억나지도 않는데, 자네 혼자만 내가 고등학교 때 낙제한 언어로 얘기를 하면 안 되지."

그것은 사실이었다. 스페인어로 이야기하면 주방에 있는 사람 중 누구도 남이 설명해주기를 기다리거나, 알아듣지 못할 말로 대화하는 사람들을 멍하니 바라보고 있을 필요가 없었다. 나에 대해 좋지 않은 얘기를 하는 건 아닌지 의심할 필요도 없었다. 주방에 모인 여섯 사람 중에 스페인어가 모국어인 사람은 루벤뿐이었다. 겐은 일본어를, 티보는 프랑스어를 썼고, 칼을 든 세 사람은 살던 마을에서 케추아어를 먼저 익히고 나중에 스페인어를 조금 배워서 케추아어와 섞어 썼다.

"아저씨는 가도 돼요." 이스마엘이 겐에게 말했다. 거친 고무 같은 가지 껍질이 나선형을 이루며 그의 칼끝에 매달려 있었다. "여기 있을 필요 없어요."

마늘 다지는 일에만 집중하고 있던 카르멘이 그 말에 고개를 들었다. 어젯밤에 간신히 냈던 용기가 도로 사라져버려서 하루종일 겐을 피해다녀야 했지만, 그래도 그가 가는 것은 원치 않았다. 어떤 이유가 있어서 자신이 주방으로 보내졌다고 생각해야 했다. 그녀는 어두운 안개처럼 자신을 뒤덮은 수줍음이 단번에 걷히게 해달라고 성녀 로사에게 기도했다.

겐은 자리를 뜰 생각이 없었다. "통역 말고 다른 일도 할 수 있어. 채소를 씻을 수도 있고 뭐 저을 일이 있으면 저을 수도 있고."

티보가 양손에 하나씩 커다란 금속 팬을 들고 돌아왔다. 레인지 위에 하나씩 올려놓았더니 팬 하나가 버너를 세 개씩 차지했다. "가라니? 겐이 간다고 하든?"

"여기 그냥 있을까 생각중입니다."

"가면 안 돼! 음식을 오십팔 인분이나 해야 하는데, 일손 하나라도 놓치고 싶지 않네. 그것이 유능한 통역자의 손이라도 말이야. 설마 우리가 매일 저녁 끼니마다 이 짓을 하리라고는 생각 않겠지? 내가 요리사라도 되는 줄 알아? 양파는 다 썰었나? 양파 어떻게 됐냐고 물으면 또 날 총으로 협박할 거냐?"

베아트리스는 티보를 향해 칼을 흔들었다. 그녀의 얼굴은 눈물로 젖고 상기되어 있었다. "아저씨를 쏠 수도 있었지만 그러지 않은 걸 고맙게 생각하세요. 그리고 이 짜증나는 양파는 다 썰었어요. 이제 내 할일은 끝난 거죠?"

"너한테는 저녁식사가 다 된 걸로 보이니?" 티보는 팬에 기름을 두른 뒤 밝은 푸른색 가스불을 켰다. "가서 닭을 씻어라. 겐, 양파 좀 가져와서 볶아주게."

"왜 겐이 양파를 볶아요?" 베아트리스가 말했다. "이 양파는 내 건데. 그리고 난 닭은 씻지 않을 거예요. 칼 쓰는 일이 아니니까. 난 칼을 갖고 일하러 왔을 뿐이라고요."

"죽이고 싶군." 티보가 지친 듯 프랑스어로 말했다.

겐은 양파가 담긴 볼을 들어 가슴에 안았다. 시기가 적절한가 아닌가는 보는 각도에 따라 달라진다. 타일 여섯 개를 사이에 두고 한마디도 하지 않은 채 몇 시간을 서 있을 수도 있고, 둘 중 한쪽이 먼저 나서서 입을 열 수도 있는 것이다. 겐은 그 한쪽이 카르멘이기를 바랐다가, 둘이 함께 서로에게 다가서기를 바랐지만, 둘 다 가능성이 없는 일 같았다. 겐이 티보에게 양파를 넘겨주자 티보는 그것을 두 개의 팬에 쏟아부었다. 양파가 불만을 터뜨리듯 치익 소리를 내는 것이 마치 베아트리스 같았다. 겐은 자신에게 남은 아주 적은 용기를 발휘해 서랍 옆 벽에 코드가 뽑힌 채 매달려 있는 전화기 앞으로 갔다. 그곳에 작은 메모지와 펜이 있었다. 그는 쿠치요, 아호, 치카라는 단어를 각각 한 장씩 써서 들고, 누가 양파를 볶을 것인지를 놓고 티보와 베아트리스가 말싸움을 벌이는 사이 카르멘에게 갔다. 그는 자신이 사용했던 모든 언어와 지금껏 가본 모든 도시와 자신의 입을 통해 나온 다른 사람들의 모든 중요한 말을 떠올리려 했다. 별일 아니라고 생각하면서도 손이 덜덜 떨렸다. "칼." 그는 첫번째 종이를 내려놓으며 말했다. "마늘." 이 종이는 마늘 위에 놓았다. "소녀." 마지막 종이는 카르멘에게 건넸다. 카르멘은 그 종이를 잠시 살펴본 뒤 주머니에 넣었다.

카르멘은 고개를 끄덕이고는 "아" 하는 소리를 냈을 뿐 한마디도 하지 않았다.

겐은 한숨을 쉬었다. 아까보다 진정되긴 했지만 별 차이는 없었다. "배우고 싶니?"

카르멘은 서랍 손잡이에 시선을 고정한 채 다시 고개를 끄덕였다. 그녀는 긴 곡선형의 은빛 손잡이 위에서, 푸른 망토를 두르고 선 리마의 성녀 로사의 모습을 찾아보려 애썼다. 그리고 목소리를 내게 해달라고 기도했다. 자신의 머리를 땋아주는 록산 코스를 생각했다. 그러면 기운이 좀 나지 않을까?

"내게 누굴 가르치는 재주가 있는지 모르겠다. 호소카와 회장님께도 스페인어를 가르쳐드리는데, 그분은 공책에 단어를 적어서 외우셔. 너도 그 방법을 써보면 어떨까?"

카르멘은 잠자코 있다가 조금 전처럼 작게 "아" 하는 소리를 냈다. 그의 말을 들었다는 것 외엔 아무 뜻도 없는 소리였다. 바보. 천치.

겐은 주위를 둘러보았다. 이스마엘이 그들을 보고 있었지만 관심 있는 눈치는 아니었다.

"가지가 딱 좋구나!" 루벤이 말했다. "티보 씨, 이 가지 보셨소? 전부 똑같은 크기로 깍둑썰기를 했어요."

"깜박 잊고 씨를 안 뺐어요." 이스마엘이 말했다.

"씨는 상관없어." 루벤이 말했다. "씨는 건강에 좋단다."

"겐, 양파 안 볶을 건가?" 티보가 물었다.

"잠시만요." 겐은 한 손을 들어 보이고는 카르멘에게 속삭였다. "마음이 바뀌었니? 내가 도와주지 않아도 되겠어?"

그 순간 카르멘은 성녀 로사가 양쪽 견갑골 사이를 한 대 때린 듯한 기분을 느꼈다. 숨통에 걸린 연골처럼 목을 꽉 막고 있던 말이 입 밖으로 튀어나왔다. "아뇨." 그녀는 숨을 헐떡이며 말했다. "아뇨."

"연습할 거니?"

"매일이요." 카르멘은 칼과 마늘이라는 단어가 적힌 종잇조각을 집어서 소녀와 함께 주머니에 넣었다. "글자는 배웠는데, 한참 쓰질 않았어요. 매일 글자 쓰는 연습을 하곤 했는데, 그러다 군사훈련을 시작했어요."

겐은 산악 지역의 추운 밤에, 지금처럼 검은 머리 한 가닥을 귀 뒤로 늘어뜨리고 벽난로 앞에 앉아 뜨거운 불꽃에 얼굴이 상기된 채 글자를 쓰는 카르멘의 모습을 상상했다. 그녀는 싸구려 메모지와 몽당연필 한 자루를 들고 있다. 그 옆에서 그녀가 똑바로 쓴 T와 H, 힘들여 쓴 Q자를 칭찬하는 자신의 모습이 보인다. 밖에서는 어스름이 깔리기 전에 둥지로 돌아가려는 새들의 울음소리가 들린

다. 그는 한때 그녀를 남자아이로 생각했다는 사실에 소름이 끼쳤다. "글자를 다시 한번 연습하자. 처음부터 시작하는 거야."

"나 혼자만 일해요?" 베아트리스가 큰 소리로 외쳤다.

"언제요?" 카르멘이 입술을 달싹여 물었다.

"오늘밤." 겐이 말했다. 그리고 그 순간 겐은 믿기 어려운 충동을 느꼈다. 그녀를 품에 안고 싶었다. 그녀의 머리 가르마에 입을 맞추고 손끝으로 그녀의 입술을 더듬고 싶었다. 일본어로 그녀의 귀에 속삭이고 싶었다. 시간이 있다면 그녀에게 일본어도 가르칠 수 있을지 모른다.

"오늘밤에 주방 벽장에서요." 카르멘이 말했다. "오늘밤에 가르쳐주세요."

7

날씨에 대한 신부의 말은 옳았다. 걷히는 시기가 그의 예상보다 좀더 늦어지긴 했지만, 11월 중순에 가루아는 사라졌다. 슬며시 빠져나가지도 않고 서서히 맑아지지도 않았다. 어느 순간 갑자기 사라져서, 욕조에 빠진 책처럼 축 늘어졌던 공기가 하루아침에 산뜻하니 생기가 넘치고 청명해졌다. 호소카와 씨는 교토의 벚꽃 철을 떠올리고, 록산 코스는 미시간호의 10월을 떠올렸다. 두 사람은 노래 연습이 시작되기 전 이른아침에 함께 서 있었다. 호소카와 씨가 노란 새 한 쌍을 가리켰다. 국화처럼 환한 빛깔의 새들이 안개에 가려 보이지 않던 나뭇가지에 앉아 있었다. 새들은 물기를 머금은 나무껍질을 잠시 쪼다가 차례로 담을 넘어 날아가버렸다. 집안 곳곳의 창문 앞으로 인질과 테러리스트가 한 사람씩 다가와 눈을 깜박이며 밖을 내다보았다. 사람들이 하도 손과 코를 유리창에 비벼대는 통에 부통령이 걸레와 암모니아수를 갖고 와 유리를 일일이 닦아야 했다. “정원 좀 보게.” 루벤이 혼잣말을 하듯 중얼거렸다. “잡초가 화초만큼 자랐어.” 비가 많이 오고 볕이 적어서 식물이 자라지 못하리라 생각했는데, 그동안 모든 것이 무성히 자라나 있었다. 사람이 가꾸어놓은 화단에 돋은 잡초가 바람에 실려오는 밀림의 냄새를 맡으며, 부통령의 정원을 야생으로 되돌려놓으려 뿌리를 내리고 잎을 뻗는 중이었다. 잡초는 빗물을 한 방울도 남김없이 흡수했다. 우기가 한 해 더 이어진대도 살아남을 것 같았다. 이대로 내버려두면 이 저택은 물론 정원의 담벼락까지 집어삼킬 기세였다. 하기야 전에는 이 마당도 국도처럼 정신없이 뒤얽혀 바닷가 모래밭까지 이어지는 덩굴밭의 일부였다. 야생식물이 이 집을 뒤덮지 못한 이유는 단 하나, 불필요한 것을 전부 잘라내 불에 태우고 가지를 쳐낸 정원사 덕분이었다. 하지만 이제는 정원사도 언제 끝날지 모르는 휴가를 떠나버렸다.

해가 뜬 지 한 시간도 되지 않았는데 그사이 식물이 0.5센티미터는 자란 것 같았다.

“마당을 어떻게 해야 되겠어.” 루벤이 한숨을 쉬었다. 하지만 어차피 쌓인 집안일을 하느라 마당을 돌볼 여유는 없었다. 또한 애초에 그를 마당으로 내보내줄 리도 없었다. 원예용 가위와 모종삽, 가지치기 칼 따위를 얻을 수는 더더욱 없었다. 정원 창고에 든 물건은 무엇이든 살인 무기가 될 수 있었다.

아르게다스 신부는 거실 창문을 열며 햇빛과 기분좋은 공기를 주신 하느님께 감사드렸다. 비록 집안에 있지만, 탁한 빗소리가 걷히니 정원 건너 담 너머 거리의 소음이 더욱 뚜렷하게 들려왔다. 담 너머에서 떠들어대던 확성기 소리는 이제 그쳤지만 총을 든 사람들이 모여 있는 모습을 상상할 수는 있었다. 이제 더이상 조치를 취할 생각이 없거나, 복잡한 계획을 세우는 중이라 안에 있는 사람들은 고려 대상이 못 되나보다고 신부는 생각했다. 벤하민 장군이 현재 상황에 관한 신문 기사를 남김없이 오려내는 와중에도, 그들은 텔레비전 뉴스를 통해 경찰이 땅굴을 파고 있고, 그 굴을 통해 내부로 침투할 계획이며, 따라서 외부인이 저택을 급습하여 인질들의 인생을 바꾼 이번 사건이 시작과 유사한 방식으로 종결을 맞이하리라는 얘기를 간간이 주워듣긴 했지만 아무도 그 말을 믿지 않았다. 너무나도 터무니없고 한 편의 스파이 영화처럼 현실성 없는 얘기였기 때문이다. 아르게다스 신부는 값비싼 카펫을 밟고 선 자신의 검은색 싸구려 구두를 내려다보며 그 아래 땅 깊은 곳에서 무슨 일이 일어나고 있을지 생각해보았다. 그는 인질이 한 사람도 빠짐없이 무사히 밖으로 나가기를 기도했지만, 땅굴로 구출되게 해달라고 기도하지는 않았다. 구출을 위한 기도 자체를 하지 않았다. 하느님의 뜻을 위해, 하느님의 사랑과 보호를 위해 기도할 뿐이었다. 마음속의 이기심을 몰아내려 애쓰면서 동시에 하느님이 주신 모든 것에 감사했다. 미사만 해도 그렇다. 이전의 삶에서는(이전의 삶, 이제 그는 그렇게 생각했다) 다른 신부들이 쉴 때나 병중일 때에만 자신이 미사를 집전할 수 있었고 그것도 아침 여섯시 미사나 화요일 미사만 맡을 수 있었다. 교회 내에서 그가 맡은 책무는 신부가 되기 전과 별다르지 않았다. 그가 직접 축성하지 않은 성체를 교회 왼쪽 끝 통로에서 나누어주고, 촛불을 켜거나 끄는 일을 할 뿐이었다. 하지만 여기서는 오랜 논의 끝에 장군들이 메스너를 통해 영성체를 위한 물품을 반입하는 데 동의했고, 결국 지난

주일날 식당에서 아르게다스 신부는 벗들과 함께 미사를 집전할 수 있었다. 가톨릭 신자가 아닌 사람들도 그 자리에 참석했고 그가 하는 말을 알아듣지 못하는 사람들도 무릎을 꿇고 앉았다. 다들 특별히 바라는 것이 있었기에 대체로 기도하는 분위기였다. 젊은 테러리스트들은 눈을 감고 턱이 가슴에 닿도록 고개를 숙였고, 장군들은 거실 뒤편에서 자리를 지켰다. 얼마나 다행스러운 일인지 모른다. 요즘에는 많은 테러리스트 집단이 일체의 종교를, 특히 가톨릭을 부인하고 있다. 만일 이들이 비교적 이성적인 라 파밀리아 데 마르틴 수아레스가 아닌 라 디렉시온 아우텐티카였다면, 인질들에겐 어떤 기도도 허락되지 않았을 것이다. 라 디렉시온 아우텐티카였다면, 인질을 매일 한 사람씩 지붕 위로 끌고 올라가 기자들에게 보여주고 협상을 빨리 진행시키기 위해 머리를 쏴 죽였을 것이다. 아르게다스 신부는 밤이면 거실 카펫 위에 누워서 그런 생각을 했다. 그들은 정말 운이 좋았다. 그렇게밖에 생각할 수 없었다. 기도할 자유가 있다면, 깊은 의미에서 아직은 자유가 있는 것 아닌가? 미사 때 록산 코스가 부른 〈아베마리아〉에는 세상의 어떤 교회도, 심지어 로마교황청조차 능가하지 못할 만큼(다른 교회와 경쟁할 생각은 없지만) 놀라운 아름다움이 담겨 있었다. 그녀의 목소리는 어찌나 순수하고 맑은지 천장을 열어젖히고 그들의 간청을 하느님께 고스란히 전해주었다. 펄럭이는 깃털 날개처럼 그들을 쓸고 지나가는 노랫소리에, 교회에서 멀어졌던 가톨릭 신자들과 달리 할일이 없어 자리를 채운 비非신자들, 신부의 말을 전혀 알아듣지 못하는 사람들, 그리고 어차피 별 관심을 갖지 않았을 돌처럼 차가운 무신론자들까지도 감동을 받고, 위안을 받고, 미약하게나

마 믿음의 전율을 느끼게 되었다. 신부는 밖에서 무슨 일이 진행되든 그것으로부터 그들을 지켜주는 약간은 누르스레한 담을 바라보았다. 높이가 3미터는 될 법한 그 벽의 일부는 담쟁이덩굴로 덮여 있었다. 감람산을 둘러싼 담이 있다면 이렇지 않을까 싶을 만큼 아름다운 담이었다. 처음에는 깨닫지 못했지만, 이제 그런 담이 있음을 축복으로 여겨야 한다는 것을 알 수 있었다.

이날 아침 록산은 날씨의 변화에 맞게 로시니의 곡을 불렀다. 〈잔인한 여인〉이라는 곡은 일곱 번이나 불렀다. 분명히 그녀는 뭔가를 완성시키려 하고 있었다. 아직 자신이 도달하지 못했다고 생각하는, 곡의 핵심에 도사린 무언가를 찾으려 애쓰고 있었다. 그녀와 가토는 그들만의 방식으로 의사소통을 했다. 그녀가 오선 위의 음표를 가리킨다. 그가 그 부분을 연주한다. 그녀가 피아노 뚜껑을 살짝 두드린다. 그가 다시 연주한다. 그녀가 반주 없이 그 부분을 부른다. 그가 혼자서 피아노를 친다. 다음으로 그의 반주에 맞춰 그녀가 노래한다. 그들은 감정 따위는 잊어버리고 음악만을 생각하면서 서로를 북돋워주었다. 그가 곡의 시작 부분을 연주하는 동안, 그녀는 눈을 감고 흡족한 표정으로 고개를 끄덕였다. 그는 악보를 참 매끄럽게 연주했다. 멋있어 보이려고 과장되게 팔을 움직이지도 않았다. 단지 그녀의 목소리가 완벽하게 돋보이도록 낮고 가볍게 연주했다. 독주를 한다면 얘기가 다르겠지만, 반주자로서 연주할 때 그는 이웃 사람들을 깨우지 않으려는 사람처럼 피아노를 쳤다.

록산의 곧은 자세 때문에 사람들은 그녀의 키가 작다는 사실을 잊곤 했다. 그녀는 피아노에 한 손을 얹었다가 두 손을 엇갈려 가슴에 대고 노래를 불렀다. 일본식을 따르기로 했기에 이젠 신발도 신지 않았다. 호소카와 씨는 이 나라의 전통에 맞춰 인질로 억류된 첫 주에는 신발을 신고 지냈지만 시간이 갈수록 견디기가 힘들었다. 집안에서 신을 벗지 않는 것은 야만적인 관습이었다. 집에서 신을 신는 것은 인질로 억류되는 것만큼이나 품위를 해치는 일이었다. 그가 구두를 벗자 겐과 가토, 야마모토, 아오이, 오가와도 차례로 신을 벗었고, 록산도 신을 벗었다. 그녀는 자신과 발 크기가 비슷한 부통령에게서 빌린 운동용 양말만 신고 돌아다녔다. 지금도 그 양말 바람으로 노래를 부르고 있었다. 목소리가 제대로 나온다 싶으면 그녀는 머뭇거리는 기색 없이 곡 전체를 완창했다. 그녀의 노래가 더 좋아졌다고는 말할 수 없겠지만, 어쩐지 그녀의 가사 해석에 미묘한 변화가 생긴 듯했다. 그녀는 이곳에 있는 모든 이의 목숨을 지키는 사람처럼 노래했다. 약한 바람에 투명한 유리창이 이따금 가늘게 떨 뿐 모든 것이 조용했다. 거리에서도 아무 소리가 없었다. 두 마리 노란 새의 소리도 들리지 않았다.

비가 그친 날 아침, 겐은 노래가 끝나기를 기다렸다가 카르멘 옆으로 갔다. 남의 시선을 끌지 않고 얘기를 나누려면 록산이 마지막 음을 맺은 직후 모두가 넋을 놓고 있는 지금이 가장 좋은 때였다. 누가 문밖으로 걸어나간대도 막을 사람이 없었겠지만, 나갈 생각을 하는 사람은 아무도 없었다. 호소카와 씨가 물을 가지러 가려고 자리를 뜨자 록산이 일어나서 그를 쫓아가더니 그의 팔짱을 꼈다.

"저분은 사랑에 빠졌어요." 카르멘이 겐에게 귓속말을 했다. 아주 잠깐이지만 그는 그녀의 말을 잘 알아듣지 못하고 사랑이라는 단어만 이해했다. 그러다 잠시 멈추고 문장 전체를 되돌려보았다. 그에겐 그런 일이 가능했다. 마치 머릿속에 녹음기가 있는 것 같았다.

"코스 씨가? 회장님을 사랑한다고?"

카르멘은 고개를 끄덕였다. 아주 작은 움직임이었지만 그는 이제 그녀의 몸짓을 읽을 수 있었다. 사랑?

호소카와 씨가 록산을 사랑하게 되었다는 것을 그는 알면서도 모르는 척해왔다. 하지만 록산도 그렇다고는 생각해본 적이 없었기에, 그는 무엇을 보고 그렇게 생각하느냐고 카르멘에게 물었다.

"전부요." 카르멘이 속삭였다. "코스 씨가 호소카와 씨를 보는 눈빛이나 그분을 선택한 것이나. 항상 함께 앉아 있지만 서로 얘기도 못하잖아요. 호소카와 씨는 아주 평온해 보여요. 함께 있고 싶을 만도 해요."

"코스 씨가 너한테 얘길 하든?"

"했는지도 모르죠." 카르멘은 미소를 지었다. "아침에 가끔 나한테 뭐라고 말을 하지만 난 알아듣지 못하니까요."

당연한 일이라고 겐은 생각했다. 겐은 저쪽으로 걸어가는 회장과 소프라노 가수를 바라보았다. "모두가 코스 씨를 사랑해. 어떻게 코스 씨가 선택을 할 수가 있지?"

"당신도 저분을 사랑하나요?" 카르멘이 물었다. 카르멘은 지난주라면 절대 가능하지 않았을 눈빛으로 그를 똑바로 쳐다보았다. 시선을 돌린 쪽은 겐이었다.

"아니," 겐이 대답했다. "그렇지 않아." 겐은 카르멘을 사랑했다. 매일 밤 주방 벽장에서 만나 읽기와 쓰기를 가르쳐주면서도 그는 자신의 감정을 드러내지 않았다. 두 사람은 모음과 자음에 대해 이야기했다. 이중모음과 소유격에 대해 이야기했다. 그녀는 공책에 글자를 베껴 썼다. 그가 많은 단어를 알려줄수록 그녀는 더 많은 것을 알고 싶어했다. 그녀는 밤새도록 그를 붙잡고 기꺼이 반복하고, 연습하고, 시험을 보고 싶어했다. 그는 자신이 깨어 있는지 자고 있는지 모를 몽환 상태에서 평생을 보냈다. 가끔은 가슴을 쥐어짜는 듯한 이 열망이 사랑인지 피로인지 알 수 없을 때도 있었다. 그는 비틀거렸다. 안락의자에서 잠시 졸다가도 카르멘의 꿈을 꾸었다. 분명 그녀는 숫기도 없고 밀림 출신의 테러리스트였지만, 그가 대학에서 만난 어떤 여자보다 머리가 비상했다. 사물에 대한 이해력만 봐도 그랬다. 하나를 가르치면 열을 알았다. 날름대며 마른풀을 집어삼키는 불길처럼 지식을 집어삼키고 더 많은 것을 요구했다. 그녀는 밤마다 총을 풀어서 유리문이 달린 찬장의 파란색 그레이비소스 그릇 옆에 놓았다. 그런 다음 뾰족하게 깎은 연필을 들고 바닥에 앉아 공책을 무릎에 올려놓았다. 대학에는 카르멘 같은 여자가 없었다. 아니 어디에도 없었다. 도쿄도 파리도 뉴욕도 아테네도 아닌 곳에서 사랑하는 여자를 만나게 되다니 얼마나 우스운 일인가. 사랑하는 여자는 남자 같은 옷을 입고, 이름을 알아서는 안 되는, 안다고 해도 어디인지 알 수 없는 밀림의 마을에 산다. 사랑하는 여자는 파란색 그레이비소스 그릇 옆에 총을 놓아두고 읽기를 가르쳐달라고 한다. 냉방 통풍구를 통해 내 인생에 들어왔고, 그녀가 어떤 식으로 떠날까 생각하느라 꼭 자야 하는 짧은 시간에도 잠을 이루지 못한다.

"호소카와 씨와 코스 씨 말예요," 카르멘이 말했다. "세상의 많은 사람 중에 서로를 찾아내다니. 신기한 일이죠?"

"회장님 사모님은 어떻게 하고?" 겐이 말했다. 겐은 회장의 아내를 잘 알지 못했으나 본 적은 많았다. 그녀는 서늘한 손과 차분한 목소리를 지닌 품위 있는 여자로, 겐을 와타나베 씨라고 불렀다.

"호소카와 부인은 일본에 살잖아요." 카르멘은 고개를 돌려 주방 쪽을 쳐다보았다. "일본은 여기서 몇백만 킬로미터나 떨어져 있고요. 게다가 저분은 집에 돌아가지 않을 거고, 부인한테는 안됐지만 그렇다고 저분이 혼자 있어야 한다는 법은 없다고 생각해요."

"집에 돌아가지 않는다니 무슨 말이야?"

카르멘은 아주 엷은 미소를 지었다. 그녀가 고개를 숙이는 바람에 겐은 모자챙 밑으로 드러난 얼굴밖에 보지 못했다. "이제 이곳이 우리가 사는 곳이니까요."

"언제까지나 살 건 아냐." 겐이 말했다.

"내 생각이 그렇다는 거예요." 카르멘은 소리 없이 입 모양만으로 말했다. 너무 많이 말했나 하는 생각이 들었다. 장군들에게 충성을 바쳐야 한다는 것은 알지만, 다른 사람에게와는 달리 겐에게만은 뭐든 말할 수 있을 것 같았다. 겐이라면 비밀을 지켜줄 것이다. 주방 벽장이든 글 읽기든 그들이 함께하는 모든 것이 비밀이니까. 그녀는 그를 전적으로 신뢰했다. 그녀는 두 손가락으로 그의 손을 잡아당긴 뒤 저쪽으로 걸어갔다. 그는 잠시 기다렸다가 뒤를 따랐다. 그녀는 소리 없이 걸었다. 그 움직임은 눈에 띄지 않으면서도 편안했다. 아무도 그녀가 지나가는 것을 알아채지 못했다. 그녀는 복도 끝의 작은 화장실로 들어갔다. 장미향이 나던 예쁜 비누는 다 써서 없어졌고 수건은 때에 절었지만, 세면대 위에는 아직도 금빛 백조가 앉아 있었고 날개 모양 손잡이를 돌리면 백조의 긴 목에서 물이 쏟아져나왔다. 카르멘은 모자를 벗고 얼굴을 씻었다. 그러고는 손가락으로 머리를 빗으려고 했다. 거울에 비친 얼굴은 너무나 거칠고 까무잡잡했다. 고향에 있을 때는 예쁘다는 소리도 많이 들었는데, 진짜 아름다움을 접하고 나니 자신은 아름다움이라는 단어와 거리가 먼 것 같았다. 아주 가끔이지만 아침식사를 들고 방에 들어가면 록산이 아직 자고 있을 때가 있었다. 그러면 카르멘은 쟁반을 내려놓고 그녀의 어깨를 건드렸다. 록산은 크고 색이 옅은 눈을 깜빡이며 뜨고 카르멘을 향해 생긋 웃고는 도로 이불을 뒤집어쓰고 카르멘에게 따뜻한 자수 시트 위에 함께 눕자는 손짓을 했다. 록산이 이불을 카르멘의 목까지 끌어올리면, 카르멘은 군화 신은 발을 조심스레 침대 가장자리에 걸치고 록산과 함께 눈을 감은 채 오 분가량 잠이 들었다. 그러면 금세 언니 동생들과 어머니가 꿈속에 나타났다. 겨우 몇 분 자는데도 모두 찾아왔다. 이렇게 푹신하고 편안한 침대에서 상상이 안 갈 만큼 유명한 여자와 함께 누워 있는 그녀를 보러 오는 것이었다. 노란 머리, 푸른 눈, 분홍빛을 띤 백장미 같은 살결. 록산 코스를 사랑하지 않을 사람이 어디 있을까?

"겐!" 화장실 문 앞으로 걸어오던 빅토르 표도로프가 외쳤다. "어디 갈 데도 없는데 왜 이리 보기가 힘든가?"

"절 찾으시는 줄 모르……"

"오늘 아침 코스 씨의 목소리 말야. 기막히지 않았나!"

겐도 동의했다.

"이제 얘기할 때가 됐어."

"지금요?"

"지금이 딱 좋지."

"제가 이번주 내내 아침마다 여쭤봤는데."

"그래, 그땐 내가 마음의 준비가 되지 않았지. 하지만 오늘 아침 코스 씨가 로시니의 곡을 계속 연습하는 것을 듣고, 그녀라면 내가 좀 부족하더라도 이해해주리라는 확신이 섰어. 코스 씨는 인정 많은 여자야. 오늘에야 그걸 알았어." 표도로프는 보이지 않는 흐르는 물에 손을 씻기라도 하듯 두 손을 맞비벼댔다. 목소리는 차분했지만 두 눈에는 두려운 빛이 완연했고 허둥대는 기색이 역력했다.

"제가 지금은 좀……"

"난 지금 해야 돼." 표도로프는 목소리를 낮춰 말을 이었다. "나중엔 겁나서 말을 못할 거야." 표도로프는 텁수룩하게 자란 턱수염을 깨끗이 밀었는데, 면도날이 잘 들지 않아서 고생을 좀 했고 시간도 많이 걸렸다. 면도한 자리에는 널찍하게 분홍색 맨살이 드러났다. 부통령이 그의 옷을 세탁하고 다림질하는 동안, 그는 허리에 수건 한 장만 두른 채 세탁기 옆에 서서 덜덜 떨었다. 목욕도 했고 힐베르트에게 담배 한 갑을 쥐여주고 얻은 손톱 손질 가위로 코와 귀의 털도 다듬었다. 내친김에 손톱도 깎았고, 머리도 어떻게 해보려 했지만 손톱 손질 가위로는 역부족이었다. 그는 갖은 공을 다 들였다. 오늘이야말로 실행의 날이다.

겐은 고갯짓으로 화장실 문을 가리켰다. "화장실에 가던 중인데요."

표도로프는 뒤를 한번 돌아보고 겐에게 들어가라는 듯이 한 손을 내밀었다. "당연히 가야지. 난 괜찮아. 그 정도야 기다릴 수 있지. 아무리 오래 걸려도 좋으니 천천히 하게. 난 밖에 있을 테니. 그래야 자네가 용무를 본 다음에 제일 먼저 내 통역을 해줄 수 있지." 표도로프의 셔츠 옆구리로 땀이 흘러내리면서 이미 자리잡은 엷은 얼룩 위에 또하나의 진한 자국을 남기고 있었다. 더는 기다릴 수 없다는 게 그런 의미였는지 겐은 궁금했다.

"일 분이면 됩니다." 겐은 조용히 말하고는 노크도 하지 않고 안으로 들어갔다.

"나도 당신 말을 알아들을 수 있으면 좋겠어요." 카르멘이 소리 내어 웃었다. 그녀는 러시아어 발음을 엉터리로 흉내냈는데 그 말이 꼭 '난 책상을 때려부수지 않아'라는 문장과 비슷하게 들렸다.

겐은 한 손가락을 입술에 갖다댔다. 화장실은 좁고, 벽과 바닥이 모두 검은 대리석으로 꾸며져 있어 아주 어두웠다. 거울 바로 옆 전구 하나에 불이 들어오지 않았다. 잊지 말고 루벤에게 새 전구를 달라고 해야겠다.

그녀는 세면대에 걸터앉았다. "아주 중요한 얘기 같던데. 레드베드죠? 그 러시아 사람." 그녀가 속삭였다.

겐은 표도로프라고 말했다.

"아, 그 덩치 큰 사람요. 당신은 어떻게 러시아어까지 알아요? 어쩌면 그렇게 외국어를 많이 알죠?"

"그게 내 일이니까."

"아니, 아니에요. 그건 당신이 아는 게 있으면 나한테도 그걸 가르쳐줘야 하기 때문이에요."

"시간이 일 분밖에 없어." 겐이 속삭였다. 그녀의 머리카락이 너무도 가까이에 있었다. 대리석보다 더 검고 짙은 머리칼이. "저 사람한테 통역을 해줘야 해. 바로 문 앞에서 기다리고 있거든."

"그럼 밤에 얘기해요."

겐은 고개를 저었다. "네가 한 말에 대해 얘기하고 싶어. 이제 이곳이 우리가 사는 곳이라니 무슨 소리지?"

카르멘은 한숨을 쉬었다. "말할 수 없다는 거 알잖아요. 하지만 생각해봐요. 이 아름다운 집에 우리 모두 함께 사는 것이 그리 끔찍한 일인가요?" 화장실 넓이는 주방 벽장의 3분의 1밖에 되지 않았다. 그의 다리에 카르멘의 무릎이 닿을 정도였다. 그가 반 발짝만 뒤로 물러나면 변기에 앉게 될 것이다. 그녀는 할 수만 있다면 그의 손을 잡고 싶었다. 어째서 겐은 나를, 이곳을 떠나고 싶어하는 것일까?

"조만간 다 끝날 거야." 겐이 말했다. "이런 일은 결코 영원히 지속되지 않아. 반드시 끝장이 나지."

"나쁜 짓을 하면 그렇겠지만, 우린 아무도 해치지 않잖아요. 여기선 아무도 불행하지 않아요."

"여기선 모두가 불행해." 이렇게 말하면서도 겐은 정말 그런지 확신할 수 없었다. 카르멘은 고개를 숙이고 무릎에 놓인 두 손을 내려다보았다.

"가서 통역하세요." 그녀가 말했다.

"뭔가 아는 게 있다면 내게 말해줘."

카르멘은 젖어드는 눈을 깜박였다. 내가 울다니 얼마나 우스운 일이람. 여기 있는 것이 그렇게 괴로울까? 내가 스페인어를 잘하게 되고, 읽고 쓸 줄도 알고, 영어와 일본어까지 익힐 만큼 오래도록 함께 있는 것이? 하지만 이건 내 이기심이겠지. 나도 알아. 겐이 내게서 떠나고 싶은 건 당연해. 난 그에게 주는 게 없으니까. 그의 시간을 잡아먹을 뿐. "난 아무것도 몰라요."

표도로프가 문을 두드렸다. 점점 더 안달이 나서 견딜 수 없는 모양이었다. "토옹여억사아?" 그가 노래하듯 불렀다.

"일 분만요." 겐이 문에 대고 말했다.

일 분이 지나고 그사이 카르멘은 눈물을 한두 방울 떨구었다. 온종일 함께 보낼 수 있는 날들이 필요했다. 가슴에 묻은 말을 다 하려면 단둘만의 시간이 몇 주, 몇 달은 필요했다. "네 말이 옳을지도 모르겠다." 겐이 마침내 말했다. 카르멘이 거울 앞 검은 대리석 세면대에 걸터앉아 있어서 겐은 그녀의 얼굴과 가느다란 등을 한 번에 볼 수 있었다. 도금한 나뭇잎으로 장식된 커다란 타원형 거울에, 카르멘의 어깨 위로 그녀를 보고 있는 자신의 얼굴이 비쳐 보였다. 사랑의 감정이 저렇듯 확연히 얼굴에 드러나 있으니, 그녀 역시 그의 마음을 모조리 읽었을 것이다. 두 사람 사이가 너무도 가까워 비좁은 실내의 공기 분자가 모조리 그들의 것이 된 듯했다. 두 사람의 욕망으로 공기는 점차 갑갑해지고 둘의 거리는 좁혀졌다. 움직일 듯 말 듯 한 발 앞으로 나서자 겐의 얼굴에 그녀의 머리가 닿았고, 다음 순간 그녀의 팔이 그의 등을 감싸면서 두 사람은 서로를 끌어안았다. 이토록 간단히 해낼 수 있고 이처럼 놀라울 만큼 마음이 편해지는 일인데, 겐은 어째서 처음 만난 이후로 한 번도 그녀를 안지 않았는지 알 수 없을 정도였다.

"통역사?" 표도로프가 불렀다. 이번에는 약간 걱정스러운 목소리였다.

카르멘이 상체를 내밀어 그에게 입을 맞췄다. 지금은 입맞춤할 시간이 없겠지만, 앞으로는 얼마든지 있으리라는 것을 그에게 알려주고 싶었다. 외로울 때의 입맞춤은 물 밖으로 끌어당기는 손길 같다. 허우적대던 물속에서 공기가 흘러넘치는 곳으로 끌어올려주는 손길. 한 번, 또 한번. “가세요.” 그녀가 속삭였다.

세상 무엇보다도 이 여자를, 그리고 벽으로 둘러싸인 이 화장실 공간을 원했던 겐은 그녀에게 다시 입을 맞췄다. 숨이 차고 어지러워서 잠시 그녀의 어깨에 기댔다가 뒤로 물러났다. 카르멘은 세면대에서 내려와 문 뒤에 서더니 문을 열고 그를 다시 세상으로 내보냈다.

“어디 불편한가?” 표도로프는 걱정이 되어서라기보다는 짜증이 나서 물었다. 그의 셔츠가 축축하게 젖어서 등에 달라붙어 있었다. 이 통역사는 이 일이 내게 쉽지 않다는 걸 모르나? 말할까 말까 망설이다가 말하는 쪽으로 마음을 굳히고, 그다음엔 어떻게 말할지 결정하느라 얼마나 오랜 시간을 보냈는데. 가슴속의 감정은 의심할 바 없지만 그 감정을 말로 옮기는 일은 완전히 다른 문제였다. 레드베드와 베레좁스키는 그를 딱하게 여겼지만 그들도 러시아 사람이었다. 그들은 표도로프의 사랑의 고뇌를 이해했다. 사실은 그 둘 역시 비슷한 아픔을 겪고 있었다. 언젠가는 그들 또한 용기를 내어 통역사를 통해 록산에게 접근할지 모를 일이었다. 표도로프가 마음속의 갈망을 얘기하면 할수록 그들도 자신들이 같은 병을 앓고 있음을 더 확신하게 되었다.

“늦어져서 죄송합니다.” 겐이 말했다. 눈앞의 공간이 사막의 지평선처럼 흐늘거리며 흔들렸다. 그는 닫힌 화장실 문에 몸을 기댔다. 그녀가 그 안에 있다. 2.5센티미터에 불과한 나무판자를 사이에 두고.

“안색이 안 좋은데.” 러시아인은 이제 정말 걱정이 되어 말했다. 그는 이 통역사가 마음에 들었다. “목소리에 힘이 없어.”

"괜찮아질 겁니다."

"핏기가 하나도 없군. 눈도 축축하고. 정말 아프면 장군들이 밖으로 내보내줄 거야. 반주자가 죽은 뒤로 건강 문제는 특별히 배려하고 있다니까."

겐은 흔들리는 시야를 바로잡으려고 눈을 깜박였지만 맥박이 뛸 때마다 긴 의자의 밝은 줄무늬가 널을 뛰기는 마찬가지였다. 그는 똑바로 몸을 펴고 서서 머리를 흔들었다. "보세요." 그가 자신 없는 목소리로 말했다. "이제 괜찮습니다. 여기서 나갈 생각은 없어요." 그는 길쭉한 창문으로 쏟아져들어오는 햇빛과 카펫 위에 드리워진 나뭇잎 그림자를 바라보았다. 여기서 러시아인과 함께 서 있는 지금에야 겐은 카르멘의 말을 이해할 수 있었다. 이곳을 보라! 늘어진 커튼과 샹들리에, 부드럽고 푹신한 소파, 금색과 녹색과 청색이 보석처럼 어우러진 실내. 누가 이곳을 마다할 것인가?

표도로프는 빙긋 웃으며 통역사의 등을 쳤다. "정말 사내답구먼! 자넨 우리의 전부야. 아, 참으로 대단한 친구라니까."

"우리의 전부." 겐은 되풀이해 말했다. 슬라브어가 배로 빚은 브랜디처럼 달콤하게 혀를 자극했다.

"그럼 록산 코스에게 이야기하러 가볼까! 다시 씻을 시간이 없으니. 지금 하지 않으면 영영 용기를 내지 못할 것 같아."

겐은 앞장서서 주방으로 향했지만 혼자 걷는 거나 다름없었다. 표도로프의 기분이 어떤지, 하고 싶다는 말이 무엇인지는 안중에도 없었다. 그의 머릿속은 카르멘으로 꽉 차 있었다. 세면대 위의 카르멘. 언제까지나 그곳에 있던 그녀의 모습을 기억하리라. 세월이 지나도 그녀는 은박 테이프로 기운 무거운 군화를 신은 채 서늘한 세면대를 짚고 검은 대리석 위에 걸터앉은 그날의 모습으로 그의 기억 속에 남을 것이다. 가운데 가르마를 타서 선 고운 귀 뒤로 느슨히 넘긴 곱슬기 없는 머리카락. 그리고 입맞춤. 그의 등을 감싸안은 팔. 하지만 가장 큰 즐거움은 그녀의 얼굴, 완벽한 하트형의 사랑스러운 얼굴과 진한 밤색 눈동자와 고집 센 눈썹, 만지고 싶은 둥근 입술을 보는 것이었다. 호소카와 씨는 공부에 집중하지 못할 때가 많았다. 단어 하나를 말해줘도 다음날이면 잊어버렸다. 그러면 자신의 실수를 깨닫고 웃으면서 잘못 쓴 단어에 쐐기표를 했다. 하지만 카르멘은 달랐다. 카르멘을 가르치는 일은 그녀의 매끄러운 뇌 주름에 정보를 꿰매넣는 것과도 같았다. 그녀는 눈을 감고 단어를 읊고 큰 소리로 철자를 읽고 공책에 쓴 뒤에는 절대 잊지 않았다. 겐이 두 번 물을 필요도 없었다. 두 사람은 늑대에 쫓기기라도 하는 양 밤을 새워 공부했다. 그녀는 늘 더 많은 것을 알고 싶어했다. 더 많은 단어, 더 많은 동사. 문법 규칙과 구두법에 관한 설명을 듣고 싶어했으며 동명사와 부정사, 분사를 알고 싶어했다. 교습이 끝나고 둘 다 너무 지쳐서 말 한마디도 더 할 수 없을 때면, 그녀는 주방 벽장의 찬장에 등을 기대고 하품을 했다. "쉼표에 대해 얘기해줘요." 이렇게 말하는 그녀의 머리 위로는 금으로 장식된 스물네 명분의 접시 세트와 넓은 코발트색 띠가 둘린 예순 명분의 접시 세트가 탑을 이루며 쌓여 있고, 컵이 고리마다 주렁주렁 매달려 있었다.

"시간이 너무 늦었어. 오늘밤에 쉼표에 대해 알 필요는 없어."

그녀는 좁은 가슴 위로 팔짱을 끼고 바닥에 드러누웠다. "문장 끝에 오는 게 쉼표죠." 그녀는 자신의 말을 정정해주기를, 설명해주기를 요구하고 있었다.

겐은 눈을 감고 고개를 숙여 머리를 무릎에 갖다댔다. 그는 아직 잠이라는 나라에 들어갈 비자를 얻지 못했다. "쉼표는," 그가 하품을 하면서 말했다. "문장을 끊어서 내용을 나누는 구실을 해."

"아, 코스 씨가 저기 자네 회장과 함께 있군." 표도로프의 목소리가 들렸다.

겐이 고개를 들어보니 카르멘의 모습은 사라지고 그는 표도로프와 함께 주방에 있었다. 불과 1미터 남짓 떨어진 곳에 주방 벽장이 있었다. 그가 아는 한 그 벽장에 들어가는 사람은 그와 카르멘뿐이었다. 개수대 앞에 호소카와 씨와 록산이 서 있었다. 묘하게도 이 두 사람은 서로 한마디 말도 하지 않는데 언제나 대화를 나누는 듯한 느낌을 주었다. 작은 테이블에서 이그나시오와 과달루페, 움베르토가 총을 소제하고 있었다. 신문지 위에 금속조각들을 분해해서 늘어놓고는 부품 하나하나를 기름으로 문질러 닦는 것이었다. 티보는 그들과 함께 앉아 요리책을 읽고 있었다.

"나중에 다시 와야겠어." 표도로프가 슬픈 듯 말했다. "코스 씨가 바쁘지 않을 때 말이야."

록산 코스는 전혀 바빠 보이지 않았다. 그냥 가만히 서서 햇빛을 향해 턱을 들고 손가락으로 유리창 끝을 두드리고 있을 뿐이었다. "물어보기라도 하죠." 겐은 일을 해치우고 싶었다. 표도로프가 자신을 따라다니며 말할 준비가 됐다고 했다가 이 분 뒤에 말을 바꾸는 일이 반복되는 것은 원치 않았다.

표도로프는 주머니에서 큰 손수건을 꺼내 먼지를 닦아내려는 사람처럼 얼굴을 문질렀다. "꼭 지금 얘기할 이유가 없어. 우리가 어디 다른 데 갈 것도 아니잖아. 우린 절대 석방되지 못할 거야. 코스 씨를 매일 보는 것만으로 충분하지 않겠나? 그것도 분에 넘치는 일이야. 여기서 더 바란다는 것은 내 이기심이지. 내가 코스 씨에게 뭐 꼭 할 말이 있겠나?"

하지만 겐은 듣고 있지 않았다. 러시아어는 그의 주특기도 아닌 데다가, 잠시라도 정신이 흐트러지면 자음은 온통 뭉개지고 딱딱한 키릴문자는 지붕 위로 쏟아지는 우박처럼 튕겨나갔다. 그는 표도로프를 향해 고개를 끄덕이며 미소를 지었다. 현실세계에서는 스스로가 결코 허용하지 않는 성의 없는 미소였다.

"햇빛이 정말 찬란하지 않나?" 호소카와 씨가 겐이 와 있는 것을 알아차리고 말했다. "문득 허기가 지는데, 배를 채워주는 것이라곤 저 햇빛뿐이군. 그저 창가에 서 있고만 싶네. 비타민 부족이 아닌가 싶어."

"다들 뭐 하나씩은 부족한 것 같습니다." 겐이 말했다. "표도로프 씨 아시죠."

호소카와 씨가 고개를 숙여 인사하자 표도로프는 당황해서 덩달아 고개 숙여 답례하고는 록산에게도 고개를 숙였다. 록산 역시 살짝 고개를 숙여 보였다. 둥글게 모여 선 이들의 모습은 긴 목을 물속에 처박은 거위 같았다. "표도로프 씨가 록산 씨에게 음악에 관해 할 얘기가 있으시답니다." 겐은 일본어로 먼저 말한 다음 영어로 되풀이했다. 호소카와 씨와 록산이 표도로프를 향해 웃어 보이자 표도로프는 손수건을 씹어 먹을 기세로 입에 대고 눌렀다.

"그럼 난 체스나 하러 가야겠군." 호소카와 씨가 손목시계를 내려다보며 말했다. "열한시부터 두기로 했거든. 지금 가면 이르진 않을 거야."

"자리를 비켜주실 필요는 없는데요." 겐이 말했다.

"굳이 여기 있을 필요도 없지." 호소카와 씨는 록산을 바라보았다. 그 다정한 표정이 말없이도 그의 마음을 전해주는 듯했다. '가 보겠습니다. 체스를 둘 건데, 원한다면 나중에 와서 구경해도 좋습니다.' 두 사람은 짧은 미소를 나누었고, 호소카와 씨는 문을 밀고 밖으로 나갔다. 그의 발걸음에는 겐이 지금까지 보지 못했던 경쾌함이 있었다. 호소카와 씨는 고개를 들고 걸어갔다. 닳아빠진 턱시도 바지와 잿빛으로 변해가는 셔츠 차림이지만 그에겐 품위가 있었다.

"훌륭하신 분이에요. 회장님 말이에요." 록산은 호소카와 씨가 있던 빈자리를 응시하며 조용히 말했다.

"저도 항상 그렇게 생각합니다." 겐이 말했다. 카르멘의 설명을 들었지만 겐은 아직도 뭐가 뭔지 알 수 없었다. 둘 사이를 오가는 시선은 이미 눈치챈 바 있다. 겐은 사랑에 빠졌고, 그에겐 이 감정이 너무 생소했던 까닭에 다른 사람들도 이와 같은 감정을 경험한다는 사실이 도통 믿어지지 않았다. 물론 아내의 푸른 스카프를 깃발처럼 두르고 앉아 요리책을 보는 시몽 티보만은 예외였다. 티보가 사랑에 빠져 있다는 것은 누구나 아는 사실이었다.

록산이 고개를 들더니 키가 장대 같은 표도로프를 쳐다보았다. 그녀의 표정은 사뭇 달라져 있었다. 상대의 말을 들을 준비, 직업과 관련된 찬사를 받아들일 준비, 자신이 팬의 말을 중요하게 생각한다는 인상을 줄 준비가 된 것이다. "표도로프 씨, 거실에 가서 좀 더 편히 앉으시겠어요?"

단도직입적인 이 질문에 표도로프는 잠시 주춤했다. 그는 통역된 말을 듣고 약간 당황해하다가 겐이 다시 한번 말해야겠다고 생각한 순간 입을 열었다. "코스 씨가 편한 곳이면 저도 편합니다. 이대로 주방에 있어도 좋습니다. 제가 평소 잘 와보지 않던 곳인데 꽤 훌륭하군요." 그는 레드베드와 베레좁스키를 신뢰하기는 하지만 러시아어나 영어를 엿들을 사람이 없는 이곳이 사실 더 좋았다. 가끔씩 테이블에 총이 부딪히고, 티보가 요리책을 들여다보며 혀 차는 소리가 들리기는 했지만 누가 자신의 얘기를 엿듣는 것보다는 나았다.

"저는 여기가 좋아요." 록산이 말하며 유리잔에 담긴 물을 마셨다. 그 모습을 본 표도로프는 몸을 떨었다. 물, 그리고 그녀의 입술. 시선을 돌리지 않을 수 없었다. 무슨 말을 하려고 했더라? 차라리 편지를 쓰는 편이 나을 걸 그랬나? 통역사한테 번역해달라고 하고. 말로 하든 편지를 쓰든 하려는 말만 전하면 되지 않나.

"의자가 있어야겠는데요." 표도로프가 말했다.

겐은 그의 목소리에 힘이 없음을 알아채고 재빨리 의자를 가지러 갔다. 그는 무너지듯 주저앉는 러시아인 아래로 간신히 의자를 밀어넣었다. 거구의 사내는 숨이 막 끊어지려는 사람처럼 길게 한숨을 내쉬며 고개를 축 늘어뜨렸다.

"세상에." 록산이 그를 향해 고개를 숙였다. "이분 어디 아프세요?" 그녀는 냉장고 손잡이에 걸려 있던 행주를 가져와서 마시던 물에 담갔다. 그런 다음 차가운 천을 분홍빛의 굵은 목덜미에 대주었다. 그녀가 행주에 손을 얹자 표도로프는 가볍게 코를 훌쩍였다.

"이분 무슨 일 있나요?" 록산이 겐에게 물었다. "들어올 때는 멀찡해 보였는데. 안색이며 늘어진 모습이며, 크리스토프와 똑같아요. 혹시 당뇨가 아닐까요? 봐요, 몸이 차가워요!"

"코스 씨가 뭐라는 건가?" 표도로프가 두 다리 사이에 머리를 파묻고 속삭여 물었다.

"몸이 안 좋으시냐고 묻습니다." 겐은 말했다.

한동안 누구도 입을 열지 않았다. 록산은 표도로프의 목을 더듬으며 꾸준히 뛰는 맥을 짚으려 했다. 그녀는 그의 큰 귓불 밑에 가냘픈 두 손가락을 얹었다. "사랑 때문이라고 전해줘." 표도로프가 말했다.

"사랑요?"

표도로프는 고개를 끄덕였다. 그의 머리카락은 굵고 곱슬거렸으며 그리 청결한 편은 아니었다. 관자놀이께는 잿빛이었으나 겐과 록산이 내려다보는 정수리 부분은 아직 청년처럼 검었다.

"저한테 사랑 얘긴 안 하셨지 않습니까." 겐은 속은 듯한 기분이 들었다. 입장이 아주 난처해졌다고 생각했다.

"자네를 사랑하는 것도 아닌데 내가 왜 자네한테 사랑 운운하겠나?" 표도로프가 말했다.

"전 이런 내용을 통역하려고 온 게 아닙니다."

표도로프가 기를 쓰며 몸을 일으켰다. 그의 살갗은 조갯살처럼 축축했는데 빛깔과 밀도까지도 마치 조갯살 같았다. "그럼 뭘 통역하러 왔나? 자네가 적합하다고 판단하는 내용? 나더러 날씨 얘기나 하란 말인가? 자네가 언제부터 남이 할 얘기 못할 얘기를 정해주게 됐지?"

표도로프의 말이 옳았다. 겐은 그 사실을 인정해야 했다. 통역사의 개인적인 감정은 문제가 되지 않는다. 대화 내용을 수정하는 것은 겐의 몫이 아니다. 거기에 신경쓸 필요도 없다. "알겠어요." 러시아어로 지친 듯한 음성을 내기는 어렵지 않았다. "알았습니다."

"뭐라는 거예요?" 표도로프가 자세를 바로잡자 록산이 행주를 그의 이마로 옮기며 물었다.

"코스 씨가 당신이 뭐라고 하는지 궁금하다는데요." 겐이 표도로프에게 말했다. "사랑한다 할까요?"

표도로프는 힘없이 웃어 보였다. 지금까지 일은 신경쓰지 말자. 누가 피해를 본 것도 아니고, 그저 좀 기운이 빠진 것뿐이다. 그는 처음부터 다시 시작하는 데 희망을 걸었다. 레드베드와 베레좁스키 앞에서 백 번은 연습했던 바로 그 말을 하는 것이다. 그는 목청을 가다듬었다. "저는 우리 나라의 상공회의소 서기관입니다." 그는 힘없이 입을 열었다. "맡으라면 맡았다가, 그만두라면 그만두는 자리죠." 그는 두 손가락으로 딱 소리를 내려고 했지만 제대로 하지 못했다. 손이 너무 축축해서 소리가 나지 않고 그냥 미끄러졌다. "하지만 지금은 어찌나 좋은 자린지 고맙기까지 합니다. 자신이 어떤 행운을 거머쥐었는지 아는 사람이야말로 진정한 행운아죠." 그는 그녀의 눈을 똑바로 쳐다보려 했지만 무리였다. 어찌나 긴장이 되는지 정신을 차릴 수가 없었다.

겐은 앞일 따위는 생각 않으려고 애쓰면서 그의 말을 통역했다.

"좀 괜찮아졌는지 물어봐줘요. 안색이 좀 나아진 것 같은데." 록산이 말하며 그의 이마에 얹었던 행주를 치우자 표도로프는 실망한 표정을 지었다.

"이제 좀 괜찮으냐고 묻습니다."

"코스 씨가 내 말을 듣고는 있나?"

"보시다시피 잘 듣고 있습니다."

"난 괜찮다고 하게. 그리고 이렇게 말해줘. 러시아는 결코 이 가난한 나라에 자본을 투자할 의향이 없었다고." 그는 록산 코스를 되도록 오래 마주보려고 안간힘을 쓰다가 기운이 다 빠져서 다시 겐을 바라보았다. "나라 형편도 좋지 않은데다가, 먹여 살려야 하는 나라가 한둘이 아니죠. 수완 좋은 사업가인 제 친구 베레좁스키가 이 파티에 참석해달라는 초대장을 받고는 함께 가자고 하더군요. 코스 씨가 공연을 한다면서요. 베레좁스키, 레드베드와 저는 학교 동창입니다. 막역한 사이죠. 전 정부 관료이고, 베레좁스키는 사업을 하고, 레드베드 그 친구는 채권 거래를 합니다. 까마득한 옛 시절에 저희 셋은 상트페테르부르크에서 같이 학교를 다녔답니다. 지금도 상트페테르부르크에서 지내고 있고요. 우린 늘 함께 오페라를 보러 다녔어요. 그땐 젊고 가난하던 시절이라 푼돈을 쥐여주고 맨 뒤에 서서 구경을 했죠. 하지만 직장을 얻은 뒤엔 좌석에 앉아서 볼 수 있었고, 수입이 괜찮아지면서는 더 좋은 자리에 앉을 수 있게 됐어요. 우리가 얼마나 출세했는가는 오페라하우스에서 앉았던 자리를 보면 알 수 있었죠. 얼마나 비싼 좌석을 샀는지, 그리고 나중에는 얼마나 비싼 좌석에 초대되었는지를 통해서요. 차이콥스키, 무소륵스키, 림스키코르사코프, 프로코피예프 등 러시아의 모든 오페라를 두루 섭렵했습니다."

통역 속도가 느려서 대화 당사자들은 한참을 기다려야 했다. "러시아에는 아름다운 오페라 곡이 많죠." 록산이 말하고는 행주를 개수대에 넣은 뒤 자신이 앉을 의자를 가지러 갔다. 의자를 갖다주는 사람은 없고 얘기는 길어질 것 같아서였다. 그녀가 막 의자를 들려는데 테이블에 앉아 총기를 소제하던 세사르라는 병사가 벌떡 일어나더니 의자를 대신 날라다주었다.

"그라시아스."* 그녀는 세사르에게 말했다. 그 정도 스페인어는 알았다.

"죄송합니다." 겐이 선 채로 말했다. "제가 왜 가져다드릴 생각을 못했을까요."

"러시아어를 생각하고 계셨을 테니까요." 록산이 말했다. "그것만으로도 머릿속이 복잡할 테니. 그런데 이 얘기, 결론이 있는 건가요?"

표도로프는 말없이 웃었다. 그의 뺨은 분홍색으로 물들어 있었다.

"있다고 봐야죠."

"어머, 미리 얘기하지 마세요, 놀라고 싶으니까. 아주 재미있겠네요." 그녀는 의자에 편하게 기대앉아 다리를 꼬고는 표도로프에게 계속 얘기하라는 표시로 손을 내밀었다.

표도로프는 잠시 기다렸다. 그는 자신의 입장을 처음부터 되짚어보았다. 몇 주 동안 할말을 준비해왔는데도 이제야 잘못된 방법을 택했다는 생각이 들었다. 학창 시절은 이야기의 서두로 걸맞지 않다. 이곳에 오게 된 이유가 오페라이긴 해도 오페라 역시 이야기의 시작은 못 된다. 그보다 훨씬 전의 이야기부터 꺼내야 한다. 그는 러시아와 자신의 유년기, 가족과 함께 살던 아파트로 올라가는 지그재그형의 어두운 계단을 생각하며 다시 이야기를 시작했다.

* '고맙다'는 뜻.

그는 록산 쪽으로 어깨를 구부렸다. 자신이 앉은 곳의 어느 방향에 러시아가 있을까 생각해보았다. "코스 씨도 아시겠지만 제가 어릴 때는 그 도시의 이름이 레닌그라드였답니다. 페트로그라드로 잠시 바뀐 적이 있는데 아무도 그 이름을 좋아하지 않았죠. 옛 이름도 좋고 새 이름도 좋지만, 그 둘을 버무려놓은 이름은 영 아니었거든요. 그 시절 저희는 어머니와 아버지, 두 형, 외할머니까지 모두가 함께 살았죠. 외할머니는 회화에 관한 책을 가지고 계셨는데 엄청 크고 두꺼웠어요." 표도로프는 두 손을 들어 공중에 책의 크기를 대강 그려 보였다. 그의 말을 믿는다면 그 책은 엄청나게 거대했다. "외할머니 말씀으로는 열다섯 살 때 당신을 쫓아다니던 줄리앙이라는 유럽인이 그 책을 줬다고 하시더군요. 정말인지 아닌지는 몰라도요. 저희 할머니는 얘기를 잘 지어내시는 분이었거든요. 그런 책을 손에 넣으신 것보다 어떻게 전쟁통에도 잃지 않고 간수하셨는지, 지금 생각해도 그게 더 신기합니다. 좀 꺼림칙하다 싶으면 죄다 태우던 시절인데 태우지도 팔아치우지도 않으신 것이나, 그 감추기 어려운 물건을 빼앗기지 않으신 것 모두 희한한 일이죠. 어쨌든 제가 어렸을 때는 전쟁이 끝난 지도 오래됐고 할머니도 연세가 많으셨어요. 그때는 그림을 보러 박물관에 가는 일이 없었답니다. 근사한 겨울궁전 앞을 늘 오가면서도 거기 들어가진 않았습니다. 그런 데 쓸 돈이 없었어요. 하지만 저녁 시간이면 할머니가 책을 꺼내면서 형들과 제게 손을 씻고 오라고 하셨죠. 저는 열 살이 되기 전에는 책장을 만질 수 없었지만, 그래도 구경이라도 하고 싶어 손을 씻었답니다. 할머니는 늘 책을 누비천에 싸서 당신이 주무시는 거실 소파 밑에 놓아두셨습니다. 꺼낼 때 힘에 겨워하면서도 절대 다른 사람의 도움은 받지 않으셨어요. 테이블을 깨끗이 치우고 누비천에 싼 책을 놓고서 천천히 누비천을 벗기셨죠. 그런 뒤 의자에 앉으시는 겁니다. 우린 체구가 작았던 그분 옆에 서 있었죠. 할머니는 테이블 위의 불빛에 아주 까다로우셨답니다. 빛이 너무 강하면 색이 바래니까 안 되고, 너무 약하면 그림을 제대로 감상할 수 없으니까 안 된다고 하시면서요. 이때만을 위해 쓰는 하얀 면장갑을 끼고 우리가 지켜보는 가운데 책장을 넘기셨죠. 상상이 가십니까? 저희가 지독히 가난했다고는 생각지 않습니다. 그때는 누구나 형편이 비슷비슷했으니까요. 아파트는 비좁았고 저희 형제들은 한 침대에서 잤죠. 이 책이 아니었다면 저희 가족은 그 건물에 사는 다른 가족과 똑같았을 겁니다. 이 책은 그만큼 특별했어요. 제목이 '인상파 시대의 걸작'이었습니다. 저희한테 그런 책이 있는 줄 남들은 몰랐죠. 할머니께서 그 책 얘기를 입 밖에 냈다가는 누가 와서 빼앗아갈지 모른다고 하셨어요. 피사로, 보나르, 반고흐, 모네, 마네, 세잔 같은 화가의 그림이 수백 점이나 실려 있었답니다. 할머니가 책장을 넘기면서 보여주신 그림의 색채는 대단했어요. 우린 그림 한 장 한 장을 자세히 살폈죠. 할머니께서 깊이 생각해가며 봐야 하는 그림이라고 하셨거든요. 어떤 날은 겨우 두 쪽밖에 보지 못한 적도 있어요. 책 한 권을 다 보는 데 일 년이 걸렸답니다. 전문적이고 아주 좋은 책이었다고 생각합니다. 물론 그 그림들의 원본을 다 보지는 못했지만, 나중에 몇 점을 직접 봤는데 제 기억 그대로더군요. 할머니는 젊은 시절 프랑스어를 배우셨다면서 그림 밑에 있는 글자를 되는 데까지 읽어주셨습니다. 물론 이야기를 지어내서 들려주신 거죠. 그때그때 내용이 달라졌거든요.

하지만 그건 문제가 되지 않았답니다. 아름다운 이야기들이었으니까요. '이곳은 반 고흐가 해바라기를 그린 들판이란다. 그는 푸른 하늘과 뜨거운 햇볕 아래 하루종일 앉아 있었어. 흰구름이 물결치듯 흘러갈 때면 그 장면을 잘 기억해두었다가 캔버스에 옮기곤 했지.' 이런 식으로 책을 읽는 척하면서 우리한테 얘기를 들려주셨어요. 어떨 때는 글이 단 몇 줄뿐인데도 이십 분 동안이나 읽어주시기도 했죠. 프랑스어는 러시아어보다 훨씬 복잡한 언어라서 단어 하나에 몇 문장이나 되는 의미가 담겨 있기 때문이라고 하시더군요. 깊이 생각해볼 그림이 너무나 많았죠. 그런 식으로 오랜 시간이 흐르니까 그림을 모조리 기억하게 되었어요. 지금도 그 들판에 건초가 몇 더미나 있었는지, 빛은 어느 방향에서 비쳤는지 생생히 기억납니다." 표도로프는 말을 끊고 겐에게 통역할 시간을 주었다. 그리고 잠시 테이블 주위에 모여 있던 가족의 모습을 떠올렸다. 고인이 된 외할머니와 역시 세상을 뜬 부모님, 스물한 살 때 낚시를 하다 물에 빠져 죽은 막내 형 드미트리. 이젠 형제 중 둘만 남았다. 그는 집에서 그의 감금 뉴스를 계속 듣고 있을 형 미칼을 생각했다. 만일 내가 여기서 죽게 된다면 미칼은 위안이 되는 가족 하나 없이 세상에 홀로 남을 테지. "할머니가 책을 꺼내지 않을 때도 가끔 있었답니다. 피곤하다고 하시면서요. 아름다운 그림 때문에 괴롭다고 하셨죠. 한 주, 때로는 두 주가 그냥 지나가기도 했습니다. 쇠라의 그림을 보지 못해 미치기 직전이었던 기억이 납니다. 그 정도로 저는 그 그림들에 의존했던 겁니다. 하지만 그 휴식과 기다림 때문에 책에 대한 애정은 더욱 열렬해졌죠. 할머니께서 애지중지하시던 그 책이 제 인생을 바꿔놓았습니다." 그는 목소리를 낮춰 말을 이었다. "이 얼마나 기적 같은 일입니까? 저는 아름다운 것을 사랑하는 법을 배웠답니다. 미를 숙고하는 언어를 익혔죠. 그것이 나중에 오페라와 발레, 건축으로 이어졌고, 결국은 그 그림들에서 본 아름다움이 들이나 강에도 있다는 사실을 깨닫게 되었습니다. 그리고 사람에게도요. 모두 그 책 덕분이죠. 할머니는 돌아가실 무렵 책을 들 힘이 없어 제게 그 일을 시키셨어요. 당신 손이 너무 떨려 책이 찢어질까봐 저희더러 책장을 넘기게 하셨죠. 이미 커져버린 제 손에 할머니의 장갑이 맞지 않자, 할머니는 책이 더러워지지 않게끔 장갑을 손으로 잡고 넘기라고 하셨답니다." 표도로프는 한숨을 쉬었다. 실로 가슴 뭉클한 기억이었기 때문이다. "지금은 형이 그 책을 갖고 있죠. 형은 모스크바 외곽에서 의사로 일한답니다. 저희 둘이 몇 년마다 돌아가며 책을 갖고 있어요. 둘 다 그 책 없이는 살 수 없거든요. 같은 책을 한 권 더 구해보려고도 했지만 없더군요. 그런 책은 세상에 더는 없나봅니다." 표도로프는 이야기를 계속하면서 마음이 편해지는 것을 느꼈다. 말이라면 누구보다 자신 있었다. 숨쉬기도 한결 수월해졌다. 하고 싶은 말을 아직 책 이야기와 연결시키지 못했던 그는 이제야 길을 찾았다고 생각했다. "저희 형제 중 누구도 그림에 재능이 없었다는 것이 저희 할머니에겐 비극이었죠. 할머니는 돌아가실 때까지도 경영학을 공부하던 제게 다시 한번 생각해보라고 조르셨답니다. 하지만 전 미술에는 소질이 없었어요. 할머니는 드미트리가 살아 있었다면 위대한 화가가 되었을 거라고 하셨지만, 그건 드미트리가 죽었기 때문에 하신 말씀이죠. 원래 죽은 사람은 뭐든 할 수 있었을 것 같잖아요. 저희 형제들은 미술 감상에 소질이 있었답니다. 위대한 예술을 창조하려고 태어나는 사람이 있고, 그 예술품을 감상하려고 태어나는 사람이 있죠. 그렇게 생각하지 않으십니까? 예술을 감상하는 것도 일종의 재능입니다. 화랑에 걸린 그림을 보든 세계 최고 소프라노의 목소리를 듣든 마찬가지예요. 모든 사람이 예술가가 될 수는 없어요. 예술을 사랑하고 감상하며 누릴 줄 아는 애호가가 있어야 하는 겁니다." 표도로프는 천천히 말했다. 문장과 문장 사이에 시간을 충분히 두었기 때문에 겐은 여유를 갖고 통역할 수 있었지만, 바로 그 때문에 표도로프가 얘기를 끝맺었는지 아닌지 분간하기가 힘들었다.

"멋진 얘기네요." 록산이 마침내 말했다.

"하지만 제 이야기의 요점은 말입니다."

록산은 그 요점을 듣기 위해 다시 의자에 기대앉았다.

"제가 예술을 심도 있게 이해할 줄 아는 사람이라는 것을 코스 씨가 얼른 알 수 없으실 것 같아서, 그걸 알려드리고 싶었습니다. 러시아의 상공회의소 서기관, 그것이 코스 씨에게 무슨 의미가 있겠습니까? 그렇지만 저의 이런 배경 때문에 제겐 특히나 자격이 있다고 생각합니다."

이번에도 록산은 그가 무슨 말을 더 하나 싶어서 기다리다가 아무 말이 없자 입을 열었다. "무슨 자격요?"

"록산 씨를 사랑할 자격요." 표도로프가 말했다. "사랑합니다."

겐은 표도로프를 쳐다보고 눈을 깜박였다. 자신의 얼굴에서 핏기가 싹 가시는 것을 느꼈다.

"뭐라고 해요?" 록산이 물었다.

"얘기해, 록산 씨에게 말하라고." 표도로프가 말했다.

록산은 머리를 전부 뒤로 넘겨서 부통령이 큰딸 방에서 찾아준 분홍색 고무줄로 단단히 묶고 있었다. 화장도 장신구도 하지 않고 머리 단장도 하지 않은 그녀의 얼굴은, 그녀가 어떤 재능을 지녔는지 잘 모르는 사람의 눈에는 평범하거나 지쳐 보일 수도 있었다. 록산이 이토록 오랫동안 창밖으로 고개 한 번 돌리지 않고 표도로프를 응시하며 그의 이야기를 들어준 것을 보면 참을성이 많은 사람이라고 겐은 생각했다. 영어를 할 줄 아는 시시한 남자들을 두고 호소카와 씨를 택한 것만 봐도 그녀의 됨됨이를 알 수 있었다. 겐은 그녀의 노래를 높이 평가했으며 여기엔 말이 필요 없었다. 매일 그녀가 노래할 때마다 그는 깊은 감동을 받았지만, 그렇다고 그녀를 사랑하는 것은 아니었다. 누가 그에게 록산을 사랑하라고 한 것도 아니고, 사랑한다는 말을 옮긴다 해서 록산이 그것을 겐의 사랑 고백으로 생각하지도 않을 테지만, 그래도 겐은 진땀이 났다. 글로든 말로든 자신이 다른 사람에게나 다른 누구를 위해 그 말을 쓴 적이 없다는 사실을 그는 이제야 확실히 깨달았다. 집에 보내는 생일 카드나 편지에도 부디 건강하십시오라는 말로 끝맺음을 했을 뿐이었다. 그는 사랑한다는 말을 부모나 누이들에게도 해본 적이 없었다. 잠자리를 함께했던 세 여자에게도, 학생 시절 가끔 함께 교실까지 걸어가곤 했던 여자친구들에게도 한 적이 없었다. 그런 말을 한다는 생각 자체를 하지 않았던 것이다. 그런데 난생처음으로 어떤 여자에게 사랑한다는 말을 할 수 있을 것 같은 이 시점에, 그는 다른 남자를 대신하여 다른 여자에게 그 말을 해야 하는 것이다.

"말 안 해줄 건가요?" 록산이 물었다. 조금 전보다는 좀더 흥미를 느끼는 목소리였다. 표도로프는 두 손을 꽉 쥐고 기다렸다. 크나큰 안도의 빛이 그의 얼굴에 퍼졌다. 그는 할말을 다 했다. 힘닿는 데까지 노력했다.

겐은 혀 가득히 고이는 침을 꿀꺽 삼키고 사무적인 태도로 록산을 바라보려 애썼다. "코스 씨를 사랑할 자격이랍니다. 사랑한다고 하는군요." 겐은 될 수 있는 대로 자연스러운 느낌이 들게끔 통역했다.

"내 노래를 말예요?"

"코스 씨를요." 겐은 정확히 말했다. 표도로프에게는 물어볼 필요도 없을 듯했다. 러시아인은 씩 웃어 보였다.

록산은 드디어 시선을 돌렸다. 그녀는 숨을 깊이 들이마시고 한동안 창밖을 응시했다. 마치 어떤 제안을 받고 속으로 저울질하는 듯한 표정이었다. 그러다가 그녀는 표도로프를 돌아보고 웃었다. 그 표정이 어찌나 평화롭고 다정한지, 그녀 또한 저 러시아인을 사랑하는 게 아닌가 하는 생각이 들 정도였다. 일방적인 선언만으로 바라던 효과를 거둔다는 것이 과연 있을 수 있는 일일까? 한 남자가 여자를 사랑한다는 이유만으로 여자 또한 그 남자를 사랑한다는 것이?

"빅토르 표도로프 씨, 멋있는 얘기였어요." 그녀가 말했다.

"고맙습니다." 표도로프는 고개를 숙였다.

"쥘리앙이라는 그 유럽 청년은 어떻게 되었는지 궁금하군요." 그녀는 혼잣말하듯 중얼거렸다. "여자에게 목걸이를 선물하는 것과는 차원이 다르네요. 목걸이야 작은 상자에 넣으면 되니, 아무리 비싼 목걸이라도 어려울 게 없죠. 하지만 다른 나라에서 그런 책을 들고 와 여자에게 주는 것은 굉장한 일이에요. 책을 포장지에 싸

들고 기차를 탄 남자의 모습이 눈앞에 보이는 것 같아요."

"쥘리앙이라는 사람이 정말 있었다면 말이죠."

"없었다고 할 수도 없죠. 할머니께서 해주신 얘기를 믿어서 나쁠 건 없잖아요."

"코스 씨 말씀이 옳습니다. 이제부터는 의심 없이 믿겠습니다."

겐의 머릿속은 다시금 카르멘으로 꽉 찼다. 그녀가 지금까지 검은 대리석 세면대에 앉아 그를 기다리고 있으면 좋겠다고 생각했지만, 그럴 리 없다는 것을 알고 있었다. 아마 지금쯤은 장총을 들고 2층 복도를 오가며 순찰을 돌고 있으리라. 중얼중얼 동사 변화를 외우면서.

"그리고 사랑한다고 하신 말씀은요." 록산이 마침내 입을 열었다.

"답은 필요 없습니다." 표도로프가 끼어들었다. "그냥 선물이에요. 자, 코스 씨에게 드리겠습니다. 제게 만일 목걸이나 회화 책이 있었다면 그것을 드렸을 겁니다. 거기에 제 사랑을 얹어서 말입니다."

"선물에 너무나 후하시군요."

표도로프는 어깨를 으쓱했다. "그런지도 모릅니다. 다른 때 같으면 지나치게 거창하고 우스워 보이겠죠. 있을 수 없는 일이기도 할 테고요. 코스 씨는 워낙 유명인이니, 저 같은 사람은 기껏해야 코스 씨가 공연을 마친 뒤 차에 타기 직전에 유명한 코스 씨의 손을 잡고 짧게 악수를 나누는 것이 고작이겠죠. 하지만 여기서는 날마다 코스 씨의 노래를 듣습니다. 코스 씨가 식사하는 모습도 보고요. 제가 사랑의 감정을 느끼는 것은 분명합니다. 이 감정을 고백하지 않을 이유가 없죠. 우리를 잡아두고 재미있어하는 이 무리는 결국 우릴 쏴죽일지도 모릅니다. 어디까지나 가능성을 말하는 겁니다. 그렇다면 제가 이 사랑의 감정을 저승까지 지고 갈 필요는 없지 않습니까? 코스 씨의 것은 코스 씨에게 드려야 하지 않을까요?"

"제가 아무것도 드리지 못한다면 어쩌죠?" 그녀는 표도로프의 주장에 흥미를 느끼는 모양이었다.

그는 고개를 저었다. "그런 말씀 마십시오. 이미 제게 너무나 많은 것을 주셨습니다. 하지만 누가 무엇을 주었는가는 중요하지 않습니다. 선물을 그런 식으로 생각하면 안 되죠. 이건 거래가 아니니까요. 코스 씨가 제게 사랑한다 말하면 제 기분이 좋아질까요? 코스 씨가 러시아에 와서 상공회의소 서기관과 함께 살면서 공식 만찬에 참석하고, 저와 한 침대에서 커피를 마시고 싶다고 한다면? 상상은 근사하지만 분명 제 아내가 좋아하지 않을 겁니다. 코스 씨는 사랑을 미국식으로 생각하고 계시는군요. 러시아식으로 생각해보세요. 그러면 더 넓게 볼 수 있을 겁니다."

"미국인은 뭐든 미국식으로만 생각하는 나쁜 습관이 있답니다." 록산은 친절하게 말한 뒤 표도로프를 보고 웃었다. 잠시 아무도 입을 열지 않았다. 대화는 다 끝났고 더는 할말이 남지 않은 것이다.

마침내 표도로프는 자리에서 일어나 손뼉을 한 번 쳤다. "이제 속이 후련하군요. 지금껏 어찌나 부담스럽던지! 이제 좀 편할 것 같습니다. 제 말을 들어주셔서 고맙습니다." 그는 록산에게 손을 내밀었다. 그녀가 일어나서 손을 내밀자 그는 그녀의 손등에 입을 맞추고는 그 손을 끌어다 자기 뺨에 잠시 갖다댔다. "지금 이 순간을, 이 손을 영원히 잊지 않겠습니다. 남자에겐 최고의 순간입니다." 그는 싱긋 웃고는 그녀의 손을 놓았다. "근사한 날이군요. 코스 씨는 제게 아주 멋진 것을 답례로 주셨습니다." 그는 겐에겐 한마디 말도 없이 돌아서서 주방을 빠져나갔다. 흥분에 겨운 나머지 이 자리에 겐이 있다는 사실조차 잊은 것이다. 통역이 더없이 매끄러우면 사람들은 통역사의 존재를 잊어버리곤 하니까.

록산이 자기 자리에 앉자 겐은 표도로프가 앉았던 의자에 앉았다. "기운이 다 빠지네요." 록산이 말했다.

"저도 그렇습니다."

"딱하셔라." 록산은 고개를 한쪽으로 기울였다. "별의별 지루한 얘기를 다 듣고 계셔야 하니."

"거북하긴 했지만 지루하진 않았습니다."

"거북해요?"

"낯선 사람이 와서 마음을 털어놓는데 거북하지 않으셨어요?" 아니, 그녀라면 거북하지 않을 것이다. 언제나 만인의 사랑을 받는 입장이니까. 밀려드는 사랑 고백과 청혼을 통역하려면 통역사 군단이 있어야 하리라.

"말이 전혀 통하지 않는 여자를 사랑하는 건 쉽지요." 록산이 말했다.

"토끼 고기를 좀 들여보내주면 좋으련만." 티보가 프랑스어로 겐에게 말했다. 데 라팽. 그러고는 손가락으로 요리책을 탁탁 두드렸다. "너희 토끼 고기 좋아하니?" 그가 테러리스트들에게 스페인어로 물었다. 코네호.

병사들이 작업하다 말고 고개를 들었다. 총기 조립은 거의 끝나가고 있었다. 애초에 더럽지도 않은 총이었지만 지금은 한층 더 깨끗해졌다. 총에 익숙해지고, 그 총이 나를 겨누지 않으면 총은 테이블에 놓아둘 섬세한 조각품처럼 재미있어 보이기까지 한다. "카바요." 키 큰 병사 힐베르트가 대답했다. 바로 얼마 전 텔레비전 때문에 티보를 쏘려 했던 바로 그 병사였다.

"카바요?" 시몽 티보가 말했다. "겐, 카바요가 뭐지?"

겐은 잠시 생각에 잠겼다. 그의 머리엔 아직도 러시아어가 남아 있었다. "털이 북실북실한데, 햄스터는 아니고……" 그는 손가락으로 딱 소리를 냈다. "기니피그요!"

"토끼 고기 말고, 기니피그가 먹고 싶다고요." 힐베르트가 말했다. "아주 부드럽거든요."

"아," 세사르가 총 위로 두 손을 포개며 말했다. "기니피그를 먹을 수만 있다면 뭐든 다 하겠다." 그는 생각만 해도 흐뭇한지 손끝을 지그시 깨물었다. 좋지 못했던 세사르의 피부는 인질극이 벌어지는 동안 점차 깨끗해지고 있었다.

티보는 책을 덮었다. 파리에서 딸아이가 어릴 때, 희고 통통한 기니피그를 커다란 어항에 넣어 기른 적이 있었다. 밀루라는 이름의 녀석은 딸아이가 원하던 강아지의 초라한 대용물이었다. 에디트가 녀석에게 먹이를 주는 일을 맡았다. 그녀는 유리벽 안에서 그들 가족을 내다보며 홀로 나날을 보내는 기니피그를 가엾게 여겼다. 가끔씩 에디트는 기니피그를 무릎에 앉혀놓고 책을 읽었다. 그러면 밀루는 에디트의 스웨터 끝에 동그랗게 몸을 말고 누운 채 기분이 좋아서 코를 씰룩거리곤 했다. 그 기니피그는 티보의 형제나 다름없었다. 그 동물이 그러했듯이, 지금 티보 역시 아내의 무릎을 베고 누워 그녀의 스웨터 끝자락에 얼굴을 묻는 특권을 누리는 일이 그가 바라는 전부였기 때문이다. 이 동물(이미 오래전에 죽었지만 언제 어떻게 죽었는지는 생각나지 않는)의 껍질을 벗겨서 튀기고 끓이는 장면을 꼭 상상해야 하나? 밀루를 저녁식사로? 내가 이름 붙여준 동물을 먹을 수는 없다. 마음속으로 형제나 다름없다고 생각한 동물은 마땅히 형제로서의 자유를 누려야 한다. "어떻게 요리하지?"

그러자 기니피그를 요리하는 가장 좋은 방법과 산 채로 기니피그의 창자를 갈라 운세를 보는 방법에 관한 이야기가 줄줄이 쏟아져나왔다. 겐은 고개를 돌렸다.

"사람들은 여러 가지 이유로 서로를 사랑해요." 록산이 말했다. 그녀는 스페인어를 전혀 몰랐으므로, 쇠꼬챙이에 꿰어서 천천히 돌리며 구운 기니피그에 관한 대화가 오가는 줄은 꿈에도 알지 못했다. "우린 대체로 사람을 있는 그대로 사랑하기보다는 그 사람이 지닌 능력을 보고 사랑하죠. 능력 때문에 사랑받는 것도 나쁘지는 않아요."

"하지만 전자가 더 나은데요." 겐이 말했다.

록산은 두 발을 의자에 올리고 무릎을 가슴 가까이 끌어당겼다. "그렇죠. 인정하기는 싫지만 사실이에요. 누가 내 능력 때문에 나를 사랑한다면 기분은 좋겠지만, 나는 그 사람을 사랑할 이유가 없겠죠. 하지만 있는 그대로의 모습을 사랑하려면 상대방도 나를 알아야 하고, 나도 그 상대를 알아야 하잖아요." 록산은 겐을 보고 미소 지었다.

다른 병사들이 먼저 주방을 나가고 겐과 록산과 티보도 자리를 뜨자, 요즘 그들을 인질이라기보다는 어른으로 생각하기 시작한 세사르는 일을 마무리지으면서 로시니의 곡을 흥얼거리기 시작했다. 주방에 남은 사람은 자기뿐이었기에 혼자가 된 이 귀한 시간을 이용하고 싶었다. 창으로 쏟아져들어오는 햇빛이 말끔한 총에 반사되어 빛났다. 아, 자신의 입에서 흘러나오는 가사를 듣는 기분이란! 오늘 아침 록산이 이 곡을 몇 번이고 반복해 연습한 덕분에 그는 단어 하나하나를 모조리 외울 수 있었다. 모르는 나라 말이었지만 상관없었다. 그는 이 노래의 의미를 알았다. 가사와 음악이 한데 어우러져 그의 일부가 되었다. 그는 합창 부분을 계속 되풀이해 불렀다. 혹여 누가 듣고 비웃거나 혼내기라도 할까봐 속삭이듯 작은 소리로 웅얼거렸다. 이런 두려움은 너무나 커서 한시도 벗어날 수가 없었다. 하지만 자기도 록산 코스처럼 자신을 열어젖히고 벽력 같은 소리를 분출하고, 스스로를 파헤쳐 자신의 참모습을 들여다보고 싶었다. 그녀가 가장 높고 큰 소리를 뽑아낼 때면 그의 몸도 전율했다. 총을 앞에 세운 채 서 있지 않았다면 그녀의 노래를 들을 때마다 창피한 꼴을 보였을지도 모른다. 그녀의 노래가 어찌나 격한 충동과 살 떨리는 정열을 불러일으키는지 그의 페니스는 첫 소절이 끝나기도 전에 딱딱하게 굳어서 노래가 계속됨에 따라 더욱 단단해졌다. 마침내 그는 쾌감과 엄청난 고통에 빠져 무의식중에 장총을 들었다 놨다 하며 흥분을 풀어냈다. 그는 어지럽고 짜릿한 흥분을 느끼며 벽에 몸을 기댔다. 이 미칠 것 같은 흥분은 그녀를 향한 갈망이었다. 병사들은 누구나 그녀의 몸에 기어올라가 그녀의 입에 혀를 밀어넣고 그녀의 몸속으로 자신을 쑤셔넣는 상상을 했다. 그들은 그녀를 사랑했으며, 자나깨나 찾아오는 이러한 환상 속에서는 그녀 역시 그들을 사랑했다. 하지만 세사르의 열정은 그 이상이었다. 세사르는 자신의 몸이 음악을 향한 갈망으로 불타고 있음을 알았다. 마치 음악이 그가 몸을 밀어넣어 사랑을 나누고 성교할 수 있는 대상이라도 되는 듯이.

8

장군들이 회의를 하는 손님용 침실에는 작은 응접실이 딸려 있어서 호소카와 씨와 벤하민 장군은 이곳에서 몇 시간씩 체스를 두곤 했다. 벤하민 장군이 대상포진의 통증을 잊을 수 있는 시간은 이때뿐인 것 같았다. 병증이 한쪽 눈에까지 침범해 염증이 생기고 그것이 결막염을 일으켜, 눈동자는 시뻘겋고 눈 주위에는 농포가 가득했다. 체스에 정신을 집중할수록 고통을 덜 느낄 수 있었다. 그렇다고 괴로움이 완전히 잊히는 것은 아니지만, 게임을 즐기는 동안만은 극심한 통증의 한가운데에서 벗어날 수 있었다.

한동안 인질들은 저택 내의 지정된 구역에만 출입할 수 있었지만, 이제는 통제가 많이 허술해져서 다른 장소에도 가끔씩 들락거리곤 했다. 호소카와 씨는 장군의 부름을 받기 전까지 이런 방이 있는 줄도 몰랐다. 이 작은 방의 창가에는 게임 테이블과 의자 두 개가 놓여 있었고, 작은 소파와 책장이 딸린 책상도 있었다. 책장의 유리문 안쪽에는 가죽 장정된 책이 빽빽이 꽂혀 있었다. 창문에는 노란 커튼을 드리우고 바닥에는 푸른 꽃무늬 러그를 깔았으며, 벽에는 쾌속선이 그려진 액자를 걸어놓았다. 평범하기 그지없는 방이지만 꽤 좁은 편이었고, 이 작은 공간은 지금껏 널찍한 동굴 같은 거실에서만 석 달을 지내온 호소카와 씨에게 크나큰 안도감을 안겨주었다. 그것은 스웨터와 코트에 폭 감싸인 아이가 느끼는 편안함과도 같았다. 그는 세번째 체스 게임을 두면서, 일본에서는 호텔 연회장이나 오페라하우스가 아닌 이상 이토록 넓은 공간에 있을 일이 없다는 사실을 깨달았다. 이 방은 의자 위에 올라서면 손끝이 닿을 만큼 천장이 낮아서 좋았다. 세상을 더 가깝고 친숙하게 느끼도록 도와주는 것들에 그는 특히 감사했다. 자신이 알던 것, 혹은 삶의 방식으로 여겨왔던 것이 죄다 잘못되었음을 호소카와 씨는 요 몇 달 동안 뼈저리게 깨달았다. 일과 협상과 타협이 끝없이 이어지던 생활은 어디로 가고, 이제는 테러리스트와 체스를 두며 상대에게 묘한 호감까지 느끼는 그가 있었다. 질서 있게 착착 제 몫을 해내는 훌륭한 가족이 있던 자리에는, 사랑하지만 대화는 불가능한 타인들이 있었다. 전에는 스테레오로 몇 분간 오페라를 들으며 잠을 청했는데, 지금은 더없이 완벽하나 실수도 저지르는, 살아 있는 사람의 온기 넘치는 목소리로 매일 몇 시간씩 노래를 들었다. 그의 곁에는 그 목소리의 주인인 여인이 그의 손을 잡고 웃으며 앉아 있었다. 세상 사람들은 호소카와 씨가 고통을 겪는다고만 여길 것이며 그가 아니라고 말해도 이해하지 못하리라. 바깥세상 사람들 말이다. 아무리 해도 그런 생각을 지울 수 없었다. 자신에게 찾아온 이 즐거움을 결국에는 잃게 되리라는 생각 때문에 그는 모든 것을 더 소중히 끌어안게 되었다.

벤하민 장군은 체스를 꽤 두는 편이었지만 호소카와 씨 역시 그와 비등한 실력을 갖추고 있었다. 두 사람 모두 초시계를 놓고 쫓기듯 체스를 두는 스타일이 아니어서 시간은 전혀 개의치 않고 여유 있게 한 수 한 수를 두었다. 둘 다 똑같이 재능 있고 똑같이 천천히 두는 스타일이라 상대방으로 인해 초조해하는 일이 없었다. 한번은 호소카와 씨가 자기 차례를 기다리며 작은 소파에 가서 잠시 눈을 붙였다 일어나보니, 벤하민 장군이 아직도 루크를 붙잡고 말의 머리에서 손가락을 떼지 않도록 조심해가며 앞뒤로 세 칸씩 움직이고 있었다. 그들은 각기 다른 전략을 썼다. 벤하민 장군은 체스판의 중심부를 장악하려 했다. 호소카와 씨는 방어적인 게임을 펼쳤다. 우선 폰을 놓고 나중에 나이트를 놓는 식이었다. 이쪽이 이기면 다음에는 저쪽이 이기곤 했지만, 승패에 대해서는 누구도 말하지 않았다. 사실 체스는 말이 없을 때 더 평화로운 게임이었다. 교묘한 수에 찬사를 바칠 필요도 없고, 미처 생각지 못했던 위기 상황 앞에서 괴로워할 필요도 없다. 그들은 퀸과 킹을 체크라는 뜻으로는 한 번, 체크메이트라는 뜻으로는 두 번 가볍게 두드렸다. 겐이 적어준 단어들을 기억하지 못했기 때문이다. 게임을 끝마칠 때에도 조용했다. 승패를 인정하는 뜻으로 고개를 가볍게 끄덕여 보이고, 다음날 다시 게임을 할 수 있도록 판 위에 말을 전부 다시 늘어놓는 것이었다. 말을 아무렇게나 테이블에 흐트러뜨려놓고 방을 나가는 것은 이 두 남자에겐 상상할 수도 없는 일이었다.

어느 모로 보나 어마어마한 저택이었지만, 부통령의 집에서 생활하는 사람들에게는 사생활이라는 것이 없었다. 몰래 공부하기 위해 새벽 두시가 지나서야 주방 벽장에서 만남을 갖는 겐과 카르멘을 제외하고는 말이다. 누구나 오페라와 요리, 체스 게임을 마음대로 구경할 수 있었다. 손님용 침실은 텔레비전이 하루종일 켜져 있는 서재와 같은 쪽에 있었으므로, 오락을 즐기고 싶은 병사들은 체스 구경을 그만두기만 하면 되었다. 총을 들고 문가를 지키는 변덕스러운 병사들이 허락해주면 인질들은 복도를 지나다닐 수 있었다. 그러면 그들은 십 분에서 십오 분 정도 체스 게임을 지켜보곤 했지만, 운이 좋아야 기껏 말 한 번 움직이는 것을 보는 정도가 고작이었다. 그들은 축구 경기에 익숙했다. 체스도 게임이니만큼 역시 스포츠의 일종이라고 생각해보려 했다. 하지만 그들은 눈앞에서 무슨 일인가가 벌어지는 게임을 원했다. 이 방은 구경꾼들에게 기나긴 성찬식이나 수학 강의, 수면제 같은 효과를 줄 뿐이었다.

끝까지 졸지 않고 체스 게임을 구경하는 사람은 이스마엘과 록산뿐이었다. 록산은 호소카와 씨가 체스를 두는 모습을 보러 왔지만, 호소카와 씨는 실상 그녀를 지켜보는 데 대부분의 시간을 썼다. 이스마엘이 자리를 지키는 이유는 자신도 벤하민 장군이나 호소카와 씨와 체스를 두고 싶기 때문이었다. 하지만 그것이 과연 허용될 수 있는 일인지는 알 수 없었다. 젊은 테러리스트들은 자신의 한계를 인식하고 그 선을 넘지 않으려 했다. 가끔은 어린애처럼 조를 수도 있으련만, 그들은 장군들을 존경했을 뿐 아니라 너무 많은 것을 바라지 말아야 한다는 정도는 알았다. 텔레비전 앞에 너무 오래 앉아 있는 일은 있어도 보초 순번을 빼먹는 경우는 결코 없었다. 메스너에게 아이스크림을 갖다달라고 하지도 않았다. 그런 요구는 장군들만이 할 수 있었고 지금까지 장군들이 아이스크림을 요청한 경우는 단 두 번뿐이었다. 가끔은 주먹질하고 싶은 충동이 주체할 수 없게 일었지만 그들은 절대 싸우지 않았다. 장군들은 주먹다짐하는 병사를 엄벌에 처했고, 엑토르 장군은 서로 협조해야 한다는 가르침을 주기 위해 소년 병사들을 아주 오랫동안 가혹하게 두들겨패겠노라 선언한 바 있었기 때문이다. 정말 꼭 필요한 경우, 반드시 주먹을 써야만 해결될 문제가 있을 때에는 지하실에서 만나 윗옷을 벗되 얼굴은 때리지 않도록 조심했다.

몇몇 행동은 규칙에 위배되었는데, 규칙은 항상 암기하고 반복해 익혀야 했다. 반드시 지켜지는 규칙(상급자에게 공손하게 말하기)이 있는가 하면, 점차 약화되어가는 규칙(잘못을 지적할 때를 제외하고는 결코 인질에게 말 걸지 않기)도 있었다. 어떤 일을 장군들이 허락할지 아닐지를 짐작하기란 쉽지 않았다. 이스마엘은 머릿속에 체스판의 모양을 새겨두었다. 아무도 입을 열지 않아 말의 이름은 알 수 없었다. 그는 어떻게 얘기를 꺼내면 좋을지 몇 번이고 생각해보았다. 겐에게 대신 부탁해달라고 할까도 생각해보았다. 겐이 말하면 뭐든 더 중요하게 느껴지기 때문이었다. 아니면 겐에게 말해서 메스너한테 부탁할까 하는 생각도 했다. 메스너는 협상을 전문으로 하는 사람이니까. 하지만 요즘 겐은 아주 바빠 보였고, 자신들이 아직도 이 집에 있다는 점을 생각하면 메스너는 솔직히 그리 유능해 보이지 않았다. 부통령에게 부탁할 수만 있어도 좋겠다고 그는 생각했다. 그는 부통령을 대단히 존경했고 친근하게 여겼기 때문이다. 하지만 장군들은 매사에 루벤을 바보 취급했으므로, 루벤이 부탁하면 뭐든 거절당할 가능성이 컸다.

따라서 이스마엘이 원하는 바를 이루려면 믿을 사람은 결국 그 자신뿐이었다. 며칠을 더 기다린 끝에 그는 마침내 입을 열 용기를 냈다. 이날이나 저날이나 특별히 다를 것도 없었으므로, 딱히 적절한 시점도 부적절한 시점도 없다는 결론을 내렸다. 마침 벤하민 장군이 막 말을 옮겨놓고, 호소카와 씨가 다음 수를 궁리하기 시작한 터였다. 록산은 무릎에 팔꿈치를 얹고 두 손으로 편안히 턱을 괸 자세로 작은 소파에 앉아 있었다. 그녀는 체스판이 도망갈 궁리라도 하는 것처럼 지켜보고 있었다. 할 수만 있다면 이스마엘은 그녀에게 말을 걸어보고 싶었다. 그녀도 체스를 배우는 중인가 해서였다.

"장군님." 이스마엘은 입을 열자 목에 날카로운 얼음조각이 걸린 듯한 느낌이 들었다.

벤하민 장군이 고개를 들고 눈을 끔벅였다. 그는 지금껏 이 병사가 와 있는 줄도 몰랐다. 얼마나 자그마한 아이인가. 이스마엘은 고아였고 이곳을 급습하기 불과 몇 달 전 삼촌 손에 이끌려 저항군에 입대했다. 그 집안 남자들은 어려서는 작다가 자라면서 죽순처럼 쑥쑥 큰다는 것이 그 삼촌의 말이었지만 벤하민은 그의 말에 의심을 품었다. 이스마엘은 도무지 쑥쑥 클 기미를 보이지 않았다. 그래도 그는 다른 병사들에게 뒤떨어지지 않고 그들의 괴롭힘을 견디려고 안간힘을 썼다. 작은 체구를 이용해 높은 창문으로 들어갈 수 있는 사람이 하나쯤 있는 것도 도움이 되었다. "뭐지?"

"생각해봤는데 말입니다. 혹시," 그는 말을 멈추고 마음을 가다듬은 뒤 다시 입을 열었다. "혹시 나중에 시간이 남으면, 이번에 이기는 분과 제가 한번 둘 수 있을까 해서요." 하지만 절반의 확률로 승자는 호소카와 씨가 될 수도 있었고, 그러면 일이 좀 껄끄러워지겠다는 생각이 들었다. "지는 분과 둬도 좋습니다."

"체스를 둘 줄 아나?" 벤하민 장군이 물었다.

호소카와 씨와 록산은 체스판에서 눈을 떼지 않았다. 예전 같았으면 무슨 말이 오가는지 알아듣지 못하더라도 최소한 예의를 갖추기 위해 말하는 사람을 쳐다보기라도 했을 것이다. 하지만 이제 이 두 사람은 스페인어를 약간 이해하는데도 구태여 고개를 들지 않았다. 호소카와 씨는 장군의 비숍을 응시하고 있었다. 록산은 그가 무슨 생각을 하는지 알았다.

"그런 것 같습니다. 쭉 보고 있었으니까요. 이젠 알 것 같습니다."

벤하민 장군은 소리 내어 웃었지만 기분이 나빠 보이지는 않았다. 그는 손끝으로 호소카와 씨의 팔을 건드렸다. 호소카와 씨는 고개를 들고 코끝에 걸친 안경을 치키며, 벤하민 장군이 이스마엘의 작은 손을 끌어다가 폰에 얹는 광경을 지켜보았다. 이스마엘은 체스판 위로 폰을 움직였다. 그는 세 개의 폰을 움직여 보였고 그것만으로 충분했다. 호소카와 씨는 빙그레 웃으며 소년의 어깨를 툭 쳤다.

"그럼 이기는 사람과 둬라. 이제 됐나?" 벤하민 장군이 말했다.

이스마엘은 밀려드는 행운을 느끼며 록산의 발치에 자리를 잡고 앉아 그녀와 똑같이 살아 있는 물건을 보듯 체스판을 응시했다. 이제 절반쯤 남은 게임을 보면서 체스의 규칙을 남김없이 익혀야 했다.

겐이 문틀을 살짝 두드렸다. 그의 뒤에 메스너가 서 있었다. 햇살처럼 밝아 보이는 머리카락을 제외하고 메스너의 얼굴은 온통 피로에 절어 있었다. 그는 여전히 흰 셔츠에 검정 바지, 검은 넥타이 차림이었는데, 인질이나 테러리스트와 마찬가지로 그의 옷 역시 줄기차게 입은 티가 났다. 그는 팔짱을 끼고 게임을 구경했다. 대학 시절 그는 체스 팀의 일원으로 버스를 타고 프랑스나 이탈리아 학생들과 게임을 하러 다니곤 했다. 맘 같아서는 자신도 지금 체스를 두고 싶었지만, 이 저택에 들어온 지 세 시간이나 지났기 때문에 밖에 나가 보여줄 중요한 성과를 만들어야 했다.

벤하민 장군은 눈길 한 번 주지 않고 한 손을 들었다. 자신의 비숍이 위태로운 처지임을 감지했기 때문이다.

메스너는 장군의 시선이 향한 곳을 바라보았다. 지금 정말 중요한 문제는 비숍이 아니라고 말하고 싶었지만, 벤하민이 언제 그의 말을 들은 적이 있나 말이다. "오늘자 신문을 가져왔다고 말해줘요." 그는 겐에게 프랑스어로 말했다. 그 정도의 스페인어는 자기도 할 수 있지만 그랬다가는 게임 도중에 말을 했다는 이유로 장군이 쏘아볼 것이 뻔했다.

"그러죠."

록산 코스가 체스판에 시선을 고정한 채 메스너에게 손을 흔들어 보였다. 함께 체스판을 들여다보고 있던 이스마엘은 뱃속에서 피어오르는 두려움이 식도를 타고 스멀스멀 기어올라오는 것을 느꼈다. 아직도 체스 규칙을 잘 모르는 것 같았기 때문이다.

"이제 곧 나갈 수 있나요?" 록산이 물었다.

"아직 아무 움직임도 없어요. 이런 스테일메이트*는 처음 봅니다." 메스너는 짐짓 경쾌한 어조로 말했다. 록산의 발치에 앉은 이스마엘을 보니 묘한 질투심이 느껴졌다. 5센티미터만 손을 뻗어도

* 체스에서 모든 수가 막혀 승자 없이 게임이 끝나는 것.

그녀의 발목에 닿을 것 같았다.

"우리를 좀 굶기면 되잖아요." 록산은 게임을 방해하지 않으려는 듯 침착하고 나직한 목소리로 말했다. "식사가 그다지 나쁘게 나오지 않아요. 정말 일을 해결하고 싶으면 형편없는 음식을 줘야 할 텐데. 필요한 물품을 다 대주는 걸 보면 저희를 석방시킬 생각이 별로 없나봐요."

메스너는 뒤통수를 긁었다. "아, 죄송하지만 그건 코스 씨 때문입니다. 지금 코스 씨는 여기 오기 전보다 훨씬 유명해졌답니다. 코스 씨에 비하면 마리아 칼라스는 단역으로 보일 정도예요. 만약 코스 씨를 굶겼다가는 한나절도 못 가서 이 나라 정부가 전복되고 말 겁니다."

록산은 기분좋은 듯 그를 쳐다보며 무대에서처럼 예쁘고 과장되게 눈을 깜박였다. "제가 여길 살아서 나가면 공연비를 두 배로 받을 수 있다는 말씀인가요?"

"세 배는 되죠."

"어머나." 이를 드러내고 웃는 그녀의 얼굴을 보자 메스너는 가슴이 찢어지는 것 같았다. "지금 메스너 씨가 이 나라 정부를 전복시키는 방법을 알려줬는데도 저 장군은 그걸 모르고 있네요. 오로지 그것만이 소원일 텐데 알아듣지 못하다니."

벤하민 장군은 비숍을 쥐고 있었다. 그는 말을 좌우로 흔들었다. 두 사람의 대화는 바위를 비켜 흐르는 물처럼 그의 머리 위를 지나고 그의 옆을 스쳐갔다.

메스너는 이스마엘을 바라보았다. 소년은 장군이 말의 방향을 정할 때까지 숨 한 번 쉬지 못할 것 같은 표정이었다. 메스너는 지금까지 숱한 협상에 관여해왔지만 이번처럼 어느 쪽이 이기든 상관없다고 여겨본 적은 없었다. 아니, 이런 표현은 옳지 않다. 승자는 언제나 정부 쪽이기 때문이다. 그보다는 이들 모두가 탈출해도 상관없다는 표현이 옳으리라. 저들이 차라리 군인이 뚫고 있는 터널이나, 아니면 원래 기어들어온 냉방 통풍구로 다시 기어나가 밀림의 본거지로 돌아갔으면 좋겠다고 그는 생각했다. 이자들은 그다지 뛰어난 테러리스트가 아니었다. 하지만 바로 그 사실 때문에 이들이 결국 받게 될 처벌이 과하게 느껴졌다. 그는 그들을 동정했다. 인질극을 벌이는 자들에게 동정심을 느낀 건 이번이 처음이었다.

벤하민 장군이 비숍에서 손을 떼고 나이트를 택하자 이스마엘은 한숨을 쉬었다. 좋지 못한 수였다. 이스마엘의 눈에도 그것이 뻔히 보였다. 그가 소파에 기대자 록산은 한 손을 그의 어깨에 두르고 다른 한 손은 그의 머리에 얹어 마치 자기 머리를 쓰다듬듯 별생각 없이 매만지기 시작했다. 하지만 이스마엘은 그것을 느끼지 못했다. 그는 체스 게임에만 열중했고 말이 여섯 차례 움직이자 게임은 끝났다.

"음, 이만하면 됐어." 벤하민 장군은 혼잣말하듯 중얼거렸다. 게임이 끝남과 동시에 수문이 열리듯 통증이 밀려왔다. 그는 게임을 마칠 때 늘 하던 식으로 호소카와 씨와 짧고 정중한 악수를 나눴다. 그리고 몇 번 고개를 숙이는 호소카와 씨에게 마주 고개를 숙였다. 병적으로 눈을 깜박이는 사람을 따라 하듯 자신도 모르게 배운 기묘한 습관이었다. 그는 기지개를 켠 뒤 이스마엘을 향해 자기 자리에 와 앉으라는 손짓을 했다. "하지만 이 신사분이 하기 싫다고 하면 못한다. 억지로 조르지 마라. 겐, 호소카와 씨에게 혹 내일

하고 싶은지 물어봐주게."

호소카와 씨는 이스마엘과 기꺼이 게임을 할 생각이었다. 이스마엘은 벌써 벤하민 장군의 체온으로 뜨뜻해진 의자에 편안하게 자리를 잡고 있었다. 그는 체스판을 세팅하기 시작했다.

"별다른 사항 있나?" 장군이 메스너에게 물었다.

"뭐, 다른 때와 같습니다." 메스너는 문서를 주르륵 넘겼다. 대통령의 긴급 서신. 경찰서장의 긴급 서신. "저들은 절대 양보하지 않을 겁니다. 오히려 전보다 의욕을 덜 보이는 눈치입니다. 정부는 이 사태가 진행되는 상황을 그다지 난감하게 여기지 않고 있습니다. 사람들도 이젠 무뎌져가고 있고요. 이젠 누구도 이 앞 거리를 지나면서 멈춰 서지 않습니다." 메스너가 군에서 보내온 요구 사항을 건네자 겐이 통역했다. 가끔은 이쪽의 요구 사항을 다시 고칠 필요조차 없는 날도 있었다. 그럴 때면 전날의 문서를 복사해서 연필로 날짜만 고쳐 보내곤 했다.

"어디 두고 보자고. 우린 기다리는 데는 천재니까. 끝까지 기다려보겠어." 벤하민 장군은 건성으로 고개를 끄덕이며 문서를 훑어보았다. 그러고는 조그만 프랑스제 책상 뚜껑을 열고 겐이 전날 밤에 타이핑해놓은 서류를 꺼냈다. "이걸 전해주게."

메스너는 보지도 않고 종이를 받아들었다. 어차피 똑같은 내용이겠지. 한 달 전부터 이들의 요구 사항은 무모해지기 시작했다. 다른 나라의 정치범, 심지어 전혀 모르는 사람까지도 석방할 것, 빈곤층에게 식량을 분배할 것, 선거법을 개정할 것. 이는 엑토르 장군이 부통령의 법학 서적을 읽은 뒤 생각해낸 것이었다. 그들은 요구를 줄여나가기는커녕, 아무런 소득도 얻지 못했다는 사실 때문에 더 많은 것을 원하게 되었다. 언제나 그렇듯 협박도 하고 인질을 죽이겠다고 공언도 했지만 협박과 다짐, 요구는 이제 일종의 수식어가 되어버렸다. 그것들은 정부가 문서 위에 찍는 도장과 봉인 이상의 의미를 갖지 못했다.

호소카와 씨는 이스마엘이 먼저 시작하게 했다. 소년은 세번째 폰부터 시작했다. 벤하민 장군은 게임을 구경하려고 자리에 앉았다.

"저와 얘기를 더 나누셔야 합니다." 메스너가 말했다.

"얘기할 건 아무것도 없어."

"제 생각에는," 메스너는 머뭇거렸다. 책임감이 그를 짓눌렀다. 자신이 조금만 똑똑했더라면 지금쯤 벌써 화려한 언변으로 이번 일의 결말을 봤으리라는 생각이 들기 시작했다. "몇 가지 숙고해보셔야 할 사항이 있습니다."

"쉬잇." 벤하민 장군이 손가락을 입술에 갖다대며 체스판을 가리켰다. "시작했어."

메스너는 벽에 기대섰다. 별안간 몸의 힘이 쭉 빠졌다. 이스마엘이 손끝으로 잡고 있던 폰을 놓았다.

"밖으로 모셔다드릴게요." 록산이 메스너에게 말했다.

"뭐라고?" 벤하민 장군이 물었다.

"메스너 씨를 문까지 데려다드린다고 합니다." 겐이 말했다.

벤하민 장군은 함께 가지 않았다. 그는 병사가 정말 체스를 둘 줄 아는지 보고 싶었다.

"저쪽에선 어떻게 할 생각이래요?" 복도를 걸으며 록산이 입을 열었다. 겐이 함께 왔기에 세 사람은 영어로 이야기했다.

"모르겠습니다."

"뭔가 알고 계시잖아요." 록산이 말했다.

그는 그녀를 바라보았다. 록산을 볼 때마다 그는 그녀가 얼마나 작은지 새삼 깨닫고는 놀라곤 했다. 그가 기억하는 밤 공연 때의 그녀는 탑처럼 높고 기운이 넘치는 모습이었다. 하지만 바로 곁에서 보니 그녀는 어찌나 작은지, 만일 그가 코트를 걸치고 왔다면 그 안에 숨겨서 몰래 저택을 빠져나갈 수도 있을 것 같았다. 제네바에 있는 그의 집에 딱 알맞은 트렌치코트가 한 벌 있었다. 아버지에게서 물려받은 것으로, 그의 아버지는 그보다 몸집이 더 큰 사람이었다. 그래도 메스너는 애정과 실용성 모두를 생각해서 그 옷을 입었고, 그럴 때면 걸어가는 그의 등뒤에서 코트가 펄럭였다. "저는 그저 오가면서 물건이나 전하는 사람입니다. 서류를 갖고 들어오고 갖고 나가고, 롤빵에 바를 버터가 모자라진 않은지 확인이나 하는 사람이죠. 저한테는 아무것도 알려주지 않습니다."

록산은 그의 팔짱을 꼈다. 추파를 던지는 식이 아니라 19세기 영국 소설 속 여주인공이 신사와 팔짱을 끼고 산책을 나가는 듯한 태도였다. 메스너는 한 겹의 소매를 사이에 두고 그녀의 팔에서 전해오는 온기를 느꼈다. 그녀를 안에 남겨두고 싶지 않았다. "말해주세요." 그녀가 속삭였다. "요즘은 시간 개념이 없어져가요. 어떤 날은 이곳이 내가 사는 곳이고 앞으로 계속 살 곳이라는 생각마저 들어요. 확실히 알기만 해도 마음이 안정될 것 같아요. 이해하시겠어요? 아주 오래 걸릴지 아닐지 알고 싶어요."

매일 그녀의 모습을 보고 아침마다 길가에 북적대는 사람들 틈에서 그녀의 노래를 듣는 일은 근사하지 않은가? "아주 오래 걸리리라 봅니다." 메스너는 나직이 말했다.

그들이 걸음을 옮기는 동안, 겐은 잘 훈련된 집사처럼 두 사람의 뒤를 따랐다. 분별 있게 행동하면서도 필요할 때는 언제고 나설 준비가 되어 있었다. 그는 귀를 기울였다. 메스너는 말했다. 아주 오래라고. 겐은 카르멘을 생각했고 이 영리한 소녀가 배워야 할 언어들을 생각했다. 그러기 위해선 아주 오랜 시간이 필요하리라.

루벤이 세 사람을 보고는 병사들의 제지를 받기 전에 재빨리 복도를 걸어왔다. "메스너, 이거 놀랍군! 내가 그토록 기다려온 자네가 용케도 내 앞에 나타나다니. 우리 정부는 어떤가? 내 자리에 누구 다른 사람을 앉히지는 않았나?"

"그럴 리가 있습니까." 메스너가 대답하는 사이 록산은 뒤로 물러나 겐의 옆으로 갔다. 메스너는 자신을 둘러싼 공기가 서늘해지는 것을 느꼈다.

"비누가 있어야겠네." 부통령이 말했다. "비누란 비누는 다 떨어졌어. 세안 비누, 주방 세제, 세탁 세제."

메스너는 딴생각을 하고 있었다. 록산과 좀더 오래 얘기했어야 하는데. 겐은 필요치 않다. 메스너는 종종 영어로 꿈을 꿀 정도였다. 록산과 단둘이 있어본 적은 한 번도 없었다. "알아보겠습니다."

루벤의 안색이 어두워졌다. "그렇게 어려운 부탁도 아닐 텐데."

"내일 갖다드리죠." 그의 목소리가 부드러워졌다. 갑자기 느껴지는 이 친근함은 무엇 때문일까? 메스너는 스위스로 돌아가고 싶었다. 복도에서 마주쳐도 그를 알아보지 못하는 집배원이 언제나 정확한 자리에 우편물을 넣어주는 그곳으로. 그를 필요로 하는 사람이 없는 존재, 아무도 알아보지 못하는 존재가 되고 싶었다. "드디어 얼굴이 다 나으셨군요."

부통령은 자신이 얼마나 터무니없이 짜증을 냈으며, 메스너가 얼마나 무거운 짐을 짊어지고 있는지 깨닫고는 자신의 뺨을 만졌다. "나을 줄은 생각도 못했는데. 지독한 흉터지, 안 그런가?"

"덕분에 영웅이 되시겠습니다." 메스너가 말했다.

"자네 때문에 이렇게 됐다고 해야겠어." 루벤이 메스너의 엷은 눈동자를 올려다보며 말했다. "술집에서 서로 칼부림을 했다고 말이지."

메스너가 현관으로 가서 두 팔을 들어올리자 문을 지키고 서 있던 베아트리스와 헤수스가 그의 몸을 수색했다. 베아트리스의 끈질긴 손길에는 당혹감마저 느껴질 지경이었다. 들어올 때 이미 샅샅이 몸수색을 받았는데, 어째서 나갈 때 또다시 이런 과정을 거쳐야 하는지 그는 이해할 수 없었다. 그가 뭘 빼돌리기라도 한단 말인가?

"혹시 비누를 갖고 나가나 해서 그런다네." 부통령이 친구의 머릿속을 꿰뚫어보기라도 한 듯 말했다. "자기들은 쓰지도 않았는데 비누가 다 어디로 갔는지 이상하게 여기고 있거든."

"소파로 돌아가요." 헤수스가 검지를 총에 얹으며 말했다. 부통령은 안 그래도 낮잠을 자려던 참이었으므로 별말 없이 자리로 돌아갔다. 메스너는 작별인사조차 하지 않고 현관을 빠져나갔다.

록산은 하루종일 생각에 잠겨 있었다. 먼저 메스너를 생각했다. 그는 이 저택에 자유로이 출입할 수 있는 유일한 사람이라는 부담을 짊어지기보다는 차라리 자신도 인질로 잡혀 있길 원하는 것 같았다. 슈베르트의 가곡과 푸치니의 아리아, 출연하지 못하게 된 아르헨티나 공연과 뉴욕에 있었다면 지금쯤 무대에 올랐을 공연도 떠올려보았다. 공연은 언제나 끝없는 협상을 통해 성사되었고, 전에는 인정하지 않았던 사실이지만 그녀에겐 그 공연들이 너무나 중요했다. 내일은 거실에서 또 무슨 곡을 부를까. 로시니의 곡을 더 해볼까? 그녀는 무엇보다 호소카와 씨를 생각했다. 그가 그녀에게 얼마나 큰 의지가 되는지 말이다. 그가 없었다면 그녀는 일주일도 버티지 못하고 미쳐버렸을 것이다. 하기야 그가 아니었다면 애초에 이 나라에 오지도 않았으리라. 출연 자체를 요청받지 않았을 테니. 그랬다면 그녀의 인생은 시간표대로 움직이는 기차처럼 흘러갔을 것이다. 아르헨티나, 뉴욕, 시카고에 들렀다가 다시 이탈리아로. 하지만 이제는 완전히 멈춰 서버렸다. 그녀는 창가에 앉아 자신의 노래를 듣는 호소카와 가쓰미의 모습을 생각했다. 말이 통하지 않는 사람을 사랑한다는 게 어떻게 가능한지 자문했다. 이 모든 일이 일어난 데에는 이유가 있다고 그녀는 생각했다. 그의 생일과 그 생일 선물로 계획된 그녀의 공연. 그들이 내내 이곳에 갇혀 있게 된 데에는 이유가 있다. 아니라면 어떻게 이런 만남이 있었겠는가? 할일 없이 가만히 앉아 기다려야 하는 시간이 주어지지 않았다면 어떻게 말도 통하지 않는 사람, 이 세상의 반대편에 사는 사람을 알게 될 수 있었겠는가? 제일 먼저 카르멘부터 해결해야 했다.

"카르멘 아시죠?" 록산은 겐에게 말했다. 두 사람은 체스 게임이 어떻게 되어가나 보러 돌아가는 중이었다. 그녀가 복도를 걷다가 모든 방문에서 떨어진 곳에 멈춰 섰다.

"카르멘요?"

"누군지는 당연히 아실 테고, 겐 씨와 좀 가깝지 않나요? 함께 얘기하는 걸 봤는데."

"그렇죠." 겐은 가슴에서 얼굴까지 달아오르는 것을 느끼고는 마치 자기 의지로 가능한 일이기라도 한 양 그것을 막아보려 했다.

하지만 록산은 겐을 보고 있지 않았다. 그녀의 눈은 지친 사람처럼 초점이 흐려진 듯 보였다. 이제 겨우 정오였지만 아침에 노래를 부르고 나면 종종 피로를 느꼈다. 보초병들은 그녀가 혼자 잠을 잘 수 있도록 2층에 올려보내주곤 했다. 록산은 카르멘이 당번을 서지 않을 때면 그녀를 찾아서 손목을 잡고 함께 데리고 갔다. 카르멘이 곁에 있으면 잠들기가 한결 쉬웠다. 록산보다 스무 살은 어리지만 카르멘에게는 무언가가, 록산의 마음을 안정시켜주는 무언가가 있었다. "귀여운 애예요. 아침마다 내게 식사를 갖다준답니다. 가끔 밤에 방문을 열어보면 그애가 복도에서 자고 있어요. 항상 그런 건 아니지만."

항상 그런 것은 아니다. 겐과 함께 있을 때는.

록산은 다시 그를 쳐다보며 살짝 미소 지었다. "딱하셔라. 남의 일을 속속들이 알아야 하니. 비밀이 있는 사람은 누구나 겐 씨를 거치잖아요."

"제가 모르는 일도 많을 겁니다."

"저도 남들처럼 부탁 하나 드릴게요. 뭘 좀 해주셨으면 해요." 메스너의 말이 맞는다면, 정말 아주 오랫동안 인질로 잡혀 있어야 한다면, 그녀는 이런 부탁을 할 자격이 있다. 또 만일 정부군이 테러리스트에게 비난의 화살을 돌리기 위해 인질을 쏠 것이라거나, 테러리스트가 자포자기의 심정으로 인질을 살해할 것이라는(그녀로서는 믿기 힘든 얘기지만) 추측대로, 그 오랜 시간 끝에 결국 목숨을 잃을 것이라면 더욱 그랬다. 그리고 만일 제3의 시나리오대로 곧 무사히 석방되어 모든 인질이 이 사건을 가슴에 묻고 일상으로 복귀한다면, 그렇다면 더더욱 절대 망설여서는 안 된다. 그렇게 되면 다시는 호소카와 가쓰미를 만나지 못할 터이기 때문이다. "오늘밤에 카르멘을 찾아서 다른 곳에 가서 자라고 해주세요. 내일 아침식사도 가져오지 말라고요. 그래주시겠어요?"

겐은 고개를 끄덕였다.

하지만 이 부탁만으로는 부족했다. 이 부탁만으로 될 턱이 없었다. 호소카와 씨에게 오늘밤 그녀를 찾아오라는 말을 할 도리가 없었기 때문이다. 그녀는 자신의 방으로 오라고 호소카와 씨에게 말하고 싶었으나 그럴 수 있는 방법은 단 하나, 일본어로 통역해달라고 겐에게 부탁하는 것뿐이었다. 나는 정확히 무슨 말을 하려는 걸까? 함께 밤을 보내자고? 그러기 위해서는 겐이 카르멘에게 호소카와 씨를 2층으로 데리고 올라갈 방법을 찾아봐달라고 부탁해야 한다. 만약 그러다 들키기라도 하면 호소카와 씨와 카르멘은 어떻게 될까? 예전 같아서는 만나고 싶은 사람이 있으면 밖에 나가서 저녁식사를 하고 술을 마시면 될 일인데. 그녀는 벽에 기대섰다. 총을 든 병사 둘이 지나갔지만 록산이 있었으므로 그들은 놀리지도, 총으로 건드려보지도 않았다. 병사들이 사라지자 그녀는 깊은 숨을 들이쉬고 겐에게 자신이 원하는 것을 모두 털어놓았다. 겐은 그녀에게 그건 미친 짓이라고 말하지 않았다. 그녀가 극히 평범한 부탁을 한다는 듯 고개까지 끄덕이며 그녀의 말을 들었다. 어쩌면 통역사란 의사나 변호사, 심지어 신부와도 다를 바 없을지 모른다. 그들에겐 남의 뒷이야기를 흘리지 말아야 한다는 도덕적 규범 같은 것이 있는 것 같았다. 그리고 겐이 그녀에게 얼마나 신의를 지켜줄지는 모르지만, 최소한 호소카와 씨를 지키기 위해서는 뭐든 할 사람임을 그녀는 알고 있었다.

부통령 생각엔 여전히 손님용 침실이지만 사실상 장군 집무실이 된 방에 루벤 이글레시아스가 쓰레기통을 비우러 들어왔다. 그는 초록색 대형 쓰레기봉투를 들고 이 방 저 방 돌아다니며 휴지통 안의 내용물뿐 아니라 음료수 병과 바나나 껍질, 오려낸 신문 조각 등 바닥에 널린 쓰레기까지도 주워 담았다. 루벤은 이 신문 기사들을 슬쩍 주머니에 넣어두었다가 밤이면 손전등을 비춰가며 읽곤 했다. 그는 호소카와 씨와 이스마엘이 체스를 두는 것을 보고는 잠시 문가에 서서 그들을 지켜보았다. 그는 다른 병사들보다 훨씬 명랑해 보이는 이스마엘을 대견스럽게 생각했다. 원래는 아들 마르코에게 체스를 가르치려고 사둔 세트지만 아들은 이 게임을 배우기엔 아직 너무 어렸다. 소파에 앉아 있던 벤하민 장군이 잠시 후 루벤을 쳐다보았다. 심하게 곪은 그의 눈을 보고 루벤은 숨이 멎을 뻔했다.

"이스마엘 말이야, 아주 빨리 배워." 벤하민 장군이 말했다. "누가 가르쳐준 것도 아닌데. 그냥 어깨너머로 배운 거라고." 그는 소년의 재능을 발견하고는 기분이 좋아졌다. 학교 선생으로 지내던 시절이 떠올랐다.

"잠시 복도로 나와보시오. 할말이 있어요." 루벤이 조용히 그에게 말했다.

"할말이 있거든 여기서 하시오."

루벤은 소년을 흘끗 쳐다보며, 이것은 단둘이 얘기할 문제라는 신호를 보냈다. 벤하민은 한숨을 쉬며 소파에서 일어났다. "다들 하나씩 문제가 있다니까."

문밖에 선 루벤은 쓰레기봉투를 내려놓았다. 그는 장군들과 이야기하는 걸 좋아하지 않았다. 첫 만남에서 이미 그들을 대하는 법을 체득했으면서도 그는 도저히 그런 마음을 숨길 수가 없었다.

"무슨 일이지?" 벤하민이 무거운 목소리로 물었다.

"당신한테 필요한 물건이오." 루벤은 주머니에서 자신의 이름이 적힌 약병을 꺼냈다. "항생제요. 봐요, 난 다 먹지도 못할 만큼 많이 받았소. 덕분에 곪았던 얼굴 상처가 다 나았소."

"다행이군." 벤하민 장군이 말했다.

"당신한테도 다행이오. 아직 넉넉히 있으니 받아요. 놀라운 효과를 볼 수 있을 거요."

"당신이 의사라도 되나?"

"의사가 아니라도 염증이 생긴 건 누구나 알 수 있소."

벤하민은 싱긋 웃었다. "나한테 독을 먹일 생각이 아니라는 걸 어떻게 알지, 부통령 양반?"

"그래, 맞소." 루벤은 한숨을 쉬었다. "독을 먹이려는 거요. 나 죽고 너 죽자고." 그는 뚜껑을 열어 알약 한 개를 입에 넣고, 혀에 있는 알약을 벤하민에게 보여준 뒤 꿀꺽 삼켰다. 그러고 나서 장군에게 약병을 건네주었다. "당신이 이 약을 갖고 뭘 할지는 묻지 않겠소. 자, 어쨌든 받아요."

벤하민이 체스 게임을 보기 위해 돌아서자 루벤은 쓰레기봉투를 집어들고 옆방으로 향했다.

토요일이었지만 다른 날과 특별히 다를 것은 없었다. 요일을 의식하는 사람은 단둘뿐이었는데, 토요일마다 고해를 듣고 주일미사를 준비하는 아르게다스 신부와 평일에만 방영하는 〈마리아 이야기〉를 보지 못해 주말이 괴롭기만 한 베아트리스였다.

"기다리는 것도 유익한 일이다." 알프레도 장군이 말했다. 그도 그 드라마를 좋아했기 때문이다. "덕분에 기대감을 가질 수 있으니까."

"전 기다리고 싶지 않아요." 그녀는 절망감으로 울음이 터질 것 같았다. 지루하게 이어지는 새하얀 오후가 사방으로 끝없이 뻗어 나가는 듯했다. 이미 총기 소제를 마치고 검사도 받았고 밤이 되기 전에는 보초 근무도 없었다. 낮잠을 자거나 뜻도 모르면서 벌써 수백 번은 들여다본 잡지책을 또 보는 일은 생각만 해도 지겨웠다. 이곳을 벗어나고 싶었다. 다른 여자아이들처럼 도시의 거리를 걸으며, 차에 탄 남자들이 눌러대는 경적 소리를 듣고 싶었다. 뭔가를 하고 싶었다. "신부님을 만나러 가겠습니다." 그녀는 알프레도에게 말하고 재빨리 고개를 돌렸다. 우는 행동은 엄격히 금지되어 있었다. 그녀도 우는 것은 최악이라고 생각했다.

아르게다스 신부는 고해하는 사람들이 원할 경우 통역을 둘 수 있도록 했다. 스페인어 이외의 언어로 고해를 하고 싶어하는 사람이 있으면, 신부는 기꺼이 앉아서 그가 하는 말을 들으며, 비록 자신은 알아듣지 못하지만 고해하는 자의 죄는 자신을 통해 여과되고 하느님에 의해 씻김을 받는다고 생각했다. 좀더 일반적인 방식을 원하는 사람은 시간이 맞을 경우 얼마든지 겐을 데려올 수 있었다. 겐은 이런 일에 적임자였다. 그는 스스로의 입에서 나오는 말을 귀로 듣지 않는 놀라운 능력을 지닌 것 같았다. 하지만 오늘은 그럴 필요가 없었다. 오스카르 멘도사는 신부와 같은 모국어로 고해성사를 했기 때문이다. 두 사람은 테이블 의자 두 개를 구석에 끌어다놓고 마주앉아 있었다. 사람들은 이런 조처를 존중하여 신부가 다른 사람과 함께 앉아 있을 때에는 식당을 피해 가곤 했다. 처음에 아르게다스 신부는 그래도 격식을 갖추려고 외투를 거는 벽장에 적당한 고해소를 마련해보려 했지만 장군들이 허락하지 않았다. 모든 인질은 항상 지켜볼 수 있는 열린 공간에 있어야 했다.

"자비를 베푸소서, 신부님. 저는 죄를 지었습니다. 삼 주 동안 한 번도 고해성사를 드리지 못했습니다. 집에서는 매주 성당에 다녔지만 지금 상황에서는 죄를 지을 기회가 많지 않습니다." 오스카르 멘도사가 말했다. "술도 도박도 못하고, 여자는 셋뿐입니다. 죄를 짓고 싶어도 저 혼자서는 지을 수가 없습니다. 사생활 자체가 없어요."

"지금과 같은 삶의 방식에 따르는 보상도 있습니다."

멘도사는 고개를 끄덕였지만 그다지 공감이 가지는 않았다. "하지만 꿈은 꾸는데요. 꿈 내용도 죄가 됩니까, 신부님?"

신부는 어깨를 으쓱했다. 그는 고해성사를 즐겼다. 고해성사는 사람들과 이야기하고, 그들의 짐을 덜어줄 수 있는 기회였다. 전에는 고해성사를 집전하도록 허락받은 적이 한 손으로 꼽을 정도였지만, 이곳에 억류된 후로는 꽤 많은 사람이 이야기를 나누려고 그를 찾곤 했다. 사람들이 죄를 조금 더 지어서 그와 좀더 오랜 시간을 보낼 수 있게 된다면, 그는 그편을 택했을지 모른다. "꿈은 무의식의 표출입니다. 선을 분명히 그을 수 없는 영역이죠. 그래도 제게 말씀하시는 편이 좋을 것 같습니다. 그래야 제가 도와드릴 수 있으니까요."

그때 베아트리스가 빠끔히 고개를 내밀었다. 굵게 땋은 머리가 불빛을 받으며 흔들렸다. "아직 안 끝났어요?"

"그래." 신부가 말했다.

"금방 끝나요?"

"가서 잠시 놀고 있으렴. 다음 차례가 너니까."

놀라니. 내가 어린애인 줄 아나? 그녀는 손목에 찬 겐의 커다란 시계를 보았다. 한시하고도 십칠 분이 지났다. 이제는 시계를 완벽하게 볼 줄 알았지만 좀 성가신 면도 있었다. 아무리 신경쓰지 않으려 해도 삼 분에 한 번씩은 꼭 시계를 들여다보게 되었다. 문밖에서 베아트리스는 아르게다스 신부의 눈에는 띄지 않지만 소리는 잘 들을 수 있는 자리를 골라 동양풍의 작고 붉은 카펫에 드러누웠다. 그리고 땋은 머리 끝을 입에 넣었다. 오스카르의 목소리는 그의 넓은 어깨만큼이나 커서, 속삭여 말하는데도 그 소리가 그녀의 귀에까지 고스란히 들어왔다.

"밤마다 비슷한 꿈을 꿉니다." 오스카르 멘도사는 잠시 말을 멈췄다. 이렇게 젊은 신부에게 이토록 끔찍한 이야기를 해도 좋을지 알 수 없었기 때문이다. "소름 끼치도록 폭력적인 꿈을요."

"우릴 잡아둔 자들에게 폭력을 쓰나요?" 신부가 조용히 물었다.

베아트리스는 복도에 누워 있다가 고개를 들었다.

"아뇨, 그런 게 아닙니다. 저자들이 우릴 그만 놔주었으면 좋겠다는 생각은 하지만 특별히 폭력을 쓸 생각은 없어요, 보통은 말입니다. 그게 아니라 제 꿈은 딸들에 대한 겁니다. 꿈에서 저는 이곳을 나가 집으로 돌아갑니다. 탈출을 할 때도 있고 풀려날 때도 있고, 꿈을 꿀 때마다 달라요. 그런데 가서 보니까 집이 온통 사내놈들로 꽉 차 있는 거예요. 무슨 남학교처럼 말이죠. 큰 놈, 작은 놈, 흰 놈, 가무잡잡한 놈, 뚱뚱한 놈, 야윈 놈이 여기저기 있어요. 그 녀석들이 제 냉장고에서 음식을 꺼내 먹고, 제 포치에서 담배를 피우고, 제 화장실에서 제 면도기를 씁니다. 제가 지나가면 누가 귀찮게 구나 하는 식으로 멍하니 한 번 쳐다보고는 하던 일을 계속하죠. 하지만 끔찍한 부분은 이게 아니에요. 그 사내놈들, 그놈들이 대개 하는 짓은, 그건…… 제 딸들을 안는 겁니다. 놈들은 딸아이들 방 앞에 줄을 서 있어요. 제일 어린 딸아이 둘의 방 앞에도요. 끔찍한 일이죠, 신부님. 어떤 방에서는 웃음소리가 들리고 어떤 방에서는 흐느끼는 소리가 들립니다. 저는 차례로 놈들의 숨통을 끊기 시작합니다. 복도를 걸어가면서 성냥개비 부러뜨리듯 녀석들의 목을 꺾어요. 놈들은 물러서지도 않아요. 놈들이 놀란 표정을 지으면 저는 얼른 손을 뻗어 제 손으로 그 목을 꺾어버립니다." 오스카르는 부들부들 떨리는 손을 깍지 껴서 무릎 사이에 끼워넣었다.

베아트리스는 이 거구의 사내가 혹시 우나 싶어서 살짝 안을 들여다보려고 했다. 그의 목소리가 떨리는 것이 느껴졌다. 다른 사람들도 저런 꿈을 꾸는 것일까? 남들도 이런 고해성사를 드릴까? 그녀는 시계를 보았다. 한시 이십분이었다.

"아, 오스카르. 오스카르." 아르게다스 신부가 그의 어깨를 토닥였다. "심리적으로 억눌려 있어서 그렇습니다. 죄가 아니에요. 아무리 그러지 않으려 해도 우린 가끔 끔찍한 생각을 하게 됩니다. 그건 우리 뜻대로 되는 일이 아닙니다."

"꿈속에서는 꼭 진짜 같아요." 오스카르는 머뭇거리다가 덧붙였다. "꿈이지만 기분은 그다지 나쁘지 않습니다. 분노의 감정은 느껴지는데, 녀석들을 죽이는 게 기분이 좋아요."

이 말이 더 걱정스러웠다. "그렇다면 가르침을 얻어야죠. 하느님께 힘을 달라고, 정의를 보여달라고 기도하십시오. 때가 되어 집으로 돌아가게 되면 마음의 평화를 되찾을 겁니다."

"그렇겠죠." 오스카르는 확신을 갖지 못하고 천천히 고개를 끄덕였다. 그가 진정으로 원했던 바는 신부에게 죄 사함을 받는 것이 아니라 자신의 꿈이 있을 수 없는 일이라는 말을 듣는 것이었음을 그는 그제야 깨달았다. 그의 딸들은 농락당하는 일 없이 집에 무사히 잘 있다고 말이다.

아르게다스 신부는 그의 얼굴을 뚫어져라 쳐다보았다. 그러고는 고개를 내밀며 의미심장한 목소리로 말했다. "성모께 기도하십시오. 묵주기도를 세 번 하세요. 아시겠습니까?" 그는 주머니에서 자신의 묵주를 꺼내 오스카르의 큰 손에 놓아주었다.

"묵주기도 세 번." 오스카르는 중얼거렸다. 손가락으로 묵주 알을 넘기자 답답하던 속이 조금씩 풀리기 시작했다. 그는 신부에게 감사 인사를 하고는 자리를 떴다. 기도라도 할 수 있으면 두 손 놓고 가만히 있는 셈은 아니니까 말이다.

신부는 몇 분간 오스카르 멘도사의 죄를 위해 기도드린 뒤 헛기침을 한 번 하고 입을 열었다. "베아트리스, 재미있게 들었니?"

그녀는 잠시 말없이 소매 끝으로 머리끝을 닦은 뒤 몸을 굴려 엎드린 자세로 주방에 얼굴을 들이밀었다. "무슨 소리예요?"

"네가 들을 얘기가 아니었다."

"신부님은 우리 인질이에요." 그녀는 말했지만 별로 자신은 없었다. 신부에게 총을 겨눌 마음은 전혀 없었기 때문에 대신 손가락을 들어 그를 가리켰다. "난 신부님이 하는 말을 다 들을 권리가 있다고요."

아르게다스 신부는 의자 등받이에 등을 기댔다. "혹시 네가 자는 동안 우리가 널 죽일 모의를 하지 않나 싶어서 말이구나."

"맞아요."

"자, 이리 와서 고해를 해라. 고해할 거리가 벌써 하나 생겼구나. 덕분에 훨씬 수월하겠다." 아르게다스 신부는 좀 과장된 태도로 말했다. 미사를 드리고 친교를 나누는 병사는 많았지만 테러리스트 중 누구도 고해성사는 하지 않았다. 장군들이 고해성사 금지라는 규칙을 만들었나보다고 신부는 생각했다.

하지만 베아트리스는 고해성사를 드려본 적이 한 번도 없었다. 마을에 살던 때, 시간을 쪼개 가끔 찾아오는 신부가 있었다. 신부는 넓은 산지의 마을을 모두 찾아다녀야 했으므로 매우 바빴다. 어떤 때는 몇 달 만에 한 번 오기도 했는데, 그러면 미사뿐 아니라 세례식, 결혼식, 장례식, 토지 분쟁, 영성체 등의 일로 언제나 시간이 빠듯했다. 고해성사는 사람을 죽였을 때나 병으로 죽음을 앞두고 있을 때 하는 것이지 언니를 꼬집거나 엄마 말을 듣지 않은 정도의 죄밖에 없는 소녀가 하는 것이 아니었다. 고해성사란 어른이나 아주 나쁜 사람만 하는 것이었고, 솔직히 말해 베아트리스는 자신은 둘 중 어느 쪽에도 해당하지 않는다고 생각했다.

아르게다스 신부는 손을 내밀며 부드러운 목소리로 말을 건넸다. 지금까지 그녀에게 그런 어조로 말을 건 사람은 신부뿐이었다. "이리 오렴. 편히 할 수 있도록 내가 도와주마."

신부에게 다가가서 자리에 앉는 것은 쉬운 일이었다. 그는 고개를 숙이라고 이른 뒤 그녀의 반듯한 머리 가르마 양쪽에 손을 대고 그녀를 위해 기도하기 시작했다. 그녀는 기도 소리에 귀를 기울이지 않았다. 단어가 드문드문 그녀의 귀를 스쳐지나갔다. 아버지, 축복, 용서, 아름다운 단어였다. 머리에 얹힌 그의 손의 무게가 기분 좋게 느껴졌다. 꽤 길게 느껴진 시간이 지나고 마침내 신부가 손을 내렸을 때는 가뿐하고 자유로운 기분이 찾아들었다. 그녀는 고개를 들고 그를 향해 웃었다.

"이제 네 죄를 하나씩 떠올려봐라." 그가 말했다. "보통은 고해하러 오기 전에 그렇게 한단다. 네 죄를 기억해내고 고백할 용기를 달라고 하느님께 기도하는 거지. 고해소에 와서는 이렇게 말하면 돼. '자비를 베푸소서, 신부님. 저는 죄를 지었습니다.'"

"자비를 베푸소서, 신부님. 저는 죄를 지었습니다. 고해성사는 처음 드려봐요."

아르게다스는 잠시 기다렸지만 베아트리스는 싱글싱글 웃기만 했다. "이제 네 죄를 말해보렴."

"무슨 죄요?"

"글쎄. 무엇보다 멘도사 씨의 고해를 엿들었지 않니. 안 된다는 걸 알면서 말이야."

그녀는 고개를 저었다. "그건 죄가 아니에요. 말했잖아요. 난 할 일을 했을 뿐이라고요."

아르게다스 신부가 이번에는 그녀의 어깨에 두 손을 얹었다. 그녀는 조금 전처럼 마음이 안정되는 것을 느꼈다. "고해성사를 할 때는 조금도 거짓이 없는 사실만을 말해야 한다. 나를 통해 하느님께 진실을 말씀드리는 거야. 난 다른 어떤 사람에게도 말하지 않는다. 이건 너와 나 그리고 하느님 사이의 일이야. 신성한 의식이지. 절대로, 절대로 고해할 때는 거짓말을 해선 안 된다. 내 말 알겠니?"

"예." 베아트리스는 속삭였다. 신부는 이곳에 있는 사람 중 가장 선한 얼굴을 하고 있었다. 그녀가 전에 약간 좋아했던 겐보다도 말이다. 겐 이외의 인질은 너무 나이가 많았고, 함께 있는 병사들은 너무 어렸으며, 장군들은 그저 장군님일 뿐이었다.

"기도드려라." 신부가 말했다. "이해하려고 애써보렴."

그녀는 신부가 좋았기 때문에 그의 말대로 이해해보려고 했다. 두 어깨에 놓인 그의 손을 느끼며 눈을 감고 기도했다. 순간 그녀는 분명히 깨달았다. 그래, 엿들으면 안 되는 거야. 이 사실을 너무나도 명확히 깨닫자 마음이 즐거워졌다. "엿들은 일을 고백합니다." 그녀는 그저 입에서 흘러나오는 말을 밖으로 내보내기만 하면 되었다. 그러면 죄가 사라지는 것이다.

"다른 것은?"

다른 것. 그녀는 다시 기억을 더듬었다. 감은 눈 앞의 어둠을 애써 응시했다. 거기에는 바싹 말라 불꽃이 댕겨지기만을 기다리는 불쏘시개처럼 무수한 죄가 쌓여 있었다. 다른 것이라면 물론 있다. 아주 많이. 그 모든 죄가 눈앞에 보이기 시작했다. 하지만 감당이 되질 않았다. 뭐라 불러야 할지, 그 많은 죄를 어떻게 다 말로 옮겨야 할지 그녀는 알 수 없었다. "총을 겨누지 말아야 했어요." 그녀가 마침내 말했다. 그 모든 것을 말로 표현할 방법이 없었기 때문이다. 이 자리에 한없이 앉아 있어도 죄를 다 고백할 수는 없을 것 같았다. 그 모든 나쁜 행동을 그만두겠다는 뜻은 아니었다. 그만둘 수가 없었다. 그것이 허락되지도 않을 테고 그녀 또한 그러기를 원치 않았다. 이제는 자신이 지은 죄를 볼 수 있었고 앞으로 더 많은 죄를 지을 것임을 알 수 있었다.

"하느님은 너를 용서하신다." 신부가 말했다.

베아트리스는 눈을 뜨고 신부를 향해 눈을 깜박였다. "그럼 죄가 없어지나요?"

"기도해야지. 참회해야 한다."

"그건 할 수 있어요." 일종의 죄와 참회의 원환, 어쩌면 그것이 해답일 것이다. 매주 토요일, 아니 그보다 자주 찾아와 신부를 통해 하느님의 용서를 받는다면 그녀는 얼마든지 천국으로 갈 수 있으리라.

"이제 기도를 드리렴."

"어떻게 하는지 몰라요."

아르게다스 신부는 고개를 끄덕였다. "그럼 나와 함께 해보자. 내가 가르쳐주마. 하지만 베아트리스, 사람들에게 친절하게 대하고 남을 도와야 한다. 그것이 네 참회 방법의 하나거든. 오늘 하루만이라도 한번 해보렴."

카르멘은 거실에 있었다. 하지만 그 옆에 엑토르 장군과 대여섯 명의 덩치 큰 병사가 있었다. 네 사람은 카드놀이를 하고 나머지는 구경하는 중이었다. 그들은 카드놀이를 하는 테이블에 칼을 꽂아 놓았는데, 이 꼴을 본 부통령은 돌아버릴 지경이었다. 그 테이블은 1800년대 초에 제작된 것으로, 매끄러운 나무 상판에 칼이 고슴도치 가시처럼 꽂히리라고는 상상조차 못했을 스페인의 장인이 직접 손으로 깎아서 조각한 물건이었다. 겐은 그들 옆을 천천히 지나갔다. 카르멘의 시선을 끌려는 시도조차 하지 않았다. 그녀가 그를 보고 따라와주기를 바라는 것이 그가 할 수 있는 전부였다. 겐은 걸음을 멈추고 가까운 소파에 누워 스페인어로 쓰인 『백 년의 고독』을 읽고 있는 시몽 티보에게 말을 걸었다.

"다 읽으려면 한도 없겠어." 티보가 겐에게 프랑스어로 말했다. "어쩌면 백 년? 하기야 시간은 많으니까."

"감금 생활이 대학에 다니는 것과 같을지 누가 알았겠어요?" 겐이 말했다.

티보는 소리 내어 웃으며 책장을 넘겼다. 그녀가 두 사람의 이야기 소리를 들었을까? 그가 지나가는 것을 보았을까? 그는 주방으로 건너갔다. 고맙게도 주방에는 아무도 없었다. 그는 미끄러지듯 벽장 안으로 들어가 기다렸다. 그가 주방 벽장에 들어올 때는 늘 카르멘이 먼저 와서 그를 기다리고 있었다. 벽장 안에 혼자 있는 건 처음이었고, 머리 위에 높이 쌓인 접시를 올려다보니 가슴속에 카르멘을 향한 사랑이 가득 차올랐다. 접시는 두 사람이 일 년 동안 설거지 한 번 하지 않고 저녁식사를 할 수 있을 만큼 많았다. 그는 사람들에게서 통역을 해달라는 요구를 받지 않고 혼자 있을 기회를 갖지 못했다. 그의 머릿속은 언제나 지나치게 부풀려진 타인의 감정들로 뒤엉켜 있었다. 이 조용한 공간에서 그는 길고 날씬한 다리를 한데 모으고 그의 곁에 웅크려 앉아 동사 변화를 외우는 카르멘의 모습을 상상했다. 다른 때는 항상 그녀 쪽에서 뭔가를 부탁해왔지만, 오늘은 그가 그녀에게 도움을 청할 작정이었다. 둘이

서 호소카와 씨와 코스 씨를 돕자고 말이다. 일반적으로 고용주의 사생활은 그가 관여할 문제가 아니지만 지금 같은 생활은 결코 일반적인 경우라고 할 수 없었다. 호소카와 부인이나 난세이 사, 일본 따위는 생각할 수도 없었다. 그런 것은 그들로부터 너무 멀어져 버려서 이제는 그런 것이 존재했다는 사실조차 믿기 어려웠다. 그가 지금 믿는 것은 이 주방 벽장과 받침 접시, 수프 그릇, 그리고 높이 쌓아올려진 빵 접시뿐이었다. 그는 오늘밤을 믿었다. 문득 호소카와 씨에게 아무 말도 하지 않고 카르멘부터 만나러 왔다는 사실이 떠올랐다. 아마 호소카와 씨는 지금도 이스마엘과 체스를 두고 있을 것이다. 두 장소에 동시에 있을 수는 없지 않느냐고 생각하니 마음이 좀 안정되었다. 엉덩이 밑으로 차갑고 딱딱한 주방 바닥이 느껴졌고 등줄기도 좀 뻐근했다. 그는 지금 이곳, 알지도 못하는 나라의 이곳에서 자신이 가르치고 사랑하는 여자를 기다리고 있다. 그가 사랑하는 또 한 사람, 호소카와 씨를 돕기 위해. 전에는 아무것도 아니었던 겐이 이제는 두 사람을 사랑하게 된 것이다.

시계가 없었으므로 시간이 얼마나 흘렀는지 그는 알지 못했다. 이제는 짐작조차 할 수 없었다. 오 분이 한 시간처럼 느껴졌다. "사랑은 반항하는 새, 누구도 길들일 수 없는 새. 그를 불러봤자 아무 소용이 없지, 그가 거절한다면."* 그는 혼자서 콧소리로 가볍게 흥얼거렸다. 할 수만 있다면 노래를 부르고 싶었지만 겐은 노래를 할 줄 몰랐다.

그때 카르멘이 들어왔다. 최대한 천천히 걸어서 주방까지 왔는

* 오페라 〈카르멘〉 중 〈하바네라〉의 한 구절.

데도 그녀의 얼굴은 줄곧 달리기라도 한 것처럼 빨갛게 달아올라 있었다. 그녀는 문을 닫고 바닥에 주저앉았다. "오라는 뜻인 것 같아서 왔어요." 그녀는 춥기라도 한 양 그에게 바싹 다가앉으며 속삭였다. "날 기다리고 있을 것 같아서요."

겐은 그녀의 손을 잡았다. 그녀의 두 손은 너무도 작았다. 어떻게 난 이 아이를 예쁘장한 남자아이로 생각했을까? "너한테 부탁이 있어." 사랑은 반항하는 새, 누구도 길들일 수 없는 새. 그는 또다시 이 문구를 떠올리며 그녀에게 입을 맞췄다.

그녀는 입맞춤에 화답하며 그의 머리카락을 쓰다듬었다. 윤기 있고 가벼운 그의 머리카락은 그녀에게 끝없는 매혹의 원천이었다. "일부러 금방 일어나지 않았어요. 좀 시간을 두었다가 따라와야 할 것 같아서요."

그는 그녀에게 입을 맞췄다. 입맞춤에는 믿기 어려운 힘이 있다. 자석이 쇠붙이를 끌어당기듯 두 사람 사이에 작용하는 그 힘은 어찌나 강력한지 일 초라도 굴복하지 않고 버틸 수 있다는 것이 신기할 지경이었다. 당연한 얘기지만, 세상은 한번 빠져들면 결코 헤어날 수 없는 입맞춤의 소용돌이인 것이다. "오늘 록산 코스 씨가 날 찾아왔어. 네가 오늘밤 다른 곳에서 자고 내일 아침식사도 갖다주지 말았으면 하더군."

카르멘이 한 손으로 그의 가슴을 밀치며 홱 물러났다. 록산 코스가 내게 아침식사를 갖다주지 말라고 했다고? "내가 뭘 잘못했나요?"

"아, 아냐." 겐이 말했다. "코스 씨는 널 아주 좋게 생각해. 나한테 그렇게 말했어." 그가 한 팔로 그녀를 감싸안자 그녀는 그의 어깨에 대고 숨을 내쉬었다. 여자와 함께 있는 남자가 된다는 것, 그것은 바로 이런 느낌이다. 여러 언어를 통역해오면서도 모르고 살았던 것이었다. "네 생각이 맞았어. 회장님을 향한 코스 씨의 감정 말이야. 코스 씨는 오늘밤 회장님과 함께 있고 싶어해."

카르멘이 고개를 들었다. "호소카와 씨는 어떻게 2층에 올라갈 거래요?"

"코스 씨는 네가 도와주길 바라고 있어."

겐은 이곳에서 하나의 삶을 살았고, 그 삶 속에서 그는 언제나 인질이었으며 그의 동지는 다른 인질들이었다. 카르멘을 사랑하고 다른 테러리스트 중 일부와 예의바르게 어울리긴 했지만, 그는 단 한 번도 혼란을 겪거나 라 파밀리아 데 마르틴 수아레스에 동참하고 싶다는 생각을 한 적이 없었다. 하지만 카르멘은 달랐다. 그녀에게는 두 가지 삶이 있었다. 아침이면 엎드려서 팔굽혀펴기를 하고 자리에 서서 검사를 받는다. 장총을 들고 보초를 선다. 날이 시퍼런 칼을 군화에 넣어 휴대하며 그 칼을 어떻게 쓰는지도 안다. 상급자의 명령을 따른다. 장군들의 설명대로 그녀는 변화를 가져올 무장 세력에 소속되어 있었다. 하지만 그녀는 밤이면 주방 벽장에 와서 스페인어 읽기를 배우고, 벌써 안녕하세요, 잘 지냅니다, 음식점이 어디죠? 등의 몇 가지 말을 영어로 할 줄 아는 소녀이기도 했다. 가끔은 록산 코스에게 이끌려 너무나도 부드러운 침대 시트 위에 누워서 잠시 눈을 감고 이 집에 사는 상상을 해보기도 했다. 자신이 인질 중 한 명이며, 갖가지 혜택을 누리는 세계에 살고 있어서 투쟁할 필요가 없다면 어떨까 하는 생각도 했다. 하지만 어떻게 어우러지든 두 세계는 언제나 다른 쪽이었고, 두 세계를 오가는 것은 강을 건너는 것과도 같았다. 만일 호소카와 씨를 2층에 데려다줄 수 없다고 한다면 그녀는 자신에게 그토록 잘해주는 겐과 호소카와 씨와 코스 씨를 모두 실망시키게 될 것이다. 데려다주겠다고 한다면 저항군에 서약한 맹세를 모조리 어기는 셈이 되어 상상할 수도 없는 처벌을 받을지도 모른다. 이런 사실을 겐이 안다면 결코 그녀에게 부탁하지 않았으리라. 그에게 이 일은 남을 돕고 친구 노릇을 해주는 것에 지나지 않는다. 책을 한 권 빌리는 것이나 마찬가지다. 카르멘은 눈을 감고 피곤한 척했다. 그리고 리마의 성녀 로사에게 기도했다. '성녀 로사여, 저를 인도하소서. 성녀 로사여, 제게 명석함을 주옵소서.' 그녀는 눈을 꼭 감고 그녀가 아는 유일한 성녀에게 간구했지만, 아내가 있는 남자를 오페라 가수의 침실로 들여보내는 일에는 성녀도 별 도움이 되지 않았다. 카르멘 혼자 결정할 일이었다.

"그래요." 카르멘은 눈을 감은 채, 쉬지 않고 펄떡이는 겐의 심장에 귀를 대고는 속삭였다. 겐의 손이 계속해서 그녀의 머리를 쓰다듬었다. 어린 시절 열에 시달리던 카르멘에게 그녀의 어머니가 그랬던 것처럼.

부통령 관저에 있는 인질 누구도, 심지어 루벤 이글레시아스조차 라 파밀리아 데 마르틴 수아레스 대원들만큼 이 집을 잘 알지는 못했다. 그들의 일과 중에는 창문의 위치와 어느 창문이 몸을 날려 빠져나갈 만큼 넓은가를 기억해두는 일도 포함되어 있었다. 그들은 뛰어내릴 때의 충격을 계산하고 뼈에 가해질 손상을 어림했다. 복도의 길이와 바깥을 향해 충격을 가할 수 있는 방의 위치, 지붕과 정원으로 가장 빨리 빠져나갈 수 있는 출구 등을 모두 파악했다. 그렇기 때문에 주방에서 조금 떨어진 복도 뒤쪽에 하인들의 숙소로 올라가는 계단이 있고, 그중 에스메랄다가 자던 방에 놀이방으로 통하는 문이 있으며, 놀이방에는 2층 복도로 나가는 문이 있고, 그 복도는 록산 코스의 침실까지 이어진다는 사실을 카르멘은 알고 있었다. 물론 2층에서 자는 사람은 록산만이 아니었다. 벤하민과 엑토르 장군의 방도 2층이었다. (깊은 잠을 자지 못하는 알프레도 장군은 1층에 있는 손님용 침실에서 잠시 눈을 붙이곤 했다.) 많은 병사가 2층에서, 그것도 자리를 바꿔가며 잠을 잤으며, 카르멘이 록산 코스의 방 앞 복도에 누워 잠을 청하는 것도 혹시 병사 중에 자다 말고 일어나는 사람이 있을까 불안해서였다. 카르멘 자신도 그 통로를 이용해서, 양말만 신고 반들거리는 나무 바닥을 소리 없이 걸어 밤마다 주방 벽장으로 내려왔다. 삐걱거리는 널빤지가 어디에 있는지, 잠을 깊게 못 자는 사람이 어디에 누워 있는지 그녀는 낱낱이 알고 있었다. 화장실에 가는 사람과 마주치기 전에 시커먼 그림자 안쪽으로 바짝 붙어 서는 법도 알았다. 그녀는 얼음을 지치는 스케이트 날처럼 마룻바닥 위를 미끄러져갈 줄 알았다. 카르멘은 소리 내지 않는 훈련을 받은 전문가였다. 하지만 그녀는 호소카와 씨 또한 조용한 사람임을 감지했다. 록산 코스가 러시아인 중 하나를 사랑하지 않아서 얼마나 다행인지. 러시아인 같으면 계단을 오르다 말고 담뱃불을 붙일 것이며, 알아듣지 못할 말로 크게 떠들어댈 것이 뻔했다. 겐이 새벽 두시에 호소카와 씨를 안쪽 복도로 데리고 오면 카르멘이 록산 코스의 방으로 안내하기로 했다. 그리고 두 시간 후에 그녀가 문 앞으로 가서 그를 도로 데리고 내려오기로. 서로 한마디도 하지 말아야 하지만 그건 어렵지 않았다. 설령 한편이라고 해도, 뭘 알아야 얘기를 할 것 아닌가.

계획이 잡히자 카르멘은 겐의 곁을 떠나 텔레비전을 보는 병사들에게 돌아갔다. 마침 〈마리아 이야기〉가 재방송되고 있었다. 마리아는 떠나보낸 연인을 찾아 도시로 간다. 그녀가 한 손에 여행가방을 들고 북적대는 거리를 헤매는 사이, 골목 어귀마다 낯선 이들이 도사리고 서서 그녀를 파멸시킬 음모를 꾸민다. 부통령의 서재에 있는 사람 모두가 눈물을 흘렸다. 카르멘은 연속극이 끝난 뒤 체커 게임을 하다가 다른 병사들과 함께 물품 목록을 작성했고, 피곤한 사람이 있으면 자기가 대신 오후 보초를 서주겠노라고 나섰다. 그녀는 동료들을 돕고 매사에 적극적으로 참여하는 병사의 본보기가 될 것이다. 겐이나 호소카와 씨나 록산 코스는 보고 싶지 않았다. 얼굴이 빨개져서 자기도 모르게 비밀을 폭로하거나 지나치게 무리한 부탁을 했다고 그들에게 화를 내게 될까 두려웠기 때문이다.

사람들은 어느 정도나 알고 있을까? 수군대는 사람은 없었지만 주위엔 은근한 긴장감이 감돌았다. 무언가가 느껴져 고개를 들어보면 아무 일도 없는, 그런 희미한 전기 같은 것이 떠돌았다. 저녁 식사로 나온 생선 자반과 쌀밥이 잘 넘어가지 않아서 사람들은 반쯤 남은 밥을 식탁에 놓아둔 채 자리를 떴다. 가토가 콜 포터의 곡을 골라 피아노를 연주했고, 기운 없고 우울한 저녁 시간이 시작되었다. 어쩌면 이렇게 화창한 날, 밖에 나갈 수 없다는 사실이 짜증스럽게 느껴져서였는지도 모른다. 대여섯 사람이 열린 창문 앞에

서서, 비틀려 자란 꽃들을 하나씩 삼키며 지나치게 무성한 정원의 모습을 지워가는 어스름 속의 밤공기를 들이마시려 했다. 담 저편에서 이쪽 거리로부터 몇 블록 떨어진 곳에서 달리는 듯한 기관차와 자동차 소리가 아스라이 들려왔다. 순간 창가에 선 사람들은 저 밖에도 세상이 있음을 기억해냈지만 재빨리 그 생각을 떨쳐버렸다.

록산 코스는 일찌감치 잠자리에 들었다. 카르멘과 마찬가지로 그녀 역시 일단 마음을 정한 이상 그곳에 있고 싶지 않았다. 호소카와 씨는 피아노 옆의 2인용 소파에 겐과 함께 앉았다. "다시 말해보게." 그가 말했다.

"오늘밤 만나고 싶답니다."

"그녀가 그러던가?"

"카르멘이 방까지 모셔다드릴 겁니다."

호소카와 씨는 두 손을 내려다보았다. 나이든 손이었다. 그의 아버지 손 같았다. 손톱도 길었다. "카르멘이 알고 있다는 것이 상당히 거북하군. 자네도 그렇고."

"다른 수가 없었습니다."

"이 일로 그애가 위험해지기라도 하면?"

"카르멘도 사리 판단은 할 줄 압니다." 겐이 말했다. 위험? 그녀는 밤마다 계단을 타고 주방 벽장으로 내려온다. 안전하지 못한 일이라면 그녀에게 부탁하지도 않았을 것이다.

호소카와 씨는 천천히 고개를 끄덕였다. 어쩐지 거실이 비스듬히 기울어지는 듯한 느낌, 부드럽게 흔들리는 바다에서 이리저리 기우는 배에 탄 듯한 느낌이 들었다. 아주 오래전, 어쩌면 어린아이였을 때부터 품어왔던 가장 큰 소망을 생각하는 것은 예전에 그만두었다. 그는 가질 수 있는 것만을 꿈꾸도록 스스로를 훈련시켰다. 거대한 기업체, 능률적인 가정, 음악에 대한 이해. 그런데 쉰세 번째 생일 이후 몇 달이 지난 지금, 한 번도 제대로 본 적 없는 나라에서 그는 가슴 깊이 꿈틀대는 욕망을 느꼈다. 원하는 것이 아주 가까운 곳에 있을 때에만 느낄 수 있는 그런 갈망이었다. 어린 시절 그는 사랑을 꿈꿨다. 오페라 구경을 하듯 사랑을 보기만 하는 것이 아니라 직접 느껴보고 싶었다. 하지만 그건 미친 생각이라고 그는 단정지었다. 지나친 욕심이라고. 오늘밤 그가 원하는 것은 아주 작은 것이었다. 뜨거운 탕에서의 목욕, 제대로 갖춰 입을 옷, 그녀에게 줄 선물, 아니 꽃 몇 송이라도. 그 순간 실내가 다른 쪽으로 살짝 기울어지는 바람에 그는 두 손을 펴버렸고, 품었던 모든 것이 떨어져나가면서 그의 소망도 사라졌다. 그녀가 새벽 두시에 방으로 와달라고 한다. 더이상 바랄 것은 이 세상에 없다. 그 무엇도.

잠자리에 들 시간이 되자 호소카와 씨는 바닥에 누워서 환한 달빛에 시계를 비춰 보았다. 모르는 사이에 잠이 들어버릴까봐 걱정스러웠다. 하지만 절대 잠들 수 없으리란 걸 그는 알았다. 바로 옆 바닥에 누운 채 편안하고 고른 숨을 내쉬고 있는 겐이 놀랍기만 했다. 하지만 그는 겐이 새벽 두시만 되면, 배고파 깨는 아기처럼 자리에서 일어나 아무도 눈치채지 못하게 거실을 빠져나간다는 사실을 몰랐다. 호소카와 씨는 야간 보초를 서는 베아트리스와 세르히오가 순찰을 도는 광경을 지켜보다가 그들이 가까이 오면 눈을 내리깔았다. 그들은 걸음을 멈추고, 바닥에 누워 자는 이들 중 몇 사람을 관찰했다. 그러더니 서로 귓속말을 하며 고개를 끄덕였다. 한 시가 되자 과연 겐의 말대로 병사들은 보이지 않게 되었다. 이것은 그가 알지 못하는 밤의 세계였다. 호소카와 씨의 관자놀이와 손목, 목에 펄떡이는 맥박이 느껴졌다. 호소카와 씨는 발목을 쭉 폈다. 때가 온 것이다. 누워 있었던 시간이 마치 영원 같았다. 죽었다 살아난 기분이었다. 갑자기 온몸에 생명력이 솟구쳤다.

두시 오 분 전, 알람이 울리기라도 한 듯 겐이 깨어났다. 그는 일어서서 회장을 바라보고는 함께 거실을 가로질러 걸어갔다. 두 사람은 잠든 동료 인질들 사이로 가만가만 발걸음을 옮겼다. 아르헨티나인. 포르투갈인. 이탈리아인과 가까운 곳에 누워 자는 독일인. 러시아인은 식당에서 세상모르고 곯아떨어져 있었다. 가토는 소중한 두 손을 가슴 위에 포갠 채, 슈베르트의 꿈을 꾸는 강아지처럼 잠결에 손가락을 보일 듯 말 듯 움직거렸다. 신부는 옆으로 누운 자세로 두 손을 모아 한쪽 얼굴을 받치고 있었다. 여기저기 흩어져 잠든 이들 중에는 큰대자로 뻗어서 잠든 병사도 몇 있었다. 그들은 잠이라는 차에 치여 죽은 사람처럼 목을 한쪽으로 꺾고 입을 벌린 채였으며, 펼친 손에는 총이 잘 익은 과일처럼 놓여 있었다.

겐이 말한 대로, 주방에서 멀리 떨어진 복도에서 카르멘이 기다리고 있었다. 검은 머리는 하나로 땋아 묶었고 발은 맨발이었다. 먼저 그녀가 겐을 쳐다보고, 겐이 말없이 그녀의 어깨를 살짝 건드리는 것만으로 세 사람은 모든 것을 이해했다. 그 자리에 더 서 있을 이유가 없었다. 시간을 지체해서 좋을 것이 없었다. 사실 카르멘은 지금 이 시간 주방 벽장에서 겐의 무릎에 다리를 올려놓고 그가 적어준 문장을 소리 내어 읽기를 더 원했지만 결정은 이미 내려졌다. 겐의 부탁에 응했으니까. 그녀는 지금 자신을 모른 체하고 있을 성녀에게 재빨리 기도한 다음, 벌새처럼 빠르고 가벼운 손놀림으로 얼른 성호를 그었다. 그리고 돌아서서 복도를 걸어갔다. 호소카와 씨는 말없이 그녀의 뒤를 따랐다. 겐은 돌아서서 사라지는 그들의 뒷모습을 지켜보았다. 남겨지는 쪽이 더 힘들다는 것을 그는 알지 못했다.

이윽고 계단에 이르자 카르멘은 돌아서서 호소카와 씨를 바라보았다. 계단은 좁은 나선형이었고, 싸구려 판자로 만들어져서 1층과 2층을 오르내리는 하인의 체중이나 간신히 버틸 정도였다. 그녀는 허리를 구부려 그의 발목과 자신의 발목을 잡고 두 발을 함께 움직여 보였다. 카르멘이 일어서자 호소카와 씨는 카르멘을 향해 고개를 끄덕였다. 사방은 칠흑처럼 어두웠고 2층으로 올라가면 더 캄캄해질 것이었다. 그녀의 기도가 응답을 받지 못했던 적은 지금껏 없었다. 성녀께서 가르침을 주려는 것이고, 단지 시간이 조금 지체될 뿐이며, 설령 붙잡히더라도 나 혼자는 아니지 않느냐고 그녀는 생각했다.

호소카와 씨의 눈에 보이는 것은 카르멘의 가냘픈 뒷모습 윤곽뿐이었다. 그는 그녀의 지시대로 그녀가 밟고 지나간 지점에 정확히 발을 올려놓으려 애쓰면서도, 자신의 체구가 그녀보다 훨씬 크다는 생각을 떨칠 수가 없었다. 감금 생활을 하면서 많이 여윈 터라 그는 계단을 오르면서 줄어든 자신의 체중에 감사했다. 숨을 죽이고 귀를 기울여보았다. 정말 아무 소리도 나지 않았다. 이토록 완벽한 고요함을 이렇게 의식해보기는 처음이었다. 이 집에 갇힌 요 몇 달 사이 계단을 올라가본 적이 한 번도 없어서 이것만으로도 용기가 나고 대담해지는 기분이었다. 올라간다는 것은 얼마나 좋은 일인가! 오랜만에 위험을 무릅쓰고 뭔가를 할 수 있다는 것만으로도 행복했다. 2층에 이르러 카르멘이 손끝으로 문을 밀자 희미한 빛이 그녀의 얼굴에 와닿았다. 적어도 계획된 코스 중 일부는 왔다는 얘기였다. 그녀는 돌아서서 그를 보고 웃었다. 아름다운 소녀였다. 마치 그의 딸을 보는 듯했다.

두 사람은 비좁은 복도를 지나 에스메랄다의 방으로 갔다. 카르멘이 방문을 여는 순간 아주 가느다란 소리가 났다. 두 사람이 낸 소리가 아니라 문에서 나는 소리였다. 게다가 침대에 누가 누워 있었다. 자주 있는 일은 아니었다. 아이들을 돌보던 유모의 침대는 이 저택에서 가장 불편했기에 거기서 자려는 사람은 별로 없었다. 하지만 바로 지금처럼 이런 일이 일어나기도 하는 것이다. 카르멘은 한 손으로 호소카와 씨의 가슴을 막으며, 문에서 난 소리의 여운이 완전히 가실 때까지 잠시 기다렸다. 그의 심장박동이 어찌나 뚜렷이 느껴지는지 마치 그녀의 손 위에서 심장이 뛰는 듯했다. 카르멘은 숨을 한 번 들이쉬고 조용히 기다렸다가 돌아보지 않고 한 번 고개를 끄덕인 뒤 한 발을 앞으로 내밀었다. 어렵지만 완전히 불가능한 일은 아니다. 통풍구를 통해 이 집으로 침투해 들어오던 때에 비하면 아무것도 아니다. 지금까지 이 침대에서 자는 사람이 있을 때에도 그 옆을 지나다니지 않았나.

베아트리스였다. 야간 순찰을 돌다 말고 잠이 든 것이다. 다들 그렇게 했다. 카르멘도 그런 적이 있었다. 눈 한 번 붙이지 않고 깨어 있기엔 밤이 너무 길었다. 세르히오 역시 어디 다른 방에서 죄책감을 느끼며 늘어져 잠들어 있으리라. 베아트리스는 이불을 덮지 않고 군화를 신은 채 자고 있었다. 자면서도 어린애처럼 총을 꼭 껴안고 있었다. 호소카와 씨는 한 발을 앞으로 내디디려 했지만 이제 겁이 나기 시작했다. 그는 눈을 감고 록산 코스를 생각했다. 사랑을 생각하고 사랑을 위해 기도하려 했다. 그가 눈을 뜬 순간, 베아트리스가 벌떡 일어나 앉으면서 재빨리 총을 집었다. 동시에 카르멘이 민첩하게 두 사람 사이로 뛰어들었다. 호소카와 씨가 확실히 알 수 있는 것은 단 두 가지였다. 베아트리스가 그를 향해 총을 겨누고 있다는 것, 그리고 카르멘이 총구를 막아섰다는 것. 카르멘은 사내만 바글거리는 저항군에서 여자라곤 단둘뿐인데도 여태 친해지지 못한 베아트리스에게 다가가 그녀를 꽉 끌어안으며 총구를 천장 쪽으로 돌렸다.

"뭐하는 거야?" 베아트리스가 속삭이듯 말했다. 큰 소리를 내서는 안 된다는 것을 그녀도 눈치챘기 때문이다. "저리 비켜."

하지만 카르멘은 그녀를 안은 손을 놓지 않았다. 너무 놀란 나머지 베아트리스를 덮치긴 했지만 들키고 나니 이상하게 마음이 놓였다. "말하지 마." 그녀는 상대편 소녀의 귀에 대고 속삭였다.

"저 사람을 2층으로 데리고 온 거야? 큰일나려고 그래?" 베아트리스는 몸부림쳤지만 카르멘은 생각보다 힘이 셌다. 아니, 어쩌면 베아트리스가 너무 깊이 자다 깨서 그런지도 모른다. 보초를 서다 말고 잠이 들다니, 카르멘이 이르면 어떻게 하나.

"쉬잇." 카르멘은 자느라 헝클어진 베아트리스의 땋은 머리에 코를 묻고 그녀를 안은 손에 힘을 주었다. 한순간 카르멘은 호소카와 씨에 대해서는 까맣게 잊었으며 머릿속에 남은 것은 그들 두 사람, 그리고 지금 닥친 문제뿐이었다. 베아트리스의 등에는 잠자리의 온기가 아직도 남아 있었고 뺨을 짓누르는 총신은 차가웠다. 도와달라는 기도조차 하지 않았는데 사랑하는 리마의 성녀 로사의

목소리가 귓가에 들려왔다. '사실을 말하라.'

"저분은 오페라 가수를 사랑하고 있어." 카르멘이 말했다. 비밀을 지키는 일 따위는 이제 상관없었다. 성녀의 말씀을 따르는 것만이 유일한 희망이었다. "단둘이서만 있고 싶어해."

"들키면 우린 죽어." 베아트리스는 이렇게 말하면서도, 어쩌면 그렇지 않을 수도 있다고 생각했다.

"도와줘." 카르멘은 절박한 나머지 자기도 모르게 성녀에게 하려던 말을 입 밖으로 내뱉었다. 베아트리스는 순간적으로 신부의 목소리를 들은 듯한 착각에 빠졌다. 신부는 그녀를 용서해주었다. 친절을 베풀라고 일러주었다. 그녀는 자신의 죄를 생각하고 타인의 죄를 용서할 기회가 왔음을 깨달은 뒤, 짓눌린 팔을 조금 들어 카르멘의 등에 가볍게 얹었다.

"그 여자도 저 사람을 사랑해?" 베아트리스가 물었다.

"두 시간 후에 도로 데리고 내려갈 거야."

베아트리스가 카르멘의 품에서 다시 한번 몸을 뒤척이자 카르멘은 그녀를 놓아주었다. 베아트리스는 카르멘의 얼굴을 잘 볼 수 없었다. 시커먼 그늘 속에 서 있는 사람이 정말 호소카와 씨인지 확실히 알 수도 없었다. 그는 그녀에게 시계 보는 법을 알려준 사람이다. 언제나 그녀를 보고 웃어준 사람이다. 주방 문 앞에서 마주쳤을 때는 그녀에게 고개를 숙이기도 했다. 베아트리스는 눈을 감고 깜깜한 어둠 속에서 산더미처럼 쌓인 자신의 죄를 떠올렸다. "말 안 할게." 그녀는 속삭였다. 그러자 오늘 들어 두번째로 어깨에 진 짐이 가벼워지는 것을 느낄 수 있었다.

카르멘은 베아트리스의 뺨에 입을 맞췄다. 그저 고마울 따름이었다. 그녀는 자신이 운이 좋다는 생각을 처음으로 해보았다. 그런 다음 어둠 속으로 물러났다. 베아트리스는 자기가 잠든 일을 절대 말하지 않겠다는 약속을 카르멘에게 받아낼까도 생각했지만, 카르멘은 당연히 말하지 않을 것이다. 말할 수가 없을 것이다. 베아트리스는 도로 침대에 누웠고, 그러려던 건 아니었지만 이내 잠이 들었다. 조금 전의 소동은 그 시작만큼이나 갑작스럽게 끝을 맺었다.

콘센트에 꽂힌 달 모양의 작은 등이 여전히 희미한 빛을 발하며 외로운 인형들을 비추는 놀이방을 지나고, 카르멘이 타곤 했던 카누보다도 큰 백색 도기 욕조가 놓인 또하나의 욕실을 지나서 복도로 걸어나오자, 그들에게 익숙한 넓고 우아하고 웅장한 저택의 모습이 눈앞에 펼쳐졌다. 카르멘은 호소카와 씨를 세번째 문까지 데리고 가서 걸음을 멈췄다. 이곳이 그녀가 대부분의 밤에 짧은 잠을 자는 방이었다. 그녀는 베아트리스를 뒤로하면서 호소카와 씨의 손을 잡았는데 아직도 그 손을 놓지 않고 있었다. 한참을 걸어온 기분이었다. 하지만 부통령의 아이들은 채 일 분도 안 되는 시간에 엄마 방에서 놀이방과 에스메랄다의 방을 지나 주방 뒤 계단까지 단숨에 달려가곤 했다. 집안에서 뛰면 안 된다는 말에도 아이들은 아랑곳하지 않았다. 카르멘은 호소카와 씨를 좋아했다. 그에게 그렇게 말하고 싶었지만, 설령 일본어를 안다 해도 용기가 없어 아무 말 못했으리라. 대신 그녀는 그의 손을 한 번 꼭 쥔 뒤 놓았다.

호소카와 씨는 카르멘을 향해 무릎에 닿도록 고개를 숙이고는, 너무 오래다 싶을 만큼 한참을 그대로 있었다. 그런 다음 다시 허리를 펴고 문을 열었다.

2층 복도 벽 높은 곳에 창문이 있어서, 넓은 계단 위로 환한 달빛이 고스란히 쏟아져들어왔지만, 카르멘은 그 앞쪽 계단을 택하지 않았다. 그녀는 온 길을 되짚어 걸어, 놀이방을 지나 베아트리스가 깊이 잠든 침실로 갔다. 그곳에서 잠시 걸음을 멈추고 방아쇠를 감은 베아트리스의 손가락을 풀었다. 그녀는 총을 벽에 기대 세워놓고 그녀의 어깨까지 이불을 끌어다 덮어주었다. 날이 밝아도 베아트리스가 마음을 바꾸지 말았으면 좋겠다고, 아니, 아예 꿈을 꾼 걸로 여겨주면 좋겠다고 생각했다. 주방 계단을 내려오는 카르멘의 가슴은 조금 전과는 또다른 이유로 거칠게 뛰었다. 그녀는 문 안쪽에서 마음을 졸이며 기다리고 있었을 록산 코스의 모습을 상상했다. 말이 없고 품위 있는 호소카와 씨가 록산을 품에 안는 장면을 상상했다. 그 손길의 달콤함, 포옹하는 가슴의 든든함. 카르멘은 한 손을 들어 뒷목에 배어나오는 땀을 닦았다. 발소리는 나지 않았지만 남은 계단의 수는 점점 빨리 줄었다. 넷, 셋, 둘, 하나 그리고 복도, 주방. 그녀는 놀라운 주방 벽장의 세계로 미끄러지듯 발을 들여놓았다. 거기에는 겐이 책을 펼치지도 않고 무릎에 얹은 채 바닥에 앉아 있었다. 그가 고개를 들자 그녀는 손가락을 입술에 갖다댔다. 그녀의 얼굴엔 생기가 넘치고 뺨은 붉게 상기되고 눈은 커다래졌다. 그녀가 돌아서자 그는 당연히 일어나서 그녀의 뒤를 따랐다.

한 사람에게 하룻밤 사이에 주어지는 행운은 과연 얼마만큼일까? 병에 든 우유처럼 양이 한정돼 있어서 너무 많이 쏟아버리면 그만큼 줄어들고 마는 것일까? 아니면 행운의 양은 그날그날 달라서 운이 좋은 날에는 끝도 없는 행운을 누릴 수 있는 것일까? 전자가 답이라면, 카르멘은 호소카와 씨를 록산 코스의 침실에 무사히 데려다줌으로써 오늘의 행운을 소진해버린 셈이다. 하지만 그녀의 본능적인 느낌대로 후자가 답이라면 오늘밤은 그녀의 것이다. 천상의 모든 성녀가 그녀 편에 서준다면 그녀의 행운은 몇 시간 정도 더 지속되리라. 카르멘은 겐의 손을 잡고 주방을 지나 뒤쪽 포치로 그를 인도했다. 겐은 한 번도 그곳에 가본 적이 없었다. 그녀는 아무렇지 않게 한 손으로 문손잡이를 돌려 문을 열었고 두 사람은 밤의 어둠 속으로 걸어나갔다.

얼마나 아름다운 광경인지! 투광조명등 같은 달이 한때는 잘 가꿔진 정원이었던 곳을 온통 적시고, 벽토를 바른 높은 담벼락 위로는 달빛이 물처럼 쏟아져내렸다. 주위엔 이미 오래전 할일을 마치고 입을 닫아버린 달맞이꽃과 재스민 덩굴의 향기가 진하게 떠돌았다. 발목을 넘어 종아리까지 와닿는 키 큰 풀들은 그들이 발걸음을 옮길 때마다 쉭쉭 소리를 냈다. 두 사람은 걸음을 멈추고 자신들이 도시 중심부에 있다는 사실도 잊어버린 채 하늘의 별을 올려다보았다. 별은 대여섯 개밖에 보이지 않았다.

카르멘은 늘 밖에 나올 수 있었다. 비가 오는 날에도 그녀는 보초를 서거나 다리 운동을 하기 위해 매일 밖으로 나오곤 했다. 하지만 겐에게 지금 이 밤은 기적과도 같았다. 바깥공기와 하늘, 발뒤꿈치에 보드랍게 짓눌리는 풀. 그는 다시 세상에 나오게 된 것이고 지금 이 순간 그에게 세상은 불가해할 정도로 아름다운 곳이었다. 보이는 것은 비록 한정된 공간이지만 그는 자신 있게 말할 수 있었다. 세상은 아름답다고.

겐은 이날 밤을 평생토록 완전히 다른 두 가지 모습으로 기억할 것이다.

먼저, 그가 하지 않은 일.

이 경우 그는 카르멘의 손을 잡고 그녀를 앞뜰 보도 끝의 정문으로 데리고 나간다. 담 저편에서 정부군 병사들이 지키고 서 있지만 그들 역시 어린데다 잠들어 있어서, 두 사람은 그들 앞을 지나 간단히 이 나라의 수도로 나간다. 아무도 그들을 잡아 세우지 않는다. 그들은 유명인이 아니기에 아무도 상관하지 않는다. 두 사람은 공항으로 가서 일본행 비행기를 타고 돌아가 영원히 함께 행복하게 산다.

다음은 실제로 일어난 일.

그는 떠난다는 생각은 떠올리지도 못했다. 마당에서 나가지 말라고 훈련받은 개가 도망칠 생각을 하지 못하듯이. 그저 그에게 주어진 작은 자유에 행복해할 뿐이었다. 카르멘은 그의 손을 잡고 에스메랄다가 부통령의 아이들과 소풍을 즐기던 곳으로 갔다. 그곳은 담이 뒤쪽으로 휘고 풀과 호리호리한 나무가 주머니처럼 주위를 둘러싸고 있어서 저택이 잘 보이지 않는 장소였다. 카르멘이 그에게 입을 맞췄고 그도 카르멘에게 입을 맞췄다. 이 순간부터 그에게 그녀의 체취는 밤의 향기와 따로 떼어 생각할 수 없는 것이 되었다. 두 사람은 담이 무성하게 자란 풀숲 한가운데에 드리운 그림자 속에 있었고, 겐의 눈에는 아무것도 보이지 않았다. 그때 집 2층에서 호소카와 씨와 성악가가 한 침대에 누워 있었다는 것은 나중에 떠오른 사실일 뿐, 그날 밤 그는 그들을 까맣게 잊고 있었다. 카르멘이 서늘한 바람 속에서 재킷을 벗었다. 그녀가 그의 셔츠 단추를 풀고 그의 손이 그녀의 가슴을 덮는다. 어둠 속에서 그들은 이성을 잃고 대담해진다. 두 사람이 서로를 쓰러뜨린다. 그들의 몸이 중력에 저항하며 천천히 쓰러진다. 이젠 너무 헐렁해진 바지가 맨발인 두 사람에게서 벗겨져나가고, 그 느낌, 살과 살이 맞닿는 최초의 황홀함이 찾아온다.

가끔 겐의 기억은 거기서 멈출 것이다.

그녀의 살갗, 그 밤, 그 풀밭, 바깥에 나가 카르멘의 몸속에 들어간 일. 더이상 무엇을 바라겠는가. 그의 생에 그 무엇도 이만큼 벅찬 감격을 주지 않았다. 그녀를 데리고 멀리 도망칠 수도 있었을 그때, 그는 그저 그녀를 끌어안고 있다. 그녀의 헝클어진 머리카락이 그의 목을 휘감는다. 더이상 바랄 것이 없을 듯하던 그때, 실은 거기서 만족하지 말아야 했음을 그는 나중에야 깨닫게 될 것이다. 그녀의 갈비뼈 사이사이의 부드럽고 오목한 살갗, 욕망으로 더욱 깊어진 도랑 위로 그의 손가락이 미끄러진다. 그녀의 이를 느끼고, 그녀의 혀를 휘감는다. 카르멘, 카르멘, 카르멘, 카르멘. 후에 그는 성이 찰 때까지 그녀의 이름을 불러보려 하겠지만 결코 그럴 수 없을 것이다.

집안에서는 인질과 병사 모두 잠들어 있었고 그 누구도 달라진 점을 느끼지 못했다. 일본 남자와 그의 연인인 소프라노 가수가 2층의 침대에, 통역사와 카르멘이 여섯 개의 별이 수놓인 바깥 하늘 아래에 누워 있었지만, 아무도 그들이 없어진 줄 알아차리지 못했다. 시몽 티보만이 아내 에디트의 꿈을 꾸다가 눈을 떴을 뿐이었다. 완전히 정신이 들어 주위가 눈에 들어오기 시작하고 아내가 곁에 없다는 사실이 분명해지자 그는 울기 시작했다. 참으려고 했지만 그러기엔 그녀가 너무도 생생히 느껴졌다. 꿈속에서 그는 아내와 한 침대에 누워 있었다. 아내와 사랑을 나누고, 사랑을 나누면서 서로의 이름을 부드럽게 불렀다. 모든 것이 끝나자, 에디트는 흩어진 이불 위에 일어나 앉아 그가 춥지 않도록 푸른 스카프를 어깨에 둘러주었다. 꿈에서 깨어난 시몽 티보는 아내가 준 스카프에 얼굴을 파묻었지만 흐느낌은 더욱 격해지기만 했다. 세상 그 무엇도 그의 울음을 막을 수는 없으리라. 그는 곧 눈물을 참으려는 노력조차 포기했다.

9

날이 밝았을 때는 모든 것이 제자리로 돌아와 있었다. 창문으로 쏟아져들어온 햇빛이 카펫 여기저기에 난 얼룩을 비췄다. 밖에서는 새들이 휘파람소리로 서로를 불렀다. 병사 헤수스와 세르히오가 이슬에 흠뻑 젖은 군화를 신고 장총을 든 채 정원 순찰을 돌았다. 고향에서라면 새 한두 마리쯤 쏴보기도 했겠지만 이곳에서 사격은 절대적으로 필요한 경우가 아니면 엄격히 금지되어 있었다. 새들이 약한 바람을 일으켜 두 병사의 머리칼을 흔들며 스쳐 날아갔다. 창문으로 안을 들여다보니 카르멘과 베아트리스가 주방 레인지에 달걀을 삶으며 커다란 비닐봉투에 든 빵을 꺼내고 있었다. 두 소녀의 시선이 마주친 순간 카르멘은 살짝 웃어 보였지만 베아트리스는 못 본 척했다. 카르멘은 이것이 비교적 좋은 신호라고 생각했다. 주방에서 진한 커피 냄새가 풍겼다. 카르멘은 주방 벽장으로 들어가 바닥에 웨지우드라는 글자가 찍힌 청색과 금색 접시를 들고 나왔다. 접시를 쓰지 않고 갖고만 있으면 뭐하나?

모든 것이 여느 아침과 다름없었다. 록산 코스가 피아노 앞으로 오지 않은 점만 다를 뿐. 가토는 아까부터 기다리고 있었다. 잠시 후 그는 피아노 의자에서 일어나 다리를 쭉 폈다. 그러고 나서 상체를 숙여 슈만의 곡 하나를 골랐다. 누구나 아는 단순한 곡으로 시간을 보내기에 좋은 음악이었다. 그는 건반을 보지도 않았다. 마치 남들이 듣고 있는 줄도 모르고 혼잣말을 중얼대는 사람 같았다. 록산은 방에서 자고 있었다. 카르멘도 아침식사를 갖고 올라가지 않았다. 그리 나쁜 일은 아니었다. 날마다 노래를 하는데 좀 쉴 수도 있는 것 아닌가?

하지만 호소카와 씨도 자고 있다는 사실은 이상하지 않나? 그는 안경을 접어서 가슴에 얹은 채, 사람들이 왔다갔다하는 거실 소파에 입을 벌리고 누워 있었다. 그가 자는 모습을 사람들이 본 것은 처음이었다. 그는 아침이면 제일 먼저 일어나곤 했기 때문이다. 어쩌면 어디가 아픈지도 모른다. 저택 안을 순찰하던 보초병 과달루페와 움베르토가 소파 위로 허리를 굽히고 그가 숨을 쉬는지 살펴보았다. 숨을 쉬는 게 확인되자 그들은 그를 그냥 내버려두었다.

여덟시 십오분. 베아트리스는 차고 있는 시계로 시각을 확인했다. 너무 지독하게 굴었나 생각했지만 카르멘에겐 말하지 않았다. 간밤의 일을 깨끗이 잊어버린 척했다. 하지만 그건 사실이 아니었다. 어디에 써먹게 될지는 모르지만, 쓰지 않은 돈을 간수하듯 간밤의 일을 잘 간직하기로 마음먹었다. 그런 정보는 여러 가지로 써먹을 수 있으리라.

사람들은 정해진 일상에 익숙해지기 마련이다. 커피를 마시고,

이를 닦고, 거실에 들어와 록산 코스의 노래를 듣는다. 그것이 그들의 아침 일과였다. 하지만 오늘 아침에는 하릴없이 계단만 바라보고 있었다. 그녀는 어디 있나? 몸이 아프지 않다면 어째서 내려오지 않나? 일관성을 요구하는 것은 무리인가? 그들이 그녀를 존경하고 숭앙하는 만큼 그녀 또한 그들을 존중해야 마땅하지 않을까? 그들은 가토를 쳐다보았다. 가토는, 기차역에서 승객이 전부 내린 뒤에도 열린 기차 문을 한참 바라보고 있는 사람처럼 그 자리에 서 있었다. 애인에게 차였으면서 그런 줄도 모르는 사람 같기도 했다. 그는 그 자리에 멍하니 서서 피아노 건반을 톡톡 두드렸다. 그는 어느 시점에 자리에 앉아 정말로 록산 코스 없이 연주를 해야 할지 생각하고 있었다. 가토는 처음으로 자문해보았다. 록산 코스가 없는 자신은 어떤 존재인가? 모든 상황이 종료되고 하루종일을 피아노 앞에서 보내지도, 밤마다 머릿속으로 음악을 연주하지도 않게 되면 그는 어떻게 될까? 그는 이제 피아니스트다. 열 손가락에 미세하게 비쳐 보이는 푸른 근육이 그것을 증명해주었다. 새벽 네시에 일어나서 출근 전까지 한 시간 동안 몰래 피아노를 연주하던 예전의 생활로 과연 되돌아갈 수 있을까? 난세이 사의 부사장 직책에 복귀하여 다시금 일벌레가 되고, 소프라노 가수 없는 삶으로 돌아간다면 어떻게 될까? 그렇게 살 것이 뻔한데. 그는 먼젓번 반주자에게 일어났던 일을 생각했다. 혼자서 바깥세상으로 나가느니 차라리 죽기를 택했던 사람. 자신의 장래를 생각하자 가토의 손가락은 오싹한 공허감으로 굳어져 소리를 내지 못하고 건반 위로 미끄러졌다.

그때 놀라운 일이 벌어졌다.

거실 저편에서 누군가가 록산 코스 대신 무반주로 노래를 부르기 시작한 것이다. 사랑스럽고 귀에 익은 목소리였다. 사람들은 처음에는 어리둥절했으나, 다음 순간 병사들이 하나씩 웃음을 터뜨리기 시작했다. 움베르토와 헤수스, 세르히오, 프란시스코, 힐베르트 그리고 복도 저쪽에 있던 병사들까지도 큰 소리로 웃어대며 쓰러지지 않으려고 옆 사람의 목을 껴안았다. 하지만 세사르는 노래를 그치지 않았다. "비시 다르테, 비시 다모레, 논 페치 마이." 〈토스카〉였다. 다들 웃을 만도 했다. 그가 록산을 똑같이 흉내냈기 때문이다. 남들이 자는 동안 록산 코스로 둔갑이라도 한 듯 정성을 다해 기도드리고 언제나 제단 앞에 꽃을 바쳤네라는 대목에서 한 손을 내미는 동작까지 완전히 똑같았다. 실로 기묘한 광경이었다. 세사르의 외모는 디바와 비슷한 구석이 조금도 없었기 때문이다. 그는 야위고 피부가 지저분한 소년이었고, 검고 부드러운 구레나룻이 스무 가닥 남짓 돋아 있었다. 하지만 그는 그녀와 똑같이 고개를 기울이기도 하고 적당한 대목에서 눈을 감기도 했다. 사람들의 웃음소리도 그에겐 들리지 않는 모양이었다. 그의 시선에는 초점이 없었다. 딱히 누구더러 들으라고 노래하는 것도 아니었다. 록산 코스를 비웃을 생각으로 그녀의 빈자리를 대신 채우는 것도 아니었고. 동작만 똑같다면 그녀를 조롱하는 꼴이 되었겠지만 그가 흉내 내는 것은 동작이 아니라 목소리였다. 록산 코스의 전설적인 목소리. 그의 음은 길고 또렷했다. 그는 폐부 깊숙한 곳으로부터 힘을 끌어내, 혼자 숨죽여 노래할 때는 상상도 못했던 성량을 뽑아냈다. 소화하기 힘든 고음을 낼 때가 되자 목청을 돋우어 음의 꼬리를 붙잡았다. 그리고 목소리를 끌어올려 음높이를 유지했다. 노랫말의 뜻은 모르지만 자신이 부르는 가사가 틀리지 않다는 사실은 알고 있었다. 무척이나 공들여 연습했기 때문에 틀릴 리가 없었다. 그는 혀를 정확하게 구부려가며 단어를 하나씩 발음했다. 그는 소프라노 가수도 아니고 이탈리아어도 몰랐다. 하지만 성악가인 듯한, 이탈리아어에 능통한 듯한 착각을 불러일으켰고 방안의 사람들도 잠시 그 분위기에 휩쓸렸다. 병사들의 웃음소리가 잦아들다가 이내 조용해졌다. 인질, 병사, 장군 할 것 없이 이제는 다들 세사르를 바라보고 있었다. 카르멘과 베아트리스도 무엇에 홀린 듯 귀를 쫑긋 세우고 주방에서 걸어나왔지만, 지금 벌어지는 일이 좋은 일인지 나쁜 일인지 알지 못했다. 이중 누구보다 음악을 잘 이해하는 호소카와 씨도 잠에서 깨어나 록산 코스가 노래하는 줄 알고, 오늘 아침에는 그녀의 목소리가 좀 이상하다고 생각했다. 자신도 지금껏 곯아떨어져 있었으니 그녀 역시 피로하겠지 하는 짐작은 했으나 록산의 목소리가 아니라는 생각은 하지 못했다.

꽤 긴 곡이었으므로 노래를 마친 뒤 세사르는 숨을 들이쉬기조차 힘들었다. 그가 나선 이유는 노래할 수 있는 기회가 이번 한 번뿐일지도 모른다는 생각 때문이었다. 처음부터 노래할 작정은 아니었지만, 록산 코스가 내려오지 않고 사람들이 기다리는 광경을 보니 노래가 파도처럼 목구멍을 밀고 올라와 도저히 억누를 수가 없었다. 노래한다는 것은 얼마나 근사한가! 자신의 목소리를 듣는 것은 얼마나 멋진가. 그는 계속해서 〈라 왈리〉의 아리아를 부르기 시작했다. 그가 할 수 있는 노래는 록산이 반복해서 부르던 애창곡뿐이었다. 가사를 줄줄 꿸 수 없는 곡은 부르지 않았다. 만일 모르는 노랫말을 지어내거나, 소리는 비슷해도 뜻은 전혀 다른 단어를 대신 넣어 불렀다간 사기꾼이라고 손가락질을 당할 것이다. 세사르는 이 저택에 이탈리아어를 하는 사람이 넷뿐이라는 사실을 알지 못했다. 록산과 관계없는 곡을 택했다면 노래하기가 훨씬 쉬웠을 것이다. 그녀와 비교하면 아무래도 형편없어 보일 테니까. 하지만 다른 곡을 모르는 그에겐 선택의 여지가 없었다. 남자가 부르는 노래와 여자가 부르는 노래가 따로 있으며, 모든 곡은 여러 가지 목소리에 맞게 만들어진다는 사실을 그는 알지 못했다. 들어본 노래라곤 오로지 소프라노 파트뿐인데, 그가 못 부를 이유가 없지 않은가? 그는 자신을 록산과 비교하지 않았다. 비교라니 있을 수도 없는 일이다. 그녀는 성악가이고, 그는 노래로 인해 그녀를 사랑하게 된 소년에 지나지 않는다. 아니, 그의 사랑은 처음부터 그녀가 아니라 노래였던 게 아닐까? 생각이 나질 않았다. 이젠 너무 깊이 빠져버렸기에. 그는 눈을 감고 자신의 목소리를 좇았다. 멀리서 자신을 쫓아오는 피아노 소리가 들렸다. 그 소리는 이내 그를 따라잡고 그를 이끌어나갔다. 아리아의 끝부분은 대단한 고음이어서 자신이 과연 소화해낼 수 있을지 알 수 없었다. 그는 공중에서 낙하하듯, 아니 물속에 뛰어들듯, 어디로 떨어질지는 생각하지 않고 그냥 자신을 내던졌다.

호소카와 씨는 잠이 덜 깬 채 피아노 앞에 서 있었다. 그의 머리는 헝클어지고 셔츠 자락은 구겨져 있었다. 그는 뭘 어떻게 해야 할지 갈피를 잡지 못했다. 저 병사가 더 무례를 범하기 전에 노래를 그만두게 해야 한다는 생각도 했지만 그러기엔 소년은 실로 비범했다. 사실 〈라 왈리〉는 호소카와 씨가 무척 좋아하는 곡이었다. 하지만 록산과 똑같은 자세로 가슴에 두 손을 얹은 저 병사의 모습을 보고 있자니 어쩐지 불편한 마음이 들었다. 그의 입에서 나오는 소리는 록산의 목소리가 아니라 그녀의 목소리를 기묘하게 빼닮은 소리였다. 제대로 녹음되지 않은 그녀의 음반을 듣는 기분이었다. 그는 눈을 감았다. 두 사람의 목소리에는 상당한 차이가 있음을 이제는 확실히 알 수 있었다. 하지만 저 소년은 가슴을 뒤흔드는 사랑의 감정을 그럴듯하게 표현해내고 있다. 호소카와 씨는 록산 코스를 사랑했다. 어쩌면 실제로 저 소년은 노래를 하지 않았는지도 모른다. 사랑에 눈먼 그가 지극히 평범한 것까지 그녀와 연관지어 생각했는지도 모른다.

록산 코스는 사람들 틈에 껴서 그의 노래를 듣고 있었다. 그녀가 내려오는 것을 어떻게 아무도 보지 못했을까? 미처 옷을 갈아입지 못한 그녀는 흰 실크 파자마 위에 요즘 날씨에는 너무 덥게 느껴지는 부통령 부인의 푸른 알파카 카디건을 걸친 차림이었다. 발은 맨발이고 흐트러진 머리는 등뒤로 늘어뜨린 채였다. 몇 달 사이에 머리도 많이 자라, 이젠 그녀의 본래 머리색이 엷고 칙칙한 갈색이며 군데군데 반짝이는 은발도 섞여 있음을 쉽게 알 수 있었다. 소년이 노래하고 있었다. 그의 노래가 깊이 잠들어 있던 그녀를 깨웠다. 몇 시간은 더 자야 성이 찰 정도로 피곤했지만 노랫소리가 그녀를 깨웠고, 그녀는 어리둥절한 상태로 소리를 좇아 아래층으로 내려왔다. 음반인가? 아니면 아카펠라? 다음 순간 노랫소리의 주인공이 보였다. 지금까지 별로 눈에 띄지 않던 병사, 세사르였다. 저애가 언제 노래를 배웠을까? 그녀의 머릿속에 갖가지 생각이 뒤엉켰다. 그는 훌륭했다. 탁월했다. 저런 다듬어지지 않은 재능을 밀라노나 뉴욕 사람들이 발견한다면, 당장 저애를 음악 학교로 보낼 것이다. 그러면 저 소년은 스타가 될 테지. 아무 훈련도 받지 못한 백지상태인데도 저 음색은 얼마나 깊이 있는가! 저 좁은 어깨를 뒤흔드는 힘은 또 얼마나 엄청난가! 세사르의 노래는 끝으로, 그가 아직 감당할 수 없을 만큼 고음인 3옥타브 C음으로 치닫는 중이었다. 그녀가 자신의 숨소리처럼 잘 아는 곡이었다. 그녀는 찻길에 나가 있는 어린애에게 전속력으로 달려드는 자동차를 본 사람처럼 그에게로 달려가 손목을 잡았다. "데텡가세! 바스타!" 그녀는 스페인어를 할 줄 몰랐지만 이 두 단어만은 매일 들어 알고 있었다. 그만. 이제 됐어.

세사르는 노래를 뚝 그쳤지만 슬프게도 입만은 마지막 가사를 노래하던 그 상태로 벌린 채였다. 그녀에게서 "다시 해보라"는 말이 나오지 않자 그의 입술이 미세하게 떨렸다.

록산 코스는 그의 팔을 잡았다. 그녀가 빠른 속도로 뭐라고 말했지만 그는 한마디도 알아듣지 못했다. 그는 멍하니 그녀를 바라보며, 그녀가 대단히 낙심했고 심지어 두려움까지 느끼고 있음을 알아챘다. 그녀는 점점 더 두려워하는 듯했고, 그럴수록 더 빠르게 큰 소리로 알아들을 수 없는 말을 쏟아냈다. 그가 아무 대답도 하지 않자 그녀는 마침내 겐을 불렀다. "겐!"

하지만 실내의 모든 시선이 두 사람에게 집중되었고 그것을 견디기란 쉽지 않았다. 세사르의 온몸이 떨리기 시작했다. 그녀가 바로 옆에서 그를 잡고 서 있는데도 그는 돌아서서 거실을 뛰쳐나갔다. 별안간 옷을 훌훌 벗고 알몸으로 뛰어나가는 광경이라도 본 양, 사람들은 모두 당황한 채 말없이 서 있었다. 그러다 가토가 마침내 생각났다는 듯 박수를 쳤고, 이탈리아인인 지아니 다반사테와 피에트로 제노베세가 "브라보!" 하고 외쳤다. 이내 모든 사람이 박수를 보내며 소년을 불러댔지만 그는 이미 사라진 뒤였다. 그는 뒷문으로 빠져나가 자신이 즐겨 찾는 나무 위로 올라가버렸다. 그가 종종 타고 올라가 바깥세상에서 벌어지는 일을 구경하는 나무였다. 사람들의 웅성대는 목소리가 세사르의 귀에도 들렸다. 어쩌면 다들 신나게 비웃고 있는지도 모른다. 어쩌면 지금 록산 코스는 그녀의 흉내를 내는 그를 흉내내고 있을지도 모르고.

"겐!" 록산 코스가 겐의 손을 잡았다. "쫓아가봐요. 누가 좀 따라가보라고 해요."

겐이 돌아서니 카르멘이 서 있었다. 카르멘은 언제나 그의 곁에 있었다. 생명의 은인이라도 대하는 양 언제나 그를 도울 태세로 검은 눈동자를 반짝이며 그를 바라보는 카르멘. 그가 굳이 입을 열 필요도 없었다. 두 사람은 그런 식으로 서로를 이해했다. 그녀는 돌아서서 사라졌다.

한 공간에 함께 오래 있다보니 그들은 서로 누가 무엇을 좋아하는지 훤히 꿰뚫고 있었다. 예컨대 이스마엘은 부통령을 강아지처럼 졸졸 따라다녔다. 이스마엘을 찾으려면 부통령을 찾으면 된다. 분명 소년은 그의 발치에 붙어 있을 테니. 베아트리스는 다른 곳에 가 있으라는 명령이 있지 않는 이상 언제나 텔레비전 앞을 지켰다. 힐베르트는 욕조에 미쳐 있었다. 특히 스위치를 올리면 부글부글 끓어오르는(처음 봤을 땐 얼마나 놀랐는지!) 안방 욕실의 욕조를 좋아했다. 세사르는 담장 쪽으로 비스듬히 기울어진 채 떡 버티고 선 떡갈나무를 좋아했다. 이 나무의 낮은 곳에는 튼튼한 가지가 드리워져 있어 타고 오르기 좋았고, 높은 곳에는 넓은 가지가 있어

편안히 앉을 수 있었다. 병사들은 세사르를 바보가 아니면 대담한 녀석이라고 생각했다. 그는 가끔 정부군의 총격을 받을 수도 있는, 담 저편이 내려다보이는 높은 곳까지 다람쥐처럼 오르곤 했기 때문이다. 이따금 장군들이 밖을 내다보고 상황을 보고하라는 지시를 내리면, 그는 높은 나무 위로 모습을 감추곤 했다. 그렇기 때문에 그를 찾으러 어디로 가야 하는지 알아내는 것은 카르멘에게 그리 어려운 일이 아니었다. 그녀는 뜰로 나갔다. 어젯밤 이후로 그녀에게 이곳은 예전과 완전히 다른 장소가 되었다. 그녀는 일부러 곧장 나무로 가지 않고 담으로 둘러싸인 은밀한 공간 앞으로 돌아갔다. 세상에, 풀이 아직도 내 등에 짓눌린 모양대로 편편하게 누워 있잖아. 그녀는 온몸의 피가 머리로 쏠리는 것을 느끼며 어찔해져 손으로 담을 짚었다. 맙소사, 누가 보기라도 하면 어쩌지? 지금이라도 제대로 매만져놓을까? 풀이 다시 똑바로 서기는 할까? 아니면 계속 저대로 누워 있을까? 하지만 다음 순간 카르멘은 자신이 오늘밤도 바로 저 자리에 눕고 싶어한다는 것을 깨달았다. 실은 엉덩이와 어깨, 맨발로 정원의 풀밭 전체를 납작하게 눌러버리고 싶었다. 지금 이 순간 겐을 가질 수 있다면, 두 다리를 그의 몸에 감고 나무를 오르듯 그에게 매달릴 수 있다면. 그런 남자가 그녀를 원하리라고 누가 생각이나 할 수 있을까? 사랑에 대한 확신에 정신이 팔린 나머지 그녀는 잠깐 동안 자신이 어째서 밖으로 나왔으며 누구를 찾고 있었는지 까맣게 잊어버렸다. 그러다 저멀리, 높이 우거진 나뭇잎 사이로 크고 못생긴 과일처럼 매달려 있는 군화를 본 순간 정신이 번쩍 들었다. 카르멘은 떡갈나무 쪽으로 달려가 머리 위의 가지를 붙잡고 나무를 오르기 시작했다.

세사르는 몸을 떨며 울고 있었다. 만일 다른 병사가 나무에 올라왔다면 그는 당장 붙잡아서 집어던졌으리라. 턱을 세차게 걷어차서 저멀리 날려버렸을 것이다. 하지만 고개를 내민 사람은 카르멘이었고 그는 카르멘을 좋아했다. 카르멘 역시 록산 코스에 대한 애정이 각별한 만큼 분명히 그를 이해해주리라고 생각했다. 록산 코스의 아침식사를 들여가고, 밤이면 그녀의 방문 앞에서 잠을 자는 카르멘은 얼마나 행운아인가. (카르멘은 대단히 신중했기 때문에, 그녀가 록산의 침대에서 잠을 잔다든지, 그녀의 머리를 빗겨준다든지, 록산의 연인을 한밤중에 몰래 방으로 데려다주고 비밀을 지켰다든지 하는 사실을 세사르는 전혀 알지 못했다. 이런 일까지 알았더라면 그는 아마 부러워서 몸이 터져버렸을지도 모른다.) 어린애처럼 우는 모습은 누구에게도 보이기 싫었지만 상대가 카르멘이라 그나마 다행이었다. 록산 코스를 사랑하기 전, 아니 도시에 오기 전까지 그는 카르멘에게 입을 맞추고 그 이상까지도 해보고 싶어 늘 안달했으나, 엑토르 장군에게 세게 한 대 맞고 나서는 단념해버렸다. 병사들 사이에서 그런 일은 절대 금지였기 때문이다.

"네 노래 굉장히 멋지더라." 카르멘이 말했다.

세사르가 고개를 돌렸다. 그의 뺨이 잔가지에 살짝 긁혔다. "난 바보야." 그는 나뭇잎 사이로 중얼거렸다.

카르멘은 그의 앞으로 자리를 옮겨 두 다리로 가지를 단단히 붙잡았다. "바보가 아냐! 넌 그럴 수밖에 없었어. 그 방법밖엔 없었잖아." 카르멘이 있는 곳에서 뭉개져 쓰러진 풀들이 내려다보였다. 여기서 보니 그 자리는 더 넓고 둥글어 보였다. 마치 두 사람이 큰 원을 그리며 빙글빙글 돌기라도 한 듯했다. 정말 그랬는지도 모른다. 그녀의 머리카락에서 풀냄새가 풍겼다. 사랑은 행위다. 사랑은 저절로 다가온다. 우리가 택할 수 있는 것이 아니다.

하지만 세사르는 그녀를 쳐다보지 않았다. 그녀가 앉은 자리에서 조금만 허리를 펴면 담 너머의 풍경이 눈에 들어올 것이다. 하지만 그녀는 그렇게 하지 않았다.

"코스 씨가 널 데려오라고 했어." 꼭 거짓말은 아니었다. "네 노래에 대해 얘기하고 싶대. 네가 아주 잘한다고 하더라." 그녀는 그가 뛰어나다는 것을 알았고 록산 코스도 그에게 그렇게 말할 것을 알기에 이렇게 말할 수 있었다. 거실에서 어떤 말이 오갔는지 해독할 만큼 영어를 잘 알아듣지는 못하지만, 그녀는 얘기를 듣지 않고도 눈치로 상황을 파악하는 요령을 익히고 있었다.

"네가 어떻게 알아."

"아냐, 알아. 통역사가 있었는걸."

"코스 씨가 그만이라고 했어. 이제 됐어라고 했단 말야. 나도 알아들었다고." 새 한 마리가 나무 옆으로 날아와서 내려앉으려다 그냥 날아가버렸다.

"너와 얘기하고 싶어해. 코스 씨가 무슨 말을 할 줄 알겠니? 겐에게 도와달라고 해. 뭐든 알려면 그 사람이 있어야 해."

세사르는 코를 훌쩍이며 소맷부리로 눈물을 닦았다. 그가 상상하는 이상적 세계에서는, 이 나무에 올라와야 할 사람은 카르멘이 아니었다. 록산 코스가 그를 쫓아 여기까지 올라왔어야 한다. 그녀가 그의 뺨을 어루만지고, 완벽한 스페인어로 그에게 말을 걸고, 그와 함께 노래해야 한다. 그걸 듀엣이라고 하던데. 둘이 함께 온 세계를 돌아다니며 노래하는 것이다.

"넌 다람쥐가 아냐." 카르멘이 말했다. "언제까지나 여기 있을 순 없어. 보초를 서러 내려와야 하잖아. 그러면 코스 씨가 통역사와 함께 너한테 말을 걸 거야. 코스 씨한테서 잘한다는 칭찬을 듣고 나면, 부루퉁해가지고 여기 와 앉아 있었던 일이 바보처럼 느껴질걸. 모두들 너와 함께 즐거운 시간을 갖고 싶어해. 기회를 다 놓치고 싶니?"

세사르는 거친 나무껍질을 쓰다듬었다. 카르멘이 이런 식으로 말하기는 처음이었다. 함께 훈련받던 때에 그녀는 어찌나 내성적인지 한마디 말도 하지 않았고, 또 그것이 그녀의 매력이기도 했다. 카르멘이 한 번에 두 문장을 말하는 것도 들어본 적이 없었다.

"넌 어떻게 다 알아?"

"통역하는 사람이 알려줬다니까."

"그 사람 말이 정말인지 어떻게 알아?"

카르멘은 흡사 미친 사람을 보듯 그를 쳐다볼 뿐 아무 말도 하지 않았다. 그녀는 발밑의 나뭇가지를 잡고 몸을 아래로 늘어뜨린 다음 두 손을 놓고 뛰어내렸다. 그녀는 뛰어내리는 데 선수였다. 무릎을 유연하게 구부리고 있다가 발이 풀밭에 닿는 순간 튕기듯 몸을 세웠다. 비틀거리지도 않았다. 그러고는 뒤 한 번 돌아보지 않고 세사르가 있는 곳을 떠났다. 저기서 쭉 못나게 굴라지. 저택으로 돌아가는 길에 그녀는 널찍한 거실 창문 앞을 지났다. 창문으로 안을 들여다보는 기분은 참으로 묘했다. 그녀는 잠시 걸음을 멈추고, 처음 오던 날은 깔끔하게 손질돼 있었으나 지금은 그녀 키만큼 훌쩍 커버린 관목 옆에 섰다. 겐이 피아노 앞에서 록산 코스와 호소카와 씨와 함께 얘기를 나누는 모습이 보였다. 가토도 그 옆에 있었다. 겐의 곧은 허리와 부드러운 입, 그녀의 옷을 벗기고 또 단정하게 도로 입혀준 두 손이 시야에 들어왔다. 유리창을 톡톡 치고 그에게 손을 흔들고 싶었다. 하지만 사랑하는 사람을 몰래 바라볼 수 있다는 것은 참으로 놀라운 일이었다. 마치 그를 처음 보는 낯선 사람이 된 듯했다. 그의 아름다움을 당연하게 생각하지 않고 관조할 수 있었다. 얼마나 아름다운 남자인가. 저 훌륭한 남자, 저 남자가 나를 사랑한다. 그녀는 리마의 성녀 로사에게 기도했다. 겐을 지켜주소서. 행복과 장수를 주소서. 그를 굽어보시고 인도해주소서. 그녀는 다시 창문 안을 보았다. 그가 록산과 이야기하고 있었다. 그녀에게 늘 잘해주는 록산. 카르멘은 그녀를 위해서도 기도했다. 그리고 잠시 고개를 숙였다가 재빨리 성호를 그어 자신의 기도를 하늘로 올려보냈다.

"그만두라고 하지 말 걸 그랬어요." 록산이 말하자 겐이 일본어로 옮겼다.

"그애가 갈 곳은 없어요." 호소카와 씨가 말했다. "결국 돌아올 겁니다. 걱정하지 마요." 일본에 있을 때 그는 애정이 범람하는 요즘 세태에 종종 불편한 감정을 느꼈다. 젊은 남녀가 공공장소에서 손을 잡고 지하철에서 헤어지며 입맞춤을 하는 등의 행위가 그는 도무지 이해되지 않았다. 감정이란 혼자만의 것으로 남에게 내보여선 안 된다고 믿었다. 하지만 그런 그도 이토록 벅찬 감정을 느껴보기는 처음이었다. 이런 지나친 사랑을 도저히 감당해낼 수가 없었고 그래서 가슴을 쿡쿡 찌르는 아픔을 느꼈다. 가슴이 터질 듯한 아픔! 이런 감각이 실제로 존재할 줄 누가 알았겠는가? 이제는 그녀의 손을 잡고 어깨를 감싸안고 싶은 욕구만이 그를 채웠다.

록산 코스는 호소카와 씨 쪽으로 몸을 기울여 아주 잠깐 그의 어깨에 머리를 기댔다. 그의 셔츠에 겨우 뺨이 닿을 정도로만.

"아, 당신은 나에게 이 세상 전부입니다." 호소카와 씨가 부드럽게 말했다.

겐은 그를 쳐다보았다. 통역을 해야 할까? 회장의 다정한 속삭임을? 호소카와 씨는 록산의 손을 잡고, 자신의 심장 위 셔츠에 끌어다 댔다. 그리고 고개를 끄덕였다. 겐을 향해 고개를 끄덕이는 것일까? 어서 통역하라고? 아니면 그녀를 향해? 겐은 대단히 거북한 느낌이 들었다. 자리를 피하고 싶었다. 이것은 사적인 영역이다. 그것이 무엇을 의미하는지 이제 알 수 있었다.

"이 세상 전부입니다." 호소카와 씨가 다시 한번 말하며, 이번에는 겐을 바라보았다.

그래서 겐은 그녀에게 말을 전했다. 그는 목소리를 부드럽게 내려고 애썼다. "호소카와 씨는 코스 씨가 세상의 전부임을 알아주었으면 하십니다." 러시아인에게서 이와 비슷한 말을 듣고 그녀에게 통역해주었던 일이 떠올랐다.

고맙게도 록산 코스는 겐을 쳐다보지 않았다. 그녀는 호소카와 씨의 눈을 바라보며 겐의 말을 들었다.

카르멘이 돌아왔다. 허둥대는 그녀를 보고 사람들은 세사르 때문이라고 생각했지만, 사실 그녀는 세사르에 대해서는 거의 잊고 있었다. 마음 같아서는 겐에게 가고 싶었지만 먼저 벤하민 장군에게로 갔다. "세사르는 나무에 올라가 있습니다." 그녀는 뭔가 더 말하려다 정신을 차렸다. 언제든 한 박자 늦추는 편이 현명하다.

"거기서 뭘 하고 있지?" 장군이 물었다. 그는 이 소녀가 갈수록 예뻐지고 있음을 알아차렸다. 처음부터 이렇게 예뻤다면 애초에 입대 신청을 받지 않았을 것이다. 머리카락을 모자 속으로 집어넣으라고 해야겠군. 그리고 돌아가는 즉시 이애를 내보내야겠어.

"저기압입니다."

"무슨 소린가?"

"창피하다고 합니다."

예쁘장한 여자애를 보낸 것이 잘못이었는지도 모른다. 사내 녀석을 보냈으면 세사르가 떨어질 때까지 나무를 마구 흔들었을 텐데. 벤하민 장군은 한숨을 쉬었다. 그는 세사르의 노래에 감명을 받은 터였다. 그런 재능 때문에 성격이 예민해질 수도 있는지 궁금했다. 저 소프라노 가수가 예민한 것처럼 말이다. 만일 그렇다면 세사르 역시 내보낼 수밖에 없고, 그러면 병사 둘을 잃게 될 것이다. 이런 생각을 하는 와중에 그는 자신이 지금 어디에 있는지를 떠올렸고, 그러자 고향으로 돌아간다는 것과 사람을 내보내느냐 그냥 두느냐 하는 간단한 선택조차 불가능한 일로 느껴졌다. 어째서 나는 이런 일로 시간을 낭비하고 있지? 세사르가 나무에 올라가 있다? 그게 무슨 상관인가? "그냥 놔둬." 벤하민은 카르멘의 머리 너머로 거실 저편을 바라보았다. 얘기는 끝났다는 뜻이었다.

"코스 씨에게 말해도 좋습니까?"

그는 다시 그녀를 내려다보며 눈을 껌벅였다. 그녀는 고분고분하고 몸가짐이 바른 병사였다. 상황이 좋지 못한 것은 안타까운 일이다. 혁명이 일어나면 예쁜 여자아이도 할일이 있을 것이다. 이애에게 지나치게 가혹하게 대하는 것은 온당치 못하다. "저 여자도 아는 편이 낫겠지."

카르멘은 너무 기쁘고 감사해서 꾸벅 고개를 숙였다.

그가 날카롭게 말했다. "경례!"

카르멘은 여느 병사처럼 진지한 얼굴로 그에게 경례를 붙이고는 저쪽으로 걸어갔다.

"세사르가 나무에 올라가 있어요." 카르멘이 말했다. 그녀는 호소카와 씨와 가토 씨 사이에 섰다. 남들이 보는 앞에서 겐의 소매를 붙잡고 싶은 충동을 느끼지 않도록 겐의 맞은편에 자리를 잡았다. 그녀는 통역하는 그의 목소리가 좋았다.

"들어오지 않겠다고 하던?" 록산이 물었다. 그녀의 푸른 눈에 보랏빛 그늘이 드리워져 있었다. 처음 만났을 때를 제외하고는, 이토록 피곤해 보이는 그녀를 카르멘은 본 적이 없었다.

"아, 들어올 거예요. 창피해서 저러는 것뿐이에요. 남들 앞에서 웃음거리가 됐다고 생각하거든요. 노래하려고 한 것 때문에 코스 씨가 자기를 바보로 여기는 줄 알아요." 그녀가 말하며 친구나 다름없는 록산을 바라보았다. "그래서 제가 그렇게 생각하시지 않는다고 말해줬어요."

겐은 그녀의 말을 영어와 일본어로 통역했다. 두 남자와 록산 코스는 고개를 끄덕였다. 일본어로 옮겨지는 카르멘의 말은 얼마나 아름다운 소리를 내는지.

"내가 나가봐도 괜찮은지 장군께 여쭤봐주겠니?" 록산이 카르멘에게 말했다. "될 것 같아?"

카르멘은 그녀의 말에 귀를 쫑긋 세웠다. 그녀도 한패가 된 것이다. 그녀를 장군들에게 부탁할 적임자로 생각하는 사람이 있다. 그녀의 의견을 구하는 사람이 있다. 믿기지 않는 일이었다. 돈과 학식과 재능을 갖춘 이 안의 모든 사람 가운데 그녀가 적임자로 선택된 것이다. 그녀는 록산 코스에게 지극히 정중한 목소리로 이렇게 말하고 싶었다. 아니, 내보내주지 않을 거예요. 하지만 제게 물어봐주셔서 무척 기뻐요. 그 말을 영어로 할 줄 모르는 것은 아니었다. 장군들은 그녀의 대화를 못 들은 척했고, 엑토르 장군과 알프레도 장군은 아예 다른 곳으로 가버렸으며, 다른 병사들은 이쪽에 신경조차 쓰지 않았지만, 베아트리스가 듣고 있었다. 카르멘은 곁눈으로 그녀를 보았다. 베아트리스를 믿고 싶었다. 지금까지 줄곧 믿어온 터였다. 게다가 그녀가 지금 무슨 잘못을 하는 것도 아니지 않나. "얼마든지 여쭤보겠다고 말해주세요." 그녀는 겐을 향해 말했다. 그녀는 자신의 자세를 의식했고 록산 코스처럼 허리를 쭉 펴려고 애썼다. 어깨를 뒤로 젖히는 습관을 들이려고 했지만 진녹색 셔츠가 뻣뻣한 방수천처럼 몸의 선을 감추고 있어서 별 효과가 없었다.

그들은 영어와 일본어 그리고 스페인어로 그녀에게 고맙다고 인사했다. 겐은 나를 자랑스러워하고 있어, 그녀는 생각했다. 상황이 허락한다면 겐은 그녀의 어깨를 감싸안고 벗들이 보는 앞에서 그런 말을 했으리라.

록산 코스가 밖으로 나가 나무에 올라가 있는 세사르와 대화한다는 것은 어림없는 일이었다. 인질이 바깥출입을 못하도록 하는 것이 무엇보다 중요했다. 카르멘은 비록 어젯밤 이 중요한 규칙을 어기긴 했지만 누구보다 그 점을 잘 알았다. 하지만 록산 코스의 요청을 거절하는 것은 카르멘의 몫이 아니었다. 아무도 카르멘에게 대답을 요구하지 않았다. 장군에게 가서 물어봐주기를 청했을 뿐이다. 카르멘은 솔직히 하고 싶지 않았다. 거절당할 것이 뻔한 일을 물어봐서 뭐하나? 카르멘은 장군에게 다른 질문을, 예를 들면 새로 끓인 커피를 드시겠냐는 따위의 질문을 하면 어떨까 생각했다. 그러면 사람들이 그녀가 무슨 말을 하는지는 몰라도 어쨌든 질문을 한다고 여길 것이었다. 그런 다음 돌아와 거절당했다고 말하면 되는 것이다. 하지만 자신의 의견을 존중해주고 친구처럼 대해주는 록산 코스와 호소카와 씨에게 거짓말을 하고 싶지는 않았다. 그리고 무엇보다 겐에게 거짓을 말할 수는 없다. 물어보겠다고 했으니 물어봐야 한다. 그렇다면 한두 시간 정도 기다렸다 할 수 있으면 좋을 텐데. 장군들은 일을 마치고 금방 다시 사람을 상대하기를 좋아하지 않으니까. 하지만 한두 시간이나 기다릴 여유가 없다. 한두 시간 후면 세사르는 이미 나무 위에 없을 것이다. 직접 올라가본 카르멘은 그곳이 기분은 좋으나 불편한 자리임을 알고 있었다. 나무에 올라가 울적하게 앉아 있는 데도 한계가 있다. 중요한 것은 록산 코스가 그를 달래서 나무에서 내려오게 하고 싶어한다는 사실이었다. 록산 코스의 생각 따위엔 관심 없는 벤하민 장군에게 그녀의 의도를 얘기해도 소용없듯, 가장 친한 인질에게 장군들의 원칙을 설명해봤자 소용없을 것이다. 가서 물어볼 수밖에 없다. 카르멘은 생긋 웃으며 사람들 곁을 떠나 빈 벽난로 앞 안락의자에 앉아 있는 벤하민 장군에게 갔다. 그는 신문을 읽고 있었다. 카르멘은 신문이 뭔지 몰랐지만 그것이 스페인어로 쓰였다는 건 알아보았다. 이젠 글을 좀 읽을 줄 알지만 아직 신문을 읽을 정도는 아니었다. 장군은 눈을 가늘게 뜨고 미간을 잔뜩 찌푸린 채 눈썹을 모으고 있었다. 대상포진의 반점이 한쪽 얼굴을 가로질러 녹은 용암처럼 눈으로 흘러들었지만 예전처럼 염증이 심하지는 않았다. 그는 손가락으로 염증 부위를 슬쩍 건드리며 얼굴을 찡그렸다가 다시 신문을 읽기 시작했다. 그를 방해하지 않는 편이 낫다는 정도는 카르멘도 알고 있었다.

"장군님?" 그녀가 속삭여 불렀다.

이때까지 두 사람이 얘기를 나눠본 시간을 모두 합해도 채 오 분이 되지 않을 것이다. 그는 어리둥절한 표정으로 그녀를 바라보았다. 그의 눈은 붉고 축축했으며, 특히 왼쪽 눈가에는 아주 작은 물집이 테를 두르고 있었다.

카르멘은 장군이 먼저 입을 열기를 기다렸지만 그는 아무 말도 하지 않았다. 말을 꺼내는 것은 그녀의 몫이었다. "다시 귀찮게 해드려 죄송합니다, 장군님. 록산 코스가 물어봐달라고 해서……" 그녀는 잠시 말을 멈췄다. 장군이 말을 끊고 저리 가라 호통칠 것이 뻔했으니까. 하지만 장군은 그렇게 하지 않았다. 그는 어떤 행동도 하지 않았다. 차라리 그가 고개를 돌리고 다시 신문을 읽기 시작했더라면 이해를 했을 것이다. 그가 고함을 쳤더라면 카르멘도 어떻게 해야 할지 알 수 있었을 것이다. 하지만 벤하민 장군은 그녀를 가만히 응시하기만 했다. 그녀는 숨을 들이쉬고 어깨를 편 뒤 다시 입을 열었다. "록산 코스가 밖에 나가 세사르와 얘기하고 싶다고 합니다. 나무에 올라가 있는 세사르 말입니다. 잘했다고 말해주고 싶답니다." 그녀는 또다시 기다렸지만 아무 일도 없었다. "통역사도 함께 가야 할 것 같습니다. 세사르가 록산 코스의 말을 알아들으려면 말입니다. 감시병을 몇 명 함께 보낼 수도 있을 겁니다. 제가 총을 들고 갈 수도 있습니다." 그녀는 말을 멈추고 그가 안 된다고 하기를 참을성 있게 기다렸다. 그 외의 반응은 기대하지도 않았다. 하지만 장군은 아무 말도 않더니 눈을 감고는 그녀를 더는 보지 않았다. 그녀는 시선을 내리깔고 장군의 손에 들린 신문을 바라보다가 서늘한 기운이 자신의 야윈 가슴을 꿰뚫고 지나가는 것을 느꼈다. 혹시 장군이 나쁜 뉴스라도 접했나, 저 신문에 그녀의 행복을 망칠 뉴스라도 실렸나 해서 더럭 겁이 났다.

"벤하민 장군님." 그녀는 남들이 듣지 못하도록 상체를 숙이고 말했다. "장군님, 상황은 괜찮은 겁니까?" 카르멘의 한쪽 귀 뒤에서 머리카락이 흘러내려 그의 어깨에 닿았다. 그녀의 머리에서 레몬 향기가 났다. 메스너가 록산 코스를 위해 이탈리아에서 공수해 온 레몬 샴푸로 록산이 카르멘의 머리를 감겨주었던 것이다.

레몬 향기. 도시에서 살던 어린 시절, 그는 넷으로 자른 레몬 조각을 입에 물고 학교로 뛰어가곤 했다. 벌어진 입술 사이로 보이던 밝은 노란색의 레몬 껍질, 그 기막힌 새콤함, 그가 중독되고 만 한없이 명료한 맛. 옆에서는 어린 동생 루이스가 함께 달음박질하고 있다. 벤하민은 형이니까 루이스를 잘 보살펴야 한다. 루이스의 입에도 레몬 한 조각이 물려 있다. 둘은 서로를 마주보며 소리 내어 웃다가 숨이 막힐 지경이 되자 손을 들어 껍질만 남은 레몬 조각을 뱉는다. 레몬 향기에 그는 정신이 번쩍 들었다. 카르멘에게 다른 용무가 있다고 했지. 그는 여전히 거실에 있었다. 어째서 나는 이 작전의 결과가 좋지 못할 수도 있다는 사실을 이제야 깨달았을까? 이상한 일은 그가 이 사실을 깨달았다는 점이 아니라 지금껏 몰랐다는 점, 그리고 처음 파티 장소에 마스다 대통령이 없음을 안 즉시 통풍구를 통해 병사들을 도로 내보내지 않았다는 점이었다. 지금 생각하니 어째서 그런 실수를 저질렀는지 이해가 되지 않았다. 모든 것이 희망 때문이다. 희망이 사람을 죽이는 것이다.

"록산 코스가 나가고 싶어한다고?" 그가 말했다.

"예, 장군님."

"세사르는 아직도 밖에 있나?"

"그런 것 같습니다."

벤하민 장군은 고개를 끄덕였다. "화창한 날씨야." 그는 한참 창밖을 내다보며, 자신이 하는 말에 후회하지 않을 자신이 있는지 곰곰이 생각해보았다. "다 데리고 나가. 엑토르와 알프레도 장군에게도 그렇게 전해라. 담 주위에 병사 몇 명을 배치시켜." 그는 카르멘을 바라보았다. 이리될 줄 알았더라면 진작 이애에게 좀더 신경을 써줄 것을. "바깥바람도 좀 쐬어야지, 안 그래? 저들도 햇빛을 좀 봐야 해."

"다라뇨? 코스 씨와 통역사 말씀입니까?"

"모두 다." 장군은 한 손으로 거실 전체를 가리켜 보였다. "전부 데리고 나간다."

이렇게 해서 카르멘이 겐을 데리고 나간 바로 다음날, 나머지 사람들도 모두 밖에 나갈 수 있게 되었다. 카르멘은 엑토르와 알프레도 장군에게 가서 그 말을 전할 용기가 나지 않았지만 명령에 따랐다. 그녀는 방금 들은 얘기에 여전히 멍한 상태로 서재 문 앞에 섰다. 밖으로 나가라니. 두 장군은 축구 경기를 보는 중이었다. 두 손으로 무릎을 붙잡고 소파 끝에 앉아 텔레비전을 향해 소리를 질러

댔다. 앞에 놓인 테이블에는 게임하다 말고 내팽개쳐둔 카드가 널려 있었고, 쿠션 사이로 자동 권총 두 정이 삐죽 고개를 내밀고 있었다. 그녀는 두 사람을 부르고는, 자신이 밖에 누굴 내보내도 되는지 물어본 일이나 록산 코스가 나무에 있는 세사르와 얘기하고 싶어했다는 말은 빼고 벤하민 장군이 이러이러한 결정을 내렸으며 그 결정을 두 장군에게 알리라는 지시를 받았다고만 얘기했다. 그녀는 이런 내용을 가능한 한 간결하게 전달했다.

"나간다고!" 알프레도 장군이 말했다. "미쳤군! 나가서 어떻게 저자들을 통제하려고?" 그는 두 손가락이 잘린 손을 휘저었다. 그 손을 볼 때마다 카르멘은 늘 측은한 생각이 들었다.

"통제할 게 뭐가 있어?" 엑토르 장군이 기지개를 켜며 말했다. "이미 마음대로 돌아다니는데."

놀라운 일이었다. 엑토르는 무슨 일에든 반대하고 나서는 사람이었다. 그가 강하게 반발한다면 벤하민 장군도 생각을 달리할지 몰랐다. 하지만 창문으로 온통 햇빛이 쏟아져들어오는데도 집안에는 퀴퀴한 기운이 꽉 차 있었다. 문 좀 열면 어때? 어차피 매일이 똑같은데 오늘이라고 안 될 이유가 있나? 두 장군은 거실로 가서 벤하민과 함께 병사들을 불러모아 총을 장전하라고 지시했다. 소파에 드러누워 지낸 지 벌써 몇 달이 지났음에도, 베아트리스와 카르멘을 비롯한 병사들은 여전히 빠르게 움직일 줄 알았다. 어째서 총을 장전해야 하는지 그들은 알지 못했고 묻지도 않았다. 그저 명령에 따를 뿐이었고 그렇게 하는 그들의 눈에는 어떤 싸늘함이 엿보였다. 지금 내가 사람들을 전부 죽이라고 한대도 저애들은 그렇게 할 거라고 벤하민 장군은 생각했다. 저들은 내 지시라면 뭐든 따를 것이다. 사람들을 밖으로 데리고 나가기로 한 것은 잘한 결정이다. 그렇게 함으로써 병사에게는 일거리를 주고, 인질에게는 그의 권위와 너그러움을 일깨워줄 수 있으니까. 이제는 밖으로 나갈 때였다.

록산 코스는 호소카와 씨의 팔에 기댈 수 있었지만, 겐은 자신의 연인이 총을 가슴에 안고 다른 병사들과 함께 실내를 뛰어다니는 모습을 혼자서 지켜봐야 했다.

"이해가 안 가." 호소카와 씨가 속삭였다. 그는 록산이 옆에서 떨고 있음을 느끼고 그녀의 손을 꽉 잡아주었다. 마치 스위치를 돌리자 별안간 사람들이 전혀 다른 사람으로 바뀐 듯했다.

"저 사람들이 뭐래요?" 록산은 겐에게 속삭였다. "무슨 일이죠?"

물론 겐은 장군들의 말을 알아들을 수 있었다. 어쨌든 그들이 큰 소리로 지시를 내리고 있었으니까. 무기를 장전해라. 진형을 갖춰라. 하지만 록산에게 그런 얘기를 해주는 것은 무분별한 짓이었다. 다른 인질들도 한자리에 있었다. 그들은 궂은비가 내리는 들판에 풀어놓은 양떼처럼 서로에게 모여들었다. 서른아홉 명의 남자와 한 명의 여자, 그들에게서 갑작스러운 긴장감이 수증기처럼 뿜어져나왔다.

벤하민 장군이 앞으로 나와서 입을 열었다. "트라둑토르!"

호소카와 씨가 앞으로 나서는 통역사의 팔을 잡았다. 겐은 자신이 용기를 낼 수 있기를 빌었다. 카르멘이 곁에 있는 건 아니지만, 그녀가 자신을 용감한 사람으로 봐주기를 바랐다.

"나는 모든 사람을 밖에 내보내기로 했다." 벤하민 장군이 말했다. "지금부터 밖으로 나간다고 알려라."

하지만 겐은 통역하지 않았다. 통역은 더이상 그의 일이 아니었다. 대신 그는 장군에게 물었다. "무엇 때문입니까?" 혹시나 총살이라도 하려는 것이라면, 이 양떼의 선두에 서서 그들을 데리고 나가 벽 앞에 한 줄로 세우는 역할을 맡고 싶지는 않았다. 장군의 말을 통역하는 것만으로는 부족하다. 상황을 알아야만 한다.

"무엇 때문이냐고?" 벤하민 장군이 말하며 겐의 앞에 바싹 다가섰다. 장군의 얼굴을 거미줄처럼 뒤덮은 재봉실 절반 두께의 가늘고 붉은 발진이 겐의 눈에 똑똑히 보일 정도였다. "록산 코스가 밖에 나가기를 청했다고 들었다."

"그런데 모두 내보내십니까?"

"이의 있나?" 벤하민 장군은 마음을 바꿔버릴까 생각했다. 자신은 이들에게 품위 있는 태도만을 보여왔는데, 이들은 흡사 살인마 대하듯 자신을 보고 있지 않나. "자넨 내가 인질을 끌고 나가 총살이라도 할 것 같나?"

"저 총……" 겐은 자신이 실수했음을 깨달았다.

"보호 차원에서다." 장군이 이를 악물고 말했다.

겐은 돌아서서 가족과도 같은 사람들을 마주보았다. 자신의 목소리를 듣는 순간 부드러워지는 사람들의 표정을 그는 보았다. "밖으로 나갑니다." 겐은 영어와 일본어, 러시아어, 이탈리아어, 프랑스어로 말했다. "밖으로 나갑니다." 스페인어와 덴마크어로도 말했다. 두 단어에 불과했지만, 총살형도 속임수도 아니라는 확신은 어느 나라 말로든 충분히 전달되었다. 사람들은 소리 내어 웃고 한숨을 쉬면서 서로에게서 떨어졌다. 신부는 재빨리 성호를 그으며 기도에 응답 주심에 감사했다. 이스마엘이 현관을 열자 인질들은 빛 속으로 걸어나갔다.

찬란한 빛.

발에 밟히는 풀의 느낌을 살아서는 두 번 다시 맛볼 수 없으리라 생각했던 루벤 이글레시아스 부통령은 셰일이 깔린 보도를 벗어나 자신의 화려한 정원에 주저앉았다. 거실 창문으로 매일 내다보던 정원이지만 이렇게 나와보니 처음 보는 세상 같았다. 내가 내 집 잔디밭에서 저녁 산책을 하던 시절이 있었던가? 담을 에워싸고 기적적으로 꽃을 피우는 저 관목이 과연 내가 기억하는 그 나무인가? 나무 이름이 뭐더라? 그는 진한 보라색 꽃무더기에 얼굴을 묻고 숨을 들이켰다. 만일 끝까지 살아남는다면, 앞으로 내 집 식물을 세심하게 돌보리라. 어쩌면 정원사로 일하게 될지도 모르지. 새로 난 잎들은 밝은 초록색으로 벨벳처럼 부드러웠다. 그는 상처가 나지 않도록 엄지와 검지로 그 잎들을 조심스레 어루만졌다. 그는 어두워진 뒤에야 집으로 돌아오는 일이 많았다. 그의 기억 속에서 정원에 있는 풀과 나무는 언제나 그림자와 검은 윤곽으로만 이루어져 있었다. 만약 기회라는 것이 내게 한번 더 주어진다면 아침마다 밖에 나가 커피를 마시리라. 오후에는 집에 와서 나무 밑에 담요를 깔아놓고 아내와 함께 점심을 먹을 것이다. 두 딸은 학교에 있겠지만 아들은 무릎에 앉히고 새의 이름을 가르쳐주리라. 나는 어떻게 이토록 아름다운 곳에 살게 되었을까? 그는 집 서쪽을 향해 풀을 밟으며 걸어갔다. 풀이 어찌나 빽빽이 자랐는지 깎으려면 꽤나 힘들듯했다. 하지만 이대로도 좋았다. 이제부터는 아예 잔디를 깎지 말고 지낼까. 3미터 높이의 담에 에워싸여 사는 자는 자기 뜰에서 뭐든 할 수 있다. 담이 잔디밭을 에워싸고 세 그루의 호리호리한 나무가 반원형을 그리며 자란 곳에서 깊은 밤 아내와 사랑을 나눌 수도 있으리라. 아이들이 잠자리에 들고 하인들도 잠든 시간에 나오면 누가 보겠나? 그들이 몸을 누일 땅은 침대만큼이나 부드럽다. 그는 빽빽이 자란 풀 위로 흩어지는 아내의 검고 긴 머리카락을 상상했다. 앞으로는 더 좋은 남편, 더 좋은 아버지가 될 테다. 그는 무릎을 꿇고 앉아 키가 훤칠한 노랑 백합 사이로 손을 내밀었다. 그리고 꽃만큼이나 키가 크고 손가락 두께만큼이나 굵어져버린 잡초를 잡아 뽑았다. 한 포기, 또 한 포기. 그의 두 손에 초록색 줄기와 뿌리, 흙이 가득찼다. 할일이 너무나 많았다.

병사들은 인질을 밀지도, 어느 한쪽으로 끌고 가지도 않았다. 그냥 각기 일정한 간격을 두고 담 앞에 서 있을 뿐이었다. 그들은 담장에 기대서서 볕을 쬐었다. 색다른 일을 하니 기분이 좋았다. 심지어 다시 무장을 하고 총을 들고 한 줄로 서는 일조차 즐거웠다. 인질들은 두 손을 쭉 뻗고 기지개를 켰다. 풀밭에 눕는 이도 있었고, 꽃을 들여다보는 이도 있었다. 겐은 식물에는 눈길도 주지 않고 병사들을 바라보았다. 마침내 카르멘을 찾아내자, 그녀는 보일 듯 말 듯 고개를 끄덕여 보이고는 총 끝을 살짝 움직여 세사르가 있는 나무를 가리켰다. 햇빛 쏟아지는 집밖으로 나오게 되어 모두 기쁜 기색이었다. 당신을 위해 내가 한 일이에요. 내가 부탁했다고요. 카르멘은 이렇게 말하고 싶었지만 한마디도 하지 않았다. 카르멘은 저절로 비어져나오는 미소를 참으려고 겐을 피해 얼굴을 돌렸다.

겐은 호소카와 씨와 손을 잡고 걷는 록산을 발견했다. 마치 다른 곳의 정원에서 단둘이 산책하는 듯한 모습이었다. 오늘 아침 두 사람은 예전과 전혀 달라 보였다. 함께 있는 모습이 그리 이상하게 느껴지지 않았다. 나도 저렇게 달라 보일까 하고 겐은 생각했다. 두 사람을 방해하고 싶지는 않았지만 언제까지 집밖에 머무를 수 있을지 모를 일이었다.

"그애가 있는 곳을 찾았습니다." 겐이 입을 열었다.

"아이라니?" 호소카와 씨가 물었다.

"노래하던 아이 말입니다."

"아, 그래. 그 병사 말이군."

겐은 같은 말을 영어로 되풀이한 뒤 두 사람과 함께 뒤쪽 담에 붙어 선 나무 앞으로 갔다.

"저 위에 있나요?" 록산은 묻기는 했지만 때마침 불어온 산들바람과 서로 엉킨 채 무성히 자라난 식물에 정신이 팔려 있었다. 두 뺨을 감싸는 햇빛이 느껴졌다. 담벼락에 손을 얹어보고 싶었고, 손가락에 풀잎을 감아보고 싶었다. 풀 따위에 관심을 가져본 것은 생전 처음이었다.

"그애가 올라가 있는 나무입니다."

고개를 뒤로 젖힌 록산은 나뭇가지에 매달린 한 켤레의 군화 바닥을 분명히 보았다. 그의 상의와 아래턱도 알아볼 수 있었다. "세사르?"

나뭇잎 사이에서 얼굴 하나가 아래를 내려다보았다.

"노래를 아름답게 잘하더라고 얘기해줘요." 그녀는 겐에게 말했다. "내가 가르쳐주고 싶다고요."

"날 놀리는 거죠." 세사르가 위에서 외쳤다.

"우리가 왜 밖에 나와 있다고 생각하니?" 겐이 말했다. "널 놀리려고 이러는 것 같아? 코스 씨가 밖에 나와 너와 얘기하고 싶다고 해서, 장군들이 우리 모두를 내보내준 거야. 이 정도면 꽤 의미 있지 않니?"

사실이었다. 세사르가 앉은 자리에서도 모든 것이 내려다보였다. 세 장군은 물론이고, 힐베르트와 헤수스를 제외한 모든 병사가 바깥에 나와 있었다. 그 둘은 집안을 지키고 있는 게 틀림없었다. 인질들은 술 취한 사람처럼 혹은 눈먼 사람처럼 이것저것 만져보고 냄새 맡고 여기저기 누비고 다니다가 갑자기 주저앉기도 하면서 뜰을 거닐었다. 그들은 이 장소에 흠뻑 빠져 있었다. 아마 누가 담을 무너뜨린다 해도 도망치지 않으리라. 총으로 등을 쿡쿡 찌르면서 가라고 해도 다시 돌아올 것이다. "그래서 밖에 나왔군요." 세사르는 말했다.

"저애가 계속 나무 위에 있을 셈은 아니겠죠?" 록산이 물었다.

근무를 서라고 아무도 그를 부르지 않았다는 사실은 세사르가 생각해도 놀라운 일이었다. 아마 그가 사라졌대도 사람들은 몰랐으리라. 밖으로 나온다는 흥분 속에서 그는 잊혀버린 것이다. 모두가 그를 잊었지만 록산 코스만은 예외였다.

"코스 씨가 날 바보로 보는 건 아니죠?"

"자기가 바보 같아 보이냐고 하는군요." 겐이 말했다.

그녀는 아이들 특유의 멋대로인 태도에 한숨을 쉬었다. "나무에서 내려오지 않는 건 바보 같지만 노래는 전혀 그렇지 않아요."

"나무에 있는 건 바보 같아도 노래는 그렇지 않단다." 겐이 말을 전했다. "어서 내려와서 코스 씨와 얘기해봐."

"못 믿겠어요." 말은 그렇게 했어도 세사르는 그녀의 말을 믿었다. 두 사람이 손을 잡고 함께 드높은 목소리로 노래하는 모습까지 이미 상상해본 터였다.

"어떻게 할래, 나무에서 살래?" 겐이 외쳤다. 고개를 뒤로 젖히고 있으려니 목이 빽빽하니 아팠다.

"아저씨는 어떻게 꼭 카르멘처럼 말을 해요?" 세사르는 말하며 손을 뻗어 아래에 있는 가지를 잡았다. 나무 위에 너무 오래 앉아 있어서 한쪽 다리는 뻣뻣해지고 다른 한쪽은 완전히 감각이 없었다. 발이 땅에 닿았지만 그의 다리가 몸을 지탱해주지 못해, 그는 바닥에 그대로 쓰러지면서 나무둥치에 머리를 부딪혔다.

록산 코스가 무릎을 꿇고 앉아 두 손으로 병사의 머리를 감쌌다. 그의 관자놀이에서 뛰는 맥박이 느껴졌다. "세상에, 그렇다고 뛰어내리라는 소린 아니었는데."

호소카와 씨는 세사르의 얼굴에 스쳐지나가는 미소를 보았다. 소년은 잠깐 흘린 미소를 이내 거둬들이면서도 눈을 뜨지 않았다. "별일 아니라고 코스 씨에게 말하게." 호소카와 씨는 겐에게 말했다. "그리고 이애한테 이제 일어나도 된다고 해."

겐은 세사르를 부축해서 상체를 일으킨 뒤, 맥없는 인형을 다루듯 나무에 기대앉혔다. 세사르는 머리가 쪼개질 듯 아팠지만 눈을 떴다. 마음속까지 들여다볼 수 있을 만큼 가까운 곳에 록산 코스가 쭈그리고 앉아 있었다. 그녀의 푸른 눈동자! 그 눈은 멀리서 상상했던 것보다 훨씬 깊고 성숙한 느낌을 주었다. 그녀는 아직도 흰 잠옷에 가운을 걸친 채여서, 그의 코에서 12센티미터도 떨어지지 않은 곳에 가슴골이 보였다. 하루종일 그녀 옆에 붙어다니는 저 일본 노인네는 누굴까? 정말이지 대통령과 많이 닮았단 말이야. 사실

세사르는 어쩌면 그가 정말 대통령일지도 모른다는 의심을 품고 있었다. 갖은 거짓말로 우릴 속이며 지금까지 줄곧 우리 코앞에 있었는지도 모른다.

"잘 들어봐." 록산이 말했고 겐이 그녀의 말을 스페인어로 통역했다. 그녀는 다섯 음을 들려주었다. 그 음을 잘 듣고 따라 하라는 것이었다. 축축한 분홍빛 동굴 같은 그녀의 입안이 보였다. 그것이 더없이 은밀한 느낌을 주었다.

그는 입을 벌리고 쉰 목소리를 조금 내다가 손끝으로 머리를 짚었다.

"괜찮아." 그녀가 말했다. "노래는 나중에 하자. 여기 오기 전에 집에서도 노래를 했니?"

물론 남들처럼 그 역시 다른 일을 할 때 무의식적으로 노래를 흥얼거리곤 했다. 때로는 라디오를 틀어놓고 노래를 따라 부르기도 했다. 하지만 그것은 진지하게 노래를 한 것이라기보다는 사람들을 웃기려고 한 행동이었다.

"배우고 싶대요? 열심히 연습해서 재능을 확인하고 싶대요?"

"코스 씨하고 연습하나요? 단둘이?" 세사르가 겐에게 물었다.

"다른 사람들이 있는 데서 해야 할걸."

세사르는 겐의 소매를 잡았다. "난 부끄러움을 잘 타거든요. 우리 둘만 있으면 훨씬 잘할 수 있을 거라고 얘기해줘요."

"영어를 배워서 네가 직접 말하렴." 겐은 말했다.

"뭘 하고 싶다는 건가?" 호소카와 씨가 물었다. 그는 이들을 바라보고 선 채, 록산의 눈을 찌르는 햇빛을 막아보려 애쓰고 있었다.

"말도 안 되는 희망사항입니다." 겐이 말한 뒤 소년에게 스페인어로 말했다. "예, 아니요로 답해라. 코스 씨에게 노래를 배우고 싶니?"

"물론이죠." 세사르가 말했다.

"오늘 오후부터 시작하자." 록산이 말했다. "음계부터 시작할 거야." 록산은 세사르의 손을 잡고 토닥였다. 세사르의 얼굴에서 다시금 핏기가 가시더니 눈이 감겼다.

"이애를 쉬게 해주게." 호소카와 씨가 말했다. "좀 자야 되겠어."

로타어 팔켄은 두 손으로 담을 짚고 발뒤꿈치를 한쪽씩 땅에 댔다 뗐다 하면서 허벅지 뒤쪽 근육을 풀었다. 발가락을 주무르고 엉덩이를 양옆으로 흔들던 그는 다리가 어느 정도 유연해졌다 싶자 맨발로 풀밭을 달리기 시작했다. 병사들이 짜증을 내며 목을 빼고 그가 달리는 방향을 향해 건성으로 총을 겨눴지만 그는 달리기를 멈추지 않았다. 도심의 잔디밭치고는 상당히 넓은 편이었지만 달리기를 하기에는 좁았기에, 로타어가 사람들의 시야를 벗어난 곳까지 갔다가 다시 돌아오는 데는 몇 분 걸리지 않았다. 그는 고개를 꼿꼿이 들고, 두 팔을 가슴께까지 오도록 흔들었다. 그는 군살 없는 몸에 팔다리가 길고 우아했다. 소파에 누워 있을 때는 아무도 눈치채지 못했지만, 이처럼 햇빛을 받으며 부통령의 저택 주위를 달리는 모습을 보니 이 독일 제약업자가 한때는 운동선수였다는 것을 한눈에 알 수 있었다. 한 바퀴, 또 한 바퀴 돌 때마다 온몸이 다시 살아나고, 근육이 뼈에 착 달라붙고, 산소가 혈관 속을 휘젓는 것이 느껴졌다. 그는 등뒤로 발을 높이 차올렸다. 땅을 디딜 때마다 발이 두터운 풀 속 깊이 쑥 들어갔다. 얼마 후 스페인인 마누엘 플로레스가 그와 함께 달리기 시작했다. 그는 처음에는 옆에서 함께 뛰다가 곧 뒤로 처졌다. 곧이어 시몽 티보가 나서서 팔켄과 비등한 실력을 과시했다. 빅토르 표도로프도 피우던 담배를 친구인 예고르에게 넘겨주고 달리기에 동참해 두 바퀴를 뛰었다. 쾌청한 날씨가 달리기를 하기에 딱 좋아 보였다. 처음 뛰기 시작한 자리로 돌아온 그는 무너지듯 땅바닥에 누워버렸다. 갈빗대 속에서 심장이 미친듯이 펄떡였다.

몇몇 사람이 달리는 동안 루벤 이글레시아스는 화단 한 군데를 골라 잡초를 뽑기 시작했다. 잡초가 어찌나 무성한지 할일이 끝도 없었지만 시작이 반인 법이다. 오스카르 멘도사와 젊은 신부도 무릎을 꿇고 앉아 거들었다.

"이스마엘." 부통령이 그의 친구를 불렀다. "왜 그렇게 멀거니 담벼락 앞에 서 있니? 너도 이리 와서 일 좀 하렴. 네가 그렇게 자랑스러워하는 그 총으로 땅에 숨통이나 틔워주자."

"그앨 못살게 굴지 마십쇼." 오스카르 멘도사가 말했다. "그래도 유일하게 제 마음에 드는 녀석인데."

"못 가는 거 아시면서 그래요." 아스마엘이 말하며 총을 다른 쪽 어깨에 바꿔 멨다.

"아니, 넌 올 수 있어." 루벤이 말했다. "그냥 손에 흙을 묻히기가 싫은 거지. 깨끗한 손으로 체스 게임이나 하고 싶은 게야. 일을 하고 싶지는 않고." 루벤은 소년을 향해 웃음을 지었다. 진심으로 그는 소년이 와주기를 바랐다. 어떤 식물이 잡초인지 가르쳐주고 싶었다. 그는 언제인가부터 이스마엘을 아들로 삼을 생각을 했다. 또다른 아들. 둘 다 체구가 왜소한 편이고 무슨 얘기를 꾸미든 사람들은 쉽사리 믿기 마련이다. 작은 아이 하나쯤 더 들어올 여유는 이 집에 얼마든지 있었다.

"제가 지금 하는 것도 일이에요." 이스마엘이 말했다.

"제가 쭉 봐왔는데 말입니다." 오스카르 멘도사는 두 손에 묻은 흙을 털었다. "저 녀석, 남들보다 일을 더 많이 해요. 체구가 크진 않지만 소처럼 튼튼하고 영리하기까지 하죠. 체스 게임에서 이기려면 똑똑해야 되잖아요." 건장한 이 사내는 담 앞에 서 있는 소년을 향해 상체를 내밀었다. "이스마엘, 너만 좋다면 너한테 일자리를 주고 싶은데, 이번 일이 끝나면 우리 회사에 와서 일해라."

이스마엘은 놀림받는 데 익숙했다. 이미 형들에게 지독하게 시달린 바 있고, 다른 병사들에게도 괴롭힘깨나 받아온 그였다. 한번은 병사들이 양동이라고 놀리면서 그의 두 발을 묶고 우물 위에 거꾸로 매달아 머리가 찬물에 닿은 적도 있었다. 부통령이 자신을 놀릴 때는 왠지 특별한 사람이 된 듯한 기분이 들어 좋았다. 하지만 오스카르 멘도사에 대해서는 어떻게 생각해야 할지 몰랐다. 그의 표정에 장난기라곤 없었다.

"일자리 구하고 싶지 않니?" 오스카르가 물었다.

"그애는 일할 필요가 없어요." 루벤이 뽑아낸 잡초 더미를 무릎에 올려놓으면서 말했다. 기회가 왔다. 오스카르 덕분에 말을 꺼낼 수 있게 된 것이다. "나와 함께 살 테니까. 필요한 건 뭐든 가질 수 있을 거요."

오스카르는 부통령을 쳐다보았다. 시선이 마주친 순간 두 사람은 서로의 말이 농담이 아님을 알았다. "사람은 누구나 직업이 필요하죠." 오스카르가 말했다. "부통령님과 함께 살면서 저희 회사에서 일하면 됩니다. 괜찮겠지, 이스마엘?"

이스마엘은 두 발 사이에 총을 끼우고 그들을 바라보았다. 이 집에 산다고? 여기 계속 있으라고? 직업을 갖고 스스로 돈을 번다고? 그저 웃으며 농담일랑 그만두라고 대꾸해야 한다. 웃어넘겨야 한다. 아뇨, 이런 데서는 죽어도 안 살아요. 그것이 놀림받을 때 최대한 기죽지 않는 방법이다. 비웃음으로 대꾸하는 것. 하지만 그는 그렇게 하지 못했다. 그들의 말이 진심이라고 믿고 싶은 마음이 너무나 컸다. "예." 그가 할 수 있는 말은 이것뿐이었다.

오스카르 멘도사는 흙 묻은 손을 루벤 이글레시아스에게 내밀어 악수를 나눴다. "널 위해 악수하는 거다." 루벤의 목소리에 감출 길 없는 행복감이 묻어나왔다. "이제 결정된 거야." 아들이 하나 더 생긴다. 저 아이는 정식으로 입양될 것이다. 그리고 저 아이는 이스마엘 이글레시아스로 불릴 것이다.

그 광경을 지켜보던 신부는 지저분해진 손을 허벅지에 올려놓고 쭈그려앉았다. 뭔가 싸늘하고 냉랭한 느낌이 그의 가슴을 꿰뚫고 지나갔다. 이스마엘에게 저런 식으로 얘기해서는 안 된다. 저들은 현재의 상황을 망각하고 있다. 일이 잘 풀릴 수 있는 길은 오직 하나, 모든 것을 현상태 그대로 두고, 마치 말하는 대로 이루어진다는 듯이 미래에 대해 이야기하지 않는 것이다.

"아르게다스 신부님이 교리 학습을 시켜주실 거야. 그렇죠, 신부님? 나중에 이 집에 다시 오셔서 이애도 가르쳐주시고 모두 함께 점심식사도 하십시다." 루벤은 꿈에 젖어 있었다. 아내에게 전화해서 이 소식을 전하고 싶었다. 아내에게 전해달라고 메스너에게 말해야지. 아내도 일단 이애를 만나보면 반드시 예뻐할 것이다.

"물론 그래야죠." 신부의 목소리엔 힘이 없었지만, 아무도 그것을 알아차리지 못했다.

10

호소카와 씨는 어둠 속에서도 길을 찾을 수 있었다. 어떤 때는 굳이 보려고 애쓰지 않고 아예 눈을 감은 채 걷기도 했다. 보초병 한 사람 한 사람의 스케줄과 습관, 그들이 어디로 걸어다니고 언제 자는지를 그는 알고 있었다. 누가 바닥에서 자는지, 어떻게 조심스레 그들을 지나갈지도 알았다. 손끝으로 벽 모퉁이를 더듬고, 삐걱 소리가 나는 널빤지를 피하고, 떨어지는 나뭇잎처럼 소리 없이 문손잡이를 돌렸다. 집안을 돌아다니는 일에 어찌나 능숙해졌는지, 딱히 갈 데가 없더라도 자다 말고 일어나 다리 운동이나 할 겸 이 방 저 방 돌아다니고 싶을 정도였다. 이제는 마음만 먹으면 이 집을 탈출할 수 있겠다는 생각도 들었다. 밤을 틈타 앞뜰 보도를 걸어내려가 정문으로 가면 바로 자유의 몸이 된다. 하지만 그는 그러고 싶지 않았다.

이 모든 것은 카르멘이 통역의 도움을 받지 않고 가르쳐준 것이었다. 소리 내지 않는 법을 알려주는 데는 말이 필요 없었다. 호소카와 씨가 반드시 알아야 하는 모든 것을 카르멘은 이틀에 걸쳐 가르쳐주었다. 그는 여전히 공책을 들고 다니면서 매일 아침 새 단어 열 개씩을 더 적어넣었지만 쇠퇴해가는 기억력과 싸워야 했다. 하지만 조용히 움직이는 데는 소질이 있었다. 카르멘의 만족스러운 눈빛과 그의 손등을 살짝 두드리는 그녀의 손가락으로 그것을 알 수 있었다. 그녀는 사람들이 시퍼렇게 눈을 뜨고 있을 때에도 남의 눈에 띄지 않게 집안 이곳저곳을 돌아다니는 방법을 알려주었다. 그것은 겸손함을 배우는 과정이었다. 내가 누구이며 어디로 가는지 이젠 아무도 관심 갖지 않는다고 생각해야 했다. 그녀에게 배움을 얻은 뒤에야 호소카와 씨는 그녀의 천재성을 알아보았다. 그 천재성이란 다른 이의 눈에 띄지 않는 것이었기 때문이다. 예쁘장한 소녀가 남자들이 득실거리는 집에서 눈에 띄지 않기란 무척 힘든 일인데도 그녀는 사람들의 관심을 거의 끌지 않았다. 남자 행세를 했던 것도 그렇지만, 더욱 대단한 것은 예쁜 여자아이라는 사실이 밝혀진 뒤에도 그녀가 사람들에게서 완전히 잊힌 채 지내왔다는 사실이었다. 남의 눈에 띄기를 원치 않을 때 그녀는 주변 공기조차 건드리지 않고 움직일 수 있었다. 그렇다고 살금살금 걸어다니지도 않았다. 피아노 뒤에서 의자 뒤로 후다닥 뛰어가는 식으로 몸을 숨기지도 않았다. 그녀는 아무 말도 하지 않고 고개를 똑바로 든 채 소리 없이 방 한가운데를 걸었다. 따지고 보면 그녀가 이런 가르침을 준 것은 이 집에 들어온 첫날부터였지만 그는 이제야 비로소 그것을 깨달았다.

그녀는 밤마다 호소카와 씨를 위층까지 데려다줄 수도 있다고 겐에게 말했다. 하지만 호소카와 씨 혼자서 찾아가는 법을 아는 편이 낫다. 두려움만큼 사람을 서툴게 만드는 것도 없다. 그녀는 겁먹지 않는 법을 그에게 가르쳐주었다.

"저애는 비범해." 호소카와 씨는 겐에게 말했다.

"그런 것 같습니다." 겐이 말했다.

호소카와 씨는 조카를 대하듯 그에게 살짝 미소 짓고는 더 할 말이 없는 척했다. 그것도 일상의 일부였다. 사생활. 호소카와 씨에겐 이제 자기만의 생활이 있었다. 전부터 사생활을 중시하는 사람으로 자처해왔지만 이제 와서 생각하니 그동안 자신에겐 사생활이라는 것이 없었다. 전에는 비밀이 없다가 이제 와서 생겼다는 뜻이 아니었다. 이제는 자신과 다른 한 사람만이 공유하는 무언가가 있었고, 그것은 철저히 둘만의 것이기에 다른 사람에게 얘기하는 것은 무의미했다. 혹시 모든 사람에게 사생활이 있는 것은 아닐까 하고 그는 생각했다. 그의 아내도 그랬던 것은 아닐까. 어쩌면 완전한 세상이 존재한다는 사실을 아무도 얘기해주지 않아 그 혼자만 모르고 살았던 것인지도 모른다.

인질이 된 뒤로 그는 밤 내내 잠을 잤지만, 이제는 칠흑 같은 어둠 속에서 시계의 도움 없이 잠에서 깨어나는 법을 터득했다. 눈을 뜨면 겐이 보이지 않는 일이 종종 있었다. 그러면 그는 일어서서 걸었다. 그 모습이 어찌나 평화롭고 천연덕스러운지 누가 깨어서 보더라도 물 한잔 마시러 가는 줄로만 알 것이다. 그는 옆에 있는 사람들과 동포들을 넘어 주방 뒤 계단으로 향하곤 했다. 한번은 주방 벽장 문 밑으로 새어나오는 불빛을 보고 속삭이는 말소리도 들었지만, 굳이 걸음을 멈추고 확인하려 하지 않았다. 그와는 관계

없는 일이었고 그것이 남의 눈에 띄지 않는 방법이었다. 그는 공중을 걷듯 계단을 올라갔다. 그렇게 마음 편할 수가 없었다. 이토록 살아 있다는 느낌을, 그러면서 동시에 귀신이 된 듯한 기분을 느껴본 적은 없다고 그는 문득 생각했다. 언제나 사랑하는 사람을 만나러 가는 연인으로서 영원히 이 계단을 올라야 한다고 해도 좋으리라. 그는 행복했고, 한 계단 한 계단 오를 때마다 더욱 행복해졌다. 시간이 멈추면 얼마나 좋을까. 그는 주체할 수 없는 사랑에 빠졌지만, 그렇다고 눈 부릅뜬 현실을 모르지는 않았다. 매일 밤 두 사람이 함께 있을 수 있다는 것은 어느 모로 보나 기적이라는 현실, 그리고 언젠가는 이런 날에도 끝이 올 것이며 그러면 그들의 관계 역시 끝장나리라는 현실 말이다. 그는 환상에 휩쓸리지 않으려고 애썼다. 이혼을 한다. 그녀를 따라 이 도시 저 도시 다니며 전 세계 오페라하우스의 맨 앞줄에 앉는다. 그는 행복한 마음으로 그렇게 할 수 있었다. 그녀를 위해 모든 것을 포기할 수 있었다. 하지만 지금은 잠시 궤도를 벗어난 시간일 뿐이며, 예전과 같은 생활이 다시 돌아오더라도 어느 것 하나 과거와 같지 않으리라는 것을 그는 알고 있었다.

그녀의 방문을 열 때면 그의 눈에는 종종 눈물이 맺히곤 했다. 그는 주위의 어둠에 감사했다. 그녀가 뭔가 잘못되었다는 느낌을 받는 것은 원치 않았다. 그녀가 다가오면 그는 축축해진 얼굴을 레몬향 나는 폭포수 같은 머리카락에 묻었다. 그는 사랑에 빠졌다. 누군가에게 이런 애정을 느껴본 적은 일찍이 없었다. 이런 애정을 받아본 적도 없었다. 어쩌면 사생활이란 영원하지 않은 것인지도 모른다. 어쩌면 누구나 짧은 시간의 은밀함을 누린 뒤 추억 속에서 나머지 평생을 보내는지도 모른다.

주방 벽장에서 카르멘과 겐은 한 가지 결정을 했다. 두 시간을 꼬박 공부하고 나서 사랑을 나누자는 것이었다. 카르멘은 스페인어를 읽고 쓰는 데 여전히 열심이었다. 그녀의 발전은 놀라웠다! 그녀는 도움을 청하는 일 없이 한 문단 전체를 더듬더듬 읽어나가곤 했다. 영어 공부에도 전력을 기울였다. 동사 열 개를 활용하고 백 개 이상의 명사와 다른 품사의 단어를 알았다. 일본어를 배워서, 이번 일이 다 끝나고 함께 잠자리에 들 때 겐에게 그의 나라 말로 얘기하고 싶어하기도 했다. 카르멘을 계속 가르치겠다는 결심은 겐 역시 확고했다. 이만큼 공부해놓고 사랑에 빠졌다는 이유로 모든 것을 놓아버리다니 말도 안 되는 일이다. 이것이 진정한 사랑 아닐까? 상대방에게 가장 좋은 것을 주고 싶고, 카르멘과 겐이 서로에게 하듯 서로를 도와나가는 것이? 그러니까 지금껏 그래왔듯 두 시간 동안 공부와 연습을 하자. 그런 뒤에 둘만의 시간을 갖고 뭐든 그들이 원하는 것을 하면 된다. 카르멘이 주방에서 타이머를 슬쩍 가져왔다. 그들은 공부를 시작했다.

먼저 스페인어부터. 카르멘은 부통령 딸의 방 벽장에서 교과서가 가득 든 책가방을 찾아냈다. 가방에는 표지에 강아지들이 뒹구는 그림이 그려진 얇은 책들과 줄과 점선이 그어진 두꺼운 글씨 연습용 공책 한 권이 들어 있었다. 부통령의 딸은 겨우 다섯 페이지를 썼을 뿐이었다. 아이는 알파벳과 숫자를 써놓았다. 이멜다 이글레시아스라는 이름을 예쁘게 굽은 글씨로 몇 번이나 거듭해서 적어놓았다. 카르멘은 그 밑에 자기 이름을 썼다. 겐이 불러주는 단어를 적었다. 페스카도, 칼세틴, 소파. 생선, 양말, 수프. 겐은 그녀의 목덜미에 입을 맞추고픈 마음이 간절했지만 공부를 중단해선 안 되었다. 그녀는 공책 위로 고개를 숙인 채 부통령의 여덟 살짜리 딸만큼 예쁘게 글씨를 쓰는 일에 열중했다. 두 갈래로 굵게 땋은 머리가 공책 위로 드리워졌다. 그녀는 머리에는 신경쓰지 않고 아랫입술을 깨물며 정신을 집중했다. 사람이 누군가를 너무나 원해서 죽을 수도 있을까 하고 겐은 생각했다. 접시가 수북이 쌓인 이 좁은 공간에서 그의 코를 자극하는 것은 그녀의 냄새뿐이었다. 레몬 냄새, 군복에서 풍기는 흙과 햇빛 냄새, 그리고 좀더 은은하고 미묘한 카르멘의 살냄새. 딱 삼십 초만 그녀의 목에 입맞추는 것은 괜찮겠지. 그녀가 계속 글씨만 쓴다 해도 상관없다. 그녀가 연필을 공책에서 떼지 않도록 아주 부드럽게 입맞춰야지.

그의 얼굴이 가까이 다가오는 것을 본 그녀는 그가 불러준 단어를 잊어버렸다. 설령 그가 다시 불러준다 해도 철자는커녕 글자를 둥글려 쓰는 법조차 기억하지 못했으리라. 그녀가 원하는 것은 오로지 입맞춤뿐이었다. 딱 한 번 입맞춘 다음에 정신을 차리고 다시 공부에 열중해야지. 지금은 침을 삼킬 수도, 눈을 깜박일 수도 없었다. 딱 한 번만 입맞춤하고 나면 틀림없이 밤새 공부할 수 있을 거라고 그녀는 확신했다. 입맞춤 한 번 한다고 공부를 덜 하게 되는 것은 아니니까. 어쨌든 지금은 글자 따위에는 관심도 없었다. 생각나는 것은 오로지 풀밭, 풀과 나무와 새까만 밤하늘, 그가 처음으로 그녀의 셔츠를 벗기고 무릎을 꿇은 채 배와 가슴에 입을 맞추던 날의 재스민 향기뿐이었다.

"파스텔." 겐이 떨리는 목소리로 말했다.

어쩌면 그녀는 알지 못하는 사이 경찰견처럼 모종의 훈련을 받았는지도 모른다. 케이크라는 단어를 들으면 자제력을 잃도록. 그의 말이 떨어지자마자 그녀는 그에게 달려들었다. 책과 연필이 바닥에 흩어졌다. 그녀는 굶주린 듯 입을 크게 벌려 그를 삼키고, 그의 혀를 자신의 혀로 짓누르며, 수프 접시가 쌓여 있는 식기장 아래쪽으로 몸을 굴려 겐의 몸에 완전히 파묻혔다.

그들은 그날 밤 다시 공부하지 못했다.

그래서 다음날 두 사람은 약속했다. 한 시간만 공부하고 그만두자. 그들은 아주 진지한 자세를 취했다. 하지만 그 계획은 전날보다 삼 분이나 일찍 깨지고 말았다. 그들은 굶주리고 무모하고 구제불능이었으며, 그들이 한 모든 짓을 다시 했다.

공부 시간을 점차 줄여보았지만 매번 실패하자 겐은 다음과 같은 계획을 내놓았다. 들어와서 문을 닫자마자 사랑부터 나누고 그다음에 공부를 하자. 이 계획이 그나마 가장 성공적이었다. 때로는 카르멘이 겐의 가슴에 머리를 기대고 겐은 카르멘의 품에 안겨서 잠시 잠이 들기도 했다. 전쟁터에서 총을 맞은 병사처럼 그들은 쓰러진 자리에 꼼짝 않고 누워 있었다. 어떨 때는 한 번의 행위가 끝나자마자 다시 한번 사랑을 나누기도 했다. 하지만 대개는 어느 정도 공부를 할 수 있었다. 동이 트기 시작하면 그들은 입맞춤으로 밤 인사를 대신한 뒤 카르멘은 록산의 방 앞 복도로, 겐은 호소카와 씨가 자는 소파 옆 바닥으로 잠을 자러 돌아갔다. 때로는 호소카와 씨가 계단을 내려오는 소리가 아주 작게 들리기도 했다. 카르멘과 복도에서 마주치는 일도 있었다.

다른 사람들도 알았을까? 그럴 수도 있다. 하지만 아무도 그런 말은 하지 않았다. 더구나 그러한 의심은 낮에도 스스럼없이 손을 잡고 짧은 입맞춤을 나누는 록산 코스와 호소카와 씨에게로만 향했다. 누군가가 겐과 카르멘을 의심한다면, 이 둘이 코스 씨와 호소카와 씨의 만남을 도와준 장본인이 아닐까 하는 정도이리라. 정말 믿기 힘든 한 쌍이지만, 록산 코스와 호소카와 씨는 같은 부류였다. 인질이라는 부류. 물론 이렇게나 많은 사람이 그녀를 사랑하니, 그녀가 그중 한 사람과 사랑에 빠진 것도 놀라운 일은 아니었다. 하지만 겐과 카르멘은 얘기가 달랐다. 장군들은 겐의 통역과 숙련된 비서로서의 재능에 의존하고 그를 대단히 총명하고 마음에 드는 사람으로 인정하기는 했지만, 그의 위치만큼은 결코 잊지 않았다. 인질들 역시 항상 눈을 내리깔고 다니는 모습이나 사람에게 총을 겨누기 꺼려하는 듯한 자세 때문에 카르멘을 조금 덜 경계하기는 했지만, 그녀는 장군들의 부름이 있을 때면 항상 달려가서 그들 편에 섰다.

최근 들어 연인들뿐 아니라 다른 인질들의 생활도 많이 나아졌다. 한번 열린 현관문은 일상적으로 열리게 되었다. 사람들은 날마다 밖에 나가 뜨거운 햇볕 아래 서 있곤 했다. 로타어 팔켄은 함께 달리기를 하자고 다른 사람들을 부추겼다. 그는 매일 사람들을 이끌고 나가 몇 가지 운동을 하고는 무리 지어 저택 주위를 돌았다. 병사들은 지하실에서 찾아낸 공으로 축구를 했는데, 가끔은 테러리스트 대 인질로 편을 이루어 경기를 하기도 했다. 훨씬 어리고 훈련으로 몸이 다져진 테러리스트들이 거의 항상 승리했지만 말이다.

사람들이 뜰에 나와 있을 때 메스너가 오는 날도 종종 있었다. 신부는 흙을 파다 말고 일어서서 손을 흔들었다.

"바깥세상은 어떤가요?" 아르게다스 신부가 말을 걸었다.

"인내심이 한계에 다다르고 있습니다." 메스너는 스페인어 실력이 많이 늘었지만 여전히 겐을 불러달라고 했다.

아르게다스 신부는 나무 밑에 큰대자로 뻗은 사람을 가리켰다. "자고 있어요. 너무 부려먹어서 딱할 지경입니다. 당신도 그래요. 너무 힘들게 일하고 있어요. 실례가 될지 모르나 지쳐 보입니다."

최근 들어 메스너가 사람들에게 위안을 주던 애초의 침착함을 잃어가고 있는 것은 사실이었다. 인질들이 이곳에서 지낸 지 넉 달 반 만에 그는 십 년은 더 늙은 듯했고, 사람들의 신경이 점점 무뎌져가는 반면에 그의 신경은 확실히 더욱 날카로워지고 있었다. "이런 햇빛은 제게 좋지 않습니다." 메스너가 말했다. "스위스 사람은 그늘진 곳에서 살아야 해요."

"날이 아주 따뜻하죠." 신부가 말했다. "하지만 식물은 놀랍게 잘 자라고 있어요. 비, 햇빛, 가뭄, 그 무엇도 식물을 막진 못합니다."

"저 때문에 일을 중단하진 마세요." 메스너는 신부의 어깨를 툭툭 치며, 그를 내보내려고 몇 번이나 애썼는데도 신부가 끝내 남겠노라 고집을 피웠던 일을 떠올렸다. 그가 남기로 한 일을 결국엔 후회하지 않을까 메스너는 생각했다. 아니겠지. 메스너와는 달리 신부는 천성적으로 후회라는 말이 맞지 않는 사람 같았다.

이제는 운동장이라 불리는 저택 옆 잔디밭에 있던 파코와 라나토가 달려와 아주 건성으로 주머니 주위를 가볍게 툭툭 치며 몸수색을 했다. 그런 다음 다시 달려가 몸수색 때문에 중단된 경기에

합류했다.

"겐." 메스너는 곯아떨어진 사람의 어깨를 발끝으로 툭툭 쳤다. "좀 일어나봐요."

겐은 약기운에 늘어진 사람처럼 자고 있었다. 입은 힘없이 벌어지고 두 팔은 양옆으로 뻗은 채였다. 그의 목에서 가늘게 코고는 소리가 났다.

"이봐요, 통역." 그는 허리를 굽혀 엄지와 검지로 겐의 눈꺼풀을 집었다. 겐이 그의 손을 떨쳐내고 천천히 눈을 떴다.

"당신도 스페인어를 하잖아요." 겐이 탁한 목소리로 말했다. "처음부터 할 줄 알았으면서. 나 좀 자게 내버려둬요." 그러고는 옆으로 돌아누워 무릎을 가슴까지 끌어올렸다.

"스페인어는 하지 않아요. 아무 말도 안 할 거요. 일어나요." 메스너는 땅속에서 진동이 느껴진다고 생각했다. 얼굴을 풀밭에 대고 누워 있으니 겐도 분명히 느낄 것이다. 땅이 발밑에서 꺼져버릴지도 모른다는 생각은 그의 상상일 뿐일까? 이 기술자들은 뭘 얼마나 알고 작업을 하는 걸까? 땅이 그 죽음의 입을 벌려, 오페라 디바와 단순 범죄자들을 한꺼번에 집어삼키지 않으리라고 누가 장담할까? 메스너는 무릎을 꿇고 앉았다. 두 손바닥을 풀밭에 대보고, 자기가 느낀 것이 일시적인 착란일 뿐이라는 결론을 내렸다. 그는 다시 겐을 흔들어 깨웠다. "내 말 들어요." 그는 프랑스어로 말했다. "저들을 설득해서 항복하게 해야 해요. 오늘 당장. 더이상 시간을 끌 수 없어요. 내 말 알겠어요?"

겐은 똑바로 누워 고양이처럼 기지개를 켜고 두 팔로 팔베개를 했다. "차라리 나무한테 파란 깃털을 틔우라고 말하는 편이 낫지.

메스너, 당신도 보지 않았나요? 얘기해서 통할 사람들이 아닙니다. 특히 우리 같은 사람들 말은 듣지 않아요."

우리 같은 사람. 메스너가 일을 잘해내지 못했다는 뜻으로 하는 말일까? 휴가를 보내려고 와서는, 제네바에서 지구 반 바퀴나 떨어진 이곳 호텔방에서 지낸 넉 달 반. 양측이 똑같이 고집을 부렸고, 담 안쪽의 세력은 정부란 언제나 손댈 수 없는 상대라는 사실을 알지 못했다. 어느 나라 정부이건, 상황이 어떻건. 정부는 양보하지 않는 법이고, 만일 양보한다고 한다면 그것은 거짓말이다. 언제나. 틀림없이. 메스너가 볼 때 그가 할 일은 억지로 타협을 이끌어내는 것이 아니라 비극을 면하게끔 인도하는 것뿐이었다. 이제 그 일조차 남은 시간이 얼마 없었다. 달리는 사람들의 규칙적인 발소리와 축구를 하는 병사들의 소음 가운데서도, 그는 땅속에서 뭔가가 일어나고 있음을 분명히 느꼈다.

스위스의 깃발처럼 적십자의 표장 역시 평화적 중립을 상징한다. 메스너가 완장을 벗어버린 지는 이미 오래였지만 그렇다고 그 의미를 불신하는 건 아니었다. 적십자 직원들은 식량과 의약품을 제공하고 때로는 중재를 위해 서류를 들고 오가기도 하지만 스파이는 아니다. 염탐질은 하지 않는다. 요아힘 메스너는 담 이쪽에서 벌어지는 일을 정부군에 말하지 않듯이 테러리스트에게도 정부군의 계획을 알려주지 않았다.

"일어나요." 그는 재차 말했다.

겐은 느릿느릿 일어나 앉아서 일으켜세워달라는 뜻으로 메스너에게 한쪽 팔을 내밀었다. 소풍이라도 온 줄 아나? 일찍부터 다들 낮술을 마신 건가? 어느 누구도 괴로워 보이지 않았다. 아니, 오히려 모두가 생기 넘치고 기운찬 모습이었다. "장군들은 아직 운동장에 있을 겁니다." 겐이 말했다. "경기중일 거예요."

"날 도와줘요." 메스너가 말했다.

겐은 손가락으로 머리를 쓸어넘겨 대충 다듬은 뒤, 잠이 완전히 깨자 한쪽 팔을 친구의 어깨에 얹었다. "언제 내가 당신을 안 도와준 적 있어요?"

장군들은 축구를 하지는 않았지만 테라스에서 끌고 온 철제 의자 세 개를 운동장 끝에 놓고 앉아 있었다. 알프레도 장군은 선수들에게 소리쳐 지시를 내리는 중이었고, 엑토르 장군은 말없이 구경에 열중하고 있었고, 벤하민 장군은 햇빛을 고르게 받을 수 있도록 고개를 약간 위로 쳐들고 있었다. 세 사람의 발은 높이 자라난 풀 속에 묻혀 있었다.

힐베르트가 멋지게 공을 찼다. 겐은 경기가 끝나기를 기다렸다가 메스너의 도착을 알렸다. "장군님," 그는 누구든 고개를 들어보라는 뜻으로 말했다. "메스너가 왔습니다."

"나중에." 엑토르 장군이 말했다. 그는 이날 아침 안경다리가 부러지는 바람에 코안경처럼 한 손으로 안경을 받쳐들고 있었다.

"드릴 말이 있습니다." 메스너가 말했다. 그의 목소리에는 지금까지 없었던 다급함이 서려 있었지만 병사들의 함성과 고함소리에 묻혀 누구도 그것을 느끼지 못했다.

"말해보게." 엑토르 장군이 말했다. 알프레도 장군은 경기에서 시선을 떼지 않았고 벤하민 장군은 눈도 뜨지 않았다.

"들어가서 말씀드려야 합니다. 협상에 관해서입니다."

그제야 알프레도 장군이 메스너 쪽으로 고개를 돌렸다. "타협할 준비가 되었다고 하나?"

"타협은 이쪽에서 해야 합니다."

엑토르 장군은 평생 이렇게 지겨웠던 적이 없다는 듯 메스너를 향해 손을 휘저었다. "우리 시간만 잡아먹고 있군." 그는 다시 경기에 주의를 돌리고 소리쳤다. "프란시스코! 공!"

"진지하게 들어주세요." 메스너는 프랑스어로 나직이 말했다. "한 번만요. 저는 당신들을 위해 많은 일을 했습니다. 식량을 들여오고, 담배도 들여왔어요. 메시지도 전달했습니다. 이젠 저와 같이 앉아서 얘기 좀 하자고 부탁하는 겁니다." 밝은 햇빛 속에서도 메스너의 얼굴에는 핏기가 없었다. 겐은 그를 쳐다본 뒤 그의 어조를 그대로 옮기려 애쓰면서 통역했다. 두 사람은 그 자리에 서 있었지만 장군들은 다시 고개를 들지 않았다. 대개는 이쯤 해서 메스너가 발길을 돌리기 마련이었지만 그는 팔짱을 낀 채 버티고 서서 기다렸다.

"됐나요?" 겐이 영어로 속삭여 물었지만 메스너는 그를 보지 않았다. 이렇게 삼십 분이 넘는 시간이 흘렀다.

마침내 벤하민 장군이 눈을 떴다. "좋아." 그의 목소리도 메스너의 목소리만큼이나 지쳐 있었다. "내 사무실로 가지."

사람들 앞에서 〈토스카〉의 일부를 그렇게 대담하게 불렀던 세사르는 이제 모두가 밖에 나가고 없는 오후 시간에만 연습하려 들었다. 주로 음계 연습을 했는데 이것이 부끄러웠던 것이다. 그는 한 번도 록산 코스와 단둘이 있지 못했다. 단둘이란 있을 수 없는 일이었다. 가토가 피아노를 연주했고 호소카와 씨가 언제나처럼 자리를 지켰다. 오늘은 축구만 하면 항상 창피를 당하는 이스마엘이 피아노 옆에 낮은 테이블을 놓고 앉아 호소카와 씨와 함께 체스를 두었다. 집안에 남기를 택한 사람이 저택 경비를 맡기로 했기 때문에 이스마엘과 세사르는 총을 갖고 있었다. 세사르는 다른 사람들이 자신의 노래를 듣는다고 투덜댔는데, 스페인어와 영어를 통역해줄 사람이 그 자리에 있을 때면(이 두 언어를 할 줄 아는 사람이 몇 명 있었다) 록산 코스는 노래는 다른 사람들이 들으라고 하는 것이니 거기에 익숙해져야 한다고 그에게 말해주곤 했다. 그는 노래와 아리아, 오페라 곡을 배우고 싶었지만 록산 코스는 그에게 음계와 시시한 구절 따위를 주로 연습시켰다. 포효하듯 소리치고, 입을 오므리고, 무릎에 머리를 파묻을 지경이 되도록 숨을 참는 연습을 시키기도 했다. 피아노에 맞춰 노래를 부를 수만 있다면 그는 사람들을 모두 불러모았을 것이다. 하지만 그것은 연습을 열심히 해야만 가능한 일이라고 그녀는 말했다.

"남자애가 노래를 하는군요." 메스너가 물었다. "세사르인가요?" 그가 거실에 멈춰 서서 소리를 듣는 바람에 벤하민 장군과 겐도 걸음을 멈추었다. 상의 소매가 너무 짧아서 훤히 드러난 세사르의 빗자루 같은 손목에 두 손이 허술하게 매달려 있었다.

벤하민 장군의 얼굴에는 세사르를 자랑스럽게 여기는 빛이 역력했다. "노래를 시작한 지 몇 주 됐어. 시간이 어긋나서 자네가 듣지 못했을 뿐이지. 세사르는 언제나 노래를 한다네. 코스 씨가 말하길 자기만큼이나 위대한 성악가로 클 가능성이 보인다더군."

"호흡을 잊지 마." 록산이 말하면서 세사르에게 시범을 보이기 위해 숨을 깊이 들이마셨다.

세사르가 음을 내다 말고 머뭇거렸다. 장군을 보고 갑자기 긴장한 탓이었다.

"세사르가 잘하고 있는지 좀 물어보게." 벤하민이 겐에게 말했다.

록산이 가토의 어깨에 손을 얹자 마치 전원 스위치라도 내린 듯이 가토가 건반에서 손을 떼었다. 세사르는 세 음을 더 부른 뒤 피아노 소리가 들리지 않음을 깨닫고 노래를 멈췄다. "연습을 시작한 지 얼마 되지 않았지만 엄청난 잠재력이 있는 아이예요."

"메스너를 위해서 한 곡 부르라고 해보시오." 벤하민 장군이 말했다. "메스너에게 오늘 노래 한 곡이 꼭 필요하거든."

록산 코스가 그 제안에 응했다. "들어보세요. 이걸 연습하던 중이었거든요."

록산 코스가 나직이 몇 단어를 부르자 세사르는 어떤 노래를 불러야 하는지 알아차렸다. 그는 스페인어도 읽고 쓸 줄 모르고 이탈리아어는 알아듣지도 못했지만, 음을 외우고 애절한 감정을 담아 그것을 반복하는 능력이 어찌나 뛰어난지 듣는 사람은 그가 가사를 완전히 이해하는 줄로 착각할 정도였다. 그녀가 세사르를 격려하자 가토가 벨리니의 〈여섯 개의 노래〉 중 첫번째 짧은 노래 〈말린코니아, 상냥한 요정이여〉를 연주하기 시작했다. 겐도 어떤 노래인지 금방 알 수 있었다. 오후 시간이면 유리창 사이로 종종 떠도는 노래였다. 소년은 눈을 감고 천장을 향해 고개를 들었다. 오, 우울, 그대 우아한 요정이여, 내 생명 그대에게 바치노라. 그가 가사의 일부를 잊어버리자 록산 코스가 놀라운 테너 음으로 그 구절을 불렀다. 언덕과 샘을 달라 신에게 빌었네. 마침내 신이 내 소원을 들어주셨나니. 그러자 세사르가 그 부분을 반복했다. 후들거리는 다리로 처음 땅을 딛고 일어서는 송아지를 보는 것처럼 어색하면서도 아름다운 광경이었다. 한 걸음 한 걸음 발을 떼는 것을 배우듯, 그의 노래 역시 한 음 한 음 확신을 더해갔다. 이것은 아주 짧은 곡으로, 시작하는가 싶더니 이내 끝나버렸다. 벤하민 장군은 박수를 쳤고 메스너는 휘파람을 불었다.

"너무 비행기 태우지 마요. 버릇 나빠져요." 록산이 말했다.

세사르는 뿌듯해서인지 숨이 차서인지 얼굴이 새빨개져서 고개를 숙였다.

"저애 얼굴만 봐서는 어디 상상이나 하겠나." 벤하민 장군이 메스너와 겐을 데리고 사무실로 이어지는 복도를 걸어가며 말했다. 사실이었다. 세사르는 치아도 비뚤어지고 코는 더 심하게 비뚤어졌다. "저애의 노래를 들으면, 우리가 스스로의 가능성만 깨달았어도 얼마나 훌륭한 일을 할 수 있었을까 하는 생각을 하게 돼."

"제가 노래를 못한다는 건 압니다." 메스너가 말했다.

"그건 나도 알아." 벤하민 장군이 방에 불을 켜자 세 사람은 자리에 앉았다.

"이제 얼마 있으면 저쪽에서 더는 저를 들여보내지 않을 겁니다." 메스너가 말했다.

겐은 깜짝 놀랐다. 메스너 없이 지낸다고?

"직업을 잃겠군." 장군이 말했다.

"정부는 협상을 위해 이미 충분한 노력을 기울였다고 생각해요."

"노력했다는 생각이 난 전혀 들지 않는데. 정부는 합당한 제안을 내놓은 적이 없어."

"장군님을 좋아하니까 드리는 말씀입니다." 메스너가 말했다. "우리가 친구인 양 위선을 떨지는 않겠습니다. 하지만 진심으로 이곳에 있는 모든 사람에게 최선인 방법을 제시하고 싶습니다. 포기하십시오. 오늘 당장. 밖으로 걸어나가 그 사람들에게 항복하세요." 메스너는 이 말에 설득력이 없음을 알았지만 달리 어떻게 말해야 좋을지 몰랐다. 그는 혼란스러운 나머지 자신이 아는 여러 단어 사이에서 계속 갈팡질팡했다. 고향에서 어린 시절 사용하던 독일어, 학교에서 사용한 프랑스어, 청년 시절 캐나다에 살면서 사년 동안 썼던 영어, 그리고 최근 익히고 있는 스페인어. 겐은 이 단어들을 조각조각 맞추려고 최선을 다했지만, 문장을 만들기 위해서는 매번 말을 멈추고 생각을 해야 했다. 겐은 메스너가 말하는 내용보다, 그가 여러 언어를 섞어 쓰고 있다는 사실이 더 두려웠다. 메스너에게는 정신을 집중해 이야기할 여유조차 없는 것이다.

"우리 요구는 어떻게 하고? 저들에게도 이런 식으로 얘기해봤나? 저자들에게도 친구로서 얘기해봤느냐고?"

"저쪽은 아무것도 양보하지 않아요." 메스너가 말했다. "아무리 기다려도 그럴 가능성은 없습니다. 제 말을 믿으세요."

"그럼 인질을 죽일 수밖에."

"아뇨, 못할 겁니다." 메스너는 손가락으로 눈을 비볐다. "처음 만났을 때도 얘기했지만 당신들은 합리적인 사람입니다. 인질을 죽인다 해도 결과는 달라지지 않아요. 그러면 정부측은 더욱 당신들과 협상하지 않으려 버틸 겁니다."

복도 저편 거실에서 록산의 노랫소리가 들리고, 뒤이어 그 부분을 반복하는 세사르의 목소리가 들렸다. 그들은 그 구절을 몇 번이고 되풀이했는데 그 소리가 무척 아름다웠다.

벤하민은 잠시 음악소리를 듣다가 마음에 들지 않는 음이 들려오기라도 한 양, 체스를 둘 때 쓰던 테이블을 주먹으로 내리쳤다. 어차피 지금 체스 게임은 다른 장소에서 벌어지고 있으니 상관없었다. "양보하는 쪽이 어째서 우리여야 하지? 지금까지 늘 포기해왔다는 이유만으로 우리가 또 포기해야 한단 말인가? 나는 내 동료들을 감옥에서 석방하려는 거야. 그 친구들 곁으로 가려는 것이 아니라고. 내 병사들을 그 동굴에 끌고 들어갈 수는 없어. 차라리 죽어서 땅에 묻히는 것을 보는 편이 나아."

병사들이 죽는 것은 볼 수 있겠지만 땅에 묻히는 것은 볼 수 없을걸. 메스너는 생각했다. 그는 한숨을 쉬었다. 스위스 같은 곳은 없다. 정말 시간이 멈춘 것 같았다. 그가 항상 이곳에 있었고 앞으로도 영원히 머물러 있을 것 같았다. "유감이지만 당신들의 선택지는 그 두 가지뿐입니다."

"대화는 끝났다." 벤하민 장군은 자리에서 일어섰다. 그의 얼굴은 이제 타는 듯했고 그 위에 협상의 과정을 기록할 수도 있을 것 같았다. 그가 말을 하고 남의 말을 들을 때마다 대상포진의 반점에서 이글이글 불길이 이는 듯했다.

"끝낼 수 없습니다. 계속 대화를 해서 합의를 봐야 해요. 무슨 일이 있어도요. 제발 부탁이니 생각해봐주십시오."

"메스너, 내가 생각 말고 하루종일 뭘 할 것 같나?" 장군은 이 말을 남기고 밖으로 나가버렸다.

메스너와 겐은 손님용 침실에 딸린 응접실에 단둘이 남아 앉아 있었다. 이곳은 보초병 없이는 인질들이 있을 수 없는 장소였다.

에나멜을 칠한 작은 프랑스제 시계가 정오를 알리는 소리가 두 사람의 귀에 들려왔다. "더이상은 못 참겠군요." 몇 분이 더 지났을 때 메스너가 말했다.

뭘 참는다는 거지? 겐이 보기에는 모든 것이 점점 나아지고 있는데. 사람들은 전보다 더 행복해졌다. 저것을 보라, 이제 밖에도 나갈 수 있지 않나. 달리는 사람들의 모습이 창밖으로 보였다. "교착상태예요." 겐이 말했다. "아무래도 끝이 없을 것 같습니다. 저쪽에서 우릴 영원히 이대로 놓아둔대도 우린 살 수 있어요."

"지금 제정신입니까?" 메스너가 말했다. "전에는 이중에서 제일 똑똑하더니, 이제 당신도 저자들처럼 미쳐가는군요. 무슨 생각을 하는 겁니까? 정부가 동물원 관리하듯 이 집을 그대로 둔 채 음식도 넣어주고 입장료 받아가며 구경꾼이라도 들여보낼 것 같아요? '무방비한 인질과 악랄한 테러리스트가 평화롭게 공존하며 살아가는 광경을 보시오' 하고? 계속 이렇게 있을 순 없어요. 누군가는 중단시켜야 합니다. 중단시킬 사람이 누가 될 것이냐가 문제일 뿐이지."

"정부군한테 무슨 계획이 있다고 봅니까?"

메스너는 그를 뚫어지게 바라보았다. "당신이 이 안에 있다고 해서 세상 사람들도 그대로 멈춰 있는 건 아니죠."

"테러리스트를 모두 체포할까요?"

"잘하면."

"장군들도?"

"모조리."

하지만 그 모조리라는 말에 카르멘도 포함되는 것은 아니겠지.

베아트리스나 이스마엘, 세사르도. 아무리 생각해봐도 병사 중 포기할 수 있는 사람은 하나도 없었다. 난폭하거나 멍청한 소년들까지도. 카르멘과는 결혼할 것이다. 아르게다스 신부에게 식을 올려달라고 부탁하면 합법적이고 구속력을 지닌 혼인 관계가 성립할 테니, 경찰이 잡으러 오면 이 여자는 내 아내라고 말하면 된다. 하지만 이렇게 해서는 한 명밖에 살릴 수 없다. 그녀가 가장 중요한 사람이기는 하지만. 다른 사람들은 어쩌나. 어떻게 그가 모두 다 살리고 싶다는 생각을 하게 되었을까? 탄환이 장전된 총을 들고 그를 따라다니는 사람들인데. 어떻게 이토록 많은 사람을 사랑하게 되었을까? "어쩌면 좋죠?" 겐이 물었다.

"포기하도록 설득해봐요." 메스너가 말했다. "하지만 솔직히 포기한다고 얼마나 도움이 될지는 잘 모르겠습니다."

겐은 깊게 굴리는 이탈리아어의 R 발음과 덴마크어의 복잡한 모음을 평생 연습해왔다. 나가노에서의 어린 시절, 그는 어머니가 채소를 썰며 저녁을 준비하는 동안 주방의 높은 스툴에 앉아 어머니의 미국식 악센트를 따라 하곤 했다. 그의 어머니는 보스턴에서 학교를 다녔고 영어와 불어에 능통했다. 그의 아버지는 겐의 할아버지가 젊었을 때 중국에서 근무한 덕에 중국어를 구사했고 대학에서는 러시아어도 공부했다. 어린 시절 그의 주위에선 몇 가지 언어가 번갈아 사용되었고 겐은 그 언어에 누구보다 잘 적응했다. 그는 장난감이 아닌 언어를 갖고 누이들과 놀았다. 늘 공부하고 책을 읽고 카드에 명사를 적고 지하철에서 외국어 테이프를 들었다. 부단히 공부했다. 언어에 타고난 소질이 있기도 했지만 재능에만 의존하지 않고 계속 공부했다. 그는 학습에도 소질이 있었다.

하지만 지난 몇 달간의 경험을 통해 겐은 새로운 정보를 수집하는 일도 중요하지만, 잊을 것을 잊는 일 또한 미덕임을 깨달았다. 그는 그간 학습에 기울였던 만큼의 노력을 모두 망각에 쏟아부었다. 카르멘이 그를 억류한 테러 조직의 일원이라는 사실을 잊으려고 애썼다. 쉬운 일은 아니었다. 그래도 그는 날마다 노력했고, 마침내 카르멘에게서 사랑하는 여인의 모습만을 볼 수 있게 되었다. 미래도 과거도 잊었다. 자신의 나라도 일도 잊고, 모든 것이 끝나면 자신이 어떻게 될 것인지도 생각하지 않았다. 현재와 같은 생활이 언젠가 끝나리라는 생각도 하지 않았다. 겐뿐만이 아니었다. 카르멘도 마찬가지였다. 그녀는 인질과 어떠한 감정적 교류도 맺지 말라는 명령을 기억에서 지워버렸다. 이 중요한 사항을 잊기 어려울 때는 다른 병사를 보면서 도움을 받았다. 이스마엘은 루벤 이글레시아스의 아들이자 오스카르 멘도사의 회사 직원으로 살고 싶었으므로 명령을 잊었다. 루벤의 아들 마르코와 한방을 쓰면서 좋은 형 노릇을 하는 자신의 모습을 상상했다. 세사르는 밀라노로 함께 가서 노래 공부를 하자는 록산 코스의 말에 모든 것을 잊기로 했다. 그녀와 한 무대에 서서, 발치에 쏟아지는 꽃잎 세례를 받는 자신을 상상하기란 얼마나 쉬운지 몰랐다. 그들은 주변에 흘러넘치는 애정과 태만함을 못 본 체하는 장군들 덕분에 기억을 지우기가 더 쉬웠다. 장군들이 그럴 수 있었던 것은 자신들 역시 잊어야 할 것이 많았기 때문이다. 그들은 일자리와 출세를 보장하고 싸워야 하는 명분을 내세워 가족의 품에 있던 젊은 청년들을 군에 끌어들인 일을 잊어야만 했다. 그토록 세심한 계획을 세워 납치하려던 대통령이 파티에 불참하는 바람에 계획을 바꾸어 다른 사람들을 인질로 잡은 일 역시 잊어야 했다. 무엇보다 지금 이 상태를 벗어날 길을 찾지 못했다는 사실을 잊어야만 했다. 기다리다보면 누군가가 길을 제시해주리라고 생각했다. 무엇 때문에 앞날을 걱정한단 말인가? 아무도 생각하려 하지 않는데. 아르게다스 신부 역시 그런 생각은 굳이 하려 하지 않았다. 모든 사람이 일요일 미사에 참석했다. 영성체와 고해성사, 병자성사까지 모두 행해지고 있었다. 이 집에 있는 모든 이의 영혼에 안식이 주어진다는 사실만이 중요한 그인데, 어째서 앞일까지 생각해야 하나? 록산 코스에게도 장래 따위는 안중에 없었다. 그녀는 잊는 것에 너무도 능숙해져서 연인의 아내에 대해서도 더는 생각하지 않았다. 일본에 그의 회사가 있다는 사실도, 둘 사이에 말이 통하지 않는다는 사실도 신경쓰지 않았다. 굳이 잊을 게 없는 이들 역시 모든 것을 지워버렸다. 그들은 코앞의 일만 보며 살기로 했다. 로타어 팔켄은 집 주위를 달리는 일만을, 빅토르 표도로프는 친구들과 카드놀이를 하면서 록산 코스를 향한 연정을 얘기하는 일만을 생각했다. 가토 데쓰야는 반주자로서의 책무만을 생각하고 그 외의 일은 모조리 잊기로 했다. 되찾을 수 없을지도 모르는 것을 떠올리는 일은 너무나 괴로운 까닭에, 그들은 하나씩 하나씩 모든 기억을 떠나보냈다. 예외가 있다면, 기억해두는 일이 직업인 메스너와 꿈속에서도 오로지 아내만을 생각하는 시몽 티보뿐이었다.

그러니 설령 겐이 뭔가 위험한 현실이 자신들을 기다린다는 사실을 알았더라도, 이날 오후 메스너가 집을 떠나자 곧 그런 생각을 지워버렸던 것이다. 그는 장군들의 요구 사항을 새로 타이핑하느라 바빴고, 날이 어두워지자 저녁 차리는 걸 거들었다. 잠자리에 들었다가 새벽 두시에 일어난 그는 주방 벽장 안에서 카르멘을 만나 그런 얘기를 했지만, 오후에 느꼈던 긴박감은 전해주지 않았다. 급박함 따위는 잊고 싶었다.

"메스너의 말이 마음에 걸려." 겐이 말했다. 카르멘은 두 다리를 왼쪽으로 모으고 그의 목을 안은 채 그의 무릎에 앉아 있었다. 마음에 걸린다. 겨우 그 정도의 표현으로 충분할까?

그녀와 다른 병사들과 친구들의 안전은 어떻게 되느냐고 물어봐야 옳겠지만, 카르멘은 아무 말 없이 그에게 입을 맞출 뿐이었다. 잊는 것이 최우선이었기 때문이다. 그것이 그들의 일이고 책무였다. 깊고 맑은 호수와도 같은 그녀의 입맞춤에 두 사람은 망각의 늪으로 빠져들었다. "두고 봐야죠." 카르멘은 말했다.

뭔가 행동을 해야 하나? 도망쳐야 하지 않을까? 지금이라면 가능하다. 감시도 느슨하고 보는 사람도 없다. 겐은 그녀의 셔츠 속에 손을 넣어 그의 손끝에서 휘어지는 어깨뼈를 어루만지면서 물었다.

"도망가는 것도 괜찮고요." 그녀가 말했다. 하지만 훈련을 받던 때 그녀는 정부군에 잡히면 고문을 당하고, 고통스러운 고문을 당하다보면 무엇이든 털어놓게 된다는 말을 장군들에게서 들은 바 있었다. 입 밖에 내선 안 되는 정보가 어떤 것인지는 생각나지 않지만, 입을 잘못 놀리면 모두 죽는다. 세상에 갈 곳이라곤 두 군데뿐이다. 안 아니면 밖. 어느 쪽이 더 안전할까? 이 집, 이 벽장 안보다 더 안전한 느낌을 주는 곳은 없었다. 이 집에는 리마의 성녀 로사가 있다. 이곳에선 보호받을 수 있다. 기도만 하면 풍성한 보상을 얻는다. 성녀와 함께하는 편이 언제나 좋은 법이다. 그녀는 겐의 목에 입을 맞췄다. 여자라면 누구나 이런 사랑을 꿈꿀 것이다.

"그래, 같이 얘기해볼까?" 겐이 말했다. 이제 그녀의 셔츠는 벗겨져서 두 사람을 위한 카펫처럼 바닥에 깔려 있었다. 둘은 서로의 몸을 끌어당겨 그 위에 누웠다.

"얘기해봐요." 그녀가 말하며 살며시 눈을 감았다.

록산 코스는 사랑에 빠진 지 얼마 되지 않아 또다른 사랑에 빠졌다. 이 두 사랑은 전혀 다른 것이지만 겹치는 부분이 너무 많아서 어쩔 수 없이 엮어 생각하게 되곤 했다. 호소카와 가쓰미는 한밤에 그녀의 방으로 들어와, 문 앞에서 그녀를 꼭 껴안고 한참을 가만히 서 있었다. 마치 비행기 추락이나 선박 실종 같은, 도저히 살아남을 수 없는 상황에서 살아 돌아온 사람 같았다. 그녀를 품에 안는 것 말고는 더 바랄 게 없다는 듯한 태도였다. 말은 통하지 않았지만 록산은 사람과 사람이 반드시 같은 언어로 말해야만 마음을 전할 수 있다고는 생각하지 않았다. 게다가 솔직히 무슨 할말이 있을까? 그는 그녀를 잘 알았다. 그녀가 그의 몸에 기대어 목을 끌어안자 그는 두 손으로 그녀의 등을 감싸안았다. 가끔은 그녀가 고개를 끄덕이기도 하고 그가 그녀의 몸을 앞뒤로 흔들어주기도 했다. 그의 숨소리를 듣고 그녀는 그가 울고 있는지도 모르겠다고 생각했고, 그것을 이해했다. 그녀 역시 눈물을 흘렸다. 어두운 방에 그와 함께 있을 수 있다는 안도감, 누군가를 사랑하고 사랑받고 있다는 안도감 때문에 그녀는 울었다. 그녀가 그의 한쪽 손을 잡아 침대로 이끌지 않았다면, 그는 아무것도 원치 않은 채 밤새 그녀를 안고 그렇게 서 있다가 날이 밝을 무렵 그냥 나왔을지도 모른다. 의사소통의 방법은 많았다. 그가 입을 맞추자 그녀는 뒤로 몸을 젖혔다. 커튼을 닫자 방은 칠흑처럼 캄캄해졌다.

다음날 아침, 그녀는 잠시 깨어나서 온몸을 쭉 뻗고 한차례 몸을 굴렸다가 다시 잠에 빠졌다. 얼마나 잤을까. 귓가에 노랫소리가 들려왔고, 그녀는 그 순간 두번째로 자신이 혼자가 아니라는 생각이 들었다. 그녀가 사랑에 빠진 상대는 세사르가 아니라 그의 노래였다.

상황은 이랬다. 밤이면 호소카와 씨가 그녀의 침실을 찾고, 아침이면 세사르가 연습을 하려고 와서 기다렸다. 더 바랄 무언가가 있었다 해도 그녀는 다 잊어버렸을 것이다.

"숨을 쉬어봐. 이렇게." 록산은 숨을 한껏 들이켜고, 좀더 들이켠 뒤 잠시 숨을 멈췄다. 그가 그녀의 말을 알아듣지 못한다는 사실은 문제가 되지 않았다. 그녀는 그의 등뒤로 가서 횡격막이 있는 위치에 손바닥을 올려놓았다. 그녀의 의도는 분명했다. 그녀는 그의 몸에서 공기를 완전히 몰아냈다가 다시 가득 채웠다. 그리고 한 손을 메트로놈처럼 까딱까딱하며 토스티의 노래를 한 소절 부르자 그가 따라 불렀다. 세사르는 조심스럽게 불러야만 좋은 노래가 나온다고 여기는 음악 학교 학생들과는 달랐다. 노래에 방해가 되는 틀에 박힌 지도를 받은 경험도 없었다. 그에겐 두려움이 없었다. 그는 어린애다운 허장성세로 가득찬 젊은이였고, 그가 부르는 노래는 우렁차고 열정적이었다. 그는 노래가 자신을 구원해주기라도 할 듯 음계 하나하나, 소절 하나하나를 노래했다. 그는 자기 목소리를 찾아가고 있었고, 그녀는 그 목소리에서 경이로움을 느꼈다.

그녀가 와서 발굴해내지 않았다면 이 목소리의 소유자는 평생 밀림에서 살다 죽었을 것이다.

시간은 별문제 없이 흘러갔다. 단 한 가지 문제는 메스너가 더는 이 집에 오래 머물지 않는다는 점이었다. 그는 더욱 야위었다. 그가 걸친 옷은 흡사 철제 옷걸이에 걸린 코트처럼 보였다. 그는 물건을 내려놓고 서둘러 사라질 뿐이었다.

세사르는 아침 시간에 레슨을 받았다. 그가 밖으로 나가달라고 아무리 애원해도 사람들은 모두 거실에 그대로 앉아 노래를 경청했다. 세사르의 실력이 어찌나 빠르게 향상되었는지, 이젠 다른 병사들도 그의 노래를 듣는 게 텔레비전 보는 것보다 더 재미있다고 생각했다. 그의 노래는 이제 록산과 전혀 달랐다. 그는 자신만의 깊이를 찾고 있었다. 아침마다 그는 사람들 앞에서 희귀한 보석 부채를 펼치듯 자신의 노래를 선보였고, 노래는 들으면 들을수록 한층 정교해져갔다. 거실에 모이는 사람들은 매일 그의 노래 실력이 전날보다 부쩍 늘었으리라고 확신했다. 참으로 놀라운 일이었다. 그는 아직 자신의 잠재력을 다 꺼내 보이지도 못했기 때문이다. 그저 최면에 걸린 사람처럼 정열과 갈망을 담아 노래할 뿐이었다. 이렇게 평범한 소년에게서 이토록 풍부한 목소리가 쏟아져나오다니, 있을 수 없는 일 같았다. 그는 여전히 두 팔을 그냥 늘어뜨리고 있었다.

세사르가 마지막 곡조를 끝내자 사람들은 시끌벅적하게 발을 구르며 휘파람을 불어댔다. "세사르 만세!" 인질과 테러리스트가 모두 한목소리로 외쳤다. 그는 인기 만점이었다. 모든 사람이 그의 위대함을 인정했다.

티보가 몸을 기울여 부통령의 귀에 대고 속삭였다. "우리의 디바가 어떻게 이 상황을 견디고 있는지 궁금하군요."

"애써 태연한 척하는 거겠죠." 루벤이 속삭여 대답한 뒤 두 손가락을 입에 대고 높은 휘파람을 길게 불었다.

세사르가 안절부절못하며 몇 번 허리를 굽히자 청중은 록산의 이름을 부르기 시작했다. "노래! 노래!" 그들이 외쳤다. 그녀는 몇 번 고개를 저었지만 사람들은 물러서지 않았다. 그들은 한층 목청을 높였다. 결국 그녀는 웃으면서 앞으로 나왔다. 이러한 음악에서 즐거움을 느끼지 않는 사람이 있을까? 그녀는 청중을 조용히 시키려고 두 손을 들었다.

"딱 한 곡만요! 지금 들으신 곡에는 상대가 안 되겠지만요." 그녀가 고개를 숙여 가토의 귀에 뭔가를 속삭이자 그가 고개를 끄덕였다. 그녀가 뭐라고 했을까? 말도 통하지 않을 텐데.

가토는 피아노에 맞게 편곡한 〈세비야의 이발사〉에 나오는 곡을 건반이 뜨겁기라도 한 듯 손가락을 높이 튕기며 연주했다. 록산 코스는 오케스트라가, 자신 앞에서 연주하던 수많은 바이올린의 선율이 그리워질 때도 있었지만 이제는 그런 생각을 하지 않았다. 그녀는 뜨거운 날 차가운 물줄기를 맞듯 음악에 빠져들어 〈방금 그 노랫소리는〉을 부르기 시작했다. 이 곡이야말로 지금의 상황에 딱 들어맞고, 로시니의 뜻에도 맞는다고 그녀는 생각했다. 누가 뭐라고 속삭여 말하든, 누구와 겨뤄도 이길 자신이 있었다. 그녀의 노래는 머랭 같았다. 가장 높은 음을 트릴로 처리하면서, 그녀는 두 손을 허리에 얹고 엉덩이를 좌우로 흔들면서 청중을 향해 장난스러운 미소를 지어 보였다. 그녀는 배우이기도 했다. 이런 부분도 세사르에게 가르쳐야 한다. 천 번의 변덕을, 치밀한 책략을 나는 행하리. 저들이 내 의지를 지배하기 전에. 사람들이 환호했다. 우스꽝스러울 만큼 높은 음, 그녀가 아무렇지도 않게 처리하는 그 난이도 높은 곡예와도 같은 음을 사람들은 좋아했다. 노래가 끝날 무렵에는 모두 현기증을 느낄 지경이었다. 그녀는 두 손을 내밀며 말했다. "모두 밖으로 나가주세요." 사람들은 그녀의 말을 알아듣지 못하면서도 지시에 따라 밝은 햇빛 속으로 걸어나갔다.

호소카와 씨는 소리 내어 웃으며 그녀의 뺨에 입을 맞췄다. 이런 여자가 존재한다고 누가 믿을까? 그는 그녀에게 차 한 잔을 끓여주기 위해 주방으로 향했고 세사르는 모두가 나간 사이에 레슨을 좀 더 받고 싶어서 그녀와 함께 피아노 의자에 앉았다.

밖으로 나간 사람들은 축구를 하거나 풀밭에 앉아 축구 시합을 구경했다. 잠긴 창고에 있는 정원용 삽과 작은 갈퀴가 필요하다고 한 루벤의 청이 받아들여져 그는 화단의 흙을 고를 수 있게 되었다. 그는 잡초와 풀을 세심하게 뽑아냈다. 이스마엘은 시합에 끼지 않고 그를 도왔다. 시합을 못해도 상관없었다. 어차피 그는 축구를 좋아하지 않았다. 루벤은 그에게 커다란 은숟가락을 주면서 흙을 파라고 했다. "우리 아버지는 식물을 아주 잘 돌보셨단다." 루벤이 이스마엘에게 말했다. "흙에다 다정한 말 몇 마디만 건네면 금방 싹이 나곤 했지. 아버지도 할아버지처럼 농사를 지으려고 하셨는데, 가뭄 때문에 뜻대로 하질 못했어." 루벤은 어깨를 으쓱해 보인 뒤 삽 끝으로 단단한 흙을 파 뒤집었다.

"그분이 우릴 아주 기특하게 여기시겠어요." 이스마엘이 말했다.

뜰 가장자리의 담쟁이로 뒤덮인 담 위에 올라가 있던 보초병들도 이젠 총을 벽에 세워놓고 축구를 하기 시작했다. 달리던 사람들도 달리기를 그만두고 시합에 끼어들었다. 그들의 머릿속엔 아직도 〈방금 그 노랫소리는〉이 맴돌고 있었다. 콧노래를 흥얼거릴 순 없어도 그들은 노래의 리듬에 맞춰 공을 쫓았다. 베아트리스가 시몽 티보에게서 공을 빼앗아 헤수스에게 보내자, 헤수스는 의자 두 개를 세워 만든 골대 안쪽을 겨냥해 깨끗하게 슛을 쏘아넣었다. 장군들이 "어서! 빨리!" 하고 외쳤다. 몇 달 사이에 나뭇잎이 제법 우거져 드문드문 그늘이 졌지만 여전히 햇빛이 강했다. 점심식사를 몇 시간 남겨둔 이른 시각이었다. 가토도 피아노에서 일어나 밖에 나와 겐과 함께 풀밭에 앉았다. 이제 들리는 소리라고는 공 차는 소리와 힐베르트, 프란시스코, 파코가 달리면서 서로의 이름을 부르는 소리뿐이었다.

록산 코스가 재빠른 동작으로 실내에 들어서는 낯선 남자를 발견하고 비명을 질렀다. 이미 익숙해진 군복이나 총을 보고 놀란 것이 아니라 성큼성큼 다가오는 그의 걸음걸이에서 섬뜩함을 느꼈던 것이다. 남자는 벽이라도 뚫을 듯한 기세로 다가왔다. 무슨 일을 할 계획이건 이미 마음을 굳힌 표정이었다. 그녀가 뭐라 말한들 혹은 노래를 부른들 상황은 달라지지 않았을 것이다. 세사르는 앉아 있던 피아노 의자에서 벌떡 일어섰지만 미처 문으로 향하기도 전에 총을 맞고 말았다. 그는 똑바로 앞을 향해 쓰러졌다. 손을 내밀지도 소리쳐 도움을 청하지도 못했다. 록산은 피아노 밑에 웅크리고 경보음 같은 비명을 질러댔다. 그리고 이 시대의 가장 위대한 성악가가 될 수 있다고 생각했던 소년에게 기어가 그에게 무슨 일이 더 생기지 않도록 그의 몸을 감싸안았다. 그의 따뜻한 피가 그녀의 셔츠로 스며들어 살갗을 적시는 것이 느껴졌다. 그녀는 두 손으로 그의 머리를 붙잡고 뺨에 입을 맞췄다.

첫번째 총소리와 함께 한 명이었던 총 든 사내가 여럿으로 갈라지는 듯이 보였다. 하나에서 둘, 넷, 여덟, 열여섯, 서른둘, 예순넷. 총을 계속 쏘아대면서 그들은 집안 곳곳으로 흩어졌고 문과 창문을 통해 정원으로 뛰어나갔다. 그들이 어디서 왔는지는 알 수 없었지만 온 집안을 점령했다는 것만은 알 수 있었다. 그들은 군홧발로 온 집을 차서 부수고, 모든 출입구를 열어젖히는 것 같았다. 그들은 축구공이 아직 굴러다니는 운동장으로도 몰려갔다. 총소리가 이어지고, 고꾸라지는 사람들이 총을 피하는 것인지, 총탄에 맞아 쓰러지는 것인지 분간이 되지 않았다. 아주 짧은 시간이었지만, 그 시간 동안 세상에 대해 알려진 모든 것이 잊히고 뒤집히는 듯했다. 총 든 자들이 뭐라고 소리를 질렀지만, 귀에 피가 몰리고 아드레날린이 치솟고 총소리에 귀가 먹먹해서 심지어 겐조차 그 소리를 알아들을 수가 없었다. 벤하민 장군이 담의 높이를 가늠하려는 듯 뒤돌아보는 순간, 총탄이 장군의 옆머리를 정확히 꿰뚫는 광경을 겐은 보았다. 총 한 방에 그는 자신뿐 아니라, 얼마 후 감옥에서 끌려나와 반역죄로 처형당하게 되는 남동생 루이스의 목숨도 잃고 말았다. 알프레도 장군은 이미 쓰러진 뒤였다. 움베르토와 이그나시오, 과달루페도 죽었다. 로타어 팔켄이 두 손을 들었고, 아르게다스 신부가 두 손을 들었고, 베르나르도와 세르히오, 베아트리스가 두 손을 들었다. "오르트 운트 슈텔레 블라이벤!" 로타어가 외쳤다. 자리에 가만히 서 있어요. 통역사는 어디 있지? 지금 그에게 독일어는 아무 쓸모가 없었다. 엑토르 장군은 미처 손을 들기도 전에 가슴에 총을 맞았다.

낯선 사내들은 이곳 사람 전부를 개인적으로 잘 알기라도 하듯 사람들을 두 무리로 나누었다. 누구를 내보내야 하는지 판단하는 데 추호의 주저함도 없이, 쉴새없이 총소리가 들려오는 건물 뒤편으로 사람들을 보냈다. 집안에 남겨진 사람들은 많지 않았다. 한 사람에게 백 발씩 총을 쏜다 해도 그 정도로 많은 총탄이 필요하지는 않았을 것이다. 라나토는 짐승처럼 소리를 지르며 사내 두 명에게 팔을 붙잡혀 끌려갔다. 아르게다스 신부는 그를 도우려고 앞으로 달려나가다가 쓰러졌다. 총탄이 자신의 목을 관통했다고 생각한 순간, 그는 하느님을 떠올렸다. 하지만 풀밭에 쓰러졌을 때 자신의 생각이 잘못되었음을 깨달았다. 그는 살아 있었다. 눈을 떠보니 바로 앞에 이스마엘의 얼굴이 보였다. 지금 막 숨이 끊어진 것 같았다. 부통령은 눈을 꼭 감고 입을 크게 벌린 채, 소년의 목에 얼굴을 파묻고 울고 있었다. 그는 사랑스러운 소년의 머리를 두 손으로 부여잡고 있었다. 이스마엘의 손에는 흙 파던 숟가락이 그대로 쥐여 있었다.

베아트리스는 두 손을 번쩍 들고 서 있었다. 햇빛이 겐이 준 시계 유리에 반사되어 담벼락에 완벽한 원형의 빛을 던졌다. 주위에 그녀가 알던 사람들이 보였다. 바로 옆에는 안경이 없어지고 셔츠는 엉망이 된 엑토르 장군이 쓰러져 있었다. 그녀가 한때 심심풀이로 입맞췄던 힐베르트도 보였다. 그는 하늘로 날아오르려는 사람처럼 두 팔을 양옆으로 쭉 뻗고 똑바로 누워 있었다. 또다른 사람도 보였는데 그 모습은 너무 끔찍했다. 누군지 알아볼 수가 없었다. 그녀가 알던 사람들의 모습이 이젠 무섭게 느껴졌다. 자신은 살아 있다는 점에서, 총을 갈겨대는 사람들과 오히려 더 공통점이 많은 것 같았다. 그녀는 하늘을 향해 두 팔을 꼿꼿이 들고 서 있었다. 그것이 총 든 자들과의 차이였다. 하라는 대로 하면 목숨은 건질 수 있을 것이다. 그녀는 눈을 감고 지금껏 지은 죄를 헤아리며, 신부님의 도움 없이 죄를 씻어보려 했다. 지은 죄가 적으면 저들이 알아봐줄 것 같아서였다. 하지만 죄는 모두 사라지고 없었다. 눈을 감고 어둠 속을 아무리 뒤져도 단 하나의 죄조차 찾을 수 없었다. 놀라운 일이었다. 그때 자신을 부르는 오스카르 멘도사의 목소리가 들렸다. "베아트리스! 베아트리스!" 그녀는 눈을 떴다. 그가 두 팔을 내민 채 그녀를 향해 오고 있었다. 연인처럼 달려오는 그를 향해 그녀는 미소를 지어 보였다. 다음 순간, 그녀는 또 한 발의 총소리를 들었고, 이번에는 총알이 그녀를 쓰러뜨렸다. 가슴 위쪽에서 폭발하는 통증이 그녀를 이 끔찍한 세상 밖으로 내몰았다.

겐은 베아트리스가 쓰러지는 광경을 보고 카르멘을 불렀다. 카르멘은 어디 있을까? 그녀가 집안에 있는지 밖에 있는지조차 알 수 없었다. 모습이 보이지 않았다. 카르멘은 누구보다 영리한 여자다. 실수하지 않은 이상, 반드시 도망쳤을 것이다. 하지만 만일 그녀가 그를 구하러 온다면? "그녀는 내 아내요! 내 아내!" 그는 아수라장을 향해 소리쳤다. 결혼하자고 한 적도 없고 신부에게 축복을 빌어달라고 한 적도 없지만, 그것이 그가 유일하게 생각해낸 방법이었다. 그녀는 실제로 그의 아내나 다름없으니 이렇게 하면 그녀를 살릴 수 있으리라.

하지만 어떤 것으로도 그녀를 구할 수는 없었다. 카르멘은 일이

터진 직후 피살되어 벌써 숨져 있었다. 그녀는 주방에서 접시를 식기장 안에 넣고 있었다. 차를 끓이러 주방에 들어선 호소카와 씨가 그녀에게 목례로 인사를 건넸다. 그녀는 항상 이 목례에 수줍은 미소를 지었다. 그가 찻주전자에 손을 뻗으려는 찰나였다. 록산 코스의 목소리가 들려왔다. 그것은 노랫소리가 아니었다. 비명이었다. 그리고 늑대처럼 구슬피 우는 긴 울음이 이어졌다. 호소카와 씨와 카르멘은 함께 문을 향해 돌아섰다. 그들은 함께 복도를 내달렸다. 카르멘, 더 젊고 더 날랜 그녀가 그를 앞질렀다. 그들이 식당을 가로지를 때 총소리가 들렸다. 세사르를 쓰러뜨린 총소리였다. 그들이 거실로 들어서자마자 총을 든 사내가 돌아서서 그들과 마주쳤다. 록산이 그녀의 팔 안에 제자의 몸뚱이를 부둥켜안은 순간이었다. 그토록 오랫동안 정지해 있던 시간이 한꺼번에 겹쳐지면서 강렬하게 몰아쳐왔다. 록산은 그들을 보았고, 총 든 사내도 그들을 보았다. 카르멘은 세사르를 보았다. 그리고 호소카와 씨는 카르멘을 보더니 그녀를 그의 앞에서 밀쳐냈다. 그의 팔이 세차게 카르멘의 옆구리를 쳤다. 호소카와 씨 앞에 서 있던 그녀를 본 사내가 총을 발사한 순간, 그녀는 호소카와 씨의 뒤쪽으로 밀려났고, 호소카와 씨가 카르멘 앞에 있었다. 그 혼란스러움, 총소리, 격앙된 고함이 아니었다면, 살릴 사람 명단에 있던 남자가 그녀 앞에 나서지 않았다면, 2미터도 떨어지지 않은 곳에서 그녀를 놓치지는 않았을 것이다. 총탄 한 알이 두 사람을 관통해, 누구도 한 쌍으로 생각하지 않던 그들을 함께 잡아두었다. 카르멘과 호소카와. 그녀의 머리가 마치 그의 어깨 너머를 바라보듯 그의 왼편으로 기울었다.

에필로그

결혼식이 끝나자 하객들은 늦은 오후의 햇볕 속으로 걸어나갔다. 에디트 티보는 신랑 신부에게 입을 맞추고 덤으로 자신의 남편한테도 입맞췄다. 그녀에겐 다른 세 사람에게선 볼 수 없는 밝은 분위기가 풍겼다. 그녀는 여전히 자신이 운이 좋다고 생각했다. 겐과 록산의 결혼식 증인이 되어주러 루카에 가자고 시몽을 조른 사람도 그녀였다. 두 사람의 행복을 빌어주어야 마땅하다는 것이었다. "아름다웠어요." 그녀가 프랑스어로 말했다. 네 사람은 모두 프랑스어로 얘기했다.

시몽은 현기증이 나는 듯 아내의 팔을 잡았다. 아르게다스 신부를 이곳으로 모셔와 식을 진행했더라면 좋았을 텐데 아무도 그런 생각을 하지 못한 채 식이 끝나버렸다. 프랑스 정부는 시몽이 적당히 쉬고 나서 업무에 복귀하리라고 생각했지만 그는 아내와 함께 짐을 모조리 싸가지고 파리로 떠나버렸다. 두 번 다시 그 빌어먹을 땅에 발을 들여놓고 싶지 않았다. 켈 블레드,* 그들은 이제 이렇게 말했다.

이른 5월이어서 루카의 관광철은 아직 시작되지 않았다. 조금만 더 있으면 이 오래된 돌길은 안내 책자를 든 대학생들로 북적거릴 테지만, 지금은 완전히 텅 비어 있었다. 마치 그들만의 도시 같았다. 이것은 신부가 원했던 바이기도 했다. 자코모 푸치니의 고향에서 아주 조용히 식을 올리는 것. 산들바람이 불어오자 그녀는 한 손으로 모자챙을 잡았다.

"행복해요." 록산은 이렇게 말하고, 겐을 바라보며 같은 말을 되풀이했다. 겐이 그녀에게 입맞춤했다.

"아직 식당들이 문을 안 열었나봐요." 에디트가 말했다. 그녀는 햇빛을 가리려고 한 손을 이마에 얹은 채 광장을 둘러보았다. 고고학 발굴 현장에서 솟아난 고대의 버려진 도시를 보는 기분이었다. 파리에선 볼 수 없는 풍경이었다. "여보, 어디 바가 있는지 가보고 오겠어? 함께 와인 한잔 해야지. 난 록산 씨와 여기서 기다릴게. 하이힐을 신고 이런 길을 다니기는 힘들어."

티보는 잠시 공포를 느꼈지만 재빨리 정신을 가다듬었다. 이 광장은 지나치리만큼 넓고 조용했다. 차라리 성당 안이 더 편했다. "와인 좋지." 그는 아내의 눈가에 한 번, 입술에 한 번 입을 맞췄다. 어떻든 결혼식 날이 아닌가. 그것도 이탈리아에서의.

"기다려도 되겠어요?" 겐이 록산에게 물었다.

그녀는 미소를 지었다. "결혼한 여자는 기다리는 것쯤 개의치 않

* '벌어먹을 땅 같으니'라는 뜻의 프랑스어.

아요."

에디트 티보는 록산의 손을 잡고 빛나는 새 결혼반지를 감탄하며 바라보았다. "기다리는 건 싫지만, 그래도 와인 한 잔에 목을 맨답니다."

두 여자는 분수 가장자리에 앉았다. 록산은 부케를 무릎에 내려놓고, 어디가 어딘지 구분이 안 되는 좁은 골목길을 걸어들어가는 두 남자의 뒷모습을 바라보았다. 그들이 시야에서 사라진 순간 에디트는 잘못했다는 생각을 했다. 록산과 함께 신발을 벗고라도 따라갔어야 옳았는데.

광장 두 곳을 지나는 동안 겐과 티보는 서로 한마디도 하지 않았다. 침묵을 지키는 두 사람의 구둣발소리가 높은 담벼락에 울려퍼졌다. "밀라노에서 산다고 했나?" 티보가 말했다.

"아름다운 도시거든요."

"일은?" 전에는 겐이 호소카와 씨와 일했기 때문이다.

"요즘엔 주로 책 번역을 합니다. 덕분에 일정이 유동적이에요. 록산의 리허설에 종종 따라다니고 있지요."

"아, 물론 그렇겠지." 티보는 무심히 내뱉고는 주머니에 두 손을 찔러넣으며 계속 걸었다. "록산 씨의 노래가 그립군."

"언제 한번 오시죠."

밝은 빨간색 자전거를 탄 소년이 두 사람의 곁을 스쳐지나가고, 두 남자가 닥스훈트 한 마리를 데리고 빵집을 나와 그들 쪽으로 걸어왔다. 이 도시에도 사람이 전혀 없진 않은 모양이었다. "일본이 그립지 않겠나?"

겐은 고개를 저었다. "록산도 그렇고 저한테도 여기가 낫습니다.

오페라 가수는 이탈리아에서 사는 게 좋아요." 그는 길모퉁이의 한 건물을 가리켰다. "저 바가 문을 열었군요."

티보는 걸음을 멈췄다. 겐이 아니었으면 그냥 지나쳤을 것이다. 바 따위엔 신경조차 쓰지 않고 있었다. "됐군. 바를 찾았으니 여자들 있는 곳으로 가세."

하지만 겐은 돌아서지 않았다. 그는 오래전 자신이 살았던 곳을 보기라도 하듯 한참 동안 바를 바라보며 서 있었다.

티보가 왜 그러느냐고 물었다. 사실은 그도 가끔씩 겐처럼 한자리에 마냥 서 있는 일이 많았다.

"여쭤보고 싶은 것이 있는데," 겐은 말을 그쳤다가 한참 만에야 다시 이었다. "카르멘과 베아트리스의 이름은 신문에 통 나질 않더군요. 남자 쉰아홉 명, 여자 한 명이 있었다는 내용뿐이었어요. 프랑스 신문도 그렇습니까?"

여자 병사 얘기는 없었노라고 티보는 말했다.

겐은 고개를 끄덕였다. "하긴, 남자 쉰아홉에 여자 하나라고 해야 듣기가 괜찮겠군요." 그의 결혼 예복에는 흰 장미 한 송이가 꽂혀 있었다. 에디트가 록산에게 줄 흰 장미 부케와 함께 마분지 상자에 넣어 가져와 겐에게 준 것이었다. 그녀는 겐의 옷깃에 그 꽃을 직접 달아주기까지 했다. "정정 기사를 내달라고 신문사마다 전화했는데, 아무도 귀담아듣질 않습니다. 그 둘은 세상에 존재하지도 않았던 것 같아요."

"신문 기사란 다 거짓이거든." 티보가 말했다. 그는 처음으로 저녁식사를 준비하던 때 그 많던 닭고기를, 이스마엘과 함께 칼을 들고 들어오던 여자 병사들을 생각했다.

겐은 여전히 그를 보지 않고 있었다. 그는 저쪽에 있는 바와 얘기하는 사람처럼 중얼거렸다. "루벤 씨한테 전화했다고 제가 말씀드렸던가요? 결혼 소식을 전하려고 연락드렸죠. 너무 서두르지 말고 천천히 하라고 하시더군요. 그분답게 친절한 말씀을 해주셨습니다. 하지만 우린 기다릴 수가 없었어요. 전 록산을 사랑합니다."

"아니야, 잘했네." 티보가 말했다. "난 평생에 가장 잘한 일이 아내와 결혼한 일인걸." 하지만 그는 카르멘에 대해 궁금해하고 있었다. 어째서 지금까지 생각을 못했을까? 겐과 함께 있던 그녀, 둘이 방구석에 함께 서서 속삭이던 모습, 겐을 바라볼 때마다 환히 밝아지던 그녀의 얼굴이 생생히 기억났다. 티보는 두 번 다시 그녀의 얼굴을 보고 싶지 않았다.

"록산의 노래를 들으면 그래도 세상은 좋은 곳이라는 생각을 하게 됩니다." 겐이 말했다. "저런 음악을 작곡하는 사람이 있고, 또 저런 공감을 실어 그 음악을 노래하는 사람이 있는 세상이니까요. 그러니 살 만하지 않습니까? 이젠 그런 생각 없이는 하루도 못 버틸 것 같습니다."

시몽 티보는 눈을 감고 엄지와 검지로 눈을 비볐지만, 눈앞에 여전히 카르멘의 모습이 떠올랐다. 가느다란 목 뒤로 땋아 늘였던 그녀의 머리카락. 그녀가 웃고 있었다. "아름다운 여자야." 그가 말했다. 이제 바를 찾았으니 에디트에게 돌아가야 한다. 그는 겐의 어깨에 한 팔을 두르고 산마르티노광장 쪽으로 향했다. 점차 숨쉬기가 힘들게 느껴졌고, 한 걸음 한 걸음 신경쓰지 않으면 자기도 모르게 달음박질칠 것만 같았다. 겐과 록산이 사랑 때문에 결혼했음을 그는 확신했다. 서로에 대한 사랑, 그리고 그들이 기억하는 모든 사람에 대한 사랑 때문에.

길모퉁이를 돌자 좁은 골목이 끝나고 훤한 광장이 나타나면서 분수 가장자리에 앉아 있는 두 여인이 보였다. 두 여자는 성당 쪽을 바라보고 있었지만, 고개를 돌려 티보를 보는 순간 에디트의 얼굴에 솟아나는 기쁨이란! 둘은 일어나서 각자의 남편에게로 다가갔다. 에디트의 검은 머리카락이 빛났고, 록산은 여전히 모자를 쓰고 있었다. 둘 다 신부라 해도 믿을 것 같았다. 이토록 아름다운 여자들을 티보는 본 적이 없었다. 아름다운 여인들은 그들 앞으로 다가와 두 팔을 벌렸다.

감사의 말

나의 편집자 로버트 존스에게 사랑과 감사를 전한다.

앤 패칫이 한 인터뷰에서 밝힌 바에 따르면, 『벨칸토』는 실제 있었던 '페루 일본 대사관 인질 사건'에서 영감을 받아 쓴 작품이다. 이 사건은 1996년 12월 17일 일본 왕 생일 축하연이 열리고 있던 페루 주재 일본 대사관에 투팍아마루라는 반정부 단체 소속의 게릴라 열네 명이 난입하여 한국의 이원형 대사를 비롯한 칠백여 명의 주요 인사를 인질로 억류하면서 시작된 백이십육 일간의 인질극을 가리킨다.

당시 게릴라들은 인질을 풀어주는 조건으로 수감중인 동료 사백여 명의 석방을 요구했으나, 후지모리 페루 대통령은 투팍아마루의 요구를 단호히 거절한다는 입장을 고수했다. 중간중간 여성과 고령자 등 상당수의 인질을 풀어주기는 했으나, 게릴라들은 일본 대사 등 일흔두 명을 계속 억류해둔 채로 요구 조건 이행을 강요했다. 지루하게 계속되던 인질극은 1997년 4월 22일 특공대원 백오

십여 명이 투입되어 인질 일흔한 명이 구출되고 인질 한 명, 게릴라 열네 명이 사살되면서 막을 내렸다.

역사상 최대 규모의 외교관 인질 사건으로 기록된 이 사건은 게릴라와 인질의 관계가 일반적인 그것과 달랐다는 점 때문에도 화제를 모았다. 생과 사의 갈림길에 선 게릴라들이 시간이 흐를수록 점차 인질들에게 동화돼 가족의 안부 편지, 미사 집전, 의약품과 의류 반입 등을 허용하고 자신들의 신상 이야기를 털어놓았던 것이다. 그래서인지 사건이 끝난 후 풀려난 인질 중 상당수가 게릴라에게 동정적인 발언을 했다고 한다.

언어도 문화적 배경도 관심사도 다른 사람들이 우연히 한자리에 모였을 때 무엇이 이들을 하나로 묶어주었던 것일까? 언제 정부군의 총알이 날아올지 알 수 없는 상황에서 이들이 가장 절박하게 원했던 것은 무엇일까? 이 책 『벨칸토』는 아마도 이런 질문에 대한 답으로 쓰인 것 같다.

『벨칸토』에서 사람들은 두 가지 방식으로 의사소통을 하고 공감대를 이뤄간다. 통역사 겐을 통해 교환하는 언어의 대화와 성악가 록산 코스의 음악을 통해 느끼는 감정적 공감이 그것이다. 둘은 사람들의 머리와 가슴을 이어주는 다리 역할을 하는 셈이다. 이렇게 현실과 격리되고 고립된 그들만의 세상에서 하나의 가족(?)처럼 된 게릴라와 인질은 총칼도 잊고 집밖의 정부군도 잊은 채 저마다 행복했던 어린 시절의 추억과 잊었던 사랑의 기억으로 빠져든다.

흥미로운 점은 겐이 통역을 하는 과정에서 인질과 테러리스트의 모든 사생활을 낱낱이 파악하고 그들의 속사정을 이해하게 되는 데 반해, 록산 코스는 사람들을 하나로 묶는 역할을 하면서도 정작한 사람 한 사람에 대해서는 아는 것이 거의 없다는 사실이다. 그녀는 호소카와를 사랑하고 세사르의 음악적 재능을 아끼며 카르멘에게 호감을 갖지만, 막상 누군가에게 그들이 어떤 사람이냐는 질문을 받는다면 아무 대답도 할 수 없을 그런 인물이다. 마지막에 두 사람이 결혼식을 올리는 장면은 그래서인지 무척 가슴 아프고 안타까우면서도 일견 피할 수 없는 귀결처럼 여겨진다.

이 책을 번역하면서 생사를 넘나드는 극적이고 긴박한 상황이 이처럼 우아한 문장으로 표현되었다는 사실에 무척 깊은 인상을 받았다. 거기에 가끔씩 더해지는 정련된 묘사는 한 편의 아름다운 환상곡처럼 커다란 울림으로 다가왔다.

그리고 벼랑 끝에서도 희망의 끈을 놓지 않으려는 사람들의 사연도 모두 내 이웃의 이야기인 양 느껴졌다. 공중에 뜬 것 같은 상황에서 의식의 밑바닥까지 뒤집어가며 스스로를 성찰하는 그들의 모습이 인상 깊다. 다양한 인물이 등장하지만, 하나도 빠짐없이 읽는 이의 공감을 자아낼 수 있을 만큼 호소력 있다는 점 역시 앤 패칫의 뛰어난 재능이라고 생각한다.

마지막으로 주인공 록산 코스는, 작가가 개인적으로 친분이 있는 성악가 캐럴 베넷을 모델로 하였으나 캐럴의 노래를 직접 들어볼 기회가 없어 러네이 플레밍의 음반을 사서 들으며 집필했다고 한다. 군데군데 귀에 들릴 듯이 흐르는 노랫말과 가락은 이 작품에 입체적인 느낌마저 더해준다. 모쪼록 이 책이 독자 여러분에게 영혼을 울리는 노랫말로 다가가기를 빌어본다.

김근희

옮긴이 **김근희**
연세대학교 영어영문학과를 졸업하고 버지니아대학교에서 교육학을 수학했다. 현재 전문 번역가로 활동하며 방송 및 문학 번역을 하고 있다. 옮긴 책으로 『코끼리는 기억한다』 『깨어나 네 삶을 펼쳐라』 『사탕접시』 『백합』 『그들이 사랑한 시간』 『마지막 화살』 등이 있다.

문학동네 세계문학
벨칸토

초판 인쇄 2019년 1월 3일 | 초판 발행 2019년 1월 10일

지은이 앤 패칫 | 옮긴이 김근희 | 펴낸이 염현숙

책임편집 윤정민 | 편집 이봄이랑 류현영 오동규 | 모니터링 이희연
디자인 김이정 이원경 | 저작권 한문숙 김지영
마케팅 정민호 정진아 함유지 김혜연 박지영 김수현 | 홍보 김희숙 김상만 이천희
제작 강신은 김동욱 임현식 | 제작처 한영문화사

펴낸곳 (주)문학동네
출판등록 1993년 10월 22일 제406-2003-000045호
주소 10881 경기도 파주시 회동길 210
전자우편 editor@munhak.com | 대표전화 031) 955-8888 | 팩스 031) 955-8855
문의전화 031) 955-8862(마케팅) 031) 955-2634(편집)
문학동네카페 http://cafe.naver.com/mhdn | 트위터 @munhakdongne
북클럽문학동네 http://bookclubmunhak.com

ISBN 978-89-546-5435-7 03840

www.munhak.com